NARRATORI CORBACCIO

Kerstin Gier

Nontiscordardimé

LOST AT PRESENT

Romanzo

CORBACCIO

Titolo originale: *Vergissmeinnicht II. Was bisher verloren war*
Traduzione dall'originale tedesco di *Alessandra Petrelli* e *Mara Ronchetti*

Casa Editrice Corbaccio è un marchio di Garzanti S.r.l.
Gruppo editoriale Mauri Spagnol

www.corbaccio.it

ISBN 978-88-6700-964-0

A tutti coloro che a volte si sentono perduti.
Non siete soli.

Prologo

Accadde tutto talmente in fretta che Giovanna d'Arco non ebbe nemmeno il tempo di un pensiero, se non forse un poco originale «Accidenti!» Il ragazzo, Quinn, le turbinò accanto roteando nell'aria con un'espressione stranamente tranquilla e con un semplice movimento della mano le tolse l'appoggio delle gambe. Le fiamme sprigionate dalle sue mani non avevano alcuna possibilità contro il vortice d'aria che lui sembrava controllare senza sforzo. Quindi, con la testa protesa in avanti, gli sfrecciò accanto sopra il tetto per raggiungere il portale. L'unica cosa da fare era tendere il più possibile braccia e gambe come fanno i gatti quando si lanciano dalla finestra. E proprio come un gatto soffiò tuffandosi nel campo scintillante del varco. L'atterraggio dall'altra parte fu poco elegante ma più morbido del previsto su una poltrona di un salottino disposto a semicerchio come se fosse previsto di dovere accogliere persone che dal portale non arrivavano passeggiando tranquillamente, ma a rotta di collo.

Giovanna si trovò a guardare negli occhi gialli di un serpente piumato acciambellato a pochi centimetri soltanto dal suo viso, con l'aria di un cuscino spaventato.

Rialzandosi a fatica dalla poltrona la pulzella d'Orléans colse un'ultima immagine di Quinn ancora in piedi sul tetto del centro medico spazzato dalla tempesta. Poi una porta di quercia decorata si chiuse sul campo energetico ormai al collasso e di colpo piombò tutto nel silenzio.

Fino a quando Giovanna non udì qualcuno ansimare. Si voltò di scatto.

Severin! Molto meno fortunato di lei nell'impatto, era stato scaraventato insieme a una sedia contro la parete opposta al gruppo di mobili da salotto e giaceva per terra davanti a un'altra massiccia porta riccamente intagliata. Le pareti della stanza erano quasi occupate per intero da porte di quel genere, affiancate l'una all'altra. Giovanna ne contò tredici. Tra le decorazioni si distinguevano i numeri che le contrassegnavano. Erano tutte numerate, tranne una. Severin stava rannicchiato in posizione innaturalmente sghemba davanti alla numero sei. La undici era quella da dove erano passati. Davanti alla quattro si stiracchiava un secondo serpente piumato mentre un terzo strisciava verso Severin. Il serpente sulla poltrona stava ancora cercando di ricomporsi dallo spavento.

Giovanna si scostò una ciocca di capelli dietro l'orecchio. Furibonda com'era, avrebbe potuto benissimo battersi con Severin e i tre serpenti ma sapeva che era meglio darsela a gambe prima di essere scoperta. Quello era un terreno pericoloso persino per lei.

«Allora, carissimo? Ti sei rotto l'osso del collo?» domandò con voce suadente gettando uno sguardo indagatore sulle porte alle spalle di Severin. Qual era quella giusta per uscire da lì? «Chi l'avrebbe mai detto che un discendente in erba e la sua spasimante umana riuscissero a tenere testa a due nex di prima categoria come noi. Anche se nel tuo caso parlare di *prima categoria* è un po' eccessivo ormai.»

Severin rimise in sede le ossa con schiocchi raccapriccianti. Se fosse atterrato in un luogo diverso dalla Soglia, non sarebbe più riuscito a rialzarsi. «Maledetti corvi, di sicuro li hanno mandati le fate; e Cassian sarà già informato.» Con un ultimo scricchiolio della colonna si raddrizzò. «Dannazione, dobbiamo inventarci una storia credibile.» La guardò. «So che sei furente, tesoro, ma ora è indispensabile rimanere uniti.»

«Rimanere uniti?» Giovanna si dimenticò del tono zuccheroso di poco prima. «Di' piuttosto che devo guardarti le spalle.»

«Ti assicuro che ne varrà la pena anche per te.» Severin tentò di dare un tono allettante alla propria voce. «Non ti incuriosisce sapere dove ci troviamo?»

«Figurati!» sbuffò Giovanna. «Incisioni runiche e magia nera, serpenti piumati e poltrone rivestite con disegni norvegesi: credimi, so benissimo dove sono. E so anche per chi lavori. Del resto il cattivo gusto è sempre stato il suo marchio di fabbrica.» Doveva semplicemente utilizzare la porta più vicina? O doveva prima spezzare le reni a Severin? Ne aveva una gran voglia. «L'ho capito nel momento in cui hai aperto il portale. Quanto devi essere finito in basso per lavorare per uno psicopatico come *Frey*?» La sua voce ora grondava disprezzo. «Infiltrato come fisioterapista, poi. Ma fammi il piacere!»

Con una certa soddisfazione prese atto dell'espressione turbata sul viso di Severin.

Un istante dopo però lui si stava già stringendo nelle spalle. «L'alto consigliere Frey non è peggio degli altri. E i suoi metodi di pagamento sono... be', sì ... *singolari*. Ecco perché lavoro sempre volentieri per lui.» Ridacchiò prima di continuare beffardo: «Mentre tu, tesoro, ti sbatti da secoli completamente gratis, sperando di ottenere chissà mai quale complimento dal tuo capo. Se vuoi gli racconto volentieri quanto ti sei data da fare per carpire qualche informazione a questo» – indicò se stesso con i due pollici sollevati – «falso fisioterapista, e per giunta a sua insaputa. Tra l'altro sono curioso di sapere che intenzioni avessi. Volevi gettargli Quinn ai piedi come il gatto che ha catturato un topo?»

Adesso fu lei a sussultare, almeno dentro di sé. Quello stronzo aveva colto nel segno, ma lei non gli avrebbe certo dato la soddisfazione di farglielo capire. Se non altro il suo capo non l'avrebbe uccisa. «Metodi di pagamento singolari, eh» ripeté lentamente. «Non ne dubito. Singolari e illegali. Come questi portali del resto. E come ciò che ti farà Frey non appena verrà a sapere che hai toppato alla grande. Ma è vero quel che si dice in giro? Che Frey dia in pasto ai suoi lupi famelici chiunque lo abbia deluso?»

Le pupille di Severin si dilatarono. Forse si stava rendendo conto di non avere soltanto un problema con Cassian e con le fate. «La colpa è tutta tua» replicò. «Quella stupida mocciosa! Se solo non ci avesse visto insieme e se tu non avessi deciso di buttarla giù dal tetto...»

«... probabilmente il tuo giovane paziente non avrebbe mai scoperto di potersi trasformare in un tornado, ovvio» concluse Giovanna. Aveva di nuovo rivolto lo sguardo alle porte. Se non voleva essere lei a fare da pietanza ai lupi doveva squagliarsela subito. Solo che non voleva scegliere un portale a caso con il rischio di finire proprio in uno dei serragli in cui Frey teneva quelle bestie sanguinarie o, in alternativa, nella sua famigerata camera norvegese adibita alle torture. In ogni caso comunque doveva decidersi.

«Dai...» Come se le avesse letto nel pensiero, Severin mosse un passo verso di lei. Anche i serpenti piumati girarono la testa nella sua direzione mostrando i denti acuminati. Che bestie ripugnanti. «Giovanna, tesoro! Se agiamo con astuzia possiamo trasformare questo fiasco in un vantaggio per noi...»

Giovanna non attese che lui la raggiugesse. In tre balzi fu davanti all'unica porta senza numero, abbassò la maniglia e spinse. Fu sollevata di non trovare un campo energetico dietro la porta, ma un corridoio illuminato con le finestre che si affacciavano sull'osservatorio astronomico dai riflessi madreperla: la sede a forma di chiocciola del governo degli arcadi. Aveva avuto fortuna! Da lì si usciva direttamente sulla strada.

Con espressione trionfale si girò un'ultima volta verso Severin e con un solo morbido gesto della mano diede fuoco all'orribile salotto. «Ovviamente ora puoi dare l'allarme e tentare di prendermi, giusto per depistare Frey dal tuo fallimento!» esclamò mentre le fiamme divoravano crepitando il rivestimento delle prime poltrone. Anche il serpente-cuscino si incendiò e la sua cresta piumata fu avvolta da fiamme altissime. «Ma entrambi sappiamo che faresti meglio a nasconderti dal tuo mandante e dai suoi fedelissimi, almeno finché puoi, *tesoro.*»

Severin si era bloccato, la mascella contratta. Sapeva che Giovanna aveva ragione. E lei sarebbe stata comunque più veloce di lui. Si fissarono per una manciata di secondi, entrambi pronti a scattare mentre il serpente piumato sulla poltrona continuava a ridursi in cenere, a risorgere e a tornare a bruciare.

Fu Severin a muoversi per primo; si diresse verso la porta numero otto. «Buona fortuna» le augurò, ma Giovanna non lo sentì perché aveva già imboccato di corsa il corridoio.

Qualche settimana più tardi

Quinn

Sfrecciavo attraverso vicoli, cortili interni, giardini, sopra scale, sotto arcate, scartavo a destra e a sinistra, scavalcavo muri e mi arrampicavo sulle facciate degli edifici, volteggiavo, mi tenevo in equilibrio sulle sporgenze, il tutto con estrema velocità e precisione. Peccato non mi vedesse nessuno e che non mi trovassi nel mondo reale, quello in cui avevo ancora un gran male e dove senza stampelle non riuscivo a muovere nemmeno un passo, figurarsi fare parkour.

Il sole splendeva in un cielo di un azzurro luminoso cosparso di puntini dorati che sfavillavano come stelle. Inoltre, come se non fosse già tutto abbastanza irreale, in alto sopra di me nuotava placida una balena con al traino una navicella carica di passeggeri. Speravo che almeno qualcuno di loro mi stesse guardando da lassù.

Spiccai un ultimo salto atterrando in cima a un muro con un volteggio a trecentosessanta gradi assolutamente superfluo ma davvero strafico. Da lì lanciai uno sguardo trionfante sulla viuzza dalla quale avevo iniziato il mio percorso acrobatico. O almeno così mi sembrava.

In realtà il vicolo stretto e asfaltato ai miei piedi mi risultava del tutto nuovo. Non riconoscevo gli edifici che lo fiancheggiavano e non avevo mai visto l'albero dai vistosi frutti a forma di stella che protendeva i rami oltre il muro opposto. Non potevo invece dire lo stesso dei due loschi figuri vestiti di nero e armati fino ai denti che chiacchieravano sotto quell'albero. Almeno fino a qualche secondo prima, perché si erano zittiti e mi stavano fissando.

Ricambiai il loro sguardo. Mi sa che non ero stato poi tanto preciso e veloce durante il percorso.

«Devi rispettare solo tre regole fondamentali quando vai in giro da solo per la Soglia» si era raccomandato Giacinto scrutandomi serio da sotto la sua chioma rossa da fata. «Primo: stai lontano dalle nebbie del caos. Secondo: non recarti mai nel Sottosuolo. Terzo: gira alla larga dai nex.»

«E dai *pigolatori muraioli dal becco piatto*» aveva aggiunto il suo amico Emilian. O forse aveva parlato di «Muratori piatti dal becco pigolante» o di «Pigolatori piatti dal petto murato» insomma qualcosa del genere. Quando gli avevo domandato che aspetto avessero quei cosi, mi aveva risposto che vedendoli li avrei senz'altro riconosciuti. L'unica cosa importante era però non avvicinarsi troppo perché se si sentivano minacciati sputavano un muco viscoso e verdognolo.

A ogni buon conto i tizi armati sotto l'albero erano nex, che nella Soglia equivaleva a dire soldati, poliziotti o agenti segreti, ancora non mi ci raccapezzavo bene. Quei due in particolare si chiamavano Gudrun e Rüdiger, anche se con il secondo avevo tirato a indovinare, perché mi sembrava proprio una faccia da Rüdiger. Infatti ricambiò il mio sguardo con il suo ripugnante ghigno da Rüdiger. Anche negli occhi chiarissimi di Gudrun mi parve di cogliere un lampo di gioia nel rivedermi, una gioia malvagia. Il fatto che continuassimo a incontrarci poteva essere un crudele gioco del destino, ma poteva anche significare che il loro quartier generale si trovava nei paraggi.

«Ma guarda chi c'è!» esclamò Gudrun strascicando le parole. «Saltarello, l'eletto delle Fate imbecilli!» Era alta almeno una spanna più di me, aveva i capelli di un biondo platino, rasati a zero da un lato e dall'altro lunghi e lisci a coprirle parzialmente il viso. Con quei lineamenti regolari, la figura tonica e allenata, lo sguardo truce avrebbe potuto fare sia la modella, sia la testimonial di giavellotti o digestivi.

Rüdiger fece una risata roca. «Saltarello! Bel nome! Ci sta! Dove hai lasciato le stampelle, piccolo?»

Che tutti i nex in cui mi ero imbattuto finora assomigliassero a psicopatici era una pura coincidenza secondo Giacinto, il quale giurava che per la maggior si trattava di tipi normali. Io però – ed era la regola numero tre – dovevo comunque starne alla larga a causa della mia sventurata tendenza, ereditata dagli antenati arcadi, di cacciarmi costantemente nei guai attaccando briga con i più forti.

Purtroppo Giacinto non aveva tutti i torti perché, invece di tenere la bocca chiusa e di filare via, mi sentii replicare: «Scusate ma non mi è consentito parlare con i pigolatori muraioli dal becco piatto».

Gli occhi di Gudrun si strinsero a due fessure mentre Rüdiger assunse di colpo un'aria incavolatissima. Non mi sarei affatto sorpreso se mi avesse sputato addosso un getto di vomito verde e colloso.

«Pigo… che? Per caso ci vuoi insultare?» sbottò. «Stai forse cercando rogne con noi, poppante?»

Ancor più dell'espressione assassina di Rüdiger mi fece paura la vocina insistente che sentivo dentro di me: «Sì, *dai*, *dai*! Una bella rissa, *dai*!» e che mi incitava a buttarmi addosso ai due nex come se non ci fosse un domani. Però avevo promesso a Giacinto di attenermi alle sue tre regole del cavolo e quindi mi limitai a replicare: «Sarà per un'altra volta, uccellini» e mi lasciai cadere all'indietro nel giardino alle mie spalle sfruttando l'ultimo barlume di lucidità che mi restava nel cervello.

Prendendo la rincorsa saltai oltre il muro di cinta, scartai a sinistra e proseguii lungo la strada fino a trovare un altro muro abbastanza basso da poter scavalcare. Attraversai a tutta velocità un cortile interno con una fontana zampillante, mi arrampicai sopra un cancello, scesi nel vicolo adiacente e svoltai di nuovo cambiando direzione. Mi intrufolai a fatica nel varco di una parete rifugiandomi al sicuro in una piccola corte appartata dove mi fermai per riprendere il fiato, la schiena appoggiata contro le pietre.

Okay, breve riepilogo: continuavo a non sapere bene dove mi trovassi, ma Gudrun e Rüdiger li avevo seminati; sempre ammesso che mi avessero inseguito. Mi ero tenuto lontano dalle nebbie del caos – aleggianti nuvolette dalle striature colorate oggi non ne avevo proprio viste – e non ero neppure inciampato per sbaglio nel Sottosuolo. Fin qui tutto a posto, insomma. Ora si trattava soltanto di riuscire in qualche modo a tornare indietro.

Sotto la manica fece capolino il mio lentigo: un polpo a nove tentacoli che galleggiava sulla mia pelle come un tatuaggio vivente. I lentigo erano visibili solo lì nella Soglia e, se avevo capito bene, per gli arcadi e per le fate erano una specie di impronta digitale. Al contrario di me, che ero arcade solo in parte, loro di lentigo ne possedevano addirittura due. Alla vista del mio piccolo nonopode mi rinfrancai subito, il mio umore migliorò e non mi sentii più solo. Del resto non era la prima volta che mi perdevo da quelle parti. La zona della Soglia tutt'attorno alla riserva di Emilian dov'erano accolti i draghi nani delle foreste senza patria era un vero labirinto, senza capo né coda. Avevo ribattezzato quel quartiere *piccola Liguria*: la sua posizione collinare, le facciate in pietra naturale e la vegetazione mediterranea mi ricordavano tanto un paesino italiano a mezza costa sul mare dove una volta ero stato in vacanza con i miei genitori. Molte delle case e dei giardini del quartiere appartenevano alle fate, ed era un'altra ragione per cui, secondo Giacinto ed Emilian, la zona era una delle più tranquille e sicure di tutta la Soglia.

Dopo aver rischiato di finire arrostito insieme a Matilda per colpa della santa Giovanna, e dopo avere scoperto che il mio fisioterapista Severin lavorava sotto copertura per il cattivo supremo, sinceramente mi era passata la voglia di esplorare la Soglia senza scorta. Il professor Cassian però mi aveva assicurato che il *disguido*, come l'aveva elegantemente definito, era stato chiarito e non correvo più alcun pericolo.

«Per ora» aveva aggiunto bofonchiando Giacinto, e io avevo deciso di crederci. I retroscena del *disguido* erano molto complicati – come ogni cosa all'interno della Soglia – e i goffi tentativi di spiegazione del professor Cassian più che illuminarmi mi avevano confuso.

Nel frattempo mi ero quasi abituato al fatto che qualcuno mi considerasse il prescelto di una fumosa profezia, l'eletto destinato a salvare il mondo dalla rovina o roba del genere ma al più tardi si sarebbero accorti dell'errore quando il mondo sarebbe finito per davvero. Invece, a distanza di parecchie settimane, non mi ero ancora ripreso dalla delusione di aver scoperto che Severin Zelenko non era la persona carina e sensibile che mi ero immaginato.

In realtà mi aveva spiato per ordine di un infame chiamato Frey, un pezzo grosso all'interno della Soglia. Cioè un *ex* pezzo grosso; c'era da sperare che ora stesse marcendo in una delle carceri della Soglia e che non potesse più nuocere a nessuno.

Non sapevo se le fate e il professor Cassian avessero capito che utilizzavo il tempo senza sorveglianza a mia disposizione nella Soglia solo per fare parkour e dare un'occhiata in giro. Probabilmente si aspettavano che mi dedicassi agli esercizi con i quali avevano tentato, fino a quel momento invano, di allenare alcune competenze che ogni arcade era in grado di padroneggiare e che di conseguenza, secondo loro, dovevo imparare anch'io.

Mi sa che avrebbero aspettato a lungo: il concetto stesso di Soglia mi sfuggiva, per quanto si fossero prodigati a spiegarmi che si trattava di un mondo immateriale, che era possibile manipolare o addirittura ricreare con la sola forza dell'immaginazione. Del resto come si poteva pretendere di comprendere una roba del genere? Comunque, nonostante gli esercizi, non ero ancora riuscito a *pensare* una porta in un muro, né a tingere di rosso un sasso verde, figurarsi poi a farmi spuntare le ali o a eseguire uno dei magheggi che mi mostravano ogni giorno.

Nonostante tutto però, la mia frustrazione era contenuta: per me era già un miracolo riuscire a muovermi senza ausili e senza dolori lì nella Soglia. Perché mai avrei dovuto sprecare il mio tempo con stupidi esercizi di ricolorazione dei sassi, quando potevo correre e saltare?

Di là nel mondo reale, invece, un po' di progressi in materia di superpoteri li avevo fatti. Il mio superudito e la mia supervista funzionavano a intermittenza quando volevano loro – di solito si attivavano quando non mi servivano proprio – ma in compenso avevo fatto significativi passi avanti nel controllo dei flussi d'aria. Riuscivo a chiudere porte, spostare facilmente oggetti da un capo all'altro della stanza, a far frusciare il vento tra i rami degli alberi del cimitero a cinquanta metri di distanza dalla mia finestra aperta. Ormai era quasi del tutto naturale, come se l'aria fosse diventata un'appendice di me stesso. Un paio di giorni prima avevo rivoluzionato la mia camera senza alzarmi dalla scrivania in quel modo.

Eppure lì, nella Soglia, dove teoricamente si poteva fare ogni cosa con la sola forza dell'immaginazione, non funzionava nemmeno un po'.

«Appunto perché nella Soglia è tutto un'illusione» mi aveva spiegato più volte il professor Cassian. «Anche l'aria! Si tratta solo di un costrutto mentale collettivo che ci spinge a *respirare* per pura consuetudine, visto che siamo abituati a farlo sulla Terra, capisci?»

L'unica risposta possibile per me era un «No!» seguito da un gran punto esclamativo.

Il paziente professor Cassian era sicuro che prima o poi sarei riuscito a liberare la mia mente da tutte le «limitazioni umane e materiali» come le chiamava, mentre Giacinto riteneva più sbrigativamente che mi mancasse proprio la fantasia necessaria.

Come dargli torto? La più creativa tra noi era sempre stata Matilda: non solo aveva letto abbastanza fantasy per entrambi, ma aveva anche la capacità di presentarmi la più assurda e ridicola delle circostanze come se fosse assolutamente logica e credibile. Matilda. Provai una breve stilettata all'altezza del cuore. Dopo lo scontro sul tetto con Giovanna e Severin, quando c'era mancato un pelo che precipitasse nel vuoto da dieci piani d'altezza o finisse incenerita, non c'era più nessun *noi*... E non c'era più giorno in cui la cosa non mi tormentasse.

Per un istante mi concessi di ripensare a com'era stato baciarla, al profumo irresistibile dei suoi capelli e al coraggio indescrivibile con cui aveva affrontato Giovanna, Severin e i serpenti piumati. Brandendo una bacchetta da pomodori! Dio, come mi mancava. Ma anche se non sembrava, essersi lasciati era stata la soluzione più giusta. Per colpa mia Matilda aveva rischiato di morire. Non potevo permettere che succedesse di nuovo. E poi, probabilmente mi aveva già dimenticato.

Maledizione! Ecco perché non bisognava mai starsene fermi con le mani in mano. Si veniva assaliti da brutti pensieri.

Mi riscossi e con circospezione tentai di sbirciare attraverso il pertugio del muro che avevo davanti per capire se la via fosse libera e se potessi finalmente riprendere il cammino per tornare dalle fate. Il vicolo in effetti era deserto. O meglio, pareva deserto. Invece non appena uscii dal varco, dall'ombra del portone dirimpetto tutto ricoperto di piante, scorsi una figura nera e imbacuccata come una mummia muoversi per venirmi incontro. Sembrava un nex travestito da ninja.

Merda! Mi avevano scoperto.

Poco dopo il nex si sfilò il copricapo ninja e riconobbi chi avevo davanti.

«Severin!» esclamai.

«Il mio paziente preferito» ribatté. Aveva l'aspetto di sempre, alto da fare impressione e perfettamente in forma, i capelli scuri raccolti all'indietro in una coda. La lunga cicatrice che gli striava l'angolo dell'occhio rendeva ancora più interessante il suo volto di per sé già attraente. Neppure il suo sorriso era cambiato, caloroso e cordiale, come mi era sempre apparso.

Solo che non ci sarei più cascato.

Nelle ultime settimane mi ero spesso immaginato che cosa vomitargli addosso se mai lo avessi rivisto. Eppure quando Severin mi si parò davanti, dalla bocca mi uscì solo un misero: «Pensavo ti avessero blindato per sempre».

«È quello che ti hanno fatto credere?» Severin sollevò un sopracciglio. «Dal che dovresti dedurre quanta considerazione abbiano per la verità.» Mi si avvicinò di un passo. «Può darsi che Frey sia stato temporaneamente sospeso dal suo incarico nell'Alto Consiglio e che magari lo abbiano persino arrestato. Ed è probabile che Na'il abbia scacciato Giovanna come un cane dalla sua tanto elitaria dodicesima centuria ricoprendola di vergogna e disonore, ma me... me non mi hanno ancora beccato!»

Già, questo mi sembrava palese. Cretino io a crederlo quando il professor Cassian e Giacinto avevano detto che per me non ci sarebbero stati pericoli e che i colpevoli sarebbero stati tutti *rimessi nelle mani della giustizia*. Sì, il professore aveva usato proprio quel termine, *rimettere nelle mani della giustizia*; probabilmente ignorava che quell'espressione non veniva più utilizzata da almeno un secolo. Comunque fosse avevo di nuovo frainteso il vago parlare contorto tipico della Soglia immaginando sia Severin sia Frey già rinchiusi in una delle sue temibili prigioni.

Di conseguenza... col cavolo che potevo stare tranquillo perché non c'era alcun pericolo per me nella Soglia! E Severin poteva sorridermi fin che voleva, ma i suoi muscoli erano tesi e il suo sguardo era vigile. Probabilmente era solo in attesa dell'attimo in cui mi sarei mosso per saltarmi addosso.

«Le fate sono molto vicine» dichiarai sentendomi un po' come quella petulante spiona di Luise Martin che alle elementari diceva cantilenando: «Vedrai quando verrà a saperlo la maestra!»

«E allora? Che problema c'è!» Severin mi regalò un sorriso storto. «Finché sono solo fate. E comunque sai che io posso contare sulle mie vie di fuga *particolari.*» Indicò una fenditura nel muro alle sue spalle nascosta dai rampicanti e oltre la quale si intravedeva una scala ripida che scendeva. Riuscivo a individuare solo i primi gradini perché il resto era avvolto dal buio più completo.

«Il *Sottosuolo*» mi lasciai sfuggire. Quelle *vie d'uscita* dalle quali Cassian e Giacinto mi avevano sempre messo in guardia portavano *sottoterra*, o come diavolo si chiamava il suolo qui nella Soglia. Si raccontava che nelle profondità della Soglia si estendessero labirinti infiniti disposti su più piani, in continuo movimento, abitati dai demoni e da altre creature inquietanti. Non esitavo a crederci, visto che quando mi capitava per caso di scorgerli e di passarci accanto udivo dei suoni ovattati e lontani: ringhi o sussurri, oppure uno strano ronzare. Sporgendomi sull'orlo di un pozzo una volta avevo addirittura intravisto dei sordidi occhietti rossi che mi osservavano curiosi.

Severin sogghignò. «Già, il *Sottosuolo*» ripeté. «Ascolta me, Quinn, laggiù non è affatto pericoloso quanto ti si vuole fare credere. Certo, occorre sapere come districarsi e come tenere a bada i fantasmi da incubo e quella gentaglia demoniaca oppure come girare alla larga da quelle dannate sfingi.» Lasciò spaziare lo sguardo attento sulla strada deserta prima di posarlo candidamente su di me. «Al contrario di quanto accade qui, però, là sotto potremmo conversare tranquillamente. Sono giorni che faccio i numeri per incontrarti.»

Ma quanto scemo mi credeva?

«Hai per caso anche della cioccolata e dei simpatici pupazzetti di peluche laggiù?» gli domandai sarcastico mettendomi a camminare. Per dimostrare a Severin che non mi faceva paura mi diressi verso di lui e gli passai accanto prendendo il sentiero che saliva sulla collina. «Dovremo rimandare la nostra conversazione a un'altra volta, ora ho un appuntamento.»

In realtà provai una sensazione davvero sgradevole nell'avvicinarmi così tanto a Severin. Era enorme, un botto più alto di me! E le sue mani sembravano vere e proprie tenaglie. Se mi avesse arpionato con quelle e trascinato a forza nel Sottosuolo, sarebbe stata tutta colpa mia, cavolo, me le andavo proprio sempre a cercare. Non io, per esattezza, ma quel mio istinto spaccone di arcade, che già si era messo in moto istigandomi: *Che solo ci provi a toccarmi, che ci provi e vedrà che cosa gli capita!*

Ma Severin non fece nulla, per fortuna. Si limitò a camminarmi accanto a passi lunghi e distesi cercando di convincermi a parole: «Quinn, per favore. Mi dispiace tanto per quanto è successo. Le cose sul tetto, be' insomma, sono un po' sfuggite di mano. Capisco che tu ora ti senta tradito da me, ma io non avrei mai permesso che ti accadesse nulla di male, mi devi credere». E poi aggiunse quasi dolcemente: «Insomma, noi due eravamo amici».

Sì, era vero! E ogni tanto mi mancavano i nostri momenti insieme, mi mancavano quasi da fare male. Le ore di fisioterapia le aspettavo sempre con impazienza, ero così contento di farle. «Mi hai ingannato per tutto il tempo» dissi rinfrescando la memoria a entrambi in modo da soffocare eventuali sentimentalismi che stavano riaffiorando in me. «Per colpa tua Matilda ha rischiato di morire!» Come poteva essere tanto ingenuo da pensare che lo avrei potuto perdonare?

«Guarda che la colpa è di Giovanna: era lei che voleva buttarla giù dal tetto o mandarla al rogo» precisò Severin.

Scossi il capo, si stava arrampicando sugli specchi in cerca di scuse, ma non sarebbe riuscito a convincermi.

«Però hai ragione, sarei dovuto intervenire prima» si affrettò a continuare. «Per quanto è accaduto sul tetto… non posso fare davvero altro che scusarmi. Con tutto il cuore.»

Oh mio Dio! Come cavolo riusciva a dire certe cose in modo tanto ampolloso e melenso e a sembrare pure onesto e sincero? Possedeva una sorta di talento magico presumibilmente ereditato dalle fate e da chissà quale antenato? In ogni caso ebbi di colpo la netta sensazione che la mia ira contro di lui si stesse smorzando.

Non contento Severin rincarò la dose: «E poi sai benissimo anche tu come noi arcadi a volte ci comportiamo da veri idioti» disse con una risata leggera, «perché odiamo perdere...»

Sospirai. La mia quarta parte di idiota arcade sapeva benissimo di che cosa stesse parlando Severin.

«Che vuoi da me?» gli domandai con sgarbo ostentato. Non doveva notare che mi ero addolcito e che la mia rabbia stava sbollendo.

«Ho bisogno del tuo aiuto» rispose Severin.

Sbuffai indignato e accelerai il passo. Nel frattempo avevamo riguadagnato un terreno conosciuto. O almeno mi parve di riconoscere il vicolo stretto in cui avevo appena svoltato.

Severin adeguò il suo ritmo di camminata al mio. «Ti prego, Quinn, so che non ho il diritto di chiederti nulla. Ma...»

«Ma che cosa?» sibilai.

«Io ti ho aiutato a rimetterti in piedi, ricordi?»

Accidenti, era proprio abile a fregarti! Come potevo dimenticare ciò che aveva fatto per me dopo l'incidente. Severin era stato un fisioterapista assolutamente fantastico. Senza di lui avrei trovato la metà della motivazione necessaria e sarei stato due volte più depresso.

Gli lanciai un'occhiata di sbieco. «In che modo potrei esserti d'aiuto, *io*, giusto per sapere?»

«Non posso nascondermi per sempre» iniziò a spiegare Severin. «I nex non la smetteranno mai di darmi la caccia; e loro sono dappertutto. Dovresti mettere una buona parola per me con Cassian e Themis. Anche se politicamente sarebbe loro molto utile, non riusciranno a fermare Frey in eterno con la sola accusa di spionaggio o solo perché ha omesso di registrare qualche portale. E senza di me non avrebbero le prove nemmeno per quei reati: sarebbe solo la vostra parola e quella di Giovanna contro la sua.»

Mi chiedevo che significato potesse assumere quel *in eterno* nel computo del tempo di un immortale. Personalmente mi sarebbero bastati cinquanta o sessant'anni.

«Frey dispone di una vasta schiera di sostenitori e ha preso una serie di provvedimenti. Se si lascerà catturare e incarcerare sarà solo per fare il martire e per sfruttare politicamente l'intera faccenda» continuò Severin. «Ma quando tornerà a piede libero...» Fece una breve pausa. «Frey è la persona più vendicativa che conosca e darà a me tutta la colpa del suo arresto, anche se per essere precisi è stata Giovanna a tradirlo. Devi sapere che nelle segrete di Frey vive gente che lui tortura da secoli.» La voce di Severin ebbe un lieve tremito. «Gente che lo implora di essere uccisa per sempre, ma che lui fa rigenerare ogni volta all'interno della Soglia per poi continuare a vessarla. Ti assicuro che non ho tutta questa smania di accodarmi a quei poveri disgraziati.»

Non potei evitare il brivido che mi corse lungo la schiena. Tutto ciò che avevo sentito fino ad allora sul conto di Frey lo rendeva il diavolo in persona. Le fate e Giacinto mi avevano raccontato che nella roccaforte norvegese lui non si limitava ad allevare da secoli i suoi terrificanti lupi sanguinari, ma che addestrava anche un esercito privato di suoi discendenti.

«Di certo sanno quanto sia pericoloso Frey, non lo metto in dubbio, ma non hanno la minima idea di quali siano davvero i suoi piani. Inoltre ignorano che cosa lui voglia veramente da te. E ripeto: senza di me non hanno in mano alcuna prova contro di lui.» Prima che Severin ricominciasse a parlare sapevo doveva voleva andare a parare: «Se Themis e Cassian mi garantissero l'impunità io mi costituirei e in cambio fornirei loro una serie di informazioni su Frey in grado di rovinarlo politicamente e di toglierlo dai giochi per qualche centinaio di anni. Informazioni delle quali sono a conoscenza solo io e di cui posso produrre un'infinità di prove».

Rallentai un attimo il passo per scrutarlo di sottecchi. Quanto andava dicendo mi sembrava... sensato.

«E anche per te ho in serbo un paio di... come dire... *notizie utili*» aggiunse Severin dilatando le parole. «Alcune riguardano i tuoi nonni, per esempio.» Si lasciò sfuggire una breve risata. «Ne rimarresti stupito!»

«Tu sai, chi...?» M'interruppi bruscamente perché con la coda dell'occhio avevo percepito un movimento. Severin aveva appena finito di dire che i nex erano ovunque. E infatti aveva ragione.

«Maledizione!» Ora li aveva adocchiati pure lui.

Di lato davanti a noi, al massimo a una cinquantina di metri di distanza, si erano materializzate dal nulla due figure vestite di scuro. Girandomi di scatto come sospinto da un turbine ne vidi altre due che si avvicinavano da dietro staccandosi da sotto l'arco di un portone. Li riconobbi subito: erano Gudrun e Rüdiger.

«Dobbiamo squagliarcela» sussurrò Severin a denti stretti. «Ci hanno visti.»

Ci? Perché usava il plurale? Io non avevo fatto nulla di male, giusto? Cioè, a parte dare loro dei pigolatori muraioli dal becco piatto. O forse i nex mi ritenevano automaticamente un criminale perché mi avevano sorpreso in compagnia di Severin?

Il mio sguardo saettò da Severin ai nex. Ci stavano addosso dai due lati. In quel momento capii che non desideravo conoscere la risposta a quell'ultima domanda.

Quando Severin scattò in avanti, per sicurezza feci lo stesso e corsi via con lui.

M

Matilda

«Non azzardarti» esordì Bax severo.

«A fare che?» replicai. «Potrò ben dare un'occhiata al quadro oppure no? Il trittico della Resurrezione risale al 1587 ed è uno dei tesori di arte sacra più importanti della città.»

«Sì proprio, una vera attrazione turistica.» Con la sua zampa di pietra armata di artigli Bax indicò le panche vuote all'interno della chiesa. «Non prendermi in giro, boccolosa; l'unica a interessarsi al dipinto sei tu. E non perché ti piaccia l'arte. Muori dalla voglia di aprire il portale anche se sai benissimo quanto sia pericoloso farlo per un essere umano come te.»

«Ma io mica ci passerei attraverso» puntualizzai. «Mi limiterei a vedere se funziona ancora. Da Pietro a...»

«Se ci provi mi vedrò costretto a tranciarti una mano con un morso.» Bax mostrò i canini aguzzi. «Sono il guardiano del portale, te lo sei dimenticato?»

«Oh, ma che paura mi fai!» dissi prendendolo in giro. «Sei uno spirito ricordi? Non riusciresti a mordere nemmeno un'ostia.»

«Un demone, non uno spirito!» Seccato, iniziò a leccarsi la zampa con una lingua lunghissima. La maggior parte dei doccioni di pietra degli edifici storici rappresentava mostri spaventosi o ripugnanti, ma Bax – o Baximilian Grimm, come si chiamava per intero – era un esemplare piuttosto carino di creatura mostruosa. Se non fosse stato per le due piccole corna ritorte tra le orecchie, la testa poteva assomigliare a quella di una volpe, le ali invece erano quelle di un pipistrello mentre le zampe e la coda s'ispiravano ai draghi. Nonostante si sforzasse di mantenere un cipiglio truce in modo da sembrare tremendamente pericoloso, era di gran lunga l'essere più buffo che avessi mai visto, agnellini, cuccioli di labrador e leoncini compresi. In sua presenza facevo sempre molta fatica a non allungare una mano per fargli un grattino o una carezza. Anche se comunque non sarebbe stato possibile perché Bax sembrava vivo ma di fatto non lo era: si trattava insomma di un'immagine, una sorta di ologramma attraverso il quale si poteva passare, come si oltrepassa una foschia. Ciò non gli impediva comunque di mostrare una considerevole autostima.

«Certo che bisogna davvero essere *molto* ottusi per non capire la differenza tra uno spirito e un demone potente e astuto» decretò con sufficienza.

«Tanto potente e astuto non devi essere stato se sono riusciti a esorcizzarti per farti diventare un doccione di sasso» replicai.

«Ecco, è tipico di voi umani: non sapete nulla e avete un'opinione su tutto.» Soffiò indignato l'aria dal suo nasino di volpe. «Anche il più grande dei demoni non ha alcuna possibilità di cavarsela contro quegli infidi pezzi di merda dei maghi arcadi se conoscono il tuo nome per intero e la formula dell'esorcismo che gli corrisponde. Ma tu ovviamente non hai mai sentito parlare di qualcosa come *I sette sigilli di re Salomone*. Davvero, non so proprio perché io stia a perdere il mio tempo con te.»

«Forse perché anche un demone potente e astuto ogni tanto ha bisogno di parlare con qualcuno» dissi per rabbonirlo. «Per quanto mi riguarda, invece, sono molto felice che tu voglia perdere il tuo tempo con me. Se non ci fossi tu non avrei nessuno con cui discutere della Soglia e probabilmente mi sarei convinta da tempo di avere semplicemente sognato.»

Bax, o meglio l'ologramma di Bax, svolazzò dalla testa della statua sovradimensionata di San Cristoforo al tetto del confessionale. «*Ah* è così? E perché allora non vieni a trovarmi da un'intera settimana?» mi domandò con una punta di gelosia nella voce. «Probabilmente ti sei intrattenuta con le fate, non è vero?»

Sospirai. «No, quelle non le vedo da un po'. Non le trovo più nemmeno nel negozio di fiori. A quanto pare hanno stipendiato una fiorista vera per mandare avanti la baracca.» Quella non era affatto una fata, né sembrava avere nulla a che spartire con la Soglia, ci avrei potuto giurare. Alle mie domande esplorative aveva reagito in modo del tutto *umano*.

«*Ehm*... proprio no, non mi è mai capitato di volare su un balena-dirigibile, no, non conosco nessuno con gli occhi gialli e no, qui sotto il bancone non lavora nessuna Angelica, mi dispiace» aveva specificato e sembrò molto sollevata quando finalmente decisi di andarmene.

Da allora mi limitavo solo a sbirciare attraverso la vetrina del negozio *Mughetto e nontiscordardimé* quando vi passavo davanti, nella speranza di scorgere Fata o Giacinto. Avevo ancora tante domande in sospeso, ma evidentemente la copertura del negozio non era più necessaria. O forse avevano semplicemente deciso di tagliarmi fuori, oppure di evitarmi. Magari avevano solo cose più importanti di cui occuparsi, come evitare la fine del mondo, per esempio.

Erano settimane che non incontravo più nemmeno il professor Cassian e il fantasma del poeta popolare Clavigo Berg, il quale di tanto in tanto amava ritornare presso la sua statua di bronzo. Eppure ero passata molto spesso al cimitero a controllare. Mi sentivo come quei bambini che per un po' hanno avuto la fortuna di giocare con i più ganzi della compagnia ma che poi non sanno nemmeno dove abitano e dove andarli a cercare. Persino il teschio con tanto di orbite e parti di cervello mobili che Quinn aveva fregato alla psicoterapeuta se ne stava zitto e muto sulla mia scrivania senza dare più alcun segno magico.

Ecco perché ero davvero grata a Bax: lui era affidabile e si mostrava disponibile nei miei confronti, almeno fino a quando non decidevo di avvicinarmi troppo al trittico.

«È davvero un'ingiustizia che la Soglia non sia frequentabile dagli esseri umani» dichiarai con un sospiro.

«Mica vero» replicò Bax. «Guarda che gli umani la Soglia la frequentano eccome, ogni notte quando sognano, per l'esattezza.»

Certo, ma non era ciò che intendevo: potervi accedere dormendo non mi era di alcun aiuto. Bax era fortunatamente più loquace e paziente di quanto non fossero mai state le fate. Anche per questo gli volevo bene, purtroppo però non ero sicura che mi dicesse sempre la verità. Senza il suo aiuto sarei certamente affogata nel mare incerto delle mie conoscenze segrete. Oppure mi sarei confidata con Julie, anche se il professor Cassian mi aveva costretto a giurare solennemente di non farlo per nessun motivo.

Nel peggiore dei casi, avrei buttato nel cesso gli ultimi brandelli di orgoglio e dignità e avrei scritto direttamente a Quinn.

Tanto in basso non sarei caduta visto che era stato lui a mollarmi e che, su tutti i manuali di Disinnamoramento per principianti che Julie aveva consultato per me su Internet, la ripresa di contatto con l'ex era considerata assolutamente no-go, cioè: da evitare a ogni costo.

Nonostante mi attenessi a tutti quei suggerimenti trovati in rete, di *disamorarmi* non c'era stato verso. Non riuscivo proprio a smettere di sentire la mancanza di Quinn.

E mi faceva male. Talmente male da rimpiangere i bei vecchi tempi in cui io lo adoravo da lontano senza che lui nemmeno sapesse della mia esistenza, molto prima delle avventure meravigliosamente terrificanti vissute insieme, molto prima dei nostri baci. Ma il problema dei sentimenti è che non si possono riavvolgere o fare tornare indietro come gli orologi, a prescindere da quanto lo si desideri.

«Scusa, ma stai frignando?» mi domandò Bax.

«No» risposi, asciugandomi velocemente le lacrime dal viso. «Ho un po' di raffreddore allergico. Le, *uhm*, le betulle sono decisamente in ritardo con la fioritura quest'anno. E se proprio vuoi saperlo: non sono venuta perché per tutta la settimana ho dovuto partecipare a un campus biblico sulla *Costruzione di ponti per una migliore comprensione reciproca*.»

«Però, tanta roba» mi prese in giro Bax.

«Non è stato poi così male, sai, anche se sembra incredibile» ammisi. Anzi per dirla tutta il ritiro spirituale quella volta era stato addirittura carino. Tanto più che Luise e Leopold non erano venuti. «Non si trattava di costruire dei veri ponti, bada bene; la *costruzione* era da intendersi in senso figurato. E il cibo era molto meglio di quello di casa mia. Poi avevamo a disposizione un parco avventura e la sera c'erano pure i falò e roba del genere. Pensa che ho persino imparato a strimpellare *Oh Happy Day* sull'ukulele.»

«Chissà che strazio» esclamò Bax.

«No anzi, mi viene piuttosto bene» lo contraddissi. «Julie era entusiasta quando l'ha ascoltata. Dice che ho talento da vendere...»

Fummo interrotti dal suono delle campane della chiesa che annunciavano il vespro. Spaventata, estrassi il cellulare dalla tasca e guardai l'ora. Merda, non mi ero accorta di quanto fosse tardi. Non esisteva nulla che facesse inviperire i miei quanto l'arrivare in ritardo a cena, tranne forse le persone che andavano a messa solo a Natale e a Pasqua.

Bax mi accompagnò svolazzando sino all'uscita. Conosceva bene i miei arrivederci un po' frenetici.

«Ti sottoporranno a lunghe ore di torture?» domandò avido di sensazioni forti.

«No.» Forse avevo un po' esagerato nel raccontargli dei miei problemi familiari. «Oggi è domenica e la cena non dura mai a lungo perché i miei subito dopo si trovano con zia Bernadette e zio Thomas per vedere *Tatort – Scena del crimine*.» Fin da quando avevo memoria guardare quella serie poliziesca e poi lamentarsi di quanto fosse fatta male era sempre stato un rituale fisso della domenica sera a casa Martin.

La luce della sera inondò la chiesa non appena socchiusi il portone d'ingresso. Bax tornò a farsi invisibile anche se continuai a sentire la sua voce che ripeteva di continuo in tono quasi estatico: *Tatort – Scena del crimine.* Poi il portone si richiuse alle mie spalle.

***

Attraversai l'Agnesplatz il più velocemente possibile ma senza correre. I giornali esposti nel chiosco titolavano della cometa che durante l'estate si sarebbe avvicinata tanto alla Terra da essere riconoscibile persino a occhio nudo per intere settimane. Non capivo perché ne parlassero tutti da giorni. Come se fosse l'attrazione del momento. Probabilmente erano a corto di altre notizie perché del passaggio della cometa si sapeva da un paio d'anni e la sua traiettoria, calcolata allora, non si era mai modificata: avrebbe sorvolato la Terra a una distanza pari a cento volte quella della Luna, passando forse un po' più vicina della cometa di Halley, ma comunque sempre a milioni di chilometri. Una rivista invece aveva pubblicato una copertina allarmante. *Cometa killer in avvicinamento* si leggeva a caratteri cubitali, e solo più in basso, in un trafiletto minuscolo, si giustificava quel titolo con la presenza di acido cianidrico sulla superficie della cometa, che però sarebbe stato assolutamente irrilevante per la Terra, vista appunto la distanza. La cometa si chiamava C2019XR1 o cometa di Visser, dall'astronomo olandese Piet Visser che l'aveva scoperta; ecco perché qualche giornalista burlone si era sentito in dovere di ribattezzarla l'*Olandese volante* scatenando una gara di stupide e poco scientifiche allegorie navali sui giornali: *L'Olandese volante inonda il cielo con uno scroscio di meteoriti.* Roba da non crederci. Tutti tentavano di farne una grande storia, mentre se ne fregavano di notizie che erano davvero clamorose e strabilianti. Titoli come *Legittima difesa? Studentessa uccide un raro serpente piumato* oppure *Rapimento sventato. Crolla il portale d'accesso a un'altra dimensione* non se ne erano proprio visti il giorno in cui Quinn e io c'eravamo incontrati per l'ultima volta. Solo la pagina della cronaca locale riportava uno stitico articoletto di tre righe: *Tromba d'aria danneggia tetto.*

Passando davanti al negozio di fiori vi gettai un'occhiata frettolosa. Ormai non potevo farne a meno, eppure sapevo che di domenica era chiuso.

«Attenta alla cacca di cane!» mi gridò improvvisamente una voce nell'orecchio.

Cacciai un urlo e scansai di lato.

«Uff, per un pelo! Meno male» continuò la voce. Indubbiamente era quella di Bax; doveva trovarsi da qualche parte alla mia sinistra, invisibile ma ben udibile, purtroppo. «Se non ci fossi stato io, l'avresti presa in pieno» disse soddisfatto. «E non era certo un lascito di chihuahua, piuttosto di un cane pastore adulto, a giudicare dalle dimensioni.»

«Ma sei scemo? Mi hai fatto venire un colpo» lo insultai, anche se a bassa voce per non destare attenzione. «Non puoi mica pedinarmi in questo modo, soprattutto quando sei invisibile!»

«Preferiresti che ti tallonassi da *visibile*? In tal caso preparati ad assistere a una serie di svenimenti a catena tra i passanti.» Bax ridacchiò sommessamente. «Non tutti reggono la vista di un demone. Anche se il demone in questione è bello e affascinante come me.»

Probabilmente aveva ragione.

«Perché mi sei svolazzato dietro? Non dovresti stare di guardia al tuo portale?» gli domandai riprendendo il mio passo svelto.

«Io non svolazzo» sostenne Bax divertito. La sua voce mi giungeva dal basso ora. «E se devo essere sincero, prima di te e del tuo ganzo erano decenni che nessuno apriva più il portale. E poi non sarà proprio durante questa mia, meritatissima pausina di lavoro che arriverà qualcuno a rompere le scatole, ti pare?»

Stavo per rispondergli che Quinn non era affatto il mio ganzo quando scorsi una coppia strettamente abbracciata risalire la Alte Friedhofsstrasse. Erano i genitori di Quinn, il signore e la signora von Arensburg; e venivano proprio verso di me.

Istintivamente mi buttai nell'androne del civico 2 e mi nascosi dietro il divisorio dei bidoni della spazzatura. Il mio cuore batteva molto più forte di prima, quando mi ero spaventata dell'improvvisa sortita di Bax.

«Ci è mancato poco» ansimai. Con un po' di fortuna forse non si erano nemmeno accorti di me. Comunque era incredibile: da settimane facevo di tutto per non incontrare i von Arensburg e ora stavo per finire direttamente tra le loro braccia.

«Abiti qui?» domandò Bax. «E se ci abiti perché ti nascondi?»

«È colpa tua» sibilai. «Mi hai distratta e mi sono dimenticata di passare da dietro.»

Per quanto mi fosse sempre piaciuto abitare di fronte a Quinn, ora che avevamo rotto maledicevo quella vicinanza ogni giorno di più. Mi rendevo conto che non avrei potuto evitare i von Arensburg in eterno, ma per il momento, almeno fino a quando il solo pensiero di incrociarli mi faceva arrossire dalla vergogna, m'inventavo di tutto per non farmi beccare. Anche la busta con i soldi che la signora von Arensburg mi aveva dato per occuparmi di Quinn l'avevo infilata direttamente nella loro casella delle lettere alle quattro e mezza di mattina per essere sicura di non incrociare nessuno.

Le cose erano ben più difficili di giorno, alla luce del sole. Ma grazie al cielo non era indispensabile passare sempre dalla porta principale. I miei avevano senz'altro notato che entravo e uscivo passando dalla cantina, ma probabilmente lo consideravano soltanto l'ennesimo punto da aggiungere all'elenco delle mie tante stranezze. Quando passavo per il cimitero, rientrando da casa di Julie per esempio, non avevo alcun problema perché sulla strada non ci arrivavo nemmeno. Scavalcavo direttamente il muro di cinta che dava sul nostro giardino ed era fatta. Di solito mi aiutavo salendo sulla tomba di una certa Ruth Erika Schachins, morta nel 1972: la usavo irrispettosamente come scaletta. Quando invece dovevo rincasare dall'altra parte, attraversando come adesso l'Agnesplatz, le cose erano più complicate. Tutto sommato fino a quel momento il tragitto attraverso il cortile interno si era rivelata una buona soluzione. Quantomeno se non avevo nessuno appresso a sparare osservazioni cretine.

«Quindi preferisci sgusciare tra i cespugli come una ladra invece di usare i marciapiedi?» domandò Bax, mentre mi accingevo a sgattaiolare in uno stretto varco tra la staccionata e la siepe per raggiungere la proprietà confinante.

«Esatto.» Girai attorno a un recinto con la sabbia e mi abbassai per passare sotto un filo per la biancheria. «Visto che al contrario di te non posso né sparire, né volare, né sprofondare negli inferi, all'occorrenza mi devo arrabattare con quel che ho, spesso scegliendo la via più lunga. Nel frattempo conosco ogni passaggio scomodo qui intorno, anche quelli che neanche sembrano passaggi. Come questo qui per esempio.»

A fatica mi infilai tra due arbusti dalle foglie spiacevolmente spinose, che nell'ultima settimana erano un po' cresciute e mi graffiavano le guance.

«Credo sia la cosa più patetica che mi sia mai capitato di vedere» commentò Bax da qualche parte sopra di me. Poi lanciò un gridolino spaventato.

«Che ti succede?» stavo per domandargli ma subito udii anch'io il latrato e non potei trattenere un sorrisino sardonico. Al civico 10 viveva Roger, il bulldog inglese. Roger trascorreva molto tempo da solo in giardino e invece di essere felice quando passava qualcuno si agitava tremendamente.

Il suo abbaiare isterico misto al rantolo per riprendere fiato mi sembrava più minaccioso del solito, ma Bax si era già ripreso. «Quel coso assomiglia a un demone che conoscevo. Solo che di quelle teste dal muso appiattito e grinzoso ne aveva due.»

Roger ringhiò tentando di azzannare l'aria.

«Ah ah, non mi hai beccato!» canticchiò Bax. «Riprovaci, botolo!»

Nel frattempo io mi ero arrampicata sulla staccionata e tenevo pronti i croccantini che tenevo sempre in tasca appositamente per Roger. Non appena sentì crepitare il sacchetto, il cane smise di ringhiare e di saltare a vuoto e mi venne incontro ansimando.

«Il comportamento di grugno bavoso non andrebbe premiato» Bax aveva un tono piccato. «E poi i croccantini non fanno bene alla linea.»

«Ma fanno bene ai miei nervi.» Mi affrettai a lasciare quel posto prima che Roger avesse finito di ingurgitare il cibo che gli avevo dato. Le giornate si erano allungate rispetto al mese di febbraio quando, al riparo del buio, sarebbe stato senz'altro più facile passare indisturbati accanto alle finestre, anche se per contro ora i cespugli carichi di foglie assicuravano una migliore copertura. Il mio percorso alternativo si sarebbe fatto più difficile durante la stagione delle grigliate all'aperto quando la gente se ne sarebbe stata sempre in giardino. Ma avrei potuto sempre sostenere di essere alla disperata ricerca della mia povera tartaruga per esempio, o roba del genere.

Tra il civico 10 e il civico 12 purtroppo non c'era nessun varco da sfruttare per superare il muro di due metri d'altezza che mi si parava davanti. Per chi praticava abitualmente parkour come Quinn, sarebbe stato un gioco da ragazzi superare quell'ostacolo, ma a me costava sempre molta fatica. Per fortuna anche lì avevo sviluppato una sorta di routine: mi arrampicavo su un mucchio di legna da ardere accatastata sul cumolo di compostaggio, mi issavo di pancia sul coronamento del muro, mi giravo e poi mi lasciavo scivolare dall'altra parte con i piedi in avanti.

«Agile e leggiadra come un gatto» commentò Bax. «O com'è che si chiamano quegli animali dagli occhi grandi che se ne stanno sempre sdraiati sui banchi di sabbia al sole? Senti, ma manca ancora molto? Perché inizio a preoccuparmi per te.»

«Mollami, che mi metti l'ansia.» Nel proseguire svelta mi tolsi un po' di muschio dalla giacca e cercai di non badare allo scricchiolio dei gusci d'uovo del compost che mi si erano attaccati alle suole.

«Anche tu» replicò Bax, poi aggiunse con un tono molto più carino: «Però mi farebbe tanto piacere vedere quella serie poliziesca, sai quella *Tatort – Scena del crimine* di cui mi parlavi prima. Il simpatico signore dal quale andavo a vederla è stato messo in una casa di riposo e oggigiorno è diventato impossibile trovare chi di domenica la guardi senza fare zapping, parlarci sopra o produrre orribili rumori tra rutti e scoregge.»

«La mia famiglia ti piacerà, prendono tutti molto sul serio quella roba» lo rassicurai. L'idea di Bax stravaccato sul divano davanti al nostro televisore mi faceva morire dal ridere e migliorò di molto il mio umore. «Be' dai, allora vieni.» Non mi era mai stato concesso di tenere un animale domestico e sapere la *sacra famiglia* Martin in compagnia di un autentico demone sarebbe diventato uno dei momenti migliori dell'intera settimana. Peccato solo non poterlo immortalare con una fotografia, da esibire poi all'occorrenza.

Eravamo quasi arrivati. Restavano da superare un gruppo di faggi e il giardino della zia, poi saremmo stati a casa mia. Al massimo sarei arrivata con dieci minuti di ritardo per la cena, speravo che non avrebbero fatto troppe storie.

Districandomi dal groviglio dei rami di faggio però mi imbattei bruscamente in un ostacolo con cui non avevo davvero fatto i conti: Luise e Leopold, i miei due cugini, altresì noti in tutta la scuola come *i gemelli dell'orrore*.

Mi scrutarono più straniti che sorpresi.

«Donde vieni?» domandò Leopold, a cui piaceva parlare come i personaggi dei romanzi dei secoli andati.

«Perché esci dagli arbusti?» si informò Luise.

«Perché...» Che due palle! Proprio ora che ce l'avevo quasi fatta. «Avete visto la mia tartaruga, per caso?» Agitai le mani per aria. «È più o meno grande così!»

«No.» Leopold scosse la testa. «Non abbiamo visto nessuna tartaruga. Ma stavamo giusto predisponendo un orticello per le piante di insalata.»

«Magnifico» dissi cercando di passargli accanto.

«Eh no! Non è affatto *magnifico* se lasci libera la tua tartaruga e lei viene qui a scorrazzare.» Leopold mi rivolse un battito di ciglia pieno di rimprovero. «Le tartarughe divorano l'insalata.»

«Assolutamente! Ecco perché devo ritrovarla al più presto. Vi prego di informarmi qualora la scorgeste» replicai, imitando l'eloquio di mio cugino. I giardini delle nostre due famiglie non erano né divisi da una staccionata, né da una siepe. C'era solo una magnolia a segnare il confine tra le due proprietà. E fu da sotto quella magnolia che li salutai: «Vi auguro una leggiadra serata!»

«Aspetta!» mi apostrofò Luise. «Tu una tartaruga non ce l'hai!»

Merda!

«Davvero?» domandò Leopold perplesso.

«Ovvio che no, deficiente» gli rispose Luise. «Zia Britta non le permetterebbe mai di tenerne una.»

Leopold annaspò, visibilmente in imbarazzo per avere creduto alla storia della tartaruga ma cercando di dissimulare. «Non dire falsa testimonianza» declamò ampolloso tenendo sollevato l'indice come se si aspettasse che Dio mi punisse all'istante con un fulmine.

Invece dall'alto dei cieli risuonò un sussurro inquietante: «E tu ricorda di santificare le feste, Leopold!» Se non avessi saputo che la voce apparteneva a Bax me la sarei fatta sotto dalla paura, giuro. «Sei giorni lavorerai e il settimo giorno riposerai. E non ti dedicherai nemmeno al giardinaggio.»

A Leopold cadde la vanga di mano, lui e Luise sollevarono lo sguardo al cielo, la bocca spalancata. Sfruttai l'attimo per infilarmi nella tromba delle scale della nostra cantina. Ero salva.

Che meraviglia potere contare ogni tanto su un amico invisibile: nella mia mente si schiuse una serie infinita di nuove possibilità.

«Scusa, ma tu riesci anche a sputare acqua?» mi informai.

«Scherzi?» ribatté pronto Bax inondando d'acqua i gradini davanti a me.

Quinn

Maledizione! Cos'era quel respiro affannoso? Avevano con sé dei lupi sanguinari? L'ultimo faccia a faccia con una di quelle bestiacce non era finito molto bene per me. Arrancando dietro a Severin sulla piazzetta, mi guardai indietro spaventato. I nex ci erano alle calcagna, ma di lupi sanguinari non ne vedevo. Meno male. Probabilmente l'ansimare che avevo sentito era il mio.

Non so dire perché mi fosse sembrato così naturale scappare insieme a Severin. In fondo il cattivo della storia era lui. Non aveva forse tentato di rapirmi? Eppure, d'istinto, di fronte alla truppa di nex armati fino ai denti, lui mi era sembrato il male minore.

E a quanto pareva avevo preso la decisione giusta perché alle mie spalle qualcuno stava urlando: «In nome dell'Alto Consiglio! Arrendetevi!» Il che significava che avrebbero catturato anche me, o peggio. Qualcosa mi sibilò a fianco. Non appena mi accorsi della freccia che si era conficcata in una porta colorata lì vicino misi il turbo e raggiunsi Severin. Affiancati svoltammo in una stradina laterale.

«Com'è che era?» boccheggiai. «Nella Soglia non possono ammazzarti, giusto?»

«Giusto» confermò Severin. «A meno che non incappi in una sfinge. Questi sono solo nex, fidati; anche se è meglio che non ci prendano.»

Facile a dirsi. Ci eravamo appena infilati in una stupida strada senza uscita con in fondo un muro bello alto. Lanciai un'occhiata veloce alle facciate e alle pareti circostanti: non riconobbi alcun passaggio utile, né a destra né a sinistra. Eravamo in un vicolo cieco, nel vero senso della parola.

Niente panico però. Mica avevo passato settimane a fare parkour per niente! Con lo slancio giusto avrei potuto saltare la parete per raggiungere un sottile davanzale che sporgeva sulla sinistra e da lì, muovendo qualche passo in bilico, saltare nel giardino adiacente dove speravo di trovare un'uscita.

Il mio ex fisioterapista doveva avere in mente qualcosa di simile perché non aveva ancora rallentato il passo, anzi sembrava quasi volere prendere la rincorsa.

«Severin Zelenko!» Uno dei nex inseguitori apparve all'imboccatura del vicolo cieco alle nostre spalle. «Non ci scappi!» gridò e a me parve di riconoscere la voce di Rüdiger. «Arrenditi!»

Anche Severin sbraitò qualcosa di rimando, in una strana lingua di cui compresi solo *tango*.

Era improbabile che Severin avesse voglia di ballare, per cui pensai dovesse trattarsi di un insulto, tipo *Scordatelo, incapace!* E l'urlo di battaglia del nex in qualche modo me lo confermò, riecheggiando per tutto il vicolo.

Né Severin né io smettemmo di correre; stavamo puntando decisi contro la casa in fondo alla strada. Io fissai per un attimo il davanzale sul quale volevo slanciarmi e mi preparai al *wall run*. Spiccai un balzo, ma i miei piedi sprofondarono nel nulla. Sotto le mie suole la parete si stava trasformando in un campo energetico sfavillante attraverso il quale venni catapultato in avanti con forza. Mi schiantai a terra con un botto terribile accanto a Severin. Eravamo passati dall'altra parte.

Merda, che male!

Nel caso non avessi capito di avere appena attraversato un portale che dalla Soglia mi aveva riportato nel mondo reale, me ne sarei accorto in quell'istante. Mi faceva male dappertutto, muscoli e ossa sembravano appena usciti da una centrifuga.

Gemendo rotolai su un fianco e guardai la parete piastrellata attraverso la quale eravamo arrivati. Il campo energetico si era richiuso e al suo posto campeggiava un manifesto pubblicitario di una scuola di ballo: due persone a grandezza naturale che danzavano guardandosi intensamente negli occhi. *El tango te espera* lessi, e da qualche parte nel mio cervello le tessere del puzzle si ricomposero: *tango* era la parte della frase in codice che apriva il varco.

Girandomi a fatica sull'altro fianco mi resi conto di trovarmi in una stazione della metropolitana. Sì, era così, il che spiegava anche il penetrante odore di urina che sentivo. A poca distanza da noi scorsi la galleria dei treni e la gente in attesa sulla banchina, lo sguardo annoiato rivolto ai cellulari. Nessuno si era accorto di nulla, tantomeno di due sconosciuti appena sopraggiunti da un'altra dimensione attraverso un poster.

«Scusa piccolo, dobbiamo rimandare la nostra conversazione» disse Severin. Al contrario di me era atterrato su entrambi i piedi, in posizione raccolta, e si era già raddrizzato, con l'eleganza di un felino. Le mie gambe invece tremavano come budini e continuavano a cedere nonostante gli sforzi di rimettermi in piedi; la triste consapevolezza che nel mondo reale non potessi più fare affidamento sul mio corpo aumentò.

«Ma sei impazzito? Perché hai aperto il varco?» domandai ansando. «Da questa parte i nex ci prendono ancora più facilmente.»

«Non me.» Severin controllò con una rapida occhiata il manifesto, poi mi sorrise. Ignorò la mia mano tesa. «E a te non faranno niente, vedrai. Dovrai solo spiegare che sei sotto la protezione personale di Cassian; questo prima che ti sfondino la mascella, ovvio. Comunque non preoccuparti, nella Soglia guarisce quasi tutto.»

Eh?!

«Per favore parla con Cassian» aggiunse. «Non te ne pentirai.»

Tentai nuovamente di rimettermi in piedi. Niente, non ce la facevo. I muscoli si rifiutavano di reagire e le suole slittavano sulle piastrelle del pavimento. Accidenti!

«Rilassati Quinn. Sarò io a rifarmi vivo con te, non ti preoccupare!» Severin mi fece l'occhiolino. «Ora devo prendere la metro, quella che arriva è proprio la mia. Più comodo di così?»

Anch'io udii un leggero sferragliare provenire dal tunnel. La corrente d'aria mi avvolse mentre Severin si voltava per avvicinarsi di qualche passo al bordo della banchina.

Perfetto, lui poteva svignarsela tranquillamente in metropolitana mentre io sarei rimasto lì, sdraiato e indifeso sul pavimento, senza manco sapere dove mi trovavo. Forse a Madrid? Oppure a Buenos Aires. Se non ricordavo male, durante il primo incontro con Gudrun e i suoi, avevano parlato di un varco diretto per Buenos Aires. Il mio sguardo scivolò indagatore oltre le persone in attesa e si fermò sul nome della fermata ben visibile sulla parete della banchina: *Plaza Miserere*, lessi. Un nome perfetto per il misero stato in cui versavo. Se per caso fossi scampato ai pugni spacca-mascella degli allenatissimi nex avrei potuto inviare un simpatico messaggio da Buenos Aires ai miei. *Ciao mamma, ciao papà, mi spiace ma sono costretto a rimandare il nostro pranzo al sushi-bar di oggi. A proposito non è che potreste fare un salto a prendermi qui in Argentina? Mi servirebbe anche il passaporto. Grazie e a presto.*

E che cavolo!

«Severin, mi aiuti almeno ad alzarmi?» sbottai.

Severin fece finta di non sentire, non mi degnò più neanche di uno sguardo, rimase impassibile con la testa rivolta verso la galleria da dove stava spuntando il treno giallo della metro. Quindi fui il solo a notare che il manifesto sopra di me aveva ripreso a sbrilluccicare.

Riuscii appena a scansarmi rotolando sul fianco quando il nex che ci aveva inseguito nel vicolo cieco oltrepassò il portale con un balzo.

Si trattava davvero di Rüdiger. Ci mise meno di mezzo secondo a orientarsi, mi guardò, mi lasciò dove stavo e si precipitò verso Severin.

«Attento, Severin!» gridai.

E Severin questa volta reagì. Fulmineo si voltò sollevando la gamba e assestando un gran calcio al mento di Rüdiger. La testa del nex volò all'indietro, ma le sue mani agguantarono il piede di Severin nel tentativo di gettarlo a terra. Per cercare appiglio Severin si avvinghiò al collo di Rüdiger, ed entrambi si abbracciarono in una sorta di danza bizzarra.

All'improvviso la scena si congelò davanti ai miei occhi.

Quando il treno sopraggiunse persero entrambi l'equilibrio e precipitarono sul binario proprio davanti al primo vagone.

Per un istante vidi ancora le loro sagome poi, un battito di ciglia dopo, restò solo il giallo del convoglio a riempirmi lo sguardo e lo stridere dei freni nelle mie orecchie. Il treno sembrò impiegare un'eternità ad arrestarsi.

Non so che cosa mi aspettassi, la disperazione del guidatore del convoglio, o un segnale d'allarme in stazione, o persone sconvolte attaccate al cellulare per dare la terribile notizia... ma non accadde nulla di tutto ciò. Le porte della metro si aprirono con un sibilo leggero, alcune persone uscirono dai vagoni disperdendosi sulla banchina, altre invece salirono ordinatamente a bordo.

Sentii qualcuno ansimare, ma un secondo dopo mi resi conto che ero io stesso, a boccheggiare disperatamente.

Che cos'era successo? Il macchinista avrebbe dovuto rendersi conto che Severin e Rüdiger erano caduti proprio davanti al treno. Oppure non c'era alcun manovratore sui convogli metropolitani di Buenos Aires? E le persone sulla banchina? Erano tutte cieche?

Due individui erano appena stati maciullati sui binari e nessuno muoveva un dito?

Con il pensiero di Severin gravemente ferito e sanguinante sotto le ruote del convoglio tentai con tutte le forze di tirarmi in piedi, ma il mio corpo non reagiva, per quanto stringessi i denti. Eppure dovevo fare qualcosa, una cosa qualsiasi, per soccorrerlo, anche se il buonsenso mi diceva che nessuno sarebbe potuto sopravvivere a un impatto del genere. Nessuno, nemmeno un arcade. O mi sbagliavo?

Con mano tremante mi tastai in cerca del cellulare. Le mie scarse conoscenze di spagnolo mi avrebbero permesso solo di comprarmi un gelato, ma parlando in inglese forse sarei riuscito a fare una chiamata d'emergenza. Ma per quanto smanettassi, non succedeva niente e allora mi resi conto che non ero in Europa e che il mio telefonino probabilmente era inservibile lì.

Il vagone più vicino fermo davanti a me si era svuotato e riempito dei passeggeri in attesa sulla banchina.

Feci un ultimo tentativo per tirarmi su. Ok, sì, potevo farcela! Anzi, *dovevo*! La metro non poteva ripartire come se nulla fosse. E per miracolo questa volta mi sollevai da terra tutto sbilenco, ma finalmente ero in piedi, la schiena appoggiata alla parete con il manifesto. «*Help!*» avrei voluto gridare, invece dalla gola mi uscì solo un sussurro rauco.

Un uomo barbuto mi passò accanto tenendo per mano una bambina che si fermò a guardarmi impietosita. «Qualcuno li aiuti!» bisbigliai indicando il treno.

L'uomo la strattonò via.

E in quell'istante il treno si mosse.

Non avrei voluto, ma fu più forte di me: con lo sguardo ritrovai l'esatto punto dove Severin e Rüdiger erano precipitati avvinghiati l'uno all'altro. Un groppo amaro mi salì in gola e mi venne da vomitare.

Poi guardai i binari.

Nulla.

C'erano i binari e la ghiaia grigia nel mezzo, una confezione vuota di hamburger, una lattina di birra che rotolava avanti e indietro spinta dallo spostamento d'aria. Niente sangue, niente cadaveri smembrati. Di Severin e Rüdiger non esisteva più alcuna traccia.

Com'era possibile? Dov'erano spariti? Che ne era stato di loro?

Iniziò a girarmi la testa, ero scosso da tremori violenti e inondato da sudori freddi. Mentre le gambe tornavano a cedere mi voltai e incollai lo sguardo allo slogan in fondo al manifesto. «*El tango te espera*» mormorai e con quella poca forza che mi era rimasta mi lasciai cadere attraverso il campo energetico dall'altra parte del portale.

***

«Ora calmati, Quinn» Emilian mi accarezzava la spalla. «Va tutto bene.»

«Bene un cavolo» soffiai come una tigre. «Ma mi state almeno ascoltando?»

Lungo il tragitto dal portale a lì mi ero trattenuto, perché da un momento all'altro mi aspettavo di essere fermato dal gracchiante *Alt, sei in arresto* di un nex, o da altre gracchianti amenità del genere. Ma per fortuna di nex non ne avevo incrociati, né appena varcato il portale né per strada, il che era singolare, anche se non avevo la forza di rifletterci sopra. Almeno all'interno della Soglia il mio fisico si era rimesso a funzionare a meraviglia e mi erano bastati pochi minuti per raggiungere il portone d'ingresso della riserva.

Per assurdo ci stavo mettendo molto di più a spiegare alle fate che cosa era accaduto. Le avevo trovate sedute mano nella mano su una panchina sotto un grande ulivo e mi sembrava di aver passato un'eternità seduto in mezzo a loro senza che riuscissero a capire.

«Deve essere approdato a Buenos Aires attraverso il portale» ripeté Giacinto a mezza voce rivolto a Emilian. «Conduce direttamente all'interno di una stazione della metropolitana.»

«Sì, ma poi ha anche raccontato che qualcuno è stato investito da un'auto» mormorò Emilian. «Un certo – come hai detto che si chiamava Quinn? – Hoppsi?»

«Ma mi siete del tutto rimbambiti?» sbottai. La furia che sentivo crescere in me mi faceva bene. Almeno era un'emozione diversa che contrastava con il mio profondo sgomento.

Emilian e Giacinto mi guardavano perplessi con i loro occhioni verdi di fata. Non sapevo quale reazione mi sarei aspettata da loro, ma non certo quella indifferenza davanti alla morte di Severin e di Rüdiger. Forse non ero stato abbastanza chiaro nell'esporre i fatti, d'accordo, forse avevo parlato in modo un po' concitato, caotico e frammentato e, sì, forse non avrei dovuto nominare Hoppsi, il coniglietto di Lasse che era stato stirato da un'auto quando avevamo otto anni, ma le cose più importanti le avevo dette di sicuro: e cioè che Severin e Rüdiger erano caduti sui binari della metropolitana proprio mentre arrivava il treno ma che i loro corpi erano misteriosamente spariti. E poi continuavo a ripetere. «E non c'era nemmeno una goccia di sangue! Eppure almeno un po' avrebbe dovuto esserci!»

«Quindi, giusto per capirci» riepilogò Giacinto concentratissimo. «Sei saltato attraverso un portale e hai visto due nex che lottavano tra di loro prima di finire sotto un treno, è così?»

«Non due nex qualsiasi, Giacinto! Erano Severin e Rüdiger, o come accidenti si chiama quel tizio! Quello che comunque ha l'aspetto da Rüdiger.» Cavoli, ma quante volte ancora dovevo ripeterlo?

«Capisco, uno l'hai battezzato Rüdiger e l'altro Severin.» Emilian si sporse in avanti tutto infervorato, mentre Giacinto mi pregava: «Per favore, puoi ricominciare da capo? Esattamente com'è che sei finito...»

«Guarda che non l'ho *battezzato* io» lo interruppi con tono aspro. «Lui si chiamava così e basta: Severin Zelenko. Ricordate? Sì, proprio *quel* Severin Zelenko! Capisco che per voi Severin non sia più un tipo tanto raccomandabile visto che ha lavorato per Frey, e anche che ha commesso degli errori, ma a me piaceva, gli ero affezionato e quindi per favore non fate finta di non sapere chi sia e di non avere mai sentito neppure il suo nome, o che per voi sia del tutto normale finire maciullati sotto un treno.» Involontariamente conclusi sbraitando: «E comunque non ci penso proprio a raccontarvi da capo l'intera faccenda, scordatevelo».

Confucio, il drago nano rosso che dormiva tra i rami dell'ulivo sopra le nostre teste, tossì per lo spavento, soffiando dalle narici tante nuvolette infuocate. Giacinto ed Emilian si guardarono in silenzio, come se stessero conversando con gli occhi. Mancava solo che si stringessero nelle spalle.

Mi alzai. Ne avevo avuto davvero abbastanza. Avevo sperato che le fate potessero fornirmi una spiegazione confortante, l'ideale sarebbe stata qualche parola del tipo: «Non ti preoccupare Quinn, nelle stazioni delle metropolitane, sotto i binari, ci sono un sacco di portali. Sono semplicemente tornati nella Soglia. A quei due non è successo niente». Ma avrei accolto con gratitudine anche una qualsiasi altra spiegazione vagamente sensata. Invece mi scontravo con la loro irritante e ottusa incomprensione. Non lo sopportavo più. Volevo tornarmene a casa e dimenticare ciò che avevo visto.

«Quinn!» Giacinto mi afferrò per un braccio, ma Emilian lo trattenne.

«Non vedi com'è sconvolto?» bisbigliò. «Forse dovrebbe parlare con Cassian, spesso lui sa trovare le parole più adatte.»

Sbuffai dalla rabbia. Col cavolo. Ci mancavano solo le chiacchiere del professor Cassian. Se fossi andato con Giacinto alla biblioteca del professore, avrei dovuto raccontare di nuovo tutto e non ero affatto sicuro che non sarei scoppiato a piangere. No, dovevo tornarmene a casa in un altro modo e mi sembrava pure di avere individuato come.

«Quinn, aspetta un attimo ...»

«Non mi frega niente della vostra terapia della Soglia» brontolai indispettito mentre con decisione uscivo dal portone e mi incamminavo lungo il vicolo in salita. Poco più avanti c'era il portale che avevamo scoperto insieme Matilda e io e che per questo dentro di me chiamavo il *portale di Matilda*. Conduceva direttamente all'interno della chiesa sull'Agnesplatz, la chiesa che *lei* frequentava abitualmente. Immaginai per un attimo che mi stesse aspettando dall'altra parte e che... No, fermi tutti, stop! Non era proprio il momento di fare i sentimentali. Dovevo solo svignarmela da lì. Per un'ultima volta in quella giornata mi misi a correre.

«Quinn!» Giacinto mi seguì. «Stai andando nella direzione sbagliata!» mi gridò dietro.

Non mi degnai nemmeno di rispondergli. In quel momento non mi importava più di nulla: che vedesse pure dove era nascosto il portale di Matilda. Anzi, probabilmente lo sapeva già, perché era proprio in chiesa che ci aveva sorpresi quella volta.

Ecco: scorsi la nicchia nel muro dove qualcuno aveva scritto *Libertà per gli Orchi!* Quella era la mia uscita di emergenza. Allungai la mano e con mio grande sollievo osservai le pietre dissolversi per lasciare spazio allo scintillio del campo energetico.

«Aspetta» sentii ancora Giacinto gridare, ma poi mi tuffai nel turbine di neve e barcollai fuori dall'altra parte. Rischiai di cadere per terra, dato che il portale si trovava a circa un metro dal pavimento. Bestemmiando mi appoggiai alla parete accanto, come sempre frustrato dalla scarsa agilità del mio corpo nel mondo reale. Mi girava pure la testa e l'odore inebriante di incenso mi procurò un leggero malessere. Perfetto!

Mi guardai attorno. Matilda non c'era. Ovvio che no. Ma per fortuna non c'era nessun altro perché mi ero appena reso conto che era domenica e che avrei potuto piombare lì nel bel mezzo di una funzione. Chissà come si sarebbe stupita la gente nel vedere il dipinto pasquale animarsi.

Inoltre non avevo considerato un'altra cosa: le mie dannate stampelle! Le avevo lasciate al cimitero, davanti al portale che dal mausoleo di una certa famiglia König portava direttamente nella Soglia, all'interno della biblioteca del professor Cassian. Ora come avrei fatto a tornare a casa? Certo, avrei potuto chiamare i miei genitori pregandoli di venirmi a recuperare in chiesa perché, come dire, avevo smarrito i miei *ausili ortopedici*. Senz'altro sarebbe stato un po' meglio che scrivere da Buenos Aires, anche se comunque avrei avuto le stesse serie difficoltà nello spiegare loro la faccenda.

Perciò, quando poco dopo vidi Giacinto sbucare dal portale e guardarmi con aria contrita mi sentii meno indisposto nei suoi confronti. «Ascoltami, Quinn, mi dispiace, di là abbiamo affrontato le cose in modo sbagliato» iniziò a scusarsi. «Perché, sai, all'inizio non avevo proprio capito che...» inspirò. «Dev'essere strano vedere morire una creatura della Soglia e non dimenticarselo immediatamente. Soprattutto se quella creatura la conosci. Insomma, ci credo che sei scombussolato.»

Ma che cosa stava dicendo? «Anche se fossero stati estranei ed esseri umani sarei stato comunque sconvolto» ringhiai. Per dimenticarsi subito una cosa del genere, bisognava essere altro che freddi e insensibili! Era quello il loro metodo? Be' con me non funzionava. Lo fissai scuotendo la testa. «Potremmo non parlarne più per favore?»

Giacinto mi osservò per un attimo in silenzio poi mi domandò con un sospiro: «Mi permetti almeno di accompagnarti a casa?»

Annuii magnanimo. «Però te ne devi stare zitto e muto.»

Con un sorriso sollevato Giacinto mi prese sotto braccio e, sorreggendomi, mi condusse verso l'uscita. Improvvisamente si voltò indietro verso il trittico. «Strano, i portali all'interno delle chiese di solito hanno dei guardiani; piccole bestiole demoniache e moleste che sono state confinate da tempo immemore nella pietra. Questo portale invece sembra completamente abbandonato. Dovrei segnalarlo! Il vecchio Hector così ligio alle regole darebbe fuori di matto se lo sapesse. Portali simili valgono un capitale sul mercato nero.»

Segnalare la mia comodissima uscita di emergenza segreta? «Sarebbe abbastanza stupido farlo, non credi?»

Giacinto sogghignò e con la mano libera spinse il portone della chiesa. «Hai ragione. Un portale dimenticato può rivelarsi estremamente utile in certi casi.»

***

I vecchi tigli allungavano le loro ombre sulla piazza nella luce della sera e le piccole facce nascoste all'interno delle loro cortecce ammiccavano, sorridendomi gentilmente. Camminavo concentrato, con lo sguardo rivolto all'asfalto irregolare e non mi accorsi dei miei genitori fino a quando non li ebbi davanti.

«Eccoti tesoro» esordì la mamma schioccandomi un bacio sulla guancia. «Ti abbiamo mandato un sacco di messaggi ma visto che non rispondevi ti siamo venuti a cercare.»

Ah già, giusto. Mi ero completamente dimenticato del nostro appuntamento per cena. Amavo il sushi, ma non credevo che sarei riuscito a mandare giù nemmeno un boccone in quel momento. Probabilmente me lo si leggeva in viso che non stavo bene; la mamma infatti mi squadrò preoccupata.

Borbottai qualcosa a proposito della batteria scarica e del non essermi reso conto dell'ora.

«Succede di non accorgersi del tempo che passa quando ci si diverte» disse papà allungando la mano a Giacinto. «Giacinto, non è vero? Ci siamo già visti da lontano recentemente. Io sono il padre di Quinn. Albert.»

Giacinto sorrise nel modo incantevole delle fate e strinse la mano di papà. «Molto piacere.»

«E le tue stampelle?» domandò la mamma.

«Ecco, le stampelle...» ripetei cercando di prendere tempo. «Le ho... cioè sono...»

«Quelle ce le siamo completamente dimenticate, accidenti alla fretta» concluse Giacinto al posto mio. «Farò un salto a riprenderle e ve le porto direttamente a casa, d'accordo?»

«Oh, sarebbe davvero gentile da parte sua.» La mamma era raggiante. «Sa, domani Quinn riprende la scuola dopo quattro mesi e mezzo di pausa.»

«Già, e per festeggiare abbiamo deciso di uscire a cena» aggiunse papà. «In quel nuovo locale giapponese nella Josefstrasse; lo hanno appena aperto e ha ottime recensioni.»

«Possiamo invitarla, Giacinto? Ci farebbe tanto piacere averla con noi» disse la mamma visibilmente entusiasta dell'idea. «Siamo sempre felici di conoscere i nuovi amici di Quinn.»

Era vero. Dopo l'incidente la mamma sembrava vivere nell'ansia che potessi isolarmi socialmente. Ecco perché a mia insaputa era persino arrivata a pagare Matilda per farmi compagnia. Ora era contentissima pure di Giacinto e non sembrava importarle minimamente che fosse comparso dal nulla, che avesse un paio d'anni più di me e che il suo corpo fosse ricoperto di tatuaggi. O che indossasse strane magliette, come quella di oggi con la scritta *Un lupino fa ciò che un lupino deve.*

«Sì, davvero ci farebbe molto piacere» ripeté papà.

«Così ci racconta un po' di lei!» Lo sguardo della mamma indugiò sulla maglietta di Giacinto. «Non è uno spacciatore, vero?» continuò con un minuscolo sorriso in modo che la domanda sembrasse scherzosa. «Non che ne abbia l'aspetto, anzi, per nulla, ma non si può mai sapere ...»

«Non preoccuparti mamma» la presi in giro. «Del resto sei dotata di un tuo personalissimo e infallibile istinto in fatto di conoscenze umane e non ti sbagli mai. Ricordi? Hai avuto un feeling istintivo verso quella psicologa da strapazzo, per non parlare di Severin.»

«Severin chi?» domandò la mamma. E rivolgendosi a Giacinto continuò: «Per quella psicoterapeuta mi vergogno ancora! Del resto come potevo immaginare che avesse bisogno di più cure mentali dei suoi pazienti?»

«Già» commentai. «Ma ora sul serio mamma: Severin. Il mio fisioterapista.»

Mia madre corrugò la fronte. «Il nome non mi dice niente. E a te, Albert?»

Mi sentii accapponare la pelle. Giacinto mi strinse più forte il braccio perché ebbi un piccolo cedimento.

«Davvero? Fate finta di non conoscere Severin?» Guardai mio padre che alzò le spalle in segno di scusa, poi il mio sguardo tornò alla mamma. «Severin Zelenko! Il fisioterapista, quello che avreste adottato dal primo giorno della mia riabilitazione perché gli eravate così grati. Dai, mamma, non scherzate!» Sì, perché poteva trattarsi solo di uno scherzo. «Severin, un tipo alto, di bell'aspetto, con una vistosa cicatrice sul viso. Sempre pronto a incoraggiarmi e a motivarmi.»

Mamma e papà scossero il capo pensierosi. La pelle d'oca intanto si era estesa fino alla nuca dove mi si erano rizzati tutti i peli.

«Durante la riabilitazione in ospedale?» rifletté ad alta voce la mamma. «Erano in tanti a occuparsi di te... Ricordo quell'infermiera risoluta, la prima che ti ha permesso di togliere finalmente le calze contenitive...»

«Sì» assentì mio padre sollevato. «Anch'io mi ricordo di lei. E anche di quella simpatica, con le lentiggini. Ti ripeteva sempre che ai muscoli non basta l'insalata per rinforzarsi.»

No. Non poteva essere. Era semplicemente impossibile. Notai l'intensità con cui Giacinto mi osservava di lato, ma non ce la feci a ricambiare il suo sguardo.

«Severin ha continuato a farmi fisioterapia anche dopo il periodo di riabilitazione in ospedale» spiegai in tono spento mentre Giacinto sospirava.

«Ah, allora forse lavorava per l'ambulatorio di fronte all'università?» domandò mamma. Poi si rivolse nuovamente a Giacinto. «Una vera seccatura! Quell'ambulatorio ha chiuso dall'oggi al domani, così senza preavviso. Ho dovuto smuovere mari e monti per riuscire a prenotare le sedute per Quinn in un altro studio. Hanno tutti tempi di attesa lunghissimi, non c'è mai posto.»

«Come nei migliori ristoranti.» Papà controllò l'orologio in modo ostentato. «Bene, se non vogliamo che cancellino la prenotazione del nostro tavolo ora dobbiamo davvero sbrigarci.»

Se Giacinto avesse allentato leggermente la presa, mi sarei accasciato a terra. «Mi dispiace. Ma io non posso venire» riuscii a balbettare. «Mi gira la testa. Forse... siamo stati in giro un po' troppo oggi. Credo che la giornata sia stata un tantino intensa per me.» Il bello era che non stavo affatto mentendo!

«Infatti, sei molto pallido.» La mamma mi appoggiò una mano sulla guancia.

«Il ristorante non scappa» disse papà.

«No, no, vi prego, andate voi due.» Non desideravo altro che coricarmi nel mio letto e spegnere il mondo. Entrambi i mondi.

«Non se ne parla neanche» decretò la mamma.

«Potrei accompagnare io Quinn a casa» s'intromise Giacinto. Nella sua voce risuonò tutta la magia delle fate e quasi sembrò che l'aria attorno a noi iniziasse a sfavillare. «Voi andate pure al ristorante, senza di lui, e godetevi la serata.»

In altre circostanze mi sarei meravigliato di come fosse riuscito con il solo incanto della voce a convincere i miei genitori iperprotettivi e ansiosi a rilassarsi e a congedarsi allegramente da noi. In quel momento però ero troppo sconvolto per apprezzare le doti magiche di Giacinto.

Ancora incredulo vidi mamma e papà attraversare la piazza tenendosi per mano. L'espressione interdetta sui loro visi era stata quasi intollerabile.

«Vieni!» Giacinto mi sospinse dolcemente. «Credo che tu abbia davvero bisogno di sdraiarti.»

Aveva ragione. Il malessere di poco prima era ritornato a farsi sentire. E avevo le vertigini, fortissime vertigini. Ero così contento che Giacinto fosse forte come una quercia e riuscisse a reggermi molto meglio di quanto potessero fare le stampelle.

«Davvero non si ricordano di Severin?» domandai con voce flebile. «E nemmeno tu?»

Giacinto fece cenno di no con la testa mentre mi conduceva dall'altra parte della strada. «Emilian e io abbiamo sentito pronunciare il suo nome per la prima volta quando ne hai parlato nella riserva» spiegò come scusandosi.

«Eppure...» Com'era possibile? Avevo qualcosa di brutto al cervello? Mi ero solo immaginato di vedere morire qualcuno che in realtà non era mai esistito? Non riuscivo a crederci. E tutti quei dettagli che avevo in testa allora, da dove provenivano? Era una serie di eventi concatenati che ruotava attorno a Severin, dal nostro primo incontro per la riabilitazione in ospedale alla nostra ultima avventura all'interno della Soglia. Una complessità tale non potevo essermela inventata, di sicuro non avevo la fantasia necessaria per riuscirci. Quante volte avevo sentito la mamma dire *Severin è proprio un tesoro.* All'inizio della riabilitazione i miei genitori avevano partecipato spesso alle sedute di fisioterapia e... Mi bloccai di scatto perché mi era venuta in mente una cosa.

«Non sono pazzo» urlai estraendo il cellulare dalla tasca. «Lo posso provare.»

«Certo che non sei pazzo» mi confortò Giacinto mentre facevo scorrere le foto che avevo salvato. «È da un po' che tento di spiegartelo. Guarda che io ti credo! Mi ci è voluto solo un po' di tempo per capire come...»

«Aha!» Avevo finalmente trovato quello che cercavo «Ecco qua! Il video lo ha registrato mio padre per i nonni. Risale al giorno in cui mi hanno appeso per la prima volta a quella specie di robot con cui ho imparato di nuovo a camminare.» Sventolai il cellulare sotto il naso di Giacinto. «Vedi? Qui! Quel tipo alto vicino al tappeto mobile, con la coda di cavallo e la cicatrice? Quello è Severin. Se papà non avesse continuato a tirare su con il naso per l'emozione durante la ripresa, si sarebbe potuta anche sentire la sua voce.» Ero quasi euforico nel riguardare il video con Giacinto. «Te lo ricordi, adesso? So che vi conoscevate solo di sfuggita, però dico... guardalo bene! Ti sembra un tipo che si possa dimenticare facilmente?»

Giacinto guardò lo schermo per un attimo aggrottando la fronte. «No, non penso, ma... no, non lo conosco. Però c'è una spiegazione.»

Frustrato, mi infilai di nuovo il telefono in tasca. «Bene, sì, allora per favore spiegami perché non vi ricordate della persona che, tra l'altro, ha sulla coscienza i tuoi amati corvi!»

«Non è questo il punto» disse Giacinto. «La domanda corretta da fare è: perché te ne ricordi *tu*?»

«In che senso *io*?» Mi fermai barcollando. «Che cosa intendi, scusa?»

Giacinto mi afferrò per le spalle e mi sostenne, poi mi guardò serissimo. «Pensavo che a suo tempo te l'avesse già detto Cassian: quando noi creature della Soglia moriamo non è come per voi umani. Di noi non rimane niente.» Sospirò. «Noi ci dissolviamo semplicemente nel nulla.»

Che cosa? «È così che Rüdiger e Severin sono spariti senza lasciare traccia?» domandai esitante. C'era una parvenza di logica in quel che avevo appena sentito. «Perché i loro corpi si sono... *dissolti*?»

«Non solo i loro corpi.» Il viso di Giacinto si incupì. «Nel momento in cui moriamo svaniscono anche tutti i ricordi che gli altri hanno di noi, come se non fossimo mai vissuti.» Socchiuse gli occhi guardando lontano. «È terribile. Un mattino ti svegli, trovi le lettere o gli oggetti appartenuti a una persona con la quale evidentemente sei vissuto per anni e hai solo un enorme vuoto di memoria. Non provi nulla, assolutamente nulla. Credimi, è un'esperienza che a nessuno piacerebbe fare.»

Lo fissai paralizzato, incapace di ribattere alcunché.

«Capisci?» continuò Giacinto. «Ecco perché Emilian e io eravamo stupefatti di ciò che ci stavi dicendo e non capivamo. E hai visto? Anche per i tuoi genitori è stata la stessa cosa... per tutti noi quel Severin non è mai esistito.»

Lasciai sedimentare ancora per qualche secondo quelle parole e poi domandai: «Allora non sono pazzo?»

«No, non sei pazzo» rispose Giacinto serio. «Tu sei l'unico a ricordarsi ancora di Severin. E questo è...» ammutolì per un istante. «... È un miracolo» aggiunse.

«Scusa ma che senso ha?» Perché diavolo mi era tornata la pelle d'oca?

«Non lo so» disse Giacinto ancora più serio di prima. «So solo che per il momento sarà meglio tenercelo per noi. Almeno fino a quando non ne saprò di più.»

«D'accordo» mormorai. Del resto non avrei davvero saputo con chi altri parlarne.

Matilda

«È il primo giorno di scuola e dopo due ore di mate ho già bisogno di un'altra vacanza» sbuffò Julie. Come a ogni intervallo ci mettemmo in coda al chiosco della scuola: Julie impazziva per lo yogurt di soia ai gusti di vaniglia e mora che vendevano solo lì. «Almeno oggi sarà nonno GUFO a farmi i compiti di matematica. Ho scoperto che è un vero mago con i numeri!»

«Hai avuto una gran fortuna» dissi. GUFO era il nome del progetto d'incontro tra studenti e anziani a cui Julie e io avevamo aderito: si trattava di spiegare alle persone di una certa età come usare gli smartphone o i tablet o come funzionavano i social media o qualsiasi altra cosa desiderassero sapere. «La mia nonna GUFO invece fa solo domande imbarazzanti. Vuole sapere quale sia il significato della sigla LGBTQIA+ e cosa sia il *brasilian waxing*. Non è che vorresti fare cambio?»

«Scherzi? Manco morta. Però se vuoi dopo ti faccio copiare i compiti.»

«Grazie.» Mi guardai attorno un po' nervosa. A essere sincera avrei preferito fare altre due ore di matematica piuttosto che trovarmi in cortile. Oggi era tornato a scuola Quinn e nonostante mi fossi arrovellata per due settimane, ancora non avevo capito come avrei dovuto comportarmi con lui.

Di sicuro ci saremmo incontrati, era solo una questione di tempo. Non potevo nascondermi: non tra i gabbiotti dell'immondizia troppo vicini al parcheggio dei professori e nemmeno nei bagni delle femmine: un nascondiglio ideale, di solito, ma starci rintanata durante gli intervalli fino alla maturità di Quinn avrebbe senz'altro destato qualche sospetto.

Vederlo da lontano bastava a darmi il batticuore, figurarsi trovarmelo davanti all'improvviso in mezzo agli studenti. Che cosa avrei dovuto fare: dirgli *ciao* e proseguire? Farmi venire un'idea meno banale? Ma il mio terrore era che Quinn, incrociandomi, potesse fare finta di non vedermi. Giuro, sarei rimasta stecchita. Almeno credo.

«Smettila di sospirare!» Julie sapeva benissimo a cosa pensavo. «Rilassati, vedrai che con la sedia a rotelle sarà senz'altro rimasto in classe.»

Per precauzione mi spostai dietro a un ragazzone spallato che mi garantiva un buon paravento, anche perché da lontano avevo visto avvicinarsi Lilly Goldhammer, la *ex* di Quinn, e le sue due amiche Smilla e Carina. Accidenti, con tutto il posto che c'era dovevano proprio fermarsi a parlare lì? E sempre con quell'aria impeccabile? Mi erano talmente vicine che potevo sentire tutto quel che dicevano.

Carina e Lilly s'interrogavano sui vocaboli latini, mentre Smilla sembrava in vena di pettegolezzi.

«*Did you see the* chiodo che sfoggia la nuova tizia del corso di inglese? Grande *look* da *dark academia*, vero! Non so se avete notato, ma è di Balmain, e anche se è un tantino *vintage*, deve esserle costato *1 K. At least!*» A Smilla piaceva piazzare mezze frasi in inglese: mica ci scordassimo che era appena rientrata da un semestre negli Usa.

«Ricchezza?» domandò Carina.

«*Divitiae, divitiarum*» rispose Lilly scostando dal viso un ciuffo di capelli di un bel castano lucente. Dalla mia posizione nascosta potevo osservarla per bene. «Sinceramente non mi sono sembrati un granché, né il giubbotto né il look né, tantomeno, lei. Compiuto?»

«*Perfectus*» rispose Carina. «Perdere?»

«I tatuaggi sono alquanto *strange*» ammise Smilla. «Fa un po' giargiana. Ma i *boys* sembravano trovarla piuttosto *hot*.» Lasciò correre lo sguardo sulle persone in fila. «*By the way*: dov'è Lasse? Non viene a dare il buongiorno al suo zuccherino?»

«*Amittere: amitto, amisi, amissum*» rispose Lilly con un tono stranamente irritato. «Sai benissimo che Lasse si è beccato il norovirus. Forse viene domani.»

«Già, è vero.» Smilla sorrise sorniona. «Scusa. Comunque quando si è innamorati anche la diarrea può risultare *sexy*.»

Julie mi diede una spintarella. Concentrata com'ero a origliare non mi ero accorta che l'armadio davanti a me si era spostato lasciandomi completamente scoperta. Cercai di muovermi il più in fretta possibile, ma era già troppo tardi.

«*Volant!*» esclamò Smilla prontissima facendomi sussultare nel profondo.

«Questo non lo so.» Carina si era messa a sfogliare freneticamente nel suo quaderno dei vocaboli. «Scusa ma gli antichi romani usavano le camicie con i *volant*? Dove lo vedi?»

Smilla ridacchiò. «Lì davanti a te, guarda!» rispose e mi indicò. «La *ex* dell'*ex* di Lilly.»

Quinn e io eravamo stati insieme pochissimo e molte persone non se ne erano nemmeno accorte, ma Lilly era stata testimone del nostro primo bacio e le sue amiche ovviamente ne erano al corrente. Sapevano anche dell'imbarazzante camicetta con i volants che indossavo il giorno del nostro indimenticabile incontro in ascensore. Purtroppo non mi venne nessuna risposta tagliente.

Lilly mi degnò di un'occhiata fugace e cambiò espressione. «Lascia stare volant ambulante» disse in tono sprezzante e compassionevole al tempo stesso, poco decifrabile. «Ci ha già pensato Quinn a spezzarle il cuoricino. La storia più breve di tutti i tempi!»

In effetti... sì, era vero. Più o meno, insomma. Sentii Julie inspirare e soffiare l'aria dalle narici come un drago, pronta a difendere il mio onore. Al contrario di me lei aveva sempre la risposta pronta. Ma prima che potesse aprire bocca, Smilla esclamò con voce impostata, indicando la scala: «Aprite il sipario e accoglietelo con un applauso. Signore e signori ecco a voi Quinn von Arensburg».

Il mio piccolo cuore spezzato iniziò a battere all'impazzata.

Quinn aveva veramente fatto un ingresso teatrale, e avanzava nel cortile della scuola sotto gli sguardi di tutti. Per qualche secondo regnò il silenzio assoluto poi si alzò un cicaleccio collettivo. Si muoveva bene anche con le stampelle e la sua andatura era molto più disinvolta di qualche settimana prima. A parte le grucce, l'unico altro segno evidente dell'incidente era la grossa cicatrice sul collo, peraltro molto più chiara e meno evidente di prima. Le altre ferite sulla testa erano coperte dai capelli in ricrescita e non si vedevano più, anche se i miei polpastrelli conservavano il ricordo di averle toccate.

Sospirai mentre Julie mi prendeva istintivamente per il braccio.

Senza accorgersi del mormorio circostante e degli sguardi puntati su di lui, Quinn parlava animatamente con due compagni. Da lontano mi sembrava molto rilassato.

«Ecco, è lui che ha avuto l'incidente» spiegò il tizio spallato che mi aveva offerto un involontario riparo.

«Già, quello che ha lasciato metà cervello sull'asfalto?»

«Dev'essergli ricresciuto in fretta però» si intromise una ragazza. «E anche l'orecchio. Guardate: ce l'ha ancora attaccato.» Sembrava un po' delusa. «Ma avete sentito di Valentin *comesichiama*, quel ciorro di prima che durante le vacanze ha rubato l'auto dei nonni ed è andato in Belgio?»

Presi dal nuovo pettegolezzo, i ragazzi avviarono un'animata discussione sull'opportunità di prendere la patente di guida dai tredici anni. Un argomento molto più interessante del tipo con le stampelle.

Almeno per la maggior parte di loro. «Certo che è sempre strafico» commentò Smilla con un fischio di approvazione, lo sguardo ancora piantato su Quinn. «Wow. Non sembra anche a voi che i jeans gli stiano addirittura meglio del solito?»

«Tocca a te» sbuffò Lilly irritata rivolgendosi a Carina e cercando in fretta il nuovo vocabolo da chiederle: «Affanno?»

Sì, un pochino, grazie per l'interessamento!

Ora che Quinn si era girato verso di noi mi mancava davvero un po' l'aria. In realtà il suo sguardo era puntato proprio su di me. Come se avesse saputo fin da subito che ero lì e avesse solo aspettato il momento giusto per puntarmi i suoi occhi addosso. Nella magia di quell'attimo ricambiai il suo sguardo senza curarmi di manifestare davanti a tutti i miei sentimenti, tutta la nostalgia che avevo di lui.

Avevo temuto tantissimo quel momento. Eppure in quel momento ero semplicemente... felice. Non riuscii a controllare il sorriso che si allargò sul mio viso.

«Ti ho chiesto che cosa prendi, svegliati!» strepitò qualcuno alle mie spalle.

Sobbalzai spaventata e mi voltai di scatto. Non mi ero accorta che era arrivato il mio turno. Il banco era presidiato dal bidello Meller, un tipo burbero che odiava spassionatamente tutte le persone al di sotto dei vent'anni. A suo parere eravamo tutti dei gran maleducati destinati a precipitare l'Occidente nella rovina. Mi fissava arcigno e intanto, in automatico, tagliava il pane in due, ci schiaffava dentro una cotoletta, spremeva una salsa a caso, richiudeva e schiacciava con forza. Senza attendere la mia risposta mi ficcò il panino in mano con un «Buon appetito!»

«Ehm, in realtà desideravo uno yo...» balbettai, ma il signor Meller m'interruppe. «Prima ti distrai e poi pretendi, signorina? Chi rallenta la fila prende ciò che Meller dà, questa è la regola, capito?»

«Mica siamo in galera...» intervenne Julie ma io le tirai subito una gomitata. Se non chiudeva quella boccaccia, avrebbe potuto scordarsi lo yogurt di soia. L'irascibile Meller era capace di tutto. Prima delle vacanze aveva addirittura chiuso il chiosco a metà intervallo solo perché un ragazzo non lo aveva ringraziato. Meglio evitare un'escalation. Pagai e mi presi il panino.

«Come si dice?» domandò Meller minaccioso.

«Grazie» bofonchiai per riguardo a chi era ancora in fila dietro di me e anche un po' per vigliaccheria, visto che Meller mi faceva paura.

Quando mi voltai di nuovo verso Quinn lui aveva già ripreso a parlare con i compagni come niente fosse.

Forse la magia che avevo colto poco prima era solo il frutto della mia immaginazione.

«Non può continuare così» commentò Julie e io mi sentii colta in flagrante. Aveva ragione, dovevo almeno cercare di darmi un contegno. Ma Julie non si riferiva a me bensì a Meller.

«Quell'uomo è prepotente, malvagio e non indossa nemmeno i guanti quando maneggia il cibo! Dovremmo protestare ufficialmente. E ora che ci penso… che fine ha fatto la nostra petizione per avere più alternative vegane a mensa?» disse scaraventando il mio panino con la cotoletta in un cestino, e allungandomi uno dei due yogurt di soia che aveva preso. «Non vorrei mai che ti prendessi il norovirus pure tu» spiegò lanciando un'occhiata di sbieco a Lilly.

«Grazie.» Mi appoggiai al muretto dell'aiuola e restituii lo yogurt a Julie. «Mangialo tu che sei in astinenza da due settimane. Io non ne ho voglia.» Ed era vero. Quell'intervallo era stato decisamente troppo adrenalinico per i miei gusti. Meno male che era quasi finito.

Quasi, per l'appunto.

«Oh, eccola, quella nuova» gridò Smilla indicando una ragazza che stava scendendo le scale come una diva. Era piccina ma ben proporzionata, i lunghi capelli scuri le incorniciavano un viso incantevole anche se un po' pallido. La gonnellina a quadri metteva in risalto una figura sottile ed era abbinata a una camicia bianca morbida sulla quale svettava una cravatta, come se fosse una divisa scolastica. Le gambe piuttosto lunghe calzavano degli anfibi neri e il giubbotto di pelle era un vero chiodo.

Quella visione travolgente provocò un picco di adrenalina che mi diede il colpo di grazia.

«No, non è possibile» mi sentii mormorare. La ragazza che era fluttuata con eleganza giù per le scale, e che ora faceva vagare lo sguardo ammaliante sul cortile, era precisa e identica a Giovanna d'Arco.

Che, viceversa, speravo con tutto il cuore non fosse più a piede libero.

Mi affrettai a osservare Quinn. Lui però dava le spalle alla rampa e non poteva vedere la nuova studentessa né essersi accorto della sua incredibile somiglianza con Giovanna d'Arco.

«Scusa, ma tu la conosci?» Julie mi aveva sentito bisbigliare tra me e me.

«Pare santa Giovanna» risposi distratta. «Ma non è così, giusto?»

«Giusto» confermò Julie. «A meno che non sia iniziata l'Apocalisse.»

Oddio. Mi auguravo proprio di no.

«Scusa ma com'è che la conosci?» domandò Julie e di colpo mi resi conto dell'informazione che mi era sfuggita.

«Ehm. Durante il ritiro spirituale, sai al campo biblico, c'era una ragazza... be'... che le somigliava parecchio» balbettai. «Abbiamo frequentato entrambe un seminario sui santi. Con tanto di gioco di ruolo finale... In cui lei faceva per l'appunto Giovanna d'Arco.» Gioco di ruolo sui santi... sembrava uno scenario improbabile persino per un ritiro spirituale... ma nella fretta non mi era venuto in mente niente di meglio.

«Ah, capisco» disse Julie osservandomi perplessa. «Strano che tu non me ne abbia mai parlato.» Insomma mi conosceva troppo bene. Lanciai di nuovo una rapida occhiata alla scala e mi resi conto di non essere l'unica.

«No, Smilla!» sibilò Lilly. Troppo tardi: Smilla, dopo aver cercato di attirare l'attenzione della nuova arrivata agitando una mano, ora stava urlando senza ritegno. «Iuuhuu! Siamo qui-i!»

«Accidenti!» esclamò Lilly seccata. «Eccola che arriva!»

Fino a quel giorno era stata lei l'incontrastata fashionista della scuola e i suoi post *Outfit of the day* ottenevano sempre un sacco di like. Non c'era da stupirsi che la nuova non le andasse affatto a genio.

Anche solo la grazia e la sicurezza con cui camminava. Con un sorriso divertito ricambiava gli sguardi ammirati che sollevava mentre avanzava ancheggiando con i capelli al vento.

E fu proprio quel sorriso a togliermi ogni dubbio. Era proprio lei: Giovanna d'Arco! Ma la conferma definitiva arrivò quando scorsi la parola *PRAY* tatuata a chiare lettere sulle nocche delle dita.

Con un gesto automatico mi tastai gli avambracci come se le ustioni che lei mi aveva inflitto ricominciassero a farmi male. Giovanna D'Arco, da secoli una delle nex più fedeli e pronte alla battaglia della Soglia, capace di evocare il fuoco e le fiamme con un solo gesto delle mani, di proiettarli lontano e di incendiare ogni cosa... mai avrei immaginato che l'avrei rivista.

E invece mi stava venendo incontro con la sua andatura sinuosa.

Se avesse voluto finire ciò che aveva iniziato sul tetto? O incenerire noi e tutto il cortile? Avrei dovuto correre, dare l'allarme, prendere un estintore, insomma fare qualcosa. Invece ero paralizzata, con i piedi incollati al suolo come due blocchi di cemento.

Stava per raggiungermi, quando dal nulla Quinn si materializzò davanti a lei, provocando un sommesso gridolino di stupore a Julie: «Oh».

«Fermati!» esclamò lui con tono minaccioso.

Ma Giovanna rimase imperturbabile e cinguettò allegra: «Quinnino, tesoro!»

Intanto Lilly, Smilla e Carina prendevano fiato in sincrono e io invece smisi di respirare del tutto.

«Bello rivederti! Peccato non fare inglese insieme.»

«Che ci fai qui?» Non potevo vedere l'espressione di Quinn ma la sua voce non suonava affatto gentile: «Tu qui non ci puoi stare. Vattene!»

Giovanna lo osservava con la testa leggermente piegata di lato, senza far mostra di aver sentito.

«Ti trovo in forma Quinnino, molto meglio dell'ultima volta» replicò lei. «Ti abbraccerei volentieri se togliessi la punta della tua stampella dalla mia pancia» rise brevemente come se singhiozzasse, poi si rivolse a me. «Ah, è c'è anche Matilda, che carina!»

Io deglutii a vuoto.

«Ti avviso, Giovanna» intimò Quinn. «Se fai solo un altro passo io...»

«Johanna!» lo corresse dolcemente. «Johanna Bogen.» Sorrise maliziosamente. «Per l'esattezza mi chiamo *von* Bogen, cioè d'Arco, ma fa troppo snob e preferisco tralasciare. Ma mi spieghi perché sei così scortese con me? In fondo sono una tua nuova compagna, Quinn *von* Arensburg. Dovresti esserne contento, perché sono sicura che con me non ti annoierai mai in questa scuola. Lo sai che ballo in modo spettacolare.»

Lilly fremeva di rabbia, mentre Julie iniziò a ridacchiare.

«Scusa, quale ballo?» domandò Smilla senza rendersi conto di aver parlato ad alta voce, perché poi continuò come in trance a fare domande a raffica: «E tu Quinn, come fai a conoscerla? Stavate insieme o che? Percepisco una strana vibrazione tra voi due.»

Mentre Quinn appariva sempre più scocciato, il viso di Giovanna si illuminò di un bel sorriso. «Ciao. Ti ho già vista al corso di inglese. Hai un taglio di capelli delizioso» disse e con una piroetta si spostò accanto a Smilla.

Istintivamente cercai di indietreggiare ma mi trovai contro il muretto dell'aiuola.

«Grazie!» Smilla dimenticò persino di usare l'inglese tanto era entusiasta. «Io sono Smilla. E queste sono Carina e Lilly.

Anche Lilly è stata la ragazza di Quinn. Prima del suo incidente. Da allora si è messa con il suo migliore amico che attualmente ha la diarrea.»

«Ah davvero?» Giovanna sorrise rivolgendosi a Lilly che evitò di ricambiare.

«Sì proprio così!» replicò Smilla con fare piccato. «Oh che peccato! La pausa è finita.» In effetti la campanella aveva iniziato a suonare e lei girò sui tacchi e si incamminò impettita verso l'ingresso seguita da Carina.

Io continuavo a restare imbambolata lì, non solo per la presenza di Giovanna ma anche per quella di Quinn. Soprattutto per Quinn che si era appena voltato per incrociare il mio sguardo. Proprio il mio, questa volta ne ero sicura.

Per un attimo l'unica cosa che rimase a fuoco intorno a me furono i suoi occhi. Mi ero dimenticata di quanto fossero azzurri.

Tutto okay? diceva il suo sguardo e io annuii. Sì, ora che eravamo insieme era tutto okay, e non mi importava se nel cortile della scuola vagava un demone piromane. Mi bastava stare lì a guardare Quinn. Fosse dipeso da me, anche per tutta l'eternità.

Invece fui richiamata bruscamente alla realtà dallo sferragliare della serranda del chiosco che il bidello Meller stava abbassando furioso.

«A che ballo ti riferisci esattamente?» domandò Smilla per la seconda volta.

«Al ballo di primavera, a quello di rientro e a quello di fine anno, non importa. Io sarò la regina di qualsiasi ballo organizzato dalla scuola» rispose Giovanna divertita. «Sono allenatissima, nelle ultime settimane non ho fatto altro che guardare *teen movies*.»

Julie rise di nuovo in modo sommesso. Quinn invece non aveva ancora distolto lo sguardo dal mio. Mi sbagliavo o si era anche avvicinato un pochino? Basta, dovevo smetterla, era ora che mi riprendessi, almeno un po'!

«*Unfortunately* non si organizzano balli in questa scuola» si rammaricò Smilla. «Tranne il ballo della maturità, naturalmente. Ma ci vanno solo quelli dell'ultimo anno ed è un mortorio. In genere qui il clima non è lo stesso dei film che hai visto; purtroppo non ci sono né squadre di football con quarterback da urlo né cheerleader sexy.»

Giovanna mise il broncio. «Oh, e non ci sono neppure quei gruppi di discussione superfichi in cui nerd scialbissime si trasformano all'improvviso in ragazze irresistibili, perché smettono semplicemente di portare gli occhiali spessi, i maglioni sformati e imparano a lisciarsi i capelli?» domandò. «Comunque io non mi rassegno tanto facilmente e non rinuncio ai sogni. Un ballo decente si potrà pure organizzare anche qui, non credi?»

Julie rise di gusto. «Simpatica la tua santa Giovanna» mi bisbigliò all'orecchio.

«Credimi, è tutt'altro che santa» ribattei sussurrando a mia volta.

«Intendi un ricevimento danzante tipo *Bridgerton*? Sarebbe fantastico!» Smilla applaudì eccitata.

«Oh sì, è un'ottima idea.» Giovanna annuì riconoscente. «Queste mura venerande non vedono l'ora di ospitare abiti lunghi e fruscianti, frac impeccabili e la musica dei valzer. Io ho una vera passione per questi vetusti edifici scolastici, in cui respiri la presenza di poeti e scrittori del passato. C'è solo quella costruzione che turba il mio senso estetico» continuò volgendo lo sguardo alla palazzina dei laboratori di scienze. E, in effetti, quel cubo a due piani dal tetto spiovente, realizzato in metallo, legno e vetro sembrava assolutamente fuori luogo, vicino all'edificio originario.

«Peccato che quello spilorcio di Yilmaz non darà mai il permesso» sospirò Smilla. Il dottor Yilmaz era il preside della scuola, un avaro senza pari che risparmiava persino sulla carta igienica.

«Abbi fiducia. Ora ci sono io.» Giovanna fece un gesto di intesa a Smilla e poi, rivolta a Quinn, continuò: «E tu puoi iniziare a farti crescere i baffi e a imparare a ballare la quadriglia, Quinnuccio.»

«Aspetta e spera» le rispose Quinn cupo.

«Ora devo proprio andare, ho arte» si accomiatò Julie sospirando. Le aule di disegno erano all'ultimo piano, nel sottotetto, e la professoressa non ammetteva ritardi. «Durante l'ora di biologia però mi spieghi tutto, eh!» mi apostrofò allontanandosi e indicando Quinn e Giovanna con un cenno del capo.

Sì, volentieri, sempre che fossi stata ancora viva!

«Tu dove devi andare?» si informò Smilla rivolta a Giovanna. Il cortile della scuola si stava svuotando. «Se vuoi ti accompagno.»

«No, le faccio strada io» s'intromise perentorio Quinn lanciando uno sguardo gelido a Giovanna. «Tu puoi tranquillamente andare... Smilla.»

«E tu puoi tranquillamente smettere... di darmi ordini *Quinnuccio*» ribatté Smilla imitando il tono di lui.

Giovanna reclinò la testa all'indietro e rise della sua strana risata a singhiozzo. Sembrava davvero divertita.

«Ma come fate a conoscervi voi due?» ritornò alla carica Smilla.

Giovanna e Quinn risposero quasi insieme: «Conosco suo *nonno*» disse Giovanna... e Quinn: «Avevamo un *amico* in comune».

Lui si morse il labbro e mi guardò per una frazione di secondo.

Strano come nell'ultimo minuto ci fossimo impercettibilmente avvicinati l'uno all'altra; ora mi era così vicino che riuscivo a percepire il piacevole calore del suo corpo. Sarebbe bastato allungare un dito per sfiorarlo. Per non cedere alla tentazione affondai entrambe le mani nelle tasche dei miei pantaloni.

Un professore ci passò accanto. «Ragazzi è già la seconda campanella, sbrigatevi!» ci esortò.

«Ops!» Smilla si decise finalmente ad andare. «Quello era Llorente, ho matematica con lui ora» concluse, ma dopo avere fatto qualche passo in direzione dell'ingresso si voltò di nuovo: «Johanna, volevo assolutamente dirti che hai un giubbotto da urlo. Mi piace un sacco!»

«Grazie, sei gentile!» Giovanna d'Arco alias Johanna (von) Bogen le fece un cenno di saluto con la mano. «Sembra che io mi sia già trovata un'amica del cuore. Assolutamente indispensabile per la reginetta della scuola, non credete?»

«Smettila di fare la scema!» La voce di Quinn era tagliente e gelida. «Ora mi dici che ci fai qui!»

Quinn

«Uffa, ma perché sei tanto antipatico?» Giovanna mise il broncio fingendosi offesa. «Mi sbaglio o si è alzato un po' di vento?»

«Può darsi» risposi in tono scostante. Non volevo che si rendesse conto di quanto fossi rimasto scioccato dalla sua apparizione inaspettata. Il formicolio ai polpastrelli era l'unica cosa a tranquillizzarmi in quel momento: se solo si fosse azzardata a fare qualcosa, qualsiasi cosa... l'avrei semplicemente soffiata via, scaraventandola lontano; era bene che se ne rendesse conto prima di azzardarsi a scagliare una fiamma contro Matilda.

Giovanna scosse il capo divertita. «Tesoro, vacci piano, non minacciare tempesta. Io non vi sto facendo assolutamente nulla.»

Certo, e come no, Mademoiselle Sparafuoco!

«Giovanna... perché sei qui?» domandò timidamente Matilda. Erano le sue prime parole e il solo suono della sua voce bastò a farmi sussultare. Fin dall'intervallo, quando l'avevo scorsa nel cortile della scuola, ero rimasto sopraffatto dall'emozione e il mio corpo fremeva, come se tanti mini tsunami sottopelle fossero affiorati sospingendomi irrimediabilmente verso di lei. E poi lei mi aveva sorriso! C'era voluto tutto il mio autocontrollo per riuscire a distogliere lo sguardo. Avevo deciso di starle alla larga per proteggerla meglio, ma la presenza di Giovanna era bastata per farmi dimenticare i buoni propositi in una frazione di secondo.

Quell'infida lanciatrice di fuoco medievale mi aveva spinto ad agire d'impulso e ora mi trovavo così vicino a Matilda che potevo sentire il profumo del suo shampoo al cocco, con esiti peraltro disastrosi per la mia autodisciplina. Infatti, mentre la testa s'impegnava a controllare la situazione tenendo sotto tiro Giovanna e minacciandola con sguardi truci, le mie mani desideravano solo afferrare Matilda, stringerla a me e non lasciarla più andare via.

Anche Matilda fissava Giovanna. «Spiegami: ti sei davvero *iscritta* in questa scuola? Sei una nostra *compagna* ora?» Solo un leggerissimo tremito della voce rivelava la sua irrequietudine. «So che all'epoca eri analfabeta, ma immagino che dal quindicesimo secolo in poi avrai avuto tempo per recuperare una parvenza di istruzione.»

Giovanna sollevò un sopracciglio, l'allusione al suo analfabetismo l'aveva irritata. «Oh guarda, la nostra piccola Matilda, sa ancora parlare. Sono sollevata, pensavo avessi disimparato. Sai, oggigiorno basta una questione appena *scottante* per soffrire di disturbo irreversibile da stress postraumatico.»

Emisi un suono strozzato. Nell'udirlo Giovanna alzò subito le mani in segno di tregua. «Stavo solo scherzando, rilassati, *stormboy*.» Fece due passi di danza in direzione di una panchina, sollevò la gamba sullo schienale e iniziò a fare esercizi di allungamento muscolare come fosse una ballerina classica alla sbarra. Aveva una bella faccia tosta: «Sul serio, non riesco a capire perché non mi crediate. Sono una studentessa come tutte le altre. Al contrario di voi ragazzetti viziati io non ho mai goduto di una vera giovinezza. Mi hanno schiaffato subito dentro a un'armatura, ficcato una spada in mano e mandata al macello, prima come salvatrice della patria e poi come nex a vita. Vi sembra strano che dopo quasi seicento anni mi sia scocciata e aspiri a qualcosa di nuovo?»

Stava provando a impietosirci? «In effetti sembra proprio un buon momento per sperimentare qualcosa di nuovo» replicai cercando di usare un tono di scherno. «Anche perché ho sentito che sei stata silurata dalla centuria. Con...» Com'è che si era espresso Severin? «... vergogna e disonore.»

Per un attimo il viso di Giovanna si contrasse, ma lei riprese subito l'autocontrollo. Si fletté in avanti allungando le mani fino a toccarsi i piedi. «Voglio dirti una cosa, piccolo discendente. Tu non hai proprio idea di come funzionino le cose per i nex. O per me in particolare. Io non sono una qualunque, sai.» Alzò gli occhi al cielo. «Figurati... Vergogna e disonore un corno! Potrei rientrare in qualsiasi momento. E chi te ne ha parlato lo sa. Si tratta del caro Giacinto, vero? Porgigli i miei ossequi quando lo vedi, per favore.» Cambiò la gamba di sostegno. «Sono io che non voglio tornare. Onestamente, questo congedo arriva a proposito: finalmente ho il tempo per recuperare la giovinezza perduta e per divertirmi come si deve.»

«Proprio qui nella *nostra* scuola? Guarda che caso!» disse Matilda aggrottando la fronte. «A me sembra piuttosto una missione.»

Sorrisi fra me e me. Il talento di Matilda nell'arrivare al dunque mi era davvero mancato.

«Perché proprio nella vostra scuola?» Giovanna si strinse nelle spalle. «Be' dovrete farvene una ragione. Voi due siete gli unici esseri umani che conosco. Gli unici a frequentare una scuola e gli unici sotto i centocinquant'anni.» E con un sogghigno aggiunse: «Inoltre ho ancora delle cosette in sospeso con voi due».

Nonostante il tono zuccheroso con cui la pronunciò, l'ultima frase mi suonò come una dichiarazione di vendetta. Che impunita: semmai eravamo noi a doverci vendicare, non lei!

«Non è colpa nostra se ti hanno sbattuto fuori dai nex» le ricordai. «E davvero non posso credere che tu sia ancora libera di scorrazzare impunemente dopo avere violato ogni vostra direttiva del cavolo. O pensi di incolpare Severin per ciò che è successo? Anche se non è stato lui a volere gettare Matilda dal tetto né a giocare con il fuoco.» Appena ebbi pronunciato il suo nome me ne pentii... Mi ero ripromesso di non parlare mai più di Severin. Lo sguardo interrogativo che quel nome provocava negli altri mi feriva profondamente. Persino i miei genitori avevano alzato le spalle con espressione perplessa, quando, quella mattina stessa, avevo mostrato loro il video con Severin. Era come se un bisturi lo avesse eliminato dal loro cervello: ricordavano qualsiasi dettaglio insignificante, ma avrebbero potuto giurare di non aver mai visto quell'uomo enorme con la coda di cavallo e la cicatrice.

Stessa cosa con Giovanna. «Chi è Severin?» s'informò con noncuranza. Mi domandai se conservasse ricordi precisi visto che Severin era stato completamente cancellato. Come avrebbe fatto a spiegarsi il portale e l'evidenza che qualcuno lo avesse aperto? E senza Severin che ragione avrebbe avuto di raggiungerci proprio su quel tetto? Doveva essere inquietante mettere insieme i fatti con simili buchi di memoria.

Eppure Giovanna non sembrava né scossa né sconvolta. Semplicemente staccò la gamba dalla panchina e si sistemò il chiodo mentre ci sorrideva con fare indulgente. «E no... Come vi ho già spiegato, io non sono affatto una qualsiasi. Ma del resto non posso aspettarmi che voi *omuncoli* capiate. Vi lascio un altro po' di tempo per assimilare il fatto che ormai sono una vostra compagna di scuola; intanto me ne vado a lezione. Come sto?» Senza aspettare una risposta – si sentiva fantastica anche senza la nostra rassicurazione – ci voltò le spalle e s'incamminò ancheggiando.

«Chi è Severin?» ripeté Matilda.

«Nessuno.» Frustrato, mi lasciai cadere sulla panca.

Matilda guardò Giovanna salire le scale e sparire all'interno della scuola. «Incredibile come abbia fatto in fretta a toglierselo dalla mente» sostenne scuotendo il capo. «Dopo tutti quegli irritanti *darling* e *tesoro*, e quelle smancerie!»

Come?! La fissavo incredulo trattenendo il respiro.

«Un attimo *darling*, butto giù questa tizia dal tetto e torno subito da te» continuò Matilda imitando quasi perfettamente la voce e il tono di Giovanna. «E Severin: oh certo, però sbrigati *tesoro*, intanto io ti aspetto qui in questa mia posa supersexy, mentre con una mano apro il portale e con l'altra evoco quei subdoli serpenti pium...» S'interruppe di colpo e mi indagò spaventata. «Che succede? Che cos'hai?»

Io annaspavo confuso cercando di prendere aria.

«Ti gira la testa?» domandò lei preoccupata sedendosi accanto a me.

«Tu ti *ricordi* di Severin?»

Socchiuse gli occhi irritata. «No, ovvio che no, di solito tendo a dimenticarmi in fretta dei tipi a cui lancio in testa le aste dei pomodori, a prescindere dalle loro incredibili cicatrici o dai portali che varcano.»

Lei *riusciva* a ricordarsi! Un incredibile senso di leggerezza mi percorse da cima a fondo. Giacinto si era sbagliato. Non ero l'unico a sapere che Severin era esistito. «Avrei dovuto intuirlo. Perché tu sei... tu sei davvero un miracolo» esultai e non m'importava un fico secco del sorriso che avevo stampato in volto e che mi faceva sembrare un ebete. Lei *era un miracolo*. Il *mio* miracolo, per essere precisi. Come fossi riuscito a stare senza di lei per tutte quelle settimane era un mistero. «Sai quanto mi sei mancata, vero, Gota paffuta?»

Avevo appena pronunciato ad alta voce ciò che pensavo e stavo per buttarle le braccia al collo per stringerla a me, quando colsi in lei un minuscolo sussulto. Fu una doccia fredda. Matilda mi stava guardando a occhi spalancati, le pupille dilatate, seria e vagamente sconcertata. Maledizione, che cosa stavo facendo? Per settimane non ci eravamo parlati e ora mi comportavo come se mi fossi assentato per una breve vacanza o simili. Chiaro che il mio comportamento le sembrasse strano.

«Scusa, non volevo...» All'improvviso ricominciò a girarmi la testa; per fortuna ero ancora seduto. «Io ero così... Però forse tu nel frattempo... Cioè, io... Be' non ci crederai ma...» Cavolo, quanto dovevo sembrarle ridicolo mentre balbettavo in quel modo cose senza senso.

Matilda mi stava ancora guardando immobile, chiedendosi probabilmente che cosa avesse trovato di tanto interessante in me.

Datti un contegno, Quinn, puoi fare di meglio! Mi schiarii la voce. «Sono successe molte cose da quando ci siamo visti l'ultima volta.» Okay, ero riuscito a pronunciare una frase intera, facevo progressi. «E se tu ora non avessi più voglia di...» – *me!* – «... cioè, di quella robaccia della Soglia, posso senz'altro capirlo.»

Matilda abbozzò un sorriso. «Non riesci ancora a leggere nel pensiero, vero?»

Vero! Com'era bella quando sorrideva. E non solo quando sorrideva. Un ricciolo biondo si era liberato dal laccio della coda e mi trattenni a fatica dall'allungare la mano per scostarglielo dalla fronte.

Per un attimo ci guardammo in silenzio.

«Non mi sono mai scusato per...» ricominciai d'un fiato ma le mie parole si confusero con le sue: «Quello stupido teschio non...» Rimanemmo zitti per un attimo e poi ricominciammo a parlare insieme.

«Insomma non volevo che tu finissi di nuovo nei guai a causa mia» dissi, e lei in contemporanea: «È tutto noioso senza di te».

Ci scappò da ridere. «Prima tu» la esortai.

Matilda sospirò. «Avrei dovuto confessarti che tua mamma mi aveva pagato per assisterti. Mi dispiace un sacco.»

«No, dispiace a me per tutte le brutte cose che ti ho detto. Sono stato davvero un idiota.» Mi sentii meglio a dirlo, perciò lo ripetei: «Un vero idiota!»

Sulle gote di Matilda le fossette si fecero più marcate.

«Dove sei stata per tutto questo tempo?» domandai. «Non ti ho mai visto uscire di casa. Ho persino pensato che i tuoi ti avessero rinchiuso in un convento o cose simili.»

«Io, be', no, sono stata parecchio in giro invece» rispose Matilda restando sul vago. Poi cominciò a tempestarmi di domande: «E tu? Come sta il professor Cassian? E le fate? Giacinto si è procurato altri corvi? Hai più rivisto Nietzsche? Nel frattempo, sei riuscito a volare con un balena-dirigibile? Ma Giovanna prima si stava riferendo al professore, quando ha detto di conoscere tuo nonno? Ci sono novità riguardo alla profezia? Hai interpretato le scritture? Come sta Confucio? Dove ti ha portato Severin e perché ti ha rapito? E che cosa ha spinto Giovanna ad agire in quel modo? Hector è riuscito a tranquillizzarsi?»

Mamma, quanto mi era mancata!

Da dove iniziare? Meglio dalla notizia peggiore. «Severin è morto» dissi.

«Che cosa?» Matilda sgranò i suoi begli occhi.

Annuii tristemente. «E la cosa terribile è che all'infuori di te e di me nessuno sembra più ricordarsi di lui.» È vero, avevo promesso a Giacinto di non farne parola con nessuno, ma lei era *Matilda*.

«Oh» esclamò, corrugando la fronte. «Oh, capisco!» Si piegò in avanti infervorata. «Un incantesimo dell'oblio o una maledizione che non agisce su di noi? Oppure Severin è sempre esistito solo in un universo parallelo che noi abbiamo abbandonato senza rendercene conto? Ma perché? E comunque sei proprio sicuro che Severin sia morto?»

«È accaduto sotto i miei occhi, Matilda.» Incredibile ma vero questa volta avevo una voglia matta di raccontare tutta la storia. Peccato che proprio mentre stavo per iniziare sia arrivato correndo il mio compagno Tristan, con un sorriso allusivo stampato sulle labbra.

«Accidenti, Quinn! Nell'aula di biologia è scoppiato il finimondo a causa tua e tu te ne stai qui stravaccato a fare il cascamorto» gridò tutto agitato.

Dalla mia espressione capì che non apprezzavo per nulla il suo tempismo, e si chiuse nelle spalle in segno di scusa. «*Sor-*

ry, ma mi è toccato venirti a cercare, la Schlüter sta facendo il diavolo a quattro perché nessuno ha saputo dirle dove ti fossi ficcato.» Poi proseguì ridendo: «Leopold ha ipotizzato che tu avessi perso l'orientamento e fossi svenuto da qualche parte; stava già organizzando una squadra di ricerca. A quanto pare, durante le vacanze di Pasqua ha frequentato un corso di pronto soccorso e adesso non vede l'ora di aiutare qualcuno».

Merda. Bigiare l'ora di biologia durante il primo giorno di scuola forse non era stata un'ideona. Gli insegnanti avevano fatto di tutto per mettermi a mio agio dopo il lungo periodo di cura, per farmi sentire bene accolto e ben integrato a scuola. Ovvio che la mia assenza sarebbe saltata subito all'occhio. Il preside Yilmaz mi aveva addirittura citato nel discorso di inizio d'anno trasmesso con l'altoparlante, anche se come al solito aveva sbagliato il mio nome: «Siamo lieti di ridare il benvenuto nella comunità scolastica al nostro Quinn von Arnsberg».

Lanciai a Matilda un'occhiata dispiaciuta. Non ero pronto a separarmi nuovamente da lei, proprio adesso che ci eravamo ritrovati e che avevamo così tante cose di cui parlare. «Senti, possiamo... Sei libera dopo la scuola?»

«Sì» rispose di getto, ma poi scosse il capo. «Cioè no, purtroppo no.» Sembrava ancora sotto shock ma al tempo stesso molto ma molto curiosa.

«Dai, sbrigati» mi incalzò Tristan porgendomi una mano. «Guarda che la Schlüter è capacissima di chiamare i pompieri.»

Sospirando, lasciai che mi aiutasse ad alzarmi e poi afferrai le stampelle.

«Ti mando un messaggio... cioè... ti faccio avere i dettagli per telefono» dissi rivolto a Matilda incamminandomi controvoglia e zoppicante al fianco di Tristan.

«Sì, grazie, meglio» mi apostrofò da dietro le spalle. «Sennò c'è il rischio che io... esploda.»

Mi venne da sorridere.

«I dettagli eh?» Tristan mi diede un'amichevole gomitata in pancia. «E guarda che aria innamorata.»

Non negai.

«Chi l'avrebbe mai detto?» Tristan mi assestò un altro colpetto tra le costole. «Quinn von Arensburg e la sorellina dei gemelli del terrore.»

«La cugina» lo corressi.

«Comunque dev'essere cascata fuori dal nido» ridacchiò Tristan. «Leopold e Luise non balzerebbero mai le lezioni.»

Nel frattempo avevamo raggiunto le scale e io mi voltai ancora una volta a guardare in direzione della panchina. Matilda era rimasta seduta e teneva in mano il cellulare. Forse aveva fretta di ricevere il mio messaggio! Assorta nei suoi pensieri, si stava arricciando la ciocca ribelle attorno all'indice.

«Oh sì, lei è davvero diversa» confermai. E per la prima volta dopo tanto tempo il mio cuore si sentì leggero.

Quinn: È una storia davvero lunga e complicata. Sicura di non avere tempo oggi? Potrei fare un salto da te.
14:47 ✔✔

Matilda: No purtroppo non è possibile.
14:48 ✔✔

Quinn: E perché no? I tuoi genitori lasciano entrare solo chi è battezzato?
14:49 ✔✔

Matilda: Spiritoso. No, non puoi venire perché non sono a casa. Anche se muoio dalla voglia di ascoltare la tua storia lunga e complicata. Parti semplicemente dall'inizio.
14:51 ✔✔

Quinn: Messaggio vocale
14:56 ✔✔

Quinn: Messaggio vocale
15:10 ✔✔

Quinn: Messaggio vocale
15:21 ✔✔

Quinn: Sorry, forse avrei dovuto essere più conciso.
15:41 ✔✔

Quinn: Matilda? Ti ha confuso la faccenda di Hoppsi?
15:52 ✔✔

Quinn: Matilda????
16:22 ✔✔

Matilda: Scusa, ho ascoltato solo ora. Ero a fare GUFO. Ho un milione di domande.
17:30 ✔✔

Quinn: A fare che?
17:31 ✔✔

Matilda: Se tutte le creature della Soglia si dissolvono morendo, perché il serpente piumato è rimasto sul tetto dopo che l'ho ammazzato con l'asta da pomodori?
17:32 ✔✔

Quinn: Scusa ma è questa la cosa che ti preme di più sapere di tutta la faccenda? Però è vero, non ci avevo pensato. Forse quella dannata bestiaccia non era ancora morta del tutto?
17:32 ✔✔

Matilda: Messaggio vocale
17:35 ✔✔

Quinn: Wow. Sono davvero un milione di domande. 🤷 Non ne ho la minima idea.
17:39 ✔✔

Matilda: Mi hai davvero inviato un emoticon che alza le spalle? Ma sei scemo? Per settimane sei stato quasi ogni giorno a contatto con le fate e con il professor Cassian, quindi direttamente alla fonte delle informazioni, e non ti è mai venuto in mente di domandare come sia morto tuo padre biologico e che cosa ci sia veramente scritto nella profezia? Allora io ne so più di te, e pensare che come informatore ho avuto solo un piccolo demone-doccione insignificante e brontolone.
17:41 ✔✔

Quinn: Messaggio vocale
17:43 ✔✔

Matilda: No, non mi lamento affatto, ma tutto quell'apparente parlare a vanvera è importantissimo. Nelle ultime settimane sei almeno riuscito a scoprire qualcosa di rilevante?
17:44 ✔✔

Quinn: Ho saputo che i pigolatori muraioli dal becco piatto sputano una sostanza verdognola e viscosa. E tu?
17:44 ✔✔

Matilda: So che faremmo bene a parlare ancora con quella Kim dai capelli blu. Lei ha senz'altro qualche informazione sulla morte di tuo padre biologico. Da qualche parte dobbiamo pure incominciare.
17:45 ✔✔

Quinn: Potrebbe essere difficile rintracciarla un'altra volta all'università. Mica possiamo passarci le giornate e rischiare di essere visti.

17:46 ✔✔

Matilda: Già. Però, guarda il caso, io so dove abita. E dove porta a spasso il cane.

17:46 ✔✔

Quinn: Wow! Sembra che qualcuno nelle ultime settimane non abbia perso tempo per scoprire qualcosa di importante. 😁 Sono contento di avere ripreso a comunicare con te. Fai sembrare l'intera faccenda della Soglia meno folle di quanto non sia.

17:47 ✔✔

M
Matilda

«Ecco vedi? Adesso non ci aprirà neanche la porta. Bel risultato abbiamo ottenuto!» Mi stavo lamentando come Quinn diceva che facevo spesso, ma ero incavolata nera perché il mio piano di intercettare Kim al parco era andato in fumo. Quinn era sbucato troppo presto dal cespuglio dietro il quale eravamo nascosti e dopo un secondo di stupore Kim si era girata sui tacchi e spaventatissima si era messa a correre come se fosse inseguita da un diavolo. Scappava insieme al suo cane, un esemplare affusolato e dalle zampe lunghe. Entrambi sembravano nati per la corsa e in un baleno erano scomparsi dalla nostra vista. Noi non avevamo nemmeno tentato di inseguirli. Anche perché conoscevo l'indirizzo di Kim.

«Se solo mi avessi permesso di abbattere un albero con una folatina di vento… Le avremmo sbarrato la strada e l'avremmo raggiunta più facilmente» mi aveva detto Quinn fin troppo di buon umore.

«Proprio una mossa intelligente sradicare alberi con venti da tornado in pieno giorno al parco.» Sospirai. «Ora possiamo scordarci anche del piano B. Ci ha visto!»

«Dai Matilda, non fare sempre la brontolona e non arrenderti così in fretta.» Non c'era nulla in quella giornata che potesse turbare l'allegria di Quinn. Continuava a sorridermi, come se la mia faccia avesse qualcosa di particolarmente buffo. Ma non c'era nulla: avevo appena controllato sullo specchietto di un'auto parcheggiata. Ci eravamo mossi senza la sedia a rotelle e in qualche modo mi sembrava strano avere Quinn al mio fianco. Avevo continuato a osservarlo di sbieco per paura che gli venissero le vertigini, ma teneva perfettamente il mio passo con le sue stampelle. Era allenato e in forma, non c'era dubbio. Per lui non era stato un problema arrivare dal parco fino a lì, mentre io avevo il fiatone. Forse anche perché avevo parlato più di lui. Del resto, le cose di cui parlare erano tante, a prescindere dallo stato della nostra relazione, perché quello era un argomento tabù che entrambi tendevamo a evitare. Comunque, oltre al bisogno di capire se stessimo di nuovo insieme, ero assillata soprattutto dalla cancellazione dei ricordi. Solo che Quinn non aveva avuto altre occasioni per riparlarne con Giacinto e quindi non aveva nulla da aggiungere alle mie disparate quanto fantasiose teorie sull'argomento. Mi domandavo se la faccenda dell'oblio riguardasse solo Severin o anche tutte le altre creature della Soglia, ma per avere una risposta certa bisognava che morisse qualcun altro e quindi... era decisamente meglio rimanere col dubbio. Tra l'altro a Quinn ormai sembrava non importare perché gli altri avessero dimenticato Severin; gli bastava non essere più l'unico a ricordarsi di lui. Era felice e rassicurato che ci fossi anch'io.

Da un paio di minuti stavamo fissando la porta laccata di nero della casa dove Kim viveva con i genitori, la sorella e il cane. L'edificio era senz'altro opera di un architetto, con una lunga serie di finestre che mi ricordavano vagamente un terrario. Solo che lì c'erano delle persiane a stecche verticali a impedire di curiosarci dentro. Nascosta dietro a siepi di bambù si intravedeva una piscina e c'era persino un box dove il robot tagliaerba andava a infilarsi autonomamente quando aveva terminato il lavoro.

Dall'interno non proveniva alcun rumore.

«Sono molto colpito» disse Quinn.

«Per la casa?»

Rise di gusto. «No! Per il fatto che tu sia riuscita a scoprire dove abita Kim.»

«Be', non è stato poi tanto difficile» replicai. «Horvat non è un cognome comune e l'impresa del padre ha la stessa denominazione, quindi è bastato dare un'occhiata al registro commerciale per ottenere l'indirizzo esatto.» Mentivo. In effetti le ricerche erano state piuttosto lunghe e complicate, ma Quinn non doveva sapere che questa attività indaginosa mi era servita per distrarmi dalle mie pene d'amore. In ogni modo, ero soddisfatta dei risultati delle mie indagini da detective, anche se si stavano rivelando del tutto inutili.

«Non aprirà. Ho già suonato tre volte!» esclamai un po' delusa.

«Per forza, hai pigiato l'interruttore della luce» ridacchiò Quinn. «Il campanello è quello più a sinistra.»

Merda. «Con questi occhiali non ci vedo un tubo.» Tastai la parete alla ricerca del pulsante giusto e finalmente risuonò una piacevole melodia a tre toni. «È un vecchio paio di occhiali di mio padre, mi servivano per il piano B. Non immaginavo che papà fosse praticamente cieco.»

«Allora toglieteli» consigliò Quinn.

«Non posso. Se i suoi genitori sono in casa devo sembrare una vera studentessa di medicina, così possiamo entrambi spacciarci per compagni d'università di Kim.»

«Eh certo... quando strabuzzi gli occhi in quel modo hai proprio l'aria della studentessa di medicina» mi prese in giro Quinn, mentre bussava con energia. «Kim? So che sei dietro la porta e che stai stringendo il muso al cane per impedirgli di abbaiare. Ti sento.» Ah sì?! Probabilmente era entrato in funzione il suo superudito. «Perché non vuoi parlare con noi?»

Per due secondi non si percepì alcun suono, poi dall'interno si udì la voce flebile di Kim: «Andatevene! Io non posso parlare con voi e non lo farò».

«Sai che io non mollo, vero?» ribatté Quinn. «Quindi se non vuoi stare murata in casa per il resto dei tuoi giorni, faresti meglio a raccontarci quello che sai su mio padre.»

«E che cosa volessi da Quinn il giorno della festa di Lasse, come sei venuta a sapere che è il discendente designato, perché Hector ti sta cercando e chi sono gli altri di cui hai parlato» aggiunsi io per completezza.

Kim non rispose.

«Posso esservi d'aiuto?»

Sussultai e mi voltai spaventata. Alle nostre spalle era comparsa una donna con i capelli scuri tagliati corti. Portava una borsa a tracolla e in mano reggeva un mazzo di chiavi. Dedussi fosse la madre di Kim. Dalle mie ricerche risultava che fosse un medico anestesista nell'ospedale dello Spirito Santo. Quel giorno, a quanto pareva, aveva finito prima del solito. Dannazione.

Quinn si scostò per farla passare, sorridendo con cortesia. «Sì grazie, avevamo un appuntamento con Kim, ma a quanto pare non sente il campanello.»

«Probabilmente ha le cuffie in testa. Siete suoi compagni di corso?» La signora ci squadrò con interesse e il suo sguardo indugiò un attimo di più sul viso di Quinn. «Scusa, ma noi ci conosciamo? Hai un viso che non mi è nuovo.»

Prima che Quinn potesse rispondere Kim aveva spalancato la porta.

«Ah, eccovi finalmente!» esclamò concitata. «Entrate, accomodatevi.»

La guardai allibita attraverso gli occhiali sfuocati mentre Quinn varcava la soglia traballando sulle stampelle.

Il cane ci annusò scodinzolando allegramente.

La madre di Kim ripose la borsa nel guardaroba. «Siete venuti per studiare? L'elaborato di anatomia per immagini, vero?» Senza attendere una risposta continuò: «È facile lasciarsi sfuggire un po' le cose di mano durante il secondo semestre ed è un attimo perdere il treno. Ho consigliato a Kim di proporsi come tutor per gli studenti del suo stesso corso.

In tal modo, spiegando agli altri, può ripassare e tenersi automaticamente al passo in tutte le materie». Kim alzò gli occhi al cielo ma la madre continuò imperterrita: «Le ho anche consigliato di frequentare dei gruppi di studio; in compagnia si studia molto meglio e ci si diverte di più. Qual è la materia facoltativa che avete scelto di seguire?»

Per paura che Quinn rispondesse d'istinto il *francese*, mi precipitai a dire *Etica e medicina del trapianto*. «Quest'anno il corso lo tiene Jagenburg.»

«Proprio così» confermò Quinn sorridendomi con gratitudine.

Mi sistemai gli occhiali sul naso. Meno male che avevo spulciato accuratamente tutto il programma del secondo semestre.

«Scelta interessante.» Lo sguardo della madre di Kim si soffermò nuovamente su Quinn. «Davvero non ci siamo già visti, noi due?» insistette. «Può essere che... Scusa posso chiederti quanti anni hai... cioè *mi scusi*... forse dovrei darle del *Lei*?»

«Tim ha vent'anni» si intromise Kim e la sua voce risuonò un poco stridula. «Per favore smetti di mettere a disagio i miei amici. Ora ce ne andiamo di sopra.» Ci spinse su per le scale, dove io inciampai un paio di volte per via dei miei stupidi occhiali, e ci condusse in una camera con grandi finestre che davano sul giardino perfettamente curato.

«Se volete mangiare qualcosa, abbiamo il frigo pieno di pizzette e di torte salate» disse ancora la mamma di Kim mentre eravamo già in camera. «Tutto cibo biologico e integrale. E se vi va...» Ma non riuscimmo a sentire la fine della frase perché Kim le urlò un *No grazie non vogliamo nulla* sbattendole la porta sul naso.

«Ma siete pazzi?» sibilò. «Se mia mamma si accorge che tu sei il figlio di Yuri va tutto all'aria.»

Ah, buono a sapersi. «Per l'esattezza, che cosa intendi per *tutto*?» Mi sfilai gli occhiali e mi accorsi con stupore di quanto fosse carina Kim; carina come mi era sembrata fin dal nostro primo incontro, solo un po' più pallida attorno al nasino con il piercing. Senza il rossetto scuro, la giacca in pelle e gli anfibi sembrava molto più giovane, come in effetti era. Aveva addirittura qualche mese meno di Quinn e, per frequentare il secondo semestre all'Università a diciassette anni, aveva evidentemente fatto due anni di liceo in uno. Insomma, non solo era bella ma era anche super intelligente: certe ragazze nascono proprio fortunate, che invidia! Guardandola meglio, però, mi accorsi che era un po' trascurata: sotto la tinta blu dei capelli spuntava una ricrescita scura, lo smalto delle unghie era sbeccato e le cuticole tutte smangiucchiate.

«Vi ho già detto che non posso parlare con voi. Ho dovuto prometterlo al tipo con i capelli bianchi. Ho già combinato fin troppi casini.»

Quinn e io ci scambiammo uno sguardo d'intesa. Il tizio in questione, a cui aveva già accennato l'ultima volta che ci eravamo visti, non poteva che essere il professor Cassian. Le nostre informazioni quindi combaciavano. Quella notte Hector aveva pizzicato Kim e probabilmente l'avrebbe data in pasto ai suoi lupi se non fosse intervenuto il professor Cassian a liberarla. Non prima di averla terrorizzata, ovvio. E questo era il risultato.

«Rischio di mettere in pericolo tutti, anche voi due.» Kim ci guardò severa. «Perché non volete farvene una ragione?»

«Perché sei stata tu a trascinarmi in questa storia» spiegò Quinn. «E perché evidentemente sai cose su mio padre che io ignoro.» Si sedette alla scrivania, distese le gambe e con le stampelle iniziò a tamburellare su un libro intitolato *Atlante di anatomia*. Visto che non c'erano altre sedie nella stanza, che era arredata in modo molto spartano, mi appoggiai allo spigolo della scrivania, osservando ora Quinn ora Kim.

La scrivania era lunga quanto una parete ed era carica di libri, di raccoglitori e di fogli sciolti che in parte seppellivano metà tastiera del computer e in parte erano ammassati intorno a un grande schermo. Anche il letto a una piazza era ingombro di carta, di manuali e di un portatile aperto. Alle pareti erano appesi complicati disegni di percorsi metabolici ed enzimatici, la tavola periodica degli elementi chimici e alcune tavole sinottiche di anatomia. Guardando quella camera si poteva dedurre che Kim non facesse altro che studiare. In un angolo del letto scorsi appoggiati dei pupazzetti colorati che, osservandoli meglio, rappresentavano pantografie di virus, batteri e acari. Quello a sinistra aveva l'aspetto inconfondibile di un pidocchio comune, peccato fosse lungo trenta centimetri. Che schifo!

«Io non so nulla di più di quanto non vi abbia già detto.» Kim sussurrava come se temesse che la madre stesse origliando dall'altra parte della porta. «Yuri è morto. E presto lo saremo anche noi se non ci atteniamo alle *loro* regole.»

«Va bene, Kim.» Quinn smise di tamburellare con le stampelle e si mise a dondolare avanti e indietro con la sedia della scrivania, cosa che mi dava ugualmente sui nervi. «Continua pure a mantenerti sul vago come l'ultima volta, ma se vuoi risparmiarti un sacco di tempo e di rogne raccontaci con esattezza degli esperimenti da *flatliners*, di mio padre e... insomma, di tutto ciò che sai. Così poi noi ce ne andiamo e ti lasciamo in pace per sempre, promesso! Nessuno verrà mai a sapere che siamo stati qui.»

Kim scosse il capo con decisione serrando le labbra.

Un paio di fogli sulla scrivania iniziò a fremere, benché nella stanza non ci fosse un alito di vento.

Lanciai un'occhiata d'ammonimento a Quinn: non era necessario, avevamo ancora qualche carta da giocare prima di scatenare la bufera. Quinn alzò impercettibilmente le spalle e i fogli smisero di muoversi mentre io mi rivolgevo di nuovo a Kim che si ostinava a fissare il pavimento.

«Se non intendi parlare saremo costretti a interpellare tua madre» la minacciai con voce tranquilla, servendomi del trucchetto che avevo imparato dalla mia odiosissima cugina Mariechen-la-spia. «In fondo lei Yuri lo ha conosciuto di persona e saprà dirci ogni dettaglio sulla sua morte. Fra l'altro troverà interessante apprendere che Tim in realtà si chiama Quinn e che effettivamente le ricorda qualcuno per un motivo ben preciso.»

«No, è fuori discussione!» sibilò Kim. «La mamma non deve sapere che conosco *Pandinus*...»

«*Pandinus?*» esclamammo all'unisono Quinn e io.

«Sssssssst!» Kim appoggiò l'orecchio alla porta, poi si voltò di nuovo verso di noi. «*Pandinus Imperator*. Non è un segreto: ogni studente di medicina della nostra università prima o poi entra in contatto con tutte le storie che circondano una misteriosa confraternita studentesca che accoglieva gli studenti più dotati e coraggiosi. Una sorta di setta, insomma.»

«Capisco» disse Quinn lentamente scandendo le sillabe mentre io trattenevo il fiato per paura che Kim potesse interrompere di nuovo il racconto.

«All'inizio ero convinta che si trattasse di una leggenda» proseguì lei. «Studenti che avevano accesso all'aldilà e che indagavano la morte. L'emblema della setta era lo scorpione imperatore, il *Pandinus Imperator*, appunto, che gli antichi egizi consideravano la chiave per accedere all'altro mondo, associata al numero sette, il numero degli adepti della cerchia. Sembra che i sette praticassero i loro esperimenti sugli stati di premorte in una stanza segreta nelle profondità delle catacombe sotto la nostra clinica universitaria e che riportassero cose incredibili sull'aldilà. Io non ho mai dato credito a quelle storie, anzi, ne ridevo, fino a quando...» Si interruppe mordendosi il labbro inferiore. «Basta, vi ho già detto fin troppo.»

La guardai irritata. Ci avrei giurato che si sarebbe bloccata sul più bello. «Fino a quando un giorno non ricevesti un invito in una busta con impresso lo stemma dorato di uno scorpione imperatore» tirai a indovinare. «Perché *Plandidus imperialus* esiste ancora. Giusto?»

Quinn mi rivolse un sorriso sornione.

«*Pandinus Imperator*» mi corresse Kim sempre bisbigliando. «Sì, è vero!»

«Quindi ti è arrivato sul serio un invito?» Ogni tanto il mio intuito portentoso intimoriva persino me.

«Ma va'!» rispose Kim sgarbata. «Intendevo dire che è vero quanto si racconta su quegli studenti, sui loro esperimenti e sull'aldilà. La stanza sotterranea segreta nelle catacombe esiste e per quasi trent'anni Pandinus Imperator ha continuato ad agire nella più completa clandestinità. Fino al giorno della morte di Yuri Watanabe.»

«Il padre biologico di Quinn era un membro della confraternita?»

Kim annuì e proseguì con tono lugubre. «Dopo la sua morte la stanza venne sigillata e l'organizzazione sciolta. Per non subire lo stesso destino di morte gli adepti fecero un giuramento reciproco: avrebbero mantenuto per sempre il silenzio sui misteriosi avvenimenti di cui erano stati testimoni e sui loro segreti. Uno di loro però violò l'accordo e da allora il Male ha ripreso il suo corso.»

Da allora il Male ha ripreso il suo corso. Una cosa bisognava riconoscerle: quando Kim si decideva a parlare, riusciva a trovare espressioni degne di un film. A me comunque si erano rizzati i capelli in testa.

Quinn invece si mise tranquillamente a braccia conserte. «Riusciresti a essere un tantino più concreta?»

«Volentieri *caro*!» Kim lo scrutò con gli occhi a fessura. «Molto concretamente ti dirò che, se Jamal Amiri non avesse infranto il giuramento, non sarei mai venuta a conoscenza dell'esistenza di Pandinus Imperator né del fatto che mia madre ne facesse parte. Quindi non avrei mai rovistato tra le sue vecchie cose, mai avrei varcato la soglia di quella segreta, mai avrei saputo dell'esistenza dell'altra parte, mai avrei visitato l'aldilà, mai...» serrò per un attimo le labbra. «... Mai mi sarei messa in contatto con te e tu non avresti mai avuto l'incidente, così la notte io avrei dormito sonni tranquilli invece di sognare lupi dagli occhi infuocati che mi danno la caccia.»

Un brivido mi corse lungo la schiena.

Quinn restava imperturbabile. «Una storia da far girare la testa» commentò. «Quindi mio padre e tua madre facevano parte del gruppo segreto di studenti che si dilettava a fare esperimenti sugli stati di premorte. E poi? Com'è morto mio padre? E perché? E, quando sei venuta alla festa, che cosa volevi esattamente da me?»

Visto che Kim tentennava mordicchiando indecisa il labbro inferiore, io ne approfittai per aggiungere qualche altra domanda: «A che tipo di Male ti riferisci? Chi ha indotto Jamal a rompere il silenzio? Come sei venuta a sapere di Quinn?» Infine, la cosa che a me premeva più di tutte: «Come funzionano i vostri esperimenti?» E con questo intendevo: come fanno gli esseri umani a varcare la Soglia senza morire?

Kim si era di nuovo ritratta nel suo guscio e ormai si limitava a ripetere meccanicamente: «Vi ho già raccontato fin troppo».

«Appunto, e allora tanto vale arrivare fino in fondo, non ti pare?» esclamò Quinn.

Kim lo incenerì con lo sguardo. «Certo che voi maschi siete proprio tutti uguali. Per voi è tutto un gioco, avventura e adrenalina. Eppure tu dovresti saperlo meglio degli altri che non è affatto così.» Accennò alle stampelle. «Non voglio la responsabilità di provocare altri danni. Non vi dirò una parola in più» concluse, serrando le labbra con una smorfia.

Eccoci punto e a capo. Che noia, perché era tutto così difficile? Quinn e io ci scambiammo uno sguardo d'intesa e, quando i suoi occhi mi chiesero un'ulteriore conferma, io annuii. I fogli sparsi sulla scrivania ricominciarono a frusciare, come se stessero bisbigliando tra di loro nella speciale lingua della carta. Poi, sospinti da una folata di vento improvviso, turbinarono verso il soffitto, per poi ricadere spargendosi ovunque nella stanza.

Kim si portò la mano alla bocca spaventata. «Sei stato tu?» domandò a Quinn.

Quinn non rispose. Stava fissando un punto della scrivania accanto alla tastiera sgombra dai fogli, dove era visibile un DVD.

«Oh merda!» sussurrò Kim.

«Lì sopra c'è il nome di mio padre» constatò Quinn, afferrando il DVD.

E anch'io riuscivo a leggere l'intestazione scritta a mano sulla copertina: *D.S. N° 10953, Yuri W., Tobias S.*

«Mettilo giù! Sono registrazioni segrete.» Kim si lanciò su Quinn, ma lui la tenne a distanza con un solo gesto della mano. Persino io riuscivo a percepire il flusso d'aria con il quale la respingeva. In modo dolce ma con decisione la fece arretrare fino alla porta. Wow, si era impratichito parecchio! Mentre con la mano sinistra teneva Kim sotto controllo, con la destra estrasse da sotto un libro il lettore per i DVD. «*Registrazioni segrete* è proprio il film che voglio vedere in questo preciso momento. Mi aiuti Matilda, per favore?»

Non aspettavo altro. Estrassi il DVD dalla custodia per inserirlo nel lettore, facendo attenzione a non finire nel flusso d'aria che teneva Kim contro la porta.

Quando il DVD si avviò, Kim smise di agitarsi. «Basta che poi non mi diciate di non avervi avvertito.»

Sullo schermo apparve una stanza del tutto simile a una camera d'ospedale. Sullo sfondo si scorgevano un letto con un monitor e un'asta per le flebo e un grande orologio appeso alla parete. Tesissima, strinsi gli occhi e aggrottai la fronte per osservare meglio.

Il video era un po' buio ma di buona qualità tanto che nella donna davanti alla telecamera riconobbi subito la mamma di Kim, di una ventina di anni più giovane e con i capelli legati in una crocchia. «Oggi è martedì ventinove settembre. Sono le ore quattordici» disse. «Descrizione dell'esperimento numero 10953... Oggi siamo solo in quattro, gli altri sono ancora a casa con l'influenza. Jamal e io ci occupiamo del sostentamento e del recupero, mentre Tobias e Yuri stanno per visitare il punto di cui ha parlato Jamal.»

«Jamal avrebbe voluto andarci di persona.» Da un lato dell'inquadratura spuntò all'improvviso la faccia scura di un giovane con barba folta e denti bianchissimi. «Ma siccome mi cola il naso Sarah mi ha impedito il *trapasso*.»

La madre di Kim lo scacciò. «Hai ancora qualche linea di febbre, Jamal. Chissà perché i futuri medici sono sempre i pazienti peggiori. Almeno mettiti la mascherina, così eviti di contagiarci tutti, diamine!»

«Già, e tu la prossima volta evita di farmi annusare la fialetta sbagliata» disse una seconda voce maschile. Apparteneva a un tipo con lunghi capelli biondo scuro che per un attimo si intravide nell'inquadratura. «L'ultima volta mi hai messo sotto il naso la boccetta con l'essenza di trementina di Sarah e il mio io nell'aldilà è andato in confusione... Si chiedeva come mai non riuscisse a pensare ad altro se non all'imbiancatura del corridoio.»

Mah, certo che erano esperimenti davvero strani.

Si udirono delle risate. «Sarah invece non ci ha mai detto che cosa le viene in mente quando sniffa l'essenza di trementina» osservò una terza voce maschile con una leggera inflessione britannica.

«Vero, e continuerò a tenerlo per me, ragazzi» disse la madre di Kim voltandosi. «Faccio un ultimo controllo ai dispositivi mentre vi preparate.»

«Speriamo di cavarcela in fretta perché ho un appuntamento» disse il giovane dall'accento britannico che intanto aveva preso il posto di Sarah davanti alla telecamera. Rimasi senza fiato: con quel bel viso asiatico dai tratti raffinati e affilati, non c'era dubbio alcuno. Era lui il padre biologico di Quinn.

Mi girai preoccupata verso Quinn che nel frattempo stava inspirando profondamente. Che effetto faceva ritrovarsi improvvisamente davanti al proprio padre morto, e per di più ascoltarlo parlare? Per quanto ne sapevo Quinn aveva un'unica foto di lui, null'altro. Furtivamente cercai la sua mano. Relazione amorosa sì o no, in momenti simili bisogna sempre avere qualcuno che ti tiene la mano. Io gliela strinsi con delicatezza e Quinn, con lo sguardo incollato allo schermo, ricambiò la stretta.

«Anna e io vogliamo andare al cinema oggi.» Yuri gettò un'occhiata verso Sarah. «Secondo me è una storia seria. Io sono pazzo di lei» disse con un sorriso, scostando dal viso una ciocca di capelli scuri.

Quinn pigiò in modo brusco il tasto dello stop e riprese dall'inizio, sempre tenendo la mia mano. Il muscolo tra la mascella e l'orecchio – di cui Kim avrebbe indubbiamente saputo il nome esatto – si contraeva di continuo.

«Oggi è martedì ventinove settembre e sono le ore quattordici» ricominciò la mamma di Kim e Quinn fermò di nuovo il DVD.

«Non sono sicurissimo, ma mi pare che il ventinove settembre sia il giorno della morte di Yuri» riuscì a dire con fatica Quinn.

Io mi voltai verso Kim. Quinn aveva smesso di tenerla bloccata con il flusso d'aria, eppure lei era rimasta immobile in piedi davanti alla porta. «È così?» domandai.

Annuì. «Sì, questo è l'ultimo video. Io vi avevo avvertito.»

Quinn tornò al punto in cui Yuri diceva che tra lui e Anna sarebbe potuto nascere qualcosa di serio. Mi si riempirono gli occhi di lacrime. All'epoca Anna era già incinta, ma nessuno dei due lo sapeva. Il destino ogni tanto sapeva essere crudele.

L'atmosfera del video invece era ancora allegra e spensierata.

«Anna? Quel tipetto niente male che studia germanistica?» s'interessò il ragazzo dai capelli lunghi.

«Ahia! Che ho detto di male?»

Sarah gli aveva evidentemente lanciato qualcosa addosso. «Sembra persino innamorata di te» disse Sarah facendo nuovamente sorridere Yuri.

«La questione è se lo sarà ancora quando verrà a sapere che razza di nerd sei.» La voce raffreddata di Jamal proveniva da un luogo imprecisato.

«Yuri non è un nerd: lo definirei un supereroe eccentrico, decisamente il tipo che fa stravedere le donne.» Il ragazzo con i capelli lunghi mise un braccio attorno alle spalle di Yuri. «Allora ci diamo una mossa, amico?»

«Certo, quando vuoi, io sono pronto.» In quel suo sorriso sornione rividi per un istante Quinn e mi si strinse il cuore. Volevo assicurarmi che Quinn stesse bene e gli lanciai un'occhiata indagatrice: teneva le mascelle contratte e la sua mano nella mia era gelata.

«Non è meglio fermare il video adesso?» domandai.

Quinn scosse il capo; la sua espressione rimase assolutamente immobile, come se fosse diventato di pietra. Ma io credevo di intuire tutta la sua agitazione interiore.

«Com'è la password?» voleva sapere il tipo dalla lunga chioma ma Yuri rispose in modo allegro: «Boh? Com'è che era questa settimana, Sarah? Frutta e numeri primi?»

«No, la frutta non la usiamo più da quando abbiamo litigato sul rabarbaro, non ti ricordi?» spiegò Sarah.

«Appunto, anche perché il rabarbaro non è un frutto, ignoranti!» si sentì brontolare Jamal da lontano, ma Sarah continuò senza scomporsi: «Questa settimana tocca ai fiori, in ordine alfabetico decrescente, insieme alla successione numerica a base quattordici. Siamo arrivati alla B».

Ma di che diavolo stavano parlando? E l'esperimento? Quando sarebbe iniziato? Cercai di capire che cosa ci fosse scritto sulla sacca che Sarah stava appendendo all'asta delle flebo. E in fondo alla stanza che cosa c'era? Un vecchio telefono a disco?

«Fiori?» polemizzò il capellone. «Io conosco solo le rose e le margherite. Sfido chiunque a trovare un fiore che inizi con la B.»

«Begonia» propose Jamal. «Bucaneve, Buganvillea, Bocca di leone...»

«A parte quelli che giocano troppo a *Fiori, frutti, cantanti e città* ovviamente...» lo interruppe ridendo il ragazzo dai capelli lunghi.

Yuri agguantò la telecamera e la spostò da un'altra parte. Alle sue spalle ora si scorgeva una sorta di pannellatura di legno a tutta parete con borchie e bandelle di metallo che poco c'entrava con un ospedale. Adesso sembrava di essere piuttosto in una villa da film dell'orrore. Al centro della boiserie, intravidi uno scorpione intagliato.

«Come si scrive *Beglonia*?» Il capellone era appena rientrato nell'inquadratura e stava diteggiando su una specie di tastiera inserita nel pannello, che sembrava la pulsantiera di un ascensore.

«Senza *elle*, asino» si udì rispondere la voce fuori campo di Jamal.

Per l'ennesima volta mi chiesi che cosa stessero combinando. Al momento non sembrava un esperimento scientifico complicato né tantomeno segreto.

«Okay, fatto» decretò il ragazzo dai capelli fluenti.

«Come siete messi voi? Sarah, Jamal?» si informò Yuri. «Tutto a posto?»

«Pronti!» Jamal e Sarah risposero quasi all'unisono e Jamal aggiunse: «Facci un favore Tobias, questa volta vedi di cadere dalla parte giusta. E salutaci Spettral-Daniel».

Che cosa? Davvero non ci stavo capendo un accidente.

Yuri lanciò un'occhiata al suo orologio da polso e si passò nuovamente la mano tra i capelli. «Adesso sono le quattordici e nove» disse parlando direttamente nella telecamera. «Iniziamo il trapasso numero 10953. Vado per primo e controllo la situazione.» Si voltò verso il ragazzo con i capelli lunghi. «Ci vediamo di là.»

Spinse il pannello di legno all'altezza dello scorpione e quando si aprì mi accorsi che non si trattava affatto di un pannello di legno, bensì di una porta a due battenti. Un attimo dopo, vedendo Yuri sprofondare senza indugio nel baluginare di un campo energetico, compresi che quello che avevamo avuto davanti fino a quel momento e che la telecamera aveva inquadrato era un portale che introduceva nella Soglia.

Anche Quinn sembrò sorpreso quanto me. Aveva il respiro accelerato. Lasciò bruscamente la mia mano e si avventò sul tasto dello stop. Poi rivolgendosi a Kim esclamò: «La vostra congrega segreta dispone di un portale!»

Kim mi sembrò, per quanto possibile, ancora più pallida di prima, il viso era bianco come la porta alla quale era appoggiata. Fece segno di sì e di colpo ricordai di averne già parlato durante il nostro primo incontro. Kim aveva detto di avere promesso a quel tipo con i capelli bianchi che si sarebbe tenuta alla larga *dal portale e dall'altra parte*. Come mai allora non avevamo dato peso alle sue parole? Gli uomini non erano in grado di creare varchi per la Soglia, dunque doveva essere stato qualcuno dall'altra parte ad avere generato quel portale. Gli studenti di medicina lo avevano scoperto per caso nelle catacombe o glielo aveva mostrato qualcuno? E se sì, chi? E perché? E come erano riusciti a usarlo in modo così disinvolto? Non riuscivo a stare ferma dall'eccitazione, e non sapevo da dove iniziare a fare domande.

Ma prima che riuscissi ad aprire bocca, Quinn si alzò afferrando le stampelle. «Bene, allora propongo di andare subito a vedere il portale» disse con tono inespressivo. Non c'era più traccia dell'allegria delle ore precedenti: non lo avevo mai visto così serio e teso come in quell'istante. Di solito riuscivamo a intenderci con un'occhiata, ma in quel momento ebbi l'impressione che il mio sguardo si schiantasse contro un muraglione invisibile che lui aveva innalzato tutt'attorno a sé.

«Non si può» sostenne Kim come da copione. «Noi abbiamo… litigato. Sono volate parole pesanti, avvilenti. Anch'io ho il mio orgoglio.»

«Non dovremmo finire di guardare il video, prima?» domandai cauta. Desideravo assolutamente sapere che cosa fosse successo quando il ragazzo dai capelli lunghi aveva attraversato il portale.

Quinn si sporse in avanti verso la scrivania, estrasse il DVD dal lettore e me lo consegnò: «Questo ce lo portiamo via noi» disse perentorio e anche se tecnicamente si trattava di un furto, riposi il DVD nella sua custodia e lo infilai nel mio zaino.

Kim scosse la testa ma non si oppose.

Quinn la guardò. «E tu ora ci fai il piacere di guidarci nelle catacombe.»

«Non è possibile, ve l'ho già detto!» Che fastidio! Kim sembrava uno di quei pupazzetti che si mettono vicino al vetro posteriore delle auto e che hanno la testa mobile che dice sempre di no. Li collezionava il mio prozio Max ma a nessuno in famiglia piacevano. «Non faccio più parte di quel circolo di idioti. Quindi mi dispiace ma non è possibile.»

Una violenta sferzata di vento turbinò nella stanza scompigliando di nuovo i fogli e non solo: questa volta iniziò a oscillare anche il lampadario.

«Se fossi in te, lo renderei possibile» disse Quinn con una voce fredda e tagliente da fare venire i brividi. «Altrimenti devi solo augurarti che i tuoi genitori siano assicurati contro i danni provocati dalle trombe d'aria.»

Quinn

A dodici anni, in settimana bianca, mi è capitato di restare bloccato per parecchie ore su una seggiovia che aveva avuto un guasto. All'inizio ero annoiato, poi incominciai a scocciarmi perché avevo voglia di fare ancora una bella discesa, infine, considerando che la temperatura era parecchio sotto lo zero, iniziai a sentire un freddo implacabile che penetrava fino al midollo. Ormai ero spaventato, stavo male e mi misi a piangere, con l'ottimo risultato che le lacrime sulle guance si trasformarono in cristalli taglienti. Piano piano però il dolore cedette a un intorpidimento generale e fu quasi un sollievo per me quando, a un certo punto, mi sentii un pezzo di ghiaccio nel ghiaccio. In quel momento immaginai che morire dovesse essere così.

Avevo dimenticato quell'episodio, ma guardando il video mi era tornato di colpo alla mente, facendomi provare il dolore fisico di allora. Un freddo analogo si stava insinuando e impossessando di me. Non avevo la punta dei piedi congelata eppure la visione di mio padre, del mio vero padre, aveva avuto l'effetto di raggelarmi le viscere e il cuore. E, come allora, mi sembrò di morire.

Prima di guardare il video Yuri era stato poco più di un volto su una foto, un viso slegato da qualsiasi tipo di emozione. Nemmeno la consapevolezza che lui e io discendessimo entrambi dalle misteriose creature della Soglia aveva cambiato alcunché: Yuri Watanabe restava un nome, un enigma che occorreva risolvere, uno dei tanti problemi collegati al mondo della Soglia. Invece averlo visto muoversi, parlare, sorridere, rivivere, anche solo per un attimo su uno schermo, mi sopraffece. Per la prima volta mi resi conto che lui era stato un uomo in carne e ossa, una persona a cui assomigliavo e che avrei tanto desiderato conoscere.

Chiunque fosse il responsabile della sua morte aveva cambiato anche il corso della mia vita e questo fatto mi riempiva di una fredda collera, quasi fosse una lastra di ghiaccio sul punto di rompersi.

La reazione di Kim alla minaccia di ridurre casa sua in un cumulo di macerie se non ci avesse condotto subito a quelle dannate catacombe non fu esattamente quella sperata: i suoi occhi grandi e spaventati si riempirono di lacrime.

«Tu non sei meglio di *loro*» esclamò con voce soffocata dal pianto.

«Probabilmente perché io *sono* uno di *loro*» replicai in modo antipatico. «Ora sbrigati. A tua mamma diremo che ci spostiamo a studiare da un'altra parte.» Mi rendevo conto di essere stato duro, ma non potevo farci nulla, le lacrime di Kim non riuscivano a commuovermi nemmeno un po'. Per colpa sua avevo già perso fin troppo tempo.

«Quinn...» lo sguardo di Matilda invece mi scosse fin nel profondo, così come il modo in cui aveva pronunciato il mio nome. In una sola sillaba era riuscita a unire severità e comprensione. Ma anche preoccupazione e compassione, nonché una dose di paura strisciante. E fu proprio quella nota stridente di spavento a farmi ritrovare il lume della ragione. Per nulla al mondo avrei voluto che Matilda avesse timore di me.

Dopo quella brutta avventura sulla seggiovia la mamma mi aveva immerso nella vasca da bagno calda e papà mi aveva preparato del brodo bollente di pollo per contrastare il freddo intenso che non mi abbandonava. Ricordo ancora la sensazione lenta e graduale del ritorno a una temperatura normale. Alcune parti del corpo continuarono a bruciarmi come il fuoco a distanza di ore.

In quel momento mi stava accadendo qualcosa di simile: l'ira si stava lentamente sciogliendo, proprio come il freddo. Rividi alcuni momenti del video che mi diedero il capogiro, come sinapsi attivate in modo repentino che bruciavano dentro di me con la potenza di un incendio.

«Ha i lobi delle orecchie buffi proprio come i miei» mi venne da dire con un'osservazione del tutto fuori luogo.

Matilda annuì. «E il modo di passarsi la mano tra i capelli... è identico al tuo.» Mi sorrise esitante e bastò quel timido sorriso a scacciare definitivamente ogni residuo di freddo. Era evidente: Matilda era il mio bagno caldo e il mio brodo di pollo bollente. Avrei voluto attirarla a me, stringerla tra le braccia e dirglielo.

Anche se *Tu sei il mio bagno caldo* non era esattamente una di quelle frasi romantiche che vanno per la maggiore sui biglietti di San Valentino. E anche la stanza di Kim non era il luogo più adatto per chiarire lo stato della nostra relazione, soprattutto con lei presente che ci guardava con gli occhi pieni di lacrime e uno sguardo di rimprovero. No, dovevo restare solo con Matilda. E al più presto.

Quindi mi schiarii la voce. «Vabbe', forse è meglio rimandare la visita alle catacombe» dissi. «Oggi si è fatto davvero un po' tardi.»

Il viso di Kim si rilassò all'istante, mentre Matilda si irrigidì e mi squadrò come se avessi dato fuori di matto. Scosse la testa con veemenza: «Se ce ne andiamo adesso lei avviserà i compagni. Volente o nolente Kim ora ci accompagnerà nelle catacombe, stop. Che tardi e tardi!»

Capelli blu si lasciò scappare un sospiro, al quale mi sarei unito volentieri, ma come sempre Matilda aveva ragione... un'opportunità simile non si sarebbe ripresentata facilmente e noi non potevamo lasciarcela sfuggire.

Purtroppo, il resto doveva aspettare.

«Allora andiamo» dissi io dirigendomi a saltelli verso la porta con le mie stampelle.

***

I tornado mignon che avevo scatenato in camera avevano parecchio intimorito Kim, che difatti non oppose alcuna resistenza ad accompagnarci senza fiatare alla clinica universitaria. Si limitò a marciare rigida davanti a noi come se avesse una pistola puntata alla nuca. Ignorò gli ascensori e ci condusse per vie traverse passando di fianco al pronto soccorso e all'ambulatorio delle terapie anticoagulanti, attraverso corridoi lunghi e tortuosi che puzzavano di disinfettante.

Serrai i denti e mi imposi di continuare nonostante mi sentissi sfinito. Speravo solo che Matilda non si accorgesse della mia andatura sempre più insicura e traballante benché sospettassi che avesse insistito per prendere un taxi fino alla clinica per evitarmi ulteriori fatiche e non, come aveva sostenuto, per seminare eventuali inseguitori. Comunque, mentre uscivamo da casa di Kim mi era effettivamente sembrato di scorgere con la coda dell'occhio qualcuno che si abbassava dietro un'auto parcheggiata e contemporaneamente avevo provato quella sgradevole sensazione di pericolo alla base della nuca. Sulle percezioni di Kim invece non si poteva fare molto affidamento: essendo paranoica, tendeva a vedere lupi sanguinari spuntare ovunque. Nel breve tragitto da casa alla stazione dei taxi aveva continuato a voltarsi indietro e persino all'insù, come se da un momento all'altro potessero comparire temibili droni-spia o enormi uccelli rapaci. Kim comunque aveva capito che si sarebbe liberata di noi solo dopo averci detto tutto ciò che sapeva. Se ne era fatta una ragione ormai e sembrava addirittura ansiosa di vuotare subito il sacco, almeno a giudicare dal passo rapido che aveva adottato.

«I ragazzi tanto non ci saranno» fu l'unica frase che disse, e che ripeté all'infinito.

Superata una sala con l'indicazione *Sala salasso per donatori di sangue* trovammo una porta tagliafuoco che si apriva su un'angusta tromba delle scale. Finalmente si scendeva, anche se solo di due piani, fino a raggiungere quella che all'apparenza era una normalissima cantina, seppure piuttosto appartata e abbandonata. Percorremmo un corridoio, dove era stata lasciata una barella senza materasso, con porte chiuse su entrambi i lati che, dai cartelli appesi, sembravano aprirsi su depositi o magazzini. Kim spalancò una porta di metallo con l'adesivo triangolare giallo di pericolo e l'avviso di *Attenzione! Sostanze corrosive* ben visibili al centro.

«Sono cartelli falsi» spiegò Kim percependo l'esitazione di Matilda. «L'idea è venuta a Eric.»

Né Matilda né io domandammo chi diavolo fosse Eric. Non appena la porta si richiuse alle nostre spalle Kim si fermò davanti a un armadio metallico tappezzato di avvisi di pericolo. Al suo interno, quando Kim lo aprì, non c'era alcun pannello o quadro elettrico, come io avevo erroneamente supposto, bensì solo un foro, nero, grande quel tanto che bastava per strisciarci dentro, che si spalancava davanti a noi come uno sbadiglio sul buio.

«Non dovremo mica...?» domandò con voce titubante Matilda, piuttosto a disagio.

Kim fece un cenno affermativo. «Però non preoccuparti, dall'altra parte si sta in piedi.»

Matilda non sembrò affatto tranquillizzata dalla notizia. Anzi, sembrava quasi pentita di avere insistito perché Kim ci conducesse in quell'antro. Le rivolsi un sorriso di incoraggiamento, che ricambiò un po' titubante. Ma per me, ogni sorriso di Matilda accendeva una luce nel mio cuore. L'avrei baciata sulla bocca, e mi dispiaceva un sacco di non averlo ancora fatto, magari in tram, lungo la strada verso casa di Kim, oppure al parco. E se lei, invece, non lo volesse? Se lei non ricambiasse il mio sentimento? Avevo paura, e per questo avevo deciso di aspettare il momento migliore, il momento perfetto, anche se temevo che i momenti perfetti di quella giornata fossero esauriti.

«Se non ve la sentite possiamo benissimo tornare indietro.» Kim ci osservava con un barlume di speranza in faccia. «Sappiate che là dentro è abbastanza inquietante. Insomma è buio eccetera eccetera.»

«Okay, Kim, ci hai provato» replicò Matilda raddrizzando le spalle.

Ottimo: Matilda si era ripresa. «Vai prima tu» ordinai a Kim.

Lei attivò la torcia del cellulare sospirando e si infilò nel buco dietro l'armadio metallico. «Che non pensino sia tornata di mia spontanea volontà, però» bofonchiò tra sé e sé.

Matilda e io la seguimmo a ruota in un lungo tunnel con la volta a botte e le pareti murate, e che sembrava scendere leggermente verso il basso. C'era un persistente odore di muffa.

Giunta all'altra estremità del passaggio, Kim si mise in posizione eretta e continuò ad avanzare stando almeno cinque passi avanti a noi, che vedevamo la sua esile silhouette muoversi in un cono di luce. Ogni tanto io mi sarei appoggiato alla parete per prendere fiato ma, ora che ce l'avevamo quasi fatta, non volevo mostrare tutta la mia debolezza. Fra l'altro, le pareti illuminate dal telefono di Matilda sembravano rivestite di una patina scura e pelosa che non invitava esattamente ad appoggiarsi.

«Giuro, me la sto facendo sotto dalla paura» mi sussurrò Matilda. «E dallo schifo, qui è senz'altro pieno di pantegane. Di ragni. E di altri animali da anni scomparsi dalla superficie terrestre per prosperare qui, in questi luridi canali sotterranei.»

«Tipo?» le domandai. Un tantino di luce in più non sarebbe guastato, ma io avevo bisogno di entrambe le mani per le stampelle e quindi non potevo usare il mio cellulare. Anche la mia supervista sarebbe stata gradita in quel frangente, ma come al solito non si attivava mai quando ne avevo più bisogno.

«Mai sentito parlare di quei caimani, scappati dai laboratori e dai terrari, che cercano riparo nelle fogne dove si cibano di scorie chimiche e radioattive e dove si accoppiano con i ratti dando vita a nuove specie mostruose?» domandò Matilda tra il serio e il faceto.

Mi scappò un sorrisetto.

«Di qua!» Kim ci stava già aspettando accanto a una scala a chiocciola metallica che si avvitava apparentemente senza fine nelle profondità del suolo. Quando la raggiungemmo, lei scese i primi gradini. «Prima arriviamo, prima la finiamo con questa storia.»

«Ehi!» Matilda si era fermata di colpo. «Questa cosa l'ho già vista in un film. Non è che a un certo punto i gradini finiscono e...»

«No, non ti preoccupare» giunse la voce di Kim dal basso. Matilda proseguì esitante mentre io le zoppicavo penosamente alle spalle. «E non scende nemmeno tanto.»

Probabilmente era vero, ma la sensazione era quella di girare all'infinito seguendo una serpentina stretta e ipnotica che ci portava sempre più giù.

A mezza voce sentii Matilda commentare: «Fantastico, è sempre stato il mio sogno un bel viaggio al centro della Terra».

Ogni volta che le mie stampelle toccavano il parapetto arrugginito della scala provocavano un suono cavernoso che mi faceva imprecare sottovoce perché temevo avrebbe potuto tradirci.

«Non ti preoccupare Quinn, lo sanno da un pezzo che stiamo arrivando» mi tranquillizzò Kim. «Eric ha installato un sistema di sensori. Quindi avranno senz'altro sprangato la porta per non farci entrare, sempre che ci siano.»

«E se invece non ci sono?» domandai.

«La porta sarebbe comunque sprangata.» Dal tono della voce riuscii a intuire che si stava stringendo nelle spalle. «Ve l'avevo detto che non sarebbe stato possibile. Ma quello che dico io in genere non interessa mai a nessuno.»

La scala sbucava all'interno di un altro corridoio dal soffitto a volta. Matilda fece luce tutt'attorno a sé con il cellulare, forse alla ricerca di qualche caimanratto nascosto. A quanto pareva eravamo davvero approdati all'interno di un antico acquedotto sotterraneo con molte diramazioni. Kim ci condusse decisa all'interno di un'angusta galleria secondaria. Dopo qualche passo però si fermò davanti a una pesante porta di metallo simile a quella di un bunker.

«Per favore dimmi che qui dietro c'è la stanza segreta e non un altro corridoio.» Matilda stava esprimendo a parole ciò che io stavo pensando. Non ce la facevo quasi più, la gamba mi tormentava e facevo sempre più fatica a mantenere l'equilibrio sul terreno scosceso. Quell'interminabile scala a chiocciola mi aveva dato il colpo di grazia.

«Ecco!» disse Kim. «Siamo arrivati, la stanza segreta però è chiusa. Oltre non si può andare. Ma la vostra meta era questa, giusto?»

Matilda illuminò bene la porta e la parete attorno. «Quella è una telecamera di sorveglianza?» domandò indicando in alto.

Non c'era dubbio. E mentre la fissavamo tutti e tre, la porta si spalancò di colpo dall'interno come se fosse stata strappata dai cardini e nel vano vedemmo un giovane con i capelli bianchi arruffati alla Einstein.

«Asistolia e respiro agonico!» ci urlò in faccia con voce rotta e rientrò di corsa nella stanza. «Da novanta secondi circa. Avviata rianimazione cardiopolmonare. Il paziente non reagisce.»

Kim sbiancò ulteriormente in volto, ora sembrava davvero un cadavere. «Chi?» Correndo seguì il simil Einstein fino a raggiungere due lettini da ospedale affiancati. Matilda e io le andammo cautamente dietro: quella in cui eravamo entrati era senza dubbio la stanza del video; riconobbi subito il grande orologio e il simbolo dello scorpione intagliato su uno dei due battenti della porta di legno spalancata davanti a noi e lo strano tastierino sulla parete di fianco. Là dove nel video si era palesata la luce baluginante del campo energetico da cui era stato inghiottito mio padre ora c'era una parete di roccia.

Al centro della stanza c'erano due ragazzi apparentemente privi di conoscenza, uno sdraiato sul letto, l'altro steso a terra accanto al secondo lettino. Entrambi erano collegati a flebo e monitor tramite tubicini e cavi. I monitor e i loro suoni talora allarmanti mi erano diventati familiari durante il mio ricovero in terapia intensiva, così come quella terminologia clinica che invece avrei voluto relegare nella categoria della *robaccia da dimenticare per sempre.*

Di colpo fui colto dalla nausea.

Il monitor di sinistra non indicava valori anomali, a parte forse le pulsazioni leggermente sostenute, al contrario sullo schermo di destra sembrava essere scoppiato un inferno: la linea verde della frequenza cardiaca era eccessivamente appiattita mentre la pressione arteriosa stava abbassandosi vertiginosamente. La macchina emetteva scampanellate funeste e anche il colorito del giovane a cui il monitor era collegato pareva tutt'altro che sano.

«Inizio il massaggio cardiaco» gridò Einstein, mentre Kim, fuori di sé dallo sbigottimento, guardava ora l'uno ora l'altro ragazzo. «Li hai lasciati andare insieme? Ma siete impazziti? Uno solo non ce la può fare ad accudire due *trapassati* in caso di emergenza.»

Invece di rispondere Einstein si mise freneticamente a canticchiare a bocca chiusa *Highway to Hell* e a premere le mani al ritmo della canzone sul torace del giovane uomo disteso per terra. «Da quando te ne sei andata, facciamo sempre così. Non ci hai lasciato scelta» ansimò senza fermare il movimento. «Andiamo in due con un intervallo di mezz'ora, in modo che al terzo qui rimanga il tempo sufficiente per eventuali recuperi. Finora è andato tutto bene. Faris era in ritardo di venticinque minuti oggi, ma poi il campo energetico ha cominciato a brillare di luce come al solito e pensavo che ce l'avesse fatta a passare incolume. Invece non si risveglia.» Le lacrime gli scendevano sulle guance e i suoi occhiali erano appannati mentre continuava il massaggio cardiaco al ritmo di *Highway to Hell*. «Perché non si sveglia?»

La linea verde sul monitor era piatta, salvo qualche picco irregolare.

«Ci mette troppo! Ha bisogno di adrenalina.» Kim raggiunse di corsa un armadietto medico e tornò armata di una siringa che aveva strappato al suo involucro sterile. «Dieci millilitri di epinefrina direttamente in vena!» urlò afferrando il braccio del ragazzo. «Almeno avete predisposto degli ingressi sensati» commentò mentre staccava la flebo e iniettava lentamente nel tubicino il contenuto della siringa. La sua mano tremava impercettibilmente.

«Sì ma ogni volta è una lotta, devo sempre insistere.» Einstein teneva d'occhio il monitor. I capelli bianchissimi erano fuorvianti perché in realtà non dimostrava più di vent'anni. Anzi con quegli occhi spalancati e impauriti dietro le lenti tonde sembrava ancora più giovane. «Faris continua a ripetere che non ce n'è affatto bisogno e che io dovrei imparare a rilassarmi. Ma tanto lo conosci, sai com'è fatto.» Faticosamente riprese aria tirando su con il naso. «Se ce la fa a sopravvivere, giuro che lo ammazzo.»

Stavamo tutti con il fiato sospeso a fissare la linea verde del monitor, che finalmente si mise a pulsare e poi a riprendere un andamento regolare. Anche la pressione arteriosa del giovane a terra sembrò stabilizzarsi e un po' di colore ritornò sul suo viso; via via si spensero tutti gli allarmi.

Il silenzio improvviso che ci circondò era rotto solo dai sospiri di sollievo, tra i quali anche quelli di Matilda e i miei. Fu allora che mi accorsi che Matilda e io ci tenevamo per mano. Non sapevo esattamente da quanto tempo, e immagino neanche lei, tant'è che mollammo entrambi la presa in contemporanea, con un sorriso imbarazzato.

Dal nostro ingresso nella stanza erano trascorsi due minuti appena, almeno stando all'orologio appeso, anche se mi sembrava un'eternità. Guardai Kim con occhi nuovi, colmi di rispetto. Al contrario del nostro Einstein, lei aveva reagito con calma e con un'incredibile padronanza: sarebbe senz'altro diventata un bravo medico.

Ora si stava occupando dell'altro tipo. «Nadim ha il polso accelerato.» Prese una boccetta da un carrello metallico, svitò il tappo e gliela mise sotto il naso. Le narici di Nadim ebbero un fremito mentre un intenso profumo di vaniglia si diffuse in tutta la stanza.

Matilda e io ci guardammo. Lei sembrava perfettamente a proprio agio. Ma davvero capiva o aveva capito ciò che stava succedendo? L'espressione del suo viso, se riuscivo a interpretarla bene, era quella di chi riesce finalmente a vedere ogni cosa con chiarezza dopo avere vissuto un'esperienza illuminante. Io in testa invece avevo solo una confusione bestiale e una miriade di punti interrogativi.

«Da quanto è in giro?» domandò Kim nello stesso istante in cui Matilda richiudeva la porta alle nostre spalle, forse temendo che un caimanratto potesse raggiungerci.

«Non sono cose che ti riguardano, cara *Miss allora me ne vado*!» esclamò il ragazzo appena risorto mettendosi a sedere sul pavimento come se nulla fosse.

Era un bel tipo: pelle ambrata, occhi scuri e un viso ben rasato dai lineamenti greci. Anche Matilda la pensava allo stesso modo, lo capii dal suo sguardo piacevolmente sorpreso, che mi procurò una fitta di gelosia.

«Chi l'ha fatta entrare questa?» si informò il tipo rivolto a Einstein. «E chi sono 'sti due?» Indicò Matilda e me, poi, senza aspettare la risposta, si strappò gli elettrodi con i cavi dal petto nudo ed esclamò: «Devo tornare subito di là».

«Ma sei fuori, Faris?» sbottò Einstein piuttosto alterato. «Ti rendi conto di che cosa ti è appena successo? Se non fosse per Kim probabilmente saresti già morto. Ma, adesso, Faris strafatto di adrenalina, esige di tornare di là all'istante. Se tu non fossi l'ignorante egocentrico che sei, ti saresti già buttato in ginocchio ai piedi di Kim per ringraziarla. E poi, scusa, ma davvero hai bisogno che ti spieghi chi è lui?»

Dall'occhiata in tralice che Faris mi lanciò capii che mi aveva riconosciuto. «Guarda che non è che voglio tornare di là per spassarmela...» disse e iniziò a liberarsi dalla flebo. «Nadim è ancora di là e probabilmente è finito nei guai, ha bisogno del mio aiuto. C'era una nuvola screziata al posto della casa di squame di pesce. Non ne avevo mai vista una così grande.»

«Una nebbia del caos grande come una casa?» domandai incredulo. L'unico campo di nuvole iridescenti che finora mi era capitato di osservare all'interno della Soglia era più piccolo del mio guardaroba e comunque aveva spaventato Giacinto.

Faris storse la bocca. «*Nebbie del caos?* È il termine tecnico? Sono... pericolose?»

Annuii. Non che ne sapessi molto di quelle strane zone nebbiose dalle quali mi era solo stato consigliato di tenermi alla larga. Stando alle complesse spiegazioni filosofeggianti del professor Cassian le nebbie del caos comparivano all'interno della Soglia ogni volta che, per un motivo o per l'altro, l'immagine evocata fosse contraddittoria o non del tutto univoca. Oppure si presentavano là dove l'immaginazione collettiva si era ridotta o fosse venuta a mancare del tutto, come per esempio in punti raramente frequentati della Soglia. I luoghi in cui si palesavano le nebbie del caos di solito venivano eliminati o cancellati il più in fretta possibile, come se potessero contagiare altre zone della Soglia, corromperle ed estendersi. «Spero ve ne siate tenuti alla larga.»

Faris scosse impercettibilmente il capo e rispose contraendo la mascella: «Nadim c'è... insomma c'è finito dentro ed è sparito».

Male. Molto male. Scavando nella memoria cercai di ricomporre la spiegazione che mi aveva dato Giacinto. «Nelle nebbie del caos si perde l'orientamento e il senso del tempo.

A volte è possibile che si formi addirittura una sorta di *tarlatura*, un passaggio incoerente, verso altre nebbie all'interno della Soglia» cercai di riassumere. Faris, Kim e Einstein mi guardarono con tanto d'occhi, mentre Matilda annuiva come se tutto fosse estremamente logico. E pensare che avevo accennato alla faccenda delle nebbie una volta sola, in un messaggio vocale alquanto confuso. Ma forse anche quelle erano cose che si potevano capire al volo dopo avere letto tanti fantasy. Oppure se si era... Matilda!

«Più ci si sta, più è difficile che se ne esca» aggiunsi brevemente. Non dissi che persino gli arcadi più esperti a volte non riuscivano a trovare la via del ritorno dalle nebbie e che attraverso le tarlature all'interno della Soglia potevano insinuarsi creature pericolose di cui non avevo memorizzato il nome. Mi auguravo che Giacinto avesse esagerato per farmi stare alla larga da quelle nuvole.

«Devo assolutamente ritornare da lui.» Faris si strappò dal braccio anche la fascia dello sfigmomanometro. «È mio fratello. È più piccolo!» Quasi con tono di scusa spiegò: «Stavo per andare da lui ma Eric aveva già avviato il recupero e io ho dovuto precipitarmi attraverso il portale perché sapevo che il mio tempo stava per scadere. Non avevo idea che il mio corpo stesse facendo le bizze o che avessi dei problemi, a me è sembrato tutto regolare... forse è stata solo l'agitazione. A quanto pare sei arrivata proprio nel momento giusto, baby» ammise rivolgendo uno sguardo imbarazzato a Kim.

«A buon rendere, arrogantissimo pezzo di merda» ribatté Kim con la faccia scura. «E fai il piacere di non chiamarmi baby, chiaro?» Guardò il portale. «Non si muove nulla lì. Però tu non puoi tornare dall'altra parte adesso... sei appena stato rianimato. Posso andarci io se mi spieghi dov'è il punto esatto in cui è scomparso.»

«Pensavo non volessi più avere nulla a che fare con noi... com'è che hai detto... megalomani, misogini e... stupidi bambini dell'asilo?» Faris si rialzò in piedi.

«Infatti» lo investì Kim. «Ma non voglio nemmeno che Nadim muoia, razza di egoista irresponsabile...» sembrò avere esaurito gli improperi.

«... idiota» le giunse in aiuto Einstein. «Kim ha ragione, non puoi tornarci, prima dobbiamo capire le cause della tua asistolia.»

«Ora non c'è tempo.» Faris deglutì come se avesse un groppo in gola. Poi guardò Kim negli occhi: «È mio fratello, tocca a me». E barcollando si avvicinò deciso al portale.

Senza riflettere, udii la mia voce: «Vengo con te».

Matilda sospirò rassegnata. «Come volevasi dimostrare. Mi pare giusto, no?»

***

Varcando il campo di luce del portale mi ritrovai in una sorta di androne con delle scale. Nel mondo materiale poteva essere un parcheggio sotterraneo, almeno a un primo sguardo, ma io ero approdato nella Soglia come testimoniava il mio corpo. Spossatezza, vertigini e dolori della realtà erano svaniti e, come sempre mi accadeva là dentro, mi sentivo possente, capace persino di sradicare gli alberi. La scala pareva interrompersi dopo pochi gradini lasciando intravedere un lembo di cielo. La luce del giorno inondava anche la rampa che portava in basso ma solo fino a un certo punto, perché più lo sguardo scendeva, più le zone lontane diventavano buie fino a essere completamente inghiottite dall'oscurità del fondo. Da laggiù s'innalzava un ronzio strano.

Laggiù c'era il Sottosuolo.

Ottimo, pensai. Iniziamo bene.

Matilda mi era sembrata piuttosto preoccupata quando mi ero offerto di accompagnare Faris a cercare il fratello, ma non aveva tentato di fermarmi o di farmi desistere. D'altra parte non piaceva nemmeno a me averla lasciata sola in quella stanza, anche se Kim e quell'altro tipo mi erano sembrati abbastanza innocui. Einstein aveva armeggiato a lungo sul dispositivo accanto al portale cercando in modo impacciato di nascondere ciò che stava facendo. Poi la parete di roccia aveva iniziato a brillare di luce e si era trasformata nel campo energetico del varco. Prima di attraversarlo avevo promesso a Matilda che sarei rientrato presto per evitare di cacciarmi inutilmente nei guai.

Il misterioso ronzare del Sottosuolo divenne meno intenso, poi si acquietò del tutto. Io continuai per un po' a fissare le profondità del buio; questa volta non c'erano occhi furtivi a spiarmi dal basso in su, anche se ero sicuro che i caimanratti non erano nulla a confronto delle creature terribili e pericolose che abitavano quegli antri.

La parete dietro di me baluginò di nuovo e attraverso il varco di luce riuscii per un attimo a intravedere, indistinte ma percepibili, sia la stanza segreta dalla quale ero venuto, sia le sagome delle persone che vi avevo lasciato. Poi mi si parò davanti Faris che a sua volta aveva attraversato il campo energetico del portale. Ora, se avevo capito bene, quello non era proprio Faris in persona, ma la sua immagine evocata, perché il suo corpo materiale era collassato al suolo privo di coscienza nel momento in cui lui, ossia la sua copia, aveva oltrepassato il portale. Nel mondo materiale io avevo abbandonato le stampelle, mentre Faris il suo corpo esanime di cui probabilmente si stavano già occupando Kim e Einstein, collegandolo ai monitor.

La fotocopia di Faris all'interno della Soglia aveva comunque un'aria vivacissima e vitale. «Benvenuto nell'aldilà» disse accennando a un inchino, come se fosse il padrone di casa. Indossava solo un paio di jeans, per il resto era a torso nudo e scalzo, cosa che gli conferiva un aspetto bizzarro. Indicò la parete di mattoni attraverso la quale eravamo passati: il campo energetico di luce si era richiuso. «Prima che me lo dimentichi: la tua password è *Firenze otto*. E già che ci sei, tieni a mente anche la mia, nel caso me la scordi. *Ginevra tredici*.»

«Come mai abbiamo password differenti?»

«Il portale riconosce chiunque e si riapre solo se è la stessa persona a toccarlo e se utilizza la medesima password dell'andata. Basta bisbigliarla. Pensarla solamente non è sufficiente.» Sorrise divertito come se improvvisamente si fosse ricordato di qualcosa. «Ma ho chiacchierato abbastanza caro Quinn von Arensburg! Abbiamo una missione importante da compiere, giusto? Per di qua, prego.»

Lo seguii mentre saliva le scale verso la luce del giorno. Sbucammo in un vicolo stretto e la prima cosa che notai fu un edificio a più piani con la facciata ricoperta di piume lucenti e colorate che sembrava… respirare. Poco oltre un secondo palazzo aveva l'aspetto di una nave da crociera inclinata, con le fiancate e i parapetti in ferro tutti arrugginiti e rivestiti da una folta vegetazione. In bilico sui ponti inclinati scorgemmo due uomini che conversavano seduti sulle sdraio.

«Figo vero?» Nella voce di Faris aleggiava una nota simile all'orgoglio che ha il proprietario nei confronti di ciò che gli appartiene. «Sembra che da queste parti si faccia uso di funghi allucinogeni, che dici?»

Mi sforzai di mantenere un'espressione impassibile. In fondo non era la mia prima visita nella Soglia. Sopra di noi si stendeva un cielo azzurro dove ogni tanto brillavano piccoli punti luminosi sfolgoranti come stelle… All'interno della Soglia il tempo doveva per forza essere sempre splendido.

«Attento!» esclamò Faris aggirando una piccola pozzanghera apparente, che in realtà celava un pozzo senza fondo abbastanza grande da inghiottire un pallone.

Il vicolo che stavamo percorrendo sbucò in una via più ampia su cui si affacciavano edifici bizzarri, tutti diversi tra loro per forma e dimensioni. Era tanta la mia meraviglia che continuavo a girare su me stesso per ammirare quelle stranezze. Non avevo mai visto nulla di simile nella Soglia: era tutto caotico e un po' fatiscente, ma molto colorato ed eclettico. Non era popoloso come il quartiere governativo dove c'era la biblioteca del professor Cassian, ma era senz'altro più abitato della mia tranquilla piccola Liguria. Una signora dai capelli verdi portava a spasso un animale che assomigliava a un leopardo con le corna, mentre l'ombrello aperto di un'altra donna era un alberello dotato di piume anziché di foglie. Le mani della proprietaria, poi, sembravano quelle di un alieno, con sei lunghe dita ciascuna. Sulla strada all'improvviso guizzò un esserino dalla pelle violacea leggermente curvo, molto simile all'ometto che Gudrun e il suo fidato nex stavano tiranneggiando durante la mia prima visita alla piccola Liguria. Anche lui era malvestito e trascinava un sacco da cui provenivano inquietanti latrati.

Nessuno sembrò notare la nostra presenza, ma ad ogni buon conto cercai di mostrarmi imperturbabile nonostante lo stupore che provavo. Faris era indubbiamente più disinvolto di me e sembrava conoscere bene i dintorni, tant'è che con me si comportava come una perfetta guida turistica autoctona.

«Da sballo, eh!» esclamò mostrandomi un ingresso che pareva un vecchio frigorifero. Come dargli torto: mi sembrava tutto davvero piuttosto figo.

L'entrata del palazzo successivo era dietro a una gigantesca ragnatela dai fili talmente spessi che mi augurai di non imbattermi mai nel ragno che li aveva tessuti. Sulla targhetta del campanello c'era scritto: *Piccola bottega dei segreti Taran Tula – Per favore suonare tre volte*.

Lì, le piante e gli oggetti si muovevano costantemente. Rampicanti dall'aspetto esotico spingevano le loro foglie fin sopra la via, le porte e i telai delle finestre cambiavano colore e una caffettiera, appoggiata su un davanzale, al nostro passare se ne andò a piccoli passi sui suoi piccoli piedi come fosse un cartone animato. Mancava solo che si mettesse a cantare.

Guardando con molta attenzione si potevano distinguere ovunque le aleggianti nuvolette dalle striature colorate delle nebbie del caos; coprivano minuscole aree di alcune facciate a cui sembravano attaccate come vecchie gomme da masticare.

«Di qua.» Faris piegò in una stradina laterale. All'angolo c'era un negozio a una luce che assomigliava a una farmacia antica con le scaffalature a tutta parete cariche di cassetti, crogioli e boccette. Sulla porta di ingresso svettava la scritta *Banco dei pegni emozionali* e più sotto in piccolo *Solo affari legali*.

Passando, Faris fece un cenno di saluto a un uomo con uno stuzzicadenti in bocca appoggiato alla parete di fianco a un cartello che avvisava: *Madame Mirabelle, oracolo. Verità garantita al 95%*.

L'uomo sorrise di rimando scoprendo due incisivi forti e a punta. Aveva occhi di un viola intenso e, come la donna di poco prima, sei dita per mano. «Nessun interesse per il futuro?» domandò. «Se volete sapere oggi ciò che accadrà domani allora consultate la fantastica Madame Mirabelle. Vi faccio uno sconto speciale.»

«Purtroppo andiamo di fretta» spiegò gentilmente Faris e poi abbassò la voce sussurrandomi nell'orecchio: «Anche se ne varrebbe la pena, perché Madame Mirabelle è davvero brava. Solo i numeri del lotto non riesce ad azzeccare, accidenti, ma per il resto ci piglia abbastanza». Poi indicò la grande nuvola di nebbia iridescente davanti a noi. Come un'enorme mongolfiera gelatinosa screziata di tanti colori, la nebbia del caos si era gonfiata tra gli edifici e ora tremolava lievemente avanti e indietro inghiottendo parte delle case. «Eccola. Nadim è sparito dentro quella cosa. Fino a poco tempo fa qui c'era ancora una costruzione interamente ricoperta di squame.»

L'uomo che aveva seguito la direzione dei nostri sguardi spiegò: «È successo ieri quando hanno arrestato quella vecchia testa di pesce. Hanno fatto tante storie solo per un paio di uccellini che si è venduto. Di qualcosa dovremo pur vivere anche noi poveracci. Peccato, era davvero una bella casa. Scommetto che ci vorranno giorni prima che quelli dei *piani alti* se ne occupino e chissà cos'altro ci piomberà qui nel frattempo. Ma di come ce la passiamo noi nella Città delle Ombre, a quelli lassù che ci governano non frega proprio nulla. Si ricordano di noi solo quando non hanno altro da fare». Sputò tutto il suo disprezzo per terra, poi si rimise a sorridere ai passanti. «Interessa il futuro?»

Da vicino la nuvola aveva un aspetto ancora più inquietante. Come una tenda spessa e opaca non lasciava intravedere nulla al di là e quando Faris vi infilò una mano, la nebbia si ritrasse aprendosi. «Nadim?» chiamò Faris a mezza voce avvicinandosi con il viso alla fessura che temporaneamente si era creata dove aveva inserito la mano. «Puoi sentirmi?»

Silenzio.

«Magari ne è già uscito» suggerii io speranzoso.

«No» disse qualcuno. Solo ora distinsi una figura accovacciata per terra proprio al margine della nuvola. Era un giovane uomo che indossava un camice da sala operatoria legato dietro. Sotto portava un paio di pantaloni di velluto a coste ed era scalzo. Più che un uomo sembrava una sagoma scialba; mi ricordò il fantasma di Friedrich Nietzsche nella biblioteca del professor Cassian: un dagherrotipo tridimensionale. «Sono stato attento. Nessuno è entrato o uscito da qui.»

«Ben fatto Daniel» disse Faris e poi mi bisbigliò nell'orecchio: «Daniel è morto nel *1974*. È stato uno dei primi membri del Pandinus Imperator e uno dei dottorandi più promettenti del suo corso. Purtroppo ora è un po'... confuso».

Ecco perché aveva quell'aspetto smunto e smarrito. Lo guardai con compassione.

«Esperimento numero 368» disse. «Non so proprio che cosa sia andato storto. Il tunnel si è aperto come da programma e io ho resistito alla luce come ho sempre fatto. E poi...» abbassò lo sguardo con aria triste. «Se vi capita di incontrare l'amministratore, potete dirgli per favore che mi dispiace? Non era mia intenzione deluderlo.»

«Quale amminis...?» Mi bloccai perché Faris mi aveva appena assestato una gomitata nel costato, lanciandomi uno sguardo eloquente. «Oh, certo, certo, lo farò volentieri» bofonchiai e lo spirito mi sorrise con riconoscenza.

Che cosa significava? Che cosa voleva dire che il tunnel si era aperto come previsto? Anche lui – come Nietzsche – si era forse consapevolmente rifiutato di incamminarsi attraverso il tunnel verso la luce? Ma siccome quel poverino mi sembrava già abbastanza frastornato tenni per me le domande e concentrai nuovamente il mio interesse sulla nebbia. Anch'io allungai una mano per toccarla e le sue evanescenti esalazioni colorate si scostarono, come se non gradissero il contatto.

«Bene, ora entriamo e tiriamo fuori Nadim» dichiarò Faris. «Non dovrebbe essere poi così difficile riconoscerlo in questa bruma, non credi?»

«Vado da solo.» Non sapevo perché lo avessi detto. Però mi era sembrava la cosa più sensata da fare per non mettere in pericolo anche Faris. E aggiunsi: «Se non dovessi tornare indietro per favore di' a Matilda di avvisare Giacinto».

«La tipa boccolosa si chiama Matilda?» Faris fece schioccare la lingua. «Va d'accordo con i vestiti che indossa. Senza starebbe meglio però.»

«Hai finito di fare lo scemo?» Non so che cosa mi trattenne dallo spaccargli la faccia. «Ma ti senti? Il macho-vorrei-ma-non-posso! La mamma non ti ha insegnato a comportarti bene?»

Sul viso di Faris vidi guizzare un'espressione indecifrabile. Fu un attimo poi, come se nulla fosse, mi domandò: «Che cosa aspetti allora? Invece di chiacchierare dovresti darti una mossa e andare a cercare mio fratello».

Che sfacciataggine! «Quello che non la smette di blaterare sei tu, non io, lingualunga» dissi incavolato.

Lingualunga mi osservò scettico: «Almeno sai che cosa devi fare?»

Come no! Fin dalla nascita, ma non lo avevo detto ancora a nessuno. Osservai la nebbia iridescente con attenzione, gli occhi stretti. Non mi sembrava affatto pericolosa, nemmeno vista da così vicino. Ora però si trattava di...

«Kim ci ha raccontato che tu sei uno di *loro*...» Lingualunga agitò la mano per aria con un gesto vago. «E che Gandalf le ha detto di ignorarti per non rischiare di morire sbranati da lupi vampiri e da enormi aquile invisibili.» Alzò gli occhi al cielo. «Cavolo quanto si è arrabbiata quando ha capito che la sua storia non ci aveva minimamente spaventato! Tipico delle femmine. Sono tanto emancipate a parole ma poi quando si tratta di passare ai fatti, soprattutto se si tratta di fatti avventurosi, svicolano subito.»

Quello era davvero un idiota senza speranza, un caso disperato, davvero! «Quella *femmina* ti ha appena salvato la vita, imbecille» replicai. «E poi ha ragione: i lupi sanguinari sono solo il minore dei mali. Se Hector e i suoi nex vi beccano qui, non avete scampo.» Indugiai un attimo su che cosa sarebbe potuto accadere a *me* se Hector mi avesse sorpreso all'interno della Soglia. «Qui non sono affatto amichevoli con gli esseri umani.» O riguardosi nei confronti dei discendenti né gentili in generale.

Lingualunga non fece una piega. «Intendi quei tipi vestiti di nero che girano armati? Non c'è motivo di farsela sotto. Quelli si possono evitare facilmente o alla peggio ci si può nascondere, cosa che mi sembra facciano tutti qui nella Città delle Ombre. Non li può vedere nessuno da queste parti e nel caso dovessero pizzicarci, be' sai, abbiamo anche noi degli amici oltrecortina, insomma dei buoni contatti, disposti a darci una mano.» Sorrise compiaciuto. «Ma ne parliamo dopo. L'unica cosa importante è tirare fuori dai pasticci mio fratello prima che scada il tempo.»

Ero d'accordo. Pertanto feci un primo passo deciso verso quell'ammasso di guai prima che Lingualunga aggiungesse qualcosa. In un primo momento la nebbia sembrò disperdersi al mio passaggio, ma dopo altri due passi all'improvviso mi avvolse da ogni parte e finì con l'inghiottirmi.

Trattenni il fiato. Contrariamente a quel che mi ero aspettato, nella nuvola non regnava il buio. Le striature colorate erano ovunque e in continuo movimento. Confluivano, si compenetravano creando tinte e forme sempre nuove. Giacinto aveva ragione: persi subito l'orientamento in modo irrimediabile. Continuai ad avanzare senza sapere dove fosse il sotto e il sopra, l'avanti e il dietro. Fui colto dalle vertigini per la prima volta in vita mia. E fui fortemente tentato di lasciarmi sprofondare nella nebbia e di abbandonarmi alle sue strie seducenti dai colori variegati e cangianti. Poi pensai a Matilda e al fatto che prima di sera l'avrei voluta baciare. In ogni caso.

«Non devi affidarti alla sola figurazione ottica, ma devi anche *intuire*, *sentire*» aveva tentato di spiegarmi Giacinto duranti i miei esercizi di immaginazione e lo aveva ripetuto talmente tante volte che lo avrei strozzato poiché all'epoca era molto più facile a dirsi (per lui) che a farsi, ovvero a *intuirsi*, *sentirsi* (per me). Ora invece la mia immaginazione sembrava funzionare benino: immaginavo, anzi desideravo senza avere altro in testa, di ritrovare un sopra e un sotto e di camminare su un terreno solido. Così invece di continuare a fluttuare nel nulla in technicolor, d'un tratto mi ritrovai a camminare per davvero su un pavimento piastrellato e smisi di avere le vertigini.

«Ehi, ma sei stato tu?» mi domandò una voce da dietro. Spaventato, mi voltai e riconobbi Lingualunga che evidentemente mi aveva seguito.

«Non eravamo d'accordo che mi avresti aspettato fuori?» gli ringhiai contro. Chi avrebbe avvisato Matilda, e di conseguenza Giacinto, se fosse andato storto qualcosa?

«Non c'era nessun accordo, sei tu che l'hai deciso e basta» mi corresse Faris. «Ma sai com'è, lui è *mio* fratello mentre io non ti conosco nemmeno. Chissà se sei un tipo affidabile.»

Sbuffai, ma non c'era tempo per litigare, così decisi di continuare a camminare finché sentivo il sostegno delle piastrelle sotto le suole delle scarpe. Lingualunga mi stava appresso come un'ombra. Con mia sorpresa, pochi passi dopo ci ritrovammo in una sorta di salotto, anzi, di mezzo salotto, per essere precisi. L'altra metà infatti sembrava esplosa, come se ci fosse caduto sopra qualcosa di dannatamente grande e pesante.

Quella stanza però non la stavo immaginando. Le due pareti rimaste erano tappezzate di squame e il divano a fiori aveva una gamba sospesa nel vuoto, mentre i tappeti si piegavano sull'orlo dell'impiantito. Sospesa sopra il vuoto del precipizio, dal piano di sopra si affacciava la parte restante di una scala.

«Nadim!» gridò Lingualunga.

Su uno dei gradini affacciati sul nulla, più o meno al nostro livello scorsi un giovane rannicchiato e a torso nudo che si stringeva con entrambe le mani a ciò che restava del corrimano della scala sospesa. La sua somiglianza con Faris era innegabile.

Appena ci scorse il ragazzo fece un sorriso stentato. «Se non siete una mia allucinazione, posso chiedervi se vi siete portati una scala all'italiana, tipo quelle che usano i vigili del fuoco?»

Cautamente mi avvicinai sul ciglio del baratro, là dove si era verificata la spaccatura. Da lì al gradino sul quale era accovacciato Nadim c'erano almeno quattro metri, e sotto sembrava aprirsi un abisso dalle sfumature colorate tipiche delle nebbie del caos. Prendendo la rincorsa forse ce l'avrei fatta a saltare fin là, ma poi come saremmo tornati indietro?

«Merda» imprecò Faris d'istinto. Ma subito soggiunse: «Non ti preoccupare, Dimi, tra poco risolviamo. Ho chiamato i rinforzi.»

Ovvio. «Scusa, dove hai lasciato il tuo mantello da supereroe, che non lo vedo?» domandai con tono provocatorio.

Il fratello minore di Lingualunga mi stava fissando visibilmente perplesso. «Io ti ho già visto in una foto. Tu sei Quinn von Arensburg, vero? Incredibile. Come hai fatto a trascinarlo fin qui, Faris?»

«Te lo spiego dopo» tagliò corto Lingualunga. L'importante è farti ritornare al portale in tempo.» Poi mi piantò gli occhi addoso: «Hai un piano, vero?»

Secondo te? Mi guardai intorno nella speranza di trovare qualcosa che potesse fungere da corda. Sul divano era distesa una copertina verde, avremmo potuto strapparla a strisce da legare insieme… un'idea del cavolo; non avrebbe mai funzionato.

«Nella Soglia tutto è immaginazione» udii la voce calma e suadente del professor Cassian che mi parlava da dentro la mia testa: «Nulla è impossibile qui».

Se ogni cosa era immaginata allora significava che la coperta verde non era *reale* come del resto anche quella voragine insormontabile tra il fratello minore di Faris e me, oppure i gradini che ancora resistevano integri e sui quali stava Nadim. Integri? Come non detto: all'improvviso cominciarono a sgretolarsi partendo da quello più basso e senza fare alcun rumore. Nadim fece appena in tempo a sollevare i piedi mettendosi in salvo sul gradino più alto.

Tutto era immaginazione, ma quell'immaginazione stava andando dannatamente a pezzi!

«Fai qualcosa!» urlò Faris.

Sì, ma che cosa? I miei tentativi di immaginare la scala dei pompieri erano miseramente falliti come l'esperimento di farmi spuntare le ali. Dannazione, prima con le piastrelle aveva funzionato. Come diavolo ci ero riuscito?

Nadim domandò con voce tremante: «Che giorno è oggi? È un'eternità che sto pensando ai biscotti alla vaniglia della nonna».

«Guarda che non è passata nemmeno un'ora da quando sei qui dentro» disse Faris. «Stai tranquillo, va tutto bene.»

Non era affatto così: un altro gradino si sbriciolò portandosi dietro anche un pezzo di corrimano. A breve anche Nadim sarebbe precitato nel vuoto.

«Di' a papà che gli voglio bene» ansimò.

Basta, maledizione! Dovevo tentare il tutto per tutto. Come poco prima, nella mia testa non ci fu altro che la voglia di avere un terreno solido sotto i piedi mentre muovevo un passo deciso nel vuoto in direzione di Nadim. E di nuovo il mio piede trovò l'appoggio delle piastrelle. A dire il vero notai una certa somiglianza con le piastrelle del nostro bagno di casa:

grigio-bianche con una decorazione a stelline. I miei le avevano comprate durante una vacanza in Portogallo. Ora si erano disposte a mo' di passerella verso la scala su cui era appollaiato Nadim. Lo vidi illuminarsi di speranza e dietro di me sentii Lingualunga sospirare di sollievo: «Evvai, funziona!»

Sì, sembrava proprio così. Cercai di non indugiare sul perché avessi immaginato una passerella uguale alla piastrellatura del bagno di casa e al motivo per cui non riuscissi a pensarla un tantino più larga. Era comunque meglio di niente. Sembrava stabile, non oscillava mentre la percorrevo. Tuttavia, per procedere verso Nadim, dovevo convincermi che anche il baratro sotto di me non fosse altro che un'illusione.

«Vieni» esortai Nadim, allungando la mano quando gli fui vicino.

E lui non se lo lasciò dire due volte; con decisione afferrò la mia mano e insieme ci tenemmo in equilibrio e ritornammo indietro, dove Lingualunga tirò finalmente a sé il fratello sospirando e stringendolo forte al petto. Appena scesi dalla passerella, quel che restava della scala sospesa si disintegrò precipitando nel nulla. E, come a un segnale convenuto, anche ciò che rimaneva della casa si dissolse, a partire dalle pareti tappezzate che si diradarono trasformandosi in una nuvola dalle striature luminose. Dal soffitto ci caddero addosso dei calcinacci e addirittura un pianoforte che andò a schiantarsi accanto a noi facendo un gran baccano.

«Dovrete rimandare gli abbracci» urlai strattonando i due fratelli con tutta la forza che avevo in corpo per spingerli via da lì, direttamente dentro alle nebbie del caos nell'esatta direzione da dove eravamo arrivati. Fuori di qui, veloci, pensai, e un attimo dopo, con mia grande sorpresa, ci ritrovammo direttamente sulla strada, accanto a quel povero fantasma smunto in camice chirurgico che ci guardava attonito.

Nadim si afflosciò esausto al suolo, mentre Lingualunga prese fiato e poi sorrise: «Orca. Per un pelo. Ma ce l'abbiamo fatta. Avresti dovuto vederci là dentro, Daniel!»

Alzai gli occhi al cielo, ma ero troppo sollevato per ricordargli che il suo contributo alla buona riuscita dell'impresa era prossimo allo zero. D'un tratto realizzai che, dopo intere settimane passate invano a tentare e ritentare, per la prima volta ero riuscito davvero a usare l'immaginazione. Non avrei saputo dire come, ma sapevo che Giacinto avrebbe apprezzato e mi piaceva pensare che si sarebbe anche un po' stupito dei miei progressi.

M
Matilda

Kim, Eric e il redivivo Faris trattennero il respiro mentre Quinn scompariva nel campo luminoso del portale.

«Fichissimo» commentò Eric senza rivolgersi a nessuno in particolare non appena il portale si richiuse. «Quando lo si vede fare a Yuri nei video sembra sempre una specie di effetto speciale. Invece dal vivo è… wow! Roba che non mi riesco a spiegare nemmeno con l'aiuto della fisica quantistica.»

Gli altri due si limitarono ad annuire, altrettanto sconcertati.

La prima volta che avevo visto sparire Quinn all'interno di un portale, di sicuro non avevo pensato a nulla del genere. Anche perché di fisica quantistica ne sapevo pochino, anzi, zero assoluto. Ma il solo tentativo di approcciare il mondo della Soglia con le nozioni della scienza mi sembrava assurdo e senza speranza. «*Ci sono più cose in cielo e in terra, Orazio, di quante tu ne possa sognare nella tua filosofia*» citai mio padre che spesso si appropriava del verso dell'*Amleto* per colpire e affondare i suoi interlocutori nelle discussioni teologiche.

Gli altri tre si voltarono sorpresi verso di me, come se fino a quel momento si fossero dimenticati della mia presenza. Gli occhi indagatori di Faris mi fecero aumentare la salivazione, mentre mi saliva un nodo alla gola, ma invece di deglutire intimorita sollevai il mento spavalda: che non si permettesse di guardarmi con quell'aria di rimprovero! Se non avessi insistito con Kim non saremmo arrivati subito e lui sarebbe morto.

«Scusa, ma tu chi sei esattamente?» domandò Faris.

Ero indecisa tra un *La tua fatina buona* oppure *Quella tra noi due che non mostra le tette* quando Faris senza più interesse alla mia risposta si girò verso il portale. «*Vabbe'* lo chiariremo più tardi al mio rientro, ora devo andare. Eric... la password per favore!»

Eric si affannò di nuovo sul tastierino cercando di non farsi vedere. Da quanto capivo componeva lettere e numeri in sequenza su una riga e poi spingeva qualcosa all'interno della parete.

La roccia ricominciò a baluginare.

Eric mormorò qualcosa all'orecchio di Faris.

«Zebra?» domandò Faris.

«Ma va'!» Eric sollevò gli occhi al cielo in segno di sconforto. «Il famoso *lago di Zebra*, ma ti sembra un luogo plausibile?» Tornò a bisbigliare qualcosa all'orecchio di Faris, un pochino più forte, tanto che anch'io riuscii a cogliere distintamente la parola *tredici*. Faris sembrò avere capito.

«Siete davvero ridicoli!» esclamò Kim con un sospiro d'irritazione. «Come se volessimo appropriarci delle vostre stupide password! Comunque scommetterei che si tratta di una combinazione tra città europee e numeri primi.»

Anch'io ci avrei scommesso.

«Invece è sbagliato» disse Eric e poi con un tono meno da saputello: «Almeno in parte».

«Ma dimmi un po' bellezza, non ti torna mai la voglia?» Faris scrutò Kim con occhi intensi e con il capo leggermente piegato. «Mi ricordo quando non ne avevi mai abbastanza, quando un solo passaggio al giorno ti sembrava poco; quando non avevi ancora i capelli da puffo ed eri ancora capace di sorridere.»

Un fremito quasi impercettibile attraversò il viso di Kim. «Sai com'è, ora preferisco vivere» gli rispose con astio. «Si chiama intelligenza.»

«Oppure vigliaccheria, dipende dai punti di vista.» Faris si strinse nelle spalle e si avvicinò di un altro passo al varco luminescente. «Io invece preferisco morire piuttosto che abbandonare mio fratello.»

«E se vuoi proprio saperlo... i puffi hanno la pelle blu, non i capelli!» gli gridò Kim alle spalle.

«Può essere» replicò Faris indifferente. «Diversamente da te è da un pezzo che non guardo più i cartoni animati.» Ignorò sia l'espressione furente di Kim sia il suo respiro ansimante. «Siamo pronti?»

«Pronti.» Eric spinse il lettino da ospedale vicino a Faris e al portale. Anch'io mi avvicinai involontariamente di qualche passo. Avevo già visto Quinn attraversare il varco e sapevo che cosa succedeva di solito, ma ero molto curiosa di sapere che cosa sarebbe accaduto a Faris quando avesse toccato il campo energetico. Ero sempre partita dal presupposto che per un essere umano attraversare il portare significasse morire. Almeno così mi era stato raccontato fino a quel giorno.

Quando Faris s'immerse nel campo luminoso senza più voltarsi indietro, il suo corpo collassò, divenne molle come quello di una marionetta a cui abbiano tagliato i fili... però non morì. Kim ed Eric cercarono di attutire la caduta di quel corpo privo di coscienza, poi lo sollevarono unendo le forze e con fatica lo issarono sul letto. Il corpo di Faris aveva gli occhi chiusi ma respirava, il suo torace si alzava e abbassava ritmicamente, come quello del fratello. Con poche mosse rapide e capaci Kim ed Eric ricollegarono Faris ai monitor con tutti i sensori necessari e gli applicarono di nuovo la fleboclisi. I suoi parametri vitali apparvero visibili. Insomma sembrava essere andato tutto per il meglio e lui pareva solo assopito. Difficile accettare l'idea che lui stesse sdraiato a dormire in mezzo a noi e contemporaneamente a passeggiare con Quinn nella Soglia, dall'altra parte del varco. Era folle ma affascinante al tempo stesso.

Il campo energetico nel frattempo era svanito e la parete era tornata di roccia mentre i due battenti del portale erano rimasti aperti. Mi avvicinai ancora. Anche questa volta l'uscita di scena di Quinn aveva suscitato in me sentimenti contrastanti. Durante le sue escursioni nella Soglia mi ero sempre sentita come una che aspetta gli amici all'uscita del cinema per farsi raccontare quanto fosse appassionante il film e gustosi i popcorn. Ora era diverso: avevo visto un essere umano oltrepassare il varco senza morire. Quindi avrei potuto farlo anch'io e magari vedere i balena-dirigibili con i miei occhi o accarezzare di persona i draghi nani! Il solo pensarlo mi faceva battere forte il cuore. Per il momento mi limitai a carezzare il vecchio legno morbido del portale. Sul video di Yuri se ne scorgeva solo la metà: l'imponente forma gotica rimaneva nascosta, come i due gradini di sasso sul davanti, o l'iscrizione latina in alto sull'intelaiatura, antica e di pregio almeno quanto lo scorpione stesso, o come i fregi di ferro battuto sul fronte e sul retro dei battenti. *Facultas intrare*... chissà che cosa significava. Il tastierino per l'inserimento delle password, nonché i graffiti e gli scarabocchi sulle pareti erano senz'altro più recenti. Ricordavano un po' quelli dei bagni della scuola, anche se erano leggermente più sbiaditi e alcuni un po' fuori moda: *Libertà per Nelson Mandela! Elvis vive* insieme a degli evergreen come *Elke è una pisciasotto*. Anche il telefono sembrava un pezzo da museo. Era appoggiato sulla scrivania accanto a un computer portatile sul cui schermo sfarfallavano quattro immagini piuttosto buie. Nella prima riuscii a individuare a fatica l'inquadratura del corridoio davanti alla porta d'ingresso della stanza segreta e nella seconda il buco dietro l'armadio attraverso il quale eravamo strisciati. Probabilmente Eric si era accorto della nostra presenza già in quel punto del percorso. Tornai a rivolgere la mia attenzione al telefono a disco di un arancione vivace. Sollevando la cornetta e portandola all'orecchio udii il suono lungo di una linea ancora attiva. Curioso!

«Le pulsazioni di Nadim sono sempre troppo alte e ha iniziato a sudare leggermente» disse Kim e mi voltai istintivamente verso i due letti disposti al centro della stanza.

Kim si chinò sopra Nadim e gli scostò un ricciolo di capelli neri dalla fronte. Poi inspirò profondamente e per un attimo pensai che si sarebbe messa a piangere. «Come si può essere così imprudenti?»

«L'ho tenuto d'occhio, te lo giuro. Per quanto potevo» bisbigliò Eric. Fra capelli e occhiali tondi mi sembrava un ibrido tra Albert Einstein e Harry Potter, ma l'insieme risultava simpatico, almeno a me. Si sedette sul bordo del letto di Nadim e gli prese la mano. «È davvero difficile tenerli a bada questi due. Non avresti dovuto andartene.»

Kim si alterò di nuovo: «Non avevo altra scelta. Vi avevo implorato in tutti i modi, ma voi volevate andare avanti».

«Implorato? Kim, tu ci hai *urlato* contro» la contraddisse Eric. «Secondo te avremmo dovuto lasciare la stanza segreta immediatamente, chiuderla e buttare via la chiave; farfugliavi cose confuse riguardo a Gandalf, a un lupo assetato di sangue e a un uccello rapace enorme. E dopo averci inebetito con le tue idiozie ci hai insultato dicendone di tutti i colori e poi sei scappata in lacrime.»

Lacrime che anche in quel momento Kim cercava di trattenere a stento. «Certo, perché non volevate credermi! Mi avete trattato come una pazza isterica che si era inventata tutto.»

«Io... noi abbiamo tentato di chiederti scusa, ma ci hai persino bloccato sul tuo cellulare.» Eric abbozzò un sorriso. «Se solo ci avessi dato un po' di tempo per riflettere invece di darci subito contro forse avremmo potuto... Insomma, quello che sto cercando di dirti è che io ti credo. Forse esistono davvero delle persone a cui non va a genio che noi andiamo di là, nel loro territorio. Ed è probabile che ti stessero alle calcagna la notte in cui Quinn è finito sotto un'auto, magari addirittura a causa loro.»

«Adesso è così, allora? Non mi dici più che sono fuori di melone e che mi sono fumata una canna di troppo?» lo rimbrottò Kim. «Se almeno ti fossi sforzato di stare dalla mia parte, mi avrebbero ascoltata anche Nadim e Faris.» Eric scosse il capo. «No, loro avrebbero continuato comunque, persino senza di me. E allora qui non ci sarebbe stato più nessuno ad aiutarli.» Sospirò profondamente. «Anche se quel che è appena successo dimostra che in un'emergenza io non valgo un bel niente.»

«Vero!» ribatté Kim gettando Eric ancora più nello sconforto.

Quel ragazzo un po' mi faceva pena. «Il massaggio cardiaco però l'ha fatto bene!» feci notare.

Eric si scosse, sorpreso, come se si fosse di nuovo dimenticato della mia presenza. «Ehi! Lascia stare il telefono per favore!»

Riappoggiai la cornetta sulla forcella. «Scusa, ma ha mai suonato finora?»

«No. Il numero non lo sappiamo nemmeno noi.» Eric mi osservava irritato. «Chi non è autorizzato non può stare qui! Tu sei un'amica di Kim o cosa?»

«Lei è amica di Quinn, non mia» puntualizzò Kim.

«Giusto, domanda superflua» mormorò Eric. «Come se tu potessi farti degli amici.»

«Scusami se sono stata così stupida da credere che foste voi i miei amici» lo investì Kim e mentre parlava la pietruzza blu del piercing sotto il labbro superiore emetteva un freddo scintillio. «Nel vostro club di maschi mi avete fatta entrare solo perché vi occorrevano le cose di mia madre per aprire il portale.»

«Ma non è affatto vero» replicò Eric. «Allora potrei dire la stessa cosa di me e cioè che *io* sono stato ammesso solo perché mio padre è il direttore di questa clinica. Tra l'altro perderebbe il posto se si venisse a sapere che cosa combiniamo qui. Tu, Faris e Nadim, voi siete i discendenti dei precedenti adepti di Pandinus Imperator, quindi gli eredi naturali di tutti i segreti della setta... io invece sono solo lo scemo che procura l'equipaggiamento e che deve hackerare gli elenchi degli studenti.»

«Quindi siete solo in quattro?» domandai. «Pensavo bisognasse essere in sette.»

«Sì, la tradizione imporrebbe così ma... be' in realtà volevamo prima capire bene come funziona» rispose Eric. «Le generazioni precedenti di Pandinus sono sempre state istruite dai predecessori, e c'erano scaffali di raccoglitori pieni di rapporti, regole e regolamenti. Noi invece non abbiamo avuto altro che un paio di vecchie favole della buona notte, una lettera con una mappa delle catacombe e i video della mamma di Kim.»

«Li ho trovati in cantina, nascosti in una cassa stracolma delle sue cose dell'università» spiegò Kim. «Se solo sospettasse che sono a conoscenza del suo segreto e di tutti i pericoli che ha corso quando era giovane...»

Milioni di domande si affollavano nella mia testa e io non riuscivo a decidermi da dove iniziare. «Che cosa c'è nella flebo?»

«Una banalissima soluzione elettrolitica.» Kim intanto controllava i parametri vitali dei due fratelli. Mentre il polso di Nadim era sempre accelerato, il monitor collegato a Faris sembrava rilevare valori impeccabili, almeno per quanto ne capivo. «Per stabilizzare la circolazione sanguigna. Se ne potrebbe fare anche a meno, ma così abbiamo anche l'accesso diretto in vena, nel caso dovessimo intervenire con qualcos'altro quando le cose si mettono male.»

Quindi nessuna pozione segreta, interessante. «E... le cose si mettono male spesso?»

Eric fece cenno di no con il capo. «Mai come oggi. Non abbiamo mai dovuto rianimare nessuno prima d'ora.»

Kim svitò di nuovo il tappo della boccetta e la portò sotto il naso di Nadim. «C'e un momento critico quando si ritorna indietro attraverso il portale ed è quando si vede il proprio corpo steso davanti ai propri occhi.» Si accigliò. «Non è facile riappropriarsi del proprio corpo in quel momento, insomma non è come sdraiarsi nel letto accanto a se stessi e basta, è piuttosto come... insomma, è difficile da spiegare... D'un tratto torni a essere di nuovo tu, non sei più sdoppiato e non ti rendi nemmeno conto di come sia successo.»

«È necessario *volerlo*» disse Eric in un sussurro come parlando da solo seguendo i propri pensieri. «E a volte...» Si bloccò nuovamente, indisposto dalla mia presenza, si staccò dalla mano di Nadim e si alzò di scatto. «Sono tutte informazioni riservate ai membri di Pandinus Imperator» disse in tono arrogante. «Del resto qui tu non dovresti starci. E io...»

«E tu?» Che cosa voleva fare? Buttarmi fuori dalla porta, invitarmi a lasciare la stanza e a tornare in corridoio? Stava tentando di sembrare autorevole, severo e deciso, ma la sua statura minuta e la sua simpatica faccia da luna piena non erano per nulla convincenti o sufficienti a intimorirmi. Julie, inoltre, mi aveva insegnato due o tre mosse di autodifesa, che aveva imparato al corso *Torna a casa sicura*: testata di taglio sull'osso del naso, calcio nelle palle, pugno sul collo... gesti difensivi che non avrebbero avuto alcun successo contro Severin o Giovanna d'Arco, ma che sarebbero bastati per stendere questo piccolo Harry Einstein. Prima di passare alle maniere forti però, ci provai con un sorriso, come saggiamente suggerito dal motto del ritiro spirituale pasquale: *Sorridi e il mondo cambierà. Modi per costruire i ponti della comprensione*.

«Mi chiamo Matilda» gli dissi porgendogli la mano. «Nessuno di noi dovrebbe trovarsi qui, giusto?»

«Eh...» colto di sorpresa Eric mi strinse la mano. «In un certo senso sì ... Io sono Eric.»

Annuii. Sì, questo lo avevo capito... Il cognome lo avrei facilmente trovato più tardi sul sito web della clinica cercando il direttore suo padre. Il metodo di *costruire i ponti della connessione* stava dando i suoi frutti – alleluia! – così potevo evitare per il momento di buttare sulla tavola l'asso che tenevo nella manica: la carta preferita di Mariechen-la-spia. Si trattava solo di carpire il maggior numero possibile di informazioni.

Indicai i due lettini da ospedale. «Anche Faris e Nadim sono figli di un veterano del club?»

«Jamal Amiri era lo zio» disse Kim.

«Quello che ha tradito il patto del silenzio?» Ripensai al ragazzo del video, quello con la voce raffreddata, la barba e i denti di un bianco smagliante. «Perché usi il passato? È morto? Forse a causa del fatto che ha *parlato*?»

«No.» Kim scosse il capo. «Si è ammalato di cancro l'anno scorso.»

«Jamal era il fratello della mamma di Faris e Nadim che è morta quando loro erano ancora piccoli, Faris credo avesse dodici anni. Da allora è stato quasi sempre lo zio ad aiutare il padre con i ragazzi. Rimaneva con loro la sera e come favola della buona notte raccontava le sue avventure nell'aldilà. Loro pensavano si trattasse di una storia inventata» continuò Eric e Kim aggiunse: «Ma poco prima di morire lo zio ha lasciato una lettera per i nipoti e una mappa che li ha condotti fin qui. E da me...»

«Sono tutte informazioni strettamente riservate» mormorò Eric con una nota di pentimento nella voce. «In realtà noi avremmo fatto un giuramento...»

«Ma fregatene del giuramento!» ribatté Kim. «Lo avresti rotto anche tu se fossi stato inseguito dai lupi sanguinari dell'aldilà e interrogato da un essere spaventoso. Guarda, gli avrei detto di tutto... e invece è bastato dire che mi trovavo alla festa solo per incontrare Quinn, il figlio di Yuri Watanebe, e quel vecchio inquietante mi ha lasciato andare.»

«Pensavo ti avesse presa per il collo e fulminata con i suoi occhi gialli mentre il lupo ringhiava al suo fianco in attesa di sbranarti» disse Eric. «E che indossava pure un cappello a scacchi beige e marroni.»

«No, quello era l'altro! Quello di prima!» Kim lo guardò inviperita. «Non hai appena finito di dire che mi credi?»

«Scusami» rispose lui contrito. «Ma devi ammettere che suona tutto molto strano.»

Iniziavo a comprendere lo sconforto di Kim. «Il tipo con gli occhi gialli si chiama Hector» mi immischiai. «E ha davvero un debole per i cappelli a quadretti. Fa parte dei nex, cioè di una sorta di corpo di polizia segreta all'interno della Soglia. Hector è a capo di una delle centurie dell'aldilà, insieme con i lupi sanguinari e i Sirin. È così che si chiamano quegli enormi uccelli che i nex addestrano per la caccia.»

Adesso Kim mi guardava riconoscente, mentre Eric sembrava assolutamente sbigottito. «Com'è che sai tutte queste cose?» domandò.

Be' per dirla tutta, perché mi trovavo spesso nel luogo sbagliato al momento giusto, sapevo ascoltare, ponevo domande a raffica e la sera riportavo tutto nel mio diario, spesso corredandolo di schizzi per aiutare la memoria. Ma era un po' da saputelli ammetterlo, e per non sembrare una nerd mi limitai a stringermi nelle spalle e a dire: «Hector, i lupi sanguinari e i Sirin non li ho mai incontrati di persona. Ma pare che soprattutto gli ultimi siano particolarmente paurosi: uccelli rapaci simili a mostruose civette dal volto di donna. Da un lato è meglio che siano invisibili.»

«E sono tutti qui? Qui sulla *Terra*, intendo?» domandò Eric.

«Be' *sì*... loro non sono degli *extraterrestri*. Cioè, voglio dire, questo è anche il loro pianeta.» Riflettei un attimo sulla possibilità di spingermi oltre con il racconto, ma se Eric faticava già a credere agli occhi gialli e ai cappelli a scacchi, non sarebbe di certo riuscito a seguire la mia divagazione su arcadi buoni e cattivi, fate, draghi nani e giganti estinti. «Non tutti sono pericolosi o malvagi» dissi invece. «Alcuni di loro gestiscono negozi di fiori, si occupano di specie animali in estinzione o insegnano filosofia.»

Per un paio di secondi calò il silenzio nella stanza e dallo sguardo di Eric capii che nella sua testa si stavano accumulando miriadi di domande che nemmeno lui riusciva a gestire, proprio come succedeva a me.

«Quindi ci hai detto la verità!» esclamò alla fine rivolgendosi a Kim. «Oh mio Dio, mi dispiace così tanto!»

Gli occhi di Kim si gonfiarono di lacrime. «Dai, non importa più. Probabilmente non avrei creduto a me stessa se fossi stata al vostro posto. È solo che... che avevo dei tremendi sensi di colpa! Sapevo di avere rivelato troppo di noi al *Banco dei pegni emozionali* e che probabilmente quei tipi ci avevano scoperto e che ci stavano cercando. L'uomo con gli occhi gialli? L'avevo già visto al banco, era fuori dalla vetrina ed era senza cappello. Me ne sono andata subito, ma lui evidentemente mi aveva notato e poi avrà estorto notizie su di noi alla proprietaria del negozio... il luogo in cui studiamo, per esempio. Forse avrei fatto meglio a dirvelo quella sera stessa invece di andare alla festa per incontrare Quinn.»

«Ma come potevi sapere che ti avrebbero seguito? E pure da questa parte poi?» Eric posò una mano sul braccio di Kim. «Del resto ci siamo confidati tutti con quella donna del banco dei pegni, tutti abbiamo parlato come fiumi in piena, mica solo tu. Anche se tu forse sei stata la sua cliente migliore.» Fece un sorrisetto accattivante che Kim corrispose a fatica tra le lacrime.

Eric si rivolse a me: «Perché siete venuti qui oggi? Non che mi lamenti... visto che siete arrivati proprio nel momento giusto, ma... perché?»

Di nuovo sfoggiai il mio sorriso da *costruttrice di ponti.* «Per portare un po' di chiarezza nel buio.» E siccome quella era solo una pseudorisposta per guadagnare tempo rilanciai con una raffica di controdomande: «Che cos'è il *Banco dei pegni emozionali*? E come facevate a sapere di Quinn e che cosa volevate da lui?»

«Be' volevamo che si unisse a noi» rispose Eric. «Quando Kim ci ha raccontato che sua madre aveva incontrato per caso una vecchia amica, ex fidanzata di Yuri, e che Yuri aveva un figlio, siamo quasi impazziti dall'emozione. Non sapevamo se le misteriose doti di Yuri fossero ereditarie, non c'è alcuna evidenza scientifica al riguardo, ma il solo fatto di avere tra noi una persona che con buone probabilità era in grado di portarsi appresso il proprio corpo nell'aldilà come faceva Yuri, ci sembrava... be' ci sembrava a dire poco fantastico. Yuri poteva intrattenersi nella Soglia quanto voleva e questo offriva una serie di nuove e incredibili possibilità a Pandinus. Cioè, voglio dire... grazie a Yuri gli adepti erano riusciti a individuare un portale per Parigi e Yuri andava e tornava portando croissant e pasticcini freschi.»

Ah sì? Interessante! «Quindi non volevate affatto mettere in guardia Quinn ma solo *reclutarlo*?»

Eric distese le labbra in segno di assenso. «Sì, se vuoi metterla così. Non sapevamo ancora se Quinn fosse come suo padre, ma se per caso avesse avuto le stesse qualità, allora sarebbe stata un'esperienza entusiasmante anche per lui venirne a conoscenza. Anche Yuri era caduto dalle nuvole la prima volta, non sapeva nulla delle sue attitudini. L'intenzione di Kim era quella di spaventarlo un pochino all'inizio, in modo da attirarne l'attenzione...»

«E come siete arrivati fino a lui?»

«Merito di Eric. È un hacker abbastanza capace, se non addirittura geniale» spiegò Kim. «Mia mamma non si ricordava nemmeno il cognome della madre di Quinn. Sapeva che c'era un *von* da qualche parte e che lei lavorava presso una casa editrice. A Eric ci sono voluti meno di tre minuti per trovare la pagina web dell'editore. E altri dieci forse, per risalire a Quinn.» Regalò a Eric un sorriso radioso. «È stato davvero grandioso!»

Ma guarda, Kim sapeva anche essere gentile quando voleva.

Eric era arrossito. «Ci ho messo ben più di dieci minuti, ho dovuto spulciare tutti gli elenchi delle scuole superiori della città, fino a quando non ho trovato un von Arensburg che sembrava avere l'età giusta. E poi era pure l'unico ad avere quel cognome. Il resto è stato un gioco da ragazzi, sui social ho trovato tutte le informazioni di cui avevamo bisogno. Quindi abbiamo spedito Kim alla festa di compleanno del migliore amico di Quinn a fare da... cioè per irretirlo con il suo fascino femminile...»

«No no, dillo pure, a fare da *esca*, perché per quello vado benissimo anch'io» si risentì Kim, tornando scontrosa come suo solito.

«Non avevamo idea che Kim… be’… che Kim fosse inseguita dagli sgherri dell’aldilà» disse Eric con espressione afflitta. «Ci dispiace tantissimo per l’incidente di Quinn. Io non sono più riuscito a chiudere occhio fino a quando non è stato fuori pericolo. Insomma noi volevamo solo aiutarlo e invece l’abbiamo quasi ucciso.»

«Questo però non vi ha impedito di continuare imperterriti, come se non fosse successo nulla!» Kim strinse gli occhi incattivita.

«I giorni successivi siamo stati buoni, davvero, temevano che dall’altra parte ci fosse qualcuno in agguato a farci la posta. Ma poi…» Eric alzò le spalle.

«Poi non siete più riusciti a trattenere la vostra smania» completò la frase Kim.

«È vero» ammise Eric.

«La smania di che?» domandai.

«Be’ di tutto questo.» Con un gesto eloquente Eric abbracciò tutta la stanza e il portale. «Sarà anche pericoloso, ma è come una droga. Trovarsi dall’altra parte…» sorrise scuotendo la testa. «Non lo si può descrivere, bisogna esserci stati per capirlo. Comunque, è un fatto che il trapasso, cioè il passaggio, liberi una gran quantità di endorfine e di dopamina, gli ormoni della felicità, se vuoi chiamarli così, e quelli creano una sorta di forte dipendenza. A prescindere da tutte le stranezze che si possono vedere e vivere dall’altra parte… è come un videogioco, solo che è vero.»

Le sue parole furono interrotte da un breve segnale d’allarme. Spaventata, lanciai un’occhiata ai monitor di Nadim e di Faris, ma sembrava tutto a posto. Eric si mise davanti allo schermo del portatile con le immagini delle telecamere di sorveglianza. L’allarme proveniva evidentemente dai sensori di movimento che aveva installato. Fui assalita di nuovo dalla sensazione sgradevole che avevo provato uscendo da casa di Kim. Come se qualcuno ci stesse aspettando per strada. Qualcuno che ci stava osservando non visto. Ecco perché avevo insistito per prendere un taxi fino alla clinica universitaria, non solo per non far affaticare Quinn. E se quel qualcuno ci avesse trovati? Che sarebbe successo? Preoccupata, fissai anch'io le immagini delle telecamere.

«Solo un topo» disse Eric.

«Ne sei sicuro?» Kim si stava mordendo il labbro inferiore e sembrava spaventata.

«Assolutamente!» Eric sorrise. «Dall'ultima volta che sei stata qui ho migliorato parecchio il sistema dell'allarme di prossimità.»

«Sì, ora è dotato di dieci diversi suoni in grado di mandarti al manicomio!» Ci voltammo di scatto all'udire la voce di Nadim che si era messo seduto sul letto.

Da quanto potevo giudicare mi sembrava ancora più carino di suo fratello che già non era male: i suoi occhi non erano color nocciola, ma avevano splendidi riflessi verdi e la sua pelle era così liscia e compatta che ne ebbi un po' di invidia. Mentre si strappava cavi e adesivi dal petto ci fece un sorriso a trentadue denti. «Allora, vi sono mancato?»

Avrei anche potuto sbagliarmi ma mi sembrò proprio che Kim ed Eric arrossissero leggermente.

«Sì, continua pure a crederlo!» Kim giocherellò con il tappo della boccetta che teneva ancora in mano.

«Come le verruche ai piedi» rispose Eric con lo stesso tono brusco di Kim. «Comunque è un bene che tu sia tornato. Gli altri due dove sono?»

«Mi sa che ne avranno ancora per un po'. Stanno litigando perché Quinn vuole assolutamente arrampicarsi su un tetto mentre Faris cerca di impedirglielo.» Scoppiò in una risata allegra. «Quei due sono come il fuoco e l'olio combustibile. Sarei rimasto volentieri a buttare sabbia su entrambi ma era già troppo tempo che pensavo insistentemente ai biscotti alla vaniglia della nonna, quindi ho preferito sbrigarmi.» Nadim ci squadrò l'uno dopo l'altro. «Ho come l'impressione di essermi perso qualcosa di importante. Per favore siate onesti con me… Quanti anni sono stato via? E per cortesia… mi fareste il riassunto delle puntate precedenti?»

***

Quinn e Faris arrivarono ben venti minuti dopo, ma il tempo dell'attesa trascorse veloce, soprattutto per merito di Nadim che si dimostrò una persona davvero piacevole.

Non appena ebbe saputo che Kim aveva salvato la vita al fratello si alzò e la strinse forte a sé.

«Ci sei mancata» disse senza curarsi dell'incomprensibile borbottio di lei. La liberò dal suo abbraccio avvolgente solo per riservare lo stesso trattamento anche a me. «Che fortuna che siate venute qui oggi. Grazie anche a te ragazzina sconosciuta!»

«Matilda» riuscii a dire faticosamente, schiacciata tra le sue braccia. Avrei maggiormente gradito la sua riconoscenza se non fosse stato mezzo nudo e se non mi avesse stritolato la guancia contro il suo petto… comunque il suo mi sembrò un gesto carino e tanto per cambiare era bello non sentirsi un'intrusa.

«Mi sa che il tuo Gandalf esiste davvero Kim!» Nadim allentò la presa e si appoggiò contro la scrivania. Senza parlare Eric gli allungò una bottiglia di succo di mela e una maglietta.

«Io non ho mai detto che si chiama Gandalf.» Kim sollevò gli occhi al cielo spazientita. «Siete voi che siete intrippati di fumetti!»

Eric e Nadim cercarono invano di trattenere un risolino. Eric nel frattempo aveva aperto una confezione di biscotti al cioccolato all'arancia e Nadim ne prese subito due. Le escursioni nella Soglia dovevano mettere appetito.

Mi schiarii la voce. «In realtà Gandalf si chiama Cassian, professor Cassian. Insegna filosofia all'università e predilige Nietzsche che, tra l'altro, abita sotto forma di fantasma nella sua biblioteca della Soglia.»

«Ehi, ma quanto ne sai!» esclamò Nadim con la bocca piena. «Mi piacerebbe che ci spiegassi meglio.»

«Anche a me farebbe molto piacere.» Sorrisi in modo cortese. «Tuttavia avrei anch'io un paio di domande da farvi...»

Nadim ricambiò il sorriso. «Mi sembra giusto» disse e anche Eric annuì.

Mi sentivo un'imbrogliona in quel momento, ma Nadim, Eric e Kim sembravano apprezzare molto le mie conoscenze di seconda mano e le mie non comprovate teorie sulla Soglia. E anch'io ingollavo avidamente tutte le informazioni che mi davano in cambio. Insieme con qualche biscotto.

Forse era l'euforia per tutte quelle novità, o forse era penuria d'ossigeno in quelle catacombe che mi offuscava i sensi, fatto sta che Nadim, Eric e persino la scontrosa Kim iniziavano a piacermi. Mi ci stavo già quasi affezionando.

Tant'è vero che, quando la parete di roccia dietro il portale iniziò di nuovo a sfavillare, fui un po' delusa che la nostra piacevole sessione di domande e risposte stesse per finire.

Faris questa volta si mise a sedere sul letto senza problemi: i suoi parametri vitali non fecero strani scherzi. Insieme, attraversò il portale anche Quinn. A giudicare dall'espressione che aveva in volto, non se l'era passata male dall'altra parte.

Mi guardò con aria interrogativa e quando gli feci cenno che andava tutto bene lui sorrise sollevato. Mio Dio quante cose avevo da raccontargli e ovviamente da domandargli! Aveva scoperto qualcosa di nuovo? E perché aveva perso un calzino?

«Che è 'sta puzza di cacca?» domandò.

«Scatòlo» rispose Kim riavvitando il tappo della boccetta. «Faris da piccolo è scivolato in un porcile. E ogni tanto gli piace rituffarsi nel passato.»

«Lo scatòlo è la sostanza che segnala all'Io-Soglia di Faris, cioè al Faris che si trova nella Soglia, quando è tempo di ritornare verso il portale. Loro lo chiamano *procedura di recupero*» mi intromisi io entusiasta; non riuscivo a trattenermi, ero troppo eccitata. «Dall'altra parte non si sentono gli odori, ma se da questa parte si stimola l'olfatto con un aroma molto intenso, il cervello riesce comunque a inviare all'io che è nella Soglia un pensiero o un ricordo legato a quello stesso odore. L'Io-Soglia a quel punto sa che è ora di rientrare. Per me ad esempio funzionerebbe benissimo il mentolo. Il suo profumo mi ricorda di quando Julie e io, a otto anni, spalmavamo di dentifricio le maniglie di casa del prozio Max. Se fossi nella Soglia e da questa parte mi metteste del mentolo sotto il naso, saprei subito di dovere tornare verso il portale.» Guardai Quinn radiosa. «Non è fantastico?»

Quinn alzò le sopracciglia. Aprì la bocca per parlare, ma Faris lo anticipò.

«La cosa fantastica è che *la mia gente*, qui, non si preoccupi di spifferare i nostri segreti alla prima ragazzina che capita da queste parti» buttò le gambe oltre la sponda del letto e si guardò in giro scuotendo la testa in segno di disapprovazione. Il suo sguardo si fermò sulla confezione di biscotti ormai vuota. «Ah, di bene in meglio! Davvero avete fatto merenda con la qui presente traditrice dai capelli blu e il piercing e con una perfetta sconosciuta che potrebbe fare saltare tutto da un momento all'altro? Che sapete di lei? Un emerito nulla.»

«Be'... insomma. Un po' di cosette le ho controllate quando è arrivata!» Eric mostrò a Faris il proprio cellulare. «Matilda Martin, alunna del Lessing, ha una nota di demerito sul registro per avere *sghignazzato in modo inadeguato* durante la lezione, nel lancio del peso durante i giochi della gioventù è riuscita a fare nove metri scarsi e canta nel coro della chiesa di Sankt Agnes. Guarda, qui fa da voce solista nella rappresentazione di Natale...» Sorrise timidamente come per scusarsi, mentre dal suo cellulare mi sentii intonare *Tu scendi dalle stelle*. «Non è carina?»

Avvampai. «Avevo dodici anni!» esclamai cercando di strappare il cellulare dalle mani di Eric prima che Quinn potesse vedermi avvolta in una tenda della vecchia camera da letto di zia Bernadette con una coroncina di piume in testa. Accidenti a Internet che conserva tutto! Sul lancio del peso, poi, c'era da dire che Julie mi aveva fatto il solletico. Non che senza solletico lanciassi molto meglio.

Eric fu clemente e ripose il cellulare. «Non credo dovremmo avere paura di lei.»

«Matilda è a posto, posso confermare» disse Nadim rivolto a Faris. «Mi sembra al corrente di tutto e la faccenda del giuramento e dei segreti mi pare un po' superata ormai. Se Eric non avesse fatto entrare Kim tu probabilmente saresti morto e io sarei bloccato da qualche parte nell'aldilà. Oggi... è il giorno della svolta, fratello. Pensa a quante avventure potremmo sperimentare ancora insieme se solo collaborassimo tutti!»

Aveva parlato in modo tanto coinvolgente ed entusiasta da lasciare senza parole persino Faris.

Quinn intanto continuava a guardarmi accigliato. Capiva o no quali opportunità ci si prospettavano davanti?

«Immagina, Quinn» lo apostrofai. «Tu e io in un balena-dirigibile!»

Finalmente gli si accese una lampadina: «Sul mio cadavere. Tu...» iniziò a dire.

Ma Faris, che si era ripreso, lo interruppe: «Mica sono scemo. Ovvio che anch'io ho approvato l'adesione di Quinn a Pandinus Imperator. Anche se non è uno studente di medicina e ha evidenti problemi con il principio di autorità, l'eredità di Yuri è sufficiente a renderlo idoneo. Con lui potremmo operare in modo del tutto diverso dall'altra parte del portale». Si alzò. «Però le ragazze... Kim ci ha già detto a chiare lettere che non ha più voglia di avere nulla a che fare con noi, e la piccola qui... be', sarebbe davvero ridicolo. Nonché contrario a ogni regola.»

Ora parlavano tutti insieme.

«Se dovessi rientrare non sarebbe certo per merito tuo, sciovinista ingrato che non sei altro.»

«Per essere precisi voi non siete Pandinus Imperator, ne avete solo occupato la stanza segreta. Ecco perché non siete vincolati alle sue regole.»

«Guarda che non sei tu il *decisore* qui dentro, fratellone!»

«Noi non siamo *la tua* gente, noi siamo i tuoi amici e le decisioni le prendiamo di comune accordo!»

In quella confusione di voci e di frasi, le parole di Quinn: «Adesso dobbiamo andare» furono come una doccia fredda per me.

«Come? Proprio adesso?» Ma stava scherzando?

«Sono passate le sei.» Indicò l'orologio sulla parete. «Sai che non puoi fare tardi a cena.» Poi rivolgendosi a Faris continuò: «Grazie, non siamo interessati a entrare nella vostra associazione. Però ci ha fatto piacere conoscervi».

Scusa? Forse non avevo capito bene. Probabilmente mi ero persa qualcosa di importante. Fissavo Quinn interdetta come tutti gli altri.

«Aspetta!» disse Faris. «Guarda che scherzavo quando ho detto quella cosa sull'autorità. Penso che io e te potremmo andare d'accordo a meraviglia. Prima abbiamo fatto squadra, no? E ha funzionato bene. E poi non hai visto che una piccolissima parte della Città delle Ombre; ci sono un sacco di cose in più che potremmo mostrarti.»

Quinn aveva già afferrato le stampelle e non si lasciò convincere. «Avremo modo di parlarne un'altra volta, Lingualun… cioè, Faris» disse muovendosi in direzione dell'uscita. «Vieni Matilda?»

Okay. Probabilmente aveva le sue buone ragioni. Oppure no, forse era solo una tattica. Il ragazzo era furbo! Presi il mio zaino dalla scrivania e sorrisi a tutti tranne che a Faris.

«Molte grazie per i biscotti. Arrivederci.» Per quanto fosse folle, era come se in quell'ultima ora avessi trovato dei nuovi amici.

«Ti ho inviato una richiesta di amicizia.» Eric accennò al cellulare e Nadim disse: «A presto, Matilda». Kim si limitò a congedarsi con un brusco cenno del capo, ma fu meglio di niente.

L'ultima cosa che vidi prima di girare le spalle e uscire dalla porta fu la bocca di Faris che si apriva e chiudeva a vuoto come quella di un pesce.

Quinn

«Ottima tattica la tua» disse Matilda a mezza voce non appena la porta si richiuse alle nostre spalle. Poi accese la torcia del cellulare e illuminò il corridoio. «Così Faris capisce che se vuole avere il discendente di Yuri Watanabe come guardia del corpo speciale per la Soglia deve beccarsi anche me, la tipa meno figa della compagnia. Quello comunque ha dei problemi con le donne.»

«E in più è un maniaco del controllo» rincarai la dose. Lingualunga infatti non mi aveva mollato per un solo secondo mentre eravamo dall'altra parte.

Dopo il salvataggio nelle nebbie del caos volevo capire meglio dove fosse quello strano quartiere che Faris aveva chiamato Città delle Ombre, e pertanto mi ero diretto verso l'edificio più alto dei dintorni, un palazzo a nove piani piuttosto stretto con i vetri rotti alle finestre, che svettava come una lunga zanna. A un primo sguardo mi era parso disabitato ma salendo le scale mi ero reso conto che, rintanate negli angoli e accovacciate per terra nelle stanze deserte e senza porte, c'erano delle figure in bianco e nero: uomini e donne di età diverse e un paio di bambini, quasi tutti vestiti con abiti di altri secoli.

«Noi questa la chiamiamo la *casa degli spiriti*» mi aveva spiegato Faris ancora in modalità *guida turistica*. «Qui si aggirano le persone morte, ma molte di loro non sono pericolose, tutt'al più sono solo un po' confuse come il nostro povero Daniel. Credo che non possano andare da nessun'altra parte. L'aldilà non deve essere un luogo entusiasmante per chi è trapassato.»

Era vero: quando questi spiriti ci notavano, sembravano più impauriti di noi. Ma come mai erano così tanti? E perché c'erano anche dei bambini? Avevano tutti mancato il tunnel che portava alla luce e ora dovevano aggirarsi miseramente nella Soglia come vegetali? E nessuno si era immaginato una dimora più confortevole per loro all'interno della Soglia?

Salendo un po' affannati, Faris mi raccontava che a volte spuntavano anche i fantasmi di personaggi tipo Elvis Presley o Winston Churchill, ma quel giorno evidentemente non eravamo fortunati.

Arrivati sul tetto della casa degli spiriti la vista era ampia e panoramica come avevo sperato. Con mia grande sorpresa la prima cosa che notai fu un oceano. A un paio di isolati da noi c'era il mare, che poi si perdeva nell'orizzonte dove si confondeva con il blu simile e diverso del cielo. In lontananza, in mezzo al mare, spuntavano alcune isole montuose e veleggiavano un paio di barche.

Non riuscivo a staccarmi da quella vista, né a riprendermi dalla sorpresa. Nessuno mi aveva mai parlato dell'esistenza di un mare o di un oceano all'interno della Soglia. Chissà se poi era davvero *bagnato*?

«C'è persino una spiaggia» mi spiegò Faris. «Abbiamo in mente di andarci a giocare a palla a volo prima o poi.»

Ovvio, la Soglia pullulava di palle e di reti da *volleyball*. Oppure Faris pensava di portarsi l'attrezzatura direttamente da casa attraverso il portale, compresi i pantaloncini sportivi e la maglietta... Comunque ero davvero curioso di capire come funzionassero le cose: per esempio, l'abbigliamento che avevo indosso in quel momento o le cose che avevo in tasca erano reali o me li stavo immaginando? E che cosa sarebbe successo se mi fossi dimenticato lo smartphone all'interno della Soglia? Sarebbe rimasto fisicamente lì? Matilda aveva ragione… fino a quel momento mi ero informato e avevo sperimentato troppo poco, e non avevo domandato abbastanza. Però potevo sempre recuperare, giusto? Ovvio che lasciare il cellulare nell'aldilà non era una mossa astuta, e quindi optai per qualcosa di meno indispensabile. Mi chinai e mi slacciai una scarpa.

«Che fai?» mi domandò Faris aggrottando la fronte.

«Mi sfilo un calzino» risposi, come se non lo potesse intuire da sé, mentre lo appoggiavo a terra.

Lingualunga, che non era stupido quanto a volte sembrava, comprese in un attimo le mie intenzioni. «Puoi anche evitare di fare questo esperimento» disse con aria saccente. «Noi di Pandinus lo sappiamo da generazioni come funziona: gli oggetti si possono lasciare qui, ma non si può prendere niente da portare di là, salvo quelle cose che sono state già nella Soglia attraverso un portale.» Sbadigliò mentre riguadagnavo la posizione eretta. «Hai finito? Perché è già da qualche minuto che mi è venuta in mente la mia gita scolastica alla fattoria e ciò significa che è ora di ritornare sui nostri passi per raggiungere il portale.»

«Vai avanti tu, io rimango ancora un po'» avrei voluto rispondergli, ma poi avevo pensato a Matilda e al fatto che avrei preferito essere con lei quando quel *maschio alfa* dalla lingua lunga si fosse risvegliato dall'altra parte.

«Arrivo» gli risposi, guardandomi attorno un'ultima volta alla ricerca di strutture della Soglia che mi fossero note. Il quartiere in cui ci trovavamo sembrava circondato da mura piuttosto alte, al cui interno si scorgevano a perdita d'occhio file di edifici intervallate da alberi, da altre mura e da torri di ogni genere. Alcune erano addirittura sospese nell'aria come se galleggiassero su piccoli isolotti volanti. Aguzzando la vista riuscii a riconoscere anche quattro balene-dirigibili che aleggiavano nel cielo azzurro. In lontananza riconobbi finalmente il profilo dell'osservatorio astronomico con la sua caratteristica forma a chiocciola, il palazzo del governo dell'Alto Consiglio, nonché la zona collinare che ospitava anche la mia *piccola Liguria*. Ci sarebbero volute ore per raggiungere quei luoghi della Soglia che mi erano familiari, sempre ammesso che si potessero valicare quei muri imponenti senza sapere volare.

«Adesso andiamo però!» Lingualunga mi strattonò la manica. «Qui possiamo tornarci quando vogliamo, una volta che avrai superato la nostra prova d'ingresso, s'intende. Mi sa che dovremo chiudere un occhio sulle competenze mediche, visto che sei ancora alle superiori.»

Lo stavo ascoltando solo per metà perché avevo individuato qualcosa che mi aveva messo in allarme: quel che avevo inizialmente scambiato per una montagna coloratissima nella zona sinistra della città in realtà era un enorme cumulo di nebbie del caos. Così da lontano non sembravano minacciose, ma vederle addensarsi nelle dimensioni di un monte mi provocò una sensazione sgradevole alla bocca dello stomaco.

«Bene, ho visto abbastanza» dissi a Faris. «Andiamo.»

Era arrivato il momento di tornare da Matilda per rielaborare ciò che avevamo vissuto nelle ultime ore e per mettere un po' d'ordine tra le cose, per quanto possibile.

Quella giornata era stata piena di avvenimenti e di scoperte incredibili: ogni volta che avevo creduto di essere arrivato a un punto fermo, ero incappato in cose nuove e sempre più interessanti, in un crescendo continuo e senza fine.

Una volta rientrati nella stanza segreta però, mi accorsi subito di avere un problema.

Ci eravamo assentati per meno di un'ora ma quel tempo era bastato a Matilda per diventare una sorta di membro onorario di Pandinus Imperator nonché un'esperta in trapassi. Quando si mise a raccontare, con gli occhi accesi dall'entusiasmo, delle procedure di recupero e del dentifricio al mentolo spalmato sulle maniglie delle porte mi venne male. Davvero, stava pensando di provarci anche lei? Eppure, era a conoscenza di tutti i pericoli in agguato dall'altra parte, e aveva assistito alle procedure per rianimare Lingualunga.

Insomma, poiché la situazione era fuori controllo, mi sbrigai a trascinarla via da quella stanza segreta mettendo la maggiore distanza possibile tra noi e il portale.

Matilda da parte sua non si era accorta di quanto le sue parole mi avessero terrorizzato. Chiacchierava tutta allegra e saltellante facendo luce sulle pareti della galleria con il suo cellulare. «Allora che cosa vuoi che ti racconti prima? Dell'aspetto tecnico o delle relazioni interpersonali? Oppure vuoi iniziare tu? Hai visto qualcosa di interessante dall'altra parte? E la tua password com'era? Scommetto che era una città che inizia per F, vero?» Ridacchiò contenta. «Ti sei accorto che il portale risale almeno al medioevo, mentre il tastierino per le password, gli interruttori della luce e quel telefono arancione sono del secolo scorso? Cosa del resto plausibile se è vero, come sostiene Eric, che Pandinus Imperator sia stato costituito attorno agli anni settanta. Ma da chi? E perché? In ogni caso... gli esperimenti condotti dai membri di Pandinus hanno dimostrato che un corpo umano può resistere anche per ore senza problemi una volta separato dal proprio spirito, cioè prima che i valori vitali si alterino. Per stare larghi ed esseri più che sicuri loro iniziano il recupero appena un'ora dopo il trapasso. Le prime volte addirittura solo mezz'ora dopo perché il rientro in corpo, come lo chiamano loro, dev'essere un po' allenato prima di riuscire bene. Comunque dev'essere davvero strano vedersi davanti il proprio corpo incosciente sdraiato su un lettino. Eric mi ha spiegato...»

«Ma sei seria, Matilda?» la interruppi. «Lo hai visto con i tuoi occhi quant'è pericoloso. Faris ha rischiato di morire!»

«Sì, però... è stato un caso eccezionale» ribatté Matilda un po' meno sicura. «Fino a oggi non era *mai* successo; di solito funziona tutto perfettamente» aggiunse con maggiore sicurezza. Mentre parlava illuminando la galleria, io le arrancavo dietro. «E non ci sono controindicazioni perché non occorre prendere alcun farmaco. E poi Faris si è ripreso subito.»

«Potresti per favore...» incominciai a dire ma Matilda non si fermava.

«So già che cosa vuoi dirmi, credimi, ed è chiaro che dall'altra parte bisogna stare attentissimi... cosa che tra l'altro i ragazzi non hanno compreso fino in fondo perché, secondo me, considerano la Soglia una sorta di parco avventura, mentre Kim, dopo la festa di Lasse, si è convinta che i due mondi non sono affatto separati l'uno dall'altro e che persone come Hector sono prive di scrupoli e non scherzano né da una parte né dall'altra. So che i ragazzi hanno persino litigato proprio perché i maschi mettevano in dubbio le parole di Kim su Hector. Adesso sembra però che si siano chiariti e che il gruppo si sia ricostituito, anche perché in realtà si vogliono tutti un gran bene. Eric è il genio informatico, un hacker supersensibile, mentre Nadim è la persona più di cuore che io abbia mai incontrato, è non c'è da meravigliarsi che sia Kim sia Eric si siano presi una sbandata per lui. Davvero, non so da che parte iniziare a raccontarti i dettagli. Sai che quel vecchio telefono funziona ancora? E che Yuri andava avanti e indietro dal portale di Parigi per procurare croissant e pasticcini per tutti i membri di Pandinus? Te lo giuro! Ti saresti mai immaginato che una roba del genere fosse possibile? Cioè che attraverso la Soglia si possano trasportare delle cose da una parte all'altra della Terra senza nemmeno rovinarle o sciuparle? Voglio dire, pensa a quante possibilità si avreb...»

«Matilda!» urlai disperato.

«Scusami, scusa, so che blatero da quando siamo usciti dalla stanza segreta, ma solo perché sono così eccitata e perché ho paura di dimenticare qualcosa se non te ne parlo subito, ma ora tocca a te, ti lascio parlare, promesso!» Nel frattempo, eravamo arrivati alla scala a chiocciola di ferro e Matilda lasciò correre la luce della torcia sulla parte alta della sua struttura arrugginita. «Hai riconosciuto la zona della Soglia in cui sei stato?» domandò continuando a camminare di buon passo. «Nadim è entusiasta di te e stupefatto da ciò che hai saputo fare all'interno delle nebbie del caos. Voglio sapere tutto nei minimi dettagli. Ma quella nuvola di nebbia era davvero grande come un palazzo? E come ci si sentiva là dentro? Non vedo l'ora di guardare anch'io con i miei occhi.»

«Scordatelo! Non succederà mai» le dissi, cogliendo al balzo il momento in cui prendeva fiato fra una frase e l'altra.

Matilda si fermò di colpo. «Perché dici così?» Mi sparò la luce della torcia direttamente in faccia.

C'era o ci faceva? Non era mai stata dura di comprendonio, come mai aveva iniziato a esserlo proprio adesso?

«Le persone muoiono quando oltrepassano il portale, Matilda.» Mi sforzai di mantenere la calma e di parlare soppesando le parole, anche se avrei voluto mettermi a urlare. «E io non permetterò che tu ti riduca come quei fantasmi sbiaditi che ho visto dall'altra parte. Non riesco davvero a capire che cosa ti sia preso oggi! Di solito sei tu la più ragionevole e pacata tra noi due.»

Accecato dalla luce, non riuscivo a cogliere l'espressione sul viso di Matilda. Sbuffando, si voltò di scatto e si mise a camminare così in fretta che dovetti arrancare sulle stampelle per starle malamente dietro.

«Oh sì, capisco!» esclamò, buttando fuori l'aria con impeto. Difficile non percepire il tono di sdegno nella sua voce. «Io sono quella tranquilla e tu il coraggioso avventuriero, vero? *Tu* ovviamente puoi prenderti tutti i rischi che vuoi ed essere irragionevole, *io* invece devo sempre stare zitta e buona ad aspettare il tuo ritorno davanti al portale.»

«Esatto! Perché quei varchi non sono pensati per gli esseri umani!» Mi aggrappai al corrimano. Quella stupida scala mi rimbambiva, a forza di girare su me stesso mi erano venute le vertigini. «Per favore possiamo parlarne con calma più tardi? In fondo mi sembra che anche il mondo da questa parte sia abbastanza eccitante, non sei d'accordo? Perché devi metterti per forza nella condizione di rischiare la vita? Matilda? Ehi, potresti andare più piano, per favore?»

«E tu potresti essere un po' meno arrogante?» sibilò lei. «Qual è il problema? Perché non puoi concedermi di dare un'occhiata di persona dall'altra parte per farmi una mia idea?»

«Non è una questione di concedere, Matilda» le risposi. Come faceva a non capire? «È solo che non voglio che ti accada nulla di male. Tu non puoi oltrepassare alcun portale. Punto e basta.»

«Ah, io *non posso*?» Matilda si fermò parecchi gradini sopra di me. «Io *non posso*?» Prese una boccata d'aria, poi sbottò: «Pensavo fossimo una squadra ma evidentemente per te vale solo fino a quando faccio quello che vuoi tu limitandomi a prendere appunti.»

«Ma dai, Matilda...» dissi sospirando. La discussione stava prendendo una brutta piega; e sì che mi ero riproposto di parlarle dei miei *bagni caldi* e dei miei *brodi di pollo*. Non avevo idea di come recuperare in curva cambiando il corso degli eventi. «Per favore, cerca di capire: io non posso permettere che tu ti metta in pericolo.»

«Certo, invece tu puoi fare ciò che vuoi, vero?» sbraitò Matilda. «Guarda che non compete a te decidere che cosa io posso o non posso fare! Ti è chiaro il concetto? Tu sei proprio uguale a quello stronzo sciovinista di Faris.»

«Ma sei impazzita?» le dissi offeso. «Faris e io non abbiamo proprio nulla... Non è che ti voglio proteggere perché sei una ragazza!»

«Altro che! Hai mai sentito parlare di *mascolinità tossica*?» Matilda aveva ripreso a correre e i suoi passi sui gradini erano così determinati che la scala oscillava tutta. «Spero che tu abbia in tasca abbastanza soldi per un taxi, perché io prendo il tram!»

***

Mi misi su un fianco e presi il cellulare: mezzanotte e due minuti e ancora nessun messaggio di Matilda. Come quattro minuti prima, l'ultima volta che avevo controllato. Stizzito lanciai lo smartphone sul comodino.

In effetti ero stanco morto ed ero andato a letto presto pensando di crollare addormentato, ma non facevo altro che girarmi e rigirarmi da due ore senza riuscire a prendere sonno. Ancora non potevo credere che Matilda mi avesse piantato in asso e che si fosse mortalmente offesa solo perché desideravo proteggerla dai pericoli. Mascolinità tossica un paio di palle!

Ripescai il cellulare da dove lo avevo appena buttato e lo riposi pochi secondi dopo. Avevo iniziato a scrivere un messaggio almeno una ventina di volte, ma poi avevo lasciato perdere. No, toccava a lei farsi viva, io non avevo nulla da rimproverarmi, lei invece mi aveva piantato lì come un cucù.

Il comodino finalmente vibrò. Un messaggio! Afferrai il cellulare con una tale velocità che per un pelo non mi scivolò dalle mani. Però non era Matilda, bensì Giacinto. Dall'ultima volta che ci eravamo incontrati due giorni prima non avevo più avuto sue notizie.

Sei sveglio?

Sì, scrissi di malumore.

Nello stesso istante si spalancò la porta di camera mia e Giacinto mi si parò davanti: lo riconobbi immediatamente anche nella penombra per la sua chioma voluminosa e selvaggia carica di boccoli.

«Meno male!» disse. «Così non ti ho dovuto svegliare io.»

Mi ero seduto di soprassalto nel letto. «Pensavo avessimo chiarito...» borbottai a bassa voce ma in modo piuttosto concitato, intanto che maneggiavo per accendere l'abat-jour. «Tu non puoi piombare qui senza preavviso nel cuore della notte a rompermi le scatole!»

Tesi le orecchie con il fiato sospeso. Nessun rumore sembrava provenire dal corridoio, solo il russare regolare di mio padre dalla camera dei miei. «Come hai fatto a entrare in casa?

Se i miei venissero a saperlo morirebbero d'infarto. E anche a me hai fatto quasi venire un colpo.»

Giacinto non sembrava sentirsi in colpa. «Ma se ti ho anche scritto» sussurrò allegramente. «Vestiti in fretta che Cassian ti aspetta.»

«Adesso?» Queste creature della Soglia se ne infischiavano del *sano ritmo del sonno* di cui parlava sempre la mamma, anche se nelle ultime settimane con Giacinto mi ero visto solamente di giorno. «Si tratta di Severin e della faccenda dei ricordi? Scusa ma non possiamo aspettare fino a domani?»

«Ho avuto l'impressione che fosse urgente.» Giacinto mi allungò la felpa con il cappuccio che al mio rientro avevo lanciato in un angolo. Lui indossava solo una maglietta con la scritta *Sono i fiori a fare le persone*. «Probabilmente si tratta di Frey. Ora non c'è più Severin a testimoniare contro di lui ed è probabile che venga presto rimesso in libertà. Tra poco sarà di nuovo un *Free Frey*! Hai sentito che bel gioco di parole ho fatto?»

«Wow, bellissimo!» Controvoglia iniziai a vestirmi. Prima di incontrare il professor Cassian avrei preferito confrontarmi con Matilda per preparare insieme le domande da sottoporgli, ma...

«Emilian e io abbiamo spulciato un po' di documenti dell'archivio.» Giacinto parlava ormai con un tono di voce normale, senza più curarsi di sussurrare. «Nel medioevo il tuo amico Severin era conosciuto con il soprannome di *Ascia assassina* e ha prestato servizio come nex in numerose centurie. Negli ultimi quarantadue anni ha lavorato in proprio, ingaggiato da diversi membri del consiglio. Verosimilmente Frey si era già servito di lui, prima che gli chiedesse di occuparsi di te. Anche se è sempre stato molto bravo a fare perdere le proprie tracce...»

«Ssst!» sibilai. Credeva che i miei genitori fossero sordi? Va bene, papà stava battendo il record mondiale di russamento, ma la mamma avrebbe potuto benissimo svegliarsi alle parole di *Ascia assassina* e di essere in procinto di comporre il numero della polizia con mano tremante. Uscire di soppiatto mi sembrava comunque un'impresa ardua: casa mia non assorbiva alcun suono, anzi, essendo vecchia e piena di assi di legno cigolanti, appena uno si spostava produceva un mucchio di rumori. Io poi non ero ancora agilissimo e non avrei potuto, per esempio, saltare dalla finestra. E una comunicazione aperta e sincera del tipo *Ciao mamma, ciao papà, vado un attimo al cimitero con Giacinto e torno* non avrebbe funzionato a quell'ora di notte, nemmeno con i miei genitori, per quanto comprensivi si dimostrassero nei miei confronti.

Giacinto mi sorrise in modo rassicurante. «Non ti preoccupare, mamma e papà stanno dormendo sodo e continueranno a farlo per le prossime ore, te lo assicuro. E anche il gatto l'ho già fatto uscire io.»

Poveri genitori! Era già la seconda volta che Giacinto aveva provveduto a intontirli con chissà che cosa. «La devi piantare, hai capito?» Imprecai mentre prendevo le stampelle.

«Oggi sei di cattivo umore come un giovane elfo» ribatté Giacinto. Gli elfi erano la fonte preferita di molti detti e proverbi tra la gente della Soglia; ne avevo già sentiti un'infinità: quando qualcuno aveva sfortuna si diceva che avesse pescato la carta dell'elfo, e poi ci voleva un gran coraggio per avventurarsi nella tana di un elfo ed era noto a chiunque che un elfo non giungesse mai da solo.

«Ma si può sapere che aspetto hanno questi elfi?» Passando davanti alla camera dei miei genitori sentii russare distintamente anche la mamma. Sperai che stessero almeno sognando qualcosa di piacevole. Quindi arrancai a fatica giù per le scale facendo tutto il rumore necessario senza temere di svegliare nessuno.

«Gli elfi assomigliano a te e a me» rispose Giacinto sempre molto affabile e disponibile. «Solo che mani e piedi hanno sei dita.»

Allora quelle persone che avevo visto aggirarsi nella Città delle Ombre erano senz'altro elfi!

«Inoltre hanno gli occhi del colore delle ametiste, cioè di varie sfumature di viola» disse Giacinto confermando la mia supposizione di poco prima. «E riescono a vederci benissimo anche al buio.» Aprì la porta di ingresso e si chinò per carezzare Campanellino che si era arrotolato sullo zerbino. «Qui nel mondo materiale ti capiterà raramente di incontrare degli elfi e anche nella maggior parte dei territori della Soglia non sono graditi; sono sempre stati oppressi e sfruttati dagli arcadi, che tra l'altro non sono dotati di molta immaginazione. Nella Soglia vivono relegati in un settore che noi chiamiamo *Città delle Ombre* dove campano di contrabbando e altri lavoretti illegali. Nella Città delle Ombre puoi comprare ciò che di solito non trovi da nessun'altra parte, esplosivi nucleari, killer di professione, esorcismi contro i demoni oppure strane creature, animali e tesori dell'arte. Gli elfi ti procurano qualsiasi cosa tu voglia, basta che paghi. Peccato che ogni tanto ti rifilino delle fregature, falsi d'autore oppure droghe adulterate o tagliate male. Sono in pochi gli elfi che sono riusciti a costruirsi un'esistenza simile a ciò che noi definiamo civile o appena appena decente. Persone come Frey amano affermare che gli elfi sono esseri malvagi come le chimere o gli incubi alati, ma sono stupidaggini. Però ti conviene girarci alla larga lo stesso se li incontri, almeno fino a quando non sarai perfettamente padrone della tua immaginazione.»

«D'accordo.» Mi tirai dietro la porta per chiuderla cercando di soffocare l'impulso di raccontare a Giacinto del ponte di piastrelle che ero riuscito a creare con la sola forza dell'immaginazione all'interno delle *nebbie del caos*. Se glielo avessi detto probabilmente sarebbe svenuto.

Campanellino ci accompagnò per un tratto, lungo il vialetto d'ingresso, e poi si volatilizzò dietro a un cespuglio forse per cacciare un topo di cui avrebbe poi sparpagliato le interiora davanti a casa e dentro le scarpe da giardino di papà.

Salendo sul marciapiede guardai istintivamente verso la casa di Matilda. Chissà se era ancora sveglia? Dietro i vetri della sua finestra sotto il tetto non vedevo alcuna luce accesa, anche se mi sembrò di riconoscere un fievole baluginio, come di un cellulare o di un tablet.

«Severin l'*Ascia assassina*, eh?» dissi a mezza voce. «Espressione tipica di una certa mascolinità tossica!»

«Scusa, che cosa hai detto?» disse Giacinto che aveva seguito il mio sguardo. «Oh. Si tratta di Matilda. Capisco.»

No, ovvio che non poteva capire. Io feci finta di niente e proseguii imperterrito, zoppicando.

«Se mi chiedessi...» incominciò Giacinto ma io lo interruppi subito! «Ma non te lo chiederò...» dissi. «Davvero, l'ultima cosa di cui ho bisogno sono i consigli d'amore di uno che ha avuto una storia con *Gudrun*! Guarda, lascia perdere, per favore!»

«*Consigli d'amore?* Adesso sembri tu quello uscito dal passato remoto!» Giacinto sembrava divertirsi un sacco. «Ma puoi ben dirlo: in milleduecento anni se ne accumulano di esperienze in faccende amorose.»

«I tuoi gusti comunque sono migliorati del milleduecento per cento» dovetti ammettere. «Emilian mi piace. E poi state proprio bene insieme.»

Il sorriso sul viso di Giacinto si allargò fino ad apparire raggiante anche sotto la fioca luce del lampione. «Non ti sembra una follia? Ci conosciamo da una mezza eternità eppure ci sono voluti secoli prima che tra di noi scoccasse la scintilla.»

«Comodo però continuare a dimostrare sempre e solo vent'anni» commentai.

«Diciamo venticinque va', da quando ho deciso di farmi la barba solo una volta al mese sembro più vecchio.» Sempre sorridendo spinse il cancello del cimitero. L'illuminazione era già spenta da tempo e quanto più ci allontanavamo dalla strada tanto più scuro si faceva il buio attorno a noi. Solo le fiammelle dei lumini o delle lanterne sulle tombe vacillavano nell'oscurità creando minuscole isole di luce che per contrasto rendevano ancora più neri e cupi i cespugli e le pietre tombali.

Optai per un drastico cambio di argomento. «Credi che il professor Cassian sappia spiegarmi perché io non mi sia dimenticato di Severin?» Com'è che si era espressa Matilda al riguardo? «Sarà un *incantesimo dell'oblio o piuttosto una maledizione*?»

Giacinto recuperò la serietà. «Non l'ho ancora detto a Cassian» confessò schiarendosi la voce. «E a nessun altro. Solo Emilian è a conoscenza della cosa.»

«Non l'hai detto neanche a Fata?»

«Soprattutto non a lei. Impazzirebbe se lo venisse a sapere e non ti perderebbe più di vista per un solo istante. Che tu possa ricordare è diciamo assai... *particolare*.»

Mi sentii subito a disagio.

«Mi sembra sia una cosa ancora da chiarire, vero? Perché forse non dipende da me ma da Severin, giusto? Cioè se è stato lui a fare in modo che non ci si dimenticasse di lui forse il *particolare* è lui e non io.»

«Ma per tutti gli altri lui non è mai esistito» chiarì la situazione Giacinto. «Tu sei l'unico che si ricordi di lui. E da quanto ne sappiamo, in migliaia di anni non c'è mai stato nessuno dotato del potere del ricordo.»

Gesù! *Il potere del ricordo*, ma perché quelli della Soglia si esprimevano sempre in modo tanto drammatico? E poi non poteva trattarsi di una cosa tanto particolare se anche Matilda riusciva a ricordarsene. Meglio comunque non dire ancora nulla di Matilda, almeno per il momento. Giacinto mi sembrava già fin troppo teso.

«Emilian e io siamo giunti alla conclusione che sia meglio tenere nascosta la faccenda fino a quando non ne sapremo di più» spiegò Giacinto. «C'è il rischio che tu possa attirare attenzioni indesiderate su di te. Cioè un ulteriore carico di attenzioni rispetto a quelle che desti normalmente, intendo.»

I nostri passi risuonavano in modo fastidioso nel silenzio della notte. Sentimmo lo stridio di una civetta fra gli alberi e davanti a noi guizzò rapida una lepre sul sentiero.

«Come fai a essere sicuro che non ci sia mai stato nessun altro?» stavo ripetendo il dubbio che mi aveva sottoposto Matilda. «È quasi impossibile capire se il ricordo di qualcuno che è morto scompaia effettivamente del tutto. Insomma, magari qualcuno c'è che ne ha memoria, solo che voi non lo sapete. O forse è Severin l'eccezione? Per esempio il serpente piumato che Matilda ha trafitto con l'asta da pomodori sul tetto non è sparito nel nulla come Severin e nemmeno ce ne siamo dimenticati, o sbaglio?»

«Le eccezioni esistono» confermò Giacinto. «E ne fanno parte esseri come le mnemosine, i draghi, gli unicorni e, appunto, i serpenti piumati. E per questa ragione sono stati cacciati fino quasi a sterminarli. Attraverso di loro – vivi o morti – speravano di conquistare il potere della memoria, a ogni costo. Tu non hai idea di che razza di esperimenti ripugnanti hanno condotto su di loro e quanti amuleti, tinture, polverine e pozioni abbiano inventato e si continuino a inventare con le più svariate parti dei loro corpi o con il loro sangue. Ingredienti e prodotti sono ancora merce richiestissima sul mercato nero.»

Nella mia mente si concretizzò l'immagine del piccolo drago Confucio schiacciato in un frullatore. Dovetti scuotere vigorosamente la testa per liberarmi di quella visione.

«Ogni tanto quelle sostanze sono effettivamente in grado di generare improvvise rievocazioni o flashback, di attivare brandelli di memoria o di liberare temporaneamente emozioni intime e familiari» continuò a spiegare Giacinto. «Ma nulla resiste al grande oblio, nulla può sconfiggere la dimenticanza. Per non parlare degli effetti collaterali. E del fatto che siano pratiche illegali.»

E meschine. E disgustose. «Secondo te è da escludere che qualcuno mi abbia somministrato un po' di quella roba per preservare il ricordo che ho di Severin, giusto?» domandai per verificare un'altra delle teorie di Matilda sulla questione. «E, ammesso che io sia davvero il primo a ricordarmi di chi è morto nella Soglia, perché mai sarebbe una cosa tanto grave da non poterne parlare con nessuno?»

Giacinto esitò. «Ti ricordi ancora di quando ti abbiamo parlato della profezia?»

Certo, avevano parlato della fine del mondo, di una tempestosa notte da lupi invernale e di alberi piangenti. E di me al centro degli eventi come un dannatissimo eletto, insomma un argomento che avrei allontanato per sempre dai miei pensieri, anche se non ci riuscivo. «Tu hai sempre sostenuto che esiste almeno un centinaio di versioni della profezia e che nessuna abbia un senso, se non quello di venire strumentalizzato dal potere politico.» Cercavo faticosamente di ricomporre il caleidoscopio delle informazioni di cui ero venuto a conoscenza fino a quel momento: «Ogni cinque o sei secoli viene determinato un prescelto a caso al quale si adattano le fandonie di una o dell'altra versione della profezia. I prescelti devono poi compiere una serie di rituali antichissimi per…» Qui cominciai ad annaspare. «Com'è che erano i rituali? E a che cosa servivano esattamente?» Non me lo ricordavo o nessuno me lo aveva ancora spiegato?

«I rituali variano di volta in volta» rispose Giacinto evasivo. «E ruotano tutti attorno all'apertura del varco stellare da parte dei prescelti.»

«Il varco stellare» ripetei io alzando gli occhi al cielo. Certo, in tutto quel farneticare ci mancava un *varco stellare*.

«Il varco stellare appare solo ogni paio di secoli» continuò Giacinto serissimo. «Ma finora nessun prescelto è mai riuscito ad aprirlo.» Fece una breve pausa, poi aggiunse: «E credimi, ci hanno tentato in tutti i modi possibili e immaginabili. Puoi ritenerti fortunato a essere il prescelto di oggi e non del terzo millennio *prima* di Cristo.»

Sì, davvero! Sospirai. «Ed è proprio una fortuna che io sia anche un esperto in materia. A proposito, sai che a casa mi chiamano *lo scassinatore galattico di varchi stellari*? Guarda, questa sarà proprio la volta buona, me lo sento: riuscirò senz'altro a impedire la fine del mondo, addirittura con una mano sola perché con l'altra sarò intento ad aprire quello stupido varco stellare. Del resto l'apocalisse è sempre stata rimandata, giusto? Non vedo perché dovrebbero esserci problemi proprio stavolta.»

Giacinto non rise, anzi, si fece ancora più serio. «Al contrario di mia madre, ho sempre ritenuto la profezia e la storia dei rituali una mezza baggianata. Anche Emilian. Ma da domenica scorsa ci siamo messi a studiare tutti i testi della profezia che abbiamo potuto rintracciare e...» Tacque in modo talmente significativo che mi venne la pelle d'oca.

«Adesso non dirmi che ti sei improvvisamente convinto...»

«No, sono testi molto criptici e spesso contraddittori» rispose Giacinto. «E folli. Ma oltre alla storia del sangue misto e della mortalità hanno tutti un'altra cosa in comune, cioè... affermano tutti che il prescelto abbia una qualità che gli altri hanno perduto. *Le ali dell'aurora non possono dimenticare* si dice nella profezia delle fate e in un'altra versione c'è scritto chiaramente: *Riconoscerete la svolta dei tempi perché l'anima eletta avrà il potere del ricordo.*»

«Gesù! Ancora con questo *potere del ricordo*. Non lo si può chiamare in modo diverso?» sbottai. «Che ne so, magari semplicemente *memoria*?»

Nel frattempo avevamo raggiunto il mausoleo della famiglia König e Giacinto aveva abbassato la voce.

«Chi nella notte e nel vento cavalca con tanto ardimento? Orsù, a me ditelo tosto, che il guardian della porta son di questo posto» ci salutò la statua di bronzo a grandezza naturale del poeta popolare Clavigo Berg dalla tomba accanto. Che fosse il *guardian della porta* era piuttosto importante per la sua autostima, almeno a sentire il professor Cassian, anche se come guardia vera e propria valeva ben poco. A far scappare la gente erano tutt'al più le sue brutte rime, non certo il suo aspetto. «Io vi saluto, miei valorosi... ehm... se di passare oltre il varco siete vogliosi.»

«Sì grazie, se fosse possibile, pregiato signor poeta» risposi mentre Giacinto si accingeva ad aprire la porta in ferro battuto del mausoleo attivando il campo energetico del varco luminoso.

«Orsù entrate lesti... ehm... nei luoghi solo a voi manifesti» si affrettò a dire Clavigo. «Voglia il destino... ehm... sembrarvi meno cretino... cioè, forse è meglio dire...»

Ma noi non udimmo la nuova rima perché eravamo già penetrati nella luce del varco.

***

I primi secondi nella Soglia furono come al solito molto piacevoli e li assaporai a fondo. Amavo in particolare il momento in cui sentivo svanire ogni stanchezza e cadere ogni mia limitazione fisica. Non foss'altro che per quello, valeva sempre la pena fare un giretto nella Soglia.

La biblioteca del professor Cassian assomigliava a un labirinto con scaffalature che arrivavano al soffitto cariche di libri, di globi, di clessidre, di cassettini e segreti. Non avevo ancora avuto l'occasione di esplorarla ma doveva essere enorme. Ogni corridoio sembrava estendersi all'infinito prima di perdersi nella luce del crepuscolo.

Con rinnovate energie mi voltai verso Giacinto. «Che cosa c'entra la mia memoria con le ali dell'aurora...?»

Giacinto mi lanciò un'occhiata d'avvertimento facendomi segno di stare zitto. Poi, con tono e volume da proscenio esclamò: «So che il potere della memoria è un concetto difficile da capire Quinn. E che sei confuso perché *non* riesci più a ricordarti di quel fisioterapista, Severin Zelenko. Ma Cassian saprà senz'altro spiegarti meglio di me».

Ah, okay, avevo capito, sarei stato al gioco: nessuno doveva ancora sapere la verità. «Non credo sia possibile» replicai ad alta voce, come se stessi anch'io declamando poesie in un teatro. «Del resto è davvero inspiegabile. Ho delle foto e dei video sul cellulare in cui c'è questo tipo, tale Severus Zabrinsky, o come cavolo si chiama, che fa fisioterapia per consentirmi di tornare a camminare. Ma io *non* mi ricordo proprio di lui. Eppure come ci si può dimenticare di uno così, con quella cicatrice?»

Giacinto alzò gli occhi al cielo, evidentemente stavo esagerando. «Eppure succede proprio così a noi creature della Soglia. Quando moriamo veniamo dimenticate» disse continuando a muoversi.

«Oh, ma non metterti a piangere ora, in fondo hai solo milleduecento anni» bisbigliai e poi alzando il tono continuai la recita: «È davvero una brutta cosa, mi dispiace».

Giacinto inarcò di nuovo le sopracciglia, ma questa volta sorrise con aria divertita.

Dietro le scaffalature il dedalo di corridoi si apriva su un soggiorno che ricordava quello di certe dimore inglesi con tanto di tappeti, quadri, poltrone comode e avvolgenti, divani di velluto e tendoni pesanti. Nel camino a fiamma libera scoppiettava un fuoco ospitale; i tavoli intorno erano ingombri di libri e di scartoffie e una scala a chiocciola conduceva a un soppalco con altre mensole e scaffali. Tutto era avvolto in una luce gradevole, di cui però non riuscivo a individuare la fonte.

Il professor Cassian ci aspettava seduto a un tavolino tondo in un angolo del salotto. Davanti a sé aveva l'immancabile teiera fumante e le tazze pronte. Il vapore era frutto dell'immaginazione, lo sapevo per certo: la bevanda non era calda, come non lo era la fiamma del caminetto, perché nella Soglia le temperature non esistevano. Eppure il professor Cassian sembrava tenere molto a quella consuetudine nonostante il tè fosse pure insapore. Ogni tanto si metteva addirittura a fumare la pipa durante le nostre conversazioni: era un'altra illusione perfetta con tanto di aroma di tabacco e di cerchi regolarissimi di fumo che il professore riusciva a emettere semplicemente soffiando. Di solito non ci intrattenevamo a lungo, a volte solo un paio di minuti durante i quali lui si informava dei progressi – per il momento assai scarsi – che avevo fatto con la mia immaginazione e mi ammorbava non richiesto con alcune spiegazioni cervellotiche. Accanto al professor Cassian, che in quel momento aveva un'espressione più corrucciata del solito, sedeva Fata.

«Ehilà voi due!» Fata sembrava giovane quasi quanto il figlio; come Giacinto aveva dei bellissimi boccoli rossi e occhi verde smeraldo. La sua pelle, a parte quella del viso, era ricoperta ovunque di tatuaggi colorati. Anche lei, di solito sempre sorridente, mostrava un cipiglio insolitamente grave, come se ci fossero brutte notizie da comunicare.

«Per favore, non ditemi che quel Frey è uscito dalle prigioni della Soglia» mi scappò detto. Severin mi aveva confessato che Frey era la persona più vendicativa che gli fosse mai capitato di incontrare e mi auguravo vivamente di non essere finito nella sua lista di persone da torturare in eterno. In fondo gli avevo distrutto solo un paio di portali!

Le sopracciglia del professor Cassian si inarcarono. «Le prigioni della Soglia? Chi te ne ha parlato?»

Be' per essere precisi nessuno, a ben pensarci, perché di Severin dovevo far finta di non sapere nulla. «Da qualche parte avrete pur dovuto rinchiuderlo.» La supposizione era plausibile, altrimenti non mi avrebbero lasciato andare in giro da solo e senza alcuna sorveglianza all'interno della Soglia, giusto?

«Temo che tu ti sia fatto delle idee sbagliate, cuoricino» disse Fata con una sfumatura di amarezza nella voce. Attese che Giacinto e io ci fossimo seduti poi continuò: «Nessuno oserebbe rinchiudere il sommo consigliere Frey in galera senza prove certe. E tuttavia nell'attesa che la situazione si chiarisca Frey ha accettato di farsi mettere agli arresti domiciliari, anche se ufficialmente ci ha obbligato a dire che è in viaggio».

«Arresti domiciliari? Nella sua lussuosa fortezza norvegese?» domandai incredulo.

Fata scosse il capo. «No, là ci sono troppi portali dai quali potrebbe svanire. Sai bene che Frey possiede ancora la rara capacità di creare portali. Lui è...» gettò una rapida occhiata laterale al professor Cassian. «Insomma, diciamo così: esistono pochi altri arcadi antichi e potenti come lui.»

«Quindi si è messo *volontariamente* agli arresti?» Ora capivo meglio anche le parole di Severin quando diceva che Frey avrebbe giocato a fare il martire per sfruttare la situazione politica a suo vantaggio.

«Frey è attualmente ospite del convento sui monti tibetani del nostro consigliere Zaojun.» Il professor Cassian versò il tè nella tazza di porcellana sottile davanti a me. «Ma non ci rimarrà ancora per molto.»

«Già, perché non ci sono più prove sostanziali contro di lui visto che quel Severin è morto e dimenticato» conclusi io, ricordandomi troppo tardi che quel nome io nemmeno dovevo pronunciarlo. Quindi aggiunsi in fretta: «O come cavolo si chiama il tipo con la cicatrice».

Fata annuì. «Esatto. Ora esistono solo le annotazioni scritte con i vostri resoconti sull'accaduto e la testimonianza giurata di Giovanna d'Arco sul fatto che quel tale, Severin Zelenko, sia davvero esistito, che lavorasse per conto di Frey e che il portale sul tetto conducesse direttamente all'interno della torre di Frey. Ma non è sufficiente. Senza di lui non abbiamo più alcuna speranza di smascherare i piani di Frey. Qualunque essi siano.»

Giacinto inspirò e sospirò piano. «È tutto chiaro adesso: Frey ha preso di mira Quinn. Del resto lui prende sempre di mira i prescelti non suoi.»

Il professor Cassian fece oscillare ripetutamente la testa a destra e a sinistra. «Non ne sono sicuro. Ho controllato e ricontrollato le carte non so quante volte. Severin Zelenko ha lavorato per mesi interi con Quinn come fisioterapista ed è stato determinante per il suo completo recupero. Se Frey avesse voluto semplicemente far sparire o rapire il ragazzo avrebbe avuto molte occasioni per farlo. Dai rapporti risulta evidente che Severin Zelenko quel giorno sul tetto ha agito di sua spontanea volontà, visto che una serie di eventi imprevedibili aveva fatto saltare la sua copertura e che Giovanna d'Arco vantava a sua volta dei diritti su Quinn. Ma mi sembra palese che non ci fosse nulla di pianificato.»

«Infatti, questa volta è tutto diverso» confermò Fata. «Il giorno della profezia è vicino e Frey non ha ancora schierato un suo prescelto.»

«Sì, è davvero insolito» mormorò Giacinto. «Credete che Frey volesse Quinn dalla sua? Cioè che volesse presentarlo come un proprio candidato?»

Se davvero era così, il suo piano era miseramente fallito.

«Quindi Frey verrà rimesso in libertà?» tornai a domandare. Che cosa significava per me? Avrei dovuto nascondermi da qualche parte?

«Sì, verrà liberato. Se lo trattenessimo più a lungo faremmo solo il suo gioco.» Il professor Cassian sorseggiò il tè rivolgendomi uno sguardo serio. «Da tempo girano voci insistenti all'interno dell'Alto Consiglio sulle dimissioni della reggente, i conservato...»

«Be' per farla breve: la pace del mondo è in serio pericolo» lo interruppe Fata.

Ovvio, non poteva trattarsi *nientepopodimeno* che della pace del mondo. Con quelle strane persone della Soglia era sempre tutto sopra le righe.

«Vista la situazione, per Frey sarebbe un gioco da ragazzi gettare benzina sul fuoco in questo momento.» Il professor Cassian posò la tazza sul tavolino. «Ma oggi ci ha assicurato di voler rinunciare a qualsiasi tipo di congiura interna, anzi, si è detto persino pronto a sostenere il rettorato della Themis... Ma a una condizione.»

«E quale sarebbe?» domandai io, visto che continuava a fissarmi.

Il professor Cassian esitò. «Vorrebbe incontrarti» disse poi. «In privato.»

Per un paio di secondi calò il silenzio.

«Non se ne parla nemmeno» sbottò Giacinto mentre io cercavo di rielaborare le parole di Cassian. Allora: Frey prima mi aveva affiancato un fisioterapista e poi voleva incontrarmi a quattr'occhi? Come mai era tanto interessato a me? La mia memoria c'entrava qualcosa? Ma in tal caso come faceva Frey a saperlo e a saperlo molto prima di me?

«È un trucco, ci potrei giurare» s'indignò Giacinto. «Peggio, è una trappola. Sappiamo tutti di che cosa è capace Frey.»

«Ovviamente non lasceremmo mai Quinn da solo con lui» spiegò il professore senza guardare in faccia Giacinto e Fata aggiunse: «Noi saremmo presenti per tutta la durata del colloquio. Sempre che Quinn sia disposto a incontrarlo».

«No che non lo è!» ribatté Giacinto con forza.

Ma io non ero altrettanto sicuro. In fondo si stava parlando della pace nel mondo, mica di bruscolini. Solo un piccolo incontro a fronte della pace mondiale, della gioia, delle frittelle... sarei stato ben egoista a rinunciare a una proposta del genere. E poi una parte di me era molto incuriosita da Frey e da ciò che aveva da dire.

«Quando dovrebbe...?» incominciai.

Ma Giacinto non mi fece finire. «Non puoi dire sul serio, Quinn!» Scrollò energicamente la sua morbida chioma rossa. «Ho visto con i miei occhi Frey convincere un uomo a tagliarsi la gola con un coltello. E lo ha fatto senza bisogno di dire una sola parola, gli è bastato guardarlo.»

Deglutii a fatica. «Bene, vorrà dire che lascerò a casa il coltello allora.»

M
Matilda

«... vero Matilda?»

Sentire il mio nome mi fece trasalire. Che cosa mi aveva chiesto la mamma? Sembrava qualcosa di interessante perché tutti attorno al tavolo, compreso lo studente uruguaiano nostro ospite, mi stavano guardando con aria d'attesa.

Merda. Pensai semplicemente di annuire, o di scuotere il capo, ma qualcosa nell'espressione della mamma me lo impedì. Quello sguardo era riservato alle cose serie.

Durante le nostre cene in famiglia spesso mi capitava di non essere sul pezzo, soprattutto quando mia sorella maggiore Teresa descriveva in tempo reale le sue lezioni all'università. Oggi poi, dopo la litigata con Quinn, ero particolarmente distratta tanto da avere ingollato un intero piatto di vellutata di zucca senza accorgermi del suo solito insopportabile sapore di segatura.

Fissavo mia madre senza sapere bene che cosa dire. Forse avrei dovuto tentare con un generico «Dipende». Oppure con un più interlocutorio «Perché me lo chiedi?» Probabilmente sarebbe andato bene anche qualcosa del tipo «Mi sa che devi chiedere a qualcun altro» o magari un...

«Non so» esclamai alla fine, un attimo prima che il mio silenzio potesse essere interpretato come una risposta mancata.

La mamma sollevò entrambe le sopracciglia contemporaneamente. «Non sai con chi sei stata in giro oggi pomeriggio?»

Ah, ecco! Una delle tante videocamere ambulanti di famiglia mi aveva evidentemente sorpresa a spasso con Quinn nel pomeriggio. Probabilmente Leopold. Ce l'aveva ancora con me perché non gli avevo voluto rivelare il *trucco* che avevo usato per spaventarlo domenica sera in giardino con quella voce proveniente dall'*alto.* Che fosse stato Dio a parlargli lo aveva escluso a priori, non so bene per quale motivo.

«Trovo un vero peccato che certe cose io debba venirle a sapere sempre da mia sorella» continuò mia madre offesa, prima che riuscissi a replicare. «Così ogni volta ha modo di farmi notare che i *suoi* figli le dicono sempre tutto e che non hanno segreti per lei.»

Sbuffai. «Zia Bernadette è talmente veloce nello spettegolare che non si fa nemmeno in tempo a dirvi le cose di persona. E poi non è affatto un segreto. Quinn e io ci siamo incontrati con una nostra amica che studia medicina.» E mi fermai mettendo appositamente un bel punto. Era un trucco che avevo imparato dall'altra mia zia, Berenike. Il punto dava una svolta alla discussione sviando l'interesse dell'interlocutore su qualcos'altro. E in più lasciava ampi spazi per arrivare a conclusioni e interpretazioni sbagliate.

«Pensi di studiare medicina?» Mio padre cadde in pieno nel tranello e gli altri lo seguirono a ruota.

A partire da Teresa: «Ma non ci vuole una media più alta?» domandò. «A parte il fatto che la sola vista del sangue ti fa svenire...»

«Scusate ma non era la nipote della signora Hafner che si è messa a studiare medicina prima di... be' lo sapete... prima di diventare *lesbica*?» domandò mamma, come sempre inopportuna.

«Mamma!» la richiamò irritata mia sorella. «Guarda che le due cose non sono correlate.»

«Ecco con voi non si può mai dire nulla!» La mamma sporse il labbro inferiore e si appoggiò risentita allo schienale della sedia. Grazie, zia Berenike! Il trucchetto funzionava sempre a meraviglia. Nonostante avessimo passato il resto della cena a disquisire in modo surreale sul fatto che Dio amasse anche le lesbiche e i gay, e che in fondo la nipote della signora Hafner aveva i genitori separati – *poverina!* – arrivando a citare persino, non so più come, l'arca di Noè, di Quinn non si parlò più. Comunque, chiunque fosse stato a sorprendermi non avrebbe potuto raccontare nulla di scandaloso senza mentire, perché non ci eravamo sfiorati nemmeno con un dito.

Né avremmo più avuto l'occasione. Non dopo il suo divieto categorico di farmi entrare nella Soglia. Aveva davvero osato *vietarmelo*! Come se fossi una bambina che allunga la mano su un fornello bollente.

Ritornata nella mia stanza, continuavo a controllare in loop la casa di Quinn e poi il mio cellulare. Perché non si faceva vivo? Sapevo che era rientrato a casa sano e salvo: nonostante l'arrabbiatura mi era dispiaciuto piantarlo in asso, insomma non è che si fosse ancora ristabilito del tutto e con le stampelle nelle mani, manco riusciva a usare il telefono. Così nell'andarmene avevo lasciato aperta la porta dell'armadio metallico e poi mi ero nascosta dietro a un pilone di cemento aspettando che lui uscisse dalla clinica universitaria e che salisse su un taxi. Tranquillizzata, ero ritornata nella modalità *furiosa come un'Erinni* abbandonando quella di *sollecita apprensione* che avevo brevemente assunto.

Con un rapido gesto sulla schermata dello smartphone confermai la richiesta di un certo EricChromospheric che mi aveva scritto un messaggio carino: *Sarebbe entusiasmante avervi entrambi con noi.*

Entusiasmante un corno. Secondo Quinn, sarei dovuta rimanere davanti al portale ad aspettarli come una bella statuina. Frustrata, gettai il cellulare sulla scrivania e mi buttai sul letto. Ero stata un'asina a illudermi che Quinn trovasse romantica quanto me l'idea di viaggiare insieme su un balena-dirigibile. Da come si era comportato sembrava che io fossi una perfetta imbecille, senza un briciolo di cervello. Sì, d'accordo, la faccenda dell'iniezione di epinefrina per salvare Faris era stata drammatica ma intanto si era conclusa bene, e poi era la prima volta che succedeva una roba del genere, almeno così mi aveva assicurato Eric. Loro e i vecchi studenti di Pandinus si erano recati migliaia di volte nella Soglia e simili problemi non si erano mai verificati o al massimo un paio di volte. Da quanto ne sapevano era morta soltanto un'altra persona oltre a Yuri in tutti quei decenni ed era successo proprio durante il primo anno di Pandinus Imperator. Le circostanze di quel decesso non erano mai state chiarite, ma tutto ciò a Quinn non l'avevo detto, visto che lui aveva perso le staffe molto prima.

Quando squillò il cellulare mi buttai giù dal letto e nell'urgenza di rispondere quasi inciampai per raggiungere la scrivania. Non era Quinn, bensì Julie che voleva raccontarmi della lezione di prova di sassofono che si era rivelata un bidone.

«Che cos'è che non ti è piaciuto stavolta?» domandai. *Suonare uno strumento figo* era una delle voci che Julie aveva inserito nella sua lista di cose da fare nella vita. Era un obiettivo posizionato piuttosto in alto nell'elenco e, dopo il contrabbasso e la batteria, il sax era il suo terzo tentativo di strumento *figo*.

«La bava» rispose Julie. «Troppa saliva. Uno schifo. E poi l'insegnante del *salivofono* mi ha fatto notare che mi manca totalmente il senso del ritmo. Di nuovo.» Sospirò. «Inizio a pensare che sia vero. Ora ho bisogno di qualcos'altro per la mia lista.»

«Puoi sempre dedicarti all'ukulele» tentai di consolarla.

«Sì, oppure posso continuare a cantare nel coro della chiesa, quello sì che è davvero fico.»

«Con o senza strumento per me rimani comunque la più in gamba di tutte» la rassicurai. «Ma se hai bisogno di qualcosa di nuovo per il tuo elenco ti suggerisco *Sfornare torte come una professionista.*»

«Sì, so quanto ti piacerebbe, piccola divoratrice di dolci» ridacchiò Julie. «E tu che mi racconti? Devo abituarmi a passare gli intervalli con gli occhi chiusi per non vedere la piccola *sbranadolci* sbaciucchiare il piccolo *mangiadiavoli*?»

«No, non ti devi preoccupare per questo.» Eravamo di nuovo ad anni luce da quei momenti.

«Quindi non vi siete ancora rimessi insieme ufficialmente?»

«Nemmeno ufficiosamente.» Ora fui io a sospirare. Avrei raccontato volentieri ogni dettaglio di quella giornata a Julie. Era l'unica persona sulla faccia della Terra alla quale non avevo mai tenuto nascosto nulla, in presenza della quale non avevo mai dovuto fingere, e ora invece ero costretta a girare intorno alla verità, e mi sentivo un'impostora. Julie infatti era ancora convinta che i portali di luce esistessero solo nel folle mondo fantasy che Quinn e io ci eravamo inventati per gioco. Però avevo dovuto giurarlo. Giurare di lasciare all'oscuro lei come ogni altra persona al mondo. Per me era la cosa più difficile che avessi dovuto fare, perché consideravo Julie mia sorella, la mia sorella d'elezione.

«Noi... abbiamo litigato...» spiegai. «In qualche modo...»

Avvertii un moto di paura. «In qualche modo?» domandò Julie. «Puoi essere meno vaga?»

«È difficile da spiegare» mormorai. *Quello stronzo mi vuole vietare di oltrepassare il portale che abbiamo scoperto oggi.* «Vuole... essere lui a stabilire che cosa io posso o non posso fare.» Mi rendevo conto da sola che non fosse una spiegazione per nulla esaustiva.

«Lo sai che se solo osa trattarti male gli spacco un bavoso sassofono in testa, vero?» Di nuovo esitò per un attimo prima di proseguire. «Che cosa esattamente non potresti fare, secondo lui?»

«Cose che invece lui fa di continuo...» e intanto pensavo febbrilmente a come distogliere Julie da quell'argomento spinosissimo. «Senti, hai già matematica?»

Ma Julie non si lasciava sviare tanto facilmente. «Che genere di cose, Matilda?»

Presi aria e poi deglutii. *Cose di cui non ti posso parlare e a cui comunque nemmeno crederesti.* «Cose che pensa siano troppo pericolose per noi ragazze. Se per caso hai già fatto mate, per favore potresti...»

«Pericolose? Hanno a che fare con quel vostro gioco misterioso, per caso?» mi interruppe Julie. «E può essere che la ragazza nuova, Johanna, ne faccia parte?»

Wow, Julie ci aveva quasi preso: magari si fosse trattato di un gioco però. Invece era realtà, nuda e cruda.

«Be'» iniziai prendendo tempo nella speranza che mi venisse in mente qualcosa di sensato da dire. Ma fui fortunata perché proprio in quel momento in camera di Julie piombarono i suoi tre fratellini, pigolanti e con in testa una cosa sola: volevano che Julie leggesse loro le favole della buona notte, altrimenti minacciavano di non addormentarsi mai più.

«Aiuto, attacco mostriciattoli» urlò Julie. «Dobbiamo sentirci più tardi... Findus! Sputa quella roba! Non è da mangiare. No, non addosso a tuo fratello... Scusami, Matilda... devo proprio andare.»

«Non c'è problema. Ci vediamo domani a scuola.» Sollevata, riappoggiai il cellulare sulla scrivania e guardai fuori dalla finestra. Faceva già buio e dall'altra parte della strada, a casa von Arensburg, c'erano le luci accese. I cespugli di lillà del giardino erano fioriti più rigogliosi che mai in quell'aprile e occultavano la vista della loro enorme cucina coloratissima. Quindi riuscii solo a immaginare Quinn seduto a tavola con i genitori a degustare piatti appetitosi. Senz'altro ero l'ultimo dei suoi pensieri in quel momento, mentre io avevo appena mentito alla mia migliore amica per colpa sua.

Sentii il furore salirmi nuovamente alla testa. Mi venne un'irrefrenabile voglia di scagliare il mio cellulare direttamente da camera mia attraverso la finestra della loro cucina per centrare in pieno il piatto in cui Quinn stava mangiando. Se solo non fossi stata così schiappa nel lancio di oggetti. Sbuffando infastidita, distolsi lo sguardo.

Ritornando verso il letto inciampai nello zaino e mi vennero in mente sia il DVD di Pandinus Imperator sia le annotazioni del giorno della morte di Yuri Watanabe, che avevo sottratto in camera di Kim, solo perché me lo aveva chiesto Quinn.

«Ai tuoi ordini, caro» soffiai come un gatto rabbioso mentre rovistavo per trovare il DVD. «Perché sei sempre tu a decidere? E io a eseguire? Sono veramente una scema, ma ora basta, mi sono stufata.»

Con le dita che volavano inserii il DVD nel lettore e lo avviai prima di cambiare idea. Una volta tanto era cosa buona e giusta non chiedergli il permesso, che diavolo!

Quinn aveva fermato il video nel punto in cui Yuri era sparito attraverso il portale. Nonostante avessi già visto con Faris ciò che succedeva a un essere umano quando varcava la luce del campo energetico, restai comunque affascinata nell'osservare quel tipo dai capelli lunghi, Tobias, afflosciarsi come una marionetta sulla soglia del portale mentre seguiva Yuri dall'altra parte.

Come era successo per Faris anche il corpo di Tobias era stato spostato su un lettino e poi allacciato a un monitor, o almeno così dedussi da ciò che sentivo perché a un certo punto il letto era finito fuori dall'inquadratura della telecamera. Sperai di rivedere ancora Jamal per individuare eventuali somiglianze con i nipoti, ma sullo schermo non comparve più nulla. Da lontano si sentivano solo le voci di Sarah e di Jamal che discutevano di un imminente compito in classe. Azionai l'*avanti veloce* fino al punto in cui la parete di roccia ricominciò a sfarfallare di luce.

In quello stesso istante udii qualcuno ansimare, poi la voce di Tobias. Apparentemente era rientrato. «Hanno beccato Yuri» gridò e le sue parole erano appannate dal pianto.

«Ma chi?» domandarono Sarah e Jamal all'unisono, e mi sarebbe piaciuto che la telecamera fosse rivolta verso di loro per vederli. «Che cos'è successo, Tobias?»

«C'era una pattuglia armata, abbiamo cercato di aggirarla e di infilarci in un portone, come gli altri passanti. Ma un enorme lupo che uno di quei tizi teneva al guinzaglio ha iniziato a latrare e a ululare come un cane antidroga e quando lo hanno liberato si è avventato su di noi e soprattutto sul pacchetto.»

Una pattuglia con un lupo... senza dubbio erano nex. Mi avvicinai allo schermo per non perdere una sola parola.

«Quale pacchetto?» domandò Jamal.

«Quello della veggente con gli occhi lilla.» Tobias riprese fiato. «Avrei dovuto consegnarlo al gallerista. L'ho già fatto più volte, sai per farmi notare. Da vero cretino non ci ho mai visto nulla di male.» Dal tono sembrava provare vergogna. «Quel lupo di merda non la finiva più di ringhiare e prima che potessimo fuggire ci sono stati addosso anche quei tipi armati. Volevano sapere a tutti i costi che cosa contenesse il pacchetto.» Tobias era apparso all'improvviso sullo schermo e aveva appoggiato la fronte su uno dei due battenti aperti del portale. Tremava come una foglia. «L'hanno strappato e ci hanno guardato dentro, poi hanno sogghignato e in quel momento ho capito che eravamo spacciati.»

Mio Dio ma che cosa conteneva quel pacchetto?

«Ma che cosa c'era nel pacchetto?» domandò Sarah come se mi avesse letto nel pensiero.

Tobias sollevò le spalle. «A me è sembrata una grossa pietra bluastra, ma non ho visto bene. Qualunque cosa fosse, però, era chiaramente un oggetto proibito. Ci hanno schiacciato contro la parete e volevano sapere i nostri nomi e poi, cosa strana, ci hanno contato le dita. Merda, è tutta colpa mia. Non li avremmo mai incrociati quei tizi se io, da vero idiota, non mi fossi preso una cotta per quella ragazza dell'aldilà.» Facevo fatica a stargli dietro da tanto sfornava parole a raffica. Continuava a tremare in modo evidente, ma aveva smesso di piangere.

In sottofondo si sentiva la voce di Jamal esclamare a ripetizione «Merda! Merda! Merda!»

Anche Sarah era entrata nel raggio della telecamera e vedevo che carezzava Tobias sulla schiena con aria impacciata. Tobias si voltò verso di lei, ma non riuscendo a sostenere il suo sguardo si girò verso la telecamera, quindi verso di me. Sapevo benissimo che quella era una registrazione di eventi che si erano svolti più di diciott'anni prima, eppure mi sentivo assolutamente coinvolta. Era come se stessi vivendo tutto in quell'istante, come se fossi là, insieme con loro, in quella camera segreta nascosta nelle profondità del suolo sotto la clinica universitaria.

«Non avevamo chance, erano in tre, armati fino ai denti con pugnali di tutte le dimensioni. Per non dire del lupo mostruoso con zanne lunghe quanto la mia mano!» continuò Tobias in un sussurro. «La strada era deserta, si erano tutti dileguati nel nulla, a parte Daniel il fantasma, che come suo solito farfugliava qualcosa del suo tunnel. Ho tentato di spiegare che non eravamo né contrabbandieri né ladri né criminali, anzi che non esistevano esseri umani più pacifici e innocui di noi, ma loro sono diventati ancora più aggressivi e cattivi. Ci hanno intimato di mostrare i nostri ventigo, o lentigo, o sa il cavolo cosa, e uno di loro ha sguainato un pugnale e ha iniziato a tagliuzzare i vestiti addosso a Yuri dicendo cose senza senso tipo che giravano voci che noi non potevamo essere *umani*, perché era una cosa semplicemente impossibile. E Yuri... non chiedermi con che coraggio, è riuscito a strappargli il pugnale di mano e a liberarsi dalla sua presa. Il pacchetto non ci apparteneva, gli ha urlato, che se lo tenessero pure e che i nostri nomi non li riguardavano. Negli occhi e nel portamento tutt'a un tratto aveva qualcosa, non so come spiegare, qualcosa di talmente sicuro e convinto che quasi intimidiva. E quando da sotto la manica strappata è spuntato quel suo strano polpo tatuato, che quasi sembrava vivo, quei tipi sono rimasti a bocca aperta. A quel punto Yuri mi ha afferrato per un braccio e mi ha costretto a seguirlo di corsa.» Tobias prese aria con un respiro profondo. «So che è stupido, ma per qualche passo ho creduto che l'avessimo sfangata, che li avessimo seminati. Poi però abbiamo udito i loro passi dietro di noi.» Era scosso dai brividi. «Yuri mi ha sussurrato di correre via, di ritornare qui, che lui avrebbe tentato di depistarli e che mi avrebbe raggiunto. E mentre io arrancavo il più in fretta possibile, lui è sfrecciato via dalla parte opposta con uno scatto da centometrista portandosi via due di loro e il lupo. Il terzo invece ha inseguito me e mi avrebbe preso se Daniel il fantasma non si fosse buttato tra di noi. Approfittando del vantaggio sono corso via come un diavolo, qualcosa mi è volato a due centimetri dalla testa, ma non mi sono voltato per capire che cosa esattamente fosse. Poi ho raggiunto il varco e mi sono scagliato nel portale. Non so quanto mi fosse addosso quel tipo, ma senz'altro mi ha visto scendere di corsa la scala...» Ammutolì e per un paio di secondi io non sentii altro che il suo ansimare, insieme al mio. Forse avrei fatto meglio ad aspettare Quinn prima di vedere tutto il DVD. In fondo si trattava di suo padre. Ma nonostante i sensi di colpa, non avevo la forza di smettere.

«E se anche fosse» sentii dire Jamal. «Loro non hanno la password. Qui siamo al sicuro.»

Seguirono altri secondi di silenzio.

«Daniel sembrava una leonessa quando si è buttato davanti a quel tipo per salvarmi» mormorò Tobias e poi si carezzò una ciocca di capelli dalla fronte. «Lui si è sacrificato per me.»

«E io che l'ho sempre preso in giro con i miei stupidi *Buuu che paura*» sussurrò Jamal fuori dal mio campo visivo, ma con un tono evidentemente colpevole.

«Senz'altro non gli sarà accaduto nulla di male» disse Sarah per consolare entrambi. «Cioè voglio dire, lui è già morto, no? È *Spettral*-Daniel, ricordatevelo.» Sospirò. «Adesso che cosa facciamo? Non possiamo certo lasciare Yuri da solo dall'altra parte...»

«Se non rientra tra mezz'ora, provo a passare io, anche se ci stanno facendo la posta vicino al varco» disse Jamal sempre fuori campo. «Io... magari mi porto lo scalpello.»

Tobias assentì con un cenno del capo. «Vengo con te. Forse Yuri è riuscito a seminarli e si è nascosto da qualche parte. Correva velocissimo. E non sembrava per nulla spaventato. Se non lo conoscessi bene potrei dire che sembrava persino divertirsi. Li ha chiamati *ottuse scimmie armate* per provocarli e togliermeli di dosso facendosi inseguire...» Le sue labbra abbozzarono un sorriso, che lasciò immediatamente posto alla preoccupazione. «Ma non credo possa averla spuntata contro tre assassini armati e quel lupo fottuto. Non sembravano creature particolarmente simpatiche o dotate di un gran senso dell'umorismo.»

Annuii energicamente. Non so per quale motivo nella mia mente era comparsa una faccia truce sotto un cappello a quadri. No, Hector non sapeva nemmeno che cosa significasse scherzare.

«Forse vorranno solo interrogarlo, come hanno fatto con il trafficante di uccelli» ancora la voce di Jamal. «Dopo un giorno lo hanno lasciato andare.»

«Sì, forse» confermò Tobias senza troppa convinzione. «Mi chiedo perché abbiano reagito così male quando gli ho detto che eravamo semplicemente degli innocui esseri umani.»

A quello pensavo di potere rispondere io: i nex non erano mai incappati in un essere umano vivente all'interno della Soglia prima di quel momento, gli unici umani che s'incontravano là dentro erano spiriti, i fantasmi delle persone già morte. Che Tobias e Yuri si fossero definiti esseri umani doveva avere messo in agitazione i nex. Ecco perché avevano chiesto e cercato i lentigo... Gli umani non ne avevano.

Il video ripiombò nel silenzio. Sarah fissava insistentemente il portale, come a pregarlo di aprirsi. Io mi sorpresi a fare lo stesso. Soggiogata, continuavo a guardare la parete di roccia sperando disperatamente che iniziasse a baluginare per lasciare passare Yuri incolume. Eppure io, al contrario degli altri, sapevo che Yuri Watanabe non era sopravvissuto a quel ventinove settembre.

I miei occhi si riempirono di lacrime.

«Quella non mi sembra la mia serie preferita» esordì qualcuno alle mie spalle facendomi sobbalzare dalla paura. Il portatile scivolò a terra.

«Per la miseria! Certo che ti spaventi con poco» disse Bax.

«Ti sfido a trovare qualcuno che non si sarebbe spaventato» mormorai girandomi verso il piccolo doccione, in modo che nessuno della famiglia si sentisse autorizzato a venire a vedere con chi stessi conversando. «Come hai fatto a entrare?»

«Uhm, fammici pensare: come avrà mai fatto un demone dotato di splendide ali e del raro talento di passare attraverso i muri ad arrivare in questa stanza?» Bax svolazzò sopra la mia testa e sprofondò sul mio cuscino. «A quest'ora il tuo cervello è già in modalità riposo, vero?» Arrotolò la sua coda di drago attorno alle zampe e mi sorrise malizioso in fervente attesa. «Allora che puntata di *Tatort – Scena del crimine* vogliamo guardare stasera? Una con i due commissari anziani con i capelli bianchi o preferisci la giovane investigatrice dura e pura?»

«Né l'una né l'altra.» Probabilmente era stato un errore rivelare a Bax che la sua serie poliziesca preferita non andava in onda solo la domenica sera, ma che la si poteva vedere in streaming ogni volta che uno ne aveva voglia (nel mio caso, mai). Ma forse non era un male che Bax mi avesse interrotto. Sollevai il portatile da terra assicurandomi che funzionasse ancora. «Va bene rompiscatole, ti cerco una puntata di *Tatort* da guardare mentre io faccio i compiti. Però in cambio tu risponderai alle mie domande sulla Soglia, d'accordo?»

«*In cambio?*» Bax fece brillare i suoi due canini aguzzi. «Io sono un demone di terza categoria, una delle creature più pericolose che questo mondo conosca, se non addirittura la più pericolosa... *In cambio* puoi gioire del fatto che io non ti divori.» Mentre parlava muoveva i cornini attorcigliati che aveva sul capo come se fossero le orecchie di una volpe, era troppo carino!

«Credo che qualcuno qui abbia scambiato il significato di *delizioso* con quello di *pericoloso*» mormorai.

«Solo gli sprovveduti possono pensare che le due cose si escludano» ribatté Bax. «Ora ti svelerò un segreto, boccolosa.» Abbassò significativamente la voce e, guardandomi con occhi languidi, sentenziò: «I più carini in genere sono anche i più pericolosi».

Quinn

Mi stavano guardando tutti: Giacinto era sconvolto, Fata preoccupata e il professor Cassian… be', sembrava non aspettarsi nulla di diverso.

«Non dirai mica sul serio!» mi apostrofò Giacinto. «Ma mi ascolti quando parlo?»

«Ovvio che ascolto: Frey è superpericoloso e supermalvagio» dissi. «Però, anche volendo tralasciare la questione della pace nel mondo, non sei curioso di sapere che cosa voglia da me?»

«L'atteggiamento di Quinn è sensato.» Il professor Cassian sorrise prima a me e poi a Giacinto. «Se dividessimo il mondo semplicemente in buoni e cattivi, non ci sarebbe alcun dialogo. Frey non è solo lo scellerato brutale e ottuso che tendi a vedere in lui, Giacinto, le circostanze sono molto più complicate e la volontà di comprenderle è sempre stata la chiave per risolvere i problemi.»

«Mi stai forse dicendo che Frey ha avuto un'infanzia difficile?» domandò Giacinto irritato. «Voglio solo che a Quinn non accada nulla di male. Non ha ancora interiorizzato del tutto la sua nuova realtà, è ancora fisicamente e spiritualmente traumatizzato dall'incidente e inoltre non dimostra alcun talento immaginativo… E voi volete darlo in pasto a Frey per esigenze politiche.»

In altre parole Giacinto mi riteneva un completo idiota. Probabilmente non a torto, anche se quella cosa dell'immaginazione non era più vera: nelle nebbie del caos avevo usato l'immaginazione come un vero professionista per levarci dagli impicci. Ancora non sapevo come ci fossi riuscito ma comunque aveva funzionato e magari avrei potuto riprovarci di lì a poco.

Fata posò una mano sull'avambraccio colorato di tatuaggi di Giacinto e disse: «Ora non esagerare, figliolo. Non permetteremo che a Quinn capiti nulla di male. E le nostre non sono considerazioni meramente politiche, anche se sarebbe utile scoprire le intenzioni di Frey per il rituale del varco stellare. In fondo mancano solo pochi mesi».

Ah sì? Soffocai un sospiro. Nelle ultime dodici ore avevo collezionato più esperienze nuove di quante il mio organismo potesse reggere e anche il mio cervello cominciava a dare segni di cedimento da sovraccarico. Ma poi pensai a Matilda e al fatto che se fosse stata al mio fianco mi avrebbe dato una gomitata nel fianco per quella mia pigrizia mentale. Così mi ritrovai a dire mio malgrado e con estrema riluttanza: «Ora dovreste proprio raccontarmi qualcosa di più sulla profezia, sul varco stellare e sul resto della faccenda. Compreso quel...» – Oh Gesù! – «... quel *potere del ricordo*».

«Sono tutte cose collegate tra loro» iniziò il professor Cassian appoggiandosi allo schienale della poltrona ed estraendo una tabacchiera d'argento dalla tasca della vestaglia. «Pensavo che le fate avessero già risposto a ogni tua domanda, ma comunque mi fa piacere mettermi a tua disposizione.» Mi sorrise gentilmente. «La storia coincide tra l'altro con la ragione per cui i nontiscordardimé sono chiamati così. Il ricordo, Quinn, è l'unico paradiso dal quale voi umani non potete essere cacciati, almeno da quanto si narra. Noi eoni invece ne siamo stati esclusi.» Cominciò a riempire in modo macchinoso il fornellino di una pipa che si era improvvisamente materializzata nella sua mano. «Tutto ebbe inizio molte migliaia d'anni or sono...»

Ecco. Me l'ero cercata! Sapevo che il professore amava le spiegazioni complicate e le digressioni, soprattutto se si prestavano a durare a lungo… tipo questa. Nell'espressione di Giacinto, che sorridendo si mise comodo sulla sedia allungando le gambe e incrociando le braccia dietro la nuca, colsi un misto di rassegnazione, gioia maligna e compassione. Fata si alzò e iniziò a camminare avanti e indietro davanti al fuoco del camino. Non sembrava annoiata, solo nervosa.

«Interrompimi pure ogni volta che non capisci qualcosa.» Il professor Cassian mi fece un cenno incoraggiante con il capo prima di continuare a parlare con un tono quasi fiabesco: «Dunque… tanto tanto tanto tempo fa, quando tutto era ancora *uno*, restava la memoria delle creature della Soglia che morivano. Tutti gli esseri, fate, angeli, arcadi, giganti, atlantidi, elfi, uomini e una moltitudine di altre creature, vivevano insieme, gli uni accanto agli altri, protetti dagli dei che si erano ritirati tra le stelle, in un mondo di luce che abbracciava il nostro mondo come uno scudo protettivo.»

Buuuzzz! Nella mia mente avevo già azionato il pulsante della messa in pausa, ma se avessi dovuto davvero fermare il professor Cassian ogni volta che non capivo qualcosa saremmo rimasti lì almeno una settimana. Quindi rinunciai a interromperlo: dei, mondo di luce, scudo di protezione, tutti insieme, e perché no? Poteva bastarmi, per il momento. Soprattutto il *tanto tanto tanto tempo fa* era un'indicazione temporale più che sufficiente per me, altre precisazioni non servivano.

«Era rimasta un'unica dea» continuò a raccontare il professor Cassian, accendendo finalmente la pipa, «per gestire le sorti del cielo e della Terra, in modo che ogni genere di creatura potesse evolversi in armonia. L'ultima dea insegnò ai propri sacerdoti e alle proprie sacerdotesse l'arte della magia e della guarigione, in modo da preservare nel tempo quelle conoscenze e da tramandarle di generazione in generazione per il bene e a beneficio di tutti. All'epoca tutti possedevano una spoglia mortale, non solo gli esseri umani e gli animali, un corpo mortale che prima o poi dovevano abbandonare. L'immortalità invece era riservata agli dei, ma quando una creatura del mondo moriva, gli dei la accoglievano tra le stelle.»

Mentre parlava cercavo di mantenere un'espressione il più possibile neutrale, e tenevo lo sguardo fisso su un fiore giallo della teiera. Sarei riuscito a cambiargli il colore? In teoria avrebbe dovuto essere più facile che immaginarsi un intero ponte di piastrelle. Tentai di non pensare ai tanti sassi che avevo osservato invano durante le ore di esercitazione e di concentrarmi invece sulla naturalezza con cui le piastrelle si erano materializzate sotto i miei piedi nelle nebbie del caos.

«L'immortalità si paga a caro prezzo» esclamò una voce alle nostre spalle. Quando mi voltai scorsi il fantasma in bianco e nero di Friedrich Nietzsche il quale, accomodatosi sul divano, stava facendo un baccano d'inferno per sistemare la sciabola. Chissà perché indossava ancora l'alta uniforme dell'artiglieria prussiana, compreso un elmo chiodato che pareva piuttosto scomodo. Persino la sua voce aveva assunto un suono metallico, forse per adattarsi a elmo e sciabola. «So bene di che cosa parlo visto che per gli spiriti più nobili la cultura è paragonabile all'immortalità.»

«Con gli *spiriti più nobili* allude ovviamente a se stesso, il caro e sempre umile Friedrich» mormorò Giacinto mentre Fata iniziava a tamburellare con le dita sulla mensola del camino.

«Ma non si tratta di...» iniziò a puntualizzare il professor Cassian con la fronte corrucciata, ma poi lasciò perdere e sospirando si rivolse di nuovo a me. «Non importa... Ma dov'ero rimasto? Ah già. All'epoca nessuno veniva dimenticato quando moriva. Restava nel ricordo dei vivi, i quali ne sentivano la mancanza e lo piangevano, seppure confortati dalla gioiosa idea di ritrovarlo un giorno tra le stelle dopo la propria morte.»

Tra le stelle. Chiaro! Mi ero rimesso a fissare il fiore giallo e desideravo diventasse rosa. Rosa come... le labbra di Matilda.

«Ovvio che anche in quelle epoche antiche esistevano i cosiddetti contropoteri ossia ciò che noi oggi per semplicità definiamo genericamente il Male e che è radicato in qualsiasi essere, per quanto con sfumature e gradi di intensità diversi.» La voce del professor Cassian si diffondeva con tono tranquillizzante e quasi meditativo. «Eppure grazie alla potenza e alla bontà della dea era sempre il Bene a prevalere sul Male e il mondo restava in equilibrio. Ma un giorno cinque tra i sacerdoti e le sacerdotesse della cerchia più ristretta dell'ultima dea decisero di ribellarsi...»

«Evvai!» Sotto il mio sguardo perforante il fiore sulla porcellana aveva assunto una leggera sfumatura di rosa. Ce l'avevo fatta! Riuscivo a usare l'immaginazione anche quando la paura non mi alitava sul collo.

Solo che avrei fatto meglio a esultare in silenzio e a evitare anche di scuotere in aria un braccio in segno di trionfo perché mi guardarono tutti piuttosto seccati.

Ritrassi velocemente il braccio. «Intendevo dire: evvai, ora sì che la faccenda si fa interessante» spiegai in modo poco convincente.

«Molti uomini sono intervalli e pause nella sinfonia della vita» disse Nietzsche e, a giudicare dal tono sprezzante, doveva trattarsi di un'offesa.

«Perché i sacerdoti e le sacerdotesse si sono ribellati se il mondo era in equilibrio perfetto?» domandai per dimostrare che almeno qualcosina l'avevo ascoltata.

Un sorriso di approvazione divise la curatissima barba da Babbo Natale del professor Cassian. «Ottima domanda, Quinn. Probabilmente perché anche l'equilibrio più perfetto è una questione di prospettive. I Grandi Cinque, come vennero poi chiamati i sacerdoti e le sacerdotesse ribelli, benché ancora molto giovani erano i maghi più potenti e dotati dell'epoca ed erano evidentemente infastiditi dal fatto che la dea trattasse tutti gli esseri viventi in modo paritetico. Anche se era evidente che esistevano specie più caparbie, distruttive ed egoiste di altre.»

«Gli esseri umani, per esempio» ringhiò Nietzsche. «Casi senza speranza.»

«Be', neanche i giganti e i troll erano propriamente creature facili da trattare» puntualizzò Giacinto. «Per non parlare degli incubi alati, degli orchi o degli elfi con i denti a sciabola.»

«E degli arcadi» aggiunse Fata indispettita.

«Sì» ammise il professor Cassian. «Ma, come si suol dire, si è più propensi a vedere la pagliuzza nell'occhio altrui che la trave nel proprio. E quei cinque giovani erano estremamente sicuri di se stessi e delle proprie buone intenzioni.» Aspirò dalla pipa e invece dei soliti sbuffi, soffiò il fumo in un'unica linea che creò una stella a cinque punte: un pentagono regolare stellato.

Non male. Avrei desiderato saperlo fare anch'io. Mi guardai intorno alla ricerca di un altro oggetto sul quale sfogare la mia immaginazione. Che dire del mappamondo appoggiato sulla pila di libri della scrivania? Mentre mi concentravo sulle varie parti del globo terrestre, le parole del professor Cassian continuavamo a scorrermi accanto come un fiume in piena.

«Ai Cinque non sembrava giusto trattare quegli esseri fallibili con bonarietà e indulgenza, a prescindere da ciò che facessero, come pretendeva l'ultima dea, e lo ritenevano persino stupido, dato il potere che avevano. Perché non estirpare il Male, invece di convertirlo ogni volta faticosamente in Bene? E poi, a cosa servivano la magia e la morale che avevano appreso e nelle quali si erano esercitati tanto a lungo, se fossero morte con loro e se le generazioni future avessero dovuto ricominciare tutto da capo? Insomma, arrivarono a ritenere sbagliato che l'immortalità fosse riservata esclusivamente agli dei.»

Incredibile! Avevo imparato! Nonostante fosse a due metri di distanza da me riuscivo a controllare il mappamondo alla perfezione: senza fatica avevo avvicinato l'Africa all'Europa, creato un arcipelago di isolette nell'Atlantico nonché colorato il Mediterraneo di verde fluorescente. Adesso lo stavo alzando e abbassando per aria facendolo ruotare sul proprio asse.

Con un leggero cigolio il globo continuò a girare da solo; non c'era più nemmeno bisogno che lo guardassi, evidentemente bastava la sola forza del mio pensiero. Senza *alcun talento per l'immaginazione*, un corno! Mentre il mappamondo girava allegramente sospeso tenni d'occhio Giacinto: volevo vedere la sua espressione quando si fosse reso conto che il suo protetto non era del tutto privo di speranza come lui pensava.

Purtroppo però Giacinto non si accorse di nulla, distratto dalle parole ampollose di Nietzsche: «E allora tutti gli dei risero e barcollarono sui loro seggi e gridarono: *ma non è proprio questa la divinità, che vi siano dei ma non un dio?*»

«Oh, ma sta' un po' zitto Zarathustra!» Giacinto perse le staffe. «Se ti ci metti anche tu non la finiamo più. E c'è già andata di lusso che Cassian non sia partito dai primordi o dalle scimmie acquatiche.»

«Davvero, ti pregherei di essere un tantino più conciso» consigliò Fata. «Più tardi ho un appuntamento importante. E il signor Nietzsche potrebbe anche tornare a farsi una bella passeggiata, stavamo così tranquilli prima che arrivasse.»

«Non stavo affatto passeggiando, ero semplicemente alla ricerca del bagno» spiegò Nietzsche. «Ma non l'ho trovato.»

Il professor Cassian sollevò preoccupato un sopracciglio. «Ciò non significa che Lei abbia di nuovo orinato dietro una delle mie scaffalature, vero? Quante volte Le devo spiegare che nella Soglia certi bisogni non sono più necessari, Friedrich? L'esigenza di espletarli è pura immaginazione dettata dalla consuetudine, esattamente come la fame, la sete e la stanchezza.»

«Il nostro superuomo. È morto da un pezzo eppure non ha ancora capito come funzionano le cose» mormorò Giacinto.

Nietzsche incrociò le braccia sulla divisa. «Femmine, bestie cornute… non ho nulla a che spartire con le vostre inutili chiacchiere!» Sbadigliò in modo dimostrativo prima di distogliere lo sguardo risentito. Poiché stava guardando esattamente nella direzione del mappamondo mi affrettai a dotare quel coso di due orecchie da coniglio e di una faccia che cacciava fuori la lingua più o meno all'altezza della Namibia. Nietzsche sgranò gli occhi, e li spalancò ulteriormente quando il globo terracqueo con le orecchie da coniglio iniziò a dondolare avanti e indietro facendo oscillare freneticamente la lingua. Giocare con l'immaginazione era una pratica più divertente di quanto sospettassi.

Il professor Cassian si schiarì la voce. «Dove eravamo rimasti? Ah già, alla rivolta contro la dea. Presi singolarmente i cinque maghi non avrebbero potuto battere la dea perché erano molto meno potenti di lei, ma agendo d'astuzia, unendo le proprie forze e la propria magia i ribelli sarebbero riusciti a strapparle sia il trono sia il potere dell'immortalità, o almeno questo era ciò che si auguravano. Qualche giorno prima dell'attacco, nel cielo notturno comparve tuttavia una cometa, la cosiddetta cometa del destino, che nei secoli successivi venne poi rinominata in vari modi, per esempio...»

«Bene, continuo io» intervenne bruscamente Fata. «Il povero ragazzo domani ha scuola.»

Sì, purtroppo era vero.

«Per vincere la battaglia contro la dea i Cinque dovettero ricorrere ad alcuni incantesimi proibiti» si affrettò a dire il professore, accelerando un po' il racconto per non lasciare la parola a Fata. «Cioè utilizzarono quella che noi oggi conosciamo con il termine di *magia nera* e che da un punto di vista storico-culturale...»

«Sintesi, Cassian, ci vuole più sintesi» gli ricordò Fata spazientita.

Il professore sembrò leggermente infastidito da tutta quella fretta. «Comunque... per farla breve... mentre la dea ignara si accingeva a preparare un banchetto per festeggiare...»

«Cassian!» Fata sembrava davvero esasperata. «È irrilevante sapere che cosa ci fosse per cena!» urlò e rivolgendosi a me continuò: «Quinn, i cinque ribelli riuscirono a sconfiggere la dea e a conquistare l'immortalità per tutte le creature della

Soglia. Dopo la disfatta della dea però la magia sfuggì al loro controllo e il mondo si lacerò, dividendosi in due parti.»

«Né la dipartita della dea né la scissione del mondo facevano parte del piano dei Cinque e loro ne furono sopraffatti...» cercò di riprendere il filo del racconto il professor Cassian. «Non era nelle loro intenzioni provocare una distruzione di simile entità...»

«Però l'accettarono di buon grado» lo interruppe di nuovo Fata. «Comunque sia, Quinn: ciò che un tempo era *uno* si divise in due. Da quel momento in poi ci sarebbero stati un mondo materiale e un mondo immateriale, la Terra e la Soglia. Di conseguenza anche noi finimmo per essere divisi in creature della Terra e della Soglia. E da quel giorno lo scudo protettivo degli dei divenne impenetrabile, almeno per noi creature della Soglia.»

«La dea colpita a morte attraversò la luce del varco stellare che la cometa aveva aperto nel caos» tentò di intromettersi ancora il professor Cassian, «ma prima di ritirarsi tra le stelle insieme a tutti gli altri dei si rivolse per un'ultima volta ai Cinque e disse...»

«Sì, disse una gran quantità di cose, tutte quelle che oggi riassumiamo con il termine di *profezia*» tagliò corto Giacinto. «Peccato che quegli idioti patentati si siano accorti solo molto più tardi dell'importanza delle parole della dea. A quel punto però nessuno se le ricordava più con esattezza, anzi ognuno aveva una propria personalissima interpretazione di ciò che era successo o di ciò che la dea aveva detto, e in più, a esprimere il proprio parere, intervennero anche gli oracoli che si credevano più furbi degli altri. Ecco perché oggi ci troviamo di fronte a così tante versioni della profezia. Se quei rimbambiti dei Grandi Cinque avessero messo subito tutto per iscritto oggi avremmo un problema in meno.»

Una smorfia d'infelicità distorse il viso del professor Cassian. «Primo, la scrittura non era stata ancora inventata all'epoca e secondo... be'... quei *rimbambiti* ci misero un po' di tempo a capire che la dea aveva sì lasciato l'immortalità alle creature della Soglia, ma che in cambio si era portata via una cosa fondamentale, ossia il potere del ricordo.»

Ah. Eccolo di nuovo!

«Da allora siamo sostanzialmente immortali, ma se veniamo uccisi sulla Terra, i nostri corpi svaniscono nel nulla e veniamo cancellati dal ricordo di ogni vivente, come se non fossimo mai esistiti. Il viaggio nel regno degli dei ci è precluso per sempre, ormai.» Il professor Cassian fece una pausa a effetto che Giacinto sfruttò subito per intromettersi: «Esatto! Ma, dalla morte della dea in poi, sulla Terra fioriscono ovunque dei piccoli fiori blu: i nontiscordardimé. E... fine della storia. Capito tutto, Quinn?»

A dire il vero...*no*! Probabilmente mi ero distratto un po' troppo perché alla fine della storia mi sembrava di saperne quanto prima. «Quindi la dea si è portata appresso il potere del ricordo attraversando il varco stellare» cercai di riassumere. «E poco prima che il varco si chiudesse ha detto cose importanti che nessuno ricorda più con precisione perché all'epoca la scrittura non c'era ancora. Fin qui ci sono, anche se non al cento per cento. Però manca del tutto la parte che riguarda il prescelto e la fine del mondo, giusto?»

«No, quella le fate l'hanno omessa» disse il professor Cassian rassegnato.

Fata gemette piano. «Prima di scomparire da questo mondo la dea ha predetto il ritorno della cometa e contemporaneamente l'arrivo di qualcuno in grado di riaprire il varco stellare e di porre rimedio a tutto.»

«Il figlio del vento dell'est?» mi ricordai dalla nostra prima conversazione sulla profezia.

Fata fece finta di non cogliere il tono beffardo della mia domanda. «Così almeno recitano i versi di quella che noi fate riteniamo essere l'unica vera profezia.»

«Certo, ovvio!» sbuffò Giacinto. «Perché mentre lottava con i cinque maghi la dea ebbe il tempo di esprimersi in versi contorti e incomprensibili. E non in uno o due, bensì in quattro sestine.»

«Il mondo fa linguacce e agita le orecchie» si lamentò Nietzsche che continuava a fissare incredulo il mappamondo.

Nessuno però si curò di lui.

«Non ho mai detto che quei versi riproducano le esatte parole pronunciate dalla dea» sostenne Fata indignata. «Noi vecchie fate riteniamo solo che quei versi corrispondano alla verità. Mi sembra un concetto del tutto diverso.»

Giacinto rise cinicamente. «La verità è dunque nascosta tra tamerici piangenti, scorpioni infidi e pesci a tre occhi che danzano sulle acque.»

«Esatto» rispose Fata con un tono cocciuto. «E vedrai che alla fine tutto assumerà un senso compiuto!»

«La cometa è davvero tornata?» chiesi interrompendo il battibecco.

Il professor Cassian fece cenno di sì con la testa. «Parecchie centinaia d'anni dopo. E all'interno della sua luce si palesò di nuovo il varco stellare. All'epoca cercarono subito un prescelto che potesse avere le caratteristiche indicate dalla profezia. Perché, nonostante l'immortalità acquisita, le creature della Soglia non erano affatto felici, anzi. Senza il potere del ricordo...» Per un attimo restò in silenzio a fumare la pipa e a soffiare fumo. «Molti avrebbero scambiato volentieri la propria immortalità con il potere di ricordare e con la possibilità di entrare nel regno delle stelle dopo morti, invece di disperdersi nel nulla. Erano invidiosi degli esseri umani: nonostante la brevità della loro vita, loro non dimenticavano chi avevano amato, né sarebbero stati dimenticati una volta lasciate le spoglie mortali per raggiungere la luce.» Nella voce del professor Cassian riecheggiò una tale tristezza che per la prima volta pensai ai tanti affetti che doveva avere perso e dimenticato nel corso della sua lunga esistenza e di come si dovesse sentire.

«Ma come mai agli esseri umani non è successa la stessa cosa?» domandai. «Nemmeno loro sono mai stati degli stinchi di santi.»

«Vero, ma loro non presero parte alla rivolta. Forse è per questo che la dea li risparmiò oppure graziando gli esseri umani volle semplicemente dimostrare a noi quanto avevamo perduto» rispose il professor Cassian alzando le spalle. «Con la divisione dei due mondi i corpi umani rimasero però legati per sempre al mondo materiale.

Fata annuì. «Nel corso dei millenni gli esseri umani si dimenticarono piano piano di essere stati tutt'uno con il mondo immateriale. E lo sviluppo della religione e della scienza peggiorò ulteriormente le cose.» Non fu un caso che Fata rivolgesse uno sguardo eloquente a Nietzsche, il quale, giusto in quel momento, balzò di scatto dal divano con la sciabola in resta per abbattersi, con un gesto drammatico, non su Fata, bensì sul mappamondo-coniglio. Con i baffi arruffati dall'ira iniziò a tirare fendenti per aria come fosse un pazzo.

«Tremate ora, lasciate che il mondo sia mondo!» gridò tronfio di indignazione. «Perché il mondo lingua non ha» urlò, continuando poi con parole più comprensibili: «Ti insegno io a farti beffe del più grande pensatore che l'umanità abbia mai conosciuto!»

Mentre il professor Cassian si alzava di scatto nel tentativo di raggiungere Nietzsche e salvare il povero mappamondo – invano, visto il fracasso con cui rovinò sul pavimento – Giacinto tenne sollevato con due dita l'orecchio bianco e peloso che Nietzsche aveva mozzato al mappamondo e che era finito sulla sua maglietta. Lo guardava confuso e anche un po' schifato. «Ma che diavolo...?»

A me invece scappava da ridere.

***

Lo sfogo violento di Nietzsche concluse definitivamente il nostro colloquio, e per fortuna, così avevo tempo di riordinare i pensieri prima che mi esplodesse la testa. Il professore non stabilì ancora la data precisa dell'incontro con Frey, ma potevo partire dal presupposto che *presto, molto presto* non significasse l'anno prossimo.

Fuori, davanti al mausoleo, venni di nuovo colto da una stanchezza micidiale. Lo spirito di Clavigo Berg sembrava essere smontato prima del previsto dal turno di guardia e la sua statua di bronzo si ergeva immobile nell'oscurità con una mano appoggiata sul petto. La mia gamba aveva ripreso a pulsare in modo fastidioso e il percorso verso casa mi sembrò così lungo e faticoso da augurarmi che Giacinto mi portasse in spalla.

Ma non potevo accettarlo, così strinsi i denti, presi le stampelle e iniziai a camminare con passo pesante.

Giacinto mi stava accanto. «Non riesco ancora a capacitarmi di come tu, zitto zitto, sia riuscito a usare l'immaginazione. Che cos'altro mi tieni nascosto, piccolo genio?»

«Non ti angosciare, sono ancora fisicamente e spiritualmente traumatizzato dall'incidente e inoltre non ho ancora del tutto interiorizzato la mia nuova realtà» risposi, ripetendo le sue parole di poco prima.

«Lo sai che non intendevo offenderti, vero? Mi preoccupo solo per te.» Giacinto sembrava afflitto.

«A causa di Frey, lo so! Ma per stasera possiamo non pensarci più per favore?» Il mio incontro con il più grande malvagio di tutti i tempi poteva benissimo aspettare, rimanendo confinato ancora per un po' nella sfera della pura eventualità. Per farmela sotto dalla paura avrei avuto fin troppo tempo al momento opportuno.

Giacinto rise piano. «*Non pensarci* è il tuo secondo nome vero?»

«Sì, prima del terzo che è *non dormire*» ribattei e poi gli raccontai dell'inquietante comparsa di Giovanna d'Arco nella nostra scuola. Dopo un'iniziale sorpresa, Giacinto parve trovare la cosa più divertente che pericolosa. «Giovanna è sempre imprevedibile» disse. «Non è mai dato sapere che cosa le frulli per la testa.»

«Infatti, è stata lei a suggerirmi ripetutamente che Cassian possa essere il mio nonno biologico» mi scappò detto.

«Cassian? E come fa a saperlo?» domandò Giacinto. «Cioè voglio dire, se anche così fosse, perché Cassian avrebbe dovuto tenerlo nascosto?»

«Be' pensavo che fosse... ehm... che riprodursi con un umano fosse disdicevole per un arcade.»

«Sì, ma Cassian se ne è sempre fregato. L'ultima compagna con cui è stato era un essere umano e con lei ha scelto di invecchiare, se così si può dire. Non voleva sembrare più giovane di lei e così è diventato vecchio con lei. Da allora non ha mai rinunciato alla barba bianca.» Percepivo Giacinto sorridere nel buio. «In fondo non è passato poi nemmeno tanto tempo, forse centocinquanta o centosettant'anni, non di più. Si chiamava Rosalind ed è stato il suo grande amore. Hanno avuto tre figli e Cassian era inconsolabile quando morirono, nonostante avessero goduto di una lunga vita. Credo, per quanto ne so, che ci fosse anche un nipote, ma anche lui dev'essere morto da tempo ormai.»

Povero professore. Doveva essere terribile vedere morire tutti i propri cari sapendo di non poterli mai raggiungere. Di loro però aveva potuto serbare il ricordo, al contrario di quanto era successo per tutte le persone della Soglia che aveva amato nei secoli precedenti.

«Non credo che dopo Rosalind si sia più innamorato, ma anche se fosse... Cassian non è tipo da rinnegare un figlio o da tenerlo nascosto» concluse Giacinto deciso. «Se Yuri Watanabe fosse stato figlio suo, Cassian lo avrebbe senz'altro dichiarato.»

«Ma forse non lo sa» obiettai. «Ogni tanto succede. E Giovanna sembra davvero convinta che Cassian sia mio nonno. Forse gliel'ha detto Severin. Durante il nostro ultimo incontro lui ha detto di sapere chi erano i miei nonni biologici; forse è stato lui a rivelarlo a Giovanna. E il professore... non ci giurerei, però potrebbe essere, no? In fondo lui c'è sempre stato per me, sin dall'inizio.» E in quel momento ricordai di colpo come il suo viso mi fosse sembrato stranamente familiare fin dal nostro primissimo incontro al cimitero.

«Non riesco a immaginarlo. No.»

«Però non dovrebbe essere difficile scoprirlo» dissi io. «Il mio antenato arcadico dovrebbe avere il mio stesso lentigo, cioè un polpo a nove tentacoli. E se Cassian mi mostrasse i suoi lentigo...»

«Ohhh!» mi interruppe Giacinto con un tono insolito, come se avessi appena detto qualcosa di mostruoso, anzi, di assolutamente importuno. «Nessuno va in giro a mostrare i propri lentigo agli altri.»

«E perché?» Mi sembrava una cosa stupida. «Almeno chiariremmo la faccenda una volta per tutte. Il mio lentigo lo avete visto, anzi mi avete addirittura trascinato in quella biblioteca solo per poterlo scoprire.»

«Sì, però abbiamo aspettato che si mostrasse da solo. Mai e poi mai ti avremmo obbligato a farcelo vedere. Perché... insomma perché non si fa e basta... è...»

«... indecente?» domandai, ma il tono piccato che aveva usato poco prima mi aveva costretto a ridere. «Da quando sei così pudico? Sono solo tatuaggi vivi.»

«No che non lo sono» mi contraddisse Giacinto. Nel frattempo avevamo raggiuto il cancello del cimitero e il lampione stradale mise in luce i tratti seri del suo viso. «Sono una parte di noi, della nostra identità più recondita e intima. Insomma i lentigo sono... be' sì, una cosa assolutamente privata. Non si va in giro a sbandierarli ai quattro venti. C'è persino una legge apposta che li tutela: solo se si è sospettati di attività criminali si è costretti a mostrare i propri lentigo.»

Avevo ascoltato con incredulità. «Quindi non posso chiedere a Cassian di farmeli vedere?»

Giacinto scosse la testa in modo deciso. «In nessun caso. I lentigo hanno una volontà propria e si mostrano solo quando vogliono. Pensa che Emilian ha appena conosciuto il primo dei miei due, il secondo fa l'ostinato e si nasconde alla sua vista.»

«Meglio non ti chieda dove vada a nascondersi» bisbigliai ed entrambi ci mettemmo a ridere.

Solo dopo esserci congedati, quando mi ritrovai a zoppicare sul marciapiede, mi venne in mente di non avergli detto un sacco di altre cose: della mia escursione nella Città delle Ombre, per esempio, ma soprattutto che non ero il solo a ricordarsi ancora di Severin.

Insomma eccola di nuovo lì nei miei pensieri: Matilda. Chissà se nel frattempo mi aveva scritto? Sapevo già quanto mi sarei sentito frustrato e depresso se non avessi trovato un suo messaggio sul cellulare. Prima di svoltare nel vialetto d'ingresso gettai un'occhiata verso la finestra di camera sua per vedere se c'era ancora la luce accesa.

Mentre alzavo lo sguardo mi sembrò che il silenzio della notte attorno a me si gonfiasse a dismisura amplificando anche il più flebile dei rumori: il rapido zampettare di un topino sull'asfalto, il ticchettare di una pendola nella casa dei vicini, il raschiare di due foglie che si schiudevano in un cespuglio. E poi, come un'onda, mi arrivarono addosso i suoni dell'intera città e io dovetti aggrapparmi saldamente alle stampelle per non esserne travolto e perdere l'equilibrio. Era un unico fremere, ronzare, respirare, frusciare, scalpitare, pulsare e in mezzo a questa cacofonia udii distintamente una voce che pronunciava il mio nome.

La voce di Matilda.

«Lui poi risponde al nome di Quinn von Arensburg e non di *irritante moccioso figlio di un arcade* e neppure di *mezzacalzetta di un umano gonfiato* o comunque tu voglia chiamarlo. E poi ricordati che l'unica persona al mondo che ha il diritto di insultarlo semmai sono io perché sono io a essere innamorata di quel *pallone gonfiato mezzoumano*.» Sospirò. «Anche se...»

La voce si attenuò all'improvviso come l'onda di rumori intorno a me. Il mio superudito mi aveva abbandonato, imprevedibile come sempre nel suo andare e venire. Ma che importava! Matilda aveva detto che era *innamorata* di me e tutt'a un tratto ero la persona più felice sulla faccia della Terra. Per l'esattezza ero la mezzacalzetta umana più appagata del mondo. Innamorata! Di me! Matilda Martin mi amava... Il concetto continuò a rimbalzare nel mio cervello scalzando ogni nota di tristezza, come se fosse stata soffiata via dal vento. Con dita veloci richiusi la porta di casa dietro di me e zoppicai il più velocemente possibile su per le scale, in camera mia, dove avevo lasciato il cellulare.

Matilda

Mentre Bax guardava felice la sua serie televisiva preferita, io cercavo di fare i compiti. I miei pensieri però giravano in tondo come una giostra, impedendomi la concentrazione necessaria per grafici e derivate, o per l'ossidazione interna ai mitocondri.

Bax poi apparteneva alla specie dei commentatori compulsivi. «Ovvio che è stato il custode, è già un pregiudicato. Però sarebbe troppo semplice, l'episodio finirebbe subito... Forse meglio indagare sulle suore, loro sì che se ne intendono di cicuta. In generale nascondono sempre un sacco di segreti sotto il velo... Scommetto su suor Barbara e tu?»

«Scommetto che spengo se non chiudi il becco» dissi risoluta riuscendo – incredibile ma vero – a initimidire Bax per cinque secondi buoni, ma poi riprese imperterrito a parlare.

«Ecco, vedi! La colpevole è suor Julia, proprio come ti avevo detto!» concluse soddisfatto. «Posso vederne un'altra?»

Nel frattempo io mi ero lavata i denti e mi ero infilata il pigiama anche se non avevo sonno; ero ancora troppo carica. Concessi a Bax di guardarsi un'altra puntata di *Tatort* e io estrassi il mio diario dal nascondiglio dietro una tavoletta di legno della perlinatura a parete. Era un po' che lo custodivo là, in modo che nessuno della famiglia potesse metterci *inavvertitamente* le mani sopra quando veniva a rovistare in camera mia. Cosa che purtroppo accadeva spesso: di recente avevo beccato la mamma e zia Bernadette a frugare nei cassetti della mia scrivania alla ricerca – questa la versione ufficiale – del nastro adesivo. *Col cavolo* avevo commentato e ribadito che sarebbe bastato chiedere gentilmente per ottenere volentieri un goccio di quell'ottima grappa che tenevo sempre chiusa nel cassetto, ma loro non avevano gradito la battuta. Ogni tanto lanciavo un'occhiata al cellulare. Avevo già confermato anche la richiesta di amicizia di Nadim-ension2 e per un attimo ebbi la tentazione di guardare i contenuti delle pagine di Nadim e di Eric; poi pensai che il diario fosse più importante.

Con scrupolo annotai gli avvenimenti della giornata e le esperienze fatte. In futuro ogni dettaglio avrebbe potuto essere utile e appuntarlo sul diario era un'occupazione molto più soddisfacente degli esercizi di matematica. Dopo avere fatto un veloce schizzo del percorso che attraversava le catacombe fino alla stanza segreta di Pandinus Imperator e averlo corredato di abbreviazioni criptiche per renderlo inintelligibile a sguardi indiscreti di eventuali persone non autorizzate, mi dedicai al più complesso disegno del portale con l'iscrizione sull'intelaiatura e i graffiti sulla parete attigua.

«Pensi che si tratti di un assassino seriale?» udii Bax chiedere dal letto.

«No, penso a cosa voglia dire *facultas intrare*.»

«Permesso di entrare» rispose Bax senza distogliere lo sguardo dallo schermo del computer portatile. «Se uno diventa un killer seriale di solito è colpa della madre. Scommettiamo che è così anche questa volta?»

«Tu conosci il latino?» Mi ero voltata verso di lui e lo stavo osservando stupita.

«Latino, accadico, aramaico, sumero, egizio antico, ittita, basco...» elencò Bax. «Insomma più o meno tutte le lingue con cui si possa evocare un demone. O con le quali si possa almeno conversare con gli altri diavoli. Sono solo un po' giù d'allenamento con il meščëro... Oh, no!» Avvicinò ancora di più il naso allo schermo. «Ora potrebbe tornarci utile quella suor Julia della puntata precedente, basterebbe solo un po' di cicuta nella birra per mettere a tacere 'sto verme ripugnante.»

Tornai a concentrarmi sul mio diario, *il permesso di entrare*, dunque. Permesso di entrare per chiunque tranne che per me, almeno così sosteneva Quinn. Ripensarci mi procurò una fitta al cuore. Guardai di nuovo il mio cellulare; non si era fatto vivo. Bene, affari suoi! Se si aspettava che fossi io a scrivergli per prima avrebbe atteso molto a lungo. Mica potevo sempre corrergli dietro come un cagnolino!

Finito il disegno scrissi in ordine sparso tutte le domande che mi venivano in mente. Erano parecchie. Che ne era stato di quel Tobias dai capelli lunghi che avevo visto nel video di Pandinus? E i croissant che Yuri si era portato da Parigi attraversando la Soglia fino ad arrivare nella stanza segreta erano ancora freschi? Di tutte le cose che in quella giornata avevo ascoltato, quella che mi aveva affascinato di più era il banco dei pegni emozionali: là dentro si potevano scambiare le emozioni indesiderate, per esempio il mal d'amore o i diversi tipi di ansia o di paura, in sentimenti più gradevoli. Sentimenti che erano racchiusi in boccette e crogioli. Kim aveva raccontato che fino all'anno precedente era terribilmente timida e piena di complessi di inferiorità. Sulla foto che mi aveva mostrato, in effetti, portava i capelli lunghi e pettinati con la riga in mezzo, e non aveva alcun piercing né un filo di trucco. Al banco dei pegni emozionali aveva acquistato soprattutto le boccette colme di coraggio: il coraggio di cambiare, il coraggio di rispondere, il coraggio di prendere la patente per la moto. Eric invece aveva scambiato le sue ansie da esame con la fiducia in se stesso, mentre Nadim andava al banco prima di ogni vacanza per liberarsi della paura di volare in aereo.

Ovviamente cercai di immaginarmi che tipo di affari avrei potuto fare io in quella bottega dei pegni. E di che colore fossero le ampolline riempite di crepacuore o della paura di volare. E chi è che le avrebbe volute?

Ero ancora impegnata nelle mie riflessioni scritte quando Bax mi chiese di potere vedere un altro episodio. «Uno un po' più crudo e lugubre questa volta!»

Riposi il diario nel nascondiglio. «Ma non ti stanchi mai?»

«Io sono un demone» mi rinfrescò la memoria Bax. «Sono gli esseri inferiori, le creature biologiche, che hanno bisogno di riposare.»

«Ecco, infatti: in quanto essere inferiore e biologico io ora avrei proprio bisogno di chiudere un po' gli occhi. E anche il portatile.» Sbadigliai. Il mio fisico era decisamente stanco ma la testa viaggiava a velocità supersonica ed era sveglissima.

«Chi ti impedisce di dormire» disse Bax con tono affettuoso. Si spostò di lato e mi invitò a coricarmi di fianco a lui sul letto. «Ti veglio io.»

«Guarda che non c'è bisogno che tu mi faccia da balia.» Spensi la luce: «Che vuoi che mi succeda in camera mia?»

«Una ragazza sola che dorme in una mansarda? Non guardi mai i film dell'orrore?» domandò Bax di rimando.

Mi infilai sotto le coperte e appoggiai il portatile sulle gambe. «Stai parlando di quei film in cui ti svegli di soprassalto e ti ritrovi un demone nel letto?»

«La rappresentazione dei demoni nei film horror lascia molto a desiderare» spiegò Bax. «Per favore, giuro di starmene zitto e buono. Promesso.»

«Va bene.» Feci scorrere i titoli della mia mediateca. «Un film tetro, crudo e lugubre, giusto?»

Ammetto che provai una sensazione piacevole quando Bax si mise a fare le fusa, appallottolandosi al mio fianco con le alucce ripiegate e la coda di drago attorcigliata intorno. Come se il mio desiderio di avere un animale domestico si fosse finalmente avverato. D'accordo, Bax non si poteva accarezzare, ma in cambio aveva il dono della parola. Sapeva pure il latino. E poi c'erano altri due vantaggi: Bax non perdeva il pelo e non lo si doveva portare a spasso.

Mentre scorrevano i titoli di testa sulla sigla di *Tatort*, adagiai più comodamente la schiena contro i cuscini.

«Com'è che si creano i portali?» domandai un po' assonnata. Si formavano forse attorno a una sorta di tarlatura? Erano sempre esistiti?

«Non si creano da soli, vengono creati» rispose Bax. «È una dote rara dei maghi arcadici. Chi la possiede è particolarmente potente e richiesto; un tempo ancora più di oggi. Nel corso dei millenni sono stati creati così tanti portali che il manto di separazione tra la Terra e la Soglia sembra quasi una groviera.»

Annuii sovrappensiero: persino io conoscevo almeno quattro portali in città, cinque se contavo anche quello di Severin sul tetto. «Molti sono stati distrutti o dimenticati» continuò Bax. Proprio come quello all'interno della chiesa che Bax doveva sorvegliare, almeno in teoria. Quello lì sapevo persino aprirlo… quindi sarei potuta entrare nella Soglia in qualsiasi momento. E senza dovere chiedere il permesso a nessuno.

Mi si chiudevano gli occhi.

Già, per che diavolo di motivo non sarei potuta andare da sola a esplorare il mondo immateriale della Soglia? Quinn aveva ammesso che dall'altra parte, nelle vicinanze del portale, era piuttosto tranquillo di solito e la zona di passaggio era da considerarsi potenzialmente sicura. In fondo io non avevo bisogno di rimanere a lungo dall'altra parte o di allontanarmi tanto. Per iniziare mi sarebbe bastato un quarto d'ora scarso, anche solo un paio di minuti per dare una sbirciatina; magari avrei visto un balena-dirigibile librarsi sopra di me. L'importante era andarci, esserci stata almeno una volta.

Il problema era che nel frattempo il mio corpo terreno sarebbe svenuto e collassato sul pavimento, proprio di fronte al trittico della Resurrezione. E se proprio in quel momento fosse entrato qualcuno in chiesa e avesse chiamato i soccorsi? D'altronde era ciò che avrei fatto anch'io se avessi visto una persona accasciata a terra priva di sensi. Se mi avessero portato via in ambulanza non avrei più ritrovato il mio corpo al rientro. E allora? Che cosa avrei fatto? Quanto tempo mi sarebbe rimasto prima che il mio corpo morisse senza di me?

Nessuno avrebbe potuto vedermi o sentirmi mentre vagavo disperata per la città di ospedale in ospedale. E quand'anche avessi ritrovato il mio corpo sarebbe stato troppo tardi. Di colpo visualizzai il mio corpo pallido e privo di vita su una barella e i miei genitori, con Teresa, Matías, Mariechen, zia Berenike e Julie in lacrime attorno a me. Leopold stava suonando *Only the good die young* con l'oboe tirando su con il naso, mentre Luise tentava di ingrandire a dismisura la foto delle proprie lacrime per poi immortalarla sui social. Solo zia Bernadette, ferma alla finestra, non piangeva. Continuava a ripetere come un automa «Certo sarebbe anche potuta morire di lunedì, così non ci saremmo persi la puntata di *Tatort*. Tipico suo, che possiamo farci!»

«Dovremmo metterle la camicetta con i volant che le piaceva tanto» sussurrava intanto mia madre con voce rotta dai sussulti.

«Oh no!» esclamò Julie roca, tanto che per un attimo mi sembrò di sentire parlare Bax.

Con il cuore che batteva all'impazzata, spalancai finalmente gli occhi pieni di lacrime. Ci misi almeno due secondi per capire di essermi appena svegliata da un incubo e di avere dormito più a lungo di quanto immaginassi: sullo schermo infatti stavano già scorrendo i titoli di coda. Ormai era notte fonda.

«Oh no!» ripeté Bax. Aveva portato entrambe le zampotte anteriori davanti al muso e con occhi allibiti stava fissando lo schermo.

«Che succede?» domandai e mi tirai su.

Bax respirava affannato. «Lei è... *morta*» disse sconvolto.

Manifestai un tiepido cordoglio. «Anch'io sono appena morta. Nel mio sogno. E poi non volevi un episodio crudo, tetro e funesto?»

«Sì, ma non così funesto! Speravo che quei due potessero mettersi insieme. Invece lei gli muore tra le braccia...» Tirò su con il naso. «Non possono trattarli in questo modo gli spettatori. Lei era una delle mie investigatrici preferite, nella *top three* oserei dire. Giuro che mi farei ridare i soldi del canone se lo avessi pagato. Odio gli sceneggiatori: accidenti, che ci voleva a farle indossare un giubbotto antiproiettile...»

«In effetti, quello sarebbe servito a salvarla, probabilmente.» Chiusi il laptop e lo appoggiai sul pavimento. «Così come sarebbe utile che un gruppo di studenti di medicina si prendesse cura del corpo di chi passa nella Soglia. Ma Quinn non vuole. Così mi costringe a usare l'altro portale. Insomma, è come se non mi concedesse il giubbotto antiproiettile.»

«Che cosa stai dicendo?» Senza più la luce dello schermo a illuminare fiocamente la stanza potevo individuare a stento il profilo di Bax, ma anche quello mi sembrò indispettito. «Scusa, forse non ho capito bene. Quel mezzo umano tuo dirimpettaio ti costringe a varcare un portale? Ma si è bevuto quel suo cervello vuoto da discendente?»

«Be', diciamo che mi costringe *indirettamente* a usare un portale non sicuro» tentai di spiegare meglio. «Perché mi vieta di usare quello sicuro. Me lo vieta, capisci? Come se fossi una bambina di tre anni e lui la mia mamma.»

«Bimba, non esistono portali sicuri per voi esseri umani» affermò Bax. «Mi sembra di avertelo già detto: gli esseri umani muoiono se oltrepassano il portale. In via del tutto eccezionale per questa volta devo dare ragione al tuo bellimbusto mezzosangue. Anche se quell'insolente non ha certo il diritto di vietarti alcunché.»

«Non si muore subito; non si muore se si ritorna indietro per tempo» lo contraddissi. «Lo so per certo, anche se per caso. E poi mi sfugge perché noi umani non possiamo entrare nella Soglia. Voi creature dell'altra parte venite qui quando vi pare, e fate avanti e indietro a vostro piacimento.»

Bax restò un attimo in silenzio. «A parte il corpo che rimarrebbe lì floscio e vuoto senza controllo davanti al portale… Che ne sai che dall'altra parte tu non venga subito catturata da una pattuglia di nex? Esistono modi molto meno pericolosi di varcare la Soglia per voi umani, te ne ho parlato un mucchio di volte, mi pare!»

«Sì, lo so, con i sogni!» Sbuffai sprezzante. «Perché quando sogniamo siamo comunque all'interno della Soglia» ripetei sciorinando quanto mi era stato spiegato ripetutamente. «Fantastico. Figurati che un attimo fa ho sognato di mia zia Bernadette. Direi che è proprio *uguale uguale* a volare con un balena-dirigibile, o entusiasmante quanto entrare al banco dei pegni emozionali per comprare qualcosa.»

«Aziona il cervello, testina» ribatté Bax. «Ovviamente sognare non basta. Per sperimentare davvero la Soglia occorre uscire dalla propria *stanza dei sogni*.»

«La propria stanza dei sogni?» ripetei.

«Sì! Come ogni essere umano anche tu sei dotata di una stanza dei sogni all'interno della quale c'è una porta che conduce in corridoi sui quali si affacciano le porte delle stanze dei sogni di tutti gli altri esseri umani.»

«Miliardi di porte che conducono a corridoi tutti collegati tra loro?»

«Esatto.» Bax sospirò. «Questi corridoi sono per così dire collocati nelle cantine della Soglia. Questi scantinati, insieme a tutte le stanze dei sogni di voi umani, formano una sorta di labirinto sotterraneo multipiano, intricato e complesso, che noi definiamo Sottosuolo.»

«Il Sottosuolo?» Ma non era un luogo pericoloso? Quinn era stato chiaramente diffidato dall'andarci.

«Fai il pappagallo?» domandò Bax infastidito. «Lasciami finire e poi semmai fai le tue stupide domande.» Si schiarì la voce. «Ah, dimenticavo, prima che io ricominci a parlare mi devi promettere che non riferirai nulla a quel presuntuosetto del tuo amico. Potrebbe tradirsi o spifferare tutto ai suoi compari arcadi e quelli poi non la smetterebbero più di rompere con le loro snervanti direttive. Potrebbero persino decidere di rinnovare il mio incantesimo dell'esilio per non farmi più uscire dalla chiesa.»

A quel punto mi sentii in dovere di difendere Quinn. «Forse è vero che è un po' presuntuoso, ma non è certo uno spione. E comunque si chiama Quinn von Arensburg e non *irritante moccioso figlio di un arcade* e neppure *mezzacalzetta di un umano gonfiato*. E poi ricordati che l'unica persona al mondo che ha il diritto di insultarlo semmai sono io perché sono io a essere innamorata di quel *pallone gonfiato mezzoumano*, il quale peraltro non si degna ancora di scrivermi.»

Sospirai e voltai la testa in direzione della scrivania dove avevo lasciato il cellulare. «Anche se ormai ne ha avuto di tempo per riflettere.»

«Le mie più sentite condoglianze.» Bax si grattò rumorosamente la testa. «Posso continuare adesso?»

«Sì certo, figurati» sospirai.

«Nessuno nella Soglia si interessa più ai sogni degli esseri umani, a parte gli incubi alati notturni» precisò Bax mentre io mi mordevo il labbro per evitare di ripetere a pappagallo. *Incubi alati notturni?* Dai, seriamente?

«In epoche antiche gli arcadi si prendevano ancora la briga di scendere nel Sottosuolo per fare visita agli esseri umani nelle loro stanze dei sogni. In effetti era un metodo comprovato ed efficace per trasmettere agli umani messaggi importanti sulle sorti del mondo. A quei tempi noi demoni eravamo ancora molto apprezzati dagli arcadi. Per trovare la porta dei sogni di un individuo specifico – per esempio quella dell'imperatore Nerone, che, tra l'altro, non è arrivato da solo all'idea di incendiare Roma – occorrevano i servigi e i talenti dei demoni di terza categoria, dunque di diavoli intelligenti che sapessero terrorizzare le persone. Diavoli come me, insomma.» Appoggiò una zampa sul petto e fece un inchino profondo molto buffo da vedere. «Già all'epoca era praticamente impossibile per gli arcadi scovare le porte giuste, nonostante gli esseri umani fossero di meno. Dall'esterno non si può risalire al proprietario della porta, raramente c'è una targhetta con il nome, e poi le porte cambiano in continuazione l'aspetto e il posizionamento. Ti dico in tutta onestà che trovare il famoso ago in un pagliaio è molto più semplice. Ma per noi demoni di terza categoria no, per noi non è mai stato un problema. È come se fossimo dei cani da tartufo, dove per tartufi si intendono i sogni degli esseri umani. Quindi, non appena trovo la tua porta dei sogni posso venirti a prendere per accompagnarti in un breve giro esplorativo della Soglia.»

«Mentre sto sognando?» Non sapevo bene perché, ma quella cosa non mi era del tutto nuova. Come se l'avessi già letta da qualche parte. Se davvero funzionava io non avrei più avuto bisogno di alcun portale... mi venne la pelle d'oca.

«Sì» confermò Bax. «Ma il sogno deve essere consapevole. E deve avvenire al di fuori della tua stanza dei sogni. Per te sarebbe esattamente come arrivare nella Soglia varcando un portale, con la sola differenza che il tuo corpo potrebbe stare a letto, comodo e al sicuro. E se dovessi avere la sfortuna di imbatterti nel becco di un uccello alligatore, be', ti sveglieresti e basta.»

«Quindi sarebbe la stessa identica cosa, ma senza pericoli?» Mi ero messa a sedere dritta nel letto. Sembrava troppo bello per essere vero.

Bax esitò un istante. «Solo se sei accompagnata da un demone che conosce il Sottosuolo come le sue tasche, se avesse delle tasche. Però le tasche io non le ho, mica voglio assomigliare a uno stupido coniglio bianco con l'orologio da taschino.»

Ecco, ci avevo beccato: era troppo bello per essere vero. Soprattutto... un po' troppo semplice. «Quindi se ho capito bene posso rimanere tranquilla a letto e nello stesso momento andare a passeggio con te nella Soglia? È corretto? Cioè non stai scherzando? Potrei davvero spingermi anche fino in superficie per ammirare i balena-dirigibili?» Osservavo Bax da sotto in su con il timore che da un momento all'altro scoppiasse a ridere e a sfottermi perché mi aveva preso in giro.

Sospirò irritato. «Spero che queste siano solo domande retoriche, ragazzina, perché non ho nessuna voglia di ripetere da capo. E adesso vai a rispondere al telefono, è da un po' che continua a illuminarsi.»

Guardai verso la scrivania. In effetti dovevano essermi arrivati dei messaggi, ma ero così presa dal racconto di Bax che mi ero dimenticata del cellulare. Lo schermo si accese di nuovo. Provai un piacevole sfarfallio di speranza all'altezza dello stomaco. Probabilmente era solo uno dei meme di incoraggiamento che padre Petersen amava inviare nel cuore della notte al gruppo del coro. Ma magari era davvero Quinn. Forse si era finalmente reso conto di avermi trattata in modo ingiusto.

A dire il vero non ero più nemmeno tanto arrabbiata con lui, ora che avevo saputo che esisteva una valida alternativa al passaggio attraverso il portale. Prima di raggiungere la scrivania mi voltai un'ultima volta verso Bax. «Sei proprio sicuro che funzioni davvero?»

Quinn: Matilda? Sei ancora sveglia?
1:36 ✔✔

Quinn: Mi dispiace di essermi comportato in quel modo per il portale e di essermi deciso solo ora a scriverti. L'idea che ti possa succedere qualcosa di brutto mi mette in ansia.
1:38 ✔✔

Quinn: Perché ti voglio bene, Gota paffuta.
1:39 ✔✔

Quinn: Molto bene.
1:40 ✔✔

Quinn: Così tanto bene che impazzirei se ti accadesse qualcosa.

1:41 ✔✔

Matilda: Anche a me dispiace. La cosa della mascolinità tossica non avrei dovuto dirla, scusa. Tu non sei affatto come quel pallone gonfiato sciovinista di Faris.

1:42 ✔✔

Quinn: Sì, ma non avrei dovuto impartirti degli ordini. Se non fosse così pericoloso non ci sarebbe davvero nulla che farei più volentieri al mondo se non portarti con me nella Soglia e mostrarti tutto. Perché… vedi sopra.

1:43 ✔✔

Matilda: Magari riusciamo a trovare un altro modo meno pericoloso per farmi entrare nella Soglia. Sono contenta che ci sopportiamo di nuovo. Ora riuscirò a dormire meglio. Buona notte, Quinn.

1:44 ✔✔

Quinn: Con vedi sopra mi riferivo al fatto che ti voglio molto bene.

1:45 ✔✔

Quinn: Sì anch'io sono contento di avere fatto pace. Perché dire che ti voglio molto molto bene è sminuire ciò che provo.

1:46 ✔✔

Quinn: Matilda? Ti sei già addormentata?

1:49 ✔✔

Quinn: *Questo messaggio è stato cancellato dal mittente.*

1:52 ✔✔

Quinn

Qualcuno mi stava seguendo.

Sentivo lo stesso formicolio alla nuca che avevo provato andando a prendere il taxi da casa di Kim.

Avevo una voglia matta di girarmi per controllare, ma mi imposi di continuare a zampettare sulle stampelle come se nulla fosse. E comunque, sembravano guardarmi preoccupate persino le piccole facce sulle foglie delle siepi e dei cespugli sul ciglio della strada.

Il nuovo ambulatorio era vicino alla scuola e la mamma aveva fissato l'appuntamento mercoledì subito dopo lezione, mentre gli altri facevano ginnastica dalla quale ero stato esonerato per il resto dell'anno scolastico. Ovviamente si era offerta di venirmi a prendere a scuola ma davvero l'ambulatorio era dietro l'angolo e ce l'avrei fatta benissimo anche senza aiuto.

Inoltre più tardi avevo appuntamento con Matilda. Sarei andato a prenderla dopo le sue due ore di chimica, perché desideravo chiarire ogni incomprensione tra di noi una volta per tutte.

Dopo lo scambio di messaggi nella notte mi ero addormentato con un po' di amaro in bocca. Matilda era davvero così stanca da non accorgersi che ero sul punto di farle una dichiarazione d'amore? Cosa che peraltro non mi sarei mai spinto a fare se poco prima non le avessi sentito confessare che era innamorata di me. Oppure l'aveva detto tanto per dire, e non lo intendeva sul serio? Fatto sta che non aveva minimamente reagito ai miei romantici *Ti voglio bene*. L'ultimo messaggio, in cui mi esponevo in modo assoluto con un *Sono ancora follemente innamorato di te*, l'avevo cancellato per pudore. Anche perché ci avevo aggiunto involontariamente l'icona del cuoricino. Che vergogna.

Quella mattina l'avevo vista solo di sfuggita nel cortile della scuola e durante le lezioni ci eravamo scambiati qualche messaggio per metterci d'accordo sull'incontro del pomeriggio. Nulla mi avrebbe distolto dal proposito di chiarire una volta per tutte i malintesi tra di noi. Chiunque fosse il fautore di quella strana sensazione di pericolo alla nuca avrebbe dovuto aspettare.

Nel frattempo ero arrivato a scuola e mi ero appoggiato al cancello fingendo di riposarmi e prendere fiato. In realtà, feci vagare lo sguardo intorno e sul marciapiede dietro di me. Era ingombro di passanti. Li esaminai tutti con diffidenza. Il mio inseguitore poteva essere chiunque: la vecchia signora con il cocker spaniel oppure l'uomo con il sacchetto del pane, o il tipo in tuta da lavoro con un secchio in mano. No, lui no: evidentemente era proprio un imbianchino da come si issava sull'impalcatura di un cantiere.

Nessuno in realtà si comportava in modo sospetto, fermandosi nel mio stesso istante per allacciarsi le scarpe o per guardare dentro a una vetrina o per fare quel tipo di cose. Eppure... ero sicuro di essere osservato. Forse il mio inseguitore era dietro un'auto parcheggiata o nel vano di un portone, pensai riprendendo a camminare. Era Frey che mi faceva pedinare o era sempre Hector a spiarmi? La seconda ipotesi era peggiore della prima: portare Hector sulle tracce di Pandinus Imperator sarebbe stato imperdonabile. Un portale segreto utilizzato dagli esseri umani... non era certo il tipo da scherzarci sopra. Speravo con tutte le mie forze di essermi sbarazzato di lui il giorno prima salendo sul taxi: in quel caso non avrebbe avuto idea di dove eravamo diretti. Sempre che si fosse trattato di Hector.

Raggiunsi il parcheggio dei professori passando per l'ingresso secondario della scuola. Volevo indurre l'eventuale pedinatore a uscire allo scoperto.

A parte un'auto il parcheggio era deserto così come il cortile sul retro. Eccetto le lezioni di educazione fisica che si tenevano in una palestra a due strade da lì, a quell'ora non c'erano più lezioni a scuola. A meno che, come Matilda, non si frequentasse il corso di chimica con la signora Kühl, la quale proponeva orari di lezione particolarmente scomodi per gli allievi. Una delle ragioni per cui io avevo evitato di scegliere chimica, oltre al fatto che a mezza giornata di distanza dalla lezione non ricordavo più la differenza fra alcani, alcheni e alchini.

Raggiunto il cortile della scuola mi fermai di nuovo, questa volta per estrarre qualcosa dallo zaino. Nel frattempo gettai un'altra occhiata furtiva dietro di me. Nulla di sospetto. Chiunque mi avesse seguito non era arrivato all'interno del parcheggio.

Eppure il formicolio all'altezza della nuca non accennava a diminuire.

Davanti al chiosco del cortile era accovacciato il bidello Meller intento a strofinare le assi di legno. Un graffitaro dilettante, un poppante a giudicare dal risultato, aveva spruzzato della vernice colorata sulla parete del chiosco disegnando ciò che con molta fantasia poteva sembrare un organo genitale maschile. Probabilmente si era trattato di una prova di coraggio tra ragazzi oppure di un atto di vendetta nei confronti di Meller che non perdeva mai occasione di ridurre in poltiglia l'ego dei più giovani e di inimicarseli a vita. Non potevo certo dirlo in giro, ma il bidello Meller metteva ancora un po' di paura anche a me, quindi gli girai alla larga prima di andarmi a sedere sulle panchine davanti ai tavoli da ping pong. Da lì, schermato dalle piante di bambù, potevo osservare senza essere visto l'intero cortile della scuola con le spalle coperte dal muro che separava il cortile scolastico dalla proprietà dei vicini. Per mimetizzarmi ancora meglio con il paesaggio feci finta di leggere il libro che avevo appena estratto dallo zaino: *Il lupo della steppa* di Hermann Hesse. C'era il clima perfetto per prendersi una piccola pausa seduti all'aria aperta: era la classica bucolica giornata di primavera, con le api che ronzavano attorno ai cespugli in fiore e con gli uccellini cinguettanti tra gli alberi; tutto mi reggeva il gioco. Forse il pedinatore, semmai fosse riuscito a seguirmi, si sarebbe stufato di spiarmi mentre stavo immobile, immerso nella lettura.

Con il naso ficcato nel libro, ogni tanto voltavo le pagine a caso approfittandone anche per sgranchirmi un po'. Avevo ancora in mente la voce di Severin che mi incitava a sfruttare ogni occasione per allenare i muscoli e i tendini. La nuova fisioterapista era carina, ma non mi faceva lavorare come Severin. Non c'era paragone: con lei non sudavo nemmeno un pochino.

«A volte deve fare male per far bene» mi ripeteva spesso Severin, insieme a: «Arrendersi non è un'opzione».

Maledizione... stavo di nuovo pensando a lui. Innervosito, cercai di soffocare il ricordo di Severin guardando di soppiatto da sopra il bordo del libro. Ancora nessuno in vista. Mi stavo quasi rilassando, ma quando il bidello Meller si diresse verso il corpo centrale della scuola con le spazzole e il secchio in mano, scorsi qualcuno intento ad attraversare con calma il parcheggio per dirigersi verso il cortile.

Giovanna d'Arco.

Indossava gli stessi abiti della mattina, un paio di jeans e una camicetta che le lasciava scoperto l'ombelico e per la quale aveva ricevuto un sacco di complimenti. In effetti le stava proprio da urlo, lo dovevo ammettere mio malgrado. Evidentemente non aveva ancora cambiato idea sull'intenzione di recuperare gli anni perduti... In mattinata mi aveva incrociato un paio di volte scoccandomi un melenso *Ciao Quinnuccio*, che mi aveva fatto ribollire nel sangue l'atavico istinto bellicoso degli arcadi che, evidentemente, mi scorreva ancora nelle vene. Sapeva che non avrei certo potuto soffiarla via immobilizzandola contro la parete del corridoio stracolmo di studenti, e proprio per questo esibiva pure un sorrisetto strafottente quando mi salutava a quel modo. Non sapevo quando si sarebbe stufata di giocare alla Queen Bee della scuola, per scoprire la sua vera natura di incendiaria, magari riducendo qualcuno in cenere.

«Questa Johanna ha il fuoco dentro» aveva commentato il mio compagno Tristan senza rendersi conto di quanto avesse ragione.

Osservai la pulzella. Il modo in cui si era fermata facendo vagare lo sguardo attento a trecentosessanta gradi mi tolse ogni dubbio: era lei a seguirmi. Altrimenti perché si trovava lì?

Senza riflettere oltre, posai il libro e mossi un po' d'aria facendola turbinare all'interno del cortile ancor prima che Giovanna avesse il tempo di individuare la mia presenza. Osservai il suo momentaneo stupore, mentre i capelli si agitavano leggermente accarezzati dalla brezza. Alla fine mi vide e si diresse verso di me con passi lunghi e molleggiati, il solito sorriso divertito a illuminarle il volto.

Contrassi i muscoli tenendomi pronto, se fosse stato necessario, a scaraventarla anche a due isolati di distanza con un soffio di vento. Ma lei non sembrava interessata a un confronto fisico.

«Ma guarda che coincidenza!» Si fermò davanti a me senza smettere di sorridere.

«Davvero, guarda tu che coincidenza» replicai sarcastico. «La nostra scuola ti piace così tanto che ci resti anche il pomeriggio?»

«Sì, è bello qui» sospirò Giovanna. «Anche se non sono ancora riuscita a convincere il preside a organizzare un ballo di fine anno. Ma vedrai che ci riuscirò; sono fiduciosa, a volte le persone vanno solo un po' motivate.»

«Motivare fa rima con bruciacchiare? Nel tuo caso non si sa mai.»

Giovanna rise della sua risata a singhiozzo. «Ma dai! Per chi mi prendi?» Si lasciò cadere di fianco a me sulla panchina.

«Sul serio Quinnuccio, qui mi piace un sacco. Nei film sulle superiori che ho visto, i nuovi studenti fanno sempre molta fatica a inserirsi, invece in questa scuola sono tutti stracarini con me. A parte la tua ex, Lilly. Ma una stronza esiste in qualsiasi film che si rispetti, o sbaglio? Sennò sarebbe tutto talmente noioso.» A sua volta distese le gambe in avanti e prese in mano *Il lupo della steppa*. «Tu invece sei qui per concentrarti in santa pace sulla lettura dei classici, vedo! Ecco un nipote con gli stessi gusti di nonno Cassian. E scommetto che lui non perderebbe occasione per elogiarti facendoti sentire un essere speciale, non è vero?»

«Perché ti ostini a dire che Cassian è mio nonno?» le domandai di rimando. «Hai qualche prova o lo fai per pura cattiveria?»

«Sai, a volte basta fare due più due...» Sollevò le spalle. «E onestamente, spero per te di non sbagliarmi. Perché se Cassian non è interessato a te come persona significa che ti sta solamente sfruttando come... come ha fatto con tutti gli altri prima di te. Ciò comporta che ti lascerebbe cadere come una patata bollente se tu non dovessi riuscire ad aprire il varco stellare. E non è una bella esperienza, devi credermi.»

Per una frazione di secondo provai qualcosa di simile a un moto di compassione per quella ragazza che cinquecentonovant'anni prima si era trovata con la stessa pressione addosso che sentivo io adesso. Poi però mi ricordai di chi fosse veramente: «Credo che sopravvivrei» replicai con durezza. «Ho già due nonni, un terzo non mi serve. E ora dimmi: che senso ha? Perché mi stai spiando?»

«Come scusa?» Ammiccò sbattendo leggermente le ciglia, con finta sorpresa.

«Ti ho visto anche ieri pomeriggio» mentii spudoratamente. «Ci hai seguito... e vorrei sapere perché.»

Ci avevo preso: Giovanna smise subito di far fremere le ciglia e ritornò seria: «Una vecchia abitudine da nex» disse. «Giusto per capire che cosa sta facendo il piccolo prescelto e perché va a trovare proprio la ragazza che Hector ha interrogato la notte in cui lui ha avuto l'incidente. Una ragazza che, tra l'altro, fa parte della stessa confraternita segreta di cui faceva parte anche il suo padre biologico. Chissà che cosa ne direbbe Hector se solo venisse a sapere che tu e Kim siete rimasti in contatto!»

Deglutii a fatica. Lei sapeva chi era Kim ed era al corrente di Pandinus Imperator? Di che altro era a conoscenza? «Mi stai forse minacciando?» domandai.

«Oh che bell'idea, grazie!» esclamò Giovanna, come se quel pensiero non l'avesse mai sfiorata. «Ma sai, preferirei non coinvolgere Hector... È così radicale nei confronti degli abitanti del mondo materiale. L'idea che ci siano degli esseri umani – esseri umani vivi – che si aggirano nella Città delle Ombre è un tarlo che lo divora da anni. Per la precisione: dalla morte di Yuri Watanabe.»

Cercai di mantenermi impassibile. «Ma mio padre era un discendente, non un essere umano» puntualizzai.

«Giusto.» Giovanna annuì. «Ma lui non lo sapeva, poveretto.» Stava osservando un corvo appena atterrato accanto ai cestini della spazzatura che sondava il terreno in cerca di cibo. «Hector sapeva da settimane che degli esseri umani si stavano aggirando nella Città delle Ombre, ma aveva liquidato la cosa come una baggianata, come la chiacchiera di un mitomane. Questo fino al giorno in cui tuo padre morì.»

«C'eri anche tu quel giorno?»

«No» rispose in modo un po' troppo affrettato. «Quel giorno c'era la centuria di Hector a fare razzie di contrabbandieri all'interno della Città delle Ombre. Hanno beccato Yuri e il suo amico con un uovo di drago e hanno inseguito Yuri attraverso il portale fino al Bois de Boulogne di Parigi.»

«Un uovo di drago? Parigi?» furono le uniche cose che mi sentii ripetere con un filo di voce.

Giovanna sollevò un sopracciglio. «Pensavo sapessi dove e come fosse morto tuo padre. Ma è tipico di Cassian risparmiarti informazioni del genere...» La parola *risparmiarti* venne corredata di virgolette fatte a mezz'aria con due dita. «Ovvio!» Di nuovo gettò un'occhiata verso i cestini dei rifiuti dove era sopraggiunto un secondo corvo. «Quando l'autunno scorso girò di nuovo la voce della presenza di esseri umani all'interno della Città delle Ombre, nessuno ci credette nella Soglia, tranne Hector che si mise immediatamente in allarme» continuò Giovanna.

Ci stava! Kim e i suoi amici avevano ridato vita a Pandinus Imperator proprio nell'autunno dell'anno precedente, iniziando a riutilizzare il portale.

«Hector continua a essere ossessionato dalla storia di Yuri Watanabe e da tutti i quesiti rimasti irrisolti da allora» proseguì Giovanna. «Quindi, quando ha iniziato a offrire generose ricompense a chiunque fornisse informazioni utili al servizio di polizia, voilà, ha trovato subito un topo di fogna pronto a tradire la tua amica dai capelli blu. L'informatore non conosceva il suo nome completo, sapeva però che studiava medicina in questa città... ma era quanto bastava per poterla rintracciare senza alcuna fatica.» Le sfuggì una risatina nervosa. «Certo, dico così per dire, senza offesa: i capelli blu non mi sono sembrati un'idea molto brillante per presentarsi nella Soglia senza dare nell'occhio. Era facile individuarla, come cercare Sully in *Monsters & Co.*»

Non capivo perché mi stesse raccontando tutte quelle cose che però si incastravano alla perfezione nel mio puzzle di informazioni migliorando la mia visione d'insieme: Hector e i suoi scagnozzi avevano trovato Kim e volevano fermarla proprio alla festa di Lasse. Se in quell'occasione non fossi saltato dalla finestra per aiutarla, forse non avrei mai scoperto di essere un discendente. Non avrei mai avuto l'incidente e... probabilmente non avrei mai avuto modo di conoscere più da vicino Matilda...

Giovanna intanto mi osservava mentre ero assorto nei miei pensieri. «Destino e caso a volte sono indistinguibili, vero?» disse e mi sembrò una gran presa per i fondelli.

Mi incavolai con me stesso. Quella insidiosa catapulta di fuoco non era certo venuta a fornirmi le informazioni che mi mancavano per puro altruismo. «Wow che filosofa sei! Ma ora posso sapere che cosa vuoi esattamente da me?»

Diresse nuovamente lo sguardo sui due corvi. Il primo si alzò in volo, il secondo riuscì a pescare una fetta di salame dal pattume gracchiando soddisfatto. «Quindi... anch'io ho qualche buon contatto nella Città delle Ombre e la notizia più recente è che gli amici universitari e miss Capelli blu non hanno smesso di aggirarsi impuniti nella Soglia. Io voglio solo sapere come fanno. Visto che il grimorio è stato messo al sicuro la notte stessa del tuo incidente e il demone che si è reso colpevole è stato chiuso in una bottiglia. Inoltre ci sono le sfingi accanto alle quali i tuoi amici devono passare ogni volta. Le hanno liberate nel Sottosuolo su espresso suggerimento di Hector.»

Avevo ascoltato con una crescente confusione in testa. Okay, Giovanna sapeva delle escursioni di Lingualunga, di Nadim e di Einstein all'interno della Soglia. Ma evidentemente ignorava l'esistenza del portale. Perché altrimenti tutto ciò che aveva detto... non avrebbe avuto alcun senso.

«Che tipo di demone?» Cercai di non fare la figura del pollo, nonostante non avessi la più pallida idea di ciò di cui stava parlando. Un demone in bottiglia? Ma dai!

Giovanna sollevò un sopracciglio. «Un demone di terza categoria, quello che l'essere umano deve evocare per trovare una via per il Sottosuolo.»

«Scusa ma come fa un umano a entrare nel Sottosuolo?» domandai turbato.

Prima che potesse rispondere suonò la campanella e quasi in contemporanea si spalancò la porta del laboratorio di scienze e gli studenti si riversarono fuori. Non erano in molti ad avere scelto il corso di chimica e quando adocchiai Matilda con i suoi capelli biondi illuminati dalla luce pomeridiana mi sentii sollevato: Matilda avrebbe senz'altro saputo rivolgere domande più intelligenti.

«Non sai davvero nulla, o stai solo fingendo?» Giovanna mi scrutava con fare indagatorio.

«Non ho davvero idea delle cose che stai dicendo. È la prima volta che sento parlare di demoni in bottiglia e di quell'altra roba... di cui mi sono già dimenticato il nome» confessai in tutta onestà. «E gli amici di Kim io non li conosco» ripresi sfacciatamente a mentire. «Mi sono incontrato solo con lei per capire che cosa sapesse della morte di mio padre. Ma forse avrei fatto meglio a rivolgermi a te visto che mi sembri di gran lunga più informata.»

Matilda era rimasta in piedi davanti all'edificio e mi stava cercando con lo sguardo. Non appena mi scorse sorrise, per poi adombrarsi probabilmente a causa di Giovanna. Le feci un cenno con la mano, combattuto: da un lato volevo ottenere delle risposte da Giovanna e depistarla dalla verità, dall'altra avevo il desiderio impellente di rimanere da solo con Matilda. Certo che tutta quella storia della Soglia ogni tanto era una gran rottura!

«In effetti io conosco una quantità di cose che potrebbero tornarti utili» dichiarò Giovanna. «Anche perché un tempo sono stata una prescelta, proprio come te. Ecco perché credo sarebbe intelligente collaborare, allearsi.»

Allearsi con la persona che di recente aveva tentato di arrostire la mia ragazza? Non mi sembrava una buona idea. «Io invece *credo* che tu voglia solo distrarmi dalle vere ragioni che ti spingono a starmi addosso: *credo* infatti che tu abbia bisogno di trovare qualcosa con cui farti bella con i tuoi.»

Lo sguardo di Giovanna si incendiò per un istante e mi spinse a rincarare ulteriormente la dose: «Non so, per esempio qualcosa che ti serva a riscattarti, dopo essere stata scacciata con vergogna e disonore».

Rise senza il suo solito singulto gorgogliante. «Non ho proprio bisogno di farmi bella con nessuno io.» Assorta nei suoi pensieri, si guardò il palmo della mano dal quale si era sprigionata una scintilla. «Ma sai, se non vuoi dirmi nulla tu, posso comunque chiedere direttamente a Kim. In genere le persone mi raccontano sempre ciò che voglio sapere.» La scintilla si spense. «Ciao *Matilda*. Che bel maglioncino, in tinta con i tuoi occhi.»

«Ah sì?» Matilda aveva ancora la fronte aggrottata quando si fermò davanti a noi. Poi però mi lanciò un sorriso esitante che fece ricomparire le fossette sulle guance. «Ehi!» mi salutò.

Una sensazione di calore mi inondò il cuore. «Ehi!» risposi e maledissi una volta di più la presenza di Giovanna. Senza quel diavolo incendiario intorno, sarebbe stato un momento sfacciatamente romantico. Invece dissi: «Santa Giovanna, qui, ha appena confessato di essere stata lei a seguirci ieri. E ora fa la voce grossa e ci minaccia».

«Davvero?» Matilda socchiuse gli occhi e guardò Giovanna stupita. «Allora eri tu? Come mai?»

«Vuole sapere come facciano Kim e i suoi amici ad andare nella Soglia. Crede si siano serviti di alcuni demoni che hanno evocato. A proposito di demoni, lo sapevi che si possono rinchiudere in bottiglia?» Avevo pensato di essere stato spiritoso per strappare a Matilda un altro sorriso con fossette, invece lei sembrò spaventata.

«No, ho solo detto che quella è la versione ufficiale» mi corresse Giovanna. «Ma per quanto mi riguarda, credo difetti alquanto di logica.» Il suo sguardo si posò di nuovo sui corvi. «Se davvero ci fossero in ballo i demoni, però, dovreste stare molto attenti. Il prezzo da pagare è molto alto se si avesse la sventurata idea di mettersi in affari con loro. Sono tutte creature maligne.»

«Che sciocchezza» sbottò Matilda per poi affrettarsi ad aggiungere: «Non che ne conosca, ma magari esistono anche demoni simpatici».

«Ovvio, alcuni sono addirittura molto simpatici. Soprattutto quando ti hanno preso l'anima.» Giovanna sogghignò. «Sapete? Continuerei volentieri a parlare con voi, ma credo sia meglio spostarci.» Indicò il cestino dei rifiuti. «Questo potrebbe non restare a lungo un luogo piacevole.»

«A causa dei corvi?» domandai irritato. Nel frattempo i due uccelli si erano messi a saltellare sul terreno, mentre un terzo era comparso sopra il cestino e ci stava osservando con il capo inclinato di lato. Quei pennuti appartenevano forse a Giacinto? Non era la prima volta che la fata ricorreva a loro per tenermi d'occhio e l'ultima volta ne aveva addirittura dovuto sacrificare qualcuno.

«Quelli non sono corvi, mio caro» rispose Giovanna sempre con quel suo ghigno sulle labbra. «Guardali bene. Non sono completamente neri, sulla nuca e sulle guance sono grigio chiaro e hanno gli occhi bianchi.»

In effetti aveva ragione. Notavo solo in quel momento i loro inquietanti occhi bianchi.

«Sono taccole» spiegò Giovanna. «Sanguinarie taccole norvegesi, per l'esattezza.»

«*Intendi taccole sanguinarie come... i lupi sanguinari?*» domandò Matilda dilatando le parole mentre a me era venuto un bruttissimo presentimento: la Norvegia era il paese in cui viveva Frey. Con tutto il suo esercito privato.

«Non propriamente uccelli migratori immagino» osservò Matilda deglutendo a fatica.

«*Nope!*» Giovanna si alzò. «Come già detto, meglio andarsene da qui.» Mi passò il libro. Il cortile della scuola si era di nuovo svuotato. La professoressa Kühl era appena scomparsa in direzione del parcheggio riservato ai docenti.

«Okay.» Tentai di ignorare il fastidioso formicolio alla nuca che aveva ricominciato a farsi sentire. Nel modo più disinvolto possibile ributtai *Il lupo della steppa* nello zaino e afferrai le mie stampelle. «Dai, allora, muoviamoci.»

«Il Tante-Emma-Café della Bohlstrasse serve prime colazioni tutto il giorno. Hanno persino del...» stava suggerendo Matilda ma ammutolì lasciando a metà la frase. Seguendo il suo sguardo capii perché.

***

Un'altra taccola stava volando in direzione del cortile seguita da tre tipi con andatura strascicata. Guardarli mi bastò per capire che saremmo arrivati tardi per la prima colazione.

Anzi, eravamo in ritardo anche per scappare verso la fermata del tram. Almeno io. Con quelle dannate stampelle non avrei potuto sfuggire neanche a mia nonna. Figurarsi a quei tre tizi addestrati, palestrati e che indossavano delle tute da combattimento attillate, nere e argento. Sembravano appena sbarcati da un'astronave aliena: uno di loro, il più piccolo, sfoggiava persino un passamontagna per tenere nascosta la propria identità. Il secondo era grosso e massiccio e con la sua capigliatura biondo platino da porcospino mi ricordò sgradevolmente Gudrun. Il terzo aveva i capelli scuri, ondulati e luminosi sciolti sulle spalle larghe. Non ci avevano ancora individuato, difatti si erano fermati davanti all'ingresso del cortile guardandosi attorno.

«Correte dentro la scuola, svelte» ordinai sottovoce dopo avere vagliato e scartato velocemente tutte le altre possibili vie di fuga. Stretti tra il muro di confine che avevamo alle spalle e l'edificio scolastico davanti eravamo praticamente in trappola. «Io intanto cercherò di fermarli.»

«Molto cavalleresco da parte tua» disse Giovanna beffarda. «Ma quelli sono i tirapiedi di Frey e non sono qui per te, tesoruccio. Loro vogliono *me*. Quindi faresti meglio a portare la tua bella ragazzina umana al sicuro perché la regola di quei figli del profondo nord è di non lasciare superstiti.»

Sapevo che era una reazione inopportuna in quel momento ma mi scappò lo stesso da ridere. *Figli del profondo nord*, *nessun superstite*... non erano espressioni un po' eccessive per essere vere? A rincarare la dose, ci si erano messe pure le dannate taccole che ora gracchiavano senza sosta, roche e sinistre. Ci mancava solo che la nebbia avvolgesse il cortile e il quadro fantasy sarebbe stato completo.

I figli del profondo nord si voltarono di scatto allo stridere degli uccelli e... ci videro. Erano troppo lontani perché io potessi riconoscere le loro espressioni, ma ebbi la netta sensazione che un ghigno assassino li attraversasse in viso. Poi, lenti come lupi che si avvicinano di soppiatto alla preda, si mossero verso di noi.

La risata di poco prima mi si strozzò in gola.

Matilda era già arretrata di qualche passo. «Possiamo barricarci nell'ala di scienze naturali, è la più vicina» propose con voce sorprendentemente tranquilla. Era probabile che lei, come me, avesse leggermente sottovalutato la situazione.

Senza perdere d'occhio i tre figuri, indietreggiammo anche Giovanna e io. Io in modo non troppo elegante: non mi ero mai allenato a camminare all'indietro con le stampelle e mi accorsi che non era per nulla semplice. «Se succede qualcosa a Matilda a causa tua...» dissi in tono minaccioso a Giovanna senza sapere bene come concludere la frase.

«Su, dai, non metterti a frignare ora» ribatté lei con un'irritante allegria nella voce, anche se il suo viso aveva assunto un'espressione attenta e concentrata. «Tu ti occupi dell'armadio biondo, io prendo di petto il Passamontagna da combattimento e Raperonzolo. Prima regola dei nex: se riesci a riconoscere il bianco nei loro occhi vuol dire che sei spacciato, quindi non lasciarli avvicinare troppo.»

Cercai di zoppicare più in fretta. Con l'appoggio di una parete o di una ringhiera alle spalle avrei almeno potuto utilizzare entrambe le mani, senza diventava difficile anche solo reggermi diritto in piedi.

«Sbrigatevi!» gridò Matilda che aveva già raggiunto la scalinata di ingresso al padiglione di scienze naturali. Al contrario di noi due, lei si era semplicemente voltata dandosela a gambe.

Come a un segnale convenuto i tre abbandonarono l'andatura da ricognizione e si misero a correre, quasi fossero tre automi comandati a distanza. Il mio cuore iniziò a martellare nel petto. Forse era già da un po' che picchiava così, ma non lo avevo notato. *Non lasciarli avvicinare troppo...* Invece di continuare a inciampare camminando a ritroso con le stampelle mi fermai spostando il peso da una gamba all'altra, in modo da reggere le grucce con una mano sola. Facendo roteare la mano libera riuscii a generare un'onda d'urto che tolse l'appoggio a mister armadio facendolo rovinare a terra. Bestemmiando in una lingua ignota, si rialzò in modo sorprendentemente agile, mentre Giovanna lanciava una raffica di dardi infuocati addosso agli altri due. Passamontagna si abbassò di scatto e rotolò su un fianco per schivarli, l'altro invece rimase in piedi agitando le braccia per aria. Un attimo dopo Giovanna fu inondata da un fiume d'acqua. Gli spruzzi che arrivarono fino a me erano gelidi. Giovanna rimase senza fiato per un istante. «*Merde alors!* Maledetto *Aguaner*.»

Qualsiasi cosa fosse un Aguaner… il getto d'aria che gli scagliai addosso quasi senza riflettere lo fece barcollare. Ma anche lui si riprese subito e ricominciò ad avanzare verso di noi. Prima che potesse mulinare ancora le braccia per aria gli soffiai addosso una ventata degna di una tempesta che lo buttò a terra mentre con una folata più ampia e costante tentai di tenere sotto scacco anche Passamontagna e Armadio. Insieme a una Giovanna completamente fradicia mi diedi poi alla fuga.

«Veloci!» Matilda ci stava tenendo spalancata la pesante porta che conduceva ai laboratori di scienze naturali. Non appena la oltrepassammo la chiuse in modo energico con il chiavistello. Per maggiore sicurezza bloccò il chiavistello con un cuneo di metallo che inserì a pedate. Appena in tempo, perché nello stesso istante sentimmo qualcuno rovinare contro la porta. Attraverso la finestrella di ispezione scorgemmo Mephisto massaggiarsi la spalla.

Mi appoggiai senza fiato alla parete. E adesso?

«Non posso crederci!» Per i suoi canoni, Giovanna sembrava davvero fuori di sé. «Ero quasi offesa che avessero mandato solo tre persone a liquidarmi e invece mi hanno messo alle calcagna anche quello stronzo di un Aguaner.» Si strizzò l'acqua dai capelli. Attorno ai suoi stivali si formò una pozzanghera. «Erano almeno trecento anni che non ne vedevo più uno.»

Che fossimo finiti nei guai per colpa sua non la sfiorava nemmeno né si accorse degli sguardi infuriati che le stavo lanciando da un po'.

«Là fuori confabulano.» Matilda stava ancora spiando dalla finestrella della porta. Batteva leggermente i denti nel parlare. «Non so quanto possa reggere il chiavistello. E poi ci sono altri ingressi. Dio, sembra uno di quegli incubi in cui vedi i ladri aggirarsi attorno a casa e da dentro sbarri tutte le porte e ci spingi contro i mobili, per poi accorgerti di avere dimenticato aperta una finestra... E quelle stramaledette taccole... Avete visto il film *Gli uccelli*?»

Sì! «Vedrai che andrà tutto bene» tentai di rassicurare lei e anche un pochino me stesso. Perché l'avevo di nuovo messa in pericolo, accidenti a me! «Quella del cuneo per bloccare la porta è stata un'ottima idea. Magari possiamo fare lo stesso anche con gli altri ingressi. E forse dovremmo...» Già, che cosa avremmo dovuto fare? Nasconderci? Chiamare i soccorsi? Gridare *aiuto*? Merda, davvero non avevo lo straccio di un piano. Matilda smise di battere i denti e timidamente mi sorrise. Le sorrisi a mia volta e per un paio di secondi mi sentii meglio. Non avrei mai permesso che le accadesse nulla di male, lo avrei impedito a ogni costo, fosse anche l'ultima cosa della mia vita.

«Ma quell'Aquaman ti ha tolto... voglio dire, riesci ancora ad accendere il tuo fuoco?» domandai rivolto a Giovanna.

«Certo» rispose e nel palmo della mano fece brillare una scintilla. «Però lui può spegnerlo quando vuole. Un Aguaner non solo è in grado di cambiare la natura degli elementi, ma è un essere misto, un ibrido vietato, che nemmeno dovrebbe esistere. Ma è tipico di Frey fregarsene delle leggi, anche quando le ha istituite lui. Anche Passamontagna ha qualcosa di strano comunque... in realtà avrebbe dovuto trasformarsi in una torcia vivente.»

«Dipende dal tessuto» disse qualcuno dall'esterno e Matilda, con un grido soffocato, fece un salto indietro dallo spavento. Nella luce della finestrella era apparso un viso semicoperto dal passamontagna. Solo gli occhi si vedevano bene, erano grigio chiaro e ci stavano fissando spalancati in modo innaturale da oltre il vetro. Così, senza palpebre e sbarrati, fissi e inespressivi assomigliavano a quelli di uno squalo. «Ci è voluto un po', ma ora è perfettamente conforme alle norme antincendio europee numero 659 e 469. O forse *472*, non mi ricordo.» Rise. La sua voce ci arrivava chiara anche se attutita dal passamontagna e dal vetro. «Abbiamo pensato che per Giovanna d'Arco, la tanto famosa quanto famigerata nex, avremmo dovuto essere ben attrezzati. È stata una piccola sorpresa per noi vedere che hai ingaggiato un trasmutatore d'aria come guardia del corpo. Seppure un modello difettato... Senza stampelle non ce n'erano più?» Ridacchiò di nuovo mentre Giovanna emise un gorgoglio sommesso, simile a quello che faceva Campanellino quando lo carezzavo sotto la zampina. Intanto Passamontagna non la smetteva più di parlare. «Che Kjell-Sigge sia un Aguaner mi sembra tu l'abbia capito ormai, no? Per Odino, mi sono quasi pisciato sotto dal ridere quando ti ha spento. Mi spiace non avere un video di te che sembri una gallina affogata nel brodo. Davvero, da sbellicarsi.»

«Be', allora vorrà dire che dovrò sistemarvi con *questo*.» La mano di Giovanna si catapultò in avanti premendo con forza contro il vetro un pugnale dall'aspetto antico. Da dove l'avesse preso così velocemente era un mistero. «Così, mi diverto pure di più» continuò con la sua voce squillante da ragazzina. «La carne bruciata puzza in modo immondo e le urla di dolore sono fastidiose. Con questo invece...» – esibì il coltello muovendolo avanti e indietro vicino al vetro – «... con questo le urla si placano subito.» Una cosa bisognava ammetterla: in fatto di guerra psicologica Giovanna sapeva il fatto suo.

Passamontagna però non si lasciò scomporre e continuò a sghignazzare imperterrito. I suoi occhi non avevano avuto alcun guizzo di spavento davanti allo stiletto di Giovanna. Probabilmente avevano frequentato lo stesso corso di psicologia del terrore in guerra. «Come sei dolce» disse. «Pensa che stavo per proporti la stessa cosa: una morte veloce e clemente per te e per i tuoi amici nel caso voleste arrendervi subito.»

Matilda aveva ricominciato a battere i denti e io non sapevo chi odiare di più: se Passamontagna che la spaventava oppure Giovanna che ci aveva coinvolto in questa sfida mortale.

«Invece mi stai facendo venire voglia di tirarla un po' più per le lunghe» riprese Passamontagna avvicinando ancora di più la sua faccia mascherata alla finestrella. «E poi pensa che destino beffardo, cara Giovanna d'Arco: disturbata dalle tue stesse urla mentre tiri le cuoia.» Sogghignò di gusto. «E quando finalmente ti sarai dissolta nel nulla mi legherò il tuo bel pugnale in vita e passerò il resto della mia esistenza a chiedermi da chi mai io l'abbia ereditato...»

Di colpo, mi venne il sospetto che il suo sadico interloquire non avesse come scopo il logoramento psicologico ma che avesse piuttosto l'intento di trattenerci lì. Insomma, che fosse una manovra diversiva a tutti gli effetti. «Riesci a vedere gli altri due?» domandai preoccupato a Giovanna. Non ci fu bisogno che mi rispondesse perché dall'alto, sopra le nostre teste, udimmo infrangersi un vetro.

«La scala antincendio!» Guardai in alto. Mentre Giovanna battibeccava con Passamontagna, i compari di lui avevano aggirato l'edificio e avevano trovato l'uscita di emergenza della scala antincendio al primo piano. Merda!

«C'è un'uscita secondaria che ci porti fuori di qui?» domandò Giovanna brandendo lo stiletto. «Se siete veloci, forse potete...»

«Dobbiamo raggiungere l'aula di chimica, quella più piccola!» la interruppe Matilda sempre battendo i denti. «Tutti e tre! Mi è venuta un'idea. Ma prima...» Diede un pugno sul vetro che proteggeva il pulsante da parete dell'allarme.

Certo! Come avevamo fatto a non pensarci prima?

«Matilda, sei un genio!» L'allarme antincendio era collegato direttamente con i vigili del fuoco che sarebbero arrivati in pochi minuti. Lo sapevo per certo perché tempo prima Lasse aveva azionato l'allarme per una scommessa persa contro Gereon Meyer. I suoi genitori gli rinfacciavano ancora che l'intervento a vuoto dei vigili del fuoco era costato un occhio della testa. Per rompere il vetro occorreva una discreta forza, Lasse all'epoca non ce l'aveva fatta al primo tentativo. E le mani di Matilda tremavano troppo in quel momento per assestare il colpo decisivo.

«Lascia fare a me» dissi sollevando una stampella. Avevo in mente di usarla come una mazza ma dal piano di sopra sentimmo già i primi passi. Erano passi pesanti, probabilmente quelli dell'armadio biondo. «Fai strada a Giovanna, svelta. Lei non conosce ancora la scuola.»

«Ma...» obiettò Matilda.

«Io arrivo subito!» la rassicurai e mentre loro correvano io assestai un colpo secco con la stampella sul vetro mandandolo in frantumi. Poi mi piegai in avanti per schiacciare il pulsante d'allarme. La sirena elettronica scattò assordante, coprendo ogni altro rumore.

Quando mi voltai sapevo benissimo che avrei trovato mister Armadio che scendeva le scale, perché il formicolio che percepivo alla nuca ormai era fortissimo. Dietro di lui stava scendendo di gran carriera anche Aquaman, con i capelli mossi dall'aria che spostava. La sua fronte, vista da così vicino, era ricoperta di scaglie di pesce. In pochi minuti sarebbe arrivato anche Passamontagna.

Non ci pensai due volte e lanciai un'onda d'urto violentissima contro di loro. Volando ritornarono su per le scale, fin quasi al primo piano da dove erano appena scesi. Poi ripresi in mano le stampelle che avevo fatto cadere e saltellai il più in fretta possibile nella direzione in cui Matilda e Giovanna erano scomparse. Il baccano dell'allarme mi impediva di sentire che cosa stesse succedendo alle mie spalle e di capire se si erano rotti almeno qualche osso. Mi aspettavo da un momento all'altro di venire travolto da una cascata d'acqua o di essere afferrato dall'enorme manaccia di mister Armadio, invece approdai incolume nell'aula piccola di chimica, dove mi chiusi in fretta la porta alle spalle. Giovanna incastrò subito una sedia sotto la maniglia per bloccarla.

«Dov'è Matilda?» domandai. Dovetti urlare per sovrastare il fracasso assordante della sirena e per farmi capire.

Giovanna mi fece un cenno alle sue spalle mentre addossava un'altra sedia alla maniglia. «Queste non terranno a lungo» gridò.

Con il capo Matilda ci fece segno di seguirla nel deposito che collegava l'aula di chimica piccola a quella più grande. Aveva le braccia ingombre di sacchetti pieni di piastrine minuscole e biancastre che subito distribuì a me e a Giovanna. In parte urlando e in parte facendosi capire a gesti ci ordinò di sistemare quella roba sul pavimento, lungo la soglia della porta che collegava il deposito all'aula grande di chimica.

Evidentemente il suo piano non era solo quello di nasconderci nell'aula grande mentre i tre inseguitori ci credevano ancora nell'altra. Intanto che eseguivo gli ordini e riversavo le piastrine – che sembravano fatte di cera – sul pavimento, gettai uno sguardo all'orologio da parete. I pompieri erano certamente già per strada, così come il bidello Meller del resto.

Le sedie che Giovanna aveva incastrato sotto la maniglia della porta iniziarono a vacillare. I nostri inseguitori evidentemente le stavano prendendo a spallate, anche se i tonfi erano soffocati dal gran casino che faceva l'allarme.

Matilda buttò un paio di fogli appallottolati sui mucchietti di piastrine di cera che Giovanna e io avevamo messo sulla soglia tra il deposito e l'aula grande e li imbevve di un liquido trasparente.

«Accendili!» ordinò poi a Giovanna urlando. E aggiunse qualcosa come «Paraffina!»

«Come?» gridò Giovanna di rimando.

«Ac-cen-di-li!» ripeté Matilda indicando i fogli impregnati.

Giovanna sollevò un sopracciglio ma, obbediente, indirizzò qualche scintilla verso i fogli sul pavimento incendiandoli. Le fiammelle vivaci iniziarono a passare di foglio in foglio percorrendo tutta la lunghezza della soglia. Dapprima si mantennero basse, solo qualche centimetro, poi, non appena si sciolsero le piastrine di cera, le lingue di fuoco si fecero leggermente più alte, senza però superare l'altezza delle caviglie. La carta si era ormai del tutto consumata e il suo breve spettacolo pirotecnico sembrava tristemente finito in cenere senza dare grandi emozioni.

Giovanna sollevò pure il secondo sopracciglio: si vedeva lontano un miglio che confidava poco nell'efficacia di quel fuocherello stitico... e anch'io per una volta mi sentii di darle ragione. Non occorreva essere un lanciatore d'acqua, o come cavolo si chiamava quel tizio, o indossare tute ignifughe per superare quel simpatico fuocherello fatuo... bastava scavalcarlo con un saltello.

Giovanna urlò qualcosa di cui capii solo *fiamma chiara*. Della risposta di Matilda invece non colsi nulla, sempre per via del perdurante ululato elettronico della sirena. Però Matilda si era messa a scuotere la testa con veemenza e ad agitare energicamente le mani per aria. Evidentemente voleva che ci arrampicassimo dalla finestra dell'aula grande per uscire di lì. E con una certa fretta.

Visto che non ci muovevamo ritornò verso di noi per trascinarci via. La lasciai fare con una certa riluttanza. Davvero pensava che quel misero fuochino sarebbe bastato a darci un vantaggio sui nostri tre inseguitori?

Matilda continuava a parlare cercando di convincerci di qualcosa che non capivo a causa del fracasso. Le uniche parole che mi sembrò di afferrare furono nell'ordine, *duri di comprendonio*, *stipendio da patatina* e *sesso di posizione*, ma ero piuttosto sicuro di avere frainteso.

Nell'aula piccola la porta si spalancò, le due sedie vennero scaraventate di lato e Passamontagna fece il suo ingresso nel deposito, seguito a ruota da Aquaman e da mister Armadio biondo. Fui sollevato nel vederli insieme, temevo che avessero capito che l'aula grande e l'aula piccola erano collegate e che avrebbero potuto attaccarci su due fronti. A quanto pare però non ci erano ancora arrivati.

Quando ci sorpresero dietro quella sottile linea di fuoco iniziarono a ridere. Probabilmente avrei fatto lo stesso se fossi stato al loro posto – la nostra barriera incendiaria non incuteva davvero alcun timore. Quindi si avvicinarono lentamente al fuoco sciorinando insulti nei nostri confronti che noi non potevamo sentire ma facilmente intuire. A giudicare dalle espressioni di scherno sui loro visi e dai loro gesti eloquenti stavano offendendo le nostre abilità di piromani e la nostra intelligenza in generale. Inoltre sembravano volerci informare sulle terribili modalità della nostra morte imminente. Per un attimo pensai a come tramortire tutti e tre colpendoli con l'enorme tavola periodica appesa alla parete e dall'espressione di Giovanna capii che anche a lei era tornata una discreta voglia omicida.

Matilda però ci afferrò bruscamente per le braccia e ci strattonò tanto energicamente in direzione dell'aula grande che non potemmo fare altro che seguirla, dando le spalle ai nostri inseguitori. Matilda mi tirava in modo così deciso che a stento riuscivo a tenere dritte le stampelle.

Da sopra la spalla feci appena in tempo a vedere il gesto noncurante con cui Aquaman si accingeva, su ordine di Passamontagna, a spegnere il fuoco con un getto d'acqua. E in quell'esatto momento compresi anch'io ciò che Matilda aveva tanto sperato. Dai meandri della memoria riaffiorò vaga la nozione per cui un olio infuocato non si deve mai, mai e poi mai, in nessun caso, e per niente al mondo, spegnere utilizzando l'acqua. All'istante mi tornarono in mente le parole pronunciate poco prima da Matilda: non *stipendio da patatina* e *sesso di posizione* bensì *incendio da paraffina* ed *esplosione*. A giudicare dal ghigno di autocompiacimento di Aquaman mentre lanciava l'acqua, mi resi conto che quel poveretto aveva bigiato molte più lezioni di chimica di me. Infatti, invece di spegnersi con un miserabile sibilo, a contatto dell'acqua il fuochino si trasformò immediatamente in un vero inferno. L'aria letteralmente trasformandosi esplose in una palla di fuoco e fulmini e saette raggiunsero come dardi persino il soffitto della stanza.

La porta dietro di noi si chiuse con un botto.

M
Matilda

Lasciai la manica di Giovanna e di Quinn solo dopo che ci fummo inoltrati nella folta vegetazione dietro i cassonetti, fermandoci in un varco tra un lauroceraso e un cipresso. L'allarme elettronico lì non era più così assordante, in compenso si sentivano le sirene dei mezzi dei vigili del fuoco che in quel momento stavano raggiungendo il cortile della scuola passando sull'altro lato dell'edificio. La finestra che avevamo scavalcato era spalancata, quindi era solo questione di tempo prima che qualcuno la notasse e arrivasse alla conclusione che eravamo fuggiti da lì. Dal cortile si vedevano sicuramente già il fumo e le fiamme che uscivano dal laboratorio di chimica. Inoltre avevamo bloccato la porta con la nostra zeppa e questo non facilitava certo le cose a chi doveva entrare.

«Accucciatevi» ordinai, mentre mi voltavo per controllare se fossimo visibili dalla scala antincendio. In cima infatti erano già spuntati come previsto i figli del Nord, per primo quello con il passamontagna, subito seguito dagli altri due. Si precipitarono giù dalle scale e per un attimo temetti che anche loro volessero gettarsi tra i cespugli, invece imboccarono il viottolo pedonale verso Klarastrasse, lo stesso che avevo previsto anche per noi una volta che se ne fossero andati.

Fortunatamente quei tipacci sembravano illesi, stavano addirittura sghignazzando e parlavano in una lingua che doveva essere norvegese. Ma quando passarono di corsa davanti ai cassonetti, senza gettare neppure uno sguardo dalla nostra parte, mi accorsi con una certa soddisfazione che non avevano superato del tutto indenni il fuoco. Quello grosso e tarchiato aveva la faccia sporca di fuliggine, e Aquaman aveva la criniera scintillante tutta bruciacchiata. Gli erano rimasti in testa solo dei ciuffi sparsi qua e là.

«Allora, chi è che assomiglia a una gallina fradicia adesso, Kjell-Sigge? A me sembra più un pollo allo spiedo» gli mormorò dietro Giovanna con gioia maligna.

Quando le taccole sorvolarono l'edificio, ci rannicchiammo ancora di più al sicuro in mezzo alla vegetazione. Tirai un sospiro di sollievo quando si allontanarono.

Era finita. Ce l'avevamo fatta.

«Non sarebbe il caso di svignarcela?» domandò Quinn. Nel frattempo l'allarme antincendio si era spento. «Ci mancherebbe solo che ci prendessero per gli incendiari.» Fece un sorriso storto.

E fu allora che me ne resi conto.

Col cavolo che era finita. Oddio.

Tornai a inginocchiarmi sotto i cespugli, stavolta perché avevo le ginocchia molli. Ero un'incendiaria. Avevo... avevo dato fuoco alla nostra scuola! Di colpo la bocca mi si seccò al punto che non riuscii più a spiccicare parola.

«Sì, sarà meglio sparire» disse allegramente Giovanna. «Tra poco qui si riempirà di pompieri e poliziotti.»

Ecco, a ben vedere era stata lei a incendiare la scuola. Però ero stata io a ordinarglielo. Perché avevo pensato che quel tizio d'acqua avrebbe istintivamente spento il fuoco. Cosa che aveva fatto, e poi... wow! Era andata meglio di quanto avessi osato sperare. Il calore sprigionato dall'esplosione ci aveva solo lambito. Potevamo ritenerci fortunati che la porta non fosse stata scardinata.

Vedendo che non mi muovevo, Quinn mi prese per un braccio. «Forza, Matilda, andiamo. Prima che arrivi Meller e ci infilzi con la sua pinza.»

Come un automa seguii lui e Giovanna fuori dalla vegetazione, lungo il passaggio pedonale fino alla strada. Solo arrivati qui, mentre loro due scrutavano intorno a noi con grande scrupolo, mi tornò in mente che i nostri tre aggressori potessero essere appostati da qualche parte. Ma non c'era traccia né di loro né delle loro taccole. Ero così frastornata che non riuscii neppure a sentirmi adeguatamente sollevata.

Percorremmo in silenzio qualche metro di marciapiede, finché il tremito delle mie gambe si fece così forte che mi dovetti sedere sulla panchina della fermata di un autobus.

Quinn si mise accanto a me. «Tutto a posto?» chiese preoccupato.

Non ne ero troppo sicura. Mi veniva da vomitare. Nella mia testa si rincorrevano in rapida successione diverse scene: la polizia che suonava a casa nostra e mi trascinava via in manette. Mia madre che doveva essere sostenuta da mio padre e mia sorella. Matías, che si faceva il segno della croce. Zia Bernadette che rilasciava un'intervista in diretta e mostrava foto di me bambina, Leopoldo, che suonava con l'oboe «Fuoco divino, sacra fiamma», la professoressa Kühl che si dichiarava incline, date le circostanze, a trasformare il mio otto meno in un sette più.

«È stato... spassoso» dichiarò Giovanna interrompendo il mio film dell'orrore immaginario e rimettendo il pugnale al suo posto nella gamba dello stivale. Mi accorsi in quel momento che anche lei aveva tracce di fuliggine sulle guance.

«Spassoso?» ripeté Quinn trattenendo a stento la collera. «Per colpa tua abbiamo rischiato di essere uccisi.» Indicò verso di me. «Guarda che cosa hai combinato!»

Giovanna alzò gli occhi al cielo. «Ma certo, dai pure la colpa a me, piccolo discendente, tanto ci sono abituata. Comunque non sono *io* quella che spedisce in giro commando di killer, di questo devi lamentarti con Frey. E comunque non capisco perché ti agiti tanto. Dio solo sa se qualcuno rimpiangerà questo orrendo edificio, e a Matilda non è stato torto nemmeno un capello.» Mi scrutò inclinando la testa. «D'accordo, è un tantino pallida e trema come una foglia, ma prima se l'è cavata alla grande.» Con un sorriso ammirato aggiunse «Sul serio! Sei piena di sorprese, ragazza umana. Sappi che prima probabilmente ci hai salvato il culo là dentro.»

«È stato un piacere, figurati» risposi, anche se il tono non fu sarcastico come avrei voluto a causa dei denti che continuavano a battermi furiosamente.

Quinn mi prese per mano. «Stai meglio?» s'informò premuroso. «Un attimo fa sembrava che stessi...»

«Sto bene» balbettai, sebbene avessi ancora lo stomaco sottosopra. Maledettamente sottosopra. «Secondo voi quelli se ne sono andati?» Deglutii cercando di scacciare le immagini che tentavano di formare una nuova scena nella mia testa, vale a dire di tre killer dell'aldilà che suonavano alla nostra porta al posto della polizia... «Torneranno di sicuro. Voglio dire, i figli del Nord, nessun superstite e compagnia bella.»

«Non preoccuparti, di quelli mi occupo io» disse Giovanna. «Voglio dire quattro paroline a un paio di persone. E subito.» Ci rivolse un sorriso. «Per questo mi spiace, ma dobbiamo rimandare la nostra conversazione.»

«Scordatelo» ringhiò Quinn senza degnarla neppure di uno sguardo. «In futuro stai alla larga da noi!»

Giovanna sospirò. «Non riesco proprio a capire che cosa ci trovi in lui, Matilda. È così... permaloso e guastafeste. Però immagino che baci bene?» Mi fece l'occhiolino. «Come che sia, ci vediamo!» Con un gesto teatrale si gettò i lunghi capelli dietro le spalle e si allontanò con passo felpato.

Mentre la guardavo battendo i denti, arrivò un autobus della linea 136 e, senza aprire bocca, Quinn e io ci alzammo contemporaneamente e salimmo a bordo. In seguito nessuno avrebbe saputo dire perché lo avessimo fatto, solo che al momento ci era sembrata una buona idea.

E in effetti lo fu, perché proprio mentre il 136 ripartiva, un'auto della polizia spuntò in fondo alla strada. Superò lentamente la fermata e infine si fermò all'imbocco del sentiero pedonale. Se fosse arrivata giusto qualche minuto prima, ci avrebbe beccato.

***

Nessuno dei due era mai salito sulla linea 136, ma quando Quinn mi trascinò giù dall'autobus dopo cinque fermate, mi accorsi che eravamo finiti sul retro del cimitero, a poca distanza da casa di Julie. Una parte di me sarebbe voluta correre da quella parte, perché quando c'erano problemi zia Berenike era la persona più adatta con la quale sfogarsi. Era comprensiva e aveva sempre pronto un aneddoto della sua gioventù in cui si era trovata in difficoltà sicuramente maggiori delle mie. «E come vedi, sono ancora qui, tesoro» concludeva sorridendo. «A tutto si trova una soluzione.»

Sì. Forse. A parte quando avevi ridotto in cenere la scuola. Nemmeno zia Berenike era arrivata a tanto nella sua sfrenata gioventù. E come diavolo sarei riuscita a spiegarlo a lei e a Julie? Che qualcuno aveva sguinzagliato un commando di assassini contro la nostra nuova compagna di scuola, Santa Giovanna, e io ero stata costretta ad appiccare il fuoco perché altrimenti saremmo stati annientati da tre macchine da guerra norvegesi con forze sovrumane? Ah, già, per non parlare delle taccole sanguinarie. Se non altro quelle si limitavano a gracchiare.

«Comunque c'è una cosa in cui devo dare ragione a Giovanna» disse Quinn mentre spingeva il cancello del cimitero. «Prima ci hai salvato la vita. Non riesco a capacitarmi di quanto sei stata supertosta.»

«L'accento è su *prima*» replicai. Decisamente il mio corpo non era fatto per le emozioni forti, infatti scatenava gli ormoni dello stress chiaramente *dopo* l'emozione, con tanto di sintomi collaterali. Avevo ancora le gambe molli come gelatina e lo stomaco contratto. Durante il tragitto in autobus mi ero dedicata con tutta me stessa all'impresa di non vomitare. Quinn aveva cercato di distrarmi, raccontandomi che cosa aveva scoperto la notte precedente su Frey, l'origine della profezia e la forza del ricordo, ma lo shock di essere una piromane si era impossessato completamente di me impedendomi di pensare con lucidità. In circostanze normali avrei assorbito come una spugna ogni minima informazione, cercando di dare un senso al grande tutto. Era importante non perdere la visione d'insieme, per questo quel giorno mi ero riproposta di parlare per prima cosa con Quinn di Bax, delle porte di sogno umane e del Sottosuolo, e ovviamente anche del video di Pandinus. Poi però erano spuntati Giovanna e quei tre sicari e avevano mandato all'aria i miei piani, con il risultato che l'unica cosa a cui riuscivo a pensare era «per favore, non vomitare!» oltre a «nell'assicurazione RCA dei miei genitori è compreso anche l'intervento dei vigili del fuoco?»

Quinn schivò una pozzanghera poi si lanciò in un ulteriore tentativo di farmi parlare, mentre io ripassavo mentalmente tutte le polizze assicurative dei miei genitori. «Quell'Einstein – Eric – mi ha già scritto tre messaggi, anche a te? Non so come si siano procurati il mio numero di cellulare, ma ci tengono davvero un casino che collaboriamo con loro. La domanda è...»

«... se una normale polizza di tutela giudiziaria rimborsi anche il costo di un avvocato penalista» conclusi la sua frase.

Quinn mi scoccò un'occhiata di lato a metà tra il divertito e il preoccupato.

«Scusa, ma non riesco a pensare ad altro» dissi. L'agitazione mi rendeva vigile e insieme stanca morta, come se neppure il mio corpo sapesse se preferiva scappare via o raggomitolarsi per terra.

La notte precedente mi ero addormentata con emozioni contrastanti, da una parte ero stata sollevata che Quinn si fosse finalmente fatto vivo e addirittura scusato, dall'altra mi sentivo in colpa perché avevo continuato a guardare il video senza di lui. Ed ero stata turbata da tutto quello che Bax mi aveva raccontato dei sogni e delle possibilità a essi collegate. Prima di addormentarmi mi ero immaginata di passeggiare per le strade della Soglia, se ciò che aveva detto il piccolo doccione fosse stato vero. Poi però avevo fatto di nuovo sogni ingarbugliati, che non comprendevano né Bax né una porta. Forse la questione non era così semplice come dichiarato da Bax. Oppure era un'invenzione bell'e buona.

Al contrario il fuoco era reale.

«Non so come abbia potuto fare una cosa del genere.» Mentre i piedi seguivano automaticamente il consueto percorso dentro il cimitero, il film nella mia testa continuava a propinarmi imperterrito scene dell'orrore. «Voglio dire... avrebbe potuto esserci anche qualcun altro nell'edificio.» La nostra classe era quella che usciva per ultima, ma forse l'impresa di pulizie aveva già iniziato al pianterreno, o magari uno studente si era fatto rinchiudere di proposito nel laboratorio di scienze per rubare uno scheletro, erano molto richiesti per le feste di Halloween. E se...

«Ora smettila di tormentarti così, Matilda» disse Quinn. Sull'autobus mi aveva tenuto la mano, ma per camminare gli servivano tutt'e due per reggere le stampelle. Non sembrava trafelato, ma aveva l'aria sfinita anche lui. «Nessuno si è fatto male. È stata legittima difesa, e i pompieri di sicuro hanno già spento l'incendio.»

«Prima di tutto non lo puoi sapere e secondo... Oddio, se si scopre che sono stata io, finirò in prigione?»

«Senza dubbio. Nel braccio di massima sicurezza, super mente criminale.» Quinn mi sorrise di sottecchi. «Io però verrò a trovarti tutti i fine settimana e ti porterò limette per le unghie nascoste dentro il sapone.»

«Non fa ridere» mormorai. Stavamo passando accanto alla tomba del poeta popolare Clavigo Berg e al mausoleo della famiglia König. La statua di bronzo era immobile sul suo piedistallo, con una mano sul cuore. Un merlo era appollaiato sul suo cilindro e cinguettava appassionatamente a una merla in un cespuglio a qualche metro da lì. Sicuramente Clavigo ci avrebbe scritto una poesia, mi sembrava già di sentirlo declamare: «Canta il merlo con somma adorazione... E Matilda purtroppo deve andare in prigione».

Accidenti.

«Sul serio, Matilda, nessuno verrà mai a scoprirlo» disse Quinn fatti pochi metri. «Ciò che conta è che siamo ancora vivi! Sicuramente la scuola è assicurata contro gli incendi, è tutto a posto. Quello che ti serve adesso è, ehm, una tazza di tè con dei biscotti.» Il suo sorriso si allargò. «In realtà ci vorrebbe un brodo di pollo, ma non posso prepartelo su due piedi.»

«Tè e biscotti... suona celestiale» sospirai. Forse aveva ragione lui. Dopo lo yogurt di soia a colazione non avevo più mangiato niente e dovevo essere in debito di zuccheri.

Prima di arrivare al cancello della Alten Friedhofstrasse fui presa da altri ripensamenti. «Ecco. Non so se posso venire con te... ehm... perché... i tuoi genitori...» Non ero proprio nello stato d'animo più adatto per affrontare un incontro con i suoi genitori; in fondo ero riuscita a scansarli con successo per diverse settimane.

«Di mercoledì lavorano entrambi alla casa editrice» mi disse Quinn. «Fanno sempre tardi, tanto che la sera passano a prendere del cibo orientale perché non hanno tempo di cucinare.»

Così andava sicuramente meglio. A questo punto sarebbe stato sufficiente arrivare a casa di Quinn senza che qualcuno della *mia* famiglia ci vedesse.

Accelerammo il passo spontaneamente passando davanti a casa mia per imboccare il vialetto dei von Arensburg. Mi aspettavo che da un momento all'altro una finestra si aprisse o che Leopold sbucasse come un pupazzo a molla chiedendo «Dove andate?»

Ma la fortuna era dalla nostra parte. Quando Quinn richiuse la porta di casa alle nostre spalle, tirai un sospiro di sollievo. Avrei pensato in seguito a come tornare a casa senza farmi vedere.

La sedia a rotelle, chiusa per occupare meno spazio, era sempre in corridoio. Vedendola provai una stretta al cuore. Anche se sembrava passata un'eternità, non era trascorso poi tanto tempo da quando ci avevo portato in giro Quinn. Era iniziato tutto con una gita al cimitero, e da quella stessa sedia Quinn mi aveva dato il benservito...

Lui intanto era già entrato nella spaziosa cucina. Conoscevo la stanza solo dagli scorci che ne vedevo dalla finestra, le ante degli armadietti color crema, le pareti verde menta, le mattonelle colorate sopra il lavandino. Era emozionante riuscire a vedere tutto da vicino e per intero. Davanti a una delle grandi finestre era collocato un divano pieno di cuscini, poi c'erano un tavolo da pranzo di legno con intorno sei sedie di colori diversi, un lampadario con paralumi colorati e sopra un'alta credenza con tanti cassettini un mazzo di squillanti tulipani gialli con accanto un vassoio pieno di frutta. Sui davanzali erano allineati vasi di ceramica a pois con erbe aromatiche e sul muro di fronte al tavolo da pranzo era appeso il quadro di un fenicottero dall'espressione altezzosa con una collana di perle che fumava un cigarillo e vicino un orologio che al posto dei numeri aveva degli uccelli dipinti. Al di sotto, su una tavoletta di legno consumata c'era scritto «Il vino non dà tutte le risposte, ma se non altro serve a dimenticare le domande per un po'».

Quinn riempì un bollitore rosa cipria. «So che qui dentro sembra esploso un arcobaleno. I miei genitori continuano a portare a casa roba dai mercatini che poi dipingono di tutti i colori.»

«A me piace.» E di sicuro era un ambiente molto più allegro e accogliente di casa nostra, dove tutto era funzionale.

Quinn svuotò un pacchetto di biscotti al cioccolato in una scodella di ceramica a pallini e me ne porse uno. «Posso anche farti un panino con burro e marmellata.»

«Queschti vanno benisscimo» biascicai a bocca piena infilando una mano nello zaino per cercare il cellulare. Forse in rete c'era già qualche notizia sull'incendio. Però non osavo googlare «incendio» e «liceo Lessing» per paura che in seguito potesse essere usato come prova contro di me. Se mi avessero sequestrato il telefono. Le mani ricominciarono a tremarmi e appoggiai il cellulare sul tavolo per prendere un altro biscotto.

«Finocchio o menta?» Quinn mi mostrò due bustine. «O qualcos'altro?»

«Menta» risposi sottovoce guardandolo mettere le bustine in due tazze di ceramica fatte a mano e versarci sopra l'acqua bollente. «Non oso controllare che cosa dicono dell'incendio. Secondo te ne parla anche la radio?»

«Dipende.» Quinn tirò fuori il cellulare dalla tasca dei calzoni. Digitò il PIN e scorse lo schermo per qualche secondo prima che la sua espressione si illuminasse. «A che serve la radio quando c'è la chat della scuola? Si stanno già scatenando.» Mi sorrise. «Pronta?»

Annuii titubante.

«Dunque, Jannik Abels scrive...»

«Jannik Abels non è una fonte attendibile» lo interruppi subito. «È stato il primo che dopo il tuo incidente ha sparso la voce che avevi perso un orecchio.»

«Però abita di fronte alla scuola» obiettò Quinn. «E sogna di diventare reporter. È corso subito fuori appena ha sentito le sirene dei pompieri e ha girato dei video cercando di intervistare i vigili del fuoco.» Continuò a leggere. «Ovviamente gli hanno detto di no ma... Oh.»

«Oh, cosa?» domandai allarmata, cacciandomi in bocca un altro biscotto.

«Pare che ci siano le immagini di una telecamera di sorveglianza...»

Cosa? E da quando nella nostra scuola c'erano telecamere di sorveglianza? Mi aggrappai alla spalliera di una sedia. Adesso sì che eravamo nei guai.

«Jannik è in diretta con il custode Meller.» Quinn alzò il volume. «Ecco.» Mi piazzò in mano il cellulare e tolse le bustine di tè dalle tazze per gettarle nel lavandino.

«Merdina-Me... ehm, il custode Meller ha appena fornito alla polizia gli indizi decisivi sui colpevoli, non è così, signor Meller?» Jannik non era inquadrato, l'obiettivo era puntato sul viso intimidatorio del custode. Bisognava riconoscere che per i suoi standard aveva un'espressione piuttosto euforica, sì, quasi allegra. «Ci può confermare che grazie alla sua testimonianza le autorità ora ricercano tre intrusi vestiti di nero?»

Cosa? Fissai lo schermo allibita.

Meller annuì. «Sissignore, grazie a me, Dirk Markus Meller, si conosce l'aspetto di quelle persone. Teppisti armati e pericolosi. Uno di loro portava un passamontagna. Ci sono immagini che li mostrano sulla scala antincendio mentre rompono un vetro. E più tardi si vede che escono. La polizia e io... ecco, dobbiamo ancora scoprire che cosa hanno rubato. Credo che cercassero materiali per realizzare una bomba. È chiaro che hanno appiccato il fuoco per cancellare le loro tracce.»

«Non c'è proprio niente di chiaro.» La figura rotondetta del nostro preside, il dottor Yilmaz, spuntò di lato nell'inquadratura. «La smetta di darsi tante arie, Meller. E non si spacci per eroe. Sono esterrefatto di come abbia potuto installare telecamere nella mia scuola senza autorizzazione.»

«Solo una telecamera» si difese Meller. «Ed è all'esterno, non all'interno. L'ho pagata io stesso! Le avevo raccontato delle tante cacche di scoiattolo, dicendole che quella vegana militante della Kühl che si è autoproclamata responsabile della protezione animali dà da mangiare a quelle bestiole sulla scala antincendio. Lei però non ha voluto starmi a sentire.»

«E non lo farò nemmeno adesso» tuonò il dottor Yilmaz. «Lei è il custode, non un detective, per la miseria. E dar da mangiare agli scoiattoli non è un reato.»

«Non lo direbbe se dovesse essere lei a ripulire le cacche» obiettò Meller, per niente intimidito. «Dovrebbe essere contento! Se non avessi installato la telecamera, ora non sapremmo che sono stati quei teppisti. La polizia è rimasta molto soddisfatta della qualità delle immagini. Ho scelto un modello piuttosto caro, sa, prima di acquistarla ho consultato una rivista specializzata...»

«Chiuda una buona volta la bocca, Meller» esclamò esasperato il preside. «È come quella volta con il veleno per topi... Poi tocca a me doverne fare le spese. E lei, Jan Ackermann, veda di spegnere quel cellulare per favore. Che cosa è venuto a fare qui?»

«Abels, Jannik Abels, del giornalino scolastico.»

«Non m'importa! Se trovo un suo video on-line...»

Per un attimo l'inquadratura mostrò i piedi di Jannik, poi la diretta si interruppe.

Abbassai il cellulare. Forse la situazione non era poi così disperata. «Se Meller ha davvero installato solo una telecamera...»

«A causa delle *cacche di scoiattolo.*» Quinn fece un risolino. «Che fortuna che la Kühl ami tanto gli animali.»

«Già» confermai. «E che non dia da mangiare agli scoiattoli altrove, altrimenti la telecamera di sorveglianza avrebbe registrato di sicuro le immagini dei veri colpevoli, vale a dire noi.»

«Però non è stato così. E non definirci *colpevoli.* Noi siamo le vittime.» Quinn si riprese il telefono e al suo posto mi diede una delle tazze. «Attenta che scotta.»

Bevvi un paio di piccoli sorsi per mandar giù i biscotti. La sensazione di nausea era già diminuita.

«Già, a quanto pare non sarà necessario venire a trovarti in prigione, Gota paffuta.» Con un sorriso si appoggiò al frigorifero azzurro modello rétro sorseggiando il tè. Mi colpì ancora una volta la velocità con cui gli erano ricresciuti i capelli. A febbraio erano stati solo un'ispida peluria, adesso gli ricadevano già sulla fronte. Erano nerissimi e lucenti come prima e mi domandai involontariamente che effetto avrebbe fatto toccarli.

Mentre ci guardavamo oltre il bordo delle nostre tazze, l'espressione di Quinn si fece seria. «Mi spiace che per colpa mia tu sia finita di nuovo in una situazione così pericolosa. Avevo giurato che non sarebbe successo mai più!» La sua voce era così carica di emozioni che provai un improvviso disagio.

«Non è stata colpa tua» mormorai, bevendo impacciata qualche altro sorso di tè.

Quinn alzò le spalle. «A ben vedere sì. Se tu non avessi avuto niente a che fare con me...» Sospirò. «Continuo a pensare a quanto sia egoista da parte mia voler stare insieme a te.»

«Potresti semplicemente chiedermi cosa desideri *io*» dissi di getto, sentendomi arrossire. Feci il possibile per nascondermi dietro la tazza.

«Voglio solo che non ti succeda niente, ecco» disse lui. «Tu sei... Io...» A un tratto sembrava imbarazzato almeno quanto me. «Ti voglio molto bene, Matilda.»

«Sì, questo me lo avevi scritto» risposi con un sorriso. «Più volte.»

Lui fece una smorfia, ma il suo sguardo rimase serissimo.

«Anch'io ti voglio molto bene» dissi, dal momento che non parlava e continuava a guardarmi trepidante. «E so che le cose possono diventare pericolose quando noi due... stiamo insieme. Ma non mi interessa. Sono perfettamente in grado di badare a me stessa.»

«Questo lo so.» Quinn fece un altro sospiro. «Hai dei nervi d'acciaio. E adesso non sei più così verde in faccia e hai smesso di battere i denti.»

«Sì, d'accordo, forse devo ancora lavorare un po' al mio autocontrollo. In cambio però tu dovresti lasciar perdere il tuo eccessivo istinto di protezione. Perché non possiamo semplicemente guardarci le spalle a vicenda? Oggi in fondo ha funzionato.» Appoggiai la tazza vuota sul lavandino.

Quando tornai ad alzare la testa, Quinn era proprio di fronte a me. Così vicino che trattenni involontariamente il fiato.

Alzò una mano e mi sfiorò la guancia. «Hai un po' di...»
«Cosa?»
«Fuliggine, credo.» Prese da un cassetto uno strofinaccio, lo aprì e ne inumidì un angolo sotto il rubinetto. Poi me lo passò sulla guancia e sul mento, con grande delicatezza e premura. Sentii le gambe che mi cedevano un'altra volta, ma per un motivo del tutto diverso.
Quinn gettò lo strofinaccio nel lavandino, tenendo il viso vicinissimo al mio. «Non solo ti voglio bene, Matilda Martin, io...» Invece di dire altro, appoggiò le labbra sulle mie e mi baciò.
Il suo bacio sapeva di menta, era eccitante e familiare allo stesso tempo. Le mie braccia gli cinsero il collo muovendosi quasi da sole, io lo strinsi ancora di più a me e chiusi gli occhi. In mezzo a tutte le emozioni diverse che mi travolsero, ce n'era una particolarmente intensa: la sensazione di essere al momento giusto nel posto giusto. La sensazione di assoluta felicità.

***

«Ahia.» Mi resi conto che eravamo sdraiati sul divano sotto la finestra della cucina solo quando sentii qualcosa scricchiolare sotto di me e conficcarmisi nella schiena. In maniera così fastidiosa che interruppi il bacio e staccai le braccia dal collo di Quinn. Come avevamo fatto a finire lì dal bancone della cucina?
«Che succede? Ti sei fatta male?» chiese trafelato Quinn. Anche lui sembrava vagamente meravigliato di ritrovarsi sul divano, mezzo sdraiato sopra di me, quanto meno si guardò in giro confuso prima di sollevarsi e scostarmi i capelli dalla fronte.
In realtà c'erano un sacco di cose di cui avremmo dovuto parlare: a parte gli avvenimenti odierni, c'erano tantissimi altri argomenti urgenti da affrontare. Ma a quanto pareva i nostri corpi avevano deciso altrimenti. Ora che finalmente eravamo

tornati l'uno tra le braccia dell'altro dopo tanto tempo, sembrava impossibile lasciarci di nuovo. Naturalmente poteva anche essere un effetto della scarica di adrenalina.

Scrollai la testa. «Credo di aver schiacciato qualcosa.»

«Spero non fosse il mio criceto.» Quinn scoppiò a ridere di fronte alla mia espressione raccapricciata. «Tranquilla non abbiamo nessun criceto.» Si girò sul fianco in modo che io potessi infilare la mano sotto di me.

«È un paio di occhiali» annunciai costernata. O almeno quanto ne rimaneva.

Quinn me li tolse di mano distrattamente e li lasciò cadere per terra davanti al divano. «Sono della mamma, ne ha un sacco, perché li perde in continuazione. Non si accorgerà se gliene manca un paio» disse, prima di adagiarmi di nuovo sui cuscini e ricominciare a baciarmi. Volevo protestare, ma appena le sue labbra toccarono le mie, mi scordai degli occhiali rotti. E di tutto il resto. Con un sospiro beato mi strinsi a lui. Di qualunque cosa dovessimo parlare con urgenza, questo era più importante.

Il tempo per noi si fermò. Suona sempre un po' stereotipato trovare una frase del genere in un libro. Finché non si sperimenta in prima persona. Forse il divano era stregato, avrebbe potuto spiccare il volo, galleggiare sull'oceano o catapultarci in orbita: non ci saremmo accorti di niente. In quel momento di infinita perfezione c'eravamo solo Quinn e io.

Finché...

«Ho riportato indietro i palloncini, non erano di plastica riciclabile, ma ce ne sono anche di un tipo di lattice naturale, e poi ci serve qualcuno per la musica, l'anno scorso è... *Oh.*» La voce tacque, qualcosa di pesante si schiantò sul pavimento. E noi tornammo nel presente. Nella vita reale. Che continuava imperterrita dove l'avevamo lasciata: in una situazione imbarazzante.

Mentre Quinn e io ci ricomponevamo (chissà come ero finita sopra Quinn, e ci volle un po' per districare braccia e gambe), osservavo i visi dei suoi genitori, che per un attimo ci guardarono allibiti, ma poi finsero che fosse del tutto normale trovare Quinn che pomiciava con una ragazza sul divano in cucina al loro ritorno. La mamma però aveva lasciato cadere a terra le borse della spesa, probabilmente per lo spavento, e adesso due pomodori rotolavano sulle mattonelle.

Mi sentii il sangue schizzare sulle guance con un certo ritardo. I pomodori erano pallidi in confronto a me.

«Guarda, Albert, Matilda è venuta a trovare Quinn» annunciò allegramente la signora von Arensburg, mentre io mi rimettevo a posto la maglietta e Quinn dava un calcio agli occhiali rotti per nasconderli sotto il divano. «Che cosa ti avevo detto? Lo sapevo che tra di loro...»

«Siete tornati presto oggi» la interruppe Quinn rivolgendomi un sorriso storto. Io non ebbi la forza di ricambiarlo. Santo cielo! Anch'io avevo le labbra così rosse per i baci? Se i capelli gli sparavano da tutte le parti, a lui che li aveva lisci e corti, chissà come dovevano essere ridotti i miei. In ogni caso l'elastico era magicamente sparito.

Lo invidiavo dal profondo del cuore.

«Abbiamo finito prima, ti avevo mandato un messaggio.» La mamma di Quinn si girò verso il marito che era rimasto sulla porta sforzandosi chiaramente di assumere un'espressione disinvolta. «Hai fatto bene a insistere per comprare una seconda baguette, caro, e scusami se ti ho dato del drogato di carboidrati. Sono contenta che abbiamo abbastanza da mangiare nel caso Matilda voglia fermarsi da noi.» La signora von Arensburg si chinò verso le borse della spesa e cominciò a svuotarle, senza smettere di parlare. «Ovviamente solo se non avete altri programmi. Di solito il mercoledì prendiamo sempre qualcosa di pronto dal thailandese o dall'italiano, è vero, ma oggi abbiamo pensato che poteva bastare un po' di pane e verdura, dal momento che sono avanzate le lasagne di ieri...»

«E la crema di avocado.» Il signor von Arensburg aveva raccolto i pomodori dal pavimento e mi rivolse un sorriso amichevole. «Ci farebbe piacere se restassi a cena con noi, Matilda.»

«Eccome! Ci farebbe comodo un po' di aiuto per organizzare la festa a sorpresa di Quinn.» La signora von Arensburg era raggiante. «Deve essere speciale, dopotutto diciott'anni si compiono una volta sola nella vita. Che meraviglia che voi due abbiate fatto pace, sì, insomma, che stiate insieme, oppure è solo, come lo chiamate?... Una limonata? Un limone? Una baciata?»

Quinn lanciò un gemito soffocato. Io nel frattempo mi ero alzata e, se possibile, ero diventata ancora più rossa. Mi sembrava di avere le orecchie sul punto di prendere fuoco per autocombustione.

«Di sicuro non filarino o flirt, come dicevano i miei nonni» proseguì la signora von Arensburg ridendo, mentre metteva in frigorifero due confezioni di yogurt. «Tua madre li chiamava *idilli piccanti*, ricordi, Albert? Che imbarazzo all'epoca. Per fortuna che oggigiorno le cose sono cambiate.»

«Come no, infatti oggigiorno i genitori non sono più imbarazzanti» osservò Quinn, strappando un sorriso a suo padre.

La signora von Arensburg non colse il sarcasmo del figlio. «Come che sia, siamo davvero *molto* contenti che Matilda sia qui, non è vero, Albert?» Ammiccò verso di me con aria complice. «Ultimamente non ti ho più visto in giro.»

Giusto. Perché avevo passato settimane a scavalcare recinzioni e attraversare di soppiatto giardini posteriori per evitare un incontro imbarazzante. Ma quel giorno avevo recuperato alla grande: se dovevo fare una figuraccia, allora meglio farla al top.

«Ero... Io...» balbettai, senza sapere esattamente cosa volessi dire. Dalla bocca minacciava di uscirmi qualcosa del tipo «È stata una giornata davvero intensa per me. Prima ho dovuto affrontare un incontro notturno con un demone, poi due ore di chimica e un attacco da parte di tre killer norvegesi con superpoteri, infine ho incendiato la scuola e le ho rotto gli occhiali. Anzi, ora che ci penso, dovrei anche andare al bagno». Ma mi morsi il labbro inferiore appena in tempo. Meglio passare alla modalità fuga prima che quella chiacchierata mi togliesse anche gli ultimi brandelli di dignità.

Guardai l'orologio appeso al muro. «Oh! Manca poco... hm... alla cinciarella. Purtroppo devo proprio tornare a casa.» Raccattai in fretta e furia il cellulare dal tavolo e lo infilai nello zaino. «Comunque grazie per l'invito, è davvero molto... E la crema di avocado mi piace un sacco.»

«Aspetta» sentii dire da Quinn mentre superavo l'interdetto signor von Arensburg e uscivo in corridoio. Non dovevo crollare proprio in quel momento...

«Ti chiamo... a presto!» gridai alle mie spalle. Spalancai la porta d'ingresso e sarei uscita nel giro di un attimo se Quinn non mi avesse preso la mano per trattenermi. Lo guardai meravigliata. Doveva essersi alzato dal divano in un lampo, aveva acchiappato al volo una stampella e mi era corso dietro.

«Ehi!» disse mortificato. In cucina sembrava essere scoppiato un piccolo litigio, si sentivano le voci dei suoi genitori discutere a bassa voce. Mi parve di cogliere le parole «urgente», «spazzola» e «aiuto» prima che la porta della cucina venisse chiusa. «Scusami tanto, saremmo dovuti andare in camera mia.»

«Per il nostro idillio piccante, intendi?» Il mio tentativo di sorridere fallì miseramente, e il massimo che mi riuscì fu una smorfia.

«Sì, esatto. Per il nostro appassionato limoncello.» Al contrario di me, Quinn riusciva già a riderci su. I suoi occhi azzurri scintillavano così allegri che una parte della tensione dentro di me si sciolse. «Davvero non puoi rimanere a cena? La parte più imbarazzante oramai l'abbiamo superata. Se li conosci meglio, i miei genitori sono gente a posto. Hai sentito anche tu: hanno bisogno di aiuto per l'organizzazione della mia festa a sorpresa, in modo che sia davvero una sorpresa anche per me. Sul serio, non avevamo ancora finito... hm... di parlare.»

A questo punto sorrisi senza problemi. Ovvio che i suoi genitori fossero gente a posto, più che a posto, erano incredibilmente gentili. Eh sì, non avevamo ancora finito. Ma dovevo proprio tornare a casa, non solo perché le prove del coro erano state spostate al mercoledì sera e di conseguenza la cena in famiglia era stata anticipata appositamente di una mezz'ora, bensì anche perché Leopold era spuntato sul marciapiede di fronte a noi e ci faceva dei cenni.

Quinn ricambiò il saluto in maniera automatica. «Ma perché tuo cugino agita il braccio come un gatto della fortuna fumato?» chiese aggrottando la fronte. «E soprattutto, perché lo sto facendo anch'io? Aiuto!» Abbassò subito la mano. «Perché porta il casco da bicicletta anche se non ci sono biciclette nei paraggi? Spiffererà ai tuoi genitori di averci visto insieme? Finirai nei guai per questo?»

Era probabile, per la mia famiglia Quinn continuava a essere il piccolo demonio dei nostri blasfemi vicini di casa. Erano stati molto contenti quando avevo smesso di frequentarlo, e sarebbero stati tutt'altro che entusiasti scoprendo che eravamo di nuovo insieme. Mi sembrava già di vedere gli sguardi di ghiaccio di mia madre. D'altro canto, pensare alla loro reazione non doveva spaventarmi; quel giorno avevo affrontato ben tre killer e avevo dato fuoco alla scuola.

Raddrizzai le spalle con decisione.

«Chi se ne importa. Non siamo in *Romeo e Giulietta*» dichiarai, poi cinsi il collo di Quinn e premetti le labbra sulle sue in un lungo bacio di commiato. Non ebbi bisogno di guardare per sapere che il braccio da gatto della fortuna di Leopold era rimasto a mezz'aria. Quinn barcollò contro lo stipite quando mi staccai da lui e scesi di corsa i gradini.

«Ti chiamo più tardi» gli gridai dietro.

Mi incamminai lungo il vialetto con la stessa disinvoltura di Giovanna, percorrendolo a lunghi passi felpati. Mi mancava solo il giusto ondeggiamento di fianchi. Ma ce la misi tutta. Passando davanti a Leopold, che mi fissava a bocca aperta, non resistetti alla tentazione di rivolgergli un'amichevole «dove te ne vai, Tebaldo?»

Quinn: Non riesco a guardare il nostro divano senza pensare a te. Mi manchi.
19:42 ✔✔

Matilda: Oh, che romantico! 😍 A chi non piacerebbe essere paragonata a un divano?
19:43 ✔✔

Quinn: Sempre meglio che una vasca da bagno o un brodo di gallina, non credi?
19:45 ✔✔

Matilda: Eh?
19:45 ✔✔

Quinn: Niente. Volevo solo dirti che penso continuamente a te.
19:46 ✔✔

Matilda: Mi manchi anche tu. Sono alle prove del coro. Mi si chiudono gli occhi per la stanchezza. Stiamo provando un'azzeccatissima cantata di Bach: «Destatevi, ci annuncia la voce». Niente da fare. Anche se Luise canta sempre un'ottava troppo alta. Osanna!
19:48 ✔✔

Quinn: Be', incendiare la scuola sfinisce.
19:49 ✔✔

Matilda: 😉 Cancella subito il messaggio. Se controllassero i nostri telefoni siamo spacciati. Al massimo usa un codice segreto.
19:51 ✔✔

Quinn: Ok. Dare da mangiare agli ippopotami sfinisce. 😁 Secondo me non abbiamo niente da temere. Hanno visto i responsabili sulla telecamera.
19:52 ✔✔

Matilda: Già! E in rete leggi dappertutto che nessuno era dagli ippopotami mentre mangiavano. Che sollievo.
19:52 ✔✔

Quinn: Hai avuto problemi per colpa del gatto della fortuna?
19:53 ✔✔

Matilda: Non ancora. Ma di sicuro Leopold lo ha raccontato a Luise e stanno aspettando l'occasione migliore per renderlo noto al resto della famiglia, vanno pazzi per le entrate a effetto. Chissene. I miei di sicuro non ne saranno entusiasti, ma non possono nemmeno impedirmelo. E ormai ho fatto il callo alla disapprovazione.
19:56 ✔✔

Quinn: L'ultima volta ti hanno chiuso in casa e ti hanno tolto il cellulare, ricordi?
19:57 ✔✔

Matilda: Eccome, ma non era perché stavamo insieme, bensì perché a causa tua avevo trascurato gli ippopotami. Devo chiudere, mi guardano già male tutti mentre gorgheggiano e giubilano. Ci sentiamo poi.
19:59 ✔✔

Quinn: A dopo!
20:00 ✔✔

Quinn

«Salta su, non abbiamo molto tempo» mi bisbigliò Giacinto con aria da cospiratore. «Oggi sarebbe meglio non farci vedere insieme.»

«Ahah, ecco spiegato il tuo arrivo poco vistoso» ribattei con un sorriso.

Giacinto si era fatto trovare a sorpresa fuori dalla scuola quando ero uscito per tornare a casa dopo la quinta ora. Ovviamente tutti si erano girati a guardare il bel giovanotto dai boccoli rossi appoggiato a un furgoncino di «Mughetto e nontiscordardimé» mezzo parcheggiato sul marciapiede. Portava una maglietta giallo limone con su scritto «Meglio una rosa che stare in posa».

«Smammate, ragazzi, e smettetela di fissarmi con gli occhi sgranati.» Con modi d'agente segreto, Giacinto accese il motore prima ancora che mi fossi seduto. Tra i curiosi riconobbi anche il mio ex amico del cuore Lasse, che teneva la bocca particolarmente spalancata. Lui e Lilly erano gli unici in tutta la scuola a trattarmi in maniera diversa rispetto a prima dell'incidente. Mentre Lilly tutte le volte metteva il broncio e si gettava i capelli sulle spalle con enfasi, Lasse evitava ogni contatto visivo e mi stava il più possibile alla larga. Da quando ero tornato, non avevamo scambiato neppure una parola. Anche allora distolse di scatto gli occhi quando si accorse che lo avevo riconosciuto. Rimasi sorpreso di quanto poco mi importasse.

«Si comportano come se non avessero mai visto una fata» borbottò Giacinto.

«Di sicuro mai una fata in divieto di sosta.» Mi sbrigai ad allacciarmi la cintura mentre con uno scossone il furgone scendeva dal marciapiede.

«Quando è stata l'ultima volta che hai guidato una macchina?» gli chiesi pochi istanti dopo, mentre mi tenevo aggrappato alla maniglia della portiera.

«Deve essere stato a Montréal nel 1993» rispose lui sterzando in maniera così brusca da far stridere le gomme sull'asfalto. Era già la seconda volta che succedeva, poco prima aveva rischiato di atterrare un fattorino in bicicletta e di scontrarsi con un tram.

«E lavoravi come autista per dei rapinatori di banche?»

Giacinto sogghignò. «Vorresti dire che il mio stile di guida non ti piace? Sono solo un po' fuori allenamento. E poi questi mezzi moderni... Ops!» Per sbaglio aveva azionato il tergicristallo e nel tentativo di fermarlo aveva acceso le quattro frecce.

Sistemai entrambi al posto suo. «Magari potresti togliere il piede dall'acceleratore, che ne dici?» gli chiesi. «Sarebbe un peccato se morissi in un incidente stradale prima che Frey mi possa accoppare.»

«Non ho detto che ti ucciderà. Ho solo detto che è dannatamente pericoloso incontrarlo» ribatté Giacinto tornando di colpo serio. «Ascoltami, Quinn. Frey è... ecco, hanno dovuto rilasciarlo perché ieri Giovanna d'Arco ha ritrattato la sua deposizione.»

«Cosa?» Oggi Giovanna non era venuta a scuola, ma non ci avevo fatto troppo caso.

Giacinto annuì con aria truce. «Aveva dichiarato che il portale sul tetto del Centro medico portava direttamente nella sede di Frey, ma ieri ha negato tutto. Non so proprio perché.»

«Per salvarsi la pelle» ringhiai. «Tre scagnozzi di Frey hanno cercato di ucciderla ieri.» E noi insieme a lei. Ma questo non lo dissi, per non aumentare l'astio di Giacinto nei suoi confronti. Passamontagna e i suoi probabilmente non avevano idea di chi fossi e ai loro occhi Matilda e io eravamo solo scomodi testimoni da eliminare.

Non preoccuparti, a questo penso io, aveva detto ieri Giovanna alla fermata dell'autobus. Ed ecco come aveva fatto: aveva ritrattato la sua deposizione in modo che Frey la depennasse dal suo elenco di persone da uccidere. Quella codarda sparafuoco.

Viceversa, come biasimarla? La prossima volta Frey avrebbe mandato di sicuro più di tre persone e lei non sarebbe stata altrettanto fortunata...

«Significa che non hanno in mano più niente contro Frey?»

Giacinto scrollò la testa. «A quanto sembra è disposto a mantenere la pace e a sostenere la reggente Themis in cambio di un colloquio con te. A patto che l'incontro avvenga oggi stesso. Per questo sono venuto a prenderti a scuola; a casa c'è già sicuro qualcuno che ti aspetta per portarti da lui. Probabilmente Hector.»

«E perché non tu?» Preferivo non sapere come facesse a conoscere così bene l'orario delle mie lezioni. Una fortuna che in quel momento i miei genitori fossero entrambi in ufficio, Hector non era uno spettacolo per nervi fragili.

«Perché... Cassian e Fata ritengono che io sia un po' troppo... hm... iperprotettivo nei tuoi confronti. Per togliermi di mezzo mi hanno spedito insieme a Emilian in missione sul lago Baikal.»

«Sul lago Baikal? Di che cosa dovresti occuparti lì?»

«C'è una riserva segreta per unicorni» rispose Giacinto, e io dovetti fare un enorme sforzo di autocontrollo per non fargli altre domande. Sapevo già che Matilda se la sarebbe presa a morte con me per questo. A ogni modo Emilian era partito da solo per la riserva, per dare modo a Giacinto di parlare un'altra volta con me.

Distratto com'era, inchiodò a un semaforo verde. «Non immagini nemmeno quanto sia potente Frey, Quinn. Se penetra nella tua mente, non avrai più niente da contrapporgli.» Il concerto di clacson dietro di noi non parve nemmeno sentirlo. Quando il semaforo scattò sul giallo e poi sul rosso, accelerò di nuovo.

«Che mi legga pure nel pensiero» dichiarai testardo, mentre superavamo miracolosamente indenni l'incrocio e ci avvicinavamo al campanile della chiesa di Sankt Agnes. «Se questo servirà a non far scoppiare una guerra, non mi interessa che sappia quello che penso di lui.»

«Ma non capisci? Quali che siano le intenzioni di Frey, non sono mai buone. Se poi sapesse che potresti essere il prescelto, quello di cui parlava la dea... Be', di sicuro saprebbe utilizzare quest'informazione molto meglio di noi. Non deve scoprire che possiedi il potere del ricordo. Per nessun motivo.»

Deglutii. Tutte le volte che finivamo a parlare del potere del ricordo, mi sentivo a disagio. «Tanto per cominciare la cosa non è ancora confermata, e secondo... forse Frey sa già che sono in grado di ricordare. Forse è questo il motivo del suo interesse nei miei confronti.» L'ipotesi non era frutto delle mie riflessioni, bensì di Matilda.

Giacinto però scosse la testa. «E come farebbe a saperlo? Se lo scoprirà, invece, allora sì che proverà a ghermirti con i suoi artigli.»

«Frey ha gli *artigli*?» domandai sgomento.

«Metaforicamente parlando» borbottò Giacinto. «Non posso certo farti capire la gravità della situazione parlandoti di manine morbide e curate...»

Mi venne da sorridere. Mi ero affezionato sul serio a questo antico ragazzo-fata con le orribili magliette.

«Stammi a sentire, non muoio dalla voglia di incontrare questo tipo losco, ma se non c'è altra soluzione, preferisco farlo il prima possibile. Non capisco un'acca della vostra politica della Soglia, ma la pace mondiale sta a cuore anche a me. E come facciamo a capire quali progetti ha Frey per me se non parlo con lui?» Lo guardai di sottecchi. «Oppure sai qualcosa che finora mi hai taciuto?»

«No.» Giacinto sospirò. «Io... è solo un presentimento. Fosse per me ti nasconderei da qualche parte in attesa che questa maledetta cometa sparisca di nuovo. Promettimi che farai tutto il possibile per tenere nascosto a Frey il potere del ricordo. Non deve sapere che ti ricordi di Severin.»

«Ci proverò» risposi.

***

Come aveva previsto Giacinto, a casa trovai qualcuno ad aspettarmi. Fortunatamente non si trattava del truce Hector, bensì di Fata. Era seduta sui gradini d'ingresso, con un vestito tutto ricamato a fiori e farfalle. Accanto a lei c'era Campanellino che si faceva grattare la pancia. Il suo pelo era rosso quasi come i riccioli di Fata. L'immagine idilliaca e allegra che davano era in netto contrasto con il presagio che mi stringeva lo stomaco.

Quando mi avvicinai, le farfalle volarono via dal vestito: evidentemente si erano solo posate sui fiori ricamati. Campanellino le seguì interessato con lo sguardo.

«Eccoti arrivato, mio coraggioso ragazzo.» Fata si alzò con un sorriso e si spazzolò via la polvere dalla gonna. «Per favore non fare quella faccia sorpresa, so benissimo che hai parlato con Giacinto.»

«Come?» Giacinto mi aveva fatto scendere apposta in un vicolo dietro Agnesplatz, in modo che nessuno ci vedesse insieme. Prima di fermarsi aveva travolto un cassonetto dell'immondizia.

«Certo. Conosco mio figlio.» Fata scoppiò in una lieve risata, facendo brillare per un attimo l'aria intorno a lei. «Visto però che sei qui, deduco che tu sia pronto ad affrontare una piccola gita fino a Londra.»

«Londra?» ripetei, mentre lei mi prendeva sottobraccio con la massima naturalezza. «Non sarebbe il caso di avvisare i miei genitori che stasera farò tardi?»

Avevo già telefonato a Matilda lungo il tragitto per annullare il nostro appuntamento. Per fortuna l'avevo beccata nell'intervallo tra due lezioni. Nel pomeriggio avremmo dovuto finire di vedere il video di Pandinus Imperator, per decidere come comportarci con l'offerta che avevamo ricevuto di unirci a Lingualunga & Co. Nel frattempo si erano fatti vivi tutti con Matilda e me, persino Kim. Faris, evidentemente convinto che senza Matilda non avrei partecipato, mi aveva scritto più volte che avrebbero fatto un'eccezione per lei (l'aveva definita «la tua ganza»). Inoltre aveva cercato di adescarmi con la frase *Abbiamo molti utili contatti e informazioni, anche riguardo a tuo padre*. E aveva funzionato. Faris non poteva certo sapere che non volevo partecipare perché continuavo a temere che Matilda non riuscisse a resistere alla tentazione del portale.

«Quando i tuoi genitori torneranno dal lavoro sarai a casa già da un pezzo, cuore mio» mi garantì Fata. Vedendola imboccare la strada del cimitero, immaginai che fossimo diretti alla biblioteca del professor Cassian. «Non si accorgeranno neppure che sei espatriato. E nell'improbabile eventualità che le cose vadano per le lunghe, potrai sempre scrivergli da Londra.»

Giusto, i portali permettevano di viaggiare molto più velocemente che in aereo, non c'era bisogno di fare il check in, non c'erano noiosi tempi d'attesa. E non serviva nemmeno il passaporto. In altre circostanze sarei stato esaltato da questo viaggio. Ma la storia del leggere la mente nel frattempo mi pesava sul cuore.

Camminavamo affiancati, io cercando in tutti i modi di non appoggiarmi eccessivamente a Fata, che era molto più piccola di me. Faticavo a mantenere l'equilibrio, soprattutto nei viottoli secondari del cimitero, ricoperti di ghiaia. Ripensai a come giusto il giorno prima avessi percorso lo stesso tragitto con Matilda, ma nella direzione opposta, e all'improvviso provai un impulso quasi irresistibile di tornare sui miei passi e correre a casa. Se Giacinto avesse avuto ragione e quell'incontro fosse stata un'idea assurda?

«Non devi avere paura di Frey, non oggi.» Fata aveva capito quello che mi passava per la mente. «Brancoliamo ancora nel buio rispetto alle ragioni del suo interesse verso di te, ma come tanti delinquenti, Frey è convinto di essere una persona estremamente corretta, con un severo codice d'onore, per questo credo alla sua parola quando dice di voler soltanto parlare con te, e anche che manterrà la promessa nei confronti di Themis.»

«Speriamo» mormorai, valutando brevemente se fosse il caso di confidarle la faccenda con Severin. Ma se lo avessi fatto, avrei scoperto la carta del ricordo, e dubitavo che Fata avrebbe potuto utilizzare queste informazioni per migliorare la situazione.

«Neppure io sono entusiasta di questo incontro, Quinn, ma cerchiamo di concluderlo il prima possibile, d'accordo?» Mi rivolse un sorriso storto. Nel frattempo eravamo giunti davanti al mausoleo della famiglia König. «Oggi devi fare buon viso a cattivo gioco, e recitare la parte del bravo prescelto, ma se ti fa sentire meglio, io posso volentieri fare qualche bizza.»

Le sorrisi. «Sicuramente.»

Un vecchio ci passò davanti e Fata attese che si fosse allontanato per aprire la porta rinforzata in ferro della camera sepolcrale. La statua di bronzo del poeta popolare Clavigo Berg rimase immobile, probabilmente il suo spirito era altrove.

Al contrario di quello di Nietzsche, che era proprio oltre il campo energetico, tra due alte librerie, che ci lanciò un'occhiata truce quando entrammo.

Non rispose al mio saluto, anzi la sua espressione si fece ancora più ostile.

«Grazie, anche per me» mormorò Fata accanto a me.

Il professor Cassian sbucò da dietro l'angolo. «Siete già qui» ci salutò, di ottimo umore al contrario di Nietzsche. Il suo elegante tre pezzi grigio-marrone a quadri, con un panciotto a doppio petto sotto il blazer e i mocassini di cuoio perfettamente lucidi, gli dava un aspetto da gentleman inglese così impeccabile da farmi sentire trasandato con jeans, felpa e scarpe da ginnastica. Portava persino una catena da orologio che terminava nel taschino del panciotto, alla quale sicuramente era fissato un raffinato cronometro a cipolla. Non avrebbe potuto essere più abbottonato di così. Se avessi voluto vedere uno dei suoi lentigo, si sarebbe dovuto spostare sulle mani o sul viso, dato che il resto della sua pelle era sempre rigorosamente coperto e la barba gli nascondeva anche il mento e il collo.

«Mi fa piacere che tu sia riuscito a organizzare in così breve tempo la tua partecipazione a questa missione diplomatica, Quinn.»

Fata soffiò fuori l'aria dal naso, stizzita.

«Chi potrebbe avere cose più urgenti da fare quando è in gioco la pace mondiale?» replicai con lo stesso tono compito del professore. «Apprezzo comunque il suo sforzo di rispettare le apparenze e dare l'impressione che io abbia voce in capitolo. E anche la sua scelta di abbigliamento come se andassimo a una mostra reale di auto d'epoca invece che da un tizio che assolda dei killer per eliminare i testimoni dei suoi crimini.»

Fata sbuffò di nuovo, ma stavolta sembrava quasi ammirata. Dopo un attimo di sconcerto, il professor Cassian scoppiò a ridere. «L'umorismo è una delle armi più potenti contro le iniquità della vita. Dovresti assolutamente coltivarlo, Quinn.»

Certo, magari la prossima volta avrei potuto provare a raccontare una barzelletta a Passamontagna.

«Per favore, possiamo sbrigare il più in fretta possibile questa spiacevole incombenza?» chiese indispettita Fata.

Il professore tirò fuori l'orologio. «Siamo in anticipo. Ma per me possiamo anche muoverci.» Batté le mani con genuino entusiasmo. *London Calling.* Al contrario di Fata sembrava sinceramente contento della nostra gita. Si girò verso la libreria davanti alla quale c'era Nietzsche. «Scusi tanto, ma dovrei passare, Friedrich. Vorrebbe farci la cortesia...»

Nietzsche non si mosse di un millimetro. «L'Inghilterra» ringhiò. «Terra della mediocrità intellettuale e degli eccessi alcolici. Non ha mai prodotto nessun autentico filosofo.»

«Sono sicuro che Bacon, Locke, Hobbes e Hume sarebbero di parere diverso.» Il professor Cassian cercò di spostare Nietzsche in maniera cortese ma decisa. «È d'impiccio.»

Nietzsche ci fece spazio chiaramente offeso. «È questo il compito di un vero filosofo» dichiarò, prima di rassettarsi la giubba dell'uniforme e di allontanarsi sferragliando con la spada.

Il professore gli lanciò un'occhiata sospirando, poi spostò come una leva uno spesso volume rilegato in cuoio dal titolo *Franciscan Friars in Fleet Street* e una parte dello scaffale ruotò su se stesso rivelando un portale.

Fata e io ci avvicinammo al campo energetico. Diversamente dal solito mi ero portato dietro le stampelle, che mi sarebbero servite a Londra.

Il professor Cassian ci guardò sorridendo. «Pronti?» chiese solenne.

Veramente no. Ma non faceva differenza, dovevo andare dall'altra parte.

***

Appena giunti a Londra, Fata e il professor Cassian cominciarono a bisticciare tra di loro. Fata aveva da ridire sulla scelta del portale che ci aveva condotto a un colonnato a poca distanza da Temple Church tra il Tamigi e Fleet Street, ovvero troppo lontano dall'hotel dove avevamo appuntamento con Frey.

Eravamo sbucati dal muro proprio accanto a un gruppo di turisti asiatici che non ci avevano degnato di uno sguardo, solo una signora anziana con un cappello impermeabile a fiori ci scrutò a bocca aperta. Si strofinò più volte gli occhi mentre la superavamo e quando mi girai un'ultima volta verso di lei, vidi che tastava di nascosto la parete.

«Noi siamo qui!» Fata si era fermata e si era fatta dare da me lo smartphone che teneva sotto il naso del professore, indicando con il dito sullo schermo. Aveva un'aria piuttosto ridicola. «E Frey è qui.» Toccò di nuovo lo schermo. «E tra di noi c'è mezza Londra. Mi aspettavo che uno come lei che dispone di tanti portali scegliesse quello giusto che ci portasse un po' più vicini alla nostra destinazione.»

«Riconosco di aver sbagliato» tagliò corto il professor Cassian, spiegando che aveva scelto il portale convinto che Frey alloggiasse nel suo hotel abituale. «Che da qui sarebbe stato comodamente raggiungibile a piedi. Pensavo che a Quinn avrebbe fatto piacere fare quattro passi in questa zona ricca di storia, già che eravamo qui» disse in tono di scusa. «Proprio qui vicino si trova per esempio il quartier generale dei Guardiani, una loggia segreta che...»

«Per amor del cielo!» lo interruppe Fata, mettendosi le mani sui fianchi dopo avermi restituito il telefono. «Non siamo qui in viaggio di istruzione.»

«Ma Quinn non viene a Londra tutti i giorni, perciò pensavo che un'amena passeggiata potesse alleggerire la tensione» cercò di difendersi il professor Cassian.

«Macché passeggiata! Il ragazzo cammina ancora con le stampelle» gli ricordò Fata e io rinunciai a puntualizzare che avevo già visitato con i miei genitori il quartiere di Temple con le sue viuzze strette, la chiesa, la fontana e i giardini. Eravamo venuti in vacanza in Inghilterra un paio di volte ed eravamo stati anche a Londra.

Il professore lanciò un'occhiata alle mie gambe con aria colpevole. «In effetti non lo avevo tenuto in considerazione, vi prego di scusarmi. Vediamo, quale altro portale sarebbe stato più adeguato?» Si passò una mano sulla barba candida.

«Uno porta dalla biblioteca direttamente alla Torre, nell'antica cella di Roger Mortimer, il primo conte di March. Ma è lontano. E non ci sono più stato dal 1323. All'epoca, ed è un aneddoto davvero divertente, che...»

«Cassian!» lo interruppe severa Fata.

«Sì, sì, ho capito.» Il professore si strofinò di nuovo la barba. «Spesso utilizzo quello nell'aula del King's College, ma non accorcerebbe la distanza. Quello di Buckingham Palace è più vicino a Mayfair, ma spuntare in pieno giorno da un ritratto di cavaliere di van Dyck non sarebbe una trovata particolarmente geniale.» Sorrise tra sé immaginando la scena, ma vedendo Fata che alzava gli occhi al cielo, si affrettò a proseguire. «All'Osservatorio ovviamente ci sono tantissimi portali per Londra, durante la seconda guerra mondiale il reggente dell'epoca ci fece aprire passaggi in quasi tutte le stazioni del metrò.»

«Significa che dobbiamo tornare indietro? È inaudito che tu non ci abbia pensato prima.» Fata si girò di nuovo verso il colonnato.

«Che ne direste se prendessimo semplicemente un taxi?» proposi.

Mi guardarono entrambi allibiti, come se avessero dimenticato che esistevano altre possibilità per spostarsi da un luogo all'altro.

«Che idea grandiosa!» Un sorriso smagliante illuminò il viso del professor Cassian e anche l'espressione di Fata si rilassò.

Almeno finché non raggiungemmo Fleet Street e salimmo a bordo di un taxi che il professore aveva chiamato con un regale cenno della mano.

«Questi taxi londinesi sono davvero spaziosi» commentò Fata che si era seduta di fronte a noi dopo aver dato al tassista l'indirizzo: «The Connaught, Mayfair, grazie». Poi aggiunse: «Però sono costosissimi». A questo punto la sua faccia si oscurò in un atroce presentimento. «Spero che tu abbia pensato a portare delle sterline, Cassian?»

Il professor Cassian fece una smorfia imbarazzata. Nessuno dei due aveva con sé soldi inglesi e neppure un portafoglio, e adesso litigavano per decidere se dovessero intontire il tassista con un incantesimo, oppure pagare la corsa con l'orologio del professore.

Nel frattempo il taxi percorreva le strade cittadine e io non seppi resistere alla tentazione di fotografare con il cellulare la statua di un grifone su una colonna al centro della carreggiata, sullo sfondo una serie di edifici storici e in primo piano un tipico autobus rosso a due piani.

Spedii la foto a Matilda. *Indovina dove sono. Con Fata e il professore che bisticciano come due bambini piccoli.*

Matilda rispose subito. *Oh, Londra! Sarei molto invidiosa se tu non fossi diretto all'appuntamento con un usurpatore psicopatico, che legge nel pensiero.*

Usurpatore sembra quasi il nome di una specialità culinaria risposi, *un piatto mongolo con un ripieno di fegato d'orso arrosto, per esempio.*

Matilda reagì con un emoji che rideva con le lacrime agli occhi. Probabilmente pensava che avessi fatto una battuta.

L'umorismo è una delle armi più potenti contro le iniquità della vita scrissi citando il professor Cassian, ma subito dopo tornai serio: *ho una fifa tremenda che Frey scopra la storia del ricordo.*

Non hai chiesto come fare per bloccare la lettura del pensiero? rispose Matilda. *Fallo SUBITO.*

Più facile a dirsi che a farsi. I miei due accompagnatori erano ancora occupati a litigare e non si curavano di me.

«Avrei immaginato che, date le circostanze, sarebbe stato permesso aprire un portale direttamente in quel maledetto hotel» brontolava Fata.

«Per quanto mi riguarda, apprezzo questo piccolo giro turistico in una delle città più belle del mondo. E poi che cosa c'è di male a spargere un pizzico di magia di fata sul povero tassista?» rispose il professor Cassian. Il malcapitato non ci poteva sentire, il vetro divisorio era alzato. Ma guardava spesso nello specchietto, come se non gli sembrassimo del tutto centrati. «A me dà l'impressione di aver proprio bisogno di rilassarsi un po'.»

«Oh, sai quanto relax può comprarsi se gli regali il tuo orologio?» sbottò Fata. «Ma lasciami indovinare, ha un valore sentimentale per te, perché te l'ha regalato Robespierre in persona.»

«Non è un regalo di Robespierre» ribatté offeso il professor Cassian. «Come se...»

Decisi di interromperli. «Magari potreste smetterla di litigare. Voglio dire, siamo in missione per garantire la pace nel mondo, o sbaglio? Se non riuscite ad andare d'accordo nemmeno tra di voi...»

Per un attimo entrambi assunsero un'espressione un po' mortificata. Fata curvò le labbra in un sorriso colpevole. «Scusa tanto! Tutta colpa dell'agitazione. E probabilmente anche l'atteggiamento polemico di Cassian serve solo a nascondere il cattivo umore per il fatto che dobbiamo fare quello che vuole Frey. Non è così, Cassian?»

Già, e pensavano che io fossi di buon umore per questo? Mi stava anche venendo fame e mi pentivo di non aver fatto un sàlto in bagno quand'ero a casa.

«È probabile» borbottò il professore grattandosi impacciato la barba. «Non devi temere, Quinn. L'incontro sarà garbato, giusto una breve presentazione e poi ce ne andremo.»

Tutto molto semplice, come no. «E che cosa devo fare nel caso questo usurpatore psicopatico voglia leggermi garbatamente nel pensiero?»

«È probabile che lo farà» ammise Fata. «Con tutti noi. Perché è un viscido maniaco del controllo...»

«... consigliere democraticamente eletto con molti seguaci e alleati potenti» aggiunse il professor Cassian. Si rivolse a me. «Frey è telepatico, Quinn, non può fare a meno di entrare nella mente dei suoi interlocutori. Ma... non fa male, casomai sia questo che ti preoccupa.»

«Hm... *No?*» Lo guardai confuso. Sembrava che non ci trovasse niente di negativo nel fatto che Frey entrasse senza permesso nella mente altrui. Oppure era convinto che avessi solo pensieri banali e che per questo dovessi lasciarlo fare senza prendermela? Visto che tanto non faceva male? Questi tipi della Soglia erano davvero bizzarri. Facevano tante storie per i loro lentigo, ma evidentemente non avevano problemi a farsi leggere la mente da qualcun altro. «Non voglio che qualcuno sappia quello che penso. Men che meno questo Frey.»

«Capisco» disse comprensiva Fata. «I telepatici sono una novità per te. Se c'è qualcosa di cui a tuo parere Frey non dovrebbe venire a conoscenza, dovresti evitare di pensarci.»

«Capito» risposi allungando le vocali. E se ritenevo che a Frey non dovesse importare di nessuno dei miei pensieri? Non avrei dovuto pensare a niente? Era possibile?

«Tuttavia è difficile *non* pensare a qualcosa.» Il professor Cassian rispose serenamente ai miei dubbi. «È un noto fenomeno psicologico: se ti dico di non pensare a un elefante rosa, all'improvviso la tua mente riesce a pensare soltanto a un elefante rosa.»

Quasi a dimostrazione di questa tesi, nella mia testa affiorò il viso di Severin, con la cicatrice, gli espressivi occhi castani e il sorriso sincero. L'immagine era accompagnata dalla sua voce che diceva nitidamente: *Per loro non è una novità che Frey sia pericoloso, anche se non hanno la più pallida idea dei suoi veri progetti.*

Accidenti. Severin era il mio maledetto elefante rosa! E non potevo raccontarlo a nessuno.

All'improvviso provai un senso di profonda solitudine.

Quando il taxi imboccò Piccadilly e arrivò all'altezza di Fortnum-&-Mason, il grande magazzino dove la mamma poteva trascorrere interi pomeriggi, fui assalito quasi da un senso di nostalgia di casa.

Pare che non esistano modi per bloccare le capacità telepatiche di Frey scrissi a Matilda. *Non potrò impedirgli di in-*

trufolarsi nella mia testa. Spero di riuscire a non pensare a Severin.

La sua risposta impiegò trenta secondi ad arrivare, evidentemente ci aveva rimuginato su parecchio. *Certo che ce la farai! Per esempio cercando di recitare mentalmente il Padrenostro al contrario. Quando il tuo cervello è impegnato in un'impresa così difficile, non è in grado di pensare ad altro e i tentativi di Frey cadranno nel vuoto.*

Haha risposi. *Il Padrenostro non lo so recitare neanche nel verso giusto.*

La sua risposta fu di nuovo immediata. *Allora prova a fare mentalmente una sottrazione con numeri molto grandi, oppure canta una canzone, fai lo spelling delle parole al contrario, qualunque cosa, l'importante è tenere occupati i neuroni.*

D'accordo. Ci proverò. Forse non si trattava di un vero e proprio incantesimo di difesa, in ogni caso Matilda era riuscita a scacciare il senso di solitudine. Sapere che lei c'era, per quanto lontana, mi dava fiducia.

E grazie. Otnat oma it avrei voluto scriverle ancora, ma in quel momento il taxi si fermò davanti a un portone dorato sormontato da una tettoia, fiancheggiato da vasi con piante a forma di palla e sorvegliato da un custode in livrea.

«Siamo arrivati» annunciò il professor Cassian, in maniera del tutto superflua.

Mi misi alla prova e provai a pronunciare al contrario la parola elefante. Che cosa non si era disposti a fare per la pace nel mondo.

M
Matilda

«Matilda?»

Accidenti. La nostra professoressa di tedesco, la signora Dölbe, doveva essersi rivolta a me. Peccato che, a parte il mio nome, non avessi sentito niente perché ero stata occupata a sviluppare una strategia contro la lettura del pensiero da offrire a Quinn sul suo taxi londinese. Ma non avrei certo fatto colpo sulla professoressa pronunciando il suo nome al contrario, perché sarebbe stato idiota. Rimisi il cellulare nello zaino senza farmi vedere e lanciai un'occhiata a Julie in cerca di aiuto.

«Terza strofa» mi bisbigliò.

«La terza strofa» dissi quindi nel tono più neutro possibile. Purtroppo non era la risposta alla sua domanda.

La professoressa si avvicinò al nostro banco e mi guardò dall'alto in basso con gli occhi socchiusi. «Ho chiesto come *fa* la terza strofa.»

Ah, ecco. «A te cantiamo Gloria, con voci d'angelo in cielo» risposi meccanicamente, ma già mentre pronunciavo quelle parole mi resi conto che c'era qualcosa di sbagliato. Julie mi diede un calcio di avvertimento in uno stinco e la professoressa Dölbe strinse anche le labbra. Probabilmente pensava che volessi prenderla in giro. «Con accordi di arpe e... *Scusi*» balbettai. «Era la terza strofa sbagliata.» Per la precisione quella del canto che stavamo imparando con il coro. A scuola invece era il mese della poesia romantica. «Dunque... hm...» In questo momento nella mia testa vorticavano troppe cose contemporaneamente: malvagi esseri telepatici, seducenti portali, laboratori di chimica in fiamme, riserve di unicorni siberiane, appassionati baci sul divano...

«E aprì l'anima mia ampie l'ali distese, volò in questo silenzio, come tornando a casa» recitò truce la professoressa Dölbe battendo le lunghe unghie sul piano del banco. Quella poesia di Eichendorff, in particolare la terza e ultima strofa, mi era sempre piaciuta molto. Fino a poco prima. «Dove sono la cadenza femminile e maschile in questa strofa?»

Le cosa? Il trillo acuto della campanella mi salvò. Con un profondo sospiro la professoressa si rivolse al resto della classe per dare i compiti per casa.

«Gloria a te» mi bisbigliò Julie dandomi una gomitata nelle costole. «Sei una frana nel multitasking. E completamente fuori fase. Prima ti appisoli durante l'ora di matematica e adesso dai l'impressione di aver bevuto dieci caffè uno dietro l'altro. L'altro ieri ce l'avevi a morte con Quinn perché voleva impedirti qualcosa, da ieri siete tornati un cuore e una capanna. Ho visto male o prima ti ha mandato una foto di un autobus a due piani?»

«Sì, è su un taxi a Londra» risposi, tirando di nuovo fuori il cellulare per vedere se mi avesse risposto.

«E pensare che l'abbiamo visto giusto poco fa in cortile» osservò Julie come se niente fosse.

«Pazzesco, vero? Voglio dire, sarebbe potuto arrivare anche in Indonesia o in Messico altrettanto velocemente attraverso uno di quei portali. È incredibile.» Probabilmente Quinn aveva altro da fare che scrivere a me. Mi spiaceva non avergli detto di registrare la conversazione. Così avrei potuto sentire la voce di Frey. Lo avevo cercato su Internet, ma le parole «Frey» e «Norvegia» avevano generato risultati inutili come «unicorni» e «lago Baikal».

Ci volle qualche secondo perché notassi l'espressione interdetta di Julie mentre mi rimettevo lo zaino in spalla. Allora mi resi conto di quello che avevo appena detto, così, senza pensare. Lo shock mi provocò un brivido in tutto il corpo. «Sì, cioè, ovviamente hai capito quello che intendevo...» Feci una risata falsa. «Virtualmente.»

«Ma certo» disse Julie. «Nel vostro... *gioco.*» Non mi piacque il tono con cui pronunciò quella parola. «Hm. Vi capita di fare anche qualcos'altro ogni tanto?»

«Eccome.» Uscivamo con Santa Giovanna e davamo fuoco alla scuola, per esempio. «Ieri abbiamo bevuto un tè alla menta da lui e... limonato.» Speravo che questo la distraesse. Mentre uscivamo dalla classe la presi sottobraccio. «Finché non sono arrivati i suoi genitori. Prima del solito, così ci hanno beccato sul divano in cucina.»

Julie scoppiò a ridere. «Oddio. È stato molto imbarazzante?»

Sollevata risi con lei. «Altroché» risposi, descrivendole tutti i dettagli più penosi, compresi gli occhiali rotti e i sinonimi di limonare. Attraversammo velocemente il cortile e proprio quando arrivai di fronte al punto del gatto della fortuna, fummo superate da dietro da Luise e Leopold. Quando si dice le coincidenze.

«Che Dio vi benedica, care cugine!» Ci accerchiarono con la loro famigerata manovra a tenaglia, con Luise che prese sottobraccio me, mentre Leopold faceva lo stesso con Julie. Più che altro sembrava di essere sequestrate da due poliziotti. «Avete già pensato a un regalo per papà? Se volete, potete partecipare al nostro.»

Trattenni un sospiro. Giusto, la settimana prossima compiva gli anni zio Thomas, e per zia Bernadette le feste di compleanno erano sempre una faccenda serissima. Duravano da mattina a sera e seguivano un preciso protocollo, che doveva essere rispettato alla lettera. Il clou dei festeggiamenti era come sempre la foto di famiglia dove tutti gli invitati dovevano sistemarsi sui gradini di casa nello stesso ordine e nella stessa identica posa degli anni precedenti. Tra ordini perentori, spintoni e gomitate alla fine c'era sempre qualcuno che piangeva sulle foto, spesso la stessa zia Bernadette. Faceva parte della tradizione.

«Fatemi indovinare: anche stavolta avete preso una delle statuine da presepe di legno fatte a mano di cui zio Thomas fa collezione» disse Julie. «Anche se oramai il presepe dovrebbe essere sovraffollato. Non c'erano mica tutti quei pastori veramente a Betlemme.»

«Gli manca sempre un cammello per Baldassarre» spiegò serissima Luise. «Quest'anno però ha chiesto una nuova sdraio per il giardino. La mamma ne ha comprata una molto elegante. Se date il solito contributo, posso scrivere sul biglietto che due viti sono vostre.»

Julie e io ci scambiammo una breve occhiata. Sospirai. «D'accordo.»

«Adesso potete anche lasciarci andare» disse Julie. «Ci stanno già guardando tutti.»

I gemelli lasciarono controvoglia la presa. Sapevo che Leopold era venuto in bicicletta, dato che aveva già in testa il casco, e che quindi doveva andare nella direzione opposta. Ma evidentemente non era ancora pronto a separarsi da noi, perché continuò ad accompagnarci. «Spero che non ti ammalerai di mononucleosi prima della festa, Matilda. Sarebbe un peccato se non potessi essere sulla foto di famiglia.»

Lo guardai sbigottita. «Cosa?»

«Mononucleosi, chiamata anche la malattia del bacio» spiegò compito Leopold. «Visto come siete stati intimi tu e Quinn, sarebbe più che possibile. Ovviamente si possono prendere anche un sacco di altre cose, bisogna esserne consapevoli quando si infrangono le regole.»

Julie scoppiò a ridere. «Ma quali regole? Le vostre?»

«Non condanniamo i rapporti sessuali prima del matrimonio» ci assicurò Luise. «Però è giusto sapere che si corrono dei rischi. Soprattutto se si sceglie un partner di cui è risaputa la promiscuità. Quando siamo andati in gita, Quinn era uno dei ragazzi che dopo le nove di sera era sempre nel dormitorio delle ragazze. E Lilly Goldhammer ha detto espressamente che prende la pillola. Ero proprio lì accanto quando lo ha raccontato a Carina. Inoltre sono assolutamente sicura che abbia avuto una storia con quella nuova studentessa tatuata, Giovanna Arco.»

«E prima l'ho visto salire in macchina con quel fioraio dai capelli rossi» aggiunse Leopold. «Ultimamente li ho visti spesso insieme, anche nel cuore della notte. Sono spariti dentro il *cimitero*.»

«Ma è *scandaloso*» commentai liberando finalmente il braccio dalla stretta di Luise.

Leopold annuì soddisfatto. «È proprio quello che ha detto anche zia Britta quando l'ho incontrata stamattina dal fornaio.»

«Hai raccontato tutto anche alla mamma?» Fantastico. E così la mia gioia all'idea di tornare a casa era persino aumentata.

***

«La situazione diventa sempre più insostenibile con quei due» dissi una volta che ci fummo liberate dei gemelli, anche se per farlo eravamo state costrette a consegnargli i soldi per il regalo.

«Non saprei» ribatté Julie titubante mentre superavamo il cancello della scuola. «Anche a me verrebbe da chiedermi che cosa vada a fare di notte Quinn al cimitero con il fioraio. Tu lo sai?»

La domanda mi colse così impreparata che cominciai a balbettare. «Hm, sì, io... lui... il cimitero è una scorciatoia per andare...»

«... Per venire da te, certo, ma dove va Quinn di notte con il fioraio?» Julie a questo punto si era intestardita.

«Haha, sembra di giocare a Cluedo. È stato Quinn, insieme al fioraio, di notte al cimitero» cercai di scherzare, ma Julie non mollò l'osso.

«No, sul serio» disse.

«Lui e Giacinto sono amici.» Evitai di guardarla, tenendo gli occhi fissi sul marciapiede. «Lo conosco anch'io, è molto simpatico. E quando Leopold dice 'di notte' è probabile che intenda suppergiù le dieci di sera. Lo conosci anche tu.»

«Hm» fece Julie. «Anche questo Giacinto partecipa al vostro gioco? Come Giovanna? Li avete conosciuti on-line?»

«No, lei era la ragazza del fisioterapista di Quinn» risposi sincera.

Terribile errore.

«Perché *era*?» chiese subito Julie, inchiodandomi definitivamente con le spalle al muro.

Be', perché quel tipo è morto. È stato investito da un treno della metropolitana argentina. Ma non devi compatirli, è probabile che stessero insieme solo per spiarsi a vicenda, e lei comunque si è già scordata della sua esistenza. Cercai febbrilmente un modo per cambiare argomento.

«E io che pensavo che tu e Giovanna vi foste conosciute al campo biblico» osservò Julie.

«Sì, anche. Esatto» farfugliai. Avevo la sensazione che Julie volesse trapassarmi con lo sguardo.

«Hm. Quale santa interpretavi tu lì?» domandò.

«Cosa? Ah, sì... Ero santa... Ildegarda. Toh, guarda, c'è Jannik Abels. Pare che il suo video dei pompieri abbia avuto più di diecimila visualizzazioni. Incredibile, vero? E pensare che ha raccontato un sacco di assurde scemenze, figuriamoci se i ki... gli intrusi possono aver causato l'esplosione lasciando aperto un bruciatore Bunsen nel magazzino dei materiali. Tzé, come se fosse così facile.»

«E il custode Meller si vanta di essere un eroe perché ha installato una telecamera di sorveglianza» ridacchiò Julie. «Bisognerebbe fare i complimenti agli scoiattoli, invece.»

«Assolutamente d'accordo.» Ero così sollevata che Julie avesse abboccato al cambio di argomento che mi sfuggì un sospiro che cercai di mascherare con un'altra risata falsa. Per fortuna l'incendio non aveva causato danni strutturali. Al mattino il preside aveva dichiarato che gli ambienti sarebbero tornati utilizzabili nel giro di qualche settimana. Dato che avevamo azionato gli sprinkler diversi minuti prima che scoppiassero le fiamme, il fuoco era stato spento rapidamente. Per essere una piromane mi ero comportata in maniera proprio responsabile. Aveva ragione Quinn: era tutto a posto. Davvero.

Era una bella giornata di primavera, proprio come il giorno prima. I ciliegi giapponesi lungo il viale erano in piena fioritura, e camminando sul marciapiede si aveva l'impressione di trovarsi sotto una nuvola rosa. Tutta la città sprizzava energia e sembrava apprezzare l'aria fresca. «Andiamo a bere qualcosa al Caffè di zia Emma?» proposi.

Julie scosse la testa con aria mortificata. «Non è possibile, devo andare subito alla lezione di nuoto con Findus, perché gli altri due hanno un appuntamento dal dentista con la mamma.» Tirò fuori il cellulare. «Mi ha già scritto tre volte. Aspetta, devo risponderle.»

«Tanto Luise e Leopold mi hanno ciucciato anche gli ultimi spiccioli» dissi, recuperando a mia volta il cellulare dallo zaino.

In quello stesso istante notai la figura vestita di nero che veniva verso di noi a tutta velocità.

Senza riflettere spinsi di lato Julie e mi piazzai davanti a lei, pronta a utilizzare lo zaino come arma da lancio.

E poi... uno skateboard ci superò. Il ragazzo che c'era sopra non ci degnò neppure di un'occhiata. Con il cuore in gola mi voltai a guardarlo. Grazie al cielo! Era solo uno stupido skateboarder con la felpa e i jeans neri, non un killer norvegese come avevo pensato in un primo momento.

«Ma che ti prende?» Julie mi guardava allibita. Sfido io! L'avevo spinta nella siepe e nel farlo i nostri cellulari erano caduti per terra.

«Pensavo... pensavo che stesse per investirci. Scusa.» Mi chinai in modo che Julie non vedesse quanto fossi ancora sconvolta.

«E che cosa volevi fare con lo zaino?» Scuotendo la testa recuperò l'altro cellulare. «Questo è tuo» disse dopo aver lanciato una breve occhiata allo schermo. «Si può sapere chi è FarisbetterthanParis? E perché ti chiama *Babe*?»

Accidenti!

«Lui è... partecipa anche lui al gioco» risposi. «Chiama tutte le ragazze Babe. Un vero troglodita.»

«Hm» fece Julie, e mi resi conto che nell'ultimo quarto d'ora lo aveva fatto spesso. Troppo spesso, a ben vedere. Inoltre mi scrutava intensamente.

Mi sentii avvampare le guance.

«Immagino che anche lui lo abbiate conosciuto on-line?» chiese senza distogliere lo sguardo da me. «E l'esame di ammissione di cui parla fa parte anche quello del gioco, vero?»

«Sì, proprio così» risposi e feci per rimettermi in cammino.

Julie però non mosse nemmeno un passo. «Come si chiama questo gioco? Sai, mi piacerebbe molto partecipare insieme a voi.»

«Ma... hm... non ti divertiresti mica, tu detesti i giochi fantasy! Voglio dire, non sei riuscita nemmeno a vedere fino alla fine *Il signore degli anelli*» farfugliai, lottando contro la spiacevole sensazione di essere sul punto di perdere il terreno sotto i piedi. Come se l'asfalto fosse diventato una distesa di sabbie mobili. «E poi... ecco... bisogna... non c'è un vero... sì, è quasi... una specie di gioco privato.» Tacqui, perché Julie aveva stretto gli occhi. Il suo bel viso si contrasse, come se qualcosa la facesse soffrire.

«Un gioco privato» ripeté piano. «Un gioco privato senza nome, al quale possono partecipare il fioraio e la ex ragazza di Quinn, ma io no? La tua migliore amica?»

Maledizione. Quanto avrei voluto camminare davvero sulle sabbie mobili adesso per sprofondare. «È tutto... molto complicato» replicai fiacca.

«Già, sembra anche a me.» Julie si morse il labbro inferiore, come faceva sempre quando era arrabbiata. «È quello che succede quando si dicono troppe bugie. Diventa tutto più ingarbugliato. Sai che cosa credo?»

Scrollai la testa, non volevo saperlo.

«Credo di non potermi più fidare di te» disse lei comunque. «E da questo momento non siamo più nemmeno migliori amiche.»

«Julie, ti prego...»

«No!» Alzò una mano. «Non ho idea di quello che ti è preso, né in quali strane cose sia coinvolta, ma una cosa la so per certo, Matilda Martin: mi stai mentendo, da settimane! E io lo trovo così maledettamente... triste!»

«No, io... tanto non mi crederesti... È... non *posso* parlarne» balbettai, trattenendo a stento le lacrime.

Ci guardammo in silenzio per qualche secondo, io con l'espressione implorante e Julie come se aspettasse da me che dicessi qualcosa. Ma io non sapevo come spiegarle il motivo per cui le avevo mentito senza mentirle.

Alla fine fu Julie a rompere il silenzio.

«Se le cose stanno così, direi che la nostra amicizia ha bisogno di una pausa» annunciò. «Non posso frequentare una persona che mi dice solo bugie.» Girò sui tacchi e si allontanò nella direzione opposta.

Mentre la mia testa cercava ancora di comprendere cosa diavolo fosse successo, il mio cuore era diventato improvvisamente di piombo. Julie era sempre stata la mia persona preferita, quella che si ama senza condizioni, di cui ci si può fidare in qualunque situazione e che ti accetta per quello che sei. E viceversa. L'ultima cosa che desideravo era farla soffrire, ma evidentemente era proprio quello che avevo fatto continuando a raccontarle bugie evasive. All'improvviso la mia vita era sconvolta. Senza Julie... no, non potevo immaginare di vivere senza Julie. Dovevo rimettere le cose a posto, per forza! Appena mi fosse venuto in mente come fare.

Ero ancora immobile, quasi paralizzata, sebbene Julie si fosse allontanata da un pezzo, quando vidi venirmi incontro sul marciapiede qualcuno che conoscevo.

Era Faris Amiri, l'attraente sciovinista che apparteneva al gruppo di Pandinus Imperator. Quello che on-line si faceva chiamare FarisbetterthanParis.

«Ciao» lo salutai, ma lui non fece caso a me. Lo sguardo fisso sul cellulare, mi superò diretto alla fermata del tram.

Lo seguii. In quel momento arrivò il mio tram e Faris lo prese. Quando si lasciò cadere sul sedile libero accanto al finestrino, guardò dalla mia parte, ma anche stavolta non mi riconobbe. Non appena il tram si mise in marcia, tornò a guardare il cellulare.

Per un attimo mi domandai se mi fossi sbagliata e se non si trattasse soltanto di un tipo che somigliava incredibilmente a Faris. Perché in effetti questo qui aveva qualcosa di diverso, non era così baldanzoso e sicuro di sé come il Faris che avevo conosciuto io. L'incarnato color bronzo appariva come sbiadito e sotto gli occhi aveva ombre scure. Ma forse aveva dormito poco o covava un malanno. Oppure, quando era da solo, non era poi così arrogante e sicuro di sé?

Senza pensarci due volte mi sedetti di fianco a lui. Continuò a fissare il cellulare. Anch'io allora lo sbirciai. A quanto potevo vedere aveva aperto un sito esoterico che si occupava di mettersi in contatto con i morti. «È possibile tornare dall'aldilà?» diceva un titolo.

«È morto qualcuno?» chiesi. Poteva anche essere una spiegazione per il suo stato così malmesso.

Faris trasalì e mi guardò con espressione vitrea.

«Ciao» lo salutai.

Girò di nuovo la testa. Si era fatto di qualcosa oppure era semplicemente uno stronzo?

«Sono io, Matilda. O *Babe*, casomai non ricordassi il mio nome» dissi un po' stizzita, e lui si voltò verso di me. «Mi hai appena scritto un messaggio.»

Finalmente una luce sembrò accendersi nella sua testa e l'espressione assente scomparve dal suo viso. «Sì, giusto. Sei l'amica di Quinn.» Aveva ripreso la sua aria arrogante che aveva nelle catacombe. «Allora? Ci avete pensato? È un'occasione unica, faremo un'eccezione per te, perché a quanto pare è possibile avervi solo in confezione doppia. In genere non avresti possibilità di entrare a far parte del gruppo, sei troppo giovane, troppo inesperta, troppo...»

«... ragazza?» suggerii.

Lui si strinse nelle spalle. «Dammi pure dell'antiquato, ma le femmine portano sempre caos, è scientificamente provato.»

Senza dubbio uno stronzo.

«Ma, come ho detto, per te faremmo un'eccezione. Eric ha detto che conoscete altri portali non sorvegliati. È vero o lo avete detto solo per vantarvi?»

«Intendi per rendere chiaro che non abbiamo bisogno di voi?»

Lo stronzo assunse, se possibile, un'espressione di superiorità persino maggiore. «Se ho capito bene, è sempre solo Quinn che attraversa i portali, mentre tu hai il permesso di assistere. Con noi sarebbe diverso. E credo che ti piacerebbe parecchio...»

Deglutii. Purtroppo aveva fatto centro.

Il tram frenò in prossimità della fermata successiva e Faris si alzò. «Scusa, ma devo scendere.»

Mi alzai per lasciarlo passare. «Saluta Eric e Nadim. Casomai decidessimo di non far parte del gruppo, digli che non dipende da loro. È scientificamente provato.»

Le porte si aprirono frusciando. «Al tuo posto non mi lascerei sfuggire questa occasione» ripeté Faris scendendo. «Ci vediamo, Babe.»

Continuai a guardarlo mentre le porte del tram si richiudevano. «Oppure anche no» mormorai.

Quinn

Frey occupava una suite al quinto piano dell'hotel e io ne avevo approfittato per fare una deviazione al bagno prima di salire da lui. Se non altro mi ero tolto un problema.

Quando uscimmo dall'ascensore, ci vennero incontro tre uomini. Due erano vestiti di nero, il terzo, leggermente barcollante, sfoggiava una giacca a grossi quadri di un blu elettrico, pantaloni blu scuro e una cravatta ricamata con teste di cane, così orribile che era impossibile non guardarla. Gli altri due ci scrutarono con attenzione, ma l'abbigliamento colorato di Fata, le mie stampelle e la barba da Babbo Natale di Cassian ci davano un'aria così innocua che ci sorrisero addirittura quando li superammo e loro salirono in ascensore al nostro posto.

L'uomo con la cravatta pacchiana invece non sorrise, ma fece un rutto sonoro prima che l'ascensore si richiudesse.

«Alla salute» disse Fata.

«Quelle erano chiaramente guardie del corpo, giusto?» sbottai. Il lungo corridoio rivestito di legno scuro era coperto da una passatoia così spessa che camminarci con le stampelle era faticoso quasi quanto sulla ghiaia. «Chi era il ruttatore?»

«Il ministro degli esteri inglese» rispose il professor Cassian. «Fresco di nomina.»

«Appena insediato e già si permette di sbronzarsi con Frey.» Fata bussò a una delle porte con più decisione del necessario. «Proprio un bell'esordio. Viva la diplomazia!»

«Sarebbe bello se tu...» cominciò il professor Cassian, ma Fata non lo lasciò proseguire.

«No, scordatelo. Non ho nessuna intenzione di comportarmi in maniera civile. È il minimo che possa fare.»

Il professor Cassian sospirò.

L'uomo che ci aprì corrispondeva perfettamente all'immagine che mi ero fatto di Frey, anche se fino a quel momento non mi ero reso conto di aver pensato al suo aspetto: alto, pallido, smunto, con il viso un po' cascante e occhi quasi neri che ci fissavano penetranti.

Sentii che il polso mi accelerava.

«Oh. Avete portato una *fata*» disse, e la sua voce fredda e cupa mi provocò un brivido lungo la schiena. Aveva pronunciato la parola «fata» come se fosse un sinonimo di «verme ripugnante». Lo odiavo di già.

«Gli accordi erano questi, Na'il» disse una voce maschile più amichevole dall'interno. «Non essere scontroso come uno svartálfar e fai accomodare i nostri ospiti.»

Il tipo ombroso si spostò dalla porta e il professor Cassian fece entrare prima Fata poi me. «Non sapevo che avrei trovato qui anche te, Na'il» dichiarò, in tono decisamente freddo per i suoi standard. «Oramai la faccenda è conclusa.»

Na'il serrò le labbra. Era un tipo attraente, del genere conte-Dracula-e-i-suoi-amici, le sue lunghe mani erano curate e avevano qualcosa di aristocratico quanto il naso sottile. Il semplice abito scuro sottolineava ulteriormente quest'impressione.

«È qui per mio desiderio» spiegò una voce femminile. Apparteneva a una donna alta che ci voltava le spalle in piedi davanti al camino. La reggente Themis. «Volevo essere sicura che la dodicesima centuria sostenesse compatta il nostro accordo. E così è.»

Avevo incontrato la reggente già una volta, durante una visita all'osservatorio con il professor Cassian e le fate, ed ero rimasto molto colpito dal suo aspetto maestoso e senza età.

Quando si girò lentamente e ci osservò l'uno dopo l'altro con sguardo distaccato, mi sentii subito intimidito.

Ero ancora una volta irreparabilmente trasandato nell'aspetto e nella pettinatura.

Nonostante l'abbigliamento classico e discreto, perfettamente abbinato al corto taglio di capelli, non aveva affatto l'aspetto tipico di una politica, e persino la persona più insensibile avrebbe colto l'aura di potere e rigore che la circondava.

«Siete molto puntuali» constatò.

«Siamo venuti in taxi da Temple, senza restare fortunatamente bloccati nel traffico» spiegò il professor Cassian, mentre io davo un'occhiata di nascosto al vero Frey. Il nome del conte Dracula, Na'il, lo avevo sentito spesso, ma prima non lo avevo mai collegato a qualcuno. Secondo Giacinto faceva parte dei falchi, per i quali una vita umana valeva grossomodo quanto quella di un moscone. Era l'ex capo di Giovanna, un nex, che come Hector comandava una centuria. Non lo avrei mai ritenuto possibile, ma paragonato a Na'il, Hector diventava innocuo, come un bassotto accanto a un lupo sanguinario.

Ma dov'era Frey?

Impiegai qualche secondo a individuarlo. Gli arredatori che avevano allestito quella stanza si erano prodigati senza riserve, riempiendola di argento, oro, velluti, stucchi, marmo e cristallo, con una profusione di arabeschi, fregi e nappe. Fin qui tutto orribile. Le pareti tinteggiate di rosa chiaro erano decorate di dipinti e specchi dalle cornici d'argento, alternati ad applique argentate. C'era spazio sufficiente per due divani contrapposti che racchiudevano il camino davanti al quale stava Themis, uno scrittoio, un'ingombrante libreria di legno lucido e una serie di tavolini occupati da lampade a stelo, inoltre c'erano diverse credenze e un mobiletto antico di foggia vagamente cinese, tutto intarsi e guarnizioni dorate, con le ante aperte a rivelare l'interno rivestito di specchi: un mini bar per sbruffoni.

L'unica bellezza in tutta la stanza, a prescindere dalle persone, era il grande pianoforte nero e lucido davanti alla finestra. E sullo sgabello lì davanti c'era seduto Frey. Il vero Frey. Doveva essere lui, a meno che ci fosse qualcun altro nascosto dietro le tende, anche se aveva un aspetto del tutto diverso da come me lo ero immaginato.

Al pari degli altri arcadi non sembrava né vecchio né giovane. Se non avessi saputo che aveva diverse migliaia di anni sul groppone, forse gliene avrei dati una quarantina. I capelli biondo platino e corti mi ricordavano Gudrun e Gunter, anche l'armadio aveva avuto lo stesso particolare colore di capelli, ma il taglio di Frey non era altrettanto militare e squadrato, bensì più morbido, quasi un tantino trasandato. E si abbinava anche al suo stile di vestiario, tutt'altro che elegante almeno quanto il mio, con un maglione grigio azzurro e un paio di jeans. I piedi che teneva appoggiati sui pedali del pianoforte erano scalzi. Non c'era modo più evidente per sottolineare che quella era la sua suite e che ci si sentiva a casa.

Tutto nel suo aspetto mi sorprendeva, per qualche motivo, e non sapevo che cosa mi lasciasse più perplesso: gli occhi vivaci circondati da rughe d'espressione, le profonde fossette sulle guance che racchiudevano il suo sorriso da dentifricio, o la sua voce, amichevole e piacevolmente armoniosa.

«Di sicuro pensavi che avrei alloggiato di nuovo al Rosewood, vero Cass?» disse, suonando con disinvoltura i primi accordi di un pezzo di musica classica. «Avrei voluto, ma la mia suite abituale era stata assegnata a non so quale emiro con le sue mogli, quindi ho dovuto ripiegare su questa sistemazione. Che vuoi, per una notte sarà più che sufficiente. E questo Steinway è comunque fantastico.»

Mio malgrado trovavo che quel tipo somigliasse a un presentatore televisivo. Lo avrei scambiato anche per un olimpionico medaglia d'oro di vela o un dentista, in realtà per chiunque, tranne che un crudele despota della Soglia. Non aveva ancora posato gli occhi su nessuno di noi direttamente, lasciando vagare lo sguardo in giro con aria distratta, come se parlasse da un palcoscenico. In un silenzio generale bevve un sorso dal calice di vino appoggiato sul pianoforte davanti a lui e poi con un gesto indicò il mobile bar. «Posso offrirvi qualcosa da bere? Il gin purtroppo è finito, il ministro poco fa ha svuotato la bottiglia a tempo di record, ma c'è ancora un Single Malt di tutto rispetto e una bottiglia di Bordeaux che dovrebbe piacerti, Cass. Servitevi pure. E mettetevi comodi.» Suonò di nuovo qualche accordo e in quel caso mi parve di riconoscere la melodia.

«Beethoven, *Inno alla gioia*» disse Frey guardandomi per la prima volta in faccia.

Merda. Aveva già iniziato a leggere nel pensiero? Dovevo ancora abituarmi al fatto che chiamasse il professore «Cass», come se fossero vecchi compagni di università.

«Dopotutto oggi è un'occasione da festeggiare, finalmente ci conosciamo.» Il suo sorriso si allargò e le fossette nelle guance si approfondirono.

Senza che potessi farci niente, la mia mente andò automaticamente a un altro viso con le fossette. Un viso incorniciato da boccoli biondi. Un viso sorridente e paffuto... Oh no! Mi affrettai a sillabare le parole a rovescio. A T U F F A...

«Tu suoni qualche strumento, Quinn? Hai la musica nel sangue?»

Che modo bizzarro di formulare la domanda. La mia attività musicale si limitava all'ukulele, che avevo imparato a suonare da solo con l'aiuto dei tutorial, e quando nessuno mi ascoltava, ci cantavo anche su. Ma non si poteva certo definire «musica nel sangue». Per questo risposi di no.

«Peccato.» Un'espressione contrariata affiorò brevemente sul viso di Frey, senza che avessi tempo di capire se fosse disprezzo o delusione, perché subito dopo il suo viso tornò sereno e amichevole. «È qualcosa che voi umani avete in più rispetto a noi. Alcuni di voi sono benedetti da talenti che noi non siamo in grado di acquisire nemmeno dopo centinaia di anni, né con la magia né con il duro esercizio. Ricordo ancora quanto rimasi sbigottito sentendo suonare il piccolo Mozart al Covent Garden Theatre. All'epoca doveva avere forse otto anni, incredibile. Sempre lì ho avuto per la prima volta...» Si interruppe bruscamente scuotendo il capo con un sorriso, quasi fosse divertito da ciò che era stato sul punto di rivelare. «Be', ho assistito a tantissimi meravigliosi concerti qui a Londra.»

Per qualche secondo continuò a strimpellare in silenzio.

Nel frattempo Cassian si era seduto su uno dei divani. Na'il aveva occupato quello di fronte e la situazione mi ricordava penosamente il gioco delle «sedie musicali». Su ogni divano c'era posto per due o anche tre persone, se si stringevano, ma non volevo sedermi per nessun motivo accanto a Na'il o Themis, men che meno a stretto contatto. Mi affrettai a seguire zoppicando il professor Cassian e mi lasciai cadere sui cuscini accanto a lui.

Fata borbottò qualcosa di incomprensibile, poi si avvicinò al mobile bar e si riempì fino all'orlo un bicchiere di whisky sotto lo sguardo critico di Themis e Na'il. «Qualcun altro?» chiese bevendo un sorso generoso.

Io soffocai l'impulso di rispondere «Per me, grazie!» e invece mi concentrai a ripetere mentalmente al contrario la parola whisky, perché lo sguardo di Frey era tornato a posarsi su di me. Y K S I... Era molto più difficile del previsto, se non avevi la parola scritta davanti. Forse avrei fatto meglio a scegliere un posto sull'altro divano, quello che dava le spalle al pianoforte.

La reggente Themis sembrava preferire di restare in piedi. Appoggiata alla mensola del camino osservò Fata raggiungerci tenendo in equilibrio il suo enorme bicchiere di whisky e strizzarsi con la sua gonna svolazzante tra il professore e me.

«Pensavo che le fate non bevessero alcol» disse Na'il. Non sapevo se il disprezzo che traboccava dalla sua voce riguardasse le fate in generale oppure Fata nello specifico, di sicuro era inconfutabile.

«Non è esatto» precisò Fata. «Il problema è che non lo reggiamo troppo bene. Ma anche questo ha i suoi vantaggi, nel caso in cui, come adesso, non si voglia rimanere sobri.» Bevve un'altra lunga sorsata e tossì.

N I C N I C pensai con una punta di invidia.

Frey smise di suonare di colpo e richiuse il coperchio del pianoforte. «Mi rendo conto che non siete nello stato d'animo giusto per Beethoven.» Quando si alzò mi accorsi che era alto quanto Na'il, ma di corporatura più massiccia. Reggendo in mano il bicchiere di vino ancora mezzo pieno si avvicinò al divano e si accomodò accanto a Na'il. Si spaparanzò con le gambe e le braccia così larghe da non lasciare più spazio per la reggente Themis. Il contrasto con la posa rigida e dritta di Na'il non avrebbe potuto essere più netto.

Dopo aver posato lo sguardo lentamente su ciascuno di noi, Frey scoppiò in una sonora risata. «Quanto imbarazzo e quanta diffidenza! Io volevo semplicemente conoscere il ragazzo che le fate ritengono essere il prescelto, e adesso mi trovo seduto qui con un'intera delegazione.»

«Il fatto è che siamo meravigliati dal tuo esagerato interesse per Quinn, tutto qui» ribatté il professor Cassian.

«Esagerato?» Frey alzò un sopracciglio divertito. «Ho mostrato lo stesso interesse anche per il ragazzo di Zaojun: nelle ultime settimane l'ho conosciuto di persona, stranamente, senza che tutti volessero assistere. Tra l'altro è un giovane di grande talento.»

«Per lui però non hai assunto un ex nex perché lo spiasse fingendosi psicoterapeuta, giusto?» Fata trangugiò un altro sorso di whisky.

«Sono accuse vergognose...» si inalberò Na'il, che tuttavia tacque non appena Frey gli posò una mano sul braccio.

«Ma è vero.» La parlata di Fata cominciava a essere strascicata. L'alcol stava facendo effetto. «Perché Quinn? In genere a questo punto avresti presentato da tempo un tuo prescelto, un tipetto biondo platino, dal fisico muscoloso, nelle cui vene scorrono sangue di lupo e acqua di ghiacciaio.»

«Il rito del portale delle stelle è una specie di gara, allora?» mi affrettai a chiedere, vedendo che Na'il aveva di nuovo gonfiato il petto indignato.

Frey gettò la testa all'indietro e scoppiò a ridere. «Già, è quello che verrebbe da pensare sentendoli parlare, vero? È buffo, ma anch'io ho detto qualcosa del genere poco fa a Na'il e Themis. Non si tratta di una gara per decidere il vincitore tra i prescelti, gli ho detto, tutti vogliamo la stessa cosa, oppure no?»

«E sarebbe?» chiesi, rischiando di fare la figura dello stupido.

Per un paio di secondi si scambiarono occhiate tra di loro, poi Frey rispose sempre ridendo: «È molto semplice: vogliamo che quel maledetto portale delle stelle si apra di nuovo per poterci riprendere ciò che ci appartiene».

Subito dopo si sporse in avanti e mi fissò negli occhi.

Aiuto! Cioè, O T U I A! Tieni occupato il cervello, presto, Quinn. Spostai bruscamente lo sguardo oltre la testa di Frey e fissai un punto sulle tende drappeggiate. Tremiladuecentosette meno tremilacentoottantadue fa... tremiladuecentosette meno tremila fa duecentosette, meno due duecentocinque, meno ottanta...

«Che cosa ti hanno raccontato di me?» La voce di Frey era molto pacata. Puntellò i gomiti sulle cosce avvicinando ulteriormente il viso. «Che mi nutro di piccoli prescelti a colazione? Che sono un mostro?»

Sì, qualcosa del genere. Un mostro assetato di potere, spietato, vendicativo, senza il minimo scrupolo. *Nelle sue prigioni sono rinchiuse persone che tortura già da secoli*, disse nella mia testa la voce di Sev-maledizione! *Duecentocinque meno ottanta fa centoventicinque. Queste tende sono rosa... Come un elefante... Come... Padrenostro che sei nei cieli... Aiuto...*

Gli angoli della bocca di Frey si curvarono in un lieve sorriso. «Non sono un mostro, Quinn, è solo che non credo alla teoria del porgere l'altra guancia al nemico. Qualunque cosa ti abbiano raccontato di foschi piani, portali proibiti e persone che avrei ingaggiato per spiarti o peggio, non c'è niente di vero, assolutamente niente. La mia unica preoccupazione è che non ti succeda niente di male. E per me era importante dirtelo di persona.»

Mentre parlava il mio sguardo si era spostato dalle tende al suo viso, come se i suoi occhi emanassero un'irresistibile forza d'attrazione. Era per questo che aveva voluto incontrarmi? Per dirmi di persona che non era cattivo come lasciava intendere la sua fama? Per questo aveva addirittura messo da parte le sue ambizioni politiche? Era molto difficile da credere.

Questo non significa che non abbia progetti per te disse. Strano, le sue labbra non si erano mosse. E allora mi resi conto che la sua voce era soltanto nella mia testa.

Insieme potremmo fare grandi cose proseguì la voce.

Mi affrettai a fissare lo sguardo di nuovo sulle pieghe dei tendaggi. «Se non c'è niente di vero, perché riesco ancora a ricordare il portale attraverso cui hanno cercato di rapirmi? Non so più esattamente» – Duemilasettantatré meno millenovantanove fa novecentosettantaquattro – «chi lo abbia aperto come o perché, ma so bene di averci scaraventato dentro Giovanna d'Arco e qualche mobile.» Avevo ancora un ricordo così vivo di quel momento che la punta delle dita cominciò a formicolarmi.

«E quella sera stessa Giovanna d'Arco ha dichiarato che il portale conduceva direttamente nella residenza della Soglia di Frey» concluse il professor Cassian con un sospiro profondo, come se lo avesse ripetuto già più volte. «In una stanza con altri portali...»

«Sorvegliati da serpenti piumati, sì, sì, ho letto la sua dichiarazione» ribatté allegramente Frey. «Ma i nex con cui è ritornata» – si girò verso Na'il – «la tua gente, Na'il, sono riusciti a trovare questa stanza?»

«No» rispose l'interpellato. Forse mi sbagliavo, ma lo sguardo che rivolse a Frey era quasi furioso.

«Ci sono altri arcadi oltre a me che tengono dei serpenti piumati?» chiese Frey.

«Tantissimi» ringhiò suo malgrado Na'il.

«Il Centro medico sul cui tetto si trovava il portale non è lì già da più di sessant'anni? Questo significherebbe che anche il portale potrebbe esistere da tutto quel tempo?»

«Esatto» confermò asciutto Na'il.

Avevo la sensazione di trovarmi in mezzo a una di quelle serie legali che piacevano tanto ai miei genitori. Aspettavo solo che il professor Cassian esclamasse «Obiezione, vostro onore!»

Frey si lanciò nella domanda conclusiva: «E non è forse vero che Giovanna d'Arco, che in passato si è resa autrice di altri gesti discutibili, proprio ieri sera ha ritrattato la testimonianza, facendo mettere agli atti invece di essersi inventata tutto per coprire le sue stesse infrazioni alle regole?»

Na'il annuì truce. «È così. Per questo rimane ancora sospesa.»

«Già.» Frey assunse un'espressione esageratamente mortificata, come se volesse essere sicuro che si vedesse anche a cinquanta metri di distanza. «L'unico che potrebbe gettare luce sulla faccenda sarebbe Severin 'ascia assassina' Zelenko, di cui purtroppo nessuno di noi riesce a ricordarsi. Almeno chi lo aveva conosciuto. Disgraziatamente il brav'uomo ha perso la vita prima che potesse illuminarci, e per la precisione – anche questo va detto per amor di completezza – non per mano dei miei uomini, bensì per opera dei nex che avrebbero dovuto arrestarlo su incarico dell'Alto Consiglio. È scritto chiaramente nella relazione di intervento archiviata.»

«In realtà si è trattato di un incidente» intervenne acida la reggente. «A meno che tu non voglia implicare altro…»

«Ma no, perché dovrei?» Frey alzò brevemente le spalle. Poi tornò a guardarmi. «In ogni caso non c'è motivo di pensare che proprio *io* avessi voluto in qualche modo giocare sporco con te, Quinn. Ti ripeto che non è assolutamente questo il caso. Pertanto non devi avere paura di me.»

Rinunciai alle sottrazioni mentali. «Giovanna ha ritrattato la sua deposizione perché ieri pomeriggio lei le ha sguinzagliato dietro un commando di killer» sbottai di getto. «Avevano vestiti ignifughi e tra di loro c'era anche un aqua...ner.»

«Un aguaner?» ripeté Themis.

Se lo diceva lei.

Frey alzò un sopracciglio. «Questo lo sento oggi per la prima volta» dichiarò stupito. «Ma devo ammettere che in effetti sembra la mia gente. Devono aver agito di loro iniziativa, probabilmente volevano vendicarsi della falsa testimonianza di Giovanna d'Arco, i miei uomini sono sempre molto suscettibili alle ingiustizie. Mentire infrange il codice d'onore dei figli del Nord, immagino che volessero punire Giovanna per questo...»

Ma certo, Passamontagna e i suoi erano proprio brave personcine sensibili alle ingiustizie. Con il motto più benevolo che esisteva: niente superstiti. «Volevano torturare a morte Giovanna» puntualizzai. «Insieme a me e a una mia compagna di scuola.» Per un attimo vidi davanti a me Matilda che infilava energicamente un cuneo sotto la porta. «Solo perché ci trovavamo lì per caso. Davvero un impeccabile codice d'onore.»

A quel punto Frey alzò anche l'altro sopracciglio. «Sarebbe imperdonabile. Anche se è evidente che non vi sia capitato nulla, è ovvio che chiederò conto ai miei delle loro azioni.» Lo disse sorridendo, come se fosse uno scherzo.

«Hai un aguaner al tuo servizio?» domandò Fata, trattenendo discretamente un rutto.

«Le direttive proibiscono di addestrare aguaner» intervenne la reggente.

«Dal 1598» confermò Frey. «Lo so, io stesso ho contribuito a redigere quella legge, Tete. Ma disgraziatamente questo Aguaner era nato già prima e... insomma, non siete proprio voi a ripetere che bisogna integrare nella società tutte le creature, riconoscendogli i nostri stessi diritti? Da qualche parte doveva pur andare quel poveretto.»

Mentre la reggente cercava di darsi un contegno, forse perché Frey aveva osato chiamarla Tete, il professor Cassian fece un profondo respiro. «Il tuo buon cuore nei confronti degli emarginati è rinomato, Frey.»

«Tutti sanno che allevi le creature più miserabili perché facciano il lavoro sporco al posto tuo» biascicò Fata che aveva svuotato il bicchiere. «E che hai inscenato l'aggressione ai tuoi danni solo per gettare discredito sugli svartálfar.»

«Basta così» disse Na'il. «Cassian, dovresti mettere in riga quella sfacciata...»

«Non importa, Na'il» lo interruppe Frey, rivolgendo un sorriso paziente, anzi quasi benevolo a Fata. «So che voi fate ce l'avete con me perché sono contrario alla reintroduzione degli svartálfar in Norvegia, ma ho dei doveri verso quel paese e non posso permettere che i miei norvegesi debbano condividere le loro montagne con orde di ladri incivili e misantropi. Non oso nemmeno pensare quale effetto avrebbe sulla natura incontaminata la loro discutibile inclinazione a scavare grotte nelle rocce.»

«Qui non stiamo parlando di orde di persone, bensì solo di un gruppo ristretto di famiglie selezionate che si inserirebbero in grotte già esistenti...» cominciò Themis, ma Frey non la lasciò terminare. La interruppe educato ma con fare deciso. «Risparmiati il fiato, Tete, conosco perfettamente la vostra posizione e oggi non è proprio il giorno di intavolare un'altra inutile discussione al riguardo.» Rivolse di nuovo la propria attenzione su di me. «Non è possibile raggiungere il consenso su determinate questioni, Quinn, a dispetto degli sforzi. Ovviamente noi arcadi siamo cittadini del mondo. Ma ciò non significa che non ci sentiamo particolarmente legati alla nostra madrepatria. Non per niente sono stato insignito dell'ordine di Sankt-Halvard per i miei straordinari servigi a favore della patria. Con la Gran Croce e la catena dell'ordine.»

«La gran croce e la catena dell'ordine, ma non farmi ridere» mormorò Fata, ma la sua parlata era ormai quasi impossibile da decifrare e dovetti trattenere un risolino.

Frey si portò una mano sul cuore in un gesto teatrale. «Amerò e difenderò fino all'ultimo respiro questo ruvido Nord con le sue magiche luci. I monti frastagliati, i ghiacciai innevati, i fiordi scintillanti fanno parte del mio cuore. Sono sicuro che il mio paese ti piacerebbe, Quinn.» All'improvviso batté le mani, come se gli fosse appena venuto in mente qualcosa di molto importante. «Sono davvero contento che abbiamo chiarito tutte le incomprensioni tra di noi. Sono sicuro che ci rivedremo presto. Non vedo l'ora.»

Come? Voleva forse dire che l'incontro era terminato?

Evidentemente era così, perché si alzò. Improvvisamente sembrava avere molta fretta. «Con te ho già discusso di tutto quanto, Tete, ci vediamo domani alla seduta del consiglio. Come sempre.»

«Ho già spedito le convocazioni» ribatté Themis, dirigendosi verso la porta senza aggiungere altro. Anche il professor Cassian e Na'il si alzarono.

«Quindi non parliamo di questo rito del portale delle stelle?» chiesi frastornato. «Voglio dire... Quando e dove avverrà, e come devo immaginarlo, e cosa posso fare per...?» Mi bloccai quando mi accorsi che tutti mi guardavano costernati, tranne Fata, che aveva gettato la testa all'indietro e fissava il soffitto.

Frey rise. «Santo cielo, non avete raccontato proprio *niente* a questo povero ragazzo? Zaojun prepara i suoi candidati alla cerimonia fin da bambini. Ma anche l'inconsapevolezza può essere una strategia, non è vero, Cass?»

Il professor Cassian non rispose, ma assunse la stessa espressione che aveva quando Nietzsche di recente aveva fatto pipì in biblioteca.

Frey si chinò ancora una volta verso di me. «Se vuoi delle risposte, puoi rivolgerti tranquillamente a me, Quinn. Non subito, è chiaro, prima devo occuparmi di un paio di… appuntamenti importanti. Dopotutto ho delle questioni da recuperare. E tu hai bisogno di lasciar depositare il tutto. Ma quando sarai pronto, sai dove trovarmi.»

Fece un sorriso smagliante. «Più precisamente il contrario: io so dove trovarti.» Mentre se ne andava, mi appoggiò la mano sulla spalla quasi per sbaglio. «Allora a presto, ragazzo.»

Non sapevo se interpretarla come una minaccia o una promessa e rimasi a guardarlo sparire oltre una porta che presumibilmente conduceva nelle altre stanze della suite. Faticavo a credere di aver superato la cosa. Perché aveva avuto tanta fretta all'improvviso? Mi aveva letto a sufficienza nel pensiero? Oppure ero diventato noioso?

«Posso riaccompagnare qualcuno all'osservatorio?» s'informò la reggente Themis che intanto era già arrivata alla porta.

«Sì, dobbiamo venire con te, non abbiamo più soldi per il taxi» rispose il professor Cassian.

Fata fece un risolino. «È vero. E nessun orologio.»

«Allora andiamo, ho ancora un appuntamento» disse Themis aprendo la porta. Io mi alzai dal divano e presi le stampelle.

«Dammi la mano, tesoro» mi chiese Fata, che aveva più problemi di me a stare in equilibrio e non riusciva ad alzarsi da sola. Insieme barcollammo verso la porta.

«Vieni anche tu, Na'il?» domandò Themis.

«No, mi fermo a cena qui» rispose lui tetro. Be', aveva tutta l'aria di aspettarsi una piacevole serata. Ma lui e Frey non erano grandi amiconi?

Com'era successo al nostro arrivo, il suo sguardo gelido e vagamente disgustato ci trapassò.

Fui contento quando la porta si richiuse alle nostre spalle.

***

«Approfitterei dell'occasione per fermarmi ancora un po' a Londra» disse il professor Cassian. «Andrò a trovare una vecchia amica. Ci vediamo poi.» Si diresse a grandi passi verso le scale. Sceso il primo gradino si girò un'ultima volta. «Te la sei cavata bene, Quinn.»

Non sapevo come prendere questo complimento. L'incontro era terminato prima ancora di iniziare veramente e a parte qualche sottrazione sbagliata, non avevo fatto niente di cui andare fiero. Ma forse il professore apprezzava il solo fatto che non mi fossi ubriacato come Fata. «Grazie» mormorai pertanto.

Themis mi rivolse un'occhiata. «Credo che non esista una città al mondo dove non abiti una qualche sua vecchia amica.»

«Spero si ricordi di non avere con sé nemmeno un soldo» disse Fata parlando ancora con voce strascicata. Con una mano si sorreggeva al muro mentre con l'altra si aggrappava a me. «E spero che questo portale non sia troppo lontano, The... Themis. Il povero Quinn fatica ancora a camminare.»

Themis alzò un sopracciglio e guardò le mie stampelle. «Sì, ho saputo che la sua convalescenza procede lentamente, nonostante le numerose visite alla Soglia.» Il suo tono non sembrava compassionevole, quanto piuttosto un po' sprezzante, come se volesse farmene un rimprovero. Sospirò. «Voglio essere sincera con te, Quinn: l'esagerato interesse nei tuoi confronti mi lascia un po' sconcertata. Avevamo già candidati *molto* più promettenti di te.»

Oh. Grazie. E io che pensavo di aver frainteso le sue occhiate sdegnose. «Ero *molto* più in forma prima che il suo lupo sanguinario mi facesse finire sotto una macchina» replicai, cercando di imitare il suo modo di parlare. «Non sono stato io a cercarmi questa storia del prescelto.» *E del suo portale delle stelle non mi frega niente.*

Fata mi strinse il braccio. «Proprio così» farfugliò.

«Tanto non fa alcuna differenza» spiegò la reggente con una scrollata di spalle. «Tradizione o non tradizione, non ho mai dato importanza alla profezia. Ogni due secoli si alza sempre lo stesso polverone, senza che si sia mai avverata. Quest'anno la sfida più grande sarà nascondere lo spettacolo agli uomini. L'ultima volta non è stato troppo difficile, sulla Terra c'erano solo trecentocinquanta milioni di abitanti, e non erano ancora stati inventati telecamere, satelliti, elicotteri o il maledetto Internet.» Fece un altro sospiro e indicò l'estremità opposta del lungo corridoio. «Il mio portale si trova proprio lì. Vogliamo andare?»

Senza aspettare la nostra risposta, si incamminò impettita. Nonostante i tacchi alti non aveva problemi a muoversi sul soffice tappeto, al contrario di me, anzi, sembrava fluttuare nell'aria da come camminava elegante e agile. In un attimo ci distanziò di qualche metro.

«Ahah, sullo stesso piano? Che coincidenza. Ci scommetto il didietro che è stato creato apposta per questa occasione, fresco fresco per qualcuno che con quei tacchi non voleva camminare troppo» mi bisbigliò Fata che pesava come piombo aggrappata al mio braccio. «Da *Tete* in persona.» Scoppiò a ridere utilizzando il vezzeggiativo confidenziale di Frey. «Pure lei è brava almeno quanto il buon *Cass* e il *puccipucci-Frey*.» Un'altra risata. «Anche Morena, che probabilmente chiamano *Momo*, ci sa fare, non so che fine abbia fatto oggi quella vecchia strega, probabilmente è da qualche parte a raccogliere neonati... Solo il povero Na'il non è in grado di creare portali, per questo è così amareggiato. Per questo e perché non gli hanno dato un bel vezzeggiativo. Muore di invidia per il resto della critica esclusiva.»

«In realtà questo passaggio è piuttosto vecchio» ci informò la reggente Themis, voltando la testa verso di noi. Mi domandai se possedesse uno superudito oppure avesse casualmente indovinato di cosa stesse parlando Fata. «L'ho creato perché vado pazza per la cucina di chef Darroze, fin da prima che ottenesse tutte quelle stelle Michelin. La sua spigola à la Matelote...» Si baciò i polpastrelli. «... è semplicemente divina! E poi si concludono anche ottimi affari di stato di fronte a una bella aragosta-tandoori.»

«Per chi ama mangiare esseri viventi morti sarà sicuramente così» ribatté Fata, incespicando sempre nelle parole.

«Scusa, tutte le volte dimentico che voi fate siete vegane, Fatima.» La reggente fece una risata e non so come riuscì a fare sembrare elegante anche quella. E arrogante.

«Ma sì, d'altronde non è facile ricordarlo» borbottò Fata. «In fondo viviamo in armonia con la natura solo dall'inizio dei tempi.»

Themis si fermò in fondo al corridoio e appoggiò le mani sul rivestimento di legno scuro. Non riuscivo a vedere esattamente che cosa facesse. Quando la raggiungemmo, si era già formato un campo energetico luminoso che occupava il corridoio in tutta la sua larghezza. Un passo soltanto e ci trovammo sul pavimento madreperlaceo dell'osservatorio, in una sala circolare con tante porte nere alle pareti. Solo quella verso cui si diresse decisa la reggente era bianca.

«Da questa parte!» ordinò e qui mi fu facile tenere il passo con lei. Nella Soglia non avevo bisogno delle stampelle. Anche Fata ritrovò l'equilibrio e tornò a camminare eretta staccandosi dal mio braccio.

Passando davanti alle altre porte lessi quello che stava scritto sulle targhe: «Nr. 10 Downing Street, Highgate Cemetery, St. Pancras, Kensington Palace… portano tutte a Londra?»

«È solo una piccola selezione.» Themis aprì la porta bianca. «Qui all'osservatorio abbiamo tantissime sale dei portali come questa, in caso di emergenza possiamo evacuare la nostra gente velocemente da qualsiasi parte del mondo.»

«Che genere di emergenza?» domandai.

«Quella che tutti si augurano non si verifichi mai» rispose evasiva. «Non da ultimo grazie anche al nostro odierno accordo con Frey.»

«Quindi non da ultimo anche grazie a Quinn» precisò Fata. Themis finse di non averla sentita. Uscimmo uno alla volta nell'atrio della sede del governo, che conoscevo già da una mia precedente visita.

La prima volta che Fata e Giacinto mi avevano parlato della profezia, eravamo seduti in uno dei tanti divanetti. C'era un viavai di gente indaffarata, le porte dorate dell'ascensore si aprivano e si chiudevano con trilli armoniosi, e accanto al pesante portone d'ingresso c'erano nex vestiti di nero e armati fino ai denti. Uno di loro aveva delle piccole corna sulla testa. Due uomini, che chiacchieravano proprio davanti a noi, chinarono il capo rispettosi quando riconobbero la reggente.

Themis ricambiò il saluto magnanima, quindi si girò verso Fata e me. «Allora ci rivediamo al più tardi al rito del portale delle stelle a Stonehenge.»

«Cosa? Stonehenge? Intende proprio l'attrazione turistica? Il cerchio di pietre?» Sul serio? Poteva esserci un cliché più scontato di così? «Il portale delle stelle si trova a *Stonehenge?*» ripetei ancora una volta per sicurezza.

La reggente Themis rimase quasi interdetta di fronte al mio stupore. «Certo. Non per niente quel sito è diventato un luogo di culto. Persino gli umani percepiscono che lì succede qualcosa di speciale. Mi sorprende davvero tantissimo quanto tu sia stato tenuto all'oscuro di tutto. Molto bene.» Salutò Fata con un brusco cenno del capo, poi mi porse la mano. «Da qui sapete tornare a casa da soli.»

Gliela strinsi in maniera automatica, e fui sul punto di dirle anche «grazie», se non mi fossi reso conto per tempo che non c'era proprio niente di cui ringraziarla: ero stato io a farle un favore e non viceversa. A lei e alla pace mondiale. «Be', già» borbottai.

E allora accadde.

Nel momento esatto in cui Themis mi lasciò la mano, vidi qualcosa muoversi sul suo collo. Ma prima che avessi tempo di capire che cosa fosse, lei si era già girata e si era allontanata con passo felpato.

«Certe persone non cambiano proprio mai. Mi sembra ieri che si faceva chiamare Nefertiti e aveva ammaliato il buon Akhenaton» disse Fata tornata perfettamente lucida. «Ma dove stai… Quinn!»

Io non stetti ad ascoltarla e corsi dietro a Themis, che con il suo solito passo spedito si dirigeva verso una porta rivestita d'oro. «Un momento! Aspetti!» esclamai, guadagnandomi le occhiate incuriosite dei presenti. Quando mi piazzai davanti alla reggente, si levò un mormorio generale in tutto l'atrio. Probabilmente i nex accanto alla porta avevano già impugnato le armi.

Themis era stata costretta a fermarsi e mi guardava contrariata, con un sopracciglio alzato quasi fino all'attaccatura dei capelli.

Io avevo la bocca secca. «Io… hm…»

Mi rendevo conto che le stavo fissando con troppa insistenza il collo, dove si vedeva soltanto la pelle liscia e perfetta. Ma prima, ne ero sicurissimo, avevo visto spuntare il tentacolo rossastro e dotato di ventose di un lentigo-polpo che sbirciava cauto da sopra il colletto.

Alla fine riuscii a distogliere lo sguardo.

«Sì?» La voce di Themis non era più soltanto fredda, ma era precipitata sotto il punto di congelamento, mentre i suoi occhi si erano socchiusi.

«Io… mi spiace essere stato così scortese poco fa. Volevo solo salutarla come si deve…» mi affrettai a balbettare. «Grazie di… pensare alla pace nel mondo, ecco. Gliene sono riconoscente. Arrivederci.»

Mi allontanai senza aspettare la sua risposta.

«Si può sapere che cosa cercavi?» chiese Fata quando tornai da lei.

«Piacerebbe saperlo anche a me» mormorai. «Spero non sia ciò che temo.»

Matilda

«E tu lo sapevi fin dal principio?» mi si strinse il cuore sentendo quanta delusione traboccava dalla voce di Julie.

«Sapevo che cosa?» chiesi.

«Be', per esempio che il mio specchio è un portale» rispose Luise e solo allora mi accorsi che eravamo in camera sua. E che il grande specchio appeso al muro sfarfallava come un televisore preistorico.

«No, non lo sapevo» dichiarai. «Davvero, Julie!» Ma lei si limitò a guardarmi piena di tristezza.

«E questo, sei proprio sicura di non averlo mai visto prima?» Luise indicò il serpente piumato blu-verde che in quel momento scivolò attraverso il campo energetico. Aveva una bacchetta da pomodori conficcata nella testa piatta.

«Be', veramente sì» balbettai sgomenta. «Ma...»

«Significa che mi hai mentito per mesi?» L'espressione offesa di Julie era quasi insopportabile. «Anche se c'eravamo giurate che saremmo state sempre sincere l'una con l'altra.»

«Ma io non potevo...» protestai, ma il serpente non mi lasciò finire.

«Sssstavolta sssei finita» sibilò, poi venne verso di me con le fauci spalancate. Volevo saltare via dal letto di Luise, ma avevo il corpo paralizzato, le membra di piombo. Sentivo già il morso degli enormi denti avvelenati nel braccio.

Ma quello che disse Julie fu ancora più doloroso: «Una come te non può essere più mia amica. Stammi bene, Matilda».

Qualcosa di bagnato mi colpì in faccia. E la voce di Bax sussurrò «Ops. Forse ho esagerato.»

Spaventata e sollevata allo stesso tempo, inspirai una lunga boccata d'aria. Grazie al cielo! Era stato solo un sogno. Il che, a ripensarci ora, era perfettamente logico; strano che anche nel sogno più astruso non ci si accorgesse che si stava sognando. Voglio dire, la camera di Luise? Pronto? L'ultima volta che c'ero entrata non avevo nemmeno dieci anni.

«Mi fa piacere che tu sia sveglia, piccola sognatrice» disse Bax che faceva acrobazie da qualche parte sul soffitto.

«Invece tu sei... *qui.* Di nuovo. Nel cuore della notte. E mi schizzi d'acqua.» Mi asciugai qualche goccia dalla guancia e dal mento.

«Perché non ha funzionato» ribatté.

«Che cosa?» chiesi, girando il cuscino con la parte bagnata verso il basso e rincantucciandomi sotto le coperte. Avevo di nuovo fatto tardi, perché Quinn e io c'eravamo scambiati messaggi per ore dopo la sua missione a Londra e c'eravamo consolati a vicenda, io nel caso che la orribile reggente Themis si fosse rivelata la nonna biologica di Quinn, e lui perché da oggi pomeriggio Julie non si era più fatta viva. Non leggeva i messaggi che le mandavo e non rispondeva nemmeno al cellulare. Quando l'avevo chiamata sul numero di casa, zia Berenike mi aveva riferito che Julie mi avrebbe rivolto di nuovo la parola solo quando fossi stata pronta a dirle tutta la verità.

«Non ho idea di che cosa sia successo tra di voi» aveva detto la zia preoccupata. «Ma vedrete che lo supererete, siete troppo legate. Dalle un po' di tempo. Comunque mi ha detto che non ha niente in contrario se vuoi venire da me, casomai tu abbia problemi con i tuoi genitori.»

E invece, incredibilmente, non avevo avuto problemi con i miei genitori, anche se Leopold aveva informato la mamma del pericolo che mi venisse la mononucleosi mentre erano dal fornaio. Non so se fosse una tattica precisa, ma fino a quel momento nessuno aveva detto una parola in proposito.

In ogni caso non avrebbe fatto differenza per me, dato che non riuscivo a togliermi dalla testa l'espressione di Julie. Era stata così offesa. E triste. *Mi stai mentendo, Matilda Martin, già da settimane.*

Bax atterrò sul copriletto. «Non sono riuscito a venire a prenderti nei sogni per mostrarti la Soglia!»

«Sì, me ne sono accorta anch'io» mormorai assonnata. Avevo già superato la delusione al riguardo. Sarebbe stato davvero troppo bello per essere vero.

«Ho sbagliato io!» ammise Bax. «Sono così fuori esercizio che mi sono dimenticato della cosa più importante. Le formalità. L'ultima volta che sono stato sonnambulo non ero ancora un... hm, sì, è stato prima che quel perfido farabutto di un mago arcade mi lanciasse questo disgraziato incantesimo relegandomi sul tetto di una chiesa come doccione.» Soffiò fuori l'aria imbufalito dal suo naso volpino. «Per un demone della mia categoria in genere è un gioco da ragazzi individuare lo spazio onirico di una persona ed entrarci, è sufficiente avere un oggetto personale dell'individuo in questione. In passato si optava volentieri per cose tipo capelli, denti, unghie, o il classico sangue e...»

«Puoi anche aspettare domani a illustrarmi i dettagli più disgustosi» lo interruppi un po' nauseata richiudendo gli occhi. «Comunque sentiti pure libero di strapparmi un capello se ne avessi bisogno. Anzi meglio ancora: sul ripiano c'è una scatolina di legno con i miei vecchi denti da latte, te la regalo.»

«Più facile a dirsi che a farsi, boccoli d'oro» rispose Bax. «Quando un demone potente come me è stato condannato a un'esistenza non materiale, non può prendere niente dal ripiano, l'hai scordato? Da questa parte del sipario non è in grado nemmeno di avvolgersi un minuscolo capello intorno alla zampa. Quindi non posso torcerti nemmeno un capello, ma in senso letterale. Dovrò ricorrere a un altro metodo.»

«Un altro metodo un altro giorno.» Non ero nemmeno sicura di averlo detto a voce alta, stavo già scivolando in un nuovo sogno. «'notte, Bax.»

Quel piccolo rompiscatole, però, non la smetteva di parlare. «È molto semplice e rapido. Basterà che mi inviti ufficialmente nei tuoi sogni.»

«Per me va bene» borbottai. «Sei caldamente invitato a sognare con me per mostrarmi la Soglia. In maniera ufficiale. E naturalmente solo se non hai intenzione di mangiarmi l'anima» aggiunsi, ripensando all'osservazione di Giovanna.

«Andrebbe chiesto in maniera un tantino più ufficiale, bisogna pur rispettare le formalità» disse Bax. «Senti, ripeti dopo di me: alla luce del Tempio della luna, sotto i vaporosi guardiani della notte...»

«Alla luce del tempio della luna, sotto i vaporosi guardiani della notte» ripetei. Volevo solo sbarazzarmi di lui. E dormire. Non sarei sopravvissuta a un'altra notte insonne.

«... Io, nome completo, invito te...»

«... Io, nome completo, invito te...»

«No, devi dire il tuo nome, bestiola dall'intelligenza appisolata» disse Bax sottovoce. «Devi usare anche il tuo secondo nome, casomai lo avessi.»

«Ah. No, non ce l'ho.»

«Be', ricominciamo dall'inizio: alla luce del Tempio della luna, sotto i vaporosi guardiani della notte, io Matilda Martin, invito te, o potente Baximilian Grimm, flagello dell'oltretomba, più astuto tra tutti i demoni, a varcare la porta dei miei sogni ed entrare nei miei paesaggi onirici.»

«Dici sul serio?» Al buio vedevo solo il profilo di Bax. «È una mia impressione o ti stai pavoneggiando?»

«D'accordo, allora facciamo senza i tradizionali appellativi.» Sembrava un po' offeso. «Tanto non te li ricorderesti comunque.» Fece una pausa a effetto, probabilmente convinto di aver stuzzicato il mio amor proprio.

In effetti era così. Per dimostrargli che la memoria mi funzionava perfettamente anche quando ero mezzo addormentata, sciorinai tutta la formula in una volta sola: «Alla luce del Tempio della luna, sotto i vaporosi guardiani della notte, io, Matilda Martin, invito te, o tenero Baximilian Grimm, grazioso flagello dell'oltretomba, più modesto tra tutti i demoni, a varcare la porta dei miei sogni ed entrare nei miei paesaggi onirici».

Bax sospirò. Ma evidentemente si era già sentito rivolgere insulti peggiori e non aveva voglia di ricominciare daccapo. «Manca solo la frase conclusiva. Ripeti dopo di me: 'Presto solennemente questo giuramento davanti ad Anu ed Enlil, con il mio alito vitale e la mano sul cuore.»

«No» dissi.

«Come?»

«Basta così.» Avevo le palpebre così pesanti che gli occhi mi si richiusero da soli. «Sul serio, sei il benvenuto nei miei sogni, o potente piccolo Baxi. Il resto di quelle fesserie non ho intenzione di ripeterle. Si può sapere chi diavolo sono Anu ed Enlil?»

Bax sbuffò. «Una formula sacra tramandata da più di cinquemila anni e tu non la vuoi recitare perché non conosci le due principali divinità sumere?»

«Io sono cattolica» biascicai nel cuscino. «Per noi esiste un unico Dio. Ne devono fare di strada Anil ed Emu se pensano che presti un qualche giuramento in loro nome.»

Bax rimase in silenzio per qualche istante, e poi, quando ero quasi addormentata, disse «Ma sì, chi se ne importa, magari funziona anche così.»

«Amen» risposi. Ma forse lo avevo solo pensato.

***

Raggiunsi di corsa il laboratorio di chimica in fondo al corridoio. Non sentivo i passi dei miei inseguitori, perché il mio respiro affannato mi rimbombava nelle orecchie, ma sapevo che non erano molto distanti da me.

Nel momento stesso in cui feci per intrufolarmi nell'aula, Julie mi chiuse la porta davanti al naso. «Scusa, l'ingresso è vietato ai bugiardi» disse da dentro, e un attimo dopo mi ritrovai schiacciata contro lo stipite.

«Ti ho preso» disse una voce dal leggero accento norvegese. Apparteneva al tizio con il passamontagna, che mi fece girare verso di sé serrandomi le braccia in una morsa d'acciaio.

Mentre io lo fissavo paralizzata dalla paura, si sfilò lentamente il passamontagna dalla testa, scoprendo capelli biondo platino e freddi occhi grigi.

«Ciaociao!» Dietro l'ampia schiena del mio aggressore spuntò un simpatico muso da volpe. «Scusa se ti disturbo, ma se vuoi vedere un pezzetto della Soglia prima che ti svegli, sarà meglio andare subito, Matilda.»

Era Bax e insieme non era lui. Perché questa versione non era scolpita nel granito grigio, ma aveva un aspetto decisamente florido. Aveva quasi tutto il corpo ricoperto di pelo rossiccio con una macchia bianca sotto il mento, mentre il dorso era rivestito da brillanti scaglie rossastre che proseguivano sulla coda da drago e sulle zampe posteriori artigliate. Le corna attorcigliate tra le orecchie erano marroni, le ali da pipistrello sembravano fatte di lucido cuoio quasi nero e i suoi occhi brillavano dorati.

«Vai a quel paese, volpaccia» ringhiò Passamontagna. «Matilda non ha tempo di giocare con te. Adesso deve morire. Lentamente e con dolore.»

«Oh, santo cielo» disse Bax. «Lo posso mangiare, per favore? Oppure è un sogno erotico?»

«Che schifo! No!» esclamai. «E se stessi sognando...» Ammutolii, perché Passamontagna si era rimpicciolito e mi guardava dal basso con aria interdetta.

«Haha, non era un sogno?» Bax schioccò la lingua. «Non ti è venuto qualche dubbio vedendo che ti teneva con entrambe le mani e tuttavia è riuscito a sfilarsi il passamontagna dalla testa? Cioè, come ci è riuscito? Con un terzo braccio?»

Passamontagna intanto continuava a rimpicciolirsi, finché raggiunse le dimensioni di una Barbie. «Fammi subito tornare come prima!» squittì.

Dovevo ammettere che tutta la scena era decisamente poco realistica. Ma non sembrava un sogno, bensì era... *autentico.* In maniera pazzesca. Mi chinai incerta a raccogliere Barbie-passamontagna che si dimenò come un pesce nella mia mano. «Se è solo un sogno...»

«Sì, direi che il tuo subconscio ha parecchio da rielaborare» osservò Bax. «E inoltre ti turba aver mentito alla tua migliore amica.»

«Come fai a saperlo?»

«Be', è solo una supposizione.» Indicò una lavagna nera appesa al muro. «Non devi mentire alla tua migliore amica» ci stava scritto a lettere giganti. Con accanto l'adesivo di un cuore spezzato.

«Se mi fai tornare delle mie dimensioni, morirai lentamente e con dolore» ringhiò Barbie-passamontagna, al quale doveva essersi ristretto anche il cervello. Io lanciavo occhiate interdette tra lui e Bax.

Il demone indicò lungo il corridoio. «Siamo nella tua scuola qui, presumo?»

Feci cenno di sì. L'ala delle scienze naturali era un terreno familiare per me. Tuttavia, la porta sul muro di fronte era nuova. E per qualche motivo non si amalgamava con il resto. Era ricoperta da cima a fondo di nontiscordardimé, che incorniciavano un oblò nella parte superiore e lasciavano libero un pomello di ottone lucido. Anche lo stipite era tinteggiato di un azzurro nontiscordardimé intonato.

Allora compresi senza ombra di dubbio che stavo sognando.

«Finalmente!» Bax aveva seguito il mio sguardo. «Posso presentare? La tua personale porta dei sogni. Molto graziosa. Da lì si esce nella Soglia.»

«Significa che ha funzionato?» esclamai entusiasta. Barbie-passamontagna era diventato di plastica nella mia mano.

Senza pensarci oltre me lo infilai nello zaino. «Voglio dire, senza bisogno di fare giuramenti a divinità babilonesi?»

«Sumere... sì, a quanto pare ha funzionato, altrimenti non sarei qui, tonterella. Però ho impiegato parecchio a trovarti. Questo labirinto sta diventando un po' troppo vasto, ci sono troppe persone, ogni anno si aggiungono più di sessanta milioni di porte che tra l'altro cambiano continuamente posizione.» Bax gonfiò leggermente il petto. «Ciò nonostante, non rappresenta un problema per un demone di terza categoria come me.»

«Come sei colorato!» Allungai la mano verso di lui, esaltata di poterlo toccare. «E come sei soffice!»

«Colorato, soffice, bellissimo, astuto e pericoloso, lo so.» Con mia sorpresa si lasciò fare i grattini, sollevando addirittura il mento per farmi arrivare meglio al suo collo. «Stammi a sentire, testolina boccolosa» ronfò. «Prima che passiamo di là, devi sapere un paio di cose fondamentali. Finché resteremo nel Sottosuolo, non dovrai mai allontanarti da me, perché senza di me ti perderesti irrimediabilmente, soprattutto quando avremo lasciato questo piano. Inoltre, io sono l'unico qua sotto che può proteggerti da altri demoni, incubi e contrabbandieri. Casomai incontrassimo un demone, tieni la bocca chiusa e lascia parlare me. E se dovessimo imbatterci in una sfinge... ecco...» Si grattò il mento con la zampa posteriore. «Vedremo di stare alla larga da Lisistrata e Nefrubiti. E che non ti venga in mente di pronunciare a voce alta quei due nomi là fuori. Meglio se non li pensi nemmeno. Noi demoni ci sentiamo sempre magicamente attratti quando qualcuno pronuncia il nostro nome. E le sfingi sono estremamente curiose.»

«Lisistrata e Nefrobu... Nefrubu...?»

«Lisistrata e Nefrubiti. Per amor del cielo, non impararli! Se devi proprio parlare di loro, chiamale soltanto Lizzy e Nebsi, come faccio io. Le sfingi sono anche le uniche creature da cui dobbiamo guardarci. Gli arcadi non hanno grande simpatia per gli umani e i demoni. Quando saliremo in superficie, mi renderò invisibile e tu devi comportarti nel modo più naturale possibile, come se fossi una di loro. Nessuno dovrà sospettare neppure lontanamente che sei un'umana.»

«Capito.» Avevo già appoggiato la mano sul pomello. «Allora possiamo andare?» Sarebbe stato un peccato se fosse suonata la sveglia prima che avessi sbirciato dentro la Soglia.

«Che cosa ho appena detto? Se ti presenti là fuori conciata così, si accorgeranno subito che sei un'umana!» Con la zampa anteriore Bax indicò i miei calzoni del pigiama rosa sopra i quali portavo la mia maglietta con la scritta «NON sono Luise» che mi aveva regalato Julie.

«Oh no. Significa che devo svegliarmi per mettermi qualcosa di più consono alla Soglia?» domandai delusa. E che cosa sarebbe stato adatto? Purtroppo Quinn non mi aveva mai descritto con precisione come si vestivano esattamente quelli della Soglia. Mi vennero in mente gli abiti colorati e allegri di Fata, e quando guardai verso il basso indossavo il vestito azzurro che portava lei l'ultima volta che ci eravamo viste. Era di un tessuto leggero, con tanti fiori ricamati sopra e una gonna a più balze molto ampia fino alle caviglie. Era perfettamente intonato alla mia porta con i nontiscordardimé.

Bax soffiò tra i denti ammirato. «Un autentico abito da fata. Sei stata veloce.»

Mi girai qua e là con un sorriso entusiasta. «Sono stata io?»

«Io no di sicuro» rispose Bax. «Avrei evitato i fiorellini.»

Ma certo! Dopotutto stavo sognando, e in sogno tutto era possibile. In un attimo feci comparire uno specchio accanto alla lavagna nera e mi rimirai. Il vestito era perfetto e mi stava proprio bene. Tuttavia era tutt'altro che discreto. Siccome tutte le fate che conoscevamo avevano i capelli rossi e gli occhi verdi, dovetti apportare qualche altra piccola modifica al mio aspetto. Poi osservai ammirata la mia immagine. Ero sempre io, ma con il vestito, i boccoli e le sopracciglia tinte di rosso e gli occhi verdi sembravo quasi un'altra. Mi voltai trionfante verso Bax. «Allora? Va bene così?»

«Wow!» Bax era allibito. «Hai un vero talento naturale.»

«Davvero? Cioè, sì, giusto?» Provavo una sensazione inebriante. «Sognare mi riesce bene, evidentemente.» Per gioco colorai il mio zaino di un azzurro in sintonia con il vestito. Fin da quando ero piccola mi era sempre stato detto che avevo troppa fantasia. Era persino la risposta standard di mia madre alle cosiddette domande sciocche del tipo «Se il buon Dio è nostro padre, chi è nostra madre?» «Come ti viene in mente una scemenza del genere? Hai troppa fantasia» sospirava allora. Adesso questa mia caratteristica si rivelava vantaggiosa. «Dove sta la differenza tra sognare e immaginare?»

«In sostanza... non c'è nessuna differenza. Almeno finché sei consapevole che stai sognando» rispose Bax.

Figo. Allora avevo un talento naturale anche per immaginare.

Julie socchiuse la porta del laboratorio di chimica e si sporse fuori con la testa. «Comunque non sarai mai più la mia migliore amica.»

Il cuore mi tornò pesante. «Sei solo il mio stupido subconscio» mormorai. La vera Julie non era così intransigente. Avevamo sempre fatto la pace dopo ogni bisticcio e avremmo risolto anche questa volta. Almeno lo speravo.

Ma adesso era giunto il momento di esplorare la Soglia.

«Pronta?» chiese Bax con una zampa sul pomello.

Annuii decisa. «Altroché!»

***

Quando la porta dei sogni si richiuse alle mie spalle, ci ritrovammo in un corridoio deserto che sembrava proseguire all'infinito su entrambi i lati. Lungo le pareti erano allineate tantissime altre porte, ognuna diversa dall'altra.

Il tutto era ammantato da una piacevole luce diffusa. Siccome non c'erano né lampade né finestre, non riuscivo proprio a capire da dove venisse: c'era e basta.

«Dunque questo è il Sottosuolo» esclamai entusiasta. Me l'ero immaginato più cupo, sinistro e anche sporco, un po' come le catacombe sotto la clinica universitaria. Lì invece era tutto luminoso e pulito. E le porte erano affascinanti. Nella maggior parte dei casi somigliavano a portoncini d'ingresso o a porte interne di una casa, in parte colorate, dipinte o intagliate, di varie grandezze, colori, forme, materiali e stili. Alcune erano fornite di numeri, iscrizioni, buche per le lettere, batacchi o elaborate serrature, altre non avevano nemmeno una maniglia o un pomello. Proprio di fronte alla mia porta-nontiscordardimé, ce n'erano tre affiancate che ricordavano gli ingressi laterali delle vecchie chiese, quella vicina invece sembrava la porta di un ascensore e più in fondo ne scoprii una completamente rivestita di muschio. Che assurdità, immaginare che dietro ciascuna di esse ci fosse una persona che sognava. E che io fossi lì e allo stesso tempo comodamente sdraiata nel mio letto. «A che piano ci troviamo?»

«Non ha alcuna importanza, qui non ci sono né scale né ascensori» mi spiegò Bax. «Solo tragitti per demoni. Vieni. Da questa parte.»

Mi sarebbe piaciuto osservare meglio le porte davanti alle quali passavamo, ma Bax andava di fretta. Svolazzò oltre l'angolo successivo, dove si dipartiva un altro corridoio. Alla terza ramificazione avevo già perso l'orientamento: quello era un vero e proprio labirinto. Bax si diresse verso la porta nera sulla quale era disegnato un occhio giallo con la pupilla verticale di forma ellittica. Almeno mi sembrava disegnato, ma quando Bax abbassò la maniglia, la pupilla si restrinse a una sottile fessura e ci osservò intensamente.

«Porta dei demoni» mi spiegò Bax. «Lascia passare solo i demoni e i loro accompagnatori.»

Dall'altra parte ci ritrovammo nell'ennesimo corridoio, anche quello in apparenza infinito. L'unica differenza era che tutte le porte lì erano dotate di un occhio.

«Senza le porte dei demoni, ci vorrebbero mesi prima di risalire in superficie» disse Bax senza fermarsi. «Almeno teoricamente. In pratica è impossibile orientarsi qua sotto senza una guida demoniaca. Chi prova a farlo comunque prima o poi viene beccato dai contrabbandieri e dai ricettatori che nascondono qua sotto la loro mercanzia, oppure dai demoni. Che a loro volta bazzicano da queste parti solo perché gli arcadi e i loro maledetti maghi non li lasciano in pace altrove. Un minimo sbaglio e finisci chiuso in una bottiglia, tramutato in pietra e condannato a una vita da doccione o da guardiano. È preferibile svignarsela liberamente qua sotto per mantenere la propria dignità di demone.» Aprì una porta con un occhio viola che mi sembrò ammiccare lascivo e io lo seguii in un altro corridoio. Avrei tanto voluto chiedergli che cosa avesse combinato per essere stato incantato, ma preferii rimandare a un altro momento.

Con il mio abito da fata mi sentivo molto a mio agio, l'ampia gonna mi svolazzava intorno alle gambe e i leggeri strati di stoffa frusciavano lievi. Tutte le volte che passavamo davanti a una porta a specchio giravo lo sguardo per rimirarmi.

«Ancora tre porte e ci siamo» annunciò Bax.

«Che cos'è questa musica?» chiesi fermandomi. Da qualche parte proveniva una lieve melodia.

Bax si posò a terra e si mise in ascolto. «È una sfinge» bisbigliò. «Ma è molto lontana. Su qualcuno, soprattutto sui bambini, questa musica ha un effetto irresistibilmente incantatore. Come i dolciumi di una casa delle streghe. Quindi vedi di smetterla di ascoltarla, testolina boccolosa.»

Le note avevano davvero qualcosa di ipnotico, ma non sentivo affatto il desiderio di seguirla. Soprattutto dal momento che non si capiva da quale direzione provenisse, sembrava risuonare contemporaneamente da tutte le parti.

«Restami vicino e non ti accadrà niente.» Bax stava già svolazzando via. «Con le sfingi non c'è da scherzare, sono demoni di quarta categoria, letali, persino per le creature della

Soglia. Nessuno gli sfugge. Gli arcadi le hanno sterminate o tramutate in pietra, l'unico caso in cui è stata una buona idea. Invece quella di liberarle qui nel Sottosuolo come deterrente è stata una trovata assolutamente pessima.»

La musica aumentò leggermente, poi si affievolì e infine sparì del tutto.

«Fiu» fece Bax. «Non che avessi paura» si affrettò a precisare, «ma Lizzy e Nebsi sono state chiuse per troppo tempo nei loro musei.»

«Erano in un museo?» Faticavo a stargli dietro da quanto sfrecciava veloce lungo il corridoio.

«Ovvio! La maggior parte delle sfingi di pietra oggi si trova nei musei e nei parchi dei castelli, oppure davanti a qualche piramide. Lizzy, la più piccola, è stata liberata a dicembre da un museo di Naxos, mentre Nebsi viene dal Metropolitan di New York.»

Ricordavo vagamente di aver letto la notizia del misterioso furto di una statua del peso di diverse tonnellate da un museo di New York. Mi ero domandata che cosa potesse farci il ladro con un oggetto tanto ingombrante, non poteva certo piazzarlo in giardino. Adesso... adesso lo sapevo.

«Finora sono sempre riuscito a evitarle» proseguì Bax. «Solo nei primi tempi Lizzy mi ha scoperto una volta, ma per fortuna conoscevo la risposta al suo enigma.»

«Ah già, è vero. Le sfingi sono quelle con il sorriso misterioso che fanno indovinelli e chi non conosce la risposta giusta deve in qualche modo superarle in astuzia.» Almeno era quello che succedeva sempre nei film e nei libri.

«Sarebbe bello.» Bax superò in volo un angolo e passò davanti a una porta che sembrava quella di un fienile. Non ce n'era mai stata nessuna simile a un'altra, ma Bax procedeva troppo velocemente e non mi lasciava il tempo di guardarle con più attenzione. «No, non è possibile superare in astuzia le sfingi, né corromperle, né vincerle con la forza. Se non conosci per intero il loro nome demoniaco e in aggiunta una buona formula magica, con loro sei perduto. Ti piantano in testa una delle loro domande – nel mio caso volevano sapere quante volte sta il sette in trentaquattromiladuecentosessantacinque – e se non conosci la risposta, sei morto.»

Ops. «Per me però non vale, vero?» Senza calcolatrice avrei impiegato un'eternità a scoprire quante volte stava il sette in un qualunque altro numero, e con ogni probabilità avrei sbagliato a calcolare per l'agitazione... Forse Lizzy e Nebsi avevano captato il mio disagio, in ogni caso la musica era tornata a farsi sentire. «Cioè, in questo momento sono nel mio letto e non può succedermi assolutamente niente. Lo hai detto tu.»

«Ed è così» confermò Bax. «A meno che non ti scopra una sfinge. Allora purtroppo cadi in coma per sempre. Non te lo avevo detto?»

«No, devi essertene dimenticato.» Non ce l'avevo con lui, perché con ogni probabilità la cosa non mi avrebbe comunque fatto desistere. «Se non si tratta di fare i conti a mente, sono brava a risolvere enigmi.»

«Con quelle bestie non ti serve a niente.» Bax aveva girato l'angolo con decisione e scansò uno stuolo di falene che si allontanò svolazzando sopra la mia testa. «Non serve neppure rendersi invisibili, perché loro ti vedono lo stesso. L'assurdità è che le sfingi di per sé sono assolutamente stupide, sul serio, faticano persino a guardare dritto davanti a loro da quanto sono idiote. Per qualche motivo però, sono in grado di attingere a tutti gli enigmi dell'universo, del passato, del presente e del futuro. I quesiti sono posti in maniera del tutto casuale, possono essere facilissimi o impossibili da risolvere. A volte sono persino domande a trabocchetto. Che cosa sta appeso al muro, fa tic tac e quando cade si ferma il tempo? Una domanda banale, ti verrebbe da pensare, ma come farebbe a rispondere un povero antico Inca?»

«È davvero perfido» riconobbi. «Ma me la cavo piuttosto bene con le domande a trabocchetto, perché da bambino

Leopold aveva un libro che ne era pieno e ci tormentava da mattina a sera. Spesso si tuffa, ma raramente si bagna. Chi è?»

«Non ne ho la minima idea.»

«Il portiere.» Feci un risolino. «Visto? Se tu ti occupi dei calcoli e delle domande sulle divinità sumere, siamo un team perfetto.»

«In alternativa possiamo evitare di imbatterci in Lizzy e Nebsy.» Bax aprì una porta con un occhio demoniaco dall'espressione particolarmente malvagia. «Perché preferiremmo non morire giovani, giusto?»

«Giusto. Qual è la probabilità di incontrarle in questo gigantesco labirinto? Sono troppo lontane» cercai di tranquillizzarmi da sola, mentre la porta si chiudeva alle nostre spalle e un altro interminabile corridoio si allungava davanti a noi. «E qui devono esserci come minimo migliaia se non milioni di chilometri di corridoi.»

«Proprio così» confermò Bax con lo stesso tono di voce ottimista. «Anche se quelle bestie sono dotate di un fiuto magico e captano le più piccole oscillazioni, non possono essere dappertutto nello stesso tempo. Di qua.» Aprì una porta decorata da un occhio arrossato.

«Tuttavia sono maledettamente veloci» bisbigliò Bax continuando a sbattere le ali. «La cosa migliore se dovessi incontrarle è andare sul sicuro e svegliarti prima che possano farti una domanda.»

Quella specie di musica intanto si era fatta più sonora. Era molto piacevole, sembrava un'orchestra d'archi in cui tutti gli strumenti suonavano la stessa nota prolungata. Poi s'interruppe di scatto.

Bax tirò un sospiro di sollievo. «Ancora una porta e siamo di sopra. Dato che è la tua prima volta, pensavo di farti visitare la sede del governo.»

«Oh sì, assolutamente.»

Mi sentii invadere da un'esaltata trepidazione. Stentavo ancora a credere che stesse succedendo per davvero. Che io,

Matilda Martin, un normalissimo essere umano, mi trovassi nella Soglia. «Ci sono anche i balena-dirigibili?» Erano mesi che cercavo di immaginarmi che effetto mi avrebbe fatto vedere uno di quei cetacei nuotare sospeso in cielo.

«Certo» rispose Bax. «Magari avremo tempo anche per volare un pochino.»

«Sarebbe... bellissimo.» Non riuscivo a trovare la parola adatta per descrivere *quanto* bellissimo.

Ero così piena di aspettativa che il cuore cominciò a battermi più veloce mentre svoltavamo l'ennesimo angolo fianco a fianco. C'eravamo quasi. Tra poco avrei visto ciò di cui mi aveva parlato Quinn. Tra poco sarei...

... morta.

Davanti a noi nel corridoio c'era una figura dall'aspetto innocuo quanto meno per il mezzo metro superiore, dato che aveva una testa femminile con un grazioso viso ovale incorniciato da un'acconciatura a treccia di foggia antiquata. Sotto il lungo collo, tuttavia, il petto era ricoperto di piume e sostenuto da due zampe leonine. Anche il resto del corpo aveva tratti da felino, a parte le due ali spalancate che si innalzavano verso il cielo dietro la testa.

Questa dunque era una sfinge. Ed era gigantesca. Pur reggendosi su quattro zampe, il suo viso era ad altezza occhi e se si fosse sollevata su quelle posteriori, avrebbe superato i due metri di statura.

Dopo il primo secondo di attonita paralisi, mi girai. Dovevo andarmene subito da lì! Anche Bax si era voltato in aria come un piccolo elicottero.

La strada alle nostre spalle, tuttavia, era bloccata da un'altra sfinge. La domanda su chi di loro fosse Lizzy e chi Nebsi era superflua, il secondo esemplare era privo di ali ma in compenso era grande quasi il doppio e di corporatura molto più massiccia. Doveva trattarsi di Nebsi, la sfinge del Metropolitan Museum di New York. Portava sulla testa uno di quei copricapi egizi a strisce, che copriva fronte e capelli lasciando libere le orecchie. Una specie di lungo cuneo rettangolare le scendeva dal mento fino al petto, a sua volta avvolto in una benda come una bizzarra barba posticcia. Le sue zampe erano possenti.

Ancor prima che mi fermassi, le sfingi cominciarono a parlare all'unisono. «Chi sente cantare Sion a mezzanotte dall'alto della torre?» recitarono come una monotona cantilena che somigliava molto alla musica di prima. «Comincia la tua risposta con: la risposta è.»

«Ora siamo nei pasticci» disse Bax che si era posato accanto a me e guardava alternativamente da Lizzy a Nebsi. «Ultimamente sembra che gli piaccia andare a caccia in due, a queste subdole bestiacce.»

«Forse non sono poi così stupide. E non hanno neppure un'aria tanto perfida.» Riuscii a distogliere lo sguardo dal volto impassibile di Nebsi per posarlo invece su quello volpino di Bax che mi rivolse un'occhiata innocente e vagamente colpevole. «Non puoi trattare con loro, così alla pari, da demone a demone?»

Bax scrollò il capo. «Sono così stupide che non capirebbero neanche quello che gli viene detto. È del tutto inutile trattare con loro. Dovresti svegliarti al più presto, perché ripetono la domanda solo tre volte. E poi...»

Già, che cosa succedeva esattamente poi? Bax non mi aveva spiegato in che modo uccidessero le sfingi. O, nel mio caso, in che modo non uccidessero del tutto. Cercai di non immaginare la reazione dei miei genitori quando mi avessero trovato in stato comatoso nel mio letto. Né a come avrebbe preso la notizia Quinn. Se lo avessi saputo prima, se non altro gli avrei lasciato una lettera d'addio... oddio. Dovevo proprio svegliarmi. Immediatamente. Mi costrinsi a strizzare le palpebre con forza e mi diedi un energico pizzicotto al braccio. Provai dolore. Ma quando riaprii gli occhi, ero sempre nello stesso corridoio, accerchiata dalle sfingi, che ci fissavano con espressione impassibile. Evidentemente era più difficile svegliarsi a comando che immaginare un vestito da fata con tutti gli annessi e connessi.

Quanto poteva essere ingiusta la vita! Ero stata a tanto così dal gettare un'occhiata alla Soglia. Queste maledette sfingi non avrebbero potuto almeno aspettare a farsi vive al mio ritorno?

«Non farti problemi per me» disse coraggioso Bax. «Io tirerò a indovinare. Funziona sempre. Cioè, di solito. Be', a volte.» Si schiarì la voce. «In caso contrario: è stato bello fare la tua conoscenza.»

Smisi di darmi pizzicotti, non potevo lasciare da solo Bax! Se le sfingi lo avessero ucciso non me lo sarei mai perdonato. Oppure mi sarei dimenticata di lui, perché tutte le creature della Soglia venivano dimenticate una volta morte? Che triste prospettiva. Gli posai una mano sulla testa da volpe e gli accarezzai le soffici orecchie. «Ti voglio bene!» esclamai, perché me ne ero appena resa conto.

Le sfingi interruppero il nostro momento di intimità in stereofonia. «Chi sente cantare Sion a mezzanotte dall'alto della torre?» ripeterono monotone. «Comincia la tua risposta con: la risposta è.»

Bax sbuffò. «Nessuno può sapere una cosa del genere, ottuse teste di cavolo.»

Invece sì! C'era chi poteva saperlo! Per esempio chi cantava nel coro della chiesa di Sankt Agnes. Presi una boccata d'aria trepidante. La prima volta ero stata troppo stordita per ascoltare bene, ma stavolta le parole mi risultarono molto familiari. «Io lo so» esclamai.

Le sfingi mantennero la loro espressione imperturbabile, ma Bax sbatté le palpebre interdetto. «Davvero? E cosa sente cantare Sion a mezzanotte?»

«Chi, non cosa! Anche se saprei pure quello» dissi in tono di trionfo.

«Ne sei sicura? Lo chiedo per un amico...»

«Svegliatevi, le voci delle guardie ci chiamano dall'alto della torre... Sion sente il canto delle guardie e il cuore le trabocca di gioia...» Le parole mi sgorgarono spontaneamente di bocca. «Conosco a memoria tutto l'inno. Allora, vuoi sempre che mi svegli?» Mi girai verso Nebsi. «La risposta è: le guardie.»

«La risposta è corretta» mormorarono le sfingi.

E allora accadde: gli angoli della bocca di Nebsi si curvarono verso l'alto e per un secondo fu chiaramente visibile: il celebre sorriso della sfinge. Non seppi trattenermi e sorrisi a mia volta.

Le due creature si girarono a comando e si allontanarono in silenzio, in direzioni opposte. Si muovevano molto veloci. Sbattei le palpebre una volta soltanto ed erano già sparite, il corridoio era tornato deserto e silenzioso.

Bax si lasciò sfuggire un profondo sospiro.

«Non so proprio che cosa hai contro di loro, sono state molto gentili» dissi euforica. «Per quanto dura l'effetto? Non vorrei ritrovarmele davanti tra cinque minuti.»

Bax spiccò il volo e mi osservò dall'alto come se mi vedesse per la prima volta. «Sei piena di sorprese, testolina boccolosa.»

«Lo dicevo io che siamo un'ottima squadra per risolvere enigmi.» Ero estremamente compiaciuta di me stessa. Prima avevo scoperto il mio talento naturale in fatto di sogni e poi avevo affrontato con successo due sfingi adulte. Ci mancava solo di avvistare un balena-dirigibile e la mia felicità sarebbe stata totale.

Ma non era destino che succedesse. Da lontano mi giunse una familiare melodia, l'insopportabile motivetto della sveglia del cellulare che diventò sempre più forte. Riuscii giusto a dare un'ultima occhiata a Bax e poi mi ritrovai nel letto, in camera mia, sotto il tetto. E, come constatai delusa, con indosso il mio pigiama rosa sbrindellato al posto di un vaporoso abito da fata.

Quinn

«Che cosa c'era nel pacco?» chiese Sarah. Non era nell'inquadratura, al contrario del suo compagno capellone che aveva le guance rigate di lacrime.

«A me sembrava un grosso sasso grigio» rispose scrollando le spalle.

Pigiai lo stop. «Doveva trattarsi dell'uovo di drago di cui ha parlato Giovanna.»

Matilda annuì. «C'è da chiedersi però come abbia fatto il lupo sanguinario ad annusarlo, dal momento che nella Soglia non si sentono gli odori.»

Feci un debole sorriso. «Finalmente anche tu hai qualche problema con il concetto di Soglia.» Eravamo sdraiati l'uno accanto all'altra sul mio letto e c'erano tantissime altre cose che avrei fatto più volentieri con lei che guardare un video. *Quel* video. Il video girato l'ultimo giorno di vita di Yuri Watanabe.

Era martedì pomeriggio e fuori pioveva a catinelle. Matilda e io non eravamo riusciti a incontrarci per un paio di giorni, tra l'altro perché nel fine settimana ero stato con i miei genitori nel Nord della Germania a trovare i nonni. In genere mi piaceva andarci, e se non avessi avuto la testa così piena di domande senza risposta e non avessi sentito così tanto la mancanza di Matilda, anche quella volta il tempo sarebbe passato in un baleno. Tutta la famiglia di papà abitava nello stesso paese e avevamo trascorso due giorni a rimpinzarci di cose buone, dato che tutti parenti con più di vent'anni avevano una passione per la cucina e la pasticceria. E per il mangiare. Tra un pasto e l'altro avevo giocato a Uno con i miei cuginetti, mia zia guaritrice Mieze aveva «guarito» mio padre dal mal di schiena – lui sosteneva che gli facesse più male di prima – e la nonna aveva insistito per farsi dei selfie con me come «scorta». Matilda e io c'eravamo scritti tantissimo, ma dopo la notte del giovedì non avevamo più avuto occasione di parlare insieme. Anche a scuola non eravamo mai stati da soli.

«Mi sei mancata tanto» mormorai accarezzandole la guancia con un dito.

Lei chiuse brevemente gli occhi. «Anche tu. Non puoi nemmeno immaginare quanto.»

«Notizie di Julie?» mi informai. Sapevo che la situazione la turbava profondamente.

Scosse la testa. «Continua a fingere che io sia un'estranea. Ieri alla Caritas guardava attraverso di me come se fossi di vetro e oggi a scuola non ha voluto farsi prestare nemmeno una matita da me. Ho cercato di intavolare una conversazione un paio di volte, ma lei ha detto che mi parlerà solo quando le prometterò di essere completamente sincera. E...» Si lasciò sfuggire un profondo sospiro. «... Come faccio?»

«Mi sembra che si comporti in maniera molto severa con te» osservai.

«No, ha ragione: tra migliori amiche non si mente mai.»

«Sì, forse.» Pensai a Lasse. Eravamo stati migliori amici dai tempi dell'asilo e tra di noi non c'erano mai stati segreti. Fino al mio incidente. Fino a quando Lasse si era messo con Lilly e a quanto pareva non aveva avuto il coraggio di parlarmene. «Sai, non tutte le amicizie sono destinate a durare in eterno» dissi cauto. «Anche per me era impossibile pensare che Lasse e io potessimo smettere di essere amici, voglio dire, abbiamo condiviso tutto. Però, ecco, a volte ci si allontana, si cambia, si conoscono altre persone, e a un certo punto non c'è più niente in comune. Se sei mesi fa mi avessi detto che non avrei più provato nessuna amicizia per Lasse, ti avrei riso in faccia. E invece adesso è soltanto un tizio che un tempo conoscevo bene, lui… ha smesso di essere importante per me.» Le accarezzai di nuovo la guancia. «E non mi fa neppure male, sul serio. Credo che non avessimo proprio più niente da dirci.»

«Potreste parlare di Lilly, *coniglietto*» propose Matilda ridendo. Feci una smorfia sentendo quello stupido soprannome che mi aveva affibbiato Lilly. Sembrava appartenere a un'altra vita, e a una versione completamente diversa di me.

Matilda mi tolse la mano dalla sua guancia e la baciò, un dito alla volta. «Tra Julie e me è diverso» disse poi con voce tornata seria. «La nostra amicizia *è* fatta per durare in eterno. Julie è la persona più cara e migliore che conosco sulla faccia della Terra. Mi è sempre stata vicina. Senza Julie non sarei mai sopravvissuta alla mia famiglia. E… al suo posto sarei delusa anch'io. Siamo sempre state sincere l'una con l'altra.»

«E adesso invece hai un segreto che non ti sei nemmeno cercata da sola» dissi. «Un'amicizia dovrebbe sopravvivere a una cosa del genere.»

Lei mi guardò assorta. «Cosa proveresti se ti tenessi nascosto qualcosa?»

Ottima domanda. «Se lo sapessi probabilmente anch'io mi offenderei» ammisi e lei abbassò gli occhi.

«Visto?» I capelli le erano ricaduti sul viso. «A nessuno piace sentirsi ingannato. Se non voglio perdere Julie, e non lo desidero assolutamente, devo dirle la verità, a dispetto della promessa che ho fatto al professor Cassian. Ma non so ancora in che modo. Adesso però basta parlarne!» Scostò la mia mano da sé e schiacciò il tasto play. «Questo video è importante.»

«Lo so» dissi, anche se in questo momento non c'era niente di più importante per me che stringerla tra le braccia. «Finiamo di vederlo.»

Sullo schermo la futura madre di Kim, lo zio di Faris e Nadim, Jamal Amiri, e il capellone di nome Tobias aspettavano invano che Yuri ricomparisse dal portale.

«Che cosa può fare contro tre killer armati e un lupo del cazzo?» riassunse efficacemente la situazione Tobias. «È tutta colpa mia. Se non avessi accettato il pacco...»

«Il numero di emergenza che c'era sulla bacheca, il numero dell'amministratore, forse dovremmo chiamarlo» suggerì alla fine Sarah. «Si tratta chiaramente di un'emergenza.»

«Quel foglietto è appeso lì da almeno trent'anni» disse Jamal che camminava su e giù per la stanza e ogni tanto compariva davanti alla telecamera. «Chissà se quell'amministratore esiste ancora.»

«In ogni caso, come potrebbe aiutare Yuri?»

«Ma dobbiamo pur fare qualcosa.» Sarah si alzò. Anche lei aveva pianto e si asciugò le lacrime dal viso. «Ora faccio un tentativo.»

La scrivania con il telefono era fuori dall'inquadratura, ma si sentì chiaramente il rumore della cornetta che veniva alzata e lo scorrere del disco combinatore. Tutti sembravano stare con il fiato sospeso.

«Non risponde nessuno» bisbigliò Sarah comparendo davanti all'obiettivo con la grossa cornetta arancione premuta all'orecchio. «Un attimo... c'è stato uno scatto. Sì, pronto! Siamo... noi... potrei parlare con l'amministratore?» Rimase in ascolto. «L'amministratore!» ripeté. «La domestica dice che in casa non c'è nessuno» spiegò poi agli altri. «Credo che sia un po' sorda.» Riprese la conversazione quasi gridando: «Potrebbe contattarlo in qualche modo da parte nostra? Per favore! Abbiamo un'emergenza. Un caso di vita o di morte. Gli dica che Pandinus Imperator ha chiamato. Uno dei nostri... è stato attaccato dall'altra parte. È... *Pandinus Imperator!* Esatto, con la P di Paola.» Rimase in ascolto per qualche secondo, poi bisbigliò agli altri «Dice che il padrone di casa è all'estero. Ma lo informerà.» Tornò a gridare «Sì, il prima possibile, grazie!» Dopo un'altra piccola pausa si rivolse sottovoce al gruppo: «Vuole sapere i nostri nomi».

Tobias e l'irrequieto Jamal scossero la testa all'unisono. «Riattacca!»

«Grazie!» Sarah appoggiò la cornetta sulla forcella. Per un attimo i loro volti apparvero nello schermo, l'espressione perplessa. «Non è servito a niente.»

Tobias fissò il portale. «Ho un gran brutto presentimento» mormorò.

«Anch'io» borbottai.

Matilda mi strinse la mano. «Se non...»

«No.» Scrollai il capo. «Voglio sapere che cosa è successo.»

Jamal si era di nuovo spostato fuori dall'inquadratura. «Forse possiamo... ha con sé il cellulare?»

«Sì, nella tasca dei calzoni, ma nell'aldilà non funziona» disse Tobias mentre Sarah aveva già tirato fuori il suo e digitava con dita tremanti.

«Vale la pena tentare» disse Jamal. «Forse è riuscito a scappare da un altro portale e adesso è tornato da qualche parte nel mondo reale e...»

«E cosa? Se ne sta a prendere il sole sano e salvo su una spiaggia del Guatemala?» Tobias sbuffò sarcastico.

«Suona libero!» Sarah di colpo era piena di speranza. «Oddio. Forse è davvero riuscito a passare da un portale!»

«Quel demonio! Metti in vivavoce!» Jamal comparve trafelato nel video. Lui e Tobias affiancarono Sarah fissando trepidanti il cellulare. A nostra volta Matilda e io fissavamo trepidanti lo schermo.

Per un po' si sentì solo il segnale di libero, poi una voce maschile rispose. «Sì?»

«Yuri?» chiese Sarah. «Sei tu? Dove sei?»

Tobias scrollò la testa. Aveva gli occhi sgranati per la paura. «Non è Yuri» bisbigliò.

«Siamo qui a Parigi» spiegò l'uomo all'altro capo della linea in maniera abbastanza amichevole. «Tu dove sei?»

Si sentivano altre voci in sottofondo, ma non si capiva che cosa dicevano.

«Io. Noi… vorremmo parlare con Yuri» balbettò Sarah cerea in viso. «Il proprietario del cellulare.»

«Allora si chiama Yuri?» chiese lo sconosciuto. «E poi?»

«Watanabe. Yuri Watanabe. È lì con lei? Posso parlarci?»

«È un tantino… difficile. Da dove chiami, tesoro?»

«Riaggancia!» bisbigliò Tobias. «Credo che sia uno di loro.»

Sarah aveva la voce incrinata, ma non era disposta a rinunciare. «Sono un'amica di Yuri. Se gli è successo qualcosa… per favore… È nei guai?»

L'uomo fece una breve risata. «Si potrebbe dire così, amica di Yuri Watanabe. Ma si potrebbe anche dire che i guai sono dentro di lui. In forma di uno stocco di pregiato acciaio di Damasco. L'arma preferita del nostro capo.»

«Cosa vuole dire…?»

«Da' qua!» Jamal strappò il telefono dalle mani di Sarah. «Chi è lei, maledizione? Dov'è Yuri? Che cosa gli ha fatto?»

«Un altro amico?» Lo sconosciuto rise di nuovo. «Deve essere un ragazzo molto popolare. Di sicuro ci sarà molta gente al suo funerale.»

«Dobbiamo andarcene da qui, portate via tutto.» In sottofondo si sentì chiaramente un'altra voce. «Questo maledetto parco è pieno di turisti. E ovviamente quel tizio ha dovuto fare a pezzi proprio un monumento storico. Non vedo l'ora di leggere i titoli sui giornali. Se scopro… che succede? Che stai facendo?»

Mi si erano rizzati i peli sulla nuca quando la voce aveva iniziato a parlare in sottofondo e Matilda aveva stretto sempre più forte la mia mano a ogni parola. Questa voce gracchiante, fredda, la conoscevamo fin troppo bene.

«Hector» bisbigliò Matilda, come se lui potesse sentirci.

Annuii. Giovanna aveva detto che era stata la centuria di Hector ad aggredire mio padre quel giorno. Ma non aveva accennato al fatto che fosse presente lo stesso Hector.

«Il suo cellulare suonava, centurione» rispose l'altro uomo. «I suoi amici vogliono sapere che cosa gli è accaduto. Intanto ho scoperto il nome. Sembra asiatico. Forse il figlio illegittimo di un caoliner con il potere di manipolare i venti? Tra l'altro deve essere molto forte, insomma, ha soffiato in aria questo pezzo della pagoda come se fosse di cartone!»

«Altroché» ringhiò Hector. «Quanto detesto questi stupidi discendenti. Sanno solo provocare guai. Aiuta gli altri, dobbiamo portare il corpo via da qui prima che arrivino polizia e pompieri. Fate veloci!»

Sarah, Tobias e Jamal erano attoniti, il cellulare tremava nella mano di Jamal, Tobias aveva le guance rigate di lacrime.

«Assassini!» esclamò Jamal con la voce rotta dal pianto.

«Piantatela di frignare, omuncoli insignificanti» ringhiò Hector direttamente nel telefono, con evidente collera. «Il vostro amico era fuori controllo, ha scagliato uno dei miei a quaranta metri di distanza e probabilmente avrebbe sradicato tutti gli alberi di questo parco se non lo avessi neutralizzato.» La sua voce si fece gelida quando pronunciò le parole successive. «E ora ascoltatemi bene: non so chi siete né come avete fatto, ma potete stare sicuri che vi rintracceremo. Dovunque vi nascondiate. E allora, prima che vi scuoi con le mie mani, mi rivelerete come...»

Sarah aveva strappato di mano a Jamal il cellulare e aveva chiuso la comunicazione. I suoi occhi erano enormi nel viso pallido. Armeggiò con dita febbrili per estrarre la SIM dall'apparecchio. «Forse possono tracciare il numero. Dobbiamo... conoscono il nome di Yuri. Scopriranno in poco tempo dove abita. E dove studia e chi sono i suoi amici... Ma che razza di gente è quella, maledizione? Chi usa una spada oggigiorno?»

«Sono dei pezzi di merda! Dei grandissimi pezzi di merda! Lo hanno ucciso!» Jamal corse fuori dall'inquadratura e, a giudicare dal rumore, diede un pugno contro la parete. Tobias singhiozzava a gran voce.

Anche Matilda aveva le lacrime agli occhi. «Quindi non è stato un incidente, non è stato uno sbaglio» mormorò. «È stato Hector in persona a uccidere Yuri.»

«Con la sua arma preferita» precisai. E deliberatamente. Perché anche Yuri possedeva come me il potere di manipolare i venti, senza che se ne fosse mai reso conto fino a quel giorno. Ricordavo ancora chiaramente la sorpresa che avevo provato la prima volta che avevo sentito quel fremito alla punta delle dita. E la rapidità con cui avevo perso il controllo del fenomeno. Qualunque cosa avesse distrutto Yuri a Parigi, ero quasi sicuro che non lo avesse fatto di proposito.

Gli ultimi minuti del video erano occupati da una febbrile attività dei Pandinus Imperator. Jamal, Tobias e Sarah decisero di fare i bagagli e di abbandonare il bunker. A un certo punto si resero conto che la telecamera era ancora accesa e Sarah la spense.

Rimasi a fissare lo schermo nero senza muovermi. Quando Matilda mi lasciò la mano e mi accarezzò il braccio per consolarmi, mi lasciai sfuggire un singhiozzo. Maledizione, perché mi sentivo così triste? Sapevo che la morte di Yuri non era stata un incidente. Che non sarebbe tornato mai nella sede segreta. Era accaduto molti mesi prima della mia nascita e Yuri non era mai stato altro che un nome per me. Ma adesso era diverso. Era possibile perdere un padre che non si era mai avuto?

Mi misi seduto con fatica. «Questi nex possono uccidere senza temere di subirne le conseguenze. È probabile che all'epoca Hector sia anche stato elogiato per aver fermato Yuri prima che provocasse problemi peggiori. Per Hector i discendenti sono come scarafaggi da schiacciare.»

«Non saprei.» Anche Matilda si sollevò a sedere e si sistemò i vestiti gettando un'occhiata furtiva verso la porta. Oggi la mamma lavorava da casa e il pericolo di un'inaspettata incursione genitoriale era concreto. «Forse Hector si sente in colpa verso di te. Prova a pensarci: non credo che lo abbiano elogiato per aver ucciso Yuri prima che fosse possibile chiarire in maniera soddisfacente da dove provenisse o quali fossero le sue intenzioni. Giovanna ha detto che questo rodeva parecchio a Hector. E a diciotto anni di distanza, quando finalmente sta per catturare una ragazza umana in grado forse di gettare luce sulla faccenda, arrivi proprio tu a mettergli i bastoni tra le ruote e a finire sotto una macchina: il figlio dell'uomo che aveva ucciso a Parigi e, come se non bastasse, un prescelto! Di sicuro Hector è...» Il suo cellulare squillò. Lo prese dal comodino e guardò lo schermo. «È Eric» disse con la fronte aggrottata.

Sospirai. «Non vogliono proprio mollare, vero?»

«Così pare.» Rifiutò la chiamata. «Dovremmo ripensare alla loro offerta di entrare a far parte del club. Da una parte hanno un sacco di altri video che sarebbe il caso di guardare e inoltre tu forse potresti...»

«Non abbiamo bisogno di loro, Matilda» la interruppi. «Inoltre volevamo aspettare di essere sicuri che Giovanna non ci tenga più d'occhio. Sembrava decisa a scoprire come facciano i membri di Pandinus a entrare nella Soglia, e se scoprisse che hanno un portale, e se Hector lo venisse a sapere...»

«... L'incubo peggiore di Kim si avvererebbe» concluse lei. «Lo so. Però dovremmo parlare con Giovanna del demone che quelli della Soglia pare abbiano chiuso in una bottiglia dopo l'incidente. Continuo a credere che tu abbia frainteso. Perché nessuno di quelli di Pandinus ha evocato un demone, ma si sono limitati ad attraversare il portale. In questo caso la storia del demone non ha proprio alcun senso.»

«È vero, è completamente priva di logica» concordai. «Ma che cosa c'è di anche lontanamente logico in tutta questa faccenda della Soglia? I demoni in bottiglia no di sicuro.»

«Be', ecco...» Matilda mi guardò piegando la testa di lato. «Non tutto quello che non capisci è per forza privo di logica. A dar retta a Bax, nel corso dei millenni i maghi arcadi avrebbero chiuso in bottiglia tantissimi demoni. Chissà dove sono finite queste bottiglie. Chi conosce i nomi completi e le formule magiche corrispondenti potrebbe liberare un vero e proprio esercito demoniaco.»

«Fantastico. Un'altra cosa di cui gioire.» Cercai di sorridere. «Ma non ha senso parlarne con Giovanna, quella mente non appena apre bocca. Io preferirei continuare a lasciarla all'oscuro.»

La vecchia lanciafiamme era tornata a scuola il venerdì, come se niente fosse. Io mi ero aspettato almeno una spiegazione del motivo per cui aveva ritirato la sua testimonianza riguardo a Frey, ma lei non era sembrata affatto turbata. In effetti non c'era stato tempo per una chiacchierata a quattr'occhi, c'eravamo incontrati sempre solo in mezzo alla confusione nei corridoi o in cortile, ma si capiva chiaramente che si divertiva un sacco quando passandomi accanto mi salutava con il suo melodioso e insopportabile «ciao, Quinnino» accompagnato da un sorriso complice. Non aveva importanza che la ignorassi o la offendessi, lei sapeva esattamente quanto mi desse sui nervi anche la sua presenza.

«I tuoi lentigo sono sicuramente un verme e uno scarafaggio» le avevo sibilato l'ultima volta, provocando solo un risolino compiaciuto da parte sua.

Il cellulare di Matilda la avvisò che era arrivato un messaggio. La sua espressione si fece preoccupata. «Eric scrive che hanno avuto un'emergenza» disse, mentre il telefono cominciava a squillare daccapo. Quella volta rispose. «Sì? Che cosa è successo?»

Mentre lei ascoltava Eric, io osservavo il suo viso concentrato. Come avevo potuto paragonarla a un angioletto? Un altro mistero della mia vita precedente.

«Eric dice che Faris è andato da solo nella Soglia e non è più tornato» mi spiegò alla fine. «Nadim lo ha seguito per cercarlo, ma… Eric è preoccupato.»

Le presi di mano il cellulare. «È forse una trappola?» chiesi brusco azionando il vivavoce.

«No» rispose Eric dall'altra parte. «Te lo giuro. Quando sono arrivato, Faris era per terra accanto al portale, quindi non sappiamo da quanto tempo è già di là. E lui è così… da qualche giorno si comporta in maniera strana, è già la seconda volta che parte senza di noi. C'è qualcosa che non va.»

Matilda mi guardò annuendo. «Ti ho raccontato del suo comportamento strambo quando l'ho incontrato...»

«Per favore, venite. Non riesco a mettermi in contatto con Kim e da solo non ce la faccio a gestire la situazione» disse Eric. «Ho... ho un gran brutto presentimento.»

Le stesse parole che aveva usato Tobias poco prima nel video, quando Yuri non era tornato indietro.

«D'accordo» dissi restituendo il cellulare a Matilda. «Arriviamo.»

Matilda

Mentre ci dirigevamo da Pandinus, la mia mente si sintonizzò subito sulla modalità catastrofe: saremmo riusciti a trovare il bunker senza l'aiuto di Kim? E se avessimo incontrato qualcuno che ci avesse chiesto che cosa ci facevamo negli edifici della clinica? Invece riuscimmo a raggiungere tranquillamente la scalinata dietro la stanza con la scritta «Donazioni di sangue» e da lì non incontrammo più nessuno. Quinn sosteneva di non sentire il formicolio alla nuca, il che stava a indicare che nessuno ci aveva seguito, ma io continuavo a guardarmi intorno scrupolosamente ogni volta che aprivo o chiudevo una porta. Prima che attraversassimo la cabina elettrica, passai a Quinn la torcia frontale che tenevo nello zaino già da qualche giorno, per sicurezza.

Quinn mi prese in giro, ma dovette riconoscere che grazie alla luce era molto più facile orientarsi nel corridoio scosceso. Più in fretta del previsto raggiungemmo la scala di ferro che quel giorno mi parve lunga meno della metà della volta precedente. Meglio così, perché avrei potuto tenere a bada ancora per un po' i miei sensi di colpa.

In realtà avrei voluto raccontare a Quinn di Bax, del corridoio dei sogni e della mia incursione nel Sottosuolo. Perché, come sapevo bene, i segreti in una relazione prima o poi ti si ritorcevano contro. Non mi ero dimenticata di quanto ci fosse rimasto male Quinn a febbraio, scoprendo che avevo accettato dei soldi da sua madre. E poi c'era la rottura con Julie, che mi faceva soffrire più di quanto fossi pronta ad ammettere.

Ma che cosa avrei dovuto dirgli? «Sai Quinn, ti devo raccontare una storia buffa: non volevi assolutamente che entrassi nella Soglia, ricordi? Invece l'ho fatto. Passando per una strada sicurissima. Sì, a parte che ho rischiato di finire in coma a causa di due sfingi, ma me la sono cavata.» Per qualche motivo non mi sembrava ancora arrivato il momento giusto per una confessione del genere. Dopotutto non avevo affrontato l'impresa solo per divertimento, contavo di scoprire tante cose che avrebbero potuto tornarci utili in futuro. E in fondo anche Quinn si metteva sempre in pericolo senza chiedermi mai il permesso. Finché non vedevo almeno un balena-dirigibile, avrei rimandato la confessione.

Eric fece un profondo sospiro di sollievo quando entrammo nella sala segreta. «Siete arrivati, grazie al cielo! Mi sembra di impazzire.» La sua allegra faccia da luna piena sotto la zazzera alla Einstein era così pallida e tesa da togliermi anche gli ultimi dubbi che potesse trattarsi solo di una messinscena per attirare Quinn.

Chiusi la porta dietro di noi, anche se un po' d'aria fresca avrebbe fatto bene per disperdere il micidiale mix feci-vaniglia che fuoriusciva dalla fialetta che Eric teneva sotto il naso di Faris e Nadim. I fratelli erano sdraiati sui letti, come sempre attaccati ai monitor. I battenti del portale erano spalancati. Eric si era già inserito un accesso, aveva una cannula nell'incavo del gomito.

«Faris è dall'altra parte da almeno un'ora e mezza. Comincio ad avere davvero paura...» La sua voce tremava leggermente.

Non ci conoscevamo ancora abbastanza bene e non me la sentivo di abbracciarlo, ma gli diedi qualche goffa pacca sulla spalla. «Andrà tutto bene» dissi, cercando di mettere nelle mie parole tutto l'ottimismo possibile. «Quinn troverà Faris e lo riporterà indietro.»

«Certo, perché di là gli spazi sono limitati e trovare aghi nei pagliai è una delle mie...» Quinn si interruppe quando mi vide scrollare la testa e alzare gli occhi al cielo con aria eloquente. Si schiarì la voce. «Hm, sì... ce la faremo. Faris ha qualche luogo preferito dove potrei cercarlo per primo?»

«Tu non conosci bene la Città delle Ombre, andremo insieme non appena Nadim sarà di ritorno» disse Eric. «Sono riuscito a contattare Kim, dovrebbe arrivare a momenti. Casomai qualcuno...»

... debba essere rianimato, per esempio, pensai con un lieve brivido evitando l'occhiata di Quinn. In quel momento la roccia tra i due battenti del portone si trasformò in un campo energetico e pochi secondi dopo Nadim riaprì gli occhi nel suo letto.

La sua prima occhiata fu per il monitor con i parametri vitali del fratello. Faris era immobile, ma aveva il respiro tranquillo e regolare. Quando Nadim si accorse di Quinn e me, un breve sorriso gli illuminò il viso preoccupato. «Oh, siete venuti, grazie! Ho perlustrato la zona, dalla casa colorata fino alla spiaggia e ho chiesto di lui a tutti quelli che incontravo, ma nessuno si ricordava di averlo visto oggi. Nemmeno Daniel-lo-Spettro. Ovviamente non ho potuto controllare ogni maledetto vicolo, ma se vogliamo procedere in maniera sistematica, dovreste preferibilmente cercarlo dall'altra parte, fino al portale di Parigi. Per quanto riusciate a fare in un'ora.»

«Continuerò a cercarlo finché non lo trovo» disse Quinn e Nadim sorrise di nuovo.

«Giusto, tu puoi restare nell'aldilà per tutto il tempo che vuoi. Questo mi conforta molto.» Si staccò gli elettrodi dal petto, chiuse la cannula dell'infusione e si alzò. «Faris si comporta in maniera strana da una settimana almeno. Inizialmente l'ho attribuito all'anniversario della morte di nostra madre. Tutti gli anni, nei giorni intorno a quella data, sta peggio del solito, ma stavolta mi sembra che sia diverso...»

«Va dall'altra parte per occuparsi di qualcosa di cui non vuole che sappiamo niente.» Eric mi consegnò la fialetta con l'intruglio puzzolente. «Mentre non ci sono, puoi continuare a tenergliela sotto il naso. Così almeno saprà che stiamo cercando di riportarlo indietro.»

«Qual è la password?» Quinn si era già piazzato davanti alla tastiera.

«Sistema periodico degli elementi, tutto maiuscolo e scritto per intero più le prime due cifre del peso atomico» rispose Eric. «Quello di Nadim è il magnesio.»

Quinn sospirò e io trattenni un risolino. «Un po' più complicato di 'Quinn 123', vero?» mormorai e se non altro lo vidi sorridere.

«Significa che tu sei l'alluminio.» Nadim lo spostò gentilmente da una parte e digitò sulla tastiera. «L'alluminio è 26. E casomai Faris si fosse dimenticato la sua parola d'ordine, è: sodio 22.»

La parete di roccia cominciò a brillare e l'ultima occhiata di Quinn fu per me. Ebbi la sensazione che volesse liberarsi di qualcosa, ma si limitò a dire «a tra poco» e attraversò il campo energetico.

Nadim inserì la password successiva – silicio, se non mi sbagliavo – ed Eric spinse il letto davanti ai gradini del portale. Poi mi fece un sorriso storto. «Le circostanze sono di merda, ma… ehi, mi sembra bellissimo avervi con noi» disse, mentre la roccia dietro di lui si accendeva di nuovo. «Benvenuti da Pandinus Imperator.» Poi fece un passo indietro verso il campo energetico e Nadim lo sorresse quando si accasciò.

Aiutai a deporre il corpo privo di sensi di Eric sul letto. Poi Nadim lo collegò al monitor e alla flebo e io mi sedetti al capezzale di Faris, svitai il tappo della fialetta e intanto raccontai a Nadim del mio incontro con Faris sull'autobus e del sito esoterico sui contatti con l'aldilà che stava consultando.

«Ci sta» osservò Nadim. «L'esoterismo non è roba per lui, ma domenica era il decimo anniversario della morte di nostra madre. Faris fatica molto più di me ad accettarla. Quando morì aveva dodici anni e quel giorno aveva litigato con lei. Lei gli aveva proibito qualcosa, niente di eclatante, credo, forse la PlayStation, e lui era ancora incavolato quando lei e nostro padre uscirono di casa. Ce l'aveva così tanto con lei da dire una cosa del tipo 'non voglio parlare mai più con te'. E poi...»

«Oddio» dissi.

Nadim annuì. «Uno squilibrato in un centro commerciale. A mio padre non è successo niente, era già uscito per andare al parcheggio, ma mia madre voleva fare un salto in un negozio di scarpe. Per comprare a Faris le sneaker che desiderava da settimane. Quando arrivarono i soccorsi, lei era...» La voce gli tremò leggermente, e dopo una breve pausa concluse in tono asciutto «Non ce l'ha fatta».

Mi asciugai di nascosto una lacrima dalla guancia e finsi di essere impegnatissima a tenere la fialetta puzzolente sotto il naso di Faris.

«Faris non se l'è mai perdonato» proseguì Nadim sottovoce. «Qualunque cosa cerchiamo di dirgli, è sempre convinto che sia morta per causa sua, pensando che lui non le volesse bene. La prima volta che siamo passati dal portale, sperava seriamente di poterla trovare di là...»

Era forse la storia più triste che avessi mai ascoltato. Osservai il viso carino e immobile di Faris e tentai di immaginarmelo dodicenne. Poveretto! Qualunque cattiveria mi avrebbe detto in futuro, gliela perdonavo sin da quel momento.

«Non dirgli che ti ho raccontato questa storia; se c'è una cosa che Faris odia è essere compatito» aggiunse Nadim. «Per questo si comporta spesso come un insopportabile...»

La sirena di un allarme risuonò nella stanza. Qualcuno doveva aver attivato uno dei sensori di movimento.

«Deve essere Kim.» Nadim andò alla scrivania e aprì un portatile. Nel tempo necessario a richiamare le immagini delle telecamere di sorveglianza, Kim era già arrivata alle scale. Sullo schermo i suoi occhi brillavano chiari nell'oscurità, con un effetto davvero raccapricciante. Man mano che si avvicinava alla stanza segreta, gli allarmi si moltiplicavano, echeggiando da un altoparlante portatile. Quando risuonò l'ultimo, dovetti tapparmi le orecchie.

«Sì, lo so, è insopportabile. Eric ha davvero esagerato.» Con un sorriso Nadim aprì la porta a Kim che vedendolo arrossì all'istante. Ma mascherò abilmente la cosa salutandomi con trasporto.

«Grazie di essere venuta» le disse Nadim.

«Figurati, mi fa piacere salvare le chiappe a quello stronzo sciovinista, se non altro perché gli roderà un sacco» ribatté Kim, le guance tornate a un colore normale. Mentre Nadim la aggiornava, venni a sapere casualmente che lui, Faris ed Eric condividevano un appartamento di proprietà del padre di Eric, il direttore della clinica, e che nel pomeriggio Faris aveva annunciato di voler andare a far la spesa e invece era andato alla sala segreta per sparire da solo nella Soglia.

«Di solito non mente mai.» Kim lanciò un'occhiata assorta al portale. «Non ne ha motivo, fa sempre quello che vuole. Ma se non altro in genere rispetta le regole che lui stesso ha fissato.»

«Sì, è un comportamento del tutto incomprensibile per lui» concordò Nadim. «Se non ci dirà in quali problemi si è cacciato, Eric e io stabiliremo nuove password e non gliele diremo.»

«Se la prenderà a morte con voi.»

«Non m'interessa» disse Nadim. «Anch'io ce l'ho a morte con lui. Al suo ritorno gli dirò chiaro e tondo quello che penso. Gli… merda, sappiamo benissimo che mi metterò a piangere per il sollievo.» Guardò l'orologio sul muro. «Non ne siamo sicuri, ma è possibile che sia di là già da più di due ore.»

«Non significa niente» cercò di tranquillizzarlo Kim, ma mi accorsi di come aveva contratto le spalle. «Nei video mia madre parlava di disposizioni sperimentali, trovate nei vecchi fascicoli, dove i soggetti erano rimasti fino a cinque ore dall'altra parte senza problemi.»

Il sistema di allarme si attivò di nuovo, facendoci sussultare.

«Aspettavate qualcun altro?» chiesi leggermente preoccupata.

«Haha» rise Nadim. «No, deve trattarsi sicuramente di un topo. Ce ne sono tantissimi qua sotto.»

L'ombra che comparve sullo schermo del portatile nelle immagini in diretta era più grossa di un topo. Molto più grossa.

«È molto veloce» disse Nadim accanto a me. «Possibile che... sembrava quasi una persona, vero? Ma... senza pila...?»

Mi vennero in mente le creature ibride geneticamente modificate attraverso gli esperimenti di laboratorio a cui avevo pensato la prima volta che ero scesa lì sotto. «Un mostro delle fogne riuscirebbe a vedere senza problemi anche al buio» borbottai. «Oppure...» Deglutii. «Sei sicura che non ti abbia seguito nessuno, Kim?» Magari qualcuno con gli occhi gialli e un trench? Non lo chiesi a voce alta, per paura di scatenare in lei un attacco di panico. Sembrava già abbastanza nervosa di suo.

«Non credo, ma non lo so per certo.» Era corsa alla porta per sprangarla con un chiavistello di sicurezza che scivolò in posizione con uno scatto confortante. La porta di per sé era di metallo e aveva un'aria piacevolmente solida. Per il momento eravamo al sicuro.

Poco dopo suonò anche il secondo allarme. Nadim fissò lo schermo. «C'è senza dubbio qualcuno nel corridoio di sopra.» Ma chiunque fosse sembrava troppo veloce per essere catturato dalla telecamera, che aveva inquadrato per una frazione di secondo una sagoma indistinta.

«Non possiamo abbassare il volume dell'allarme?» chiese Kim. «Se qualcuno ci sta cercando, gli basterà seguire lo squillo.»

Nadim prese il piccolo altoparlante e abbassò il volume. Appena in tempo, perché il terzo allarme suonò lieve, e quando la figura passò davanti alla telecamera successiva, si riconosceva chiaramente il suo contorno umano e due puntini luminosi che erano gli occhi. Quella volta non passò oltre in un lampo, al contrario, sembrò fermarsi a esaminare l'apparecchio.

«È sulle scale?» chiese Kim raggiungendoci. Nadim annuì. Sulle scale: era maledettamente vicina.

Fissammo tutti e tre lo schermo del portatile, ipnotizzati. La figura si avvicinò all'obiettivo e anch'io mi chinai in avanti. Era... no, quello che a poco a poco affiorò dall'oscurità, come se qualcuno avesse aumentato lentamente la luce, non era il viso spaventoso di Hector. Era un altro viso, che conoscevo molto bene.

«Una ragazza!» osservò perplesso Nadim.

Sì, una ragazza nata nel 1412.

«Che cosa tiene in mano, un accendino?» chiese Kim.

«Sarebbe bello» mormorai.

Giovanna doveva aver guardato abbastanza nella telecamera, perché di colpo tornò tutto buio.

«Chi diavolo è?» chiese Nadim e Kim impallidì e disse «Merda, è forse una di *loro*?»

«È Giovanna d'Arco, attualmente nex sospesa dal servizio» bisbigliai. «Paragonata a Hector è un male decisamente minore, ma...» *Ha tendenze sadiche, le piace lanciare palle di fuoco e se la cava alla grande con i pugnali.* Guardai verso il portale. Era proprio la situazione che Quinn e io avevamo cercato di evitare. Ma lui non c'era per tenere in scacco Giovanna. «Se non ci muoviamo, forse non ci trova.»

La mia speranza durò lo spazio di un secondo, perché poi sentimmo bussare alla porta.

«Salve!» La voce squillante di Giovanna ci raggiunse senza problemi. «Vi spiacerebbe aprirmi? Qua fuori non è un posto molto piacevole. E sono sicura che mi sia appena passato davanti un topo. Io *odio* i topi.»

«Ha un'aria innocua» bisbigliò Nadim, osservando il delicato volto da Madonna di Giovanna sullo schermo.

«Però non lo è affatto» gli assicurai. Dovevamo trattenerla in qualche modo fino al ritorno di Quinn.

«E dai, su» esclamò da fuori. «Non vorrete mica che incenerisca la porta, vero, Matilda?»

Ok, allora sapeva che c'ero anch'io. Mi avvicinai all'uscio. «Accomodati pure. Questa è una vecchia porta tagliafuoco di una banca.» Almeno lo speravo. «Ci spiace tanto, ma non possiamo aprirti.»

Giovanna scoppiò a ridere. «A che cosa stiamo giocando? Al lupo e i sette capretti? Non vi voglio mangiare. Al contrario.» Il suo tono si fece adulatorio. «A voialtri che siete lì dentro: se ambite tanto al sostegno di un piccolo discendente, provate a pensare a quanto vi sarebbe utile una vera arcade nel risolvere i problemi!»

«Che cosa vuol dire?» Nadim si avvicinò, incuriosito. La sua espressione trepidante non mi piaceva affatto.

«Lo dice solo per convincerti. Non devi fidarti di lei, userebbe qualunque trucco pur di entrare» lo misi in guardia. Giovanna era proprio come il lupo cattivo delle fiabe. «Come hai fatto a trovarci?» domandai attraverso la porta.

«Be'...» Giovanna fece un'altra risata. «È stato facile. Ho nascosto un tracciatore GPS nel tuo zaino. Un cosino minuscolo, che le persone usano per non perdere i loro cani e i nonni dementi. Mi è bastato seguire il segnale. Per trovare l'ingresso però ho avuto bisogno di Miss Monster & Co. Tempismo perfetto, grazie.»

Accidenti. Ci aveva fregato. Con spaventosa semplicità.

«E adesso datevi una mossa e aprite la porta» aggiunse allegramente. «Molto meglio trovare un accordo pacifico, invece che farmi perdere la pazienza. Potrei affumicarvi o tornare con dei rinforzi. Una cosa infatti è sicura come l'amen in chiesa: entrerò in quella stanza entro oggi, che lo vogliate o meno.»

Kim, Nadim e io ci scambiammo un'occhiata perplessa. Purtroppo non dubitai neppure per un istante che avrebbe dato corso alla sua minaccia.

Quinn

«Volete sapere fin da oggi che cosa succederà domani?» chiese l'uomo. «L'oracolo più bravo della Città delle Ombre, l'unica madame Mirabelle vi predirà il futuro.» I suoi occhi violetti scivolarono su di noi, poi scrutarono la strada alle nostre spalle. «Non c'è gran movimento oggi. Potrebbe farvi un prezzo speciale.»

«Cerchiamo il nostro amico Faris» disse Eric, mentre io mi domandavo che tipo di valuta usassero lì nella Soglia. «Capelli scuri, bel viso, bocca grande. Lo avete visto da qualche parte?» Eric e io avevamo ripetuto questa domanda come minimo una trentina di volte, ma l'unica risposta che avevamo ottenuto erano cenni negativi con la testa.

L'uomo che fino a quel momento aveva guardato distrattamente nel nulla, o meglio che ci aveva deliberatamente sfiorato con gli occhi, ci scrutò più attentamente. «Ah, sei tu, giovane umano dai capelli bianchi» mormorò. «Al posto vostro oggi sarei particolarmente prudente. I nex pattugliano la Città delle Ombre in forze, sono a caccia di non so quale mostro giunto qui attraverso la nebbia del caos, per evitare in ogni modo che provochi problemi negli esclusivi quartieri degli arcadi. La gente qui preferisce rimanere dentro casa.»

«A causa dei nex o del mostro?» domandai. In effetti mi ero già accorto che c'erano in giro meno persone rispetto alla mia ultima visita.

Lo svartálfar si strinse nelle spalle. «In entrambi i casi non c'è da scherzare. L'ho già detto anche al vostro amico prima.»

«Faris è stato qui?»

«Sì, esatto, il vostro amico è passato di qua, per una volta non era mezzo nudo. Ma andava di fretta. Non ha voluto nemmeno acquistare uno dei miei talismani. E pensare che sono gli unici sul mercato che funzionano davvero come protezione da mostri di ogni genere.» Ci mostrò un piccolo dischetto con incisi misteriosi segni che teneva al collo appeso a una catenina. «Midollo di drago sigillato con sangue di unicorno. Che ne dite?»

Che cosa si poteva dire se non «che schifo!»? Lo scintillio degli occhi viola mi fece pensare involontariamente alle parole di Giacinto a proposito dei traffici illegali degli svartálfar. La storia del midollo di drago e del sangue di unicorno erano solo fandonie?

Notando la mia espressione scettica, lo svartálfar si sporse in avanti e bisbigliò: «La nostra amica comune, l'usuraia, ha rischiato grosso la settimana scorsa, se non avesse avuto il talismano appeso al collo non ce l'avrebbe fatta. È stata morsa da una bestia demoniaca, proprio laggiù nel vicolo, sembrava un cane selvatico, ha detto, e l'ha mollata solo perché il talismano l'ha protetta. Ci ha messo giorni a riprendersi». Cominciò a ruotare il dischetto davanti ai nostri occhi, quasi volesse ipnotizzarci. «Se ne acquistate tre, posso farvi un prezzo speciale.»

«Meglio di no» stavo per rispondere, ma Eric mi precedette. «Magari al ritorno» disse educato. «Quando è passato da qui Faris? E in quale direzione è andato?»

«Da quella parte.» L'uomo indicò con la mano la strada in salita. «Ha girato dietro la casa della vecchia Medusa, è quella verde là in fondo, con le teste di serpente alle finestre. Non ho idea di quanto tempo sia passato. Vi consiglio di sbrigarvi, mi restano solo cinque talismani e potrei non averne più quando tornerete.»

«Faremo in fretta» gli garantì Eric. «Grazie.»

«Di niente» brontolò lo svartálfar.

Aspettai che ci fossimo allontanati di un paio di metri per domandare: «Secondo te è un truffatore oppure devo avvertire le mie amiche fate per informarle che c'è chi uccide draghi e unicorni per realizzare talismani contro i mostri?»

«È sicuramente un truffatore.» Eric sogghignò. «Noi però continuiamo a comprare roba da lui. Semplicemente perché è forte. Quel tipo ci piace.»

«E come lo pagate?»

«Be', dipende. L'ultima volta ha voluto le mie scarpe da ginnastica» rispose Eric mentre io evitavo una donna che teneva al guinzaglio un leopardo cornuto.

Eravamo arrivati all'altezza della casa verde indicata dallo svartálfar. Un vicolo si insinuava tra gli edifici a più piani dall'aria diroccata. Sui muri sbrecciati si vedevano numerose chiazze di nebbia del caos colorata della grandezza di una moneta. Sopra le nostre teste il cielo splendeva azzurro come sempre, ma le case erano così alte e così vicine le une alle altre che i raggi del sole non riuscivano ad arrivare fino a terra e la luce era smorzata. Anche per questo il vicolo non mi tranquillizzava troppo, ma se Lingualunga era passato di qua, non ci restava altra scelta che seguirlo.

«Inabitabile? Scalcinata? Pericolante?» Mentre camminavamo Eric lesse da un piccolo manifesto. «Io, mezzo arcade dal gusto raffinato, rimetterò in sesto la vostra dimora con l'immaginazione. Anche i più piccoli punti di nebbia del caos verranno eliminati. Prezzo da concordare.»

«Evidentemente il mezzo arcade dal gusto raffinato non ha ottenuto nessun incarico in questo quartiere» dissi, trasformando per prova una chiazza di nebbia del caos in intonaco sfarinato. Fortunatamente funzionò subito. «Casomai venissi bocciato alla maturità, posso sempre trasferirmi qui a lavorare.»

Il vicolo sembrava interminabile, anche se camminavamo a passo spedito. A parte noi non c'era in giro nessuno.

«Non so perché, ma preferirei che avessimo acquistato un talismano» mormorò Eric. «Se fossi un mostro, abiterei sicuramente in questo vicolo.»

Gettai un'occhiata alle mie spalle. Lo stretto accesso da cui eravamo arrivati era molto distante. Mi domandai da quanto tempo fossimo già nella Soglia e osservai Eric di lato. «Annusi già qualcosa? Voglio dire *pensi* già a qualcosa di preciso?»

«Intendi se quelli di là mi hanno già messo sotto il naso la mia boccetta di canfora e se sto pensando al mio bisnonno?» Eric scrollò la testa. Qualche metro più avanti, sulla destra si dipartiva un vicolo ancora più stretto tra due case e ci fermammo. La domanda se Faris fosse andato da quella parte si rivelò superflua quando lo scoprimmo su una scala a poche case di distanza. Sui gradini inferiori, con il viso girato verso di lui, c'era una donna minuta con un prendisole rosso e lunghi capelli scuri. Lei gli teneva le mani. Noi li vedevamo di profilo, ma lo sguardo che si rivolgevano era così intenso che non si sarebbero accorti di noi nemmeno se gli fossimo andati davanti.

Ciò nonostante trascinai istintivamente Eric dentro un portone, fuori dalla visuale di Faris. «Conosci la donna?» gli chiesi sottovoce.

Eric scosse la testa. «Hai visto com'è pallido?» rispose in un sussurro. «Forse dipende dalla luce?»

Mi sporsi cauto. Eric aveva ragione. Ma Faris non era soltanto pallido, tutto il suo aspetto, dai capelli scuri fino alle sneaker arancioni, sembrava sbiadito. Come se qualcuno avesse smorzato la saturazione cromatica. Strano. La donna non era interessata dallo stesso fenomeno, i suoi colori erano squillanti e nitidi. Stava ridendo di qualcosa che aveva detto Faris.

«Secondo te… c'è qualcosa tra di loro?» chiese Eric meravigliato.

«Non ne ho idea. È il suo tipo?» Da questa distanza ovviamente non era possibile distinguere bene l'espressione sul viso di Faris, ma anche a me dava l'impressione che fosse felice e triste nello stesso tempo. L'intensità con cui guardava la donna indicava senza dubbio che per lui era molto importante.

«È molto insolito per Faris» bisbigliò Eric. «Deve averla conosciuta negli ultimi sei giorni, non è mai stato più di qualche minuto qui in giro da solo. E che di colpo si sia innamorato al punto tale da dimenticare il tempo che passa è... non è possibile.»

Pensai a Matilda. «A volte l'innamoramento è qualcosa di improvviso e sorprendente» mormorai sporgendo di nuovo la testa per osservare i due. La donna era graziosa, ma chiaramente più grande di Faris, doveva avere intorno ai trentacinque anni. Il sorriso con cui guardava Faris era pieno di affetto e tenerezza. Chi era? Viveva qui nella Città delle Ombre? Che cosa voleva da Faris? Era forse una svartálfar? Purtroppo da lontano non riuscivo a contarle le dita delle mani né a riconoscere il colore dei suoi occhi.

«Ma che senso ha tutta questa segretezza?» chiese Eric accanto a me. «Ammettiamo pure che, per motivi insondabili, di colpo si sia innamorato perdutamente di una perfetta sconosciuta: perché non ce lo ha detto e basta? Voglio dire, di solito ce lo racconta sempre quando conosce qualcuna, che lo vogliamo o meno. E nel giro di quattro settimane, quando lui si è già scordato come si chiamava, ci ritroviamo a dover consolare al nostro tavolo di cucina la Laura o la Jasmin di turno dal cuore infranto...» Sospirò. «Non ha importanza! Mentre se ne sta qui a fissare inebetito la sua amata, forse di là nel bunker ha già iniziato a morire. Ah! Si sono staccati, vedi? Lei se ne va! Presto, andiamo a riprenderlo e trasciniamolo fino al portale. Anche a costo di portarcelo di peso.»

Mentre parlava, cominciai ad avvertire un formicolio alla nuca e mi accorsi che non eravamo più da soli nel nostro vicolo. Dall'estremità opposta si avvicinavano due figure vestite di nero. Nex. Probabilmente gli saremmo finiti proprio tra le braccia se non avessimo scoperto Faris nel vicolo secondario. Non davano l'aria di essere a caccia di mostri, camminavano disinvolti in coppia e chiacchieravano. Uno dei due lo conoscevo persino, era Gunter, il truce fratello di Gudrun. I capelli biondo platino con il taglio undercut splendevano già da lontano, quanto i pugnali che teneva infilati nella cintura. Maledizione! Dovevo proprio aver collezionato degli orrendi punti di karma, vista la frequenza con cui incrociavo Gudrun e la sua banda qui nella Soglia.

Spostai di scatto la testa all'indietro per nascondermi e valutai le nostre possibilità. Se non ci fosse stato Faris, con un pizzico di fortuna ci saremmo potuti allontanare indisturbati, ma se volevamo portarlo con noi – del resto eravamo andati lì apposta – dovevo farmi venire in mente qualcosa.

«Ascolta, stanno arrivando due nex» bisbigliai a Eric che spalancò gli occhi atterrito. «Mentre io li distraggo, tu corri da Faris, lo prendi e lo riporti al portale, qualunque cosa accada. Io poi vi raggiungo.»

Eric sembrava sul punto di svenire. «Hai visto anche tu il video! È solo a me che questa situazione ricorda i momenti precedenti alla morte di Yuri?» mi bisbigliò. «Non puoi farlo!»

La risata sinistra di Gunter risuonò nel vicolo. Evidentemente il suo compagno aveva fatto una battuta di spirito.

«Non abbiamo altra scelta. Ho già affrontato diverse volte quello sbruffone» assicurai a Eric con un pizzico in più di convinzione di quanta ne provassi. «Aspetta che si girino dall'altra parte e poi scappa. Se vi muovete in silenzio e velocemente, non si accorgeranno di voi.» Gli rivolsi un cenno e stavo per lasciare il nostro nascondiglio quando mi venne in mente un'altra cosa. Gunter mi avrebbe riconosciuto, il che avrebbe provocato un sacco di altre complicazioni. L'unica soluzione che mi venne sul momento fece sgranare ancora di più gli occhi di Eric: mi immaginai un passamontagna identico a quello che aveva portato l'omonimo killer norvegese.

«A più tardi» dissi, uscii allo scoperto e presi lo slancio per saltare su un cornicione. Da lassù camminai in equilibrio nella direzione da cui stavano arrivando i due nex, e per fare in modo che mi notassero cominciai a parlare da solo a voce alta. «Questa scala antincendio sembra piuttosto arrugginita, ma la userò lo stesso per salire sul tetto. Da lassù si gode di sicuro di una vista spettacolare.»

Non so se Gunter e il suo compagno fossero duri d'orecchio, ma dovetti pronunciare altre due frasi idiote e avevo già salito diversi pioli prima che mi facessero finalmente l'onore di accorgersi di me. Si fermarono.

«Ehi tu» esclamò uno dei due. «Perché porti un passamontagna?»

Li osservai dall'alto. La cosa buona era che la scala antincendio non arrivava fino a terra ma era raggiungibile solo dal cornicione. Se volevano raggiungermi, dovevano arrampicarsi loro stessi sul muro. Ed era esattamente il mio obiettivo. Non appena avessero lasciato il vicolo, Eric e Faris sarebbero potuti scappare. «Lo porto perché non voglio che qualcuno mi veda in faccia» risposi camuffando la voce.

«Perché è orribile?» La risata minacciosa di Gunter scatenò chiaramente il mio istinto di combattimento arcadico. Feci appello a tutto il mio autocontrollo e continuai a salire.

«Vedi di scendere da lì» ordinò l'altro. «Vogliamo dare un'occhiata meglio al tuo grugno.»

«Purtroppo dovremo rimandare a un'altra occasione.» Santo cielo, che cosa dovevo dirgli ancora per convincerli a seguirmi? «Adesso non ho tempo, devo occuparmi di faccende importanti. Illegali, come sapete.»

Ma nemmeno le mie faccende illegali sembravano interessare i due nex, che forse erano solo troppo pigri per arrampicarsi. Fatto sta che si limitarono a minacciarmi: «Se non scendi subito, sarà peggio per te, piccolo sorcio della Città delle Ombre. E credimi, se non sei già brutto sotto la maschera, lo diventerai di sicuro».

Sebbene mi muovessi quasi al rallentatore, come un bradipo, ero arrivato già tre piani sopra di loro e il tetto era a pochi metri di distanza.

«Scusate, gente, ma ho un appuntamento con una certa Gudrun» buttai lì, alzando l'asticella. Se nemmeno questo li avesse spinti a salire sulla scala antincendio, non sapevo proprio cosa fare. «Forse la conoscete, somiglia a Gunter, è stupida come un frigorifero...»

Qualcosa mi sfiorò la spalla, urtò contro la scala antincendio e poi ricadde a terra. Un enorme coltello da lancio. Io accelerai la velocità di arrampicata. Ehi! Chi era in grado di lanciare a un'altezza di più piani un pezzo del genere? Poco male, comunque, se non altro avevo la loro attenzione.

«Lurido...» ringhiò Gunter. «Ti tirerò il collo, brutto scarafaggio! Come fai a sapere il mio nome?»

Guardando verso il basso vidi che il suo compagno si era già issato sul cornicione e allungava la mano verso la scala antincendio. Gunter recuperò il coltello da terra e lo seguì, con stupefacente agilità per un colosso come lui. Bene, adesso era il momento di muoversi. Speravo davvero che Eric e Faris approfittassero dell'occasione.

La scala antincendio cigolò quando Gunter ci salì e non ero sicuro che avrebbe retto il peso di tutti e tre senza staccarsi. A me tuttavia mancavano solo quattro pioli per arrivare sul tetto. Senza guardarmi in giro, partii di corsa, nella direzione da cui eravamo arrivati, solo che ero sui tetti anziché nel vicolo. Schivai comignoli, lucernari e chiazze di nebbia di caos nemmeno troppo piccole, e pur sapendo che non era il caso, non potei fare a meno di provare un senso di ebbrezza come mi capitava tutte le volte che facevo parkour. Il fatto che Gunter e il suo compagno avessero raggiunto il tetto e mi lanciassero dietro epiteti e minacce non fece che aumentare questo senso di estasi. Dovevo però stare attento a mantenermi fuori dalla gittata del coltello di Gunter.

Con un agile salto attraversai il vicolo e continuai la mia corsa sul lato opposto. Non tutte le case avevano il tetto piatto e incontravo spesso sorprese inaspettate, come un nido con uccelli grossi quanto gatti dietro un comignolo o una patina di muschio scivoloso al posto delle tegole, ma tutto serviva a rendere un po' più appassionante il parkour. Procedevo letteralmente volando e la distanza tra me e i nex aumentava di tetto in tetto, e quando mi voltai di nuovo, vidi che si erano fermati e mi guardavano. Ma non aveva più importanza. Il tempo che li avevo tenuti occupati a inseguirmi doveva essere bastato a Eric e Faris per raggiungere il portale. Peccato che fossi troppo lontano da quei due per vedere le loro facce inebetite. Comunque me le immaginavo. E siccome da quella distanza nemmeno Gunter poteva riconoscermi, mi tolsi il passamontagna con aria trionfante e feci un profondo inchino.

***

Il mio piano di raggiungere Eric e Faris appena seminati i nex non fu realizzabile. Durante l'inseguimento mi ero spinto in una zona piuttosto remota della Città delle Ombre e non avevo idea di dove mi trovassi. Un'altra volta. Salii sull'edificio più alto che trovai, evitai un rampicante che cercava di mordermi con dentini minuscoli ma affilatissimi e mi rifugiai su un ampio comignolo. Questa Città delle Ombre era maledettamente vasta.

Fui assalito da un'improvvisa inquietudine. Quanto tempo era passato in realtà? Potevo solo sperare che la mia manovra diversiva avesse funzionato e gli altri due fossero tornati sani e salvi al portale. Girai lentamente su me stesso. Impiegai qualche tempo, ma finalmente, nell'ammasso confuso degli edifici, individuai in lontananza la colorata Federhaus che era sempre la prima che si vedeva risalendo le scale dietro il portale. Mi incamminai da quella parte sollevato. Le micidiali piante rampicanti mi addentarono le scarpe quando mi feci largo tra di loro, ma a parte questo scesi senza problemi dal tetto, percorsi velocemente la via del ritorno e a un certo punto mi ritrovai davanti al muro che a contatto con la mia mano si sarebbe trasformato in un campo energetico. Per sicurezza avevo continuato a guardarmi le spalle ogni pochi metri, ma in lungo e in largo non avevo individuato nex. Con ogni probabilità Gunter era corso da Gudrun per lamentarsi dello spudorato tizio con il passamontagna.

Prima di bisbigliare la parola d'ordine, controllai che non ci fosse nessuno sui gradini sotto di me. Ma anche lì era tutto tranquillo, dal Sottosuolo non si sentivano ronzii o bisbigli inquietanti né si vedevano occhi splendenti che guardavano verso di me. Ci fu un istante di panico perché non mi ricordai subito il numero al termine della mia password, ma al secondo tentativo il portale si aprì e potei varcare il campo energetico.

Appena messo piede nel bunker, la mia prima occhiata fu verso i due letti, e quando vidi Faris ed Eric seduti lì perfettamente vigili, mi sentii cadere un macigno dal cuore. Ce l'avevano fatta sul serio, la nostra missione aveva avuto successo. Faris aveva profonde occhiaie nere, ma per il resto sembrava a posto.

Tuttavia... c'era qualcosa che non andava.

Matilda mi porse le stampelle e mi guardò con un'espressione strana, i denti conficcati saldamente nel labbro inferiore. In quello stesso istante ne compresi anche il motivo.

«Ciao, Quinnino» disse una voce musicale.

Maledizione. Ecco perché la stanza mi era sembrata così affollata. Era presente una persona di troppo. Mi appoggiai pesantemente alle stampelle per contrastare la vertigine che mi aveva assalito. Giovanna era seduta a gambe incrociate sulla scrivania, seminascosta dietro Kim e Nadim, e mi sorrideva. Il mio primo impulso fu di soffiarla fuori in corridoio, ma a guardare bene mi accorsi che nessuno sembrava impaurito o sconvolto, e nonostante il puzzo orribile, non c'era odore di bruciato. Inoltre Giovanna non stringeva in mano il suo micidiale pugnale, bensì... un biscotto.

Accidenti.

«Come hai fatto...?» chiesi.

Giovanna alzò un sopracciglio con aria estremamente supponente. «Io sono Giovanna d'Arco, piccolo discendente. I nex di categoria extra possiedono capacità magiche che tu puoi solo sognare. Se...»

«Mi ha infilato nello zaino un tracciatore GPS supermagico per anziani» la interruppe asciutta Matilda.

Giovanna abbandonò all'istante la sua aria di superiorità e fece un gran sorriso. «Sono oggetti davvero molto utili. Ma come ho già spiegato ai tuoi amici, tra l'altro molto carini, non sono qui per creare problemi a nessuno. Al contrario. Mi sono offerta di entrare a far parte del vostro club segreto, illustrando i numerosi vantaggi che porterebbe con sé avere a bordo un'autentica arcade. Una nex dalle doti speciali e con contatti straordinari. Con me potreste viaggiare indisturbati su un balena-dirigibile oppure visitare le città sommerse degli atlanti.»

Feci una risata incredula. «Seriamente? Credi di poter venire qui, sventolando biglietti gratis per un parco divertimenti di nome Soglia...?»

Ancora una volta non mi lasciò finire. «Diversamente da te queste simpatiche persone non sono diffidenti e ostili a priori. Capiscono che una ragazza deve fare del suo meglio in questi tempi difficili.»

«Per tempi difficili intendi il fatto che sei disoccupata perché desti sospetti persino nel malvagio Na'il? Nonostante tu abbia ritrattato la testimonianza contro il suo compare Frey? Non è bastato per riuscire a tornare nelle sue grazie?» Guardai gli altri. «Non fatevi ingannare dal suo aspetto innocuo. Lei non è una *ragazza*, è una sparafuoco di seicento anni di cui non ci si può fidare.»

Purtroppo avevo la sensazione che le mie parole cadessero nel vuoto. Possibile che Giovanna li avesse abbindolati tutti? Non ero stato via poi così a lungo. Ma Kim la guardava con espressione chiaramente affascinata, Eric sembrava altrettanto conquistato e Nadim sorrideva impacciato, probabilmente era stato il primo a offrirle un biscotto. Solo Matilda si mordicchiava nervosa il labbro inferiore e Faris... Faris guardava con aria assente davanti a sé, come se non gli interessasse proprio nulla di quello che stava accadendo. Che cosa gli era preso? Fino alla settimana scorsa era stato tutto esaltato perché Eric e Nadim volevano accettare Matilda nel club e Kim era ricomparsa. Quel giorno invece c'erano addirittura tre «babes» nel suo bunker e lui non le degnava neppure di uno sguardo?

Giovanna scrollò il capo con aria afflitta. Bisognava riconoscere che era un'ottima attrice. «Non ti passa neppure per l'anticamera del cervello pensare che io sia preoccupata perché qua sotto nelle catacombe state facendo per davvero esperimenti con i demoni?» disse in tono d'accusa. «Non puoi nemmeno immaginare quanto mi sia sentita sollevata alla vista del portale. Con i demoni c'è poco da scherzare.»

«Anche con me» ringhiai. «Che cosa vuoi, Giovanna?»

Lei sbatté le palpebre in maniera esagerata. «Sono una semplice ragazza, che sta di fronte a un ragazzo e gli sta chiedendo di ballare.» Doveva essere una citazione famosa, perché Kim ed Eric sorrisero e Nadim fece un risolino. «Una ragazza che ha bisogno di amici, come qualsiasi altra» proseguì in tono patetico Giovanna.

«E di un portale segreto» aggiunse Matilda. Mi guardò. «È evidente che nella Soglia non esiste una legge che preveda di continuare a pagare lo stipendio ai nex sospesi, e Giovanna sa che il portale conduce nella Città delle Ombre e vorrebbe…»

«… usarlo di tanto in tanto per trasportare qualcosa» concluse Giovanna.

«Vuoi usare il portale per contrabbandare roba» tradussi io.

«Io preferisco definirlo trasferimento di beni scomodi» disse Giovanna. «Da quando l'Alto Consiglio ha concesso alle sfingi di stare nel Sottosuolo, è una rotta difficilmente percorribile. Questo portale senza sorveglianza e sconosciuto vale oro. Ovviamente non rivelerei a nessuno della sua esistenza. Sarebbe estremamente stupido.» Scoppiò a ridere. «Tra l'altro sarebbe utilissimo anche per l'organizzazione del ballo scolastico che si terrà l'ultimo sabato prima delle vacanze estive.»

«Cosa?» Matilda la guardò sorpresa.

Giovanna sorrise raggiante. «Hai sentito bene. Il preside ha dato il benestare proprio oggi. La mia presentazione lo ha convinto. Insieme alla generosissima donazione del mio zio preferito che, in mancanza di uno vero, purtroppo mi sono dovuta inventare. Come presidente ufficiale del comitato organizzatore, invito pertanto tutti i presenti a partecipare a quello che sarà il ballo scolastico migliore di tutti i tempi.»

Santo cielo, perché avevano tutti un'aria rapita come se fossero prospettive irresistibili? Tutti a parte Faris, ovviamente, che continuava a fissare il vuoto davanti a sé, come se fosse con la testa altrove. Chissà se aveva raccontato agli altri il motivo che lo aveva spinto ad andare nella Soglia e a non tornare più, oppure la faccenda era stata dimenticata nel trambusto provocato dal grande Giovanna-show?

«Tu che ne dici, Faris?» gli chiesi. «E chi era la donna che tenevi per mano? A proposito... non c'è di che.»

Faris alzò la testa e mi scoccò un'occhiata vitrea. «Non puoi capire» mormorò.

«Possiamo votare» propose Nadim. «Se Giovanna pronuncerà il giuramento, non avrei niente in contrario ad accoglierla tra di noi.»

«Neppure io. Uno, due, tre...» Eric ci contò tutti quanti e sorrise entusiasta. «Con Giovanna saremmo in sette. Come il Pandinus Imperator dei vecchi tempi.»

«Ma più figo» aggiunse Kim.

Matilda non disse niente, ma mi resi conto che non era del tutto contraria all'idea. Probabilmente aveva ceduto quando aveva sentito le parole «città sotterranee». Insomma, avevano perso tutti quanti la testa? Anche se Giovanna avesse prestato mille giuramenti, questo non garantiva che li avrebbe rispettati.

Mentre sul viso di Giovanna affiorava un sorriso trionfale di vittoria, io fui assalito da una fitta di nostalgia ripensando al mio spensierato parkour sui tetti della Città delle Ombre. Persino i rampicanti carnivori erano preferibili a Giovanna.

Gettai un'occhiata all'orologio. Erano le sei passate. Matilda avrebbe fatto tardi a cena se non ce ne fossimo andati subito.

«Mi sento male» annunciò all'improvviso Lingualunga. Si chinò in avanti e vomitò sul pavimento. Io lo giudicai come un chiaro segnale per congedarmi.

«Direi di rimandare la votazione a quando Faris starà meglio» dissi. Per oggi ne avevo proprio le tasche piene di Pandinus Imperator.

Matilda: Hai ricevuto anche tu il messaggio vocale di Eric? Faris si è beccato un virus gastro-intestinale piuttosto brutto. Ora sta dormendo. Forse era per questo che sembrava così strano.

14:12 ✔✔

Quinn: Non credo. Anche nella Soglia aveva un'aria stramba. Era pallido e sembrava sbiadito. Tra l'altro pare che nella Città delle Ombre giri un cane feroce. Può darsi che Faris sia stato morso da lui? Forse la sua è una specie di rabbia della Soglia? E poi la storia con quella donna? Perché è andato nella Soglia da solo? E perché non è tornato indietro, nonostante la schifezza che gli è stata tenuta per tutto il tempo sotto il naso? Cavolo, ci deve più di una risposta. Peccato che per colpa di quella capra incendiaria non abbiamo potuto parlarne.

14:18 ✔✔

Matilda: Ce l'hai ancora con lei? Te lo ripeto: tu non c'eri e lei avrebbe potuto affumicarci se non l'avessimo lasciata entrare. Oppure sarebbe tornata con Hector.

14:20 ✔✔

Quinn: Non ce l'ho con lei. Solo che non capisco perché siate tutti tanto entusiasti, te compresa. Ti sei dimenticata che voleva buttarti giù dal tetto? Anche se non le avevi fatto assolutamente niente?

14:21 ✔✔

Matilda: No, me lo ricordo. So che non ci si può fidare di lei. Ma forse sarebbe meglio averla dalla nostra parte. Sai come si dice: gli amici tieniteli stretti, ma i nemici ancora più stretti. E devi ammettere che le sue informazioni e i suoi contatti potrebbero esserci davvero utili.
14:22 ✔✔

Quinn: Tutto chiaro, Don Corleone. 😎 Speriamo che la cosa non ci si ritorca contro.
14:23 ✔✔

Matilda: Se non altro Eric e Nadim hanno cambiato la password. Per il momento né Faris né Giovanna possono utilizzare il portale. Adesso devo lasciarti. Sabato è il compleanno di zio Thomas e ogni anno zia Bernadette ci costringe a cantargli una serenata inventata da noi. A tre voci. Stasera abbiamo le prove segrete da zia Berenike.
14:25 ✔✔

Quinn: Allora ci sarà anche Julie? Casomai dopo tu abbia bisogno di qualcuno che ti consoli, sappi che io ci sono.
14:26 ✔✔

Matilda: Buono a sapersi 😉
14:32 ✔✔

M
Matilda

Zia Bernadette aveva stampato il testo delle canzoni per il compleanno di zio Thomas. Due fogli A4 scritti fitti fitti.

«Tutte le volte è incredibile la quantità di parole che la zia inventa per trovare una rima con 'Thomàs'» bisbigliai a Julie che era in piedi accanto a me. «Eppure non c'è mai roba come 'Satanàs' o 'maracàs'.»

«Già» confermò lei in un sussurro. «Nemmeno 'fai pietà' o 'adiposità'.»

Soffocammo un risolino spensierato e in quel momento mi resi conto con una fitta di dolore che non era la realtà. Perché nella vita reale Julie non rideva più con me. E quando mi parlava, cosa che succedeva solo in casi di massima necessità, lo faceva con quello strano tono distaccato come se per lei fossi un'estranea.

«Che sogno bizzarro» commentò Bax. Era appeso al lampadario, meravigliosamente colorato e soffice, e mi guardava impietosito. Alle sue spalle, in mezzo al salotto di Berenike, si vedeva la mia porta di sogno-nontiscordardimé. «Che cos'è all'improvviso quell'aria triste?»

«Io non...» Non sopportavo più di essere ignorata da Julie. Mi faceva soffrire tantissimo stare nella stessa stanza con lei e sapere che non mi considerava più la sua amica. Persino i miei genitori si erano accorti che tra di noi era successo qualcosa, ma non facevano domande, e di questo gli ero infinitamente grata. Perché, se avessi dovuto parlarne, sarei scoppiata a piangere. Mi affrettai a cambiare argomento. «Dove sei stato negli ultimi giorni?» chiesi.

«Pensa un po', a volte ho di meglio da fare che bazzicare nei sogni di ragazze umane» rispose. «Adesso però sono qui. Per quanto mi riguarda, possiamo partire, i balena-dirigibili ci aspettano.»

Il mio umore migliorò all'istante. «Come facciamo con Lisistrata e Nefrubiti? Sono ancora lì?»

Bax mi guardò storto. «Che cosa ti avevo detto? Che non dovevi assolutamente ricordare i loro nomi, altrimenti...?»

Ops, giusto. «I demoni si sentono magicamente attratti quando viene pronunciato il loro nome a voce alta» risposi mortificata.

«Proprio così! Vedi quindi di non farlo quando saremo là fuori.» Bax indicò la mia porta. «Ovvio che le sfingi sono sempre là. Per questo mi sono informato prima di venire qui, per precauzione. Oggi quelle due zucche vuote sono a caccia molto, molto lontano, quasi all'altro capo del Sottosuolo. Dovremmo arrivare senza problemi in superficie, se non le evochi. Tra l'altro ho anche trovato una scorciatoia.»

Il mio umore migliorò ulteriormente quando mi feci spuntare i boccoli rossi da fata con il vestito abbinato ed entrai nel corridoio dei sogni con le gonne fruscianti. Lungo il tragitto avrei chiesto a Bax del cane mostruoso e se poteva raccontarmi qualcosa delle città sommerse a cui aveva accennato Giovanna.

Com'era successo anche l'ultima volta, ci immergemmo in quella luce diffusa ma intensa al cui chiarore le porte si succedevano l'una dopo l'altra. Le tre che somigliavano agli ingressi laterali di una vecchia chiesa sembravano essersi spostate leggermente verso sinistra e un po' di sbieco davanti a noi era spuntata un'altra porta che vedevo per la prima volta. Somigliava a un fungo, con la cappella rossa a puntini bianchi che serviva da tettoia, e anche il pomello era un ovolo rosso e bianco. Non avrei avuto bisogno di leggere le iniziali J.B. che ci erano incise sopra per capire che era la porta di Julie. Fin da piccola aveva sempre avuto un debole per gli ovoli, a otto anni le piaceva ancora andare in giro con il suo costume da funghetto e persino adesso aveva le lenzuola, l'astuccio e la cover del cellulare stampati con un motivo a funghetto. Pure la tavoletta del water a casa sua era rossa a puntini bianchi. Quindi sì, quella era chiaramente la porta di Julie. Il mio buonumore svanì all'istante. Dietro quell'allegro funghetto c'era Julie che stava sognando e, se io spuntavo nei suoi sogni con la stessa frequenza con cui lei era nei miei, forse stava addirittura sognando di me. Di sicuro non era un bel sogno.

«Sarebbe possibile andare a trovare un'altra persona in sogno?» chiesi a Bax che si era già allontanato di qualche passo.

«Naturalmente» rispose. «Non c'è nemmeno bisogno di un invito, basta avere un oggetto personale. Per gli incubi è ancora più semplice. Possono infilarsi nei sogni altrui addirittura senza invito e senza oggetti personali.» Si scrollò. «Creature decisamente poco simpatiche, che trasformano ogni bel sogno in uno spaventoso. Però hanno un buon sapore. Ehi, mi ascolti, testolina boccolosa? Perché te ne stai lì ferma come se avessi messo le radici? Non c'è tempo da perdere se vogliamo arrivare in superficie. Erano già le quattro e mezzo quando sono venuto da te, probabilmente tra poco suonerà la tua sveglia.»

Non riuscivo a staccare lo sguardo dalla porta di Julie. Forse non sarebbe stata un'idea così balzana parlare con lei mentre sognava. Forse in sogno sarei riuscita a convincerla che la nostra amicizia non poteva finire a causa di un paio di segreti. Se c'era qualcosa di cui disponevo in abbondanza erano oggetti personali di Julie Beck. Mi girai lentamente verso Bax.

Ma prima che potessi dire qualcosa, mi svegliai. Il parroco Petersen aveva mandato un meme sul gruppo del coro, un gatto devoto che suonava l'organo. Me ne dissi di tutti i colori per non aver messo in silenzioso il cellulare. E sebbene mancassero ancora tre quarti d'ora prima che suonasse la sveglia e io volessi tornare a tutti i costi nel corridoio dei sogni, non riuscii a riaddormentarmi.

***

La sera dopo alle prove del coro Julie cambiò posto con la signora Harkner per evitare di stare seduta accanto a me. Si accomodò invece una fila davanti a me accanto a Luise, voltandomi con ostentazione le spalle. Faticavo a cantare, a causa del groppo in gola che era sempre più spesso. Era assai probabile che la settimana seguente Julie non sarebbe nemmeno venuta alle prove, dopotutto partecipava al coro solo perché la mia famiglia mi aveva costretto a farlo.

A scuola mi aveva guardato una volta soltanto, più precisamente durante il saluto mattutino del preside che aveva annunciato all'altoparlante la data del ballo. In onore dell'avvenimento si era persino ricordato del nome falso di Giovanna: «Diversamente dal ballo di diploma, questa manifestazione si terrà qui nella scuola ed è aperta a tutti gli studenti a partire dalla decima classe. La nostra nuova compagna Giovanna Arco si occuperà dell'organizzazione e vi comunicherà a breve tutte le informazioni necessarie.»

Non appena i nostri sguardi si erano incrociati, Julie si era sbrigata a girare la testa, come se si fosse sorpresa a fare qualcosa di brutto, una cattiva abitudine che voleva togliersi.

Quando riportammo le sedie in sagrestia al termine della prova, non ce la feci più. «Andremo avanti così per sempre?» le chiesi afferrandola per una manica. «Non possiamo... non possiamo tornare a essere amiche?» Mi rendevo conto benissimo di sembrare una bambina petulante, e come tale mi sentivo.

«Intendi dire che dovrei far finta che tu non mi abbia mai mentito?» Julie parlò senza guardarmi direttamente, ma fissando un punto sul muro dietro di me.

«Non ti ho mentito. Ti ho solo… taciuto alcune cose.»

«Ah sì? Quindi era vero che hai conosciuto Giovanna al campo biblico?» Julie posò gli occhi su di me, e io vidi la sua espressione ferita e arrabbiata che mi provocò un tuffo al cuore.

«No.» La conversazione era destinata a fallire subito. «Però la verità è… difficile da credere» dissi, la voce arrochita dal groppo in gola. «A parte il fatto che non ho il permesso di parlarne.»

«Già, questo me lo hai già detto. Più volte.» Julie si strinse nelle spalle. «Te lo ripeto: se vuoi avere dei segreti, per me sta bene. Solo che in quel caso non possiamo più essere amiche. Perché per me l'amicizia significa potersi fidare ciecamente l'una dell'altra.» Mi staccò la mano e mi piantò in asso. Un'altra volta.

L'afferrai di nuovo per la manica. «D'accordo» mormorai sottovoce, in modo che nessun altro mi sentisse. «Quel trittico lì in realtà è un portale, i proprietari del nuovo negozio di fiori sono fate e sul lago Baikal c'è una riserva per unicorni. Giovanna in realtà è Santa Giovanna, con la differenza che non è santa, riesce a sprigionare il fuoco a mani nude e in realtà è una nex, ma dopo che ha cercato di buttarmi giù da un tetto insieme al fisioterapeuta di Quinn è stata sospesa, e dopo seicento anni ha finalmente tempo di recuperare la giovinezza perduta al liceo Lessing. Dopo avermi infilato di nascosto un tracciatore GPS nello zaino, adesso conosce l'ubicazione del portale segreto nei sotterranei della clinica universitaria, che un gruppo di studenti di medicina utilizza per entrare nella Soglia, un luogo in cui le balene nuotano in aria e dove scorrazzano sfingi, svartálfar e draghi nani.» La guardai, lei mi fissò sbattendo le palpebre. «Visto? Non credi a una parola.»

Julie scrollò lentamente il capo. Sul suo viso si alternavano collera e ansia, essendo evidente che o mi stavo prendendo gioco di lei, o avevo perso la ragione. Al suo posto anch'io avrei pensato la stessa identica cosa.

«Forse a volte dovresti fare anche qualcos'altro oltre che dedicarti a questo gioco assurdo» disse, e quando si staccò da me quella volta la lasciai andare. Era una missione disperata.

Con la scusa di voler accendere una candela, rimasi dentro la chiesa, mentre tutti gli altri uscivano per tornare a casa. E, dato che non poteva guastare, accesi veramente un cero.

«Bax?» chiamai a mezza voce una volta rimasta sola. «Baximilian Grimm? Potresti… apparire? Per favore?»

Passarono un paio di secondi e Bax diventò visibile su uno dei banchi. «Credi di avere a che fare con il genio della lampada di Aladino? Be', se non altro hai chiesto per favore.» Svolazzò fino al confessionale, dove ripiegò accuratamente le ali da pipistrello e mi scrutò con i suoi occhietti a punta di spillo. «Che succede, testolina boccolosa, oggi hai la luna storta? E dove sei sparita all'improvviso stanotte? Ti ho aspettato per un sacco di tempo. Mi annoiavo così tanto che ho dovuto divorare un paio di incubi.»

«È a causa di Julie, ma meglio non parlarne, altrimenti mi metto a piangere» sospirai. «Mi spiace per stanotte, mi sono svegliata e non sono più riuscita a addormentarmi. Stasera metterò il cellulare in silenzioso. Ma casomai non dovesse funzionare o me ne dimenticassi: sai qualcosa di un cane mostruoso che si aggira per la Città delle Ombre e azzanna la gente?»

«Un cane mostruoso?» Bax scrollò il capo. «Mai sentito. Perché me lo chiedi?»

«Perché…» Ebbi un attimo di esitazione, poi continuai a parlare. Se non altro non volevo avere segreti con Bax. «Una persona che conosco è un po' strana da qualche giorno, sembra depressa, è sempre distratta e apatica e Quinn dice che nella Soglia sembrava sbiadita, come se stesse perdendo i suoi colori, e io…»

«Matilda?» chiese qualcuno dietro di me, mentre in lontananza si sentiva il rumore del portone della chiesa che si chiudeva lentamente. Mi girai di scatto e vidi Julie che mi guardava in piedi accanto a una colonna. La gola mi si chiuse di nuovo, poi mi accorsi che anche Julie aveva gli occhi lucidi di lacrime.

«Volevo solo dirti... qualunque cosa sia, io ci sono per te» disse. «Basta che tu sia sincera.»

«Sei tornata per questo?» Un barlume di speranza si accese dentro di me.

Julie annuì. «Ho paura che questo gioco in realtà sia una setta stramba o qualcosa del genere e che, a furia di avercela con te, non mi sono resa conto che hai bisogno d'aiuto, perché ti stanno facendo il lavaggio del cervello e ti stanno portando alla pazzia.» Parlava a voce così bassa e così in fretta che faticavo a capirla. «E questo non posso permetterlo.»

Era tornata! Certo, lo aveva fatto solo perché temeva che fossi sull'orlo di un esaurimento nervoso e mi voleva liberare dalle grinfie di una setta inquietante, ma comunque non le ero indifferente. Mi sarebbe tanto piaciuto gettarle le braccia al collo.

«Mi spiace tanto.» Faticavo a tenere a bada le lacrime, ma c'era ancora una cosa che dovevo dirle. «Non volevo ferirti, tu sei nel mio cuore e ci rimarrai sempre!»

«Allora dimmi una buona volta che cosa succede» mi implorò mentre una lacrima le rotolava lungo la guancia.

«Non devi avere paura» mi affrettai a dire. «Non c'è nessuna setta. E non sto impazzendo. Anche se a volte ho questa impressione.»

«Con chi stavi parlando adesso?» chiese, girando intorno alla colonna con aria timida.

Solo in quel momento mi tornò in mente Bax, che con ogni probabilità doveva essersi reso invisibile da un pezzo. Ciò nonostante indicai il confessionale alle mie spalle. «Con lui.»

Julie sgranò gli occhi. «Con *lui*?»

Mi voltai. Bax era sempre appollaiato sul confessionale, il naso da volpe rivolto all'insù, la coda di drago ordinatamente appoggiata intorno alle zampe. Somigliava... sì, a un doccione di pietra.

«Che carino! È nuovo?» chiese Julie aggrottando la fronte. «Non lo avevo mai visto prima qui.»

«Perché di solito è invisibile» spiegai. «È il guardiano ufficiale di quel portale.» Indicai il trittico. «Anche se non prende troppo seriamente il suo compito.»

«Compito? Ma fammi il piacere» ribatté Bax e Julie trattenne rumorosamente il fiato. «Al massimo è lavoro forzato. E cerca di ricordare: i più carini sono sempre i più pericolosi!» Per dimostrarlo scoprì gli artigli delle zampe anteriori.

Julie si aggrappò al mio braccio. «Ma... parla!» esclamò.

«Sì, esatto. E al contrario delle persone presenti, pensa addirittura prima di farlo.» Bax alzò gli occhi al cielo. «Forse sarebbe meglio che la tua amica si sedesse, testolina boccolosa. Così potrai raccontarle con calma tutto quello che ancora non sa. Io nel frattempo vado di là e mi informo su questo cane mostruoso. La storia dello sbiadirsi mi ha fatto venire in mente un'idea...» Un attimo più tardi la tavola centrale del trittico si tramutò in un campo energetico e Bax scomparve.

Accompagnai Julie verso uno dei banchi. Camminava incerta sulle gambe. «Adesso preferiresti la versione della setta e del lavaggio del cervello, vero?» le chiesi con un sorriso storto.

Per un paio di secondi rimase in silenzio, poi mi chiese: «Ma gli unicorni del lago Baikal si possono anche accarezzare?»

E così, finalmente, ci riabbracciammo singhiozzando.

Quinn

Alla vista delle tante persone che gremivano la piazza davanti all'osservatorio, mi fermai come paralizzato. Forse avrei dovuto accettare l'offerta di Giacinto di riaccompagnarmi alla biblioteca del professor Cassian, o quanto meno avrei dovuto cercare una strada diversa. Avevo preferito non utilizzare il portale della riserva protetta di Emilian, per paura di ritrovarmi bloccato in una chiesa chiusa.

Giacinto era venuto a prendermi intorno alle sei per fare un po' di esercizio nella Soglia. Da quando lui ed Emilian si erano convinti che potesse esserci qualcosa di vero nella profezia e che io fossi effettivamente il prescelto, prendevano l'allenamento con molta più serietà di prima, pur non sapendo bene a che cosa dovessero prepararmi. Infatti, sebbene negli ultimi tempi bazzicassero in vari archivi, non erano ancora riusciti a scoprire in che modo si aprisse quel maledetto portale delle stelle, per non parlare poi di quale fosse la maniera più probabile per evitare la successiva fine del mondo. Ma erano estremamente entusiasti dei miei successi in fatto di immaginazione e dovevo ammettere che anch'io mi divertivo un sacco dato che avevo capito come funzionava. Avevo perso la cognizione del tempo cercando di salire in aria su gradini invisibili o di mimetizzarmi visivamente con un muro di mattoni o la facciata di un edificio, trucco molto opportuno che mi riusciva solo in parte.

Era venerdì sera e ai miei avevo detto che volevamo andare al cinema, perciò era assai probabile che non fossero preoccupati. Sapevo tuttavia che la mamma riusciva a dormire solo quando ero rincasato. Era un peccato non poter inviare messaggi da lì, ma nella Soglia il cellulare era del tutto inutile. Non era possibile nemmeno farci delle foto, che magari avrei potuto inviare a Matilda per consolarla del fatto che non poteva entrare nella Soglia. Nella riserva protetta di Emilian c'era l'imbarazzo della scelta di soggetti da inquadrare e di fronte a un riccio con le orecchie da elfo, Matilda avrebbe voluto come minimo adottarne uno. Ma su tutte le foto che avevo scattato fino a quel momento si vedeva solo uno sfarfallio in bianco e nero. Ero sicuro che il professor Cassian avrebbe saputo spiegarmi per filo e per segno questo fenomeno parlando di un qualche costrutto immaginario e non materiale, perciò avevo evitato di chiedergli informazioni. Certe cose non era necessario capirle, bastava accettarle. Aspettavo l'occasione adatta per chiedere a Emilian di prestarmi per un giorno il drago nano Confucio per mostrarlo a Matilda. Probabilmente avrebbe reagito con una frase del tipo «questo non è uno zoo itinerante» ma valeva comunque la pena tentare.

Per fortuna Matilda era tornata di ottimo umore. Da quando aveva fatto pace con Julie due giorni prima, era raggiante. Quel giorno erano andate alla presentazione di un thriller con la madre di Julie. Matilda mi aveva chiesto se volessi andare con loro, e se non avessi avuto appuntamento con Giacinto, lo avrei fatto volentieri. Ora che Matilda e io stavamo insieme ufficialmente, ero disposto persino a conoscere più da vicino il resto della sua devota famiglia, anche se il mio recente incontro con la madre di Matilda continuava a mettermi i brividi e la stessa Matilda era d'accordo a rimandare ancora un po' l'evento.

«Preferibilmente per un paio di decenni» aveva sospirato, facendomi piegare in due dal ridere.

«Ehi, abbiamo affrontato un commando di killer norvegesi, riusciremo anche in questa impresa» avevo risposto serissimo. In effetti: perché avrei dovuto temere i genitori di Matilda dopo essere riuscito ad affrontare Frey a Londra oppure a immergermi nella nebbia del caos? Al massimo sarebbe stato un po' spiacevole, ma nient'altro.

A proposito di cose spiacevoli: a giudicare dalla folla sulla piazza davanti a me, sembrava che fosse appena terminata un'importante manifestazione e tutti gli spettatori fossero lì a scambiarsi pareri. Non ci sarebbe stato niente di male nella faccenda, se non si fosse trattato di mie vecchie conoscenze. E in particolare conoscenze del tipo che avrei preferito non aver mai frequentato.

C'erano Gunter e Gudrun stretti intorno al professor Cassian e alla reggente Themis insieme a un gruppo di nex, poco più in là vidi Frey intento a parlare con Maquinna, il consigliere piumato. Era circondato da altri nex e da alcuni leccapiedi dagli abiti sgargianti che pendevano ammirati dalle sue labbra. Frey appariva di ottimo umore, la sua dentatura brillava finanche lì. E nell'angolo più lontano della calca scorsi Giovanna. Parlava con due uomini. Il più basso mi voltava le spalle, ma il più alto lo riconobbi all'istante: Na'il, il centurione simil-vampiro che avevo conosciuto a Londra. A giudicare dal suo sguardo, non stava dicendo niente di carino a Giovanna.

Fantastico. Mi trovavo davanti a una riunione di tutti i personaggi della Soglia verso i quali nutrivo un sincero disprezzo. Ciascuno di loro, preso singolarmente, era già abbastanza antipatico, a partire da Na'il «bevo sangue a colazione», Frey «ho grandi progetti per te ma non te li rivelo neanche morto», Themis «abbiamo avuto candidati molto più promettenti di te, ma d'altra parte forse sono tua nonna». Ma presi tutti insieme, con l'aggiunta della vecchia capra incendiaria e dell'ottuso duo Gunter-Gudrun, erano decisamente un po' troppo. Stavo per girarmi con l'idea di tornare indietro e raggiungere la biblioteca facendo un'altra strada, quando l'uomo più basso insieme a Giovanna e Na'il girò la testa e guardò nella mia direzione. Era Hector.

Allora, invece di allontanarmi, le gambe mi portarono di loro iniziativa proprio verso l'assassino di mio padre.

La madreperla del guscio di chiocciola scintillava al sole che come sempre splendeva alto in cielo e spandeva una luce di finta allegria su tutto. In realtà doveva essere più o meno mezzanotte e io avrei dovuto proprio essere a casa. Probabilmente non ci sarei mai più arrivato, dopo un confronto con Hector e la squadra di nex al completo. Ma in quel momento non me ne poteva fregare di meno.

Non sapevo bene nemmeno io che cosa volessi fare, non avevo un piano, sentivo solo crescere in me la collera a ogni passo. In realtà negli ultimi giorni non avevo più pensato al video; in tutta sincerità mi ero addirittura convinto di aver dimenticato la cosa. Ma la rabbia che mi aveva suscitato la vista di Hector mi confermava il contrario.

«Che cosa ci fai qui tutto solo nel cuore della notte, ragazzino?» ringhiò.

Na'il mi lanciò un'occhiata torva e Giovanna inarcò le sopracciglia quando mi vide. Poi sfoggiò il suo abituale sorriso. «Ciao, Qui...»

«Risparmia pure i convenevoli» la bloccai.

«Dove sono le fate?» chiese Hector girando lo sguardo sulla piazza. «Un prescelto non può girare per la Soglia senza scorta, per farlo dobbiamo dare il nostro consenso. È troppo pericoloso.»

«Esatto» confermò Na'il. «Un prescelto è un obiettivo molto… allettante. E ormai, quanto meno dopo l'aggressione all'alto consigliere Frey, sappiamo che i separatisti svartálfar non si fermano davanti a niente.» Intanto mi guardava come se fossi una blatta finita nel suo caffellatte. Probabilmente era la sua espressione normale, ma in quel momento la presi molto sul personale.

«Proprio così. Con voi gente della Soglia non si può mai stare tranquilli» replicai, stupito dal tono tranquillo della mia voce, anche se dentro mi sentivo ribollire. «Soprattutto come discendente. Basta pensare a mio padre, Yuri Watanabe. Anche lui se ne andava in giro tranquillo per la Soglia. E qualcuno lo ha semplicemente… *neutralizzato.* Non è così, Hector?»

Giovanna fece un risolino nervoso, Na'il aggrottò la fronte da Dracula e Hector mi guardò sconcertato. Anche Yuri aveva guardato questi occhi gialli prima di morire? Spostai lo sguardo in basso verso la cintura di Hector, dove erano infilate le sue armi, e trattenni l'impulso di strappargliene una e puntargliela alla gola. Perché con ogni probabilità sarebbe stato un suicidio preannunciato.

«È quello il pugnale con cui lo hai eliminato?» chiesi invece indicando uno spadino. «È morto subito oppure prima hai colpito organi non vitali perché, nel tuo disprezzo per la feccia dei discendenti, provi gioia a vederli soffrire?»

Hector trattenne rumorosamente l'aria. «Ho solo compiuto il mio dovere, era necessario rendere inoffensivo un delinquente fuggiasco» ringhiò indignato. «Quell'uomo, tuo padre, stava per scatenare un tornado. Se non avessi reagito velocemente, è probabile che quel giorno sarebbero morte molte persone. Non è vero che gli umani non contano niente per me, ma la seconda direttiva deve essere rispettata a qualunque costo.»

«Non lo aveva fatto apposta» esclamai, e la mia voce non era più controllata. «Non aveva la minima idea di possedere tali capacità. Se qualcuno gli avesse parlato, invece di…»

«Non c'erano garanzie al riguardo» mi interruppe Hector. «Aveva scagliato i miei lontano, aveva sradicato alberi e quella maledetta pagoda era un regalo dell'imperatore giapponese…»

«Lo so lo so, quante grane fastidiose» dissi. «Povero Hector.»

«Come osi parlarmi…» Si piazzò i pugni sui fianchi. «Come fai a conoscere tutti questi particolari? Te li ha raccontati Cassian? Oppure le fate ti hanno portato nell'archivio?»

«Anche per quello occorre l'autorizzazione» si intromise Na'il.

«Aveva solo ventitré anni» dissi.

Ci fu un attimo di silenzio.

Poi Hector fece una piccola esclamazione sprezzante. «Se ti aspetti delle scuse da me, hai capito male. Sono stato costretto a neutralizzarlo. E lo rifarei in qualsiasi momento.» I suoi occhi gialli mi fissarono con un lampo di rabbia. «Voi discendenti siete solo una fonte di guai.»

Giovanna scoppiò a ridere. «E il primo premio per la diplomazia e la comunicazione efficace va aaaaa... Hector! Sei davvero bravo a farti degli amici, vero?»

Na'il spostò la sua attenzione su di lei, le labbra corrugate in una smorfia sprezzante. «Sei stata *tu*...? Alla fine il ragazzo ha ottenuto da te quelle informazioni?» chiese. E vedendo che lei non rispondeva ma si limitava a sostenere caparbia il suo sguardo, aggiunse: «*Fidelitas, robur, sinceritas*, il nostro motto non significa più niente per te? Mi domando quante volte ancora vorrai mettermi in ridicolo, figlia.»

Come, come? Aveva appena detto *figlia*? Il mio sguardo si spostò dall'uno all'altra e ritorno e per la prima volta da quando la conoscevo mi parve di cogliere un accenno di imbarazzo sul suo viso.

«Na'il è tuo padre? Avevi il compito di spiarmi per lui?» esclamai e – anche questa era una prima volta – provai qualcosa di simile alla compassione. Accidenti. Non c'era da meravigliarsi che fosse venuta su così male, con il conte Dracula come padre.

Lei si strinse nelle spalle. «Sì e sì. Papà dell'anno da più di sei secoli. Ma non avere paura, al ballo scolastico non lo inviterò, è un tremendo guastafeste. E a te non farà più niente, Frey lo ha rimesso in riga.» Nonostante l'occhiata di fuoco che le lanciò il padre a queste parole, lei proseguì imperterrita: «Toh, guarda, la seduta del consiglio riprende, credo che adesso sia richiesta la tua presenza, *papi*.»

In effetti c'era un certo movimento sulla piazza. La reggente Themis, il professor Cassian, Maquinna e Frey si stavano dirigendo verso l'ingresso dell'osservatorio, scortati da alcuni nex.

Na'il schioccò la lingua contrariato. «Riprenderemo il discorso più tardi. Non abbiamo ancora finito.» Prima di girarsi per seguire gli altri, scoccò un'ultima occhiata gelida a Giovanna. «Ti avverto, figlia. Non mi costringere a espellerti definitivamente dalla dodicesima centuria.» Poi si allontanò impettito.

Giovanna sospirò. «*Fidelitas, robur, sinceritas*, un cavolo» mormorò.

«Non so il latino, quindi posso solo tirare a indovinare» dissi nella speranza che Na'il mi sentisse. «Significa arroganza, infamia, misantropia? O semplicemente deficiente, cretino, imbecille?»

Giovanna abbozzò un sorriso. «Qualcosa del genere. Ora capisci perché ho bisogno di avere una seconda fonte di reddito?»

Con ogni probabilità si riferiva al contrabbando nella Città delle Ombre. Hector però capì un'altra cosa. «So che sei un'ottima guerriera e la nona ti accoglierebbe subito, se fossi meno petulante» gracchiò in tono quasi amichevole. «A parte il fatto che Na'il come minimo mi staccherebbe la testa. Ma la ventitreesima di Gudrun Gunnarsdottir cerca urgentemente gente, negli ultimi giorni gliene sono spariti altri due nella Città delle Ombre, e lei non può permettersi di essere troppo schizzinosa.»

«È carino da parte tua preoccuparti per me» ribatté Giovanna. «Ma prima di mettermi a lavorare al comando di Gudrun, preferirei baciare un pigolatore muraiolo dal becco piatto. A parte tutto, però, mi prenderò un periodo sabbatico. E adesso, se volete scusarmi, ho bisogno di fare un bel bagno caldo. Ci vediamo a scuola, Quinnino.»

La guardai allontanarsi con passo felpato e rimasi lì con Hector. La rabbia era scomparsa, si era afflosciata come un palloncino bucato. Poco prima avrei affrontato senza esitazioni uno scontro all'ultimo sangue con lui, ma in quel momento ero solo triste e volevo tornare a casa.

C'era sempre un gran viavai sulla piazza. Gudrun, le braccia conserte sul petto, parlava con altri due nex e Gunter flirtava con una fata dal vestito azzurro a fiori. Il sorriso che aveva stampato in faccia lo faceva sembrare un po' buffo. Ricordavo con quanto disprezzo avessero sempre parlato delle fate lui e Rüdiger, invece questa sembrava piacergli. I suoi boccoli rossi brillavano al sole e, sebbene dovesse avere come minimo migliaia di anni, il nasino a patatina e le fossette la facevano sembrare una ragazza... Un momento! Socchiusi gli occhi. Era...? No, impossibile. Quella là in fondo *non* poteva essere Matilda che fissava rapita Gunter. Colpa dei nervi che avevo a fior di pelle. Era proprio il caso di andare a letto.

Hector, che guardava nella stessa direzione, si schiarì la voce. «Sarà meglio che ti scorti fino alla biblioteca di Cassian. Altrimenti andrai di nuovo a provocare la gente di Gudrun. Si sono già lamentati di te...»

«Haha» replicai di nuovo alterato. «Qual è il loro motto? Prima provoca, poi vai a lamentarti? In latino sembrerà di sicuro molto più incalzante. E no, non ho bisogno di essere scortato dall'assassino di mio padre.»

In quell'istante la fatina si girò nella mia direzione e i nostri sguardi si incrociarono. Sentii Hector trattenere bruscamente il fiato accanto a me.

Gli occhi della fata – gli occhi di Matilda! – si spalancarono per lo spavento, poi lei girò sui tacchi e corse via con la gonna svolazzante.

M
Matilda

«Smettila di guardarti in giro con quell'aria rapita ed entusiasta» mi ordinò Bax. «Si capisce subito che sei una turista.»

Ma come facevo a non essere esaltata quando c'erano edifici simili a gusci di chiocciola, grandi nappe viola che pendevano da alberi giganteschi o intere isole con case e giardini sospese in aria? Ero molto fiera di me perché alla vista del primo balena-dirigibile nel cielo punteggiato d'oro non avevo cacciato un gridolino stridulo, anche se dentro di me tutto voleva esprimere la sua contentezza. Ora che finalmente, finalmente, ero arrivata nella Soglia, mi rendevo conto che era molto più incredibile di quanto mi fossi immaginata.

La conferenza a cui avevo assistito con zia Berenike e Julie era finita presto e, sebbene la zia si fosse messa in coda per farsi autografare il libro, ero andata a letto prima delle undici. Come concordato, Bax era venuto a prendermi poco dopo in un noiosissimo sogno in tram.

Anche Julie aveva avuto fretta di tornare a casa, per leggere il mio diario che secondo lei era più emozionante di qualunque thriller. Dopo la nostra riappacificazione in chiesa avevo iniziato a raccontarle tutto, tra le sue mille interruzioni e domande incredule, finché mi era venuto in mente che sarebbe stato molto più semplice darle da leggere il mio diario. Non era una lettura facile per chi odiava i fantasy, ma se la stava cavando proprio bene. Era stato divertente ipotizzare insieme a lei sul perché gli spiriti umani nella Soglia perdessero colore e se fosse possibile installare di nascosto sulla Terra una colonia di draghi nani, preferibilmente nel nostro giardino. Il povero scrittore aveva fatto una faccia interdetta durante la conferenza, quando eravamo scoppiate a ridere dopo che Julie aveva espresso l'opinione che secondo lei la nostra insegnante di tedesco in realtà era una creatura della Soglia, altrimenti non si spiegava come fosse possibile che qualcuno conoscesse a memoria interi testi vecchissimi e polverosi. Ripensandoci prima di addormentarmi, avevo sorriso tra me.

Per questa incursione nei sogni avevo pensato a tutto quanto: la finestra era aperta per consentirmi di ossigenare il cervello, il cellulare era in modalità silenziosa e prima di andare a dormire non avevo bevuto niente, per non correre il rischio di dovermi svegliare anzitempo per andare a fare pipì. Anche Lizzy e Nobsi sembravano indaffarate altrove, non si sentivano nemmeno i loro mormorii mentre seguivo Bax a passo di corsa da una porta demoniaca all'altra.

E finalmente eravamo nella Soglia.

Avevo sperato di avere tempo di mettermi in un angolino tranquillo per ambientarmi, ma il piccolo doccione mi aveva condotto in una zona della superficie molto animata. Per la precisione proprio nel bel mezzo del quartiere amministrativo, come avevo riconosciuto senza ombra di dubbio dall'edificio a forma di chiocciola a poca distanza da noi, il cosiddetto osservatorio. La facciata di madreperla risplendeva al sole ed era addirittura più imponente di quanto mi avesse detto Quinn. Per non parlare del cielo!

Bax si era reso invisibile prima che uscissimo dall'ultima porta, inserita nella facciata di un edificio allungato accanto a una serie di altre porte tutte identiche. Ero abbastanza sicura che non sarei riuscita a raccapezzarmi senza l'aiuto di Bax una volta che ci fossimo allontanati un po'. Ma in tutta sincerità quello che mi preoccupava di più era di svegliarmi senza aver visto tutto.

Non avevamo fatto molta strada, ero troppo occupata a fissare tutto e tutti. Per esempio la donna che al posto dei capelli aveva la testa piena di serpenti, o quel gruppo di persone con vistose acconciature piumate. E che cos'era l'animale che portava a passeggio la donna vestita di velluto rosso, un giaguaro con le corna?

C'erano però anche persone dall'aspetto assolutamente normale per anatomia e vestiario, persone del tutto umane per così dire, e mi chiedevo che genere di vita conducessero sulla Terra, forse erano sindaci o istruttori di guida, e chissà se qualcuno immaginava che in realtà erano esseri immortali della Soglia. Il travestimento su cui aveva insistito Bax sarebbe stato anche superfluo. Con il vaporoso abito da fata e la chioma rossa mi confondevo in mezzo alla calca variopinta, ma non avevo visto nessun'altra fata. D'altronde mi stava bene così, perché forse le fate si conoscevano tutte tra di loro, oppure parlavano una lingua speciale e se mi avessero salutato avrebbero scoperto che non ero una vera fata perché non ero in grado di dire «buongiorno» in fatese. Feci un profondo respiro e mi sforzai di calmare la mente.

«Cosa facciamo ora?» bisbigliai nel nulla alla mia sinistra, dove avevo visto Bax l'ultima volta. «Continuiamo dritti verso l'osservatorio? Voglio accarezzare almeno una volta il muro di madreperla. Oh, e voglio assolutamente vedere quel pozzo di cui mi ha parlato Quinn, quella buca così profonda che dall'altra parte si vede il cosmo. E ovviamente voglio volare con un balena-dirigibile. Ah, e magari possiamo andare in uno di quei banchi dei pegni emotivi? Vorrei scambiare i miei sensi di colpa per qualcosa di meglio.»

«Psss» fece Bax in alto a destra. «Qui non c'è niente del genere, dovresti andare nelle zone malfamate, dove sono confinate tutte le esistenze fallite.»

Certo, questa non era la Città delle Ombre.

«È proprio necessario che rimani invisibile?» chiesi girando intorno a un albero dalla corteccia azzurra. «Non puoi trasformarti in qualcos'altro? Per esempio in un grazioso giaguaro cornuto come quello?»

Bax sbuffò. «Per permetterti di portarmi al guinzaglio come un accessorio all'ultima moda? Direi proprio di no. E comunque non posso cambiare forma, i demoni di terza categoria non sono in grado di farlo.»

«Ma qui nella Soglia ti basta immaginarlo» bisbigliai, tingendomi le unghie di un azzurro intonato al vestito. Funzionò alla grande.

«Come ho detto, solo i demoni di quarta categoria possono mutare forma» rispose Bax, stavolta dal basso a destra. «E neanche tutti. A proposito: ho fatto ricerche su quel mostro che bazzica nella Città delle Ombre. Temo che si tratti di una fimera. Mi ci ha fatto pensare la storia del cane e della perdita di colore.»

«Una finera?» chiesi a voce troppo alta attirandomi l'occhiata perplessa di un uomo che aveva una civetta sulla spalla. Gli rivolsi un sorriso di scuse e lui lo ricambiò. Che gentile. Anch'io avrei voluto una civetta come quella.

«Fimera» mi corresse Bax una volta che l'uomo si fu allontanato abbastanza. «Sono demoni di quarta categoria. Molto rari. Molto pericolosi.»

«Più pericolosi delle sfingi?»

«Dipende. Di sicuro più malvagi. Se non altro con una sfinge si muore velocemente, mentre le fimere attirano le vittime nella nebbia del caos dove le torturano per settimane. A volte persino anni. Nella sua forma base una fimera somiglia un po' a una iena, forse per questo l'hanno scambiata per un cane. Si nutre di emozioni, più precisamente di gioia di vivere. Quando riesce a toccarti, le bastano un paio di secondi per scoprire qual è il tuo più grande desiderio, e allora può prenderne la forma...»

«Si trasforma nella persona di cui hai più nostalgia, per risucchiarti poi tutta la voglia di vivere?» Era davvero perfido. Se Faris era caduto vittima di una creatura del genere... «Come si fa a liberarsi da una fime... Oh! Guarda!»

Eravamo arrivati in fondo alla strada e davanti a noi si apriva una piazza delimitata dal palazzo a forma di chiocciola. Sugli altri lati sorgevano imponenti edifici e colonnati. Una balaustra separava la piazza da un'enorme voragine nel terreno, attraversata da un ampio ponte ad arco. A questo punto non riuscii più a trattenermi. Doveva essere il pozzo senza fondo di cui mi aveva parlato Quinn. Con due falcate raggiunsi la balaustra e mi sporsi al di là: era proprio così, in fondo in fondo, al termine di quello che sembrava un tunnel sempre più stretto, si vedeva un pezzo di cielo stellato.

Fui invasa da un'emozione di profonda meraviglia guardando le stelle luccicanti. «Anche questa è solo un'illusione, oppure il cielo è vero e questa buca è una specie di portale per il cosmo?» chiesi di getto. «Qualcuno ha provato a esplorarlo? Ma no, che sciocca, se qualcuno lo avesse fatto, non lo saprebbe nessuno, perché sarebbe stato subito dimenticato...»

«In ogni caso è il luogo perfetto per sbarazzarsi di qualcuno» osservò l'invisibile Bax. «Allontanati da lì, per favore, questo pozzo mi ha sempre fatto paura.»

«Va bene, e adesso che cosa facciamo?» Mi girai piena di energie. La piazza era persino più animata della strada da cui eravamo arrivati. «Quella che cos'è?» Indicai un'esile torre di vetro a spirale che saliva alta in cielo. C'erano due ascensori che andavano su e giù a tutta velocità.

«La fermata dei balena-dirigibili» rispose Bax. «Un'invenzione geniale, ma che non tiene minimamente conto del comfort dei viaggiatori.»

«Una fermata dei balena-dirigibili, sul serio?» Sorrisi beata in aria. Le cose si mettevano sempre meglio. Probabilmente, no, sicuramente, in quel momento ero la ragazza più felice di tutta la Terra. «Allora proporrei di dare prima una carezza alla chiocciola, poi di comprare i biglietti...» Mi bloccai. Mi era tornato in mente ciò che Bax mi aveva raccontato in occasione del nostro primissimo incontro. «Si può fare? Con cosa si paga qui? Non vorrei che il controllore mi mozzasse un dito.»

Una risata increspò l'aria. «Il biglietto è necessario solo per le lunghe percorrenze, per esempio quando si va oltre oceano o su una delle grandi isole.»

«Oh, bene.» Continuai a farmi largo tra la gente. «Allora continua a essere il giorno più bello della mia vita. Oh, guarda!» Sopra la mia testa volava uno stormo di uccelli rossi e dorati, grandi quanto cicogne e con una coda di piume incredibilmente lunga. Era uno spettacolo di una bellezza così inconcepibile nel cielo azzurro e luminoso e insieme così kitsch da fare quasi male. Non riuscivo a distogliere gli occhi e per questo un attimo dopo andai a sbattere di slancio contro qualcuno.

«Oh, oh» bisbigliò Bax al mio orecchio. «Hai urtato un nex!»

Già. Ben fatto, Matilda.

«Ehi, attenta a dove vai, fata!» esclamò burbero il nex.

«Chiedo scusa! Mi dispiace tantissimo, stavo ammirando gli uccelli» mi scusai con un sorriso mortificato indicando il cielo. Che si trattasse di un nex lo avrei capito anche senza che Bax me lo dicesse. Indossava una divisa da combattimento nera, era pieno di muscoli e armato fino ai denti. «È la prima volta che vengo qui, ed è tutto così... travolgente.» Cercai di ignorare Bax che mi sussurrava all'orecchio «Noooo! Sei stanca di vivere?» Mi ero calata nel ruolo di un'ingenua fata di campagna, e speravo tanto che esistessero davvero. Magari fino a quel momento potevo essere vissuta con i miei genitori in una riserva di unicorni sul lago Baikal, oppure frequentavo un collegio per fate in un angolo remoto della Soglia, in ogni caso era la mia prima visita al quartiere governativo e stop. «Spero di non averle fatto male!»

Dall'aria risuonò un «gulp» disgustato, abbastanza forte perché lo sentissi.

«Sciocchezze.» Il nex mi osservò con più attenzione mentre cercavo di mantenere il mio sorriso mortificato. Aveva occhi di un azzurro chiarissimo e capelli biondo platino rasati a zero sulle tempie e sulla nuca, solo la parte superiore era abbastanza lunga da ricadergli sul viso attraente e dai lineamenti simmetrici. «Come potrebbe una persona come *te* far male a uno come *me*?» Con mia sorpresa lo vidi sorridere. Il suo sguardo accarezzò il mio vestito aderente da fata. «Allora sei qui per la prima volta? Quindi devi essere giovane proprio come sembri? Se non altro sei educata. In genere le fate non mostrano alcun rispetto per noi nex.» Mi fissò la scollatura. «A quanto pare non hai nemmeno molti tatuaggi per ora.»

Accidenti, mi ero completamente dimenticata dei tatuaggi.

«Come ti chiami?» volle sapere il nex.

Cercai febbrilmente un nome da fata. «Mi chiamo...» *Non Campanellino! Meglio un fiore... uno qualunque!* «Tulipano» sparai.

«Tulipano?» ripeterono in coro Bax e il nex.

Sì, maledizione. Su due piedi non mi era venuto in mente nessun altro fiore che potesse vagamente somigliare a un nome proprio. Ovviamente, adesso che lo avevo pronunciato, mi piovvero da tutti gli angoli del cervello nomi di fiori ben più melodiosi. «Precisamente Tulipano Magnolia Primula Orchidea.» I miei stupidi genitori immaginari non avrebbero potuto scegliere nomi più assurdi. «Ma gli amici mi chiamano Tilli.»

Per fortuna il nex non trovò niente da ridire sui nomi da fata. Continuò a sorridermi. «Sei davvero carina, Tilli.»

«I più carini sono sempre i più pericolosi.» La frase mi era sfuggita di bocca prima che riuscissi a trattenermi e aveva un tono molto civettuolo.

Il viscido nex sembrò apprezzarla. «Oh-ho, così ribelle mi piaci persino di più. A proposito, io sono Gunter» disse.

Come? Sentii che il mio sorriso si andava raggelando. Gunter, come in *Gudrun e Gunter*? Il nex che voleva eliminare Quinn con un pugnale giusto tre giorni prima? Ma certo, la descrizione corrispondeva perfettamente. Il mondo poteva essere davvero piccolo, vero?

D'accordo, *shit happens*, e Gunter il-lanciatore-di-coltelli non sarebbe riuscito a rovinarmi questa meravigliosa giornata. Mi riscossi e sfoggiai il mio sorriso più irresistibile. «Prima che i miei genitori vengano a prendermi, volevo assolutamente dare un'occhiata all'osservatorio» gli spiegai. «Per questo ora devo andare.» Sbattei le palpebre con aria avvilita.

«Sì, giusto, vediamo di filarcela, Tilli» mi bisbigliò all'orecchio Bax. «Prima che ti arrestino.»

«Peccato che tu abbia scelto la giornata sbagliata per una visita.» Gunter indicò alle proprie spalle. «Oggi c'è la seduta dell'Alto Consiglio con tutte le udienze e quindi il servizio di sicurezza è severissimo...»

Per la prima volta mi soffermai a guardare meglio le persone sulla piazza. Santo cielo! Questo posto non pullulava solo di nex, riconobbi anche facce conosciute: il professor Cassian si stava dirigendo verso l'ingresso dell'osservatorio, era inconfondibile con la sua barba bianca. La ragazza con i capelli fluenti che camminava con la peculiare andatura atletica verso il ponte non era altri che Giovanna d'Arco. E dietro di lei... Oh no!

Il bel ragazzo slanciato laggiù, a una cinquantina di metri da me, era Quinn. Stava in piedi accanto a Hector, con quella posa sicura e disinvolta che aveva sempre avuto prima dell'incidente. Entrambi guardavano proprio verso di me.

Per fortuna il mio corpo non aspettò che il cervello trovasse una soluzione al problema, ma si girò di sua iniziativa e scappò via.

«Volevo proporti una visita privata» mi gridò dietro Gunter, mentre Bax esclamava interdetto dall'alto a sinistra «Ehi! E adesso che ti prende?»

«Quinn! E Hector» risposi trafelata, scartando decisa verso la fermata del balena-dirigibile che era particolarmente affollata.

«Quinn, quel pallone gonfiato di un discendente?» sentii chiedere da Bax.

Sì, proprio lui. Mi infilai tra la gente cercando di farmi piccola piccola e di calmarmi. I nostri sguardi si erano incrociati per una frazione di secondo, ma ciò non significava che Quinn dovesse per forza avermi riconosciuto. Dopotutto avevo un aspetto molto diverso dal solito. Ed ero certamente l'ultima persona che lui si aspettava di incontrare nella Soglia, perciò il suo cervello non avrebbe fatto nessun collegamento. Giusto?

Bax mi diede un colpetto dietro l'ampia colonna di un porticato. «Ti ha vista?»

«Non credo, ma… forse sì.» Serrai con forza gli occhi. «Sono invisibile?» domandai trepidante.

«Neanche lontanamente» rispose Bax. «E i tuoi capelli risaltano come un fuoco di segnalazione.»

A questo se non altro potevo rimediare. Immaginai di indossare un mantello nero con cappuccio sopra il vestito a fiori e mi abbassai il cappuccio sul viso.

«Così va meglio» si complimentò Bax. «Aspetta qui, vado a controllare che non ci abbiano seguito. Non vorrei che quel Gunter volesse ritrovare il suo grazioso tulipano. A proposito: quello era il mio motto! E vale solo per i demoni, tu sei pericolosa quanto un cucciolo di unicorno. E neanche lontanamente altrettanto carina.»

«Controlla anche dov'è Hector, un nex con un'aria da dipendente pubblico, un caratteraccio e gli occhi gialli.» Appoggiai la schiena alla colonna e feci un profondo respiro. Sinceramente non sapevo che cosa fosse peggio: essere scoperta da Quinn o da Hector. In ogni caso sarebbe stata una catastrofe totale. Provai di nuovo a concentrarmi con tutte le forze per diventare invisibile, ma mi riuscì quanto trasformarmi in un uccello. Forse non ero quello straordinario talento naturale di immaginazione che mi credevo. Oppure non funzionava quando ero agitata. E lo ero. Il cuore mi batteva forte. Oddio! Quinn si sarebbe arrabbiato un sacco e sarebbe stato terribilmente deluso scoprendo che avevo trovato il modo di entrare nella Soglia e non gliene avevo parlato. E quando fosse venuto a sapere delle sfingi...

Sarà meglio che ti svegli prima che sia troppo tardi mi consigliò una vocina ragionevole nella mia testa, che somigliava maledettamente a quella di Julie.

Ma ci sei così vicina bisbigliò un'altra voce. Doveva essere il diavolo in persona. In effetti la torre di vetro che portava ai balena-dirigibili svettava proprio davanti a me, quasi a portata di mano. Se mi fossi svegliata, chissà se avrei mai avuto un'altra occasione tanto favorevole?

Non passò molto tempo e Bax tornò da me. «Nessun inseguitore in vista» disse. «E il tuo pallone gonfiato ha appena attraversato il ponte.»

Ovvero era andato nella direzione opposta. Mi sentii scivolare via un macigno dal cuore per il sollievo. «E Hector?»

«Non l'ho visto da nessuna parte» disse Bax. «Al pari del tuo viscido ammiratore. Anche se devo dire che a me questi nex paiono tutti uguali.»

Il battito mi era tornato normale. Mi sarebbe quasi venuto da ridere di me stessa. Avevo avuto una reazione esagerata per lo spavento. *Ovvio* che Quinn non mi avesse riconosciuto. Voglio dire, da quella distanza e con questo travestimento? E Hector non aveva prestato troppa attenzione a me, quindi era altrettanto impossibile che mi avesse individuato sotto il vestito da fata. A parte questo aveva di meglio da fare che correre dietro a fate sconosciute. Proprio come me, che avevo di meglio da fare che sprecare il mio prezioso tempo di sogno a stare nascosta dietro una colonna come... un cucciolo di unicorno paralizzato.

Fu così che, dopo una vertiginosa salita in ascensore, ci trovammo a entrare in un balena-dirigibile. Avevo il cuore in gola, ma stavolta era per la gioia. Già il tragitto fin lassù era stato emozionante, ma quando il dirigibile si mise in movimento e il dirigibile scivolò sopra i tetti di quel mondo irreale e meraviglioso, mi sentii scoppiare di felicità. Sì, avevo incontrato qualche ostacolo imprevisto, ma me li ero lasciati alle spalle e quello era diventato anche ufficialmente il giorno migliore della mia vita.

Almeno secondo me.

Il dirigibile, con il suo antiquato rivestimento di legno intagliato alle pareti e al soffitto e i sedili imbottiti, era già di per sé una meraviglia, per non parlare degli interessanti viaggiatori e del panorama che si vedeva dai grandi oblò. Come capitava anche da noi sui mezzi pubblici nell'ora di punta, molte persone non avevano trovato posto a sedere, compresi noi, ma non mi interessava, dal momento che ero proprio davanti a uno degli oblò. La balena stava passando sotto una delle isole sospese e io osservai a bocca aperta le radici degli alberi che sbucavano come tentacoli dal lato inferiore. In lontananza sull'orizzonte c'era un ammasso di nuvole colorate qua e là rischiarate da lampi dorati.

«Visto?» bisbigliai rapita.

«Sì» sussurrò Bax di rimando. «È dall'altra parte del dirigibile e ha gli occhi gialli.»

«Cosa?» Mi voltai di scatto.

Era tra una signora dalla pelle viola e un uomo con folte vibrisse che gli spuntavano dalla fronte. Hector. Doveva essere salito dalla porta posteriore, mentre noi avevamo usato quella anteriore. E non si trattava di una coincidenza: il suo sguardo lasciava intendere senza ombra di dubbio che si trovava lì per me. Ci fissammo per qualche secondo, poi Hector spinse di lato la donna viola e l'uomo con le antenne e cominciò a farsi largo verso di me.

A quel punto non mi restava altro che svegliarmi. Serrai gli occhi più forte che potei e mi augurai con tutta me stessa di svegliarmi nel mio letto. Ma quando riaprii gli occhi ero sempre lì, e Hector era sempre più vicino. Mi resi conto di essere in trappola, e di brutto.

Quinn

Scrutai febbrilmente la calca in cui era appena sparita la fata Matilda e per qualche secondo non riuscii a formulare un pensiero razionale. Matilda. La mia ragazza. Con i capelli rossi da fata. Nella Soglia. Che parlava a tu per tu con Gunter. Non. Era. Possibile. Era assurdo. Doveva trattarsi di una specie di clone, del resto era plausibile, dopotutto ogni persona aveva almeno un gemello anatomico sulla Terra, qualcuno dall'aspetto identico, e nel caso di Matilda doveva trattarsi di una fata. Ma allora perché la fata-sosia era scappata via appena mi aveva visto?

E poi daccapo: Matilda. Nella Soglia. Impossibile.

A meno che… No! Non lo avrebbe mai fatto senza un valido motivo. E comunque: ammesso che fosse passata dal portale del bunker, evenienza esclusa di per sé, a meno che Nadim o Eric l'avessero aiutata rivelandole la password, il che a sua volta… Fatto sta che era finita molto lontana dalla Città delle Ombre. Quindi no! Quella fata non era Matilda. Punto.

Tuttavia… Il portale della Agneskirche, di cui la famiglia di Matilda aveva sicuramente una chiave, portava nella piccola Liguria, che era proprio dietro l'angolo, al di là delle colline. Prima avevo impiegato al massimo venti minuti per arrivare lì dalla riserva di Emilian, e non avevo camminato neppure in fretta. Matilda poteva aver fatto lo stesso tragitto. Ma in tal caso il suo corpo in questo momento era riverso privo di conoscenza davanti a quel maledetto trittico... E... No! Perché diavolo avrebbe dovuto fare una cosa tanto avventata?

Stavo per analizzare una terza ipotesi, più confusa, quando Hector, che ovviamente mi aveva seguito, mi aveva inchiodato con il suo sguardo penetrante. Mi ero riscosso. Ci mancava solo che Hector si accorgesse in quali assurdi ragionamenti si dibatteva la mia mente.

«C'è qualcosa che non va?» domandai brusco.

«Stavo per chiedertelo io» ribatté lui altrettanto sgarbato. «Cerchi qualcosa di preciso?»

«Pensavo di darmi una mossa per avere ancora il tempo di provocare Gunter» improvvisai al volo. «Ma è appena sparito dentro l'osservatorio.»

«Aha.» L'espressione di Hector aveva qualcosa di fastidiosamente insistente. Mi auguravo che non fosse un telepatico come Frey. Gettai un'ultima occhiata verso la folla. Non c'erano boccoli rossi da nessuna parte.

«Come ti ho detto non ho bisogno di una scorta» ripetei, piantandolo in asso. Il mio buonsenso ne era del tutto convinto: quella di prima non era stata Matilda. Mentre io avevo sospettato per qualche folle secondo che si fosse introdotta nella Soglia travestita da fata passando da un portale, lei in realtà dormiva tranquilla in camera sua.

Ed era proprio lì che sarei andato. Perché qualcosa in me voleva avere l'assoluta certezza che il mio buonsenso avesse ragione e che Matilda non fosse in pericolo.

Ero partito con passo tranquillo, ma la mia andatura accelerò automaticamente fino a farmi sfrecciare sul ponte. Senza rallentare mi precipitai nella biblioteca del professor Cassian e mi fiondai tra gli scaffali. Nietzsche approfittava dell'assenza del professore per cambiare l'arredamento, in quel momento infatti stava spostando un divano, e quando lo scavalcai di slancio, mi gridò dietro stizzito: «La fretta è sintomo di fuga da se stessi!»

Non mi presi nemmeno la briga di rispondergli e scivolai dietro lo scaffale successivo per non perdere tempo.

Una cosa infatti mi era diventata chiara: se mi fossi sbagliato e Matilda avesse davvero oltrepassato il portale della chiesa, non stavo facendo la cosa giusta.

Ma non era possibile. Non potevo sbagliarmi. C'era solo quella sensazione, quell'inspiegabile tarlo che non voleva piegarsi alla logica del sano buonsenso. E che faceva affiorare nella mia mente immagini insopportabili: Matilda riversa priva di sensi sul pavimento gelido davanti al trittico. Matilda che aveva il respiro sempre più fiacco. Matilda che si perdeva tra i vicoli della piccola Liguria cercando il portale, e diventava sempre più sbiadita...

Senza rallentare mi tuffai dentro l'arazzo che nascondeva il portale del mausoleo della famiglia König. Il lato positivo era che non serviva nessuna password, l'arazzo si trasformava in un campo energetico al solo contatto. Arrivato dall'altra parte fui avvolto dall'oscurità della notte, ma non aspettai che i miei occhi si abituassero, continuai a correre.

C'era infatti un'altra cosa chiarissima: se Matilda non era nel suo letto, sarei dovuto tornare nella Soglia, rintracciarla e riportarla nel suo corpo attraverso il portale. Prima che fosse troppo tardi.

Comunque non era così buio, splendeva la luna e la sua luce fredda inondava il cimitero e le lapidi. Gli alberi gettavano lunghe ombre sulla ghiaia. Avevo già imboccato il viottolo laterale quando mi resi conto che non stavo zoppicando. Non mi sentivo il corpo pesante e asimmetrico come mi capitava di solito lasciando la Soglia. I miei piedi sembravano sfiorare appena il terreno. Era come se invisibili creature d'aria mi sostenessero da tutte le parti e mi trasportassero, com'era successo la volta in cui Fata mi aveva fatto bere quella pozione magica che si chiamava angelica. O come quando Giovanna e Severin avevano tentato di buttare Matilda giù dal tetto e io per il terrore ero riuscito a salire a razzo le scale.

Non avevo idea di come fosse possibile, ma forse era meglio non pensarci. Tanto avevo lasciato le stampelle accanto al mausoleo. Avevo raggiunto il cancello del cimitero più in fretta del normale. Non provai nemmeno a controllare se fosse chiuso a chiave, sfruttai lo slancio per scavalcarlo e continuai a correre sul marciapiede.

La finestra della mansarda di Matilda era spalancata. Nelle mie intenzioni le avrei scritto un messaggio, oppure avrei lanciato dei sassolini contro il vetro, invece mi preparai a spiccare un salto. Come se fino al tetto fossero solo due metri e non due piani. E con la stessa naturalezza atterrai sul davanzale e sbirciai nella minuscola cameretta illuminata dal chiaro di luna.

Lei era lì. Nel suo letto, i boccoli biondi sparsi sul cuscino. Come... Rosaspina. Oppure era Raperonzolo, che un incantesimo aveva condannato a dormire per cento anni? Non me ne intendevo troppo di principi delle favole.

Vedendola lì, dimenticai di colpo tutte le mie preoccupazioni. Fui invaso dal sollievo e dalla gratitudine. E subito dopo dalla vergogna. Perché una piccola parte di me aveva ritenuto Matilda capace di attraversare da sola un portale, di nascosto e nel cuore della notte.

Solo quando il senso di leggerezza mi abbandonò e provai la consueta vertigine, mi resi conto di quanto era appena successo: avevo volato. O meglio, ero stato trasportato in volo. Attraverso il cimitero e in verticale lungo il muro di una casa. Come in *Tiger & Dragon*. Scrollai il capo. Ero decisamente finito nella serie sbagliata.

«Grazie» mormorai, nella speranza che le premurose creature d'aria, ammesso che non esistessero solo nella mia immaginazione, mi sentissero.

Chi di sicuro lo fece fu una mia vecchia conoscenza, il teschio di plastica smontabile che avevo rubato nello studio della psicoterapeuta psicopatica. Cominciò a battere i denti entusiasta facendo ruotare le orbite.

«Anch'io sono felice di vederti» bisbigliai mentre caracollavo verso la scrivania. Della precisione da rapace con cui ero atterrato sul davanzale non era rimasto più niente, mi muovevo di nuovo con l'eleganza di una papera.

Il che mi poneva di fronte a tutta una serie di altri problemi: la mia intenzione era stata di sparire discretamente come ero arrivato una volta che mi fossi convinto che Matilda stesse bene, in modo che lei non lo venisse mai a sapere. Avevo sempre giudicato possessivi in maniera tossica i tizi che controllavano se la loro ragazza di notte fosse veramente nel suo letto. Solo i vampiri avevano il permesso di entrare senza preavviso dalla finestra, e anche nel loro caso, a ben vedere era stalking.

Mi chiedevo, di grazia, come avrei fatto a tornarmene discretamente a casa. Fare un salto di nove metri senza i miei superpoteri difficilmente controllabili era escluso, e aggirarmi come un intruso di notte in una casa dove non ero mai stato prima mi sembrava altrettanto poco raccomandabile. Mi immaginavo la luce che si accendeva mentre ero a metà strada, e i genitori di Matilda che mi si paravano davanti... a quel punto pensai ai miei genitori. Nella migliore delle ipotesi stavano dormendo, ma forse erano preoccupati, perché non gli avevo dato mie notizie. Presi quindi il cellulare dalla tasca dei calzoni e gli scrissi un messaggio. *Ho fatto un salto da Matilda, preparatevi mentalmente a venire a prendermi al commissariato...* Hm, forse era meglio scrivere qualcosa di più generico. *Tutto bene, tornerò a colazione.* Sì, così era meglio. Pigiai invio.

Poi mi girai di nuovo verso Matilda. Non mi restava altro da fare che svegliarla. Forse avrebbe compreso il motivo per cui ero piombato in camera sua nel cuore della notte. E magari avrebbe riso della storia della fata-sosia. Con un pizzico di fortuna non avrebbe svegliato tutta la casa con i suoi strepiti di paura, ma sarebbe stata semplicemente contenta di vedermi.

In pratica la camera era così piccola che potevo appoggiarmi senza fatica a mobili e pareti per raggiungere il suo letto.

Quando mi chinai su di lei, Matilda girò la testa inquieta da una parte all'altra. Aveva la fronte aggrottata e il respiro affannato, probabilmente stava facendo un sogno agitato, un motivo in più per svegliarla. Anche nel chiarore argenteo della luna le sue guance e le sue labbra avevano un bel colorito roseo. Sarebbe stata davvero una perfetta Rosaspina. A patto che Rosaspina portasse una maglietta con scritto «NON sono Luise».

Aprì gli occhi boccheggiando.

«Niente paura, sono io» bisbigliai.

Il temuto grido di paura non ci fu. Matilda mi guardò stralunata, fece qualche respiro affannato, poi pronunciò il mio nome in un sussurro, mi gettò le braccia al collo e mi strinse a sé. «Sei arrivato proprio al momento giusto» mormorò contro la mia spalla. «Grazie!»

«Deve essere stato proprio un brutto sogno.» Affondai il naso nei suoi capelli e inspirai il profumo di cocco del suo shampoo.

«Oh, non puoi nemmeno immaginare quanto! C'era qualcuno che voleva catturarmi ed era vicinissimo...» Mi lasciò e si spostò leggermente di lato per osservarmi meglio. «Che ore sono? E come diavolo hai fatto ad arrivare in camera mia? Di sicuro non passando dalla finestra.»

«Be' sì, in realtà...» risposi. «È una storia buffa. Sai...»

Dalla scrivania, il teschio batté i denti divertito.

Matilda sgranò gli occhi. «Non è possibile! Con me non si è mosso di un millimetro per settimane, e non appena arrivi tu riprende vita? Forse sto ancora sognando? Sul serio, Quinn, come hai fatto a entrare?»

«Stavo per spiegartelo. Ecco... a quanto pare sviluppo capacità particolari tutte le volte che sono in preda a una forte agitazione, e prima... Allora, partiamo dal principio. Mi è sembrato di vedere qualcuno... Ti ricordi di Gunter? Il tizio con il coltello da lancio? Fatto sta che...» Maledizione. Era molto più complicato di quanto avessi immaginato.

Comunque la raccontassi, questa storia non gettava una luce particolarmente positiva su di me. Provai quindi con un altro approccio. «Sono riuscito a volare. Lo giuro! Non so come abbia fatto, ma sono corso fin qui senza stampelle dal mausoleo, ho scavalcato il cancello del cimitero e poi ho spiccato un salto direttamente fino al davanzale della tua finestra.»

«Ma è una gran figata!» Per lo stupore Matilda si dimenticò di chiedere il perché.

«Altroché» risposi. «Peccato che i miei superpoteri sono svaniti subito dopo. E adesso eccomi qui, senza stampelle, al secondo piano nella camera della mia ragazza. Che ha genitori rigorosamente cattolici...»

«Hai ragione. Se sapessero che sei qui...» Matilda fece una risatina e prese il cellulare dal comodino. «Ma dormiranno ancora per qualche ora, è l'una appena passata. L'ora migliore per svignartela da qui senza che qualcuno se ne accorga sarà intorno alle quattro. La mamma sarà già andata al bagno e tutti dormiranno profondamente. Credimi, ho fatto la prova più volte di persona.» Scostò le coperte in un gesto invitante e si spostò verso il muro. «Anch'io ho qualcosa da raccontarti...»

Mi tolsi le scarpe. «Davvero?»

«Sì» rispose con una lieve esitazione. «Ma prima comincia tu. Che cosa ti ha tanto sconvolto emotivamente da farti diventare capace di volare?»

Be', solo il fatto che ho sospettato che avessi superato il portale travestita da fata e ti fossi messa a flirtare con Gunter... «Ho avuto uno spiacevole incontro con Hector» risposi, mentre mi sdraiavo accanto a lei.

«Santo cielo» rispose lei comprensiva, poi distese le coperte su di noi e si accoccolò contro di me.

La cinsi con un braccio e strinsi a me il suo corpo caldo. Lei reagì con un sospiro beato. Il mio cuore tornò a battere più veloce.

«È proprio come temevo: non ha nessun rimorso a causa di Yuri, è convinto di aver fatto semplicemente il suo dovere.

E in un certo senso... Non so perché, ma sinceramente preferisco non parlarne.» Le premetti le labbra sulla testa e per un attimo chiusi gli occhi. «C'era anche Giovanna. E Na'il. E pensa un po' che cosa ho scoperto: Na'il è il padre di Giovanna. È stato lui a mandarla da noi per spiare me e Severin. A quanto pare è la pecora nera della famiglia, lui l'ha trattata davvero male. Mi ha fatto quasi compassione.»

«Incredibile» mormorò Matilda. «Ma questo spiega diverse cose...»

«Sì, è quello che ho pensato anch'io.» Le scostai una ciocca bionda dal viso. «Tu che cosa volevi raccontarmi?»

Mi scrutò in viso. «È tutto qui quello che volevi dirmi?»

Per il momento sì. Forse in seguito avrei trovato il coraggio di parlarle della fata-sosia e dei miei ingiusti sospetti. Quando anch'io fossi stato in grado di riderci su. «Sì, ora tocca a te.»

Per un attimo rimase assorta, poi disse: «Secondo Bax il mostro che si aggira nella Città delle Ombre potrebbe essere una fimera. È un perfido demone che si nutre di gioia di vivere ed energia vitale. Ha l'aspetto di una iena.»

«Il che spiegherebbe come mai la donna del banco dei pegni l'abbia scambiato per un cane» conclusi. Ci stava.

Matilda annuì. «Esattamente. Ma adesso viene il bello: quelle bestie sono mutaforma. Quando ti toccano, gli bastano pochi secondi per scoprire dentro di te la persona a te più cara. Assumendo le sembianze di qualcuno che ami e di cui ti fidi, hanno gioco facile.»

«Quindi la donna che abbiamo visto con Faris potrebbe essere una iena che gli ruba la gioia di vivere?» ragionai a voce alta. Forse quella bestia aveva sulla coscienza anche i legionari di Gudrun?

«Una fimera. Sì. Bax afferma che, se lascia alla sua vittima il tempo sufficiente per rigenerarsi, può nutrirsi anche per settimane della sua energia. Grazie al cielo avete tirato Faris fuori da lì prima che fosse troppo tardi.»

«E per fortuna non può più passare dal portale, dato che Eric e Nadim non gli hanno rivelato la nuova password.» La guardai e mi sfuggì un lieve sospiro.

«Cosa c'è?»

«Penso soltanto a quanto sia strano tutto questo.» Mi attorcigliai delicatamente una ciocca dei suoi capelli intorno al dito. «Voglio dire, siamo sdraiati nel tuo letto per la prima volta e che cosa facciamo? Parliamo di demoni con l'aspetto di iene. E pensare che… questa maglietta è mostruosamente sexy.»

Matilda rise. «Sì, vero? Quasi lo avessi immaginato.» Si girò finché il suo viso fu solo a pochi centimetri dal mio. «Sono tanto felice che tu sia qui» mormorò e le sue parole mi arrivarono dirette allo stomaco.

«Dico sul serio. Mi piacerebbe approfittare in maniera più… sensata di questi momenti.» Guardai le sue labbra.

«Intendi dire più sensata che parlare?» bisbigliò lei avvicinandosi ancora di più.

Subito dopo ci stavamo baciando e non avrei saputo dire chi dei due avesse cominciato. La sua mano mi accarezzò delicatamente il collo e la clavicola. Il cuore mi accelerò ancora un po'. Con un profondo sospiro la strinsi a me, cancellando completamente tutto il resto.

Avremmo avuto tempo di parlare anche dopo.

M

Matilda

Non avevo idea di cosa avessi sognato, ma doveva essere stato qualcosa di bello, perché quando mi svegliai ero infinitamente felice. Mi sentivo bene in ogni centimetro del corpo e anche dell'anima, ammesso che i centimetri fossero l'unità di misura per le anime. Sentivo la pelle di Quinn sotto la punta delle dita e percepivo il battito del suo cuore. Il rumore del suo respiro si mescolava al canto degli uccelli che entrava dalla finestra aperta.

Quella notte Quinn mi aveva salvato: Hector era già a metà della navicella, un minuto ancora e mi avrebbe catturato. Non ero sicura che avesse riconosciuto nella fata me, ovvero Matilda, l'insopportabile ragazza umana dell'insopportabile prescelto, ma in ogni caso si era accorto che c'era qualcosa che non andava. Con ogni probabilità la paura mi avrebbe impedito di mantenere il mio travestimento da fata una volta che mi avesse portato in un posto di guardia di nex, o dovunque portassero le persone sospette nella Soglia. Sicuramente Hector aveva avuto la conferma dei suoi sospetti al più tardi nell'istante in cui mi ero dissolta nell'aria. Rimpiangevo quasi di non essere più stata lì per vedere la sua faccia in quel momento.

Senza aprire gli occhi continuai ad ascoltare il respiro tranquillo di Quinn.

Il fatto che per l'ansia e la paura che fossi passata da un portale avesse sviluppato nuovi superpoteri era da una parte impressionante, dall'altra umiliante. Avevo provato un tale sollievo quando mi aveva svegliato che ero stata pronta a confessargli ogni cosa. Ma poi nemmeno lui aveva detto niente e alla fine avevamo avuto di meglio da fare... Il ricordo mi fece arrossire. Non rimpiangevo nemmeno un istante della notte appena trascorsa e i sensi di colpa potevano andare al diavolo. Sarebbe stato un peccato non vivere tutto quanto a causa di una conversazione su corridoi di sogni, porte di demoni e sfingi. Il cinguettio fuori era spensierato come mi sentivo io. Quasi che tutti gli uccelli in città si fossero radunati per farci un concerto mattutino... un momento, un concerto *mattutino*? Oh no, ti prego, no! Mi misi seduta di scatto. Fuori era già chiaro e, senza bisogno di guardare l'orologio, compresi che avevamo dormito troppo, maledizione. L'intervallo di tempo in cui avrei potuto far uscire Quinn di nascosto era oramai passato da un bel po'. Oltre a quello stupido cinguettio riconobbi anche tutti i rumori che riempivano la casa in un normale sabato mattina. Al piano di sotto scrosciava l'acqua della doccia, un fruscio e un cigolio cadenzati mi dicevano che mio padre si stava allenando sul vogatore piazzato nel ripostiglio accanto a me e in corridoio Matías stava fischiettando *What a wonderul world*. Col cavolo!

I miei movimenti improvvisi avevano svegliato Quinn che comprese molto più in fretta di me che cosa fosse successo. «Siamo spacciati» annunciò.

Lo scavalcai mormorando «mi spiace da morire» mentre mi infilavo in tutta fretta jeans e felpa.

«No, è stata colpa mia. Volevo puntare la sveglia, ma poi...» Quinn mi rivolse un sorriso mortificato ma era così carino tutto spettinato che per un attimo dimenticai il resto e ricambiai il sorriso. Continuavo a non avere rimpianti.

«Bene, cerchiamo di mantenere i nervi saldi.» Quinn gettò le gambe oltre il letto e raccolse i suoi vestiti. «Come ha fatto Romeo a svignarsela dalla camera di Giulietta? Ti ricordi, la scena in cui avevano confuso l'usignolo con l'allodola...»

«Non me lo ricordo. L'unica cosa che so è che alla fine sono morti entrambi.» Infilai anche le scarpe. Hannibal, il teschio di plastica sulla mia scrivania, fece sbattere agitato i lobi frontali. Ce l'avevo un po' con lui perché si animava non appena vedeva Quinn.

Anche Quinn si era allacciato le scarpe, poi prese il teschio dalla scrivania e mi passò davanti barcollando diretto alla porta. «Adesso usciamo» disse. «E se incontriamo qualcuno gli diremo che ero passato a riprendere il teschio che ti avevo prestato...»

Come no, sarebbe stato del tutto plausibile. Ma dovevamo assolutamente provarci subito, finché mia madre era in bagno e mio padre inchiodato al vogatore. Non resisteva mai a lungo. Dovevo mettere in conto di imbatterci in Matías o mia sorella. Se non altro Matías non mi avrebbe tradito, al massimo avrebbe pregato per me. Abbassai la maniglia con un gesto deciso. «Passami il teschio, hai bisogno di entrambe le mani per sorreggerti.»

Si dice che la fortuna arride agli audaci, e in questo caso sembrò funzionare. L'acqua della doccia era stata chiusa quando ci mettemmo in marcia, ma quasi per miracolo riuscimmo a raggiungere la porta d'ingresso senza imbatterci in anima viva. Saremmo stati persino più veloci se Quinn non avesse continuato a guardarsi intorno pieno di curiosità. Era rimasto colpito in particolare dalle foto di me e Teresa da bambine appese lungo il muro della scala, e io mi accorsi che faceva uno sforzo per non mettersi a ridere.

«Chiederò anche a tua mamma di farmi vedere qualche foto di te sul vasino» bisbigliai, una volta arrivati di sotto, anche se mi veniva da ridere.

In quel momento suonarono alla porta e il sorriso mi si raggelò in faccia per lo spavento.

«Hanno suonato!» gridò la mamma da sopra. «Qualcuno può aprire?»

«Ci penso io!» mi affrettai a rispondere e per un attimo valutai seriamente l'idea di nascondere Quinn nel guardaroba. Anche se ci sarebbe entrato solo rannicchiandosi. Quinn mi guardò scuotendo la testa, come se mi avesse letto nel pensiero. E poi, prima che potessi impedirlo, aprì lui stesso la porta.

Ci trovammo faccia a faccia con Leopold, che quest'oggi aveva tentato di domare i suoi boccoli biondi con la riga da una parte e troppo gel. Era venuto per prendere le stoviglie e le posate per la festa di compleanno di zio Thomas. Aveva aperto già la bocca, ma alla vista di Quinn il suo consueto «Che Dio ti benedica» gli rimase in gola. Vidi chiaramente le rotelle nella sua testa che si mettevano a girare e dovetti fare uno sforzo per impedirmi di pronunciare frasi scontate del tipo «Non è come sembra». Anche perché in realtà lo era proprio.

Al contrario di me, Quinn mantenne i nervi saldi.

«Buongiorno, Leopold» disse di ottimo umore. «Capiti proprio a fagiolo.» Mi tolse di mano il teschio. «Ho sopravvalutato le mie forze e disgraziatamente ho attraversato la strada senza stampelle per venire a prendere questo teschio. Adesso però ho bisogno di un braccio forte e disponibile che, al contrario di tutta la gente priva di qualunque carità cristiana là fuori, sia pronto a riaccompagnare la mia misera persona fino a casa.» Ero allibita dall'abilità con cui aveva inanellato tutte le parole chiave con cui fare appello all'altruismo di Leopold.

Mio cugino infatti si trovò subito nel suo elemento. «Tutto chiarissimo! Un Martin ovviamente è sempre disponibile, soprattutto nei confronti di chi è stato escluso dalla società.» Afferrò zelante il braccio di Quinn.

A metà strada dal cancello del giardino, Quinn si girò di nuovo verso di me. «Ci vediamo più tardi?»

«Ne dubito» rispose Leopold al posto mio. «Oggi è il compleanno di mio papà. E le nostre riunioni di famiglia sono sempre... smodate, non è così, Matilda?»

Come no, e divertenti come una messa per i defunti.

Leopold intanto continuava a trascinare Quinn. «Lo sapevi che durante le vacanze di Pasqua ho frequentato un corso di primo soccorso?»

«Ma è... meravigliosissimo» ribatté Quinn sorridendomi da sopra la spalla.

A quel punto la tensione degli ultimi minuti mi abbandonò di colpo e tornai a essere la ragazza felice di quando mi ero svegliata. Ma che dico, ero la ragazza più felice del mondo.

***

Nel bel mezzo della nostra serenata per zio Thomas il mio cellulare emise un trillo sonoro. Siccome il canto sovrastava tutto, solo Julie si rese conto che avevo ricevuto un messaggio.

«... E financo l'esercito divino è invidioso della sdraio da giardino» stavamo cantando. Con sdraio da giardino faceva inoltre rima fra Martino, ragno violino e pentolino, come sempre un testo da sprofondare per la vergogna. Era solo pomeriggio, ma mi sembrava che il compleanno andasse avanti già da giorni.

Tuttavia non c'era niente che potesse turbare la mia felicità. Sarebbe stato impossibile, non ci sarebbe riuscita nemmeno la camicetta con i volant che la mamma mi aveva costretto a indossare. Aveva stirato quell'obbrobrio apposta per me e io l'avevo messa senza obiezioni. Era un effetto collaterale dell'ebbrezza che mi riempiva: volevo che tutti fossero felici come me, compresa la mamma.

Di nascosto tirai fuori il cellulare dalla tasca e gettai un'occhiata al messaggio. Era di Nadim. Aveva creato un gruppo per noi, per tutti i membri di Pandinus, compresa Giovanna. *Faris ha scoperto la password. È entrato da solo dal portale!*

Maledizione. Che stupido. Misi in silenzioso il telefono, appena in tempo prima che arrivasse la risposta di Quinn. *Da quanto tempo?*

Non lo sappiamo. Ce ne siamo accorti solo ora.

Arrivo scrisse Quinn mentre tutti tranne me attaccavano a squarciagola con il ritornello.

Ho da sbrigare ancora una faccenda qui a Parigi, ma al massimo tra un paio d'ore sarei passata comunque. Come ha fatto quel bastardello a scoprire la password? Questa era Giovanna.

Seguì una sequela di messaggi. Mentre Nadim esortava Giovanna a non insultare suo fratello, perché era un privilegio concesso solo a lui, Eric si profondeva in scuse. A quanto pareva si era scritto la password del portale nel cellulare e Faris, che sapeva come sbloccarlo, l'aveva letta di nascosto. Doveva essere animato proprio da una profonda nostalgia per la fimera.

«E adesso tutti in terrazza, per la foto di famiglia» annunciò zia Bernadette, e il fratellino di Julie, Findus, scoppiò preventivamente a piangere. «Poi si aprirà il rinfresco.»

Ricordati, la fimera non deve toccarvi per nessun motivo scrissi a Quinn una volta usciti in terrazza. *Io purtroppo non posso liberarmi da qui.*

«Che cos'è una fimera?» domandò Julie che aveva letto il messaggio insieme a me.

La guardai e un'altra ondata di felicità mi travolse. Era la cosa più bella: adesso che anche Julie era informata dell'esistenza della Soglia non ero più costretta a inventarmi patetiche scuse. Tuttavia non sapeva ancora niente della fimera, dopotutto ne avevo sentito parlare anch'io per la prima volta solo la notte scorsa.

Non ebbi modo di risponderle subito, perché fummo spostate qua e là come pedine per le foto. Quando finalmente fummo piazzate accanto al parroco Petersen, il quale, pur non facendo parte della famiglia, secondo zia Bernadette doveva comparire in ogni foto di compleanno, ci fu permesso di continuare a parlare. «Un demone malvagio che succhia la voglia di vivere dalle sue vittime» spiegai.

«State parlando della signora Harkner?» chiese il parroco che proprio quel giorno aveva deciso di mettersi l'apparecchio acustico.

Julie ridacchiò. «No, di un altro demone.» Rivolta a me disse: «Non preoccuparti, Quinn ce la farà sicuramente.»

Passarono altri venti minuti prima che tutti attorniassimo zio Thomas secondo i desideri di zia Bernadette – nel frattempo era stato necessario acchiappare Findus tre volte – e la tortura delle foto si concludesse. Grazie a una pluriennale esperienza sapevamo che non aveva senso avvicinarsi al buffet se non si nutriva una spiccata predilezione per cibi stracotti, insipidi e papposi. Gli unici a salvarsi erano il tiramisù alle fragole e il tronchetto portati da zia Berenike, ma era impossibile arrivarci finché Luise stava di guardia accanto al tavolo per controllare che nessuno divorasse i dessert come piatto principale. Julie e io preferimmo quindi trovarci un angolino tranquillo dove le raccontai tutto quello che era successo la scorsa notte. Ogni tanto controllavo il cellulare, ma non arrivarono più nuovi messaggi. Sapevo che gli altri di Pandinus erano seduti senza far niente nel bunker, tenendo solo delle fialette sotto il naso, ma ciò nonostante avevo la sensazione che avrei dovuto esserci anch'io.

Julie era molto in ansia quando arrivai al punto del racconto in cui Quinn mi aveva svegliato. «Matilda! Hai corso un rischio terribile! Pensa se quell'Hector ti avesse fatto attraversare un portale perché, che ne so, la centrale dei nex si trova a Copenaghen, per dire! La tua anima a quest'ora sarebbe in Danimarca e il tuo corpo...» Fu scossa da un brivido.

La guardai. Non avevo pensato a una simile evenienza. «Già! Devo assolutamente chiedere a Bax se durante un sogno è possibile tornare sulla Terra attraverso un portale... In questo caso... pensa quanto sarebbe ganzo, farsi un giro a Tokio o a Roma mentre dormi. Certo, non potresti andare a mangiare né fare shopping, come essere incorporeo, ma visitare la città sarebbe super.»

«Ah, credimi, testolina boccolosa, girare invisibili per una città sconosciuta è decisamente sopravvalutato» disse qualcuno dietro di noi. Il che era impossibile, dal momento che alle nostre spalle c'era un muro su cui era appesa la gigantografia di un soffione. Julie aveva aperto la bocca, ma per fortuna invece di cacciare un urlo terrorizzato emise solo un «uaaa!» sottovoce.

«Bax?» bisbigliai. Doveva essere appollaiato da qualche parte sulla spalliera del divano.

Julie richiuse la bocca sollevata.

«Ho impiegato del tempo a trovarti, ma alla fine ho seguito le delicate voci angeliche e voilà, eccovi qua tutti quanti» disse Bax. «Oh, c'è anche il signor parroco.»

«Che ci fai tu qui?» sussurrai mentre il parroco Petersen veniva verso di noi.

«Ho chiesto ancora in giro e ho raccolto altre informazioni sulla fimera, e a quanto pare quella nella Città delle Ombre non è una qualunque, bensì...» Bax fece una pausa a effetto per poi concludere con voce tombale: «Hasret.».

Mai sentita.

«Hasret?» ripeté Julie. «E chi sarebbe?»

«Hasret in turco significa nostalgia» rispose il parroco. Doveva proprio aver calibrato in maniera maledettamente precisa l'apparecchio acustico. In genere non mi dispiaceva scambiare due chiacchiere con lui, ma in quel momento avrei preferito che si allontanasse e cercasse qualcun altro con cui parlare. Per fortuna il prozio Max si stava già avvicinando col suo passo traballante.

«Giusto» rispose Bax, senza darsi troppa pena di parlare a bassa voce. «Ha lo stesso significato anche in lingua sumera. In ogni caso Hasret non è una fimera qualunque. È... insomma... un vero diavolo di demonio, ed è per questo che i nex sono in subbuglio, perché finora non sono riusciti a rintracciarla.»

«Un diavolo... dove si colloca su una scala da uno a sfinge?» bisbigliai. Nel frattempo il parroco si era messo a parlare con il prozio Max, ma per qualche motivo avevo la sensazione che il suo orecchio fosse sempre sintonizzato su di noi.

«Hasret non è più potente di una sfinge, ma molto più subdola e infida» rispose Bax. «Le fimere non sono invincibili, neppure Hasret, hanno sempre la forza della figura che prendono in quel momento. Ma è proprio questo il problema: una volta che hanno cambiato forma è quasi impossibile rintracciarle. I maghi arcadi non sono mai riusciti a catturare Hasret e a imprigionarla, hanno potuto solo bandirla. Il che ha pure funzionato per un paio di millenni. Ma ora ha trovato il modo di uscire dalla nebbia del caos. Per adesso è arrivata solo nella Città delle Ombre, ma se riuscisse a superare un portale, farebbe perdere del tutto le sue tracce.»

«Sarebbe impossibile trovarla, visto che può mutare la sua forma a piacimento» mormorò Julie.

Oddio. Quinn e gli altri erano a zonzo nella Soglia per liberare Faris dalle grinfie di un supermostro archeologico. E lì il cellulare non prendeva... Mi alzai. «Qualcuno deve avvertirli. Bax, dobbiamo andare. Julie, riusciresti in qualche modo a...?»

Con mia a sorpresa la vidi annuire. «Ma certo. Vai pure. Mi inventerò qualcosa per impedire che il resto degli amabili parenti si accorga di qualcosa.» Mi abbracciò. «Mi raccomando, stai molto attenta, non vorrei dover raccontare a nessuno che la mia migliore amica è finita vittima di un demone. Altrimenti mi sottoporrebbero a un esorcismo, e invece vorrei godermi ancora un po' la vita. Preferibilmente insieme a te.»

Quinn

«Sono là davanti» bisbigliai, strattonando Nadim al sicuro dietro una vetrina semicircolare che un tempo doveva essere stato il bar della piscina. «Qualunque cosa succeda, ricorda che quella creatura non deve toccarti. Anche se ha un aspetto innocuo.»

Nadim annuì teso. Lui ed Eric non avevano preso particolarmente bene la storia della fimera, alla parola *mutaforma* la loro capacità di credere al sovrannaturale aveva toccato il limite. Avevano fatto una faccia incredula quando gli avevo spiegato la natura dell'essere dalle cui grinfie dovevamo liberare Faris.

Avrei preferito portare con me Eric, se non altro per paura che Nadim non fosse in grado di gestire la cosa emotivamente, dopotutto si trattava di suo fratello, ma quando ero arrivato al bunker loro avevano già deciso. A ogni modo ero piuttosto seccato che Lingualunga si fosse cacciato di nuovo nei guai. Mi sarebbe piaciuto crogiolarmi ancora per un po' nell'ebbrezza della notte scorsa, invece di tornare a salvare Faris da se stesso. E da un demone che si nutriva di voglia di vivere.

Mi affacciai cauto oltre il bancone per guardare verso la piscina dove Faris e la fimera si tenevano per mano. Ci voltavano le spalle, e questo mi permise di osservarli più attentamente. Era la stessa donna dell'ultima volta, di corporatura esile, piuttosto smunta, con un prendisole rosso, dall'aria tutt'altro che pericolosa. Ma probabilmente era proprio questo il tranello. Faris era piuttosto pallido come al solito, ma i suoi colori mi sembravano più intensi di martedì. Evidentemente negli ultimi giorni aveva potuto ricaricare la propria energia vitale, o in qualunque modo si volesse definire la cosa.

Dovevamo ringraziare Daniel-lo-spettro se eravamo riusciti a rintracciarli così in fretta senza bisogno di chiedere ai passanti. Lo avevamo trovato che ci aspettava proprio davanti al portale con il suo camice operatorio in bianco e nero per avvisarci di aver visto Faris salire sulla nave da crociera in disarmo in compagnia di una donna.

Il lato positivo era che la nave si trovava quasi accanto al portale, quello negativo che il relitto arrugginito e ricoperto di vegetazione offriva innumerevoli nascondigli e la fimera ci sarebbe potuta saltare addosso praticamente da qualunque delle cabine sghembe. La forte inclinazione dello scafo, inoltre, ostacolava i movimenti, più che camminare dovevamo avanzare reggendoci qua e là. Credevo che venisse utilizzata come abitazione, invece le cabine erano tutte deserte. Sul ponte inferiore avevamo fatto scappare via giusto qualche animale, dall'aspetto a metà tra il topo e l'armadillo. Erano alti fino al ginocchio e maledettamente veloci. Per fortuna erano timidi e si erano dati alla fuga lanciando striduli richiami non appena ci eravamo avvicinati.

Dubitavo che Faris e la donna si fossero accorti di noi, e comunque non lo diedero a vedere. Parlavano sottovoce, seduti su un'enorme ancora di ferro sul bordo della piscina, dondolando i piedi, del tutto a loro agio. Nadim e io cercammo di origliare la conversazione dal nostro nascondiglio, ma coglievamo solo brandelli incomprensibili.

«Allora, qual è il piano?» bisbigliò infine Nadim. Alle sue spalle, accanto a un tridente decorativo, era appesa una lavagna con un elenco di cocktail dai nomi fantasiosi come «The Heart of the Sea», «Fogcutter», «Bermuda Triangle», e mi venne da pensare che ne avrei bevuto volentieri uno. Perché ovviamente eravamo partiti senza un piano, sapevamo soltanto di dover separare Faris dalla fimera in un modo o nell'altro, e di riportarlo al portale.

«Io propongo di dividerci e tentare una manovra diversiva. L'ultima volta ha funzionato» bisbigliai. «Tu aspetti appostato qui, io esco e allontano la bestia da Faris. Non appena mi viene dietro e siamo abbastanza distanti, acchiappi Faris e lo riporti a casa.»

Nadim giustamente aveva un'aria scettica, ma annuì. «Non sarà facile portare via Faris, ma mettiamo che ci riesca, tu cosa farai?»

«Semino la fimera e vi raggiungo» risposi come se fosse la cosa più semplice del mondo. Be', magari lo era. Quella donna non mi dava l'impressione di correre particolarmente veloce, né di essere in grado di arrampicarsi e saltare. Tuttavia, se avesse ripreso la sua forma di iena... ma eravamo nella Soglia, dopotutto, e sarei stato in grado di affrontare una iena, soprattutto dal momento che avevo imparato a muovermi nell'aria. E inoltre, le iene non erano aggressive solo quando erano in branco? Come nel *Re Leone*? «Ce la farò, vedrai» conclusi fiducioso.

«D'accordo.» Nadim annuì. «Proviamoci.»

In quel momento la donna si girò verso Faris e riuscimmo a vederne il profilo. Nadim trattenne rumorosamente il fiato. E prima che potessi impedirlo, si alzò e si spostò oltre il bancone.

«Mamma?» domandò incredulo.

Ma certo. Ci sarei potuto arrivare anche da solo.

«Mamma» e Faris si girarono spaventati mentre io balvazo in piedi e afferravo Nadim per un braccio. Matilda mi aveva raccontato che la loro madre era morta e che Faris continuava a essere tormentato dai sensi di colpa. Logico che la persona per la quale si struggeva di più fosse proprio la madre che aveva perso tanto giovane. Per la fimera era stato un gioco da ragazzi. Peccato che con l'aspetto che aveva assunto era riuscita a sconvolgere anche Nadim. Del resto potevo capirlo.

Se mia madre fosse morta da tanti anni e ora me la trovassi improvvisamente davanti, anch'io sarei caduto in tentazione.

La donna sembrava rendersene perfettamente conto. Forse aveva conosciuto Nadim nei pensieri di Faris, forse lo aveva anche osservato, in ogni caso gli sorrise raggiante, come se fosse commossa da questo incontro. «Figlio mio!» disse teneramente, mentre si alzava insieme a Faris. Continuavano a tenersi per mano.

Gli occhi di Nadim si riempirono di lacrime.

Io lo strinsi saldamente. «Non è tua madre, Nadim! E lei, lasci subito Faris, altrimenti...» Già, altrimenti cosa? Il mio piano originario non era stato a prova di bomba, ma era evaporato completamente e... non andava bene.

«Chi è quel ragazzo, tesoro?» Il modo in cui mi guardava la donna, con simpatia e piena di interesse, mi ricordava mia madre quando portavo a casa nuovi amici.

«Lui è Quinn, il ragazzo di cui ti ho parlato» rispose Faris. «Quello che conosce i portali non sorvegliati.»

Un portale non sorvegliato, per la precisione. E per fortuna era molto lontano da qui. La donna mi sorrise con affetto. «Ma certo. Che piacere conoscerti, Quinn. Grazie di occuparti con tanta dedizione dei miei figli.» Lo disse con tale trasporto che fui sul punto di risponderle «Si figuri, è un piacere». Ma mi trattenni in tempo.

«Questi non sono i tuoi figli» ringhiai. Non vedevo proprio il motivo per cui avrei dovuto darle del lei, anche se le buone maniere lo avrebbero richiesto.

Faris non badò a me. «Nadim, lo vedi anche tu, è la mamma, senza ombra di dubbio. Avrei voluto dirtelo da molto tempo...»

«Ma come... com'è possibile?» farfugliò Nadim. «Tu...» Deglutì. «La mamma è morta da dieci anni, Faris.»

«No!» Il fratello scrollò la testa. «Nemmeno io so come sia possibile, ma lei non è un fantasma qualunque, Dimi, guardala anche tu. È completamente diversa da Daniel e da quelle tristi figure sbandate in bianco e nero. Lei sa esattamente chi è.»

«Sì, ovvero una fimera» dissi, guardandomi intorno alla ricerca di qualcosa per tenerla a distanza, casomai si lanciasse improvvisamente su di noi. «Un demone che ha assunto le sembianze di vostra madre.» E che sapeva recitare da Oscar: il sorriso che rivolse a Nadim era così pieno d'amore e dolorosamente triste che avrebbe spezzato il cuore a chiunque. Forse fu per questo che lui sembrava non aver sentito quello che avevo detto.

«Quanto mi sei mancato, tesoro» bisbigliò la donna, protendendo la mano libera verso Nadim. Io lo strinsi ancora più forte.

«E sono tanto fiera di te» proseguì lei. «Di entrambi.»

A peggiorare ulteriormente le cose, una lacrima rotolò sulla guancia di Faris. «Riesci a immaginare come si sente, Nadim? È intrappolata in questo mondo di mezzo da dieci anni. Noi però possiamo salvarla, Nadim. Ho fatto delle ricerche, esistono casi del genere. In Irlanda un uomo è tornato dalla sua famiglia dopo più di vent'anni dalla sua morte...» La voce gli venne a mancare.

«Tranquillo, tesoro mio.» La donna gli posò la mano sul braccio. «Devi lasciare un po' di tempo a Dimi.» Il sorriso che rivolse a Nadim adesso avrebbe sciolto anche i sassi. Nadim barcollò in avanti. «Che cosa dice la balena alla chiocciola?» chiese con una voce stranamente infantile. Era evidente che avrebbe desiderato più di ogni altra cosa gettarsi tra le sue braccia.

Io lo strattonai all'indietro con forza. «Non devi farti toccare, capito?»

«Vieni da me, tesoro» disse la donna e nella sua voce c'era così tanto amore che per un momento mi lasciai distrarre. Nadim si liberò dalla mia stretta. Fece un passo verso sua madre – pardon, verso la fimera – e ripeté la frase, stavolta con la sua voce normale. «Che cosa dice la balena alla chiocciola?»

Capii allora che stava mettendo alla prova la falsa mamma con una citazione da un libro illustrato che probabilmente la vera mamma gli leggeva da bambino. Anche i miei genitori me lo avevano letto. *La chiocciolina e la balena.* A me piaceva tanto. Avevo costretto i miei a leggerlo e rileggerlo all'infinito, anche dopo che lo avevo imparato tutto a memoria. Per questo ricordavo ancora la risposta alla domanda di Nadim.

La fimera invece non la conosceva.

«Lo dicevamo sempre, quando partivamo per andare da qualche parte» le suggerì Nadim, ma dalla sua espressione compresi che stava abbandonando le speranze. «È una citazione da quel libro, ricordi?»

«Oh certo, ora ricordo» cercò di correre ai ripari la fimera. «Che cosa dice la balena alla chiocciola, esatto, lo dicevamo sempre...»

Nadim scrollò lentamente il capo. Poi mi guardò e disse: «Ora o mai più, Quinn. Piano B!»

Ovviamente non avevamo nessun piano B, ma compresi le sue intenzioni: se non altro la fimera aveva appena lasciato Faris. Quindi... ora o mai più.

Tutto accadde contemporaneamente. Io afferrai il tridente appeso alla parete e mi lanciai sulla fimera che aveva abbassato le braccia spalancate. Faris le stava accanto con espressione attonita, ma quando lei fece per toccarlo di nuovo, io le diedi una spinta con il tridente e la buttai dentro la piscina. Al posto dell'acqua era riempita con ogni genere di spazzatura, ciambelle e palloni gonfiabili, giocattoli, sdraio, e adesso anche una fimera...

«Ma che ti salta in mente?» esclamò Faris. Il suo colpo mi colse impreparato. Persi l'equilibrio e precipitai all'indietro dentro la piscina. Sebbene riuscissi a rigirarmi prima dell'impatto e a rimettermi in piedi, il tridente mi sfuggì di mano e si spezzò. Anche la fimera si era ripresa e adesso il suo bel viso non aveva più un'aria troppo simpatica.

«Mamma!» Faris sembrava sul punto di volersi tuffare in piscina ma Nadim lo trattenne.

«Tornate al portale» esclamai. «Proseguiamo con il piano A!»

Nadim annuì truce. In circostanze normali e nel mondo «reale» Faris era più forte di lui fisicamente, ma la fimera lo aveva indebolito e per lui non ci fu verso di liberarsi dalla stretta implacabile di Nadim, né implorando né minacciando. Dal ciarpame della piscina gettai a Nadim una corda per saltare in modo che potesse legare a sé il fratello che si dimenava invano.

Nel frattempo tenevo in scacco la fimera lanciandole una sdraio dopo l'altra e costringendola a indietreggiare sul pavimento inclinato della vasca. Se me ne fossi andato in quel momento, c'era il rischio che si gettasse di nuovo su Faris e Nadim, invece di inseguire me, perciò dovevo fare in modo di trattenerla laggiù finché i due fratelli non si fossero allontanati abbastanza.

Non erano ancora abbastanza distanti, perché sentivo sempre le proteste disperate di Faris quando, disgraziatamente, terminai la scorta di sdraio. La fimera intanto sembrava decisamente contrariata. Il suo vestito rosso era macchiato, i capelli le sparavano in tutte le direzioni.

«Ti ho fatto forse qualcosa, Quinn?» chiese con voce offesa, scostando da una parte un fenicottero gonfiabile mentre camminava.

«Non ancora» replicai, chinandomi a recuperare un bastone che con ogni probabilità un tempo era stato una stecca da biliardo. Era completamente marcio. Sentivo ancora gli strepiti di Faris, ma lui e il fratello stavano per lasciare la nave. Bene.

«Non credere che non sappia quali sono le tue intenzioni.» La fimera si avvicinò. «Ma sai una cosa? Non mi interessa che quei due se ne siano andati, perché preferisco di gran lunga te.»

«Non è un comportamento particolarmente materno.»

Fece un risolino soffocato e tutt'a un tratto la piscina mi sembrò piccolissima. Tenevo la stecca da biliardo davanti a me come un distanziatore.

La fimera si fermò e mi guardò con i grandi occhi dolci che un tempo erano appartenuti alla mamma di Faris e Nadim. «Volevo incontrarti dalla prima volta che Faris mi ha parlato di te. Era ottimo come fonte di energia e per tenermi sempre aggiornata, ma sei tu quello che riuscirà a portarmi dall'altra parte» disse. «Stando a quello che mi ha detto Faris, di là le cose sono un po' cambiate dalla mia ultima visita. Otto miliardi di persone! A milioni ammassati tutti insieme negli spazi limitati delle città... Un banchetto che una povera creatura come me può solo sognarsi! E potrei cambiare forma tutte le volte che voglio.» Si guardò addosso. «Questa comincia a venirmi a noia. Anche se il viso innocente ha qualcosa di per sé. La gente non ha paura quando gli vado vicina...»

E poi, tutt'a un tratto, balzò in avanti e mi afferrò per un braccio. Io indietreggiai istintivamente, finendo a sbattere con la schiena contro la parete della piscina. Il bastone marcio andò in frantumi quando la colpì nelle costole. Mi lasciò il braccio solo quando la scagliai lontano da me con tutte le forze che avevo. Arrabbiato con me stesso, mi issai sul bordo della piscina e tornai sul ponte. Mi aveva colto di sorpresa. Mi aveva toccato! Sarebbe potuta finire male.

Secondo il nostro piano sarei dovuto scappare via, ma non ne avevo più voglia. Quella maledetta fimera non avrebbe più succhiato l'energia vitale a nessuno, mi sarei sbarazzato di lei lì e subito una volta per tutte. Lo sguardo mi cadde sull'enorme ancora dove erano stati seduti insieme lei e Faris. E sebbene ricordassi perfettamente le parole del professor Cassian, col cavolo che lì nella Soglia l'aria era solo un costrutto immaginario. Con un gesto della mano sollevai la pesante ancora e la scaraventai nel suddetto costrutto immaginario facendola finire nella piscina. Il fondo non resse il peso e sprofondò nel ponte sottostante, continuando a precipitare sempre più in basso, sollevando una nuvola di polvere e detriti. Con una certa soddisfazione mi accorsi che la piscina si era trasformata in un profondo cratere che aveva trascinato con sé la falsa madre. Secondo le leggi della logica, a questo punto avrebbe dovuto essere abbastanza malconcia da permettermi di rinchiuderla in una cabina nelle profondità dello scafo e poi di far arrivare una soffiata anonima ai nex indicandogli dove potevano andare a prendere la pericolosa fimera che infestava la Città delle Ombre.

Mi ero spostato fino alla scaletta, quando vidi qualcuno venirmi incontro con espressione preoccupata. Qualcuno che non avrebbe dovuto essere lì. Qualcuno con due occhi grigi che scintillavano di gioia.

«Quinn!» esclamò sollevata Matilda.

M

Matilda

«Come demone dovresti essere pratico di formule magiche» dissi, mentre mi infilavo nella cavità sul fondo della cabina elettrica. Durante il tragitto mi ero scervellata per cercare un modo di neutralizzare quella malvagia fimera.

«Pfui» fece Bax che era sempre invisibile. «Un'idea così ottusa può venire solo a un'umana. Tu pensa che soltanto nel *Libro dei sette sigilli* di Salomone ci sono settecentosettantasette formule e anche se le elevi alla settima potenza, non le ottieni tutte. Credi che gli arcadi ci lascino sbirciare a nostro piacimento? Continua pure a sognare.»

«Accidenti.» Con le braccia protese cercavo di richiudere lo sportello dall'interno, in modo che chiunque si fosse casualmente perso da quelle parti non scoprisse il nostro passaggio. Ma prima che avessi il tempo di afferrare lo sportello, nell'apertura spuntò il viso di Giovanna d'Arco.

«Ciao, ragazza umana» disse. «Parli da sola?» Senza aspettare la mia risposta, si intrufolò assieme a me nello stretto passaggio. «A proposito, complimenti per la camicetta. Sembra il sudario di mia zia Iseulte.» Mi superò con un risolino divertito ma poi tornò seria. «Facciamo subito chiarezza: la fimera sarà meglio che la lasciate a me.»

Siccome aveva parlato al plurale, per un attimo pensai che avesse visto Bax, ma prima di tutto lui era invisibile, e secondo lei aggiunse subito dopo «Anche se il piccolo discendente di sicuro è convinto di poter giocare un'altra volta all'eroe».

«Sei al corrente della fimera?» Faticavo a starle dietro, da quanto procedeva svelta lungo il corridoio. Sfido io, poteva affidarsi ai suoi superpoteri e procedere senza problemi nell'oscurità.

«Certo.» Fece una risata a singhiozzo. «Certe cose vengo a saperle sempre per prima. Era da molto tempo che non ci capitava più una fimera.» Lo disse con un tono esageratamente entusiasta, come se fosse contenta che nella Soglia succedesse di nuovo qualcosa. «Stando alle voci potrebbe trattarsi persino di una importante.»

«Hasret» dissi.

Giovanna rimase un attimo in silenzio per la sorpresa. «Già, così si dice» commentò poi tranquilla. «Per chi si dedica alla magia nera un demone come Hasret ha un valore incalcolabile. Per questo Morena ha stabilito subito una taglia: chiunque le porti la fimera viva prima che venga scoperta dai nex sarà generosamente ricompensato. E, prova a indovinare: chi si prenderà questa ricompensa? Ti do tre possibilità e un indizio: qualcuno che in questo momento avrebbe bisogno di un pizzico di sostegno.»

Tutto chiaro. Questa Morena evidentemente conosceva le giuste formule magiche per piegare la fimera al proprio volere. «Quindi non sei venuta per salvare Faris, ma per arraffare la taglia» dissi. «Come pensi di fare? Dicono che questa Hasret sia davvero molto malvagia.»

«Io sono Giovanna d'Arco, nex fuoriclasse» rispose e io ebbi la certezza che avesse pure scrollato le spalle. Era arrivata già alle scale e i tacchi dei suoi stivali risuonavano sui gradini di ferro. «Quello che mi interessa ancora di più è come fai tu a sapere tutte queste cose. Voglio dire, sono voci recentissime, che di sicuro non sono ancora arrivate alle orecchie di quei lentoni delle fate.»

«Vero» risposi con una certa soddisfazione. «Anch'io ho le mie fonti.»

«Giusto» bisbigliò beffardo Bax alle mie spalle. «Baximilian Grimm, demone fuoriclasse, al vostro servizio.»

«Piacere» risposi sottovoce. «Matilda Martin, ragazza umana fuoriclasse.»

«Dovrebbero scrivere dei libri su di noi» ridacchiò Bax.

«Ovviamente salverò anche Faris» disse Giovanna dalla scala e la voglia di ridere mi abbandonò completamente.

Entrati nel bunker mi resi conto che Faris non aveva più bisogno di essere salvato. Lui e Nadim erano seduti sani e salvi sui loro letti, cioè Nadim era a posto, mentre Faris aveva l'aria abbattuta e assente come l'ultima volta. Se non mi sbagliavo, aveva persino pianto. Kim stava cercando di persuaderlo a mangiare una banana, ma lui si limitava a scrollare la testa.

L'espressione ansiosa di Eric lasciava intendere che ci fosse qualche problema e siccome Quinn era l'unico a mancare, capii all'istante che doveva essere in difficoltà dall'altra parte. Il terrore mi ghermì come un gelido artiglio.

Ci volle qualche tempo prima che riuscissero a informare Giovanna e me delle ultime novità. Il fatto che Faris li interrompesse ripetutamente, esigendo a gran voce che gli venisse rivelata la password, protrasse ancora di più la cosa. Io intanto tenevo lo sguardo fisso sul portale, nella speranza che la parete di pietra cominciasse a sfarfallare di energia, preannunciando il ritorno di Quinn. Una fastidiosa e insistente contrazione allo stomaco, tuttavia, mi diceva che non sarebbe successo. Perché non *poteva* farlo. La fimera doveva averlo bloccato in un modo o nell'altro.

«Capisco» disse infine Giovanna. «Chiaramente c'è bisogno del mio aiuto, il nostro giovane discendente ha sopravvalutato le proprie capacità.» Si rivolse a Eric. «La password, prego» chiese imperiosa.

«Veniamo anche noi» esclamai a voce un po' troppo alta. E vedendo tutte le teste girarsi verso di me, mi affrettai a correggermi «cioè, volevo dire, *vengo* con te.»

Stranamente nessuno si oppose, neppure Giovanna. Soltanto Bax mormorò «È una pessima idea» mentre Giovanna varcava già il portale.

Era probabile che fosse una pessima idea, ma era anche l'unica che avevo. Eric stava inserendo la mia password. «Quando si attiva il campo energetico, devi entrarci» mormorai.

«Come dici?» chiese Eric, ma Bax mi aveva capito. Subito dopo il campo energetico si richiuse e io capii che si era intrufolato dall'altra parte.

«Oh no!» Eric si affrettò a inserire di nuovo la password, ma la parete di roccia non si attivò. «E da dove viene quell'acqua?» Indicò i gradini, dove Bax aveva lasciato una piccola pozzanghera.

«Che succede?» Kim e Nadim si avvicinarono a noi. «È rotto?»

No che non lo era, ma non c'era tempo per spiegargli che un demone invisibile era appena volato al di là del portale. «Prova un'altra volta» dissi.

Eric fece un sospiro sollevato quando il campo energetico si accese di nuovo. Lanciando un'occhiata di sottecchi a Faris, mi bisbigliò la password all'orecchio.

***

Come mi aveva descritto Quinn, le scale dall'altra parte del portale avrebbero potuto benissimo essere quelle di un qualunque garage sotterraneo. Se il cielo azzurro sopra di me non fosse stato pieno di puntini di luce dorata e se dal basso non fosse arrivato un ronzio melodioso.

La nave da crociera era proprio davanti a noi. Non aveva un aspetto particolarmente invitante, tutta arrugginita e ricoperta di vegetazione com'era. E soprattutto era inclinata. Sarebbe stato piuttosto faticoso muoversi all'interno, e non volevo che Giovanna si facesse strane idee se mi fossi immaginata una fune per aggrapparmi o cose del genere. Non doveva sapere che ero già stata nella Soglia.

Senza bisogno di parlare, ci arrampicammo per la via più diretta verso l'alto, fino a dove Nadim aveva visto per l'ultima volta Quinn e la fimera.

E lì in effetti lo trovammo. Era sdraiato per terra accanto a un cartello con la scritta «Vietato tuffarsi dal bordo della vasca». E non era solo. Aveva la testa appoggiata al grembo di una ragazza seduta accanto a lui, che gli accarezzava dolcemente il viso.

La ragazza ero io.

«Per la miseria» dissero in coro Giovanna e Bax.

L'altra Matilda ci sorrise allegramente e questo scatenò dentro di me una collera tale che le sarei volentieri saltata addosso per toglierle quelle fossette dalle guance. Quinn teneva gli occhi chiusi, come se faticasse a restare sveglio. Appariva pallido e sbiadito accanto alla falsa Matilda, come se lo osservassi attraverso un filtro vintage.

«Lascialo subito, ripugnante... fimera!» esclamai.

Sentendo la mia voce, Quinn girò la testa verso di me. Sgranò gli occhi e cercò di sollevarsi, ma non ne aveva la forza. «Ma... ma come...?» biascicò con un filo di voce.

La collera dentro di me fu sostituita dall'ansia e dalla disperazione. Che cosa sarebbe successo se si fosse sbiadito del tutto? «Quinn» mormorai.

L'invisibile Bax mi strofinò il naso da volpe sulla mano per consolarmi.

«Non preoccuparti, sta abbastanza bene. Per ora.» La Matilda-Hasret si alzò sempre sorridendo. Solo in quel momento mi accorsi che portava la mia maglietta «NON sono Luise». «Ero così arrabbiata con lui che forse ho esagerato un pochino.»

Quinn mi guardò da sotto le palpebre pesanti e fece un altro tentativo di alzarsi. Hasret gli appoggiò una mano sul braccio e questo gesto lo fece impallidire ancora di più. «Resta sdraiato qui a riposare. Non ho ancora finito con te. Nel frattempo le tue amiche possono rivelarmi come fanno a conoscere il mio nome.»

«Be', sai, la tua fama ti precede» rispose allegramente Giovanna, mentre la falsa Matilda si avvicinava a passo lento. «In tutta sincerità sono un po' invidiosa degli appellativi che ti hanno già dato. Hasret la spaventosa. Hasret la crudele. Hasret l'implacabile, uno più bello dell'altro. E decisamente calzanti.» Un globo di fuoco saettò all'improvviso dalla sua mano e la fimera-Matilda fece un salto indietro.

«Una trasformafuoco arcadica» commentò acida appoggiando di nuovo la mano sulla spalla di Quinn e rivolgendo lo sguardo verso il ponte. «Che… seccatura.»

«Me lo sento dire spesso.» Con rapidi ed eleganti gesti delle mani Giovanna sbarrò ogni via di fuga con pareti di fuoco. «E adesso?» domandò beffarda. «Dove pensi di andare?»

Ma la fimera non si lasciò impressionare così facilmente. «Di sicuro non morirò di fame, ho sempre il vostro amico qui con me» disse in tono altrettanto sarcastico. Era molto inquietante vedere quell'espressione sul mio viso. «Mi piace attingere il più a lungo possibile dalle mie vittime, ma se fosse necessario, posso anche sottrargli tutta l'energia vitale che gli resta in una volta sola. Devo farlo?» Si chinò su Quinn, la mano a pochi centimetri dal suo viso. Lui chiuse gli occhi esausto.

«No!» urlai con le lacrime che mi rigavano le guance. «Non farlo!» In tono più controllato aggiunsi: «Prendi me al suo posto». Le parole mi erano uscite dalla bocca senza nemmeno rifletterci. «So dove si trova il portale, ti ci posso condurre!»

Hasret curvò sospettosa le labbra. «Il portale è in un'altra parte della città, mi ha detto lui, troppo distante da qui.»

«Ti ha mentito» dichiarai con voce decisa, asciugandomi le lacrime dalle guance. Per piangere avrei avuto tutto il tempo dopo. «Esiste un portale proprio qui nella Città delle Ombre, poco lontano.» Indicai oltre il parapetto.

«Lo so» disse stizzita e insieme delusa la fimera. «Faris e io abbiamo tentato più volte di farmi passare da lì, ma non ha funzionato.»

«Non mi riferisco al portale del bunker, ma a un altro, più in basso.» Guardai negli occhi uguali ai miei senza esitazioni. «Nel Sottosuolo. Non è lontano.»

Giovanna mi fissava interdetta e alle mie spalle sentii Bax lanciare un gemito. Sapevo che era un azzardo, quanto meno, ma nella mia testa si andava formando un piano, un pezzo alla volta.

«Allora?» chiesi alla fine con espressione di sfida. «Pensavo che volessi tornare a ogni costo sulla Terra. La nostra città non è una megalopoli, ma ha comunque un milione e mezzo di abitanti. Per cominciare dovrebbe bastarti.» Avanzai verso di lei, senza badare al «Stai attenta!» che mi mormorò Bax.

«D'accordo.» La fimera annuì. «Dammi la mano e conducimi a questo portale.»

Giovanna scosse la testa indispettita. «Sei matta?» Con un disinvolto gesto della mano imprigionò Hasret e me in un cerchio di fuoco. Mi ricordava in maniera preoccupante quella volta sul tetto con Severin. Con la grande differenza che le fiamme nella Soglia non erano calde. Ciò però non significava che non divorassero crepitando il pavimento e non annerissero le assi di legno.

«Non so a che gioco stai giocando, ragazza umana» disse Giovanna. «Ma non ho nessuna intenzione di lasciarti girare per il Sottosuolo con la mia bella ricompensa.»

Alzai il mento. «Per come la vedo io, possiamo ottenere solo una cosa tra le due: la ricompensa o la vita di Quinn» ribattei. «E *io* voglio salvare il mio ragazzo.»

«Lasciando libera sulla Terra la madre di tutte le fimere?»

«Se necessario sì.»

Giovanna scrollò la testa allibita. «Hai idea di che cosa scatenerebbe? Hai già sentito parlare dei suicidi in massa a

Tebe? È stata opera di Hasret. E poi quale sarebbe il portale di cui parli? Nel Sottosuolo! Te lo sei inventato or ora!»

In effetti era così. Gentile da parte sua far notare alla fimera che la volevo fregare. Hasret ascoltava la nostra conversazione con emozioni contraddittorie, dibattuta tra la speranza e la diffidenza. Decisi di puntare tutto su una carta sola. «Perché dovrei inventarmi un portale che non esiste?» chiesi. «Sarebbe un vero e proprio suicidio.»

«Effettivamente» confermò Hasret. «Ti prosciugherei prima ancora che tu abbia tempo di pensare alla parola *tradimento.*»

Giovanna fece per ribattere ma io la anticipai precipitosamente. «Ci sono un sacco di cose che non sai di me, Giovanna-incendiaria» dissi guardandola negli occhi. «Ed è probabile che anch'io mi sbagli nei tuoi confronti. Tuttavia non oso credere che per te la ricompensa sia più importante della vita di Quinn. Pensavo che fossimo sulla buona strada per diventare amiche.»

Dalla sua espressione mi accorsi che quanto meno ci stava riflettendo.

Fece un profondo sospiro e il cerchio di fiamme sparì. «E va bene, brutta rompiscatole. Continuo a credere che sia un errore, ma... è probabile che alla fine affibbierebbero come sempre a me la colpa se dovesse succedere qualcosa al nostro piccolo prescelto.»

«Grazie» dissi a Giovanna, poi mi rivolsi a Hasret. «Sono pronta.»

«Anch'io» rispose. «Dammi la mano.»

Non so che cosa mi fossi aspettata toccandola, una specie di scarica elettrica forse, o quanto meno un malessere allo stomaco, ma all'inizio non provai proprio niente. Forse ero immune al potere delle fimere?

Ma poi Hasret cominciò a cambiare. I miei boccoli biondi diventarono neri, le fossette sparirono, tutta la sua figura si allungò e alla fine mi trovai accanto l'esatta copia di Quinn. I suoi occhi brillavano azzurri come il cielo sopra di noi.

Trattenni il fiato.

«Di che cosa ti stupisci?» chiese il finto-Quinn, e anche la sua voce era così autentica da farmi provare un brivido lungo la schiena. «Posso prendere solo la forma di colui che ti è più caro. E adesso andiamo al portale. Se cerchi di ingannarmi, ti risucchierò fino all'ultima scintilla di gioia di vivere.»

Sì, questo lo avevo capito. Fui assalita da un senso di totale annichilimento. Forse era dovuto al fatto che Hasret si era già presa un assaggio di me, oppure dipendeva dalla follia del mio piano? Gettai un'ultima occhiata a Quinn. Il vero Quinn, sdraiato sulle assi con gli occhi chiusi, immobile come un bambolotto. E ritrovai la mia determinazione. Per lui avrei fatto qualunque cosa.

Rivolta a Giovanna dissi: «Promettimi che gli impedirai di seguirci quando si sarà ripreso».

Rimasi sorpresa vedendola annuire. «Mi devi un favore, ragazza umana.»

***

Il rumore dei nostri passi riecheggiava dalle pareti mentre scendevamo le scale verso il Sottosuolo, sempre più in profondità. Di tanto in tanto ci trovavamo davanti una porta, ma tutte le volte che mi avvicinavo per aprirla, Bax mi bisbigliava «questa no!» e allora riprendevo a scendere. Man mano che ci spostavamo verso il basso la luce diminuiva. Oramai faticavo a vedere i gradini. Il falso Quinn mi teneva saldamente per mano e tutte le volte che gli scoccavo un'occhiata di sottecchi, mi veniva la pelle d'oca.

«Hai un'aria molto appetitosa» disse. «Se quella povera nex ha ragione e ti sei inventata l'esistenza del portale per salvare il tuo ragazzo, per me sarà un diletto pascermi di te. Manca ancora molto?»

«No, siamo quasi arrivati» risposi, cercando di scacciare uno spaventoso senso di sconforto. Il mio piano, ammesso che lo si potesse chiamare tale, era stato fin dal principio un suicidio annunciato, ma per fare in modo che funzionasse, avevo bisogno delle sfingi. Peccato che a differenza della scorsa volta non avessi sentito neppure lontanamente il loro ronzio quando avevamo imboccato le scale. E anche in quel momento regnava un inquietante silenzio.

«Puoi entrare da questa porta» bisbigliò Bax al mio orecchio, mentre Hasret mi domandava «sai cantare?»

«Hm… Sì, perché?» chiesi di rimando aprendo la porta come mi aveva indicato Bax. Al di là trovammo una luce calda e chiara. Eravamo tornati nei corridoi dei sogni con le loro innumerevoli porte. Ora mancavano solo Lizzy e Nebsi.

«Cantami qualcosa» mi ordinò Hasret. «È una qualità che mi è sempre piaciuta degli esseri umani. E serve per ingannare il tempo…»

Stavo per dirle dove avrebbe potuto cacciarsi i suoi ordini ma poi mi venne un pensiero improvviso: l'idea di cantare non era affatto male. Se gli esseri più pericolosi del Sottosuolo non si mostravano volontariamente, dovevo attirarli. «Dove siete, Lizzy e Nebsi» cantai sulla melodia di uno degli inni che avevo studiato con il coro. Non per niente venivo da una famiglia di pessimi parolieri e musicisti. Nonostante il testo astruso, la mia voce risuonava limpida e forte per i corridoi. «Non occorre restare, anche senza ce la posso fare, al sicuro devi andare.» Questo era rivolto a Bax.

«Che bella voce» commentò il falso Quinn.

Già, bella voce, pessime rime, ma il fine giustificava i mezzi. Attaccai la seconda strofa di un'ottava più alta, nella speranza che la mia voce arrivasse più lontano. «Ma se volessi restare, dovrai azzannare o gridare, quando arriverà il momento, ma dovremo fare in un lampo.»

«Ho un brutto presentimento» mi bisbigliò Bax all'orecchio, ma io ero già partita con la strofa successiva. «Oh

Lisistrata, meravigliosa, e Nefrubiti, deliziosa, a me venite presto, ve lo chiedo con… questo testo.»

«Ma sei impazzita?» mormorò allarmato Bax. «Non puoi seriamente evocare le due macchine assassine.» Ero impazzita? Probabile. Ma una situazione disperata richiedeva misure disperate. E il peso confortante di Bax sulla spalla mi dava la forza di andare avanti.

«Un'altra canzone» chiese Hasret, stringendomi la mano. «Magari più ritmata.»

Era proprio quello che mi ci voleva. Usando la melodia di *Tanti auguri a te*, andai avanti per due strofe a cantare «Lisistrata, urrà, Nefrubiti, lalà» mentre procedevo con passo deciso e per due volte cambiai strada a caso, come chi conosce il tragitto. In questo modo riuscivo anche a sovrastare il sibilo e il mormorio sempre più vicini.

E poi, senza sapere come, compresi che era arrivato il momento. Alla nostra destra c'era una biforcazione, ma io feci altri due passi dritto davanti a me.

«Ora!» sibilai a Bax e lo sentii staccarsi dalla mia spalla. Un attimo dopo il falso Quinn lanciò un grido di sorpresa e si portò la mano all'orecchio insanguinato. Io mi staccai da lui e mi lanciai insieme a Bax nel corridoio laterale.

L'istinto non mi aveva ingannato, mentre saltavo feci in tempo a vedere una sagoma enorme avvicinarsi e poi sentii la domanda di Lizzy: «Quanti fogli A4 affiancati servono per coprire tutto il piano di carico di un elicottero da lavoro Sikorsky-UH-60? Comincia la tua risposta con: la risposta è».

«Sfinge!» strillò la fimera, con una voce stridula e disumana che non era più quella di Quinn. Doveva essere la sua vera voce. Chissà se aveva anche assunto la sua vera forma? Ma mi guardai bene dallo sbirciare oltre l'angolo, invece rimasi schiacciata contro il muro senza nemmeno osare respirare. Era un indovinello perfetto per qualcuno che aveva trascorso migliaia di anni intrappolato nella nebbia del caos. All'epoca sicuramente non esistevano i fogli A4. Tuttavia ignoravo anch'io la risposta. Avrei dovuto mettermi a pregare?

«Bax?» bisbigliai con un filo di voce.

«Sono qui.» Bax si era reso visibile e tornò ad appollaiarsi sulla mia spalla. Se Lizzy ci aveva visto, magari solo per una frazione di secondo, significava che lo stesso indovinello valeva anche per noi? In questo caso il mio bel piano non avrebbe funzionato. E comunque, dov'era finita Nebsi?

«Quanti fogli A4 affiancati servono per coprire tutto il piano di carico di un elicottero da lavoro Sikorsky-UH-60? Comincia la tua risposta con: la risposta è.»

«Ma che cosa diavolo sarebbe un elicottero da lavoro?» strillò indispettita la fimera. «È una domanda ingiusta!»

«Anche i – hic – suicidi di massa lo sono» bisbigliò Bax, tenendo il muso da volpe appoggiato al mio collo. «Scusa, ma quando sono agitato mi viene il singhiozzo.»

«Mi spiace averti trascinato in questa storia» sussurrai di rimando.

«Se non altro non moriremo da soli» replicò.

«Quanti fogli A4 affiancati servono per coprire tutto il piano di carico di un elicottero da lavoro Sikorsky-UH-60? Comincia la tua risposta con: la risposta è» sentimmo provenire da dietro l'angolo.

«Quella orribile ragazza umana mi ha ingannato» protestò stridula la fimera. «Se mi senti, ragazza, allora stai pur certa che non te la caverai, ti troverò e ti prosciugherò tutta… aaaaaarg!» Un abbagliante lampo bianco inondò il corridoio, costringendomi a chiudere gli occhi. La fimera lanciò un grido straziante. Un attimo dopo la luce era sparita, ma ci volle qualche istante ancora prima che il suono smettesse di riecheggiare per gli interminabili corridoi.

Feci un profondo respiro, poi mi sporsi oltre l'angolo. Non c'era più traccia di Lizzy e Hasret. E noi eravamo ancora vivi.

«Ma cosa... hic...?» fece Bax, ma io lo avevo già abbracciato e saltellavo in tondo con lui.

«Ce l'abbiamo fatta» esultai. Era quasi inconcepibile, ma il mio folle piano aveva funzionato: Hasret era stata sconfitta. Non avrebbe più tormentato nessuno. «Grazie di essere rimasto con me, Bax. Sei un vero amico.» Gli stampai un bacio tra le corna, poi lo depositai a terra. «Adesso basterà che ci porti fuori di qui. Se lo vuoi sapere, ho perso l'orientamento.»

Ma mi ero rallegrata troppo presto. Quando mi guardai intorno, mi trovai a fissare un paio di grandi occhi. Quelli di una sfinge. Nebsi alla fine era arrivata.

Stavo già per congedarmi da tutto ciò che avevo di caro nella vita, quando la sentii sibilare «Spesso si tuffa, ma raramente si bagna. Chi è? Comincia la tua risposta con: la risposta è.»

Bax si lasciò sfuggire un colpo di singhiozzo. «Questo indovinello mi sembra di averlo già sentito.»

«Sì!» esclamai entusiasta. Ero stata io a dirglielo. Era l'indovinello dallo stupido libro di Leopold che avevo citato in occasione della nostra prima incursione nel Sottosuolo. Era un caso che Nebsi avesse scelto proprio questa domanda, tra tutti i quesiti del passato, del presente e del futuro? Ne dubitavo. Rivolsi un sorriso raggiante alla sfinge. La sua espressione rimase imperscrutabile.

«Peccato che abbia scordato la risposta» si lamentò Bax. «So solo che non faceva ridere nemmeno un po'. Come un vecchio stivale di gomma.»

«Spesso si tuffa, ma raramente si bagna. Chi è?» ripeté Nebsi con voce melodiosa. «Comincia la tua risposta con: la risposta è.»

«Grazie!» esclamai di cuore. «La risposta è: il portiere.»

«La risposta è corretta» disse Nebsi, che ci regalò di nuovo il suo sorriso da sfinge. Fu questione di un attimo, poi si girò e scomparve.

Bax la guardò interdetto. «Il portiere, ma dico. Se non sapessi che è impossibile, mi verrebbe quasi da pensare che le piaci.» Si guardò intorno. «Che ci facciamo ancora qua sotto? Possiamo filarcela subito, per favore?»

Più che volentieri. Morivo dalla voglia di rivedere Quinn. Quello vero. «Esistono altre bestiacce malvagie come Hasret?» chiesi mentre mi dirigevo verso le scale.

Bax mi guardò con i suoi grandi occhi neri. «Chi è Hasret?»

Mi fermai di scatto. «Hasret! La fimera che abbiamo appena eliminato.»

«Eliminare una fimera? Ma che ti sogni di notte?» Bax si scrollò. «Sono creature davvero ripugnanti. Puoi essere felice che siano praticamente estinte, e perciò è quasi impossibile incontrarle. Perché, credimi, non ti piacerebbe...»

«Sì, hai ragione» dissi lentamente. Allora era proprio vero: nel momento in cui morivano, le creature della Soglia venivano dimenticate, come cancellate dalla memoria.

Tranne che dalla mia.

Quinn

Quando tornai in me, mi sembrò di riemergere lentamente da una massa nera e oleosa che mi ricopriva il corpo come un pesante drappo. Un'ombra si muoveva sopra di me, e pian piano tornarono i ricordi.

La fimera mi aveva afferrato a bordo della nave da crociera e io l'avevo fatta precipitare due piani più in basso insieme a tutta la piscina. E poi all'improvviso mi ero trovato davanti Matilda.

Se ne avessi avuto la forza, mi sarei dato una manata sulla fronte. Che idiota. Sapevo benissimo di che cosa era capace la fimera dopo avermi toccato. E non mi avrebbe dovuto sorprendere neppure il fatto che la persona che aveva percepito dentro di me, quella che desideravo più di tutte, fosse Matilda. Ma quando me l'ero trovata davanti e l'avevo sentita pronunciare il mio nome con quella espressione di profondo sollievo, il mio cervello per un attimo era andato in tilt. Ero riuscito a pensare soltanto che stava succedendo proprio ciò che avrei voluto evitare a qualunque costo: Matilda era entrata nella Soglia dal portale, e nel bunker era rimasto il suo corpo privo di conoscenza collegato a delle apparecchiature mediche…

Era durato solo un attimo, ma per la fimera era stato abbastanza. Quando mi aveva abbracciato, ero stato invaso da un senso paralizzante di sconforto e disperazione e avevo capito subito chi avevo di fronte in realtà. Ma era stato troppo tardi.

Avevo cercato di resistere, ma non ero più riuscito a pensare razionalmente, avevo le membra pesanti come piombo e avevo perduto qualsiasi forza di volontà. Con il passare dei minuti avevo sentito scivolare via da me tutte le belle emozioni e anche l'ultimo barlume di speranza. Finché... no, non era possibile, dovevo essermelo immaginato.

L'ombra era tornata. Era Giovanna d'Arco, l'antica lanciatrice di fuoco, che si stava chinando su di me. «Bentornato, vecchio lumacone.»

«E tu che diavolo ci fai qui?» Mi misi seduto e mi accorsi che non mi trovavo più sulla nave, bensì nella tromba delle scale proprio davanti alla parete di mattoni dov'era inserito il portale del bunker. Da sotto mi sembrava di udire un canto sommesso. «Dov'è... Matilda?»

«Quale? La vera o la finta?» Giovanna sogghignò. «Errore da principiante farsi toccare da una fimera, piccolo discendente. Che razza di mutaelementi sei, se non riesci nemmeno a tenerla a distanza?»

Uno molto scadente, chiaramente. Cercai di alzarmi, ma le gambe non mi volevano ubbidire. «Cos'è successo? Come sono arrivato fin qui? Dov'è la fimera? Faris e Nadim sono al sicuro? E cos'è successo a Matilda?»

«Piacerebbe saperlo anche a me.» Giovanna sospirò. Il ronzio era cessato. «Stento ancora a credere di averla lasciata andare via. Ma la tua ragazza umana mi ha convinto: la tua vita in cambio di un portale per Hasret.»

«Cosa?» Allora non era stata solo un'allucinazione. Matilda era arrivata per davvero. A salvarmi. All'improvviso avevo la bocca secchissima.

«Sì, lo so!» esclamò Giovanna. «È probabile che il portale se lo sia inventato solo per attirare la fimera via da te. È chiaro che le ragazze umane hanno la tendenza a immolarsi per i loro amati, i romanzi fantasy sono pieni di simili esempi.» Appoggiò la schiena ai mattoni e iniziò a pulirsi le unghie con la punta del pugnale. «Be', stare sulla nave non era più sicuro.

Lassù hai alzato un bel polverone, nel vero senso della parola, e volevo farti sparire prima di correre il rischio di dovermela vedere con Gudrun e i suoi nex.» Indicò alle proprie spalle. «Ti avrei anche portato dall'altra parte, ma qui nella Soglia la guarigione è più rapida.»

Purtroppo non abbastanza. Non riuscivo ancora ad alzarmi. Ma dovevo farlo. Dovevo trovare Matilda! Un groppo mi chiudeva la gola. «Dove sono andate?» riuscii a gracchiare.

In quel momento un grido riecheggiò dal Sottosuolo, stridulo, alieno, e sebbene ci arrivasse attutito, decisamente agghiacciante. Fu questione di un paio di secondi, poi si spense.

«Cos'è stato?» chiesi, pur conoscendo la risposta: un grido di agonia. Il corpo mi si ricoprì di pelle d'oca.

«Cos'è stato cosa?» domandò a sua volta Giovanna. Fissava trasognata il proprio braccio, dove erano visibili i suoi lentigo, come se il grido li avesse attirati allo scoperto: un maggiolino verde cangiante e una specie di rospo che parve osservarla prima di tornare a nascondersi con movimenti pigri sotto la maglietta. Il maggiolino invece indugiò sul polso. Giovanna aveva un'espressione decisamente confusa. Si guardò intorno, come se dovesse orientarsi per capire dove si trovava. Alla fine il suo sguardo si posò su di me. «Santo cielo, Quinnino, sei proprio pallido. Dov'è Matilda? Non era qui fino a un attimo fa?»

«È con la fi... » La osservai, mentre cominciavo a intuire che cosa fosse successo.

La sua improvvisa amnesia poteva significare una cosa soltanto: la fimera era morta, era stata lei a lanciare quel grido nel Sottosuolo. Era morta, e subito era stata cancellata dalla memoria. E Matilda... Concentrai un'altra volta tutte le mie energie per alzarmi e finalmente ci riuscii. Mi appoggiai al muro ansimando per lo sforzo. «Credevo che qui nella Soglia non si potesse morire» dissi.

«Infatti» confermò Giovanna. «A meno che non incontri una sfinge.»

Mio Dio. «Dobbiamo trovare Matilda» sbottai.

Riuscii a muovere qualche passo e mi affacciai dalla ringhiera per guardare verso il basso.

«Non provare a scendere. Il fatto che non si sentano le sfingi non significa che non ci siano.» Giovanna mi raggiunse. «A volte ho persino la sensazione che quelle bestie siano dovunque contemporaneamente. Oh, senti?» Fece una breve pausa. «Dei passi» bisbigliò, poi si chinò a estrarre il pugnale dallo stivale. «Dal Sottosuolo raramente arriva qualcosa di buono.»

Anch'io udii i passi. Leggeri, si avvicinavano in fretta. E poi scorsi una testa di boccoli biondi spuntare sui gradini sotto di me. Le ginocchia rischiarono di cedermi per il sollievo.

«Ciao, Matilda» la salutò allegramente Giovanna. «Che ci fai a spasso nel Sottosuolo? E perché hai un demone appollaiato sulla spalla?»

In effetti Matilda non era sola. L'essere che teneva sulla spalla poteva sembrare una volpe, tralasciando la coda e le zampe da drago, le ali da pipistrello e le piccole corna. Quando ci scorse, disse «Toh, guarda! Il tuo cetriolo gonfiabile è già lì che ti aspetta». Mentre Matilda saliva gli ultimi gradini, si mise a svolazzarle intorno contando alla rovescia. «Ed eeeeecco, incontro svenevole in cinque, quattro, tre, due, uno...»

Poi Matilda mi gettò le braccia al collo. Io la strinsi a me con tutte le forze che avevo.

«Stai bene?» mi chiese con voce tremante. «Ho avuto tanta paura per te.»

«Ma tu guarda» disse Giovanna prima che avessi tempo di formulare un pensiero di senso compiuto. «Sei davvero piena di sorprese, ragazza umana.»

Matilda si staccò dal mio braccio e si asciugò le lacrime dal viso. «Grazie, Giovanna. Ti sei comportata da vera amica.»

Giovanna alzò un sopracciglio. «Non so proprio di che cosa parli. E non ho idea di che cosa ci faccia io qui. A parte sorprendermi che una brava ragazza come te frequenti dei demoni. Come si chiama questo tenero animaletto, Matilda?»

«Ti piacerebbe saperlo» gracchiò la piccola volpe-drago.

Giovanna fece una smorfia. «Mi domando che cosa direbbe l'Alto Consiglio se sapesse che di recente una ragazza umana si è spinta nella Soglia, Quinnino.»

«Oh, ti piacerebbe spifferarlo vero? Potresti sicuramente guadagnare dei viscidi punti con il tuo paparino. Ne saresti capace» ribattei. «Per i tuoi lentigo avrei puntato su verme e blatta, ma anche rospo e scarabeo stercorario non sono male.»

Giovanna trasalì brevemente. «Non è un rospo, è una rana rossa dagli occhi d'oro.» Il suo tono sembrava quasi offeso. «E Jodokus non è uno scarabeo stercorario, ma...» Si interruppe. «Bah, cosa vuoi saperne tu di lentigo, piccolo discendente senza cervello. Non so nemmeno per quale motivo sto qui a perdere tempo con voi.»

«Tu però lo sai per quale motivo sei qui, vero?» sussurrai a Matilda, sperando che capisse il senso della mia domanda senza dover sbattere in faccia a Giovanna la forza del ricordo.

Matilda annuì. Non ci fu bisogno d'altro. La strinsi di nuovo a me e nascosi il viso nei suoi capelli.

«Bleah.» Giovanna si scrollò. «Allora io vado. Tutte queste smancerie mi fanno venire la nausea.» Si girò verso il portale. «Aleppo 13!» Il campo energetico si aprì e dall'altra parte apparvero i contorni sfocati del bunker. «A più tardi!» Un istante dopo il campo energetico l'aveva inghiottita e si era trasformato di nuovo in muro.

«Odio questi arroganti stronzi arcadici» disse il piccolo demone. «Però su una cosa devo darle ragione: le smancerie fanno venire la nausea. Quindi anch'io me la filo adesso.» Con una strizzata degli occhi a bottone si girò e si alzò in volo verso il cielo azzurro.

«Non si ricorda di Hasret» sospirò Matilda. «E pensare che ha avuto un ruolo non secondario nella sua eliminazione. È stato lui a distrarla al momento decisivo. Le ha morso un orecchio.» Si strinse a me e io sentii il brivido che le corse lungo la schiena. «Il tuo orecchio, per la precisione. Aveva preso la tua forma, Quinn, è stato terribile. Ma grazie a Bax sapevo che le sfingi l'avrebbero sistemata, così le ho raccontato che là sotto c'era un portale e, avida com'era, mi ha subito creduto.»

«Come hai potuto farlo?» osservai di slancio. «Hai rischiato di morire e io… non saresti dovuta passare dal portale. Mi avevi promesso che non lo avresti fatto.»

Lei alzò la testa. «Tanto per cominciare non te lo avevo promesso per davvero» ribatté di slancio. «E in secondo luogo Bax mi ha detto che non si trattava di una fimera qualunque, bensì della più malvagia di tutte. Così spaventosa che c'era addirittura una taglia per la sua cattura, ecco perché Giovanna la voleva prendere viva. E io avevo paura che per lei la ricompensa fosse più importante della tua vita. Per questo è stato necessario che ci fossi anch'io. Poi ti ho visto, con la testa sul suo grembo.»

Lanciai un gemito soffocato. «Sì, è riuscita a sopraffarmi. Ma…»

«Mi spieghi come hai potuto farti ingannare da quella falsa Matilda?» mi interruppe lei. «Voglio dire, portava la mia maglia del pigiama tutta sbrindellata, ti saresti dovuto rendere conto che era un parto della tua immaginazione! Secondo te mi sarei potuta presentare conciata così al compleanno di zio Thomas? E comunque, smettila di rimproverarmi. Il mio piano ha funzionato. Lizzy e Nebsi – meglio non pronunciare i loro veri nomi – hanno eliminato la fimera che adesso è storia vecchia. Anzi neppure. A quanto sembra noi due siamo gli unici che ci ricordiamo ancora di lei.»

«Già.» Aveva ragione, dovevo smetterla di rimproverarla, e invece avrei dovuto rallegrarmi che non le fosse successo niente. «Mi hai salvato, Gota paffuta. Grazie. Ora possiamo tornare a casa? Non voglio abbracciare solo il tuo avatar, ma la mia ragazza in carne e ossa.»

Lei sorrise. «Sì, anch'io devo tornare a casa, lasciare la festa di compleanno di zio Thomas è un crimine che viene punito severamente.» Si piazzò davanti al portale. Il campo energetico si attivò quando mormorò le parole «Chennai 39».

«Andiamo» dissi, ma Matilda esitava.

«Sinceramente ho un pochino paura» mormorò, parlando più con se stessa che con me. «C'è un momento delicato, quando si ritorna nel proprio corpo, ha detto Kim. Casomai...» Deglutì e aggiunse sottovoce: «Ti amo, Quinn».

«Anch'io ti amo» risposi, cercando di ignorare la brutta sensazione allo stomaco. «Ci vediamo dall'altra parte.»

La vidi scomparire nel campo energetico e quando questo si richiuse di nuovo, feci un profondo respiro. Poi pronunciai la mia password e tornai a mia volta nel bunker.

Era lì. Immobile, con gli occhi chiusi. Vederla attaccata al monitor che pigolava, con una flebo inserita nel braccio, fu persino peggio di quanto avessi immaginato. Perché non si era risvegliata?

Senza badare agli altri che mi stavano sommergendo di chiacchiere, mi precipitai verso di lei e mi inginocchiai al suo capezzale.

«Matilda! Matilda, forza! Devi svegliarti» gridai prendendole la mano. «Ho bisogno di te, Gota paffuta. Senza di te...»

Matilda mosse una mano. «Senza di te... cosa?» mormorò. «Deciditi a concludere la frase. La voglio scrivere nel mio diario.»

Scoppiai a ridere e la strinsi tra le braccia. «Senza di te è tutto noioso» dissi. «Ma... non volevi bruciare questa camicetta?»

Epilogo

La musica si sentiva già da lontano. Erano passate da poco le dieci quando Than si incamminò lungo la strada. Come aveva sperato, la festa era in pieno svolgimento. Sarebbe riuscito a mescolarsi tra la folla senza farsi notare. Ovviamente quel piccolo stronzo aveva beccato il tempo perfetto per il suo compleanno e, come previsto, poteva festeggiarlo in giardino, cosa che facilitava anche Than.

Era una limpida serata di maggio, anche se in città era impossibile vedere le stelle. Ma la cometa che secondo Frey avrebbe causato la più grande svolta epocale di tutti i tempi sarebbe stata visibile a occhio nudo anche dalla Terra nel giro di qualche settimana. Poco prima era passato davanti a un manifesto che preannunciava una grande festa per l'occasione. Quant'erano stupidi gli esseri umani, festeggiavano la loro stessa caduta.

Una coppia che litigava gli venne incontro sul marciapiede.

«Lilly, aspetta dai» stava dicendo il ragazzo. «Se me ne vado così presto dalla festa di compleanno del mio migliore amico, faccio una figuraccia, come se...»

«Come se tu non fossi più il suo migliore amico?» concluse la frase la ragazza. Al contrario del tipo anonimo con cui stava, lei si meritava un nove su dieci, almeno alla luce dei lampioni, e il punto in meno era dovuto alla voce stridula. «Mi spiace dirtelo, ma è così da tempo! A Quinn non interessi più niente. Quello stronzo non si è nemmeno accorto della nostra presenza.»

Than sorrise tra sé. Il fatto che avesse dato dello stronzo a Quinn le fece riguadagnare mezzo punto.

«Ma è stato solo perché ce ne siamo andati subito» protestò il ragazzo scialbo. «Come faceva ad accorgersi di noi così in fretta? I suoi genitori hanno invitato tutti i suoi compagni di classe. Ci sono persino i gemelli dell'orrore.»

«Una ragione in più per andare via. E poi tutti avevano occhi solo per quella stupida Giovanna» replicò petulante la ragazza.

«Io no!» protestò il ragazzo. «Io ho occhi solo per te, toffolina mia.»

Than piegò le labbra in una smorfia sprezzante. Che smidollato. Due punti in meno perché stava con un tipo come quello.

Superandoli, le tolse un altro punto per il profumo dolciastro, mentre la ragazza gli scoccava un'occhiata fulminea dall'alto in basso sgranando gli occhi con evidente apprezzamento. Era una reazione che gli era ben nota, le ragazze umane erano la specie più superficiale che conosceva, e per gli standard umani lui era un dieci tondo tondo, sotto qualunque luce. Anche se quel giorno era vestito normalmente con jeans, camicia e giacca.

Accelerò leggermente il passo. La casa era l'ultima sulla via, la proprietà confinava direttamente con il muro del cimitero. Nel giardino anteriore c'erano lucine appese agli alberi e tra i cespugli e sopra la porta d'ingresso era fissato un palloncino dorato con il numero diciotto.

Quel bamboccio dorato avrebbe compiuto diciott'anni a mezzanotte e mamma e papà avevano invitato mezza scuola alla sua festa a sorpresa. Nel giardino da libro illustrato della casetta da libro illustrato dove aveva trascorso la sua felice infanzia da libro illustrato, naturalmente con il programma completo di camera singola, vacanze, graziosi animali domestici, lezioni di pianoforte, montagne di regali sotto l'albero di Natale, storie della buonanotte e un sacco di elogi. I figli unici viziati come Quinn non dovevano fare assolutamente niente per essere adorati più di chiunque altro, e forse era proprio questo a conferirgli quella insopportabile aura, che aveva visto nei suoi occhi azzurri e luminosi l'ultima volta che si erano incontrati a scuola e si erano fissati da una parte e dall'altra del vetro. C'era stato anche un lampo di paura nello sguardo di Quinn, ma insieme a quell'autoconsapevolezza così speciale, come se fosse convinto che non potesse succedergli niente, perché era circondato da un'invisibile barriera protettiva. Neppure il fatto che usasse le stampelle per muoversi l'aveva scalfita. Tutto ciò che Than si era dovuto conquistare con le unghie e con i denti a quel tappetto era arrivato senza fatica.

Than stava per tirare fuori il coltello, per bucare almeno quello stupido palloncino, quando vide Giovanna d'Arco spuntare da dietro la casa. Si affrettò a nascondersi in un cespuglio. Non si era aspettato di trovarla lì quella sera. Ma in realtà la cosa non avrebbe dovuto sorprenderlo: la famosa nex, che aveva deciso da sola l'esito di grandi battaglie, oggigiorno sembrava fare cose strambe. Secondo le voci in circolazione, aveva voltato le spalle alla dodicesima, per tornare a frequentare la scuola.

Quando sentì la sua risata argentina, digrignò i denti. Quanto gli sarebbe piaciuto gettarsi su di lei e portare a termine ciò che non era riuscito a fare con l'aggressione a scuola, ma non era questo il suo compito. Viceversa, la presenza della nex avrebbe potuto intralciare la sua missione e, in tali circostanze, forse Frey non avrebbe avuto niente in contrario se…

«Torno prima di mezzanotte, in tempo per il taglio della torta» assicurò Giovanna alla ragazza che si era aggrappata al suo braccio e la implorava di non andarsene. «Devo fare un salto… hm… devo sbrigare una cosa. Nel frattempo puoi incollarti a Tristan, ma non fare niente che io non farei.»

La ragazza ridacchiò e Than lanciò un'occhiata all'orologio. Prima di mezzanotte lui se ne sarebbe già andato da un pezzo. Una volta che Giovanna fu uscita dalla proprietà e l'altra ragazza fu tornata dietro la casa, uscì dai cespugli, si raddrizzò e si passò la mano nei capelli chiari. Era giunto il momento di mescolarsi tra gli invitati.

Il DJ aveva appena fatto partire un pezzo lento e un gran numero di coppie si muoveva sull'ampia terrazza trasformata in pista da ballo, mentre gli altri ospiti occupavano ogni metro quadro calpestabile del giardino. Sotto un vecchio ciliegio era stato allestito un buffet di tutto rispetto, dominato da una torta a più piani. Dappertutto scintillavano catene di lucine, lampioncini e altri stupidi palloncini. L'aria era pervasa dal suono di risate e di voci.

Ci volle qualche tempo prima che Than individuasse il festeggiato accanto a un cespuglio di lillà in fiore, circondato da un gruppo di amici dei quali uno sembrava Albert Einstein. Se ne stava lì, un braccio appoggiato con disinvoltura alla stampella, l'altro intorno alle spalle della sua ragazza, quella biondina che era stata con lui anche a scuola. Lei lo guardava, poi disse qualcosa che lo fece ridere. Avevano un'aria disgustosamente felice che gli fece venire la nausea. Be', se non altro avrebbero smesso molto presto di sembrare così radiosi.

«Vuoi ballare, babe?» Un ragazzo si era materializzato accanto a Than, che in un primo momento temette ce l'avesse con lui. Invece il tipo aveva parlato con una ragazza dai capelli azzurri.

«Se ti azzardi a chiamarmi babe un'altra volta, ti becchi una manata sulla laringe» rispose sgarbata la ragazza, ma si fece trascinare ugualmente sulla pista da ballo.

«Un muffin alle zucchine?» chiese una donna porgendo un vassoio a Than. «Li porto in giro perché se rimangono sul buffet vengono snobbati come una suocera, mentre in realtà non se lo meritano. Sono davvero buonissimi.»

Than guardò gli occhi azzurri della donna e si sforzò di sorridere. Era di sicuro la madre del giovane prodigio. Aveva un'aria simpatica, era proprio il genere di madre che si era immaginato. Una di quelle sempre comprensive, che rimangono di buon umore anche dopo che il figlio ha tirato una pallonata contro una finestra, oppure è tornato a casa con un brutto voto o i pidocchi. Una madre del genere non ti avrebbe mai spedito a dormire senza cena nel serraglio dei lupi. Gli sorrise raggiante quando lui prese un muffin e si allontanò.

Than aspettò qualche secondo poi buttò il muffin in un'aiola e tornò a guardare verso il cespuglio di lillà. Quinn e la sua ragazza non c'erano più. Maledizione!

Si girò lentamente per il giardino, cercando di restare sempre nell'ombra, nascosto dietro altri invitati. Era impossibile che lo riconoscessero, perché l'ultima volta a scuola aveva un passamontagna, ma forse una faccia sconosciuta li avrebbe insospettiti. Si rimproverò di averli persi di vista, sperava che non fossero entrati in casa per spassarsela, perché questo avrebbe reso più complicato il suo incarico. Poi però avvistò Quinn seduto su una poltrona che chiacchierava con altri due ragazzi. I boccoli biondi della sua fidanzata ondeggiavano sulla pista da ballo. Il DJ era passato a un pezzo più ritmato.

Than sospirò. In un ambiente del genere faticava più del solito a trattenersi e ad aspettare il momento giusto. Non voleva che alla fine tutta quell'allegria si ripercuotesse anche su di lui, distraendolo dalla missione.

Per fortuna non dovette aspettare neanche un minuto, perché boccoli d'oro aveva ricevuto un messaggio sul cellulare e aveva lasciato la pista da ballo. Con lo sguardo fisso sullo schermo illuminato, girò sul retro della casa, probabilmente alla ricerca di un angolino tranquillo. Than storse la bocca: era quasi troppo facile per essere divertente. Lanciò una breve occhiata a Quinn che era sempre seduto al suo posto, poi seguì la ragazza lungo un sentiero sul prato, dove non c'era nessuno e che tra l'altro era quasi del tutto buio.

Boccoli d'oro si era fermata sotto la finestra incorniciata da un glicine per scrivere un messaggio. Era davvero l'occasione migliore che potesse capitargli. Si guardò intorno un'ultima volta, poi tirò fuori di tasca il coltello e con tre falcate silenziose la raggiunse.

Lei si lasciò sfuggire un gridolino stridulo quando l'afferrò da dietro e le tappò la bocca.

«Adesso andiamo a fare un giretto» le sussurrò all'orecchio.

Postfazione

Miei cari,

da parte mia sono molto contento che siamo arrivati sani e salvi fin qui. Purtroppo devo preannunciarvi che nel terzo volume le cose diventeranno ancora più pericolose. La cometa del destino si avvicina implacabile e tutti i piani e i segreti più malvagi verranno alla luce... Avete già qualche idea su chi potrebbero essere i nonni biologici di Quinn nella Soglia?

In ogni caso, quelli di voi che vogliono rilassarsi leggendo, troveranno anche un divertentissimo ballo scolastico e me.

Per adesso non posso rivelare altro. Ma chi non sa resistere e vuole scoprire fin da ora chi sia l'amministratore di Pandinus Imperator può cercare di risolvere il seguente bislacco anagramma, che contiene una frase molto seria: «Forse Monica può scansarsi lì, se torno».

Se scoprite la soluzione oppure avete semplicemente voglia di parlare di Nontiscordardimé, potete scrivere a Kerstin Gier e mandarle i miei più cari saluti; e ditele anche di spicciarsi se possibile con il prossimo libro. Trovate i dati di contatto su www.kerstingier.com.

Ci vediamo dall'altra parte!

Il vostro Baximilian Grimm

Indice dei personaggi

Cast della Terra

Quinn von Arensburg: l'eroe di questa storia.

Matilda Martin: l'eroina di questa storia.

Julie Beck: cugina e migliore amica di Matilda, la sua madre adottiva Berenike è la zia preferita di Matilda.

Anna e **Albert von Arensburg**: i genitori di Quinn. Campioni mondiali nell'organizzazione di feste a sorpresa che tutto sono tranne che sorprendenti.

Il clan Martin: i genitori di Matilda, sua sorella Teresa, zio Thomas e zia Bernadette. Non fanno che ostacolare Matilda continuamente. Ah già, lo studente in Erasmus Matías c'è sempre.

Leopold e **Luise Martin**: cugini di Matilda, detti anche gemelli dell'orrore. La loro sorellina Mariechen-la-spia non compare in questa storia.

Il parroco Petersen: gli piace inviare meme di gatti sulla chat del coro della chiesa.

Al liceo Lessing

La signora Dölbe: professoressa di tedesco. Julie è convinta che nasconda un terzo occhio sotto la frangetta.

La signora Kühl: insegna chimica e di nascosto dà da mangiare agli scoiattoli sulla scala antincendio. Per fortuna.

Il custode Meller: odia tutti gli studenti e chiunque dia da mangiare agli scoiattoli sulle scale antincendio.

Il dottor Yilmaz: preside del liceo, non riesce mai a ricordare i nomi.

Lilly Goldhammer: ex ragazza di Quinn, sta attraversando una fase difficile.

Lasse Novak: ragazzo di Lilly, c'è da chiedersi per quanto tempo ancora.

Smilla, **Carina**, **Jannik Abels** e **Tristan**: altri studenti, più o meno pallosi.

Pandinus Imperator di prima

Yuri Watanabe: padre biologico di Quinn.

Sarah Halabi-Horvat: compagna di università di Yuri, oggi madre di Kim, all'epoca non aveva ancora un doppio cognome.

Tobias: detto anche «capellone», si lascia convincere a contrabbandare involontariamente un uovo di drago, scatenando così una catena di tragici eventi.

Jamal Amiri: zio di Faris e Nadim Amiri, nel frattempo purtroppo è morto.

Pandinus Imperator di ora

Faris Amiri: studente di medicina, detto anche Lingualunga. Mette involontariamente in pericolo gli altri.

Nadim Amiri: fratello minore di Faris, a sua volta studente di medicina. È un bel ragazzo e si mette in pericolo da solo.

Eric Lohrmann: a volte è chiamato Einstein. *Pure lui* studente di medicina. Spicca per le sue qualità di hacker. È segretamente innamorato di Nadim.

Kim Horvat: capelli azzurri, un'altra studentessa di medicina (ora cominciano a essere un po' troppi), la più giovane del gruppo. Ha urgente bisogno di un po' di coraggio ed è indirettamente la causa che ha fatto incontrare Matilda e

Quinn (a volersi esprimere in maniera positiva). Anche lei è innamorata di Nadim.

Inoltre: il misterioso amministratore, la sua donna di servizio sorda e il povero Daniel-lo-spettro.

Cast della Soglia

L'Alto Consiglio

Professor Cassian: arcade e amico dell'umanità.

Reggente Themis: presidente dell'Alto Consiglio, ama lo status quo (evidentemente, lei ricopre un ruolo importante).

Frey: legge nel pensiero, disprezza l'umanità. E gli svartálfar. E le fate. Un tipo davvero malvagio.

Na'il: soprannominato in segreto Dracula da Quinn. Capo della dodicesima centuria. Grazie a Dio non sa leggere nel pensiero.

Morena: maga nera e integralista, meglio starle alla larga.

Gli altri

Giovanna d'Arco: lanciatrice di fuoco con un problema caratteriale e un cuore incredibilmente tenero.

Severin Zelenko: detto anche «ascia assassina». Si è rivelato un traditore e per questo pagherà prima del previsto.

Giacinto: non crede alla scemenza della profezia, ma aiuta ugualmente Quinn.

Fata: madre di Giacinto, crede a tutta la scemenza della profezia.

Emilian: compagno di Giacinto e proprietario del miglior allevamento di draghi nani di tutta la Soglia.

Passamontagna, **Aquaman** e **Armadio**: tirapiedi di Frey. Passamontagna lo conosceremo più da vicino in futuro. Purtroppo.

Gudrun, **Gunter**, **Rüdiger**: nex della ventitreesima centuria.

Hector: nex anche lui. Innamorato delle regole e delle sciabole. Comandante della nona centuria.

Hasret: demone-fimera. Vuole fare il pieno di voglia di vivere, fino a scoppiare.

Nietzsche: continua a bazzicare la biblioteca del professor Cassian.

Lizzy e **Nebsi**: sfingi. Imperversano nel Sottosuolo. I loro veri nomi sono Lisistrata e Nefrubiti (ma guai a pronunciarli a voce alta).

Confucio: il drago nano più carino che ci sia.

Baximilian Grimm: demone-doccione di prima categoria. Ancora più carino di Confucio. I più carini sono sempre i più pericolosi.

KERSTIN GIER

LE SORPRESE DEL BUIO

Il primo volume della nuova

TRILOGIA NONTISCORDARDIMÉ

Quinn è cool, brillante e molto popolare tra i ragazzi. Matilda fa parte dell'odiatissima famiglia dei vicini di Quinn, ha una passione per i romanzi fantasy e non è chiaramente il suo tipo. Ma una notte succede una cosa pazzesca: Quinn viene aggredito per strada da esseri che non hanno nulla di umano e finisce in coma. Al suo risveglio si ritrova con qualche osso rotto e con una percezione della realtà molto particolare: vede teschi che gli sorridono e sente statue che gli parlano in versi. Difficile confidarsi con qualcuno, a meno che quel qualcuno non sia Matilda, una ragazza di cui non gli importa nulla e che sua madre gli ha appioppato come «infermiera». E che comunque Quinn non intendeva catapultare in un'avventura piena di pericoli in un mondo parallelo a quello reale. Né, tantomeno, pensava che avrebbe potuto innamorarsi di lei…

CORBACCIO

KERSTIN GIER

LA TRILOGIA DELLE GEMME

Per l'amica Leslie, Gwendolyn è una ragazza fortunata: quanti possono dire di abitare in un palazzo antico nel cuore di Londra, pieno di saloni, quadri e passaggi segreti? E quanti, fra gli studenti della Saint Lennox High School, possono vantare una famiglia altrettanto speciale, che da una generazione all'altra si tramanda poteri misteriosi? Eppure Gwen non ne è affatto convinta. Da quando, a causa della morte del padre, si è trasferita con la mamma e i fratelli in quella casa, la sua vita le sembra sensibilmente peggiorata. La nonna, Lady Arisa, comanda tutti a bacchetta con piglio da nobildonna e con l'aiuto dell'inquietante maggiordomo Mr Bernhard, e zia Glenda considera lei, Gwen, una ragazzina superficiale e certamente non all'altezza del nome dei Montrose. E poi c'è Charlotte, sua cugina: rossa di capelli, aggraziata, bravissima a scuola e con un sorriso da Monna Lisa. È lei la prescelta, colei che dalla nascita è stata addestrata per il grande giorno in cui compirà il primo salto nel passato. Charlotte si dà un sacco di arie, ma Gwen proprio non la invidia: sa bene che si tratta di una missione pericolosissima non solo per la sua famiglia ma per l'umanità intera, e da cui potrebbe non esserci ritorno. E non importa se Charlotte non viaggerà sola ma sarà accompagnata da un altro prescelto, Gideon de Villiers, occhi verdi e sorriso sprezzante... Gwen non vorrebbe davvero trovarsi al suo posto. Per nulla al mondo...

«Un fenomeno editoriale dove il motore è l'amore; il carburante, umorismo e avventura; la strada, il fantasy.»
Corriere della Sera

Red
Blue
Green

CORBACCIO

KERSTIN GIER

LA TRILOGIA DEI SOGNI

Porte con maniglie a forma di lucertola che si spalancano su luoghi misteriosi, statue che parlano, una bambinaia impazzita che si aggira con una scure in mano… I sogni di Liv Silver, quindici anni, negli ultimi tempi sono piuttosto agitati. Soprattutto quello in cui si ritrova di notte in un cimitero a spiare quattro ragazzi impegnati in un inquietante rituale esoterico.
E questi tipi hanno un legame con la vita vera di Liv, perché Grayson e i suoi amici sono reali: frequentano la stessa scuola, da quando Liv si è trasferita a Londra. Anzi, per dirla tutta, Grayson è il figlio del nuovo compagno della mamma di Liv, praticamente un fratellastro. Meno male che sono tutti abbastanza simpatici. Ma la cosa inquietante – persino più inquietante di un cimitero di notte – è che loro sanno delle cose su Liv che lei non ha mai rivelato, cose che accadono solo nei suoi sogni. Come ciò possa avvenire resta un mistero, esattamente il genere di mistero davanti al quale Liv non sa resistere…

Silver. Il libro dei sogni
Silver. La porta di Liv
Silver. L'ultimo segreto

CORBACCIO

PEFC
PEFC/18-32-03

Certificato PEFC
Questo prodotto è realizzato con materia prima da foreste gestite in maniera sostenibile e da fonti controllate
www.pefc.it

Questo libro è stampato col sole

GRAFICA VENETA

Fabbricato da Grafica Veneta S.p.A. con un processo di stampa e rilegatura certificato 100% carbon neutral in accordo con PAS 2060 BSI

Impaginazione:
Studio Martinello Raul - Milano

Finito di stampare
nel mese di agosto 2023
dalla Grafica Veneta S.p.A.
di Trebaseleghe (PD)
Printed in Italy